BASTEI
LÜBBE

Wolfgang David

Brennaburg

Historischer Roman

BASTEI
LÜBBE

BASTEI-LÜBBE-TASCHENBUCH
Band 12 293

Lizenzausgabe: Gustav Lübbe Verlag GmbH, Bergisch Gladbach
Printed in Germany März 1995
Einbandgestaltung: K.K.K.
Titelfoto: Time-Life-Buch: Verzauberte Welt
Satz: hanseatenSatz-bremen, Bremen
Druck und Bindung: Ebner Ulm
ISBN 3-404-12293-3

Der Preis dieses Bandes versteht sich einschließlich
der gesetzlichen Mehrwertsteuer.

Überall bedrückt der Starke den Schwachen, und die Menschen gleichen den Fischen des Meeres, die sich kreuz und quer gegenseitig verschlingen.

Synode von Trosly (909)

Erster Teil
DER KÖNIG

ERSTES KAPITEL

I.

Eine Woche nach dem Allerheiligenfest des Jahres neunhundertachtundzwanzig verließ König Heinrich die Pfalz Quedlinburg. In seiner Begleitung befanden sich sein Sohn Otto, Graf Siegfried, der Schwager, sowie der Halberstädter Bischof Bernhard, außer ihnen ein knappes Hundert Dienstleute und Knechte. Da die Wagen schon Tage vorher aufgebrochen waren, führte man nur Packpferde mit.

Ursprünglich hatten sie in Biere übernachten wollen, um tags darauf nach Magdeburg weiterzureisen, das als Sammelort für die Aufgebote bestimmt worden war. Doch dann gab es eine Verzögerung. In einem Wald nahe der Bode stießen sie auf eine Schar Bauern, die sich offenkundig anschickte, unter einer riesigen Eiche irgendein heidnisches Spektakel zu vollziehen. Heinrich machte Bernhard ein Zeichen, die Leute nicht zu beachten, aber diese hatten sie bereits entdeckt, stürmten schreiend heran und umringten sie. Eine Frau reckte ihnen ein Bündel entgegen. Als sie es aufschlug, prallte der sechzehnjährige Otto, der gerade abgesessen war, zurück. In dem Tuch lag ein Säugling, dem ein Ohr, mehrere Finger sowie am linken Fuß alle Zehen fehlten.

Der Bischof war ebenfalls vom Pferd gestiegen. Steifbeinig trat er näher, warf einen Blick auf die Mißgeburt und betupfte sich die Lippen; dann kniete er nieder und begann zu beten: »Pater noster, qui es in coelis, sanctificetur nomen tuum . . .«

Als er das Vaterunser beendet hatte, stand er schroff auf, fragte die Menschen, was die mit dem Kind im Wald wollten. Abermals Geschrei. Ein Mann drängte nach vorn, verschaffte sich Ruhe und erklärte: Da der Säugling sicherlich bald sterben werde, habe man ihn unverzüglich taufen lassen wollen und sich dazu auf den Weg in die nächste Kirche begeben. Unter der Eiche hätten sie lediglich gerastet, Zauberei natürlich nicht im Sinn gehabt. Die Leute nickten eifrig.

Gelangweilt schaute Bernhard über ihre Köpfe hinweg. Sehr wahrscheinlich, daß sie wirklich einen Geistlichen gesucht hatten, dann aber, als sie an dem Baum vorbeigekommen waren, diese Absicht aufgegeben hatten. Das konnte man vielleicht herauskriegen, doch nachdem der Bischof das Kind gesehen hatte, verspürte der dazu keinerlei Neigung mehr. In Anbetracht der Umstände mochte es genügen, daß das Vorhaben verhindert und ihnen Angst eingejagt worden war.

»Also schön, guter Freund«, ließ sich Heinrich von seinem Pferd herunter vernehmen, »für heute glauben wir euch. Aber laßt euch nicht ein zweites Mal erwischen. Die Eichen hat Gott geschaffen, damit eure Schweine dick und rund werden, zu nichts anderem. Merkt euch das.«

Der junge Otto wurde von einem Lachen geschüttelt, worauf Graf Siegfried eine grimmige Miene aufsetzte, wohl, damit die Bauern nicht auf den Gedanken kamen, in das Lachen einzustimmen. Diese nickten jedoch bloß wieder. Nur ihr Sprecher, der anscheinend sofort begriffen hatte, daß der König der Sache ein Ende machen wollte, rief: »Aber Herr Bischof! Kommst du nicht mit uns? Das arme Wurm kann doch jeden Augenblick sein Leben aushauchen.«

Bernhard schien es, daß der Mann ihn verhöhne, dennoch mußte er natürlich mit. Am Nachmittag erreichten sie das Dorf – vierzehn Gehöfte, die einer fränkischen Abtei zinspflichtig waren. Er vollzog die Taufe, benedizierte die Wöchnerin und das Haus, in dem das Kind geboren worden war, und riß kurzerhand einigen Bauern verdächtige Amulette ab, die sie ihn unbefangen sehen ließen. Dann brach es über ihn herein. Nicht nur für sich erbaten die Leute seinen Segen, sondern auch für ihre Brunnen, Gärten, Speicher, Geräte und Hunde. Einer schleppte sogar einen Tonkrug an, den er auf seinem Acker gefunden hatte und nicht zu benutzen wagte, bevor ihn ein Segenswort gereinigt hatte.

Geduldig kam der Bischof ihren Wünschen nach. Als er sich wieder auf den Heimweg machte, fing es an zu dämmern. Bereits von weitem hörte er Axthiebe, nahm den Geruch von Rauch wahr. Man würde also im Wald übernachten. Auf einem Kahlschlag neben der Eiche qualmten mehrere Feuer, in Form eines Hufeisens geordnet, dessen Öffnung zur Windrichtung zeigte. Zwischen ihnen das Gerippe einer Hütte, das Knechte gerade mit Zweigen abdeckten. Otto stocherte in einem der Feuer herum; sowie er den Bischof sah, ging er ihm entgegen und sagte: »Schön, daß du so spät kommst. Ich wollte im Freien schlafen, aber er erlaubt es nicht. Hast du sie beglückt?«

Er sprach hastig und monoton, schaute an dem anderen vorbei. Es war klar, daß er unter seinem Stimmwechsel litt und sich widerlich war, wenn er redete.

Bernhard baute sich trotzdem vor ihm auf und sagte nach einer Pause, die spröde Stimme seines Gegenübers nachahmend: »Junger Mann, du mußt lernen, dich zu beherrschen. Du sprichst wie ein Wahnsinniger. Es hört sich an, als ob einer auf einem Reisighaufen herumspringt.«

Otto hielt ihm lachend die Faust unter die Nase. »Schade, daß man mit dir nicht kämpfen kann. Aber sieh dich vor. Sobald ich König bin, lasse ich dich entmannen. Falls du da überhaupt noch lebst.«

Bernhard wollte ihn abermals zurechtweisen, doch in diesem Moment ertönte hinter ihnen Lärm. Er blickte sich um. Vom Waldrand löste sich die mächtige Gestalt Heinrichs, neben ihm die ebenso große, aber schlankere des Grafen. Ihre Knechte trugen einen Ur, dem ein Teil des Schädels herunterhing. Otto ließ einen Jubelschrei vernehmen, dann stürmte er an seinem Vater vorbei auf die Beute los.

Dieser, über und über mit Blut und Gehirn bespritzt, kam geradewegs auf Bernhard zu. »Ich habe ihn mit dem Beil erledigt«, stieß er noch im Gehen hervor. »Hast du es krachen gehört? Ich glaube, ich bin davon taub geworden. Fast tut es mir leid um ihn, er ist bestimmt genauso alt wie ich.« Er riß sich am Bart, eine Gebärde, die verriet, daß er vor Begeisterung außer sich war. »Na, was sagst du, Bischof?« fuhr er aufgeräumt fort. »Ist das etwa kein Vorzeichen?«

Bernhard heftete seine Augen auf die im Zwielicht schimmernden Zähne des Königs und antwortete: »Das ist gut möglich. Es gibt aber auch andere. Darüber möchte ich mit dir reden.«

Das entsprach nicht ganz der Wahrheit, denn bis eben hatte er keineswegs »darüber« reden wollen. Viel zu unsicher, wie die Begegnung mit dem mißgestalteten Kind zu bewerten sei, lag ihm wenig daran, seinen Zweifel einem Mann zu offenbaren, für den er in einer Frage wie dieser eine Autorität sein und bleiben mußte. Natürlich wußte Bernhard, daß es Vorzeichen gab, und der Gedanke, daß das Zusammentreffen mit dem Krüppel kein Zufall gewesen sein könnte, bedrückte ihn sehr. Andererseits liefen solche Auslegungen immer auf ein gewisses Verfügen über Gott hinaus, nur grobe Seelen übersahen das. Wo war die Grenze zu heidnischer Wahrsagerei? Gewöhnlich hütete sich der Bischof, ihr zu nahe zu kommen, doch die leichtfertige Art, in welcher der König seinen Jagderfolg gedeutet hatte, weckte in ihm den Wunsch, den anderen etwas herabzustimmen. Das bewog ihn jetzt, seine übliche Vorsicht aufzugeben.

»Also rede«, sagte Heinrich seufzend und blickte zerstreut um sich.

»Du hast das Kind gesehen?« erkundigte sich Bernhard und drehte den Kopf so, daß sein Gesicht nicht mehr vom Feuer beschienen wurde.

»Ja.« Heinrich hob das Beil und schlug es spielerisch in einen Baumstumpf. »Warum fragst du?«

»Ich mache mir Sorgen, Herr König. Du nicht auch?«

»Sorgen?« wiederholte Heinrich, in einem Ton, als höre er das Wort zum erstenmal. Seine Miene verfinsterte sich. »Was willst du eigentlich von mir?« fauchte er plötzlich. »Sag endlich, worum es sich handelt, oder laß mich in Frieden.«

Bernhard spürte, daß er falsch angefangen hatte. Er war noch jung, Mitte dreißig erst, und vor bereits fünf Jahren zum Bischof geweiht worden. Von Natur aus eher kleinmütig, hatte dieser rasche Aufstieg seinen Ehrgeiz entfacht, in einem Maße, das ihm zuweilen unheimlich war. Mal zieh er sich verwerflichen Stolz, dann wieder verdächtigte er sich, daß er sich unterschätzte; denn wenn man ihm trotz seiner Jugend dieses Amt übertragen hatte, mußte er offenbar Fähigkeiten besitzen, die ihm bislang verborgen geblieben waren. Obwohl er wußte, daß er die Erhöhung nicht so sehr seiner Gelehrsamkeit, als vielmehr seiner Herkunft verdankte, war der Verdacht inzwischen zur Gewißheit geworden. Dies rief in ihm das Verlangen hervor, sein Wirkungsfeld zu vergrößern.

Ein Ereignis, das über zwanzig Jahre zurücklag, wies seinem Tatendrang die Richtung. Heinrich hatte sich damals mit einer Witwe namens Hatheburg vermählt, einer Frau, die vor seiner Werbung jedoch schon den Schleier genommen hatte. Von Siegmund, der seinerzeit dem Halberstädter Sprengel vorgestanden hatte, war ihm daraufhin die eheliche Gemeinschaft mit ihr untersagt worden. Zwar hatten die beiden nach dem bischöflichen Einspruch noch einige Jahre zusammen gelebt, sogar ein Sohn, Thankmar, war aus ihrer Verbindung hervorgegangen – schließlich hatte Heinrich aber das Sündhafte dieser Ehe erkannt, bereut und sich von Hatheburg getrennt. Seitdem Bernhard davon erfahren hatte, brannte er darauf, mindestens ebensoviel Einfluß zu erringen wie sein Vorgänger. Sein Traum war es, als Vertrauter des Königs zu gelten, den dieser immer dann zu Rate zog, wenn er sein Seelenheil gefährdet wähnte. Und dabei mußte es ja nicht bleiben; zahlreiche Beispiele zeigten, wie weit es ein kluger Mann bei einem mächtigen Herrscher bringen konnte. Freilich gab es genügend Anzeichen, daß Heinrich nach einem geistlichen Vormund nicht unbedingt gierte. Auch damals hatte er (noch nicht einmal Herzog!) Siegmund keineswegs aufs Wort gehorcht, sondern sich erst von Hatheburg gelöst, als ihm die jüngere und vor allem reichere Mathilde versprochen worden war. Ein schwieriger, eigensinniger Mensch, den zu lenken bestimmt größte Geschicklichkeit erforderte. Doch gerade das reizte Bernhard, sich an dieser Aufgabe zu versuchen.

Wenn er seinem Ziel noch keinen Schritt nähergekommen war, so lag das, meinte er, daran, daß es ihm bisher an Gelegenheiten gemangelt hatte, den König von seinen Vorzügen zu überzeugen. Das tägliche Zusammensein während des bevorstehenden Feldzuges würde es ihm nun ermöglichen, dies nachzuholen. Hauptsächlich deshalb, aber auch, um seinen Eifer in Reichsbelangen zu beweisen, hatte er sich mit einem kleinen Aufgebot daran beteiligt.

»Wir Sterblichen sollten nicht über unser Maß hinaus klug sein wollen«, sprach er jetzt, ohne jedoch diesen Satz auf sich zu beziehen. »Und wie du, Herr König, weißt, liegt es in niemandes Macht, Gottes unerforschliche Absichten zu enträtseln. Wahrhaftig«, er bekreuzigte sich, »das sei mir fern.« Er unterstrich diese wirkungsvolle Einleitung durch eine Pause, fuhr dann fort: »Manchmal scheint es allerdings, als sprächen die Dinge eigentümlich deutlich zu uns. In Frohse wurde neunhundertvierundzwanzig ein Kind geboren, das safrangelbe Zähne hatte und am Hinterkopf befiedert war. Es starb nach vier Tagen, im Sommer darauf aber raffte eine schwere Seuche die meisten Bewohner des Dorfes hinweg. Die Überlebenden meinten, daß ein Zusammenhang zwischen der Geburt des Ungeheuers und ihren Missetaten bestanden habe, und berichteten von häufigen Verstößen gegen das Fastengebot.« Er zögerte und fügte hinzu: »Verzeih, aber ich hielt es für meine Pflicht, dir diese Begebenheit nicht zu verschweigen.«

Er fühlte, wie sich unter seinen Achselhöhlen Schweißtropfen bildeten und die Hüften herabrannen. Vor sechs Jahren hatte der König in der Nacht zum Gründonnerstag betrunken seiner Gemahlin beigewohnt; nahm man es genau, mußte sogar von einer Vergewaltigung gesprochen werden, denn die fromme Frau hatte sich nach Auskunft des Gesindes heftig gewehrt. Der Vorfall war gebüßt worden, und indem er, Bernhard, jetzt darauf anspielte, ließ er erkennen, daß er eine Wiederholung nicht für ausgeschlossen hielt.

Eine solche Unterstellung war gewagt, doch Heinrich schien ihm seine Kühnheit nicht zu verargen. »Ein Säugling mit Federn und Zähnen?« staunte er. »Was es nicht alles gibt. Welche Farbe hatten übrigens die Federn? Und wie lang waren sie?«

»Das ist mir nicht bekannt.«

»Dann hast du ihn gar nicht selbst gesehen?«

»Nein. Es ist mir erzählt worden«, antwortete Bernhard, von der absonderlichen Neugier des Königs ein wenig befremdet.

»Schade, ich hätte gern noch mehr davon gehört«, sagte dieser bedauernd, schmunzelte leicht, wurde jedoch sogleich wieder ernst und richtete seine kleinen, etwas hervorstehenden Augen fest auf den Bischof. Bernhard befiel Unruhe.

»Wir wollten uns über Vorzeichen unterhalten, nicht?« sagte Heinrich und kratzte sich dabei am Kinn. »Weißt du, mein Freund, mit ihnen ist das so eine Sache. Ich bin ja ein bißchen älter als du und habe die Erfahrung gemacht, daß es am vernünftigsten ist, sie gar nicht zu beachten. Nicht lange, nachdem mir damals diese Geschichte mit der Königin passiert war«, er lächelte verstohlen, »besuchten uns doch wieder einmal die Ungarn, und ich dachte schon: jetzt hast du's! Dann gelang es uns, ihren Häuptling zu fangen und den Waffenstillstand auszuhandeln, und obwohl sie uns jedes Jahr ganz schön schröpfen, bin ich der Meinung, daß wir alles in allem keinen schlechten Tausch abgeschlossen haben. Du nicht?«

»Gewiß, Herr König«, bestätigte Bernhard gepreßt.

»Siehst du. Ich kann dir Dutzende Fälle nennen, wo die Dinge, wie du dich ausgedrückt hast, eigentümlich deutlich zu mir gesprochen haben, und nachher kam es trotzdem anders. Manchmal besser, manchmal schlimmer, manchmal, das gebe ich zu, paßte es auch zusammen. Eine Regel vermag ich aber nicht zu entdecken. Es stimmt schon: Gottes Ratschluß ist unerforschlich, und wer das nicht wahrhaben will und wie ein

Heide hinter jedem Vogelschwarm eine Bedeutung wittert, darf sich nicht wundern, wenn er seinen Schöpfer damit verärgert.«

Bernhard stockte der Atem. Es war unglaublich. Dieser Mann, der von seinem schweren Fehltritt eben noch als von einer »Geschichte« gesprochen hatte, erlaubte es sich ihn zu belehren, ja, er drehte den Spieß einfach um und bezichtigte ihn, den Bischof, heidnischer Neigungen. Wenn dies nun vor Zeugen geschehen wäre? Verzweifelt überlegte er, wie er sich, ohne unehrerbietig zu werden, verteidigen sollte, wurde aber von Heinrichs Baß an diesem Vorhaben gehindert.

»Da wir gerade dabei sind, möchte ich dir noch etwas sagen. Es wird dir vermutlich nicht gefallen, doch das ist mir gleichgültig. Ich bin zwar nicht so gebildet wie du, mache mir aber auch meine Gedanken und habe nie einsehen können, warum Gott in seiner Himmelsburg zwischen Knechten und Edlen nicht unterscheiden sollte. Nein, unterbrich mich nicht! Was hat ihm denn solch ein armes Bäuerlein zu bieten? Es zahlt pünktlich seinen Zehnt, hält sich an die Vorschriften, und damit ist es bereits aus. Daß er diesen Leuten nichts durchgehen läßt, ist nur zu begreiflich. Nun nimm jemanden wie mich! Wie stand es denn um das Kirchengut, bevor ich gewählt wurde? Was die Ungarn nicht fortschleppten, raubten die Herzöge, Grafen . . . Ja, du hast recht, ich übertreibe. Aber sehr weit von der Wahrheit entfernt ist das nicht. Mit Schenkungen und Privilegien war es auch nicht gerade üppig bestellt, was?«

»Niemand bestrei –«

»Denkt meinethalben von mir, was ihr wollt, aber daß es vor meiner Zeit der Kirche besser ging, kann wohl keiner behaupten. Wenn es jedoch so ist, glaubst du dann wirklich, daß es mir unser Schöpfer verübelt, falls ich an gewissen Tagen einmal danebengreife und statt eines Fisches eine Hühnerkeule erwische? Du verstehst: Ich lege es natürlich nicht darauf an. Aber nehmen wir an, es passiert, und nehmen wir auch noch an, ich vergesse es danach: hältst du es dann tatsächlich für wahrscheinlich, daß er mir deswegen einen Feldzug gegen die Heiden verdirbt? Denn das willst du mir doch weismachen.«

»Aber Herr König«, flüsterte Bernhard, »was redest du da? Das ist entsetzlich. Wüßte ich nicht –«

»Sei still, Bischof, sei bloß still!« Heinrich bückte sich blitzschnell, riß einen glimmenden Ast aus dem Feuer und schleuderte ihn an Bernhard vorbei in den Wald, wo er funkensprühend an einem Stamm zerbarst. Keuchend schaute der König ihm hinterher, dann zum Bischof, der das Gesicht mit den Händen bedeckt hatte.

»Wage es nie wieder, mir zu drohen, oder du wirst es bereuen«, sagte er nach einer Pause dumpf. »Was bildest du verdammter Narr dir eigentlich ein? Daß ich ein altes Weib bin, das man mit irgendwelchen Gerüchten erschrecken kann? Schlag dir solche Flausen aus dem Kopf, sonst ...« Er zeigte auf den Strauch, in den der zerschmetterte Ast gefallen war, und setzte bereits ruhiger hinzu: »Ich diene Gott auf meine Weise, ob es die richtige ist, werde ich am Tage des Jüngsten Gerichts erfahren. Freilich, ich bin ein schwacher Mensch und gehe zuweilen in die Irre. Sag es mir getrost, wenn du meinst, daß meine Seele in Gefahr ist, doch sage es gerade heraus und nicht, indem du versuchst, mir Angst einzujagen. Das kann ich auf den Tod nicht leiden. In den nächsten Wochen allerdings verschone mich mit jeglichen Vorwürfen, denn während eines Krieges ist es auch dem Frommsten unmöglich, dauernd an seine Seligkeit zu denken. Und – kein Wort mehr von dem Balg, schon gar nicht zu den Leuten. Hast du mich verstanden?«

Bernhard nickte stumm.

»Das freut mich«, sagte Heinrich spöttisch. Er lachte kurz und berührte dabei den Bischof am Arm. »Nimm es mir nicht krumm, daß ich dich so angefahren habe, nein? Du bist selbst schuld daran. Mich an meine früheren Sünden zu erinnern, das hättest du nicht tun dürfen.«

Er blickte zur Seite.

»Wie es scheint, sind sie gerade im Begriff, meinen Ur zu rösten. Setze dich zu uns, wenn es soweit ist, ich lade dich ein. Wir wollen doch mal sehen, wie solch ein Vorzeichen schmeckt.« Er lachte erneut, drehte sich um und ging.

Inzwischen war es völlig dunkel geworden. Bernhard fühlte die feuchte Kühle, bis über die Knie war er wie abgestorben. Trotzdem rührte er sich nicht von der Stelle. Die Kirche bindet und löst, sprach es in ihm, jede Sünde kann sie nachlassen – nur eine nicht, denn die wird weder in dieser noch in der künftigen Welt vergeben: die wider den heiligen Geist. Wer die Kirche nicht hört, sei wie ein Heide und Zöllner. Deutliche Sätze, genauso deutlich, wie jene gräßlichen Lästerungen, die er gerade vernommen hatte ... Die Namen von Märtyrern fielen ihm ein, Mauritius, Sebastian, Quirinus, der fünfzehnjährige Agapitus. Man hatte sie mit Pfeilen gespickt und kochendem Wasser übergossen, ihnen Hände und Füße abgeschlagen, die Zähne ausgebrochen. Er, Bernhard, aber hatte sich schon einer Drohung gebeugt.

Er gab sich einen Ruck und ging zu den anderen. Sehnsüchtig forschte er in ihren Mienen nach Anzeichen von Schadenfreude oder Verachtung, etwas, das ihn vielleicht veranlassen würde, noch einmal aufzubegehren. Er fand jedoch nichts. Siegfried reichte ihm gähnend ein Stück Fleisch, der König stierte ins Feuer, Otto schabte verkohlte Fetzen von seinem Braten. Bernhard setzte sich, und nach einem Gebet begann er zu essen.

In den Lichtkreis der Flammen drangen die Geräusche des Abends, seltsam klar, doch keineswegs störend. Ein Kauz rief sein melodisches »Kijuwitt«, ein zweiter antwortete ihm. Stöhnend rieb sich ein Ast im Rhythmus des Windes am Stamm des Nachbarbaumes. Dann und wann schrieen die Wachen, um ihre Angst zu vertreiben, Schimpfworte in den Wald und warfen ihnen brennende Wachsfackeln hinterher.

Nach einer Weile bemerkte der Bischof erstaunt, daß sich seine Niedergeschlagenheit verflüchtigt hatte. Fast war ihm behaglich zumute. Hatte er nicht eben noch gemeint, sein Versagen niemals verwinden zu können? Jetzt, da er den zufriedenen Ausdruck in Heinrichs Gesicht sah, den Widerschein jener wohligen Trägheit, die auch ihn erfüllte, war ihm der Kummer, den er vorhin empfunden hatte, plötzlich nicht mehr recht verständlich; sogar seine früheren Anschauungen über diesen Mann kamen ihm auf einmal wunderlich vor. Wichtig dünkte ihn im Augenblick lediglich eines: die Beine so zu drehen, daß sie das Feuer von allen Seiten erwärmte.

Sobald man in Magdeburg eintreffen würde, sollten sämtliche Vorräte an Wein Graf Siegfried unterstellt und nur noch dann angetastet werden, wenn der König das erlaubte. Um sich über diese traurige Aussicht hinwegzutrösten, war ein Teil der Leute bis zum Morgengrauen wach geblieben und inzwischen mehr oder minder betrunken.

Einer von ihnen, Herpo, war Zinsbauer eines Klosters, das zur Halberstädter Diözese gehörte. Mit seinen siebenunddreißig Jahren befand er sich in einem Alter, das einen des Kriegshandwerks unkundigen Mann eigentlich vom Dienst jenseits der Grenze befreite. Dennoch hatte ihn der Vogt dem Aufgebot zugeteilt, angeblich deshalb, weil er außergewöhnlich geschickt beim Beschlagen von Pferden und Instandsetzen von Geräten mancherlei Art sei. Das stimmte zwar, wäre jedoch ebenfalls ein Grund gewesen, ihn zu schonen. Und tatsächlich lag die wahre Ursache für diese Entscheidung woanders. Als Nachkomme rodungsfreier Bauern besaß er sein Land zu verhältnismäßig günstigen Bedingungen. Seine Schweinezucht hatte in der Gegend einen gewissen Ruf. Es war daher begreiflich, daß dieser Besitz, inmitten von weitaus höher belasteten Höfen gelegen, die Gier der Klosterleute erregte. An Herpos Rechten ließ sich indes nicht rütteln.

Unglücklicherweise hatte jedoch sein ältester Sohn vor zwei Jahren bei einem Streit einen Mann erschlagen. Notwehr oder nicht – der Getötete zählte zum Gefolge des Grafen und war darum durch ein sehr hohes Wergeld geschützt. Das mußte die Familie nun aufbringen. Und wie das so ist, gesellten sich zu diesem Mißgeschick noch weitere: Herpo verletzte sich beim Bäumefällen am rechten Arm und konnte längere Zeit nur mit halber Kraft arbeiten; durch Blitzschlag brannte ihm ein Speicher ab – fast ein Drittel der Ernte kostete ihn das; schließlich wurde ein anderer Sohn von Bienen angefallen und so zugerichtet, daß er starb. Seither war Herpo mit den Abgaben immer mehr in Rückstand geraten, was dem Vogt zum Vorwand gedient hatte, ihn unter die fünf Männer einzureihen, die der Fronhof stellen mußte. Daß jener dabei die Hoffnung hegte, die Frau allein würde die Wirtschaft nicht bewältigen, lag für Herpo auf der Hand. Ging diese Rechnung auf, würde er nach seiner Rückkehr gezwungen sein, sich dem Kloster zu ergeben. Falls er die Heimat überhaupt noch einmal wiedersah ...

Anfangs war er entschlossen gewesen, sich nicht unterkriegen zu lassen. Er hatte Vorsorge getroffen: Verwandte würden hin und wieder helfen. Doch sowie er von zu Hause fort war, brachen die ohnehin schwachen Dämme seiner Zuversicht auseinander, und ihm wurde klar, daß ihn auch das nicht retten würde.

Maß auf Maß schüttete Herpo in sich hinein, die Flammen der Verzweiflung zu löschen, gelang ihm indes nicht. Ihm gegenüber saß ein junger Bursche, beinahe noch ein Knabe, der unaufhörlich redete, lachte, sich bewegte. Zunächst hatte ihn Herpo nicht wahrgenommen, so, wie er den ganzen Tag über kaum etwas wahrgenommen hatte. Doch als die meisten schon schweigsam wurden und sich zurücklegten, blieb der Junge weiterhin aufrecht sitzen und plauderte unentwegt mit seinem Nachbarn. Wenn Herpo aufschaute, sah er das lebhafte Mienenspiel des anderen, ein Anblick, der ihn immer stärker peinigte. Bald schien es ihm, als bestünde ein Zusammenhang zwischen seinem Unglück und dem zügellosen Frohsinn des Burschen. Das war natürlich Unsinn, doch verschaffte ihm diese Vorstellung eine merkwürdige Erleichterung.

»Halt doch endlich deine Schnauze«, sagte er probeweise. Er wollte keinen Streit anfangen, sondern lediglich dahinterkommen, ob ihm nicht wohler wurde, wenn der Junge für einen Moment Ruhe gab. Dieser unterbrach sich kurz, so, als lausche er einem Geräusch hinterher, ohne indes sicher zu sein, es auch wirklich gehört zu haben. Danach erzählte er weiter – von der Jagd auf den Ur, an der er teilgenommen hatte.

Herpo ließ ihn reden. Er wartete, bis er meinte, daß der andere den Zwischenfall vergessen habe. »Du sollst deine Schnauze halten«, sagte er erneut und fühlte sofort, wie gut ihm das tat. Bei Gott, da hatte er offenbar das Richtige getroffen. Es war wundervoll, sich erst zurückzuhalten und dann unverhofft zuzuschnappen.

»Meinst du mich?«

»Wen denn sonst, du Hammel.«

»Du hast mir gar nichts zu sagen.«

Das sollte gewiß forsch klingen, hörte sich aber unsicher an. Und tatsächlich verstummte der Junge hierauf.

Herpo lauerte, doch es kam nichts mehr. Was nun? Ihn befiel Angst. In der Stille schmolz seine Hochstimmung dahin, gleich würde er wieder seiner Verzweiflung ausgeliefert sein. Er fischte einen glühenden Zapfen aus dem Feuer, warf ihn in die Richtung des Jungen, traf jedoch den Hals eines Mannes, der bereits schlief.

Brüllend sprang dieser hoch. Jemand wies auf Herpo. Der Mann hüpfte über einige Leiber hinweg und rannte um das Feuer herum auf ihn zu.

Herpo, schlagartig nüchtern, rührte sich nicht vom Fleck. Wieder einmal war etwas schiefgegangen, so, wie in letzter Zeit beinahe alles schiefgegangen war. Er hatte keine Prügelei gewollt, auch mit diesem Burschen nicht. Er hatte lediglich jenes Gefühl der Erleichterung ein bißchen verlängern wollen, das so unvermutet über ihn gekommen war. Statt dessen hatte er alles nur noch schlimmer gemacht. Er empfing zwei Fußtritte, die ihm die Luft nahmen. Von oben hagelte es Fausthiebe. Er wich ihnen kaum aus, sagte bloß matt: »Das reicht. Hör jetzt auf.«

Aus dem Empfinden heraus, daß sie in der Tat quitt waren, hatte der Mann innegehalten. Die scheinbar gleichgültige Art des anderen entfachte jedoch seinen Zorn erneut. Er stieß einen Fluch aus, riß Herpos Kopf an den Haaren nach vorn, rammte ihm das Knie unters Kinn und spukte ihm mehrmals ins Gesicht.

Herpo schloß die Augen. Über seine Wangen liefen Tränen. Es reicht, klang es in ihm, es reicht. Und ohne jedes Wutgefühl, elend wie zuvor, zog er sein Messer und trieb es dem anderen in den Bauch.

Einige Stunden später wurde Herpo dem Grafen Siegfried vorgeführt. Flüchtig besah dieser das zerschlagene Gesicht, allerdings nur, um festzustellen, ob der Mann zu ihm gehörte. Von den aufgeplatzten Brauen bis zu den Spitzen der Barthaare zogen sich zwei Bahnen getrockneten Blutes hin. Dazwischen ein heller Streifen – der Nasenrücken. Der Mund stand offen, wohl, damit sich die zerfetzten Lippen nicht berührten.

»Was ist mit dem anderen?« fragte Siegfried. »Lebt er noch?«

»Schwer zu sagen«, antwortete einer von Herpos Bewachern. »Manchmal zuckt er – so!« Er machte eine Bewegung und lachte anschließend über seinen Versuch, den Todeskampf nachzuahmen. »Lange dauert es jedenfalls nicht mehr.«

»Da hörst du es.« Der Graf nickte Herpo vorwurfsvoll zu. »Das wird dich teuer zu stehen kommen.«

Er ging ein paar Schritte zurück, hin zu Bernhard, der das Beladen seiner Packpferde beobachtete und zuweilen mit bedrückter Miene auf den Mißhandelten geschaut hatte.

»Es ist einer von deinen Leuten. Ich werde ihm dreißig verabreichen lassen. Was meinst du?«

Der Bischof hob die Hände. »Das geht mich nichts an«, sagte er hastig und drehte sich weg.

»Nun ja«, Siegfried lächelte schwach, »zwanzig sind auch genug. Er kommt sonst nicht mehr hoch.«

»Was ist genug?« fragte es plötzlich neben ihm, er wandte sich um und erblickte den König sowie dessen Sohn, die in diesem Moment hinter ihrer Hütte hervortraten.

»Es geht um den Mann, der –«

»Ja, ich weiß. Und was hast du mit ihm vor?«

Siegfried zögerte. »Ich dachte an vierzig mit dem Stock«, sagte er dann in demselben Tonfall, in dem er zu Bernhard von zwanzig Schlägen gesprochen hatte. »Das scheint mir ausreichend, denn wie du siehst, haben ihn die Wachen bereits verdroschen.«

Heinrich runzelte die Stirn. »Zwanzig, dreißig, vierzig – was soll das?« sagte er gedämpft. »Noch sind wir nicht auf der anderen Seite, noch haben die Strapazen nicht angefangen, aber diese Strolche gehen sich schon an die Kehle. Für den einen, den du jetzt schonst, werden vielleicht bald Dutzende mit ihrem Leben bezahlen müssen. Hast du das bedacht?«

In Siegfrieds ehrerbietigem Gesicht rührte sich nichts. Obwohl er verstanden hatte, was der König von ihm verlangte, verstand er doch nicht, warum. Daß sich eine Tat wie diese während des Feldzuges nicht wiederholte, dafür sorgte erfahrungsgemäß die Angst vor dem Feind. Der Mann hatte gefehlt, ein Mörder aber war er nicht. Weshalb sollte er trotzdem sterben? Im Frieden begnügte sich das Recht bei einem Totschlag unter Freien mit dem Vergleich; im Krieg, der diese Form der Sühne zwangsläufig aufschob, war eine zusätzliche Strafe in das Ermessen des Heerführers gestellt. Schlimmstenfalls pflegte man den Betreffenden zu prügeln, häufig wurde er auch nur zum Wachestehen außerhalb der Reihe oder zu anderen unbeliebten Tätigkeiten verurteilt; das Wergeld mußten er oder seine Angehörigen später natürlich auch noch zahlen. Der Gedanke, diesen Bauern hinzurichten, war dem Grafen daher so ungewohnt, daß er sich nicht sofort zu einer zustimmenden Entgegnung entschließen konnte. »Du hältst es also für erforderlich, ihn . . .« Er stockte und blickte dabei zum Bischof, um zu kontrollieren, ob dieser wahrnahm, daß er sich bis zuletzt bemühte, Schaden von ihm abzuwenden.

»Ja«, sagte Heinrich knapp.

Siegfried nickte, erst langsam, dann rascher, und fragte:

»Soll ich es hier tun? Oder in Magdeburg, wenn alle beisammen sind? Doch wozu warten«, antwortete er sich selber, »das spricht sich dann schon herum.«

»Richtig, Schwager«, pflichtete ihm der König bei. »Erledige es, bevor wir aufbrechen. Und noch etwas: Mache kein Geheimnis daraus, aber auch keine Vorstellung. Wer will, darf zugucken, wer nicht will, läßt es bleiben. Das Kriegsrecht braucht keine Zuschauer, doch es versteckt sich auch nicht. Es kümmert sich nur um sich. Das ist sehr wichtig, verstehst du?«

Er wandte sich zum Gehen, drehte sich aber noch einmal um, als er bemerkte, daß ihm sein Sohn nicht folgte. Dieser hatte sich hingehockt und stocherte, selbstvergessen wie ein Kind, mit einem Stöckchen in der Erde herum. Nachdenklich sah Heinrich auf ihn herab. Plötzlich preßte er die Lippen zusammen, machte kehrt und ging.

Der Graf schaute ihm hinterher. »Dieser Mann ist verteufelt schlau«, sagte er versonnen. »Nichts überläßt er dem Zufall.«

»Gewiß«, entgegnete Bernhard steif. Mit einem Blick auf den jungen Otto setzte er hinzu: »Erkläre mir indes trotzdem, inwieweit es von Schläue zeugt, jemanden zum Krüppel zu schlagen, der uns noch gute Dienste leisten könnte. Sogar ich weiß, daß ein Mensch schwerlich mehr als fünfzig Hiebe übersteht.«

Siegfried wiegte den Kopf. »Nicht unbedingt. Letztlich entscheidet darüber das Geschick desjenigen, der schlägt. Doch was hat das mit unserem Fall zu tun? Dieser Bauer wird ja nun gehenkt.«

»Gehenkt?« wiederholte Bernhard ungläubig.

»Natürlich, mein Freund.«

»Was redest du da? Du mußt dich irren.«

Siegfried betrachtete den Bischof zweifelnd. »Nein, du bist es, der sich irrt. Gesagt hat er es zwar nicht, wohl aber gemeint. Daß du das nicht begriffen hast . . .« Er brach in Lachen aus. »Nun sei nicht gekränkt. Ich gebe zu, auch ich habe nicht sofort erkannt, worauf der König hinauswollte.«

Fassungslos starrte ihn Bernhard an. In der Klosterschule

war er stets einer der Besten gewesen, nicht nur in Fächern, die für einen künftigen Kleriker von erstrangiger Bedeutung waren, sondern auch in solchen, die einfach Gewandtheit des Denkens verlangten. Ein Rätsel wie dieses: Der Sohn eines Mannes heiratet eine Witwe, sein Vater ihre Tochter – wie sind die Kinder aus beiden Ehen miteinander verwandt? hatte ihn bereits als Elfjährigen nicht in Verlegenheit bringen können. In einem Alter, in dem der Graf vermutlich noch nicht einmal ein beschriebenes Pergament gesehen hatte, war er, Bernhard, anläßlich einer Visitation durch den Erzbischof dafür belobigt worden, daß er blitzschnell Definitionen herzusagen vermochte. (Was ist die Zunge? – Eine Geißel der Luft.) Seitdem hatte er seine Kenntnisse unaufhörlich vervollkommnet. Er war imstande zu begründen, weshalb das höllische Feuer zwar brannte, aber nicht leuchtete, wußte einigermaßen über die Rangordnungen am himmlischen Hof Bescheid, konnte über die Arten und die Dauer der im Jüngsten Gericht verhängten Strafen dozieren sowie zwingend darlegen, in welcher Gestalt die Toten einst auferstehen werden. Er beherrschte Latein und die Zeichensprache mittels der Finger, hatte jedoch von jener Unterhaltung offenkundig weniger verstanden als dieser ungebildete Kriegsmann. Das erschütterte ihn.

»Schau nicht so betrübt drein«, sagte Siegfried, der die Bestürzung des Bischofs auf seine Weise auslegte. »Gott weiß, daß ich dir gern den Gefallen getan und deinen Mann geschont hätte. Aber der König hat es anders beschlossen. Und obwohl ich mit dir fühle, kann ich doch nicht umhin, zuzugeben, daß er richtig entschieden hat. Denn durch seinen Tod nützt uns dieser Bauer gegenwärtig mehr als durch alle Heldentaten, die er später vielleicht begangen hätte.«

»Aber warum bloß?« ließ sich in diesem Moment der junge Otto vernehmen. »Wenn der Mann nach Hause kommt, wird er Wergeld zahlen und Buße tun. Prügel kriegt er außerdem. Genügt das nicht? Mir scheint, daß es genügt. Auf mich hört der Vater nicht, aber auf dich, Siegfried, hält er große Stücke. Deshalb solltest du versuchen, ihn umzustimmen. Denn ist sein

Zorn erst verraucht, bereut er gewiß diesen grausamen Befehl.«

Lächelnd sah der Graf auf ihn herab. »Dein Wunsch ehrt dich«, sagte er, »spricht doch aus ihm der künftige König, dem es widerstrebt, leichtfertig Blut zu vergießen. Hier allerdings handelt es sich um ein notwendiges Opfer. Wie du weißt, besteht unser Heer nicht nur aus Männern, die den Kampf lieben. Zudem werden durch die Widrigkeiten des Krieges Züchtigungen und selbst der Tod ihren Schrecken für sie verlieren. Es ist darum von Vorteil, ihnen beizeiten die Zähne zu zeigen und, falls möglich, auch kräftig zuzubeißen. Um sie einzuschüchtern, bedarf es freilich eines Anlasses, der sich am Beginn eines Feldzuges leider selten findet. Die Tat dieses Bauern kommt uns daher wie gerufen, was dein Vater im Unterschied zu mir sofort erkannt hat. Aus allen diesen Gründen«, schloß er mit einem kleinen Lachen, »werde ich mich hüten, ihm von deiner Bitte auch nur zu erzählen. Hast du nun verstanden?«

Otto nickte stumm. Plötzlich erhob er sich und schleuderte das Stöckchen fort, worauf sich Bischof Bernhard, den diese Gebärde an den gestrigen Abend erinnerte, unwillkürlich duckte.

Währenddessen stand Herpo noch immer zwischen seinen beiden Bewachern, und obwohl ihm der ganze Körper schmerzte, fühlte er sich nicht schlecht. Denn die Würfel waren gefallen. Das Wergeld für den Getöteten konnte er niemals aufbringen, sich aber verknechten zu lassen, zog er gar nicht erst in Betracht. Nicht nach dieser Nacht, in der er von vier betrunkenen Dienstmännern des Grafen wie ein Unfreier mißhandelt worden war. Sie hatten ihn in den Wald geschleppt, hier seine Fesseln gelöst und sich dann an ihm ausgetobt. Vielleicht beließ man es bei dieser Strafe, andernfalls würde er wegen einiger Hiebe mehr auch nicht zerbrechen. Er würde hinnehmen, was man über ihn verhängte, und danach dorthin gehen, wo ihn nie wieder jemand drangsalieren konnte. Banden gab es überall. Die Familie war ohnehin nicht zu retten, die Söhne, sofern sie schlau waren, würden es genauso machen.

»Endlich«, sagte es neben ihm. Siegfried kam auf sie zu. Herpo straffte sich, und sofort hingen die beiden Wachen an seinen Armen. Er sah dem Grafen entgegen. Gerade Haltung, rascher Gang und dieser Ausdruck furchtloser Entschlossenheit, den schon ihre Kinder zur Schau trugen. Auch in Lumpen gekleidet, hätte er den Edeling nicht verleugnen können. In seiner herausfordernden Art zu laufen lag der ganze Stolz eines Menschen, der allein den Kampf anbetete und jeden verachtete, der mit dem Leben auf andere Weise verbunden war. Sein Anblick erfüllte Herpo mit solchem Haß, daß er den Kopf senkte, um sich nicht zu verraten.

Siegfried machte zwei Schritte vor ihm halt. »Du mußt sterben, Mann«, sagte er mit klarer Stimme. »Das Kriegsrecht verlangt es. Bereite dich vor, der Bischof wird dir beistehen.«

Herpo hörte die Worte, verstand sie jedoch nicht. Nach einer Weile riß er die Augen auf und preßte den Mund zusammen, worauf ihm ein Stöhnen entfuhr: Einige Wunden in dem zerschundenen Gesicht waren abermals aufgeplatzt, und es quollen Blutstropfen hervor. Als er sich wieder in der Gewalt hatte, suchte er den Blick des Grafen, doch dieser war längst gegangen.

Das Weitere geschah so, wie es König Heinrich gewünscht hatte. Während die Leute die Feuerstellen mit Erde bedeckten oder bereits die Pferde bestiegen, wurde Herpo unter die große Eiche geführt und mit Haselnußzweigen gebunden. Nachdem sein Kopf in der Schlinge steckte, näherte sich ihm von hinten ein riesiger Knecht, umklammerte seine Oberschenkel und hob ihn empor. Gleichzeitig zogen mehrere Männer am anderen Ende des Strickes.

Alle, die an dieser Prozedur nicht beteiligt waren, hatten ihre jeweilige Beschäftigung unterbrochen; sogar der Büttel, der inzwischen zurückgetreten war, schaute andächtig zu. Es war so ruhig, daß man das zarte Geläut der Goldhähnchen in den Wipfeln der Fichten vernehmen konnte. Plötzlich gab es ein knackendes Geräusch, Zweige fielen herab – der Sterbende hatte seine Fesseln gesprengt. Auf ein Zeichen des Grafen hängte sich der Knecht an die heftig ausschlagenden Beine, sprang aber sogleich wieder weg und wischte sich das Gesicht ab. Ein Fußtritt trieb ihn erneut an.

Dies alles hatte beiläufig aussehen sollen, das Grausige der unerwarteten Hinrichtung machte jedoch die beabsichtigte Wirkung zunichte. Als nach der Durchquerung der Bode die Leute gezählt wurden, stellte sich heraus, daß Herpos Henker, der während des Marsches das abgeknotete Seil offen am Sattel getragen hatte, spurlos verschwunden war. Drei Männer vom Troß fehlten ebenfalls. Nachdem sich Graf Siegfried mit dem König beraten hatte, verkündete er, daß sie sicherlich ertrunken seien, worauf ihm höhnisches Gelächter antwortete. Dennoch ließ man die Sache auf sich beruhen.

Weniger erfreulich auch das, was sie in Magdeburg vorfanden. Nur ein kleiner Teil der Aufgebote war bereits eingetroffen. Im Festungsgelände stank es nach Mist, bei jedem zweiten Schritt trat man auf Tierkot oder Knochen. Die Besatzung hatte nicht einmal Wachen aufgestellt. Als Siegfried erfuhr, daß sich die Männer statt der vorgeschriebenen Kriegsübungen meist der Jagd gewidmet hatten, löste er den Kommandanten ab und ließ ihn auspeitschen. Um die Stimmung unter den anderen zu heben, erwog er, noch am selben Abend Wein zu verteilen, stieß aber mit diesem Vorschlag beim König auf Widerspruch. »Wenn sie saufen wollen, müssen sie sich bei den Slawen bedienen; vorher gibt es keinen Tropfen«, sagte Heinrich und maß seinen Schwager mit einem verächtlichen Blick.

II.

Als König Heinrich daran ging, das Slawenland östlich der Elbe mit Krieg zu überziehen, war er jenseits der Fünfzig. Zwar war der Plan zu diesem Vorhaben nicht neu, seine Ausführung aber hatte er noch bis vor einem Jahr für einen späteren Zeitpunkt vorgesehen. Falls er vorher starb, würde diese Aufgabe eben seinem Sohn und Nachfolger zufallen. Ihm, Heinrich, oblag es zunächst und vor allem, den Ungarn eine Lektion zu erteilen, sie womöglich so zu schlagen, daß sie sich im Reich nicht mehr blicken ließen; Ruhm genug für einen Mann, der vor noch nicht einmal zehn Jahren als erster seines Geschlechtes die Königswürde erlangt hatte. Denn keiner seiner Vorgänger war dieser Teufel bislang Herr geworden.

Niemand wußte genau, woher sie kamen. Nicht lange, nachdem sie vor einem halben Menschenalter Pannonien erobert und sich dort festgesetzt hatten, waren sie zum erstenmal in ostfränkisches Gebiet eingefallen, und seither suchten sie es fast jährlich, alles verwüstend, heim. In ungeordneten Haufen drangen sie vor, brannten Dörfer und Klöster nieder, raubten, vernichteten, töteten. An Gefangenen lag ihnen wenig. Da sie wegen ihrer unsteten Lebensweise für Sklaven kaum Verwendung hatten und zudem, wie man hörte, glaubten, daß jeder, der durch ihr Schwert starb, ihnen im Jenseits dienen müsse, wurden mitunter selbst Frauen und Kinder von ihnen abgeschlachtet.

Kam es zum Gefecht, bildeten sie zwei Abteilungen, die abwechselnd gegen das feindliche Zentrum anstürmten und es mit einem Hagel von Pfeilen überschütteten. Sowie sie merkten, daß die Reihen des Gegners ins Wanken gerieten, setzten sie, schrille Schreie ausstoßend, auf ihren kleinen, jedoch schnellen Pferden hinterher und machten alles nieder. Lange Belagerungen vermieden sie, hatten die im schlechtbefestigten Sachsen allerdings auch kaum nötig.

Die schwerfällige Landwehr, aber auch die berittenen Vasallenheere standen ihrer Taktik zumeist machtlos gegenüber. Nicht oder nur notdürftig gepanzert und an den Kampf Mann gegen Mann gewöhnt, hatten sie den Pfeilschwärmen nichts entgegenzusetzen, und selbst da, wo sie ihnen widerstanden, gelang es nicht, den flinken Feind zu stellen.

Was zu tun war, lag auf der Hand: Einmal benötigte man

Burgen, welche die in der Herstellung von Belagerungsgerät unerfahrenen Reiterscharen nicht einnehmen und in denen die eigenen Bauern samt ihrem Vieh und sonstiger Habe Zuflucht finden konnten. Zum anderen mußte eine Streitmacht her, die der Kampfesweise dieser Nomaden gewachsen war. Beides erforderte jedoch Zeit, viel mehr Zeit, als zwischen den Sommerfeldzügen der Ungarn blieb.

Da kam die göttliche Fügung zu Hilfe und ließ einen ihrer Anführer in sächsische Gefangenschaft geraten. Es mußte einer von Rang gewesen sein, denn für seine Freilassung sowie die regelmäßige Entrichtung eines Tributes verpflichteten sich seine Leute zu einem neunjährigen Waffenstillstand, den sie bislang auch eingehalten hatten. Und Heinrich nutzte die Frist, ließ Burgen bauen und verfallene oder zerstörte Befestigungen erneuern; selbst Klöster mußten sich mit einer Mauer umgeben. Den Burgen wurde Land zugeteilt, das die Besatzungen zu bestellen hatten, so daß sie sich selbst verpflegen und vor allem Vorräte anhäufen konnten. Im Ernstfall würden sie nicht nur die Bauern der umliegenden Ortschaften aufnehmen und schützen können, sondern auch eine Bedrohung im Rücken der Eindringlinge darstellen.

Festungen, die im Inneren des gefährdeten Raumes lagen und von denen man daher erwarten durfte, daß sie nicht sogleich überrannt werden würden, war eine etwas andere Aufgabe zugedacht. Ihre Besatzungen wurden mit den kostspieligen, aber pfeilsicheren Kettenpanzern ausgerüstet und mehrmals im Jahr zu Kriegsspielen zusammengerufen, bei denen der Reiterkampf in geschlossener Formation geübt werden mußte. Diese Männer sollten den Kern des Verteidigungsheeres bilden und gemeinsam mit der Landwehr den Gegenschlag führen.

Da alle unter den Ungarn zu leiden hatten, überraschte es nicht, daß die Vorbereitungen zu ihrer Abwehr auf keinerlei Widerstand trafen. Dennoch beeindruckte es Heinrich, mit welchem Eifer seine Anordnungen befolgt wurden. Ohne zu murren, kamen die sonst so widerspenstigen sächsischen Bauern mit ihren Gespannen zum Burgenbau, und der Adel machte kaum Ausflüchte, wenn es darum ging, Dienstleute für die Grenzfestungen und die Panzerreiterei abzustellen. Während einer Rundreise durch Nordthüringen kam dem König ein Gedanke, der an sich in der Luft lag, ihn, da er nur selten Muße zum Grübeln hatte, jedoch erst jetzt erreichte: daß nämlich die Ungarn nicht nur eine Bedrohung waren – halfen sie ihm doch, Ziele zu erreichen, deren direkte Verwirklichung sehr viel mehr Kraft und Kampf gekostet hätte. Es war schon merkwürdig: Die da so emsig gruben, Steine heranfuhren und zimmerten, arbeiteten nicht bloß an der Niederlage des äußeren Feindes, sondern auch an ihrer künftigen eigenen, schienen davon aber nichts zu ahnen. Die Herzöge wiederum mochten tun und lassen, was sie wollten, jeder Sieg über den Gegner würde den König stärken und ihre Macht schmälern.

Daher beschloß er, alles zu unterlassen, was nicht dazu diente, den Sieg über die Ungarn sicherzustellen, sich von der Woge dieses Himmelsgeschenkes solange tragen zu lassen, bis sie verebbte.

Bald stellte sich indes heraus, daß es offenbar unmöglich war, mehrere Jahre einen Krieg vorzubereiten, ohne die Männer, die ihn führen sollten, zwischendurch einen wirklichen Kampf erleben zu lassen. Ständig und ohne Not lediglich zu üben, was sie, wie sie meinten, sowieso konnten – sich zu schlagen –, das war zu ungewohnt für sie . . . Lächerlich, auf die Dauer aber einfach lästig war es, zertrümmerte Mühlsteine von einer Burg zielsicher herunterzuwerfen – dabei laufend die Position zu wechseln, um den Gegner über die Stärke der Besatzung zu täuschen – und sie anschließend wieder hinaufzutragen und zu stapeln; während plötzlicher Ausfälle Brücken zu bauen, die nachher wieder abgerissen werden mußten, weil sie im Ernstfall nicht den Ungarn zugute kommen sollten; sich beim Trab auf ein Kommando hin blitzschnell mit den Schilden zu decken, um einen Pfeilhagel (den Knechte mit Zapfen nachahmten) abzufangen, danach gegen ein Feld von Strohpuppen anzureiten und auf sie einzudreschen, daß die Halme flogen ... Anfangs bogen sich die Leute noch vor Lachen, taten aber mit, doch es kam der Zeitpunkt, an dem auch die Gutwilligsten die Lust verloren. Ein Heer, das, gut ausgebildet und diszipliniert, auf Abruf bereitstand, stampfte man, das zeigte sich nun, nicht so leicht aus dem Boden.

In den Festungen wurden die Kriegsübungen vernachlässigt, wer vorher Bauer gewesen war, sank, ohne den Stachel wirklicher Gefahr, rasch wieder in seine alte Lebensweise zurück. Die ehemaligen Gefolgsleute jedoch, diese geborenen Raufbolde, wurden zu einer wahren Landplage. Als sie noch bei ihren früheren Herren herumgelungert hatten, wußten sie wenigstens, wozu sie lebten: Heute mußte ein geflüchteter Knecht eingefangen werden, morgen galt es, einen störrischen Liten an seine Verpflichtungen zu erinnern und nach einem nächtlichen Gelage mit dem Nachbarn eine alte Rechnung zu begleichen: seine Heuschober und Bienenstöcke anzuzünden oder seinen Dienstleuten aufzulauern, sie auszupeitschen und mit geschorenen Köpfen nach Hause zu schicken. Für all das erhielt man nicht nur Essen und Kleidung, sondern dann und wann auch noch ein Geschenk.

Nun gab es keine Geschenke mehr, statt Beutemachen hieß es arbeiten, und wie zum Hohn sollte man sich den Rest der Zeit mit kindischen Spielen vertreiben. Das konnte nicht gutgehen – und es ging auch nicht gut.

Während der König noch mit der Erkenntnis rang, daß es sich als ein verhängnisvoller Fehler erweisen könnte, die kostbare Streitmacht weiterhin gleichsam aufsparen zu wollen, mehrten sich Meldungen über geplünderte Gehöfte, gestohlenes Vieh, vergewaltigte Frauen. Die Bauern setzten sich zur Wehr, und bald gab es auf beiden Seiten die ersten Toten.

Anfang des Jahres neunhundertachtundzwanzig stand für Heinrich fest, daß etwas geschehen mußte. Doch die Ungarn schon jetzt herauszufordern, indem man ihnen im Herbst den fälligen Tribut verweigerte, das mochte er nicht riskieren. Noch fehlte es an Fluchtburgen, die Verluste an Menschen, Tieren und Vorräten würden daher hoch sein. Der Sieg aber mußte eindeutig ausfallen, sonst waren womöglich alle Anstrengungen vergebens. Und so drängten ihn die Umstände allmählich dahin, einen Feldzug gegen jenes Gebiet zu erwägen, das, wie er wußte, die Gedanken seiner beutegierigen Krieger schon längst beschäftigte – das Slawenland im Osten.

Die Nachrichten von dort flossen etwas spärlicher, seitdem die Großen des ostfränkischen Reiches – vollauf davon in Anspruch genommen, ihre eigenen Angelegenheiten zu ordnen – die Überfälle auf ihre Nachbarn eingestellt hatten. Heinrich selbst hatte vor mehr als zwanzig Jahren, noch im Auftrag seines Vaters, die Daleminzer bekriegt und ihnen viel Schaden zugefügt – was diese übrigens veranlaßte, die Ungarn zu Hilfe zu holen. Diese Hilfe war so nachhaltig gewesen, daß – da an ähnliche Unternehmungen vorerst nicht mehr gedacht werden konnte – das Interesse der Sachsen an den Verhältnissen in dieser Gegend für lange Zeit erlosch.

Natürlich trieb man, wie eh und je, wenn nicht gerade Krieg war, Handel miteinander. Und natürlich wußte man, daß rechts der Elbe seßhafte Menschen lebten, die den Boden bebauten und Vieh züchteten: Im Norden die Obodriten und Wilzen, im Süden die Lusizer, Milzener, Daleminzer und die vielen sorbischen Stämme; zwischen ihnen die Heveller, deren Fürst über die meisten Stämme von der mittleren Elbe bis zur Oder herrschte. Von altersher war das Land mit Burgen gespickt, großen und kleinen, denn nach ihrer Einwanderung hatten diese Völker lange miteinander gekämpft, ehe dann jedes seinen Platz fand. Kaiser Karl und auch noch seine Nachfolger hatten ihre Streitigkeiten geschickt ausgenützt und waren Bündnisse mal mit diesen, mal mit jenen eingegangen, ja, sie hatten es sogar verstanden, sich als Richter über ihre inneren Angelegenheiten aufzuspielen.

Doch das war lange her, und für Heinrich ergab sich daher die Frage, wie es heute um die Abwehrkraft der Slawen bestellt war. Um sie zutreffend beurteilen zu können, genügten die Auskünfte kleiner Händler und Bauern selbstverständlich nicht. Hierzu bedurfte es Menschen, die sich nicht nur für Preise interessierten, sondern für alles, was mit ihnen, wenn auch nur mittelbar, zusammenhing, Menschen, die ihm beispielsweise folgendes beantworten konnten: Warum hörte man in letzter Zeit so wenig von den Wilzen? Was war aus ihrer alten Feindschaft zu den Obodriten geworden? Wie eng waren die Verbindungen zwischen den Hevellern und den Böhmen? – Doch an solchen Leuten fehlte es eben.

Trotzdem war er zuversichtlich. Denn so dürftig und widerspruchsvoll die Meldungen waren, in einem Punkt ähnelten sie sich, und der ließ hoffen, daß diese Völker kaum wesentlich stärker geworden sein konnten.

Noch immer durfte man wohl davon ausgehen, daß die Großen selbst eines Stammes untereinander uneins waren, die Bauern wiederum eine geringe Bereitschaft zeigten, sich unterzuordnen. Grob gesprochen neigten diese dazu, ihren Adel eher zu benutzen, als ihm zu dienen; schon früher hörte man ja von abgesetzten, sogar ermordeten Fürsten. Lange Kriege schienen ihnen auch nicht zu liegen. Neben kleinen Gefolgschaften zu Pferd hatte man es stets mit unberittenen Bauernaufgeboten zu tun gehabt, die tapfer ihre Heimat verteidigten, doch in ihrem Eifer nachließen, sowie sie sich von ihr entfernten. Bei den Daleminzern hatte es Heinrich mehr als einmal erlebt, daß die Bauern vor Beginn der Schlacht ihre Anführer zwangen, vom Pferd zu steigen, damit diese im Falle einer Niederlage nicht fliehen konnten. Das waren Sitten, die man hierzulande glücklicherweise längst überwunden hatte.

Freilich gab es Unterschiede, und über die war leider viel zu wenig bekannt. Während die Wilzen und Sorben nun schon seit längerem ohne einen König lebten, duldeten Obodriten und Heveller immerhin jeweils einen Herrscher über sich. Was man von arabischen Sklavenhändlern, die sich, aus Spanien kommend, weit in den Osten vorwagten, in Erfahrung gebracht hatte, besagte dennoch, daß auch diese Stämme kaum imstande waren, eine bedeutende Zahl ausgebildeter Krieger auf die Beine zu stellen. Und eben darin bestand, falls das zutraf, ihre entscheidende Schwäche. Solange der Adel um die

Vorherrschaft stritt und die Bauern sich nicht ins Joch fügten, konnten größere Gefolgschaften nicht entstehen. Daher dominierte bei ihnen der unberittene Bauernkrieger, der, wie aufopferungsvoll er sich auch schlug, für schnelle taktische Manöver doch ungeeignet und gepanzerten Reitern – jedenfalls im offenen Feld – allemal unterlegen war.

Nachdem Heinrich die Stärke des künftigen Gegners taxiert hatte, mußte er entscheiden, wen er zuerst angreifen wollte. Am Anfang dieses Krieges – dessen weiteren Verlauf schon jetzt festzulegen, hütete er sich – sollte unbedingt ein gleichermaßen eindrucksvoller wie mit geringen Verlusten erzielter Sieg stehen. Deshalb mußte es vermieden werden, das Heer in einer Vielzahl von Einzelgefechten zu verschleißen: statt eines langen Feldzuges mit ständigen Geplänkeln möglichst eine einzige große Schlacht, in der die Schlagkraft der Panzerreiterei voll zur Wirkung käme. Es empfahl sich dafür aber nur ein Gegner, bei dem einigermaßen geordnete Machtverhältnisse herrschten und der daher imstande war, den Hauptteil seiner Streitkräfte vergleichsweise rasch zu sammeln. Außerdem – zwar waren seine Leute auf Beute aus, und die sollten sie auch bekommen; zuviel davon, das war eine alte Erfahrung, würde jedoch nicht nur die Beweglichkeit des Heeres herabsetzen, sondern auch seine Kampfeslust dämpfen. Tributzahlungen, über die er zunächst allein verfügte und für deren Eintreibung und regelmäßige Entrichtung ein Herrscher verantwortlich gemacht werden konnte, waren da wesentlich vorteilhafter.

Aus beiden Gründen aber schieden Wilzen und Sorben erst einmal aus, denn hier würde man die Teilstämme nacheinander in die Knie zwingen und mit ihren Oberen jeweils einzeln verhandeln müssen. Die Lusizer und Milzener wiederum waren zu bedeutungslos, als daß er mit ihnen beginnen mochte.

Blieben Obodriten und Heveller. Die Obodriten kannte man besser, denn kein großer Strom trennte sie von den Sachsen. Trotzdem entschied sich Heinrich für die merkwürdig stillen Heveller, und das nicht nur, weil ihn ihre Friedfertigkeit neugierig machte. Zum einen lockte ihn die berühmte Brandenburg, Sitz des Fürsten und ein Ort, von dem auf dem Wasserweg noch andere Gebiete des Slawenlandes erreichbar waren, etwas, das bei späteren Unternehmungen einmal bedeutungsvoll werden konnte. Eine Eroberung dieser als schwer einnehmbar geltenden Festung würde auch auf die Nachbarstämme ihren Eindruck gewiß nicht verfehlen. Zum anderen würde sich der hevellische Herrscher – weil hinter Seen, Flüssen und Sümpfen verschanzt – bestimmt sicher fühlen und auf eine lange Belagerung vielleicht gar nicht vorbereitet sein.

Schließlich mußte man auch einen Fehlschlag in Erwägung ziehen; dann würden die Heveller, falls sie überhaupt zu einem Gegenangriff fähig waren, nicht nur auf den mittlerweile schon recht beachtlichen Gürtel sächsischer Burgen links der Elbe stoßen, sondern zuvor auch noch den Fluß zu überqueren haben.

Von der Brandenburg war bekannt, daß sie auf einer Insel lag. Um sie mit einem lückenlosen Belagerungsring umgeben zu können, mußte das sie schützende Gewässer so vereist sein, daß es das Heer auch trug. Nur – wann würde das sein?

Die Schwierigkeit, den richtigen Zeitpunkt zu treffen, hatte dem König nicht geringe Sorgen bereitet. Zog er zu früh los, würde es unmöglich sein, die Festung abzuriegeln, und der Feldzug würde sich in die Länge ziehen, mit allen Unwägbarkeiten, die sich hieraus ergaben. Brach man erst auf, wenn Schnee und Frost herrschten, würden die Leute unnütz zu leiden haben. In Magdeburg wochenlang auf günstiges Wetter zu warten, kam ohnehin nicht in Betracht, weil dies die Vorräte aufbrauchen würde. Es blieb daher nichts übrig, als denen zu vertrauen, die einen zeitigen und strengen Winter vorausgesagt hatten.

Gegenwärtig sah es allerdings nicht danach aus. Nachdem es zwei Tage geregnet hatte, schien eine gelbe Herbstsonne, die den Boden so erwärmte, daß es wie im März nach Erde roch. Es war windstill, und an manchen Sträuchern konnte man sogar winzige Knospen sehen. Statt in großen Schwärmen die

Nähe von Siedlungen zu suchen, liefen die Krähen eifrig pikkend auf den Wiesen umher. Dicke Fliegen hockten auf Holzstößen und Abfallhaufen, und durch den Burghof spazierte wie zum Hohn ein Star, der es offenbar nicht für nötig gehalten hatte, fortzuziehen.

»Der schwarze Bursche ist mir ein richtiger Greuel«, sagte Graf Siegfried und warf einen Stein nach ihm. »Beim nächsten Mal erwische ich ihn bestimmt.«

»Mir wäre es lieber, der Frost würde ihn vorher erledigen«, antwortete Heinrich.

Wie an jedem Vormittag ritten beide vom Kastell hinunter ins Lager. Zwar hätte man die kurze Strecke auch zu Fuß gehen können. Doch das Volksrecht gestand einem Mann nur so lange zu, im Vollbesitz seiner Kräfte zu sein, wie er noch – bewaffnet, mit einem Schild und ohne Hilfe (lediglich Pferd und Steigbügel durften ihm gehalten werden) – von einer höchstens daumenlangen Erhöhung auf sein Roß kam. Freilich hatte es über den König keine Macht, trotzdem nahm er gern jede Gelegenheit wahr, es in der Öffentlichkeit durch Gesten zu ehren, die ihn nichts kosteten.

»Dort sind sie«, sagte Siegfried, als sie den äußeren Graben passierten. Er wies auf die Westseite des Lagers. Am Vorabend waren die letzten Vasallen mit ihren Dienstleuten eingetroffen, alle aus dem Ostfalengau. Ziemlich spät, doch wie die Dinge nun lagen, noch immer zeitig genug. Die Anführer hatten sich mit diesem und jenem entschuldigt, wie allerdings zu hören war, sollten zwei Männer verletzt sein. Das ließ ahnen, weshalb sie erst jetzt kamen. Die Aufgebote waren angewiesen worden, »mit gutem Frieden« zu ziehen und innerhalb des Reiches nur Wasser und Holz in Anspruch zu nehmen; von vorher genau bezeichneten Gütern durften sie auch Futter verlangen. Da ein großes Heer – selbst wenn sich der König in seiner Mitte befand – kaum zu kontrollieren war und zu Übermut neigte, hatte Heinrich den Sammelort bis an die Grenze verlegt. Er wollte keinesfalls von den eigenen Bauern mit Übergriffen in Verbindung gebracht werden und hatte überdies gehofft, daß kleine Trupps die Risiken von Plünderungen scheuen würden, zumal dann, wenn ihnen ja ein Beutezug bevorstand. Nun hatte es, wie man wohl befürchten mußte, doch Zwischenfälle gegeben.

Die Neuankömmlinge hatten im Freien geschlafen, jetzt errichteten sie Zelte, zogen Gräben, entluden die Wagen. Zwischen ihnen liefen Ferkel herum, Schafe, Ziegen, Enten.

»So eine Unverschämtheit«, sagte Siegfried, »sie schleppen das Viehzeug auch noch lebend mit ... Heimo! Gibst du uns die Ehre?«

Ein untersetzter Rotbart, der mit dem Stiel seiner Axt gerade einem Knecht in den Rücken gestoßen hatte, drehte sich um und kam gemächlich auf sie zu.

»Sei Gott willkommen und mir, Herr König«, sagte er selbstbewußt, in der Art eines Hausherrn, die er vermutlich auch im Wald nicht ablegte. »Und du natürlich auch, Graf Siegfried«, fügte er nachlässig hinzu.

Siegfried blinzelte. »Wo habt ihr die Tiere her?«

Heimo schien den Grafen nicht zu beachten. Er heftete seine wäßrigblauen Augen auf den König und wartete so lange, bis der eine Kopfbewegung machte, die bedeutete, daß diese Frage seine Zustimmung fand. Sogleich gab Heimo Auskunft: »Geborgt.«

»Was heißt geborgt?«

Wieder würdigte ihn der Mann keines Blickes, er sah nur den König an, antwortete diesmal aber schneller: »Wir haben uns gesagt: was man hat, das hat man. Wer weiß, was die Slawen für Leute sind. Es ist bald Winter, und sie werden bestimmt nicht wild darauf sein, mit uns zu teilen. Da haben wir uns eben unterwegs vorsichtshalber von Bauern diese Tiere geborgt. Wenn wir mit Beute heimkehren, kriegen sie alles zurück.«

»Wenn du glaubtest, daß drüben nichts zu holen ist, wie konntest du da den Besitzern versprechen, daß sie ihr Eigentum zurückerhalten?« erkundigte sich der König.

Gut gegeben, dachte Siegfried, doch Heimo verlor nicht die

Fassung: Falls man, was Gott verhüte, mit leeren Händen wiederkäme, würde er selbstverständlich in die eigene Tasche greifen. »Du warst leider noch nie mein Gast, Herr König, deshalb kannst du es nicht wissen: Was hier so herumspringt, wird bei mir in einer Woche von Raubzeug weggeschleppt, ohne daß ich es auch nur merke.«

»Das freut mich für dich«, sagte Heinrich trocken. »Und warum hast du dann nicht mehr von zu Hause mitgenommen? Da du doch so große Angst hast zu verhungern . . .«

Heimo nickte ein paarmal ernst. »Du hast recht, das war ein Fehler. Doch bedenke den weiten Weg. Außerdem hatten wir es ja eilig. Je mehr man mitnimmt, desto schwieriger wird es, vorauszusehen, wann man ankommt. Trotzdem, es war ein Fehler.«

Das war eine hübsche Frechheit. Ohne es direkt zu sagen, schob er einen Teil der Verantwortung denen zu, die ihn zur Eile genötigt hatten. Der Graf wollte hier einhaken, aber der König sprach weiter: »Waren die Bauern einverstanden?«

»Erst nicht, dann ja.«

»Wie habt ihr sie denn überzeugt?«

Der Mann überlegte kurz. »Genauso, wie jetzt euch. Nur daß es bei ihnen natürlich ein bißchen länger gedauert hat.«

Siegfried blickte zum König, entdeckte aber zu seiner Überraschung in dessen Gesicht keinerlei Anzeichen von Zorn, allenfalls den Ausdruck einer gewissen Spannung, die er aber nicht deuten konnte. Er deutete sie schließlich auf seine Weise und fragte scharf: »Es heißt, ihr hättet zwei Verletzte. Entspricht dies der Wahrheit?«

»Nicht ganz. Es ist nur noch einer. Der andere starb in der Nacht.«

»Und durch wen kamen sie zu Schaden?«

»Durch Räuber natürlich.«

Heimo hob die Schultern, doch nur leicht, so, als habe er Mühe, seine Verwunderung zu bezähmen. Er sah vom König zum Grafen und wieder zum König: Wollt ihr noch mehr wissen? Ich antworte selbstverständlich, aber ein bißchen seltsam sind sie schon, eure Fragen.

Man müßte ihm drohen, seine Leute einzeln zu vernehmen, dachte Siegfried; er legte sich die Worte zurecht, da hörte er den König sagen: »Nun gut. Auch wenn es sich so verhält, wie du behauptest, so hast du doch gegen meine Anordnung verstoßen. Bist du dir dessen bewußt?«

»Ich bin es, Herr König. Und es betrübt mich mehr, als ich es auszudrücken vermag.«

»Spare dir deine Beteuerungen! Du wirst deinen Gläubigern alles zurückerstatten. Gnade dir Gott, wenn mir Klagen über dich zu Ohren kommen. Und jetzt entferne dich.«

Heimo verbeugte sich schweigend und ging – ebenso langsam, wie er gekommen war.

Graf Siegfried schaute ihm hinterher. Dann senkte er die Augen.

»Weshalb lassen wir uns das gefallen?« murmelte er erbittert. »Ich hätte ihm den Schädel spalten sollen.«

Heinrich lächelte ihm beschwichtigend zu. »So nimm dich doch zusammen, man beobachtet uns! Weshalb erregst du dich eigentlich? Weil er geraubt hat? Das wäre töricht. In den nächsten Wochen sind wir ebenfalls Räuber, und zwar hoffentlich nicht weniger erfolgreiche als dieser Heimo und seine Leute. Er ist mutig, kaltblütig, geschickt; auf wen sollte ich mich stützen, wenn nicht auf Männer wie ihn? Die Starken sind nun einmal zumeist eigennützig und schwer zu lenken, den Selbstlosen hingegen gebricht es zumeist an Stärke. Wir aber brauchen jetzt die Starken.«

»Ich danke dir für die Belehrung«, sagte Siegfried trocken. Er war vom Pferd gestiegen und hielt das des Königs am Zügel. »Und wozu zählst du mich?« fügte er hinzu.

»Dich? Laß mich nachdenken ... Nun, du bist zweifellos eine Ausnahme. Leider kriegt man mit Ausnahmen kein Heer zusammen.«

»Dann soll dieser dreiste Schuft also ungeschoren davonkommen?«

Siegfried spie auf die Erde.

»Daß es dich nicht eines Tages gereut! Bestrafe ihn doch, wenn wir zurück sind.«

»Das werde ich nicht«, sagte Heinrich beim Absitzen. »Vielleicht fällt er, dann mag der Teufel über ihn richten. Fällt er nicht, werde ich ihn beschenken, sofern er sich gut schlägt. Und verlaß dich drauf, er wird sich gut schlagen.«

Sie machten sich daran, die Ausrüstung der Ostfalen zu überprüfen. Bei Heimos Leuten gab es nichts zu bemängeln; lediglich das Flechtwerk einiger Schilde war zerfetzt, was indes nicht überraschte. Anders sah es bei dem zweiten Aufgebot aus. Schon am ersten Wagen fehlte die Lederbespannung, in der des folgenden klafften Risse. Siegfried winkte den Anführer heran. »Bist du blind? Bringe das sofort in Ordnung!«

»Wir haben keine Häute mit.«

»So zieh dir deine eigene ab ... Halt, ich bin noch lange nicht fertig! In jedem Wagen sollten Beile, Hobel, Bohrer, Spaten und Schaufeln mitgeführt werden. Bei euch sieht man nichts davon. Kannst du mir erklären, warum?«

»Also ist es wahr? Und ich meinte schon, der Bote hätte sich geirrt«, sagte der Mann, einfältig lächelnd. »Schließlich war die Rede von einem Krieg. Und wenn es da ans Bohren geht, verlasse ich mich doch lieber auf mein Schwert als auf irgendwelches Werkzeug.« Er blickte beifallheischend zum König, und als der nicht reagierte, fügte er hinzu: »Daß wir die Slawen mit Hobeln besiegen können, wollte mir gleich gar nicht in den Kopf.«

»Laß die Albernheiten. Ich will dir sagen, weshalb ihr diese Dinge nicht mitgenommen habt: Weil ihr den Hals nicht voll genug bekommen könnt und jedes Fleckchen mit Beute vollstopfen wollt. Übrigens – als euch der Bote sagte, daß zur Ausrüstung auch Pfeil und Bogen gehörte, glaubtest du da ebenfalls, er habe sich geirrt?«

»Das sind doch Waffen für Kinder«, maulte der andere. »Von uns will niemand damit kämpfen.«

»Das hast du verdammter Hund nicht zu entscheiden«, schrie Siegfried.

Der Mann erbleichte und trat einen Schritt zurück. »Ein

Hund, Graf Siegfried, bin ich nicht. Und wenn du mich noch ein einziges –«

»Nimm sofort die Hand vom Messer, oder ich haue dich zusammen«, rief Heinrich schneidend. »Nein, ein Hund bist du nicht. Du bist ein Mann, der seine Pflichten vernachlässigt hat, und das ist viel schlimmer. Außerdem ein Dummkopf, der törichte Späße mit Witz verwechselt. Drückt dich dein Lehen? Dann sag es, dir kann geholfen werden.«

Der Auftritt schien sich herumgesprochen zu haben. Als sie bei dem dritten Aufgebot eintrafen, waren die Leute ausschließlich damit beschäftigt, schadhaftes Gerät instand zu setzen. Auf Steinen wurden verbogene Speerspitzen geradegehämmert, an einem Schleifstein schartige Klingen und Schneiden geschärft. Knechte zogen neue Sehnen in die Bogen, trieben Keile in die Äxte; neben einem Zelt saß ein Junge, der einen Haufen Kittel und Wämser vor sich liegen hatte, auf die er Lederstreifen oder Metallstücken nähte. Kaum waren der König und der Graf herangeritten, lief ihnen schon ein Mann entgegen, nahm seinen Strohhut ab und verbeugte sich.

»Der Anblick so vieler fleißiger Leute ist dem Auge natürlich ein Labsal, lieber Wolfram«, sagte Heinrich nach der Begrüßung. »Dennoch verrate mir, warum ihr das nicht schon zu Hause erledigt habt.«

Wolfram leckte sich die Lippen, verbeugte sich abermals und erklärte dann, daß es kurz vor ihrem Aufbruch einen Brand gegeben hätte, der auch die Waffenkammer nicht verschont habe. Weil er nicht in Verzug geraten wollte, habe er sich entschieden, auf die Ausrüstung seiner Liten zurückzugreifen, die sich jedoch leider in einem jammervollen Zustand befunden hätte. Die Mängel würden selbstverständlich beseitigt; wie zu sehen sei, führe man alles dazu Erforderliche mit.

»Wer von deinen Leuten ist denn so stark, daß er damit umgehen kann?« fragte Heinrich unvermittelt und wies auf einen riesigen Zweihänder, der an einem Wagen lehnte. Er schillerte bunt im Sonnenlicht, hatte also auch im Feuer gelegen.

»Niemand, um die Wahrheit zu sagen«, erwiderte Wolfram.

»Dein Vater, der selige Herzog Otto, schenkte ihn vor vielen Jahren meinem Vater für treue Dienste. Leider bin ich nicht so kräftig, daß ich ihn bedienen könnte. Doch ich hoffe, daß er mir Glück bringt. Es ist ja das erste Mal, daß ich mit dir in den Krieg ziehe . . . Erlaube mir nun, daß ich meine Männer antreten lasse, damit du dich davon überzeugen kannst, daß unsere Ausrüstung deinen Anweisungen entspricht, auch wenn sie, du kennst ja nun den Grund, nicht durchweg aus den besten Stücken besteht.«

»Laß gut sein, mein Freund«, sagte Heinrich. »Ich weiß, daß du ein ehrlicher Mann bist. Außerdem haben der Graf und ich heut noch viel zu tun. Lebe wohl.«

»Was haben wir denn noch zu tun?« erkundigte sich Siegfried, als sie außer Hörweite waren.

»Wir besuchen die Panzerreiter.«

»Schon wieder? Aber wir waren doch erst gestern bei ihnen. Und da hattest du nichts zu beanstanden.«

»Gerade deshalb«, entgegnete der König. »Mich verlangt es jetzt nach Leuten, bei denen ich sicher sein darf, daß es an ihnen nichts zu beanstanden gibt.«

Eine Woche später geschah es, daß Graf Siegfried mitten in der Nacht erwachte. Er hatte am Vorabend getrunken, weswegen es eine Weile dauerte, bis ihm bewußt wurde, daß er bereits geraume Zeit mit offenen Augen lag und entsetzlich fror. Als er feststellte, daß sein Bart und der obere Rand der Decke mit Reif überzogen waren, sprang er auf und eilte in die Kammer des Königs.

Dieser stand mit seinem Sohn am geöffneten Fenster. In Wolfspelze gehüllt, schauten beide auf die im Mondlicht schimmernde Landschaft.

»Das ist schön, daß du kommst«, sagte der junge Otto in seiner herzlichen Art. »Ich wollte dich soeben holen. Ich wachte zähneklappernd auf, und da wußte ich gleich, was passiert ist.«

Siegfried lachte. »Ich wußte es erst, als ich mir ans Kinn faßte und einen Eiszapfen spürte. Dann aber hätte ich am liebsten sofort Alarm geblasen.«

»Freut euch nicht zu früh«, knurrte Heinrich. »So ein Herbstfrost muß noch nichts zu bedeuten haben.«

»Heißt das, du willst noch warten?«

Der König schmunzelte. »Das heißt es keineswegs. Aber ich kann doch meinem Vasallen nicht so ohne weiteres beipflichten. Was immer du sagst, von mir bekommst du erst einmal das Gegenteil zu hören. So bleibst du auch künftig ein bescheidener Mann.«

Die drei lachten.

»Deinen Star, Siegfried, hat übrigens ein Sperber gefressen«, sagte Otto. »Im Hof liegen die Federn.« Bedauernd fügte er hinzu: »Ich hatte dem armen Burschen so gewünscht, daß er den Winter übersteht.«

»Armer Bursche, ach was!« bemerkte sein Vater. »Er hat seinen Irrtum nicht mehr erlebt. Ein beneidenswerter Tod.«

III.

Weit auseinandergezogen bewegte sich das Heer auf einer Handelsstraße Richtung Osten: Zuerst die Vasallen mit ihren Dienstleuten, hinter ihnen der Troß und alle Unberittenen und am Schluß die Panzerreiter, die ihre Rüstungen auf dem Marsch natürlich abgelegt hatten.

Die Straße befand sich in einem ausgezeichneten Zustand. Durch die Wälder gingen Schneisen, das nachwachsende Gesträuch wurde offenbar kurzgehalten. Die Knüppeldämme, das ließ sich an der unterschiedlichen Färbung des Holzes erkennen, waren bis in die jüngste Zeit ausgebessert worden. Brücken, die einen Wagen trugen, gab es selbst an Bächen, die ein Kind überspringen konnte, und die meisten Hohlwege waren von Schutt und umgestürzten Bäumen geräumt. Daß man ständig auf die Spuren von Menschen traf, war anheimelnd, ebenso der Rauch, der fernab vom Weg Siedlungen entstieg, die man allerdings nicht zu Gesicht bekam. Und es herrschte prachtvolles Wetter: Der Frost hielt an, die Sonne schien, es war klar und windstill.

Für die Mehrzahl war es das erste Mal, daß sie das Gebiet eines fremden Stammes betraten. Das Ungewöhnliche dieses Ereignisses schwächte alle vorherigen Regungen ab, sogar die Gier nach Beute. Sie fühlten sich frei – frei von Furcht, denn die Landschaft sah nicht viel anders aus als zu Hause; frei von Haß – mit den Hevellern hatte man noch nie etwas gehabt; und frei von Hunger und Kälte, denn man verfügte ja über alles Notwendige. Wegen der Wagen ging es nur langsam vorwärts, es wurden Scherze gemacht und Vermutungen ausgetauscht, was einen wohl erwartete.

»Die Nachbarn machen es uns zu leicht«, sagte Heinrich. »Wenn das so weitergeht, sind wir schon zu St. Andreas vor der Brandenburg.«

Als Otto das hörte, prüfte er bei jedem Gewässer die Festigkeit der Eisdecke. Auch sonst entfernte er sich oft von den anderen. Mal pirschte er sich mit einer Schleuder an Rebhühner heran, verfolgte einen Hasen oder bot sich zu Kundschafterdiensten an. Mit besonderer Vorliebe schien er Dinge zu tun, die gar nicht zu seinem Alter paßten. Einmal sah er von weitem Kinder, die mit Stöcken und Steinen das dünne Eis auf Pfützen zerstörten. Ohne etwas zu sagen, ritt er zu ihnen hin und beteiligte sich so lange an dieser Beschäftigung, bis man ihn wegholte. Sein Vater sah mit undurchdringlicher Miene an ihm vorbei, sagte jedoch zunächst nichts; dann aber drängte er sich an ihn heran und flüsterte: »Ich möchte dich schlagen.« Er schaute sich lächelnd um und fügte hinzu: »Einige dieser Männer werden dein törichtes Benehmen nicht vergessen und noch davon reden, wenn du schon lange König bist. Das solltest du wissen.«

Gegen Mittag des folgenden Tages erreichte die Vorhut ein Dorf – zwei Dutzend Blockhäuser, die halbkreisförmig einen Teich umstanden. Heinrich befahl Halt, die Wagen rückten nach, es kam jedoch zu keinem Stau. Die Gespräche verstummten, niemand stürmte los oder traf Anstalten dazu. Erwartungsvoll und zugleich ratlos blickten alle auf den König, der ebenfalls zu zögern schien. »Wer es vor Neugier nicht aushält, kann mal nachsehen, was die Nachbarn gerade kochen«, sagte er zu seiner nächsten Umgebung. »Drängt euch aber nicht auf.« Und zu Siegfried: »Fang du an. Doch paß auf.«

»Womit und worauf?«

»Auf die Leute, worauf sonst«, entgegnete Heinrich gereizt und nur die zweite Frage beantwortend.

»Ja, und? Sollen Sie –«

»Sie sollen ihnen die Vorräte lassen. Und den Frauen nichts antun. Bis jetzt war alles ruhig, und meinethalben kann es auch noch ein paar Tage so bleiben.«

Siegfried senkte den Kopf und setzte sich in Marsch. Ungefähr zwanzig Berittene folgten ihm sogleich, auch vom Troß lösten sich Leute. Insgesamt waren es rund fünfzig Männer, die sich reitend oder rennend auf die Gehöfte zubewegten.

Im Dorf rührte sich nichts. Aus den Häusern quoll Rauch, Menschen waren aber nicht zu sehen. Siegfried hielt auf halbem Wege plötzlich an, versammelte die anderen um sich und erklärte: »Der König will, daß dem Dorf nichts geschieht. Nicht an die Vorräte gehen, nicht an die Frauen . . .«

»Was sollen wir dann hier?« fragte Heimo, keineswegs herausfordernd, sondern ehrlich verwundert.

Der Graf wollte ihm scharf erwidern, doch das Unklare der empfangenen Anweisung lähmte ihn so, daß er sich zu einem Schulterzucken hinreißen ließ.

Als sie noch einen Steinwurf vom ersten Haus entfernt waren, öffnete sich dessen Tür, und ein alter Mann trat heraus. Er trug einen Fellmantel, der ihm bis zu den Füßen reichte, stützte sich auf einen Stock und blickte ihnen regungslos entgegen.

»Ihr Ältester«, raunten einige Männer fast gleichzeitig. Keiner wußte so richtig, warum, doch nach dieser Feststellung wurden alle langsamer und blieben schließlich stehen.

Lediglich Heimo war weitergeritten, er drehte sich nun um und rief: »Der Jüngste ist es offensichtlich nicht. Ich sehe aber keinen Grund, deswegen hier Wurzeln zu schlagen.« Es gab Gelächter, und sogleich ging es wieder vorwärts.

Siegfried kam als erster an, er sprang vom Pferd, nickte dem Mann zu und sagte mit belegter Stimme: »Ich grüße dich. Du bist der Älteste dieses Dorfes?«

Es klang wie eine Anspielung auf Heimos humorvolle Bemerkung, daher wurde hinter ihm leise gelacht.

»Verstehst du unsere Sprache?« fragte Siegfried weiter.

Der Alte rührte sich nicht.

»Kein Wort versteht er«, hörte Siegfried die Männer murmeln. »Bestimmt ist er auch schon taub. Sogar der Teufel hat den alten Zausel vergessen, und wir halten uns hier mit ihm auf.« Sie schauten zu Heimo. Der tat, als bemerkte er die Blikke nicht, beugte sich jedoch zu Siegfried und sagte: »Wozu willst du das bloß wissen, Graf? Aber falls du mit ihm ein Schwätzchen machen möchtest, dann erlaube uns doch, inzwischen ein bißchen das Dorf zu besichtigen.«

In diesem Augenblick zog der Alte den offenen Pelz zusammen, hob den Kopf und sagte beiläufig, aber deutlich: »Sachsen?«

Nachdem seine Begrüßung nicht erwidert worden war, hielt es Siegfried für unter seiner Würde, auf diese schroffe Frage einzugehen. Seine Leute antworteten für ihn: »Sachsen, ja, ja. Und was für welche.«

»Krieg?« fuhr der Mann fort.

»Na und ob!«

»Krieg, warum?«

Lebhaftes Stimmengewirr kam auf. »Krieg, warum! Der fragt uns ja aus wie ein Priester . . . Weil eben Krieg ist.«

Plötzlich wurden alle still, denn der alte Mann fing an, in seiner Sprache zu reden. Auf seinen Stock gestützt und dabei leicht schwankend, begann er leise, wurde unerwartet lauter, wobei er ein paarmal mit dem Fuß aufstampfte, verfiel ebenso unerwartet in Schweigen, um nach einer Pause weiterzusprechen. Es war nicht klar, ob er drohte oder bat, schmeichelte oder schimpfte, nicht einmal, ob er sich überhaupt an jemanden wandte oder nur mit sich selber redete. Alles schien abwechselnd möglich, und wohl gerade deshalb lauschten ihm die Männer gebannt.

Siegfried krampfte seine Hand um den Zügel. Was sollte er tun? Das einzig Vernünftige wäre natürlich gewesen, den Alten einfach stehenzulassen, doch konnte er sich dazu nicht aufraffen. Solange er ihm zuhörte, war er jeder Entscheidung enthoben. Streiften die Leute aber erst einmal durchs Dorf, würde er gezwungen sein, bei allem, was sie taten, den Befehl des Königs zu berücksichtigen. Und davor graute ihm.

»Jetzt reicht es mir.« Das war Heimo, der abseits gestanden hatte und nun von der Seite an den Mann herantrat. »Hör endlich auf, vor dich hinzubrabbeln, Alter. Und steh uns nicht länger im Weg herum. Geh in deine Hütte . . . Los, wird's bald!«

Der andere beachtete ihn nicht. Heimo schob die Unterlippe vor und blickte zu den Männern, als rufe er sie zu Zeugen für seine Engelsgeduld auf. Dann legte er seine Linke in den Nacken des Alten und zog dessen Kopf an den Haaren nach hinten. Der Mann wehrte sich nicht, hob nicht einmal den Stock, er gab lediglich ein Zischen von sich. Im nächsten Augenblick taumelte er, knickte in den Knien weg und stürzte zu Boden, wo er noch einige Male mit den Beinen scharrte. Heimo hockte sich hin, wischte sein Messer am Mantel des Toten ab und erklärte ruhig: »Dieser Mann war ein Zauberer. Ich merkte, wie meine Arme immer schwerer wurden.«

Diese Bemerkung stand zwar im Widerspruch zu der Schnelligkeit, mit der er zugestoßen hatte, doch schien das keinen zu stören. Als sich die Erstarrung gelöst hatte, antwortete ihm ringsherum Zustimmung.

»Wie geht es dir, Graf Siegfried?« fragte Heimo. »Du siehst wirklich nicht gut aus. Kein Wunder, er konnte dir ja fast auf die Zehen treten.«

Siegfried spürte, daß ihn die Männer ansahen, mitfühlend wenige, schadenfroh einige, neugierig die meisten. Er gab sich keiner Täuschung hin: Mochten sie das mit dem Zauber nun glauben oder nicht – daß es Heimo gelungen war, innerhalb kurzer Zeit die Führung an sich zu reißen, mußte auch der Dümmste gemerkt haben. Und an allem war dieser verdammte Befehl schuld; er hatte ihn in diese entsetzliche Lage gebracht.

»Es geht mir ausgezeichnet«, antwortete er gepreßt.

»Das freut mich«, sagte Heimo gemessen. Seine hellen Augen blickten kalt, er tat nicht übertrieben besorgt – hielt seine Spottlust im Zaum. »Dann schlage ich vor, daß wir jetzt das machen, weswegen wir hier sind.«

Er ließ eine Pause verstreichen, so lange, bis auch der letzte begriffen haben mußte, daß es außer ihm niemanden gab, der genau wußte, weswegen sie hier waren. Schließlich fuhr er fort: »Wenn du einverstanden bist, dann beginnen wir mit dem Haus des Zauberers . . . Vorwärts, Leute, der Graf sucht Freiwillige! Oder sind hier welche, die« – er versetzte der Leiche einen Tritt – »vor dem alten Saukerl noch immer Angst haben?«

Fünf Männer traten vor; aneinandergedrängt und ihre Scheu durch lautes Reden und Lachen überspielend, gingen sie hinein. Es dauerte nicht lange, und sie erschienen wieder an der Tür. Zwei hatten ein Fell unterm Arm, die anderen brachten je eine Schüssel, eine hölzerne Schöpfkelle sowie ein Bündel Schläfenringe mit.

»Da drin ist nichts zu holen«, sagte der mit der Schöpfkelle, halb forsch, halb verlegen. »Kein Mensch da außer einem alten Weib. Das hat sie uns zum Andenken mitgegeben.«

»Was denn, was denn«, rief Heimo. »Und Met habt ihr nicht gefunden?«

Die Männer blickten betreten. »Da stand ein Topf mit so 'nem Zeug. Weiß der Kuckuck, was das war . . .«

Die Tür des nächsten Hauses war verschlossen. Ein Mann drückte sein Messer hinter den Riegel, doch Heimo schob ihn zur Seite. »Siehst du nicht, daß außen offen ist? Die haben von innen zugemacht.«

Er nahm seine Axt, hieb sie kreuz und quer in die Haut vor dem Fenster, klappte die Fetzen zurück und raunte ins Innere:

»Macht doch auf, liebe Leute! Oder läßt man bei euch den Gast vor der Tür stehen?«

Er wandte sich um und stellte fest: »Es ist zwar dunkel wie im Bärenarsch, aber irgend etwas sagt mir, daß wir hier mehr finden.«

Kaum war das letzte Wort heraus, zuckte er plötzlich zusammen. Seine Augen quollen hervor. Er nickte ein paarmal, als wolle er etwas abschütteln. Ächzend tastete er sich am Hinterkopf herum. Nur wenige bemerkten die dunkle Ausbuchtung neben seinem Adamsapfel. Erst als er langsam vornüber sank, sahen sie den Pfeil in seinem Genick, den er, auf die linke Hand gestützt, mit der rechten umklammerte.

Es war ein jämmerlicher Anblick, wie er, außerstande, seine Hand von dem Pfeil zu lösen, sich auch nicht entschließen konnte, ihn herauszuziehen. Doch niemand kam ihm zu Hilfe, nicht einmal seine eigenen Dienstmänner.

Auf einmal öffnete sich die Tür. Eine Frau trat heraus, die einen Knaben vor sich herstieß. Weinend fiel sie auf die Knie, gab ihm eine Ohrfeige, um ihn danach sogleich wieder an sich zu ziehen. Das wiederholte sich einige Male. Es ist mein Kind – schont es und überlaßt das Strafen mir, wollte sie offensichtlich sagen.

Siegfried schaute abwechselnd zu dem Jungen, der mit gesenktem Kopf alles über sich ergehen ließ, und zu dessen Opfer, das sich noch immer am Boden wand. Er empfand keinerlei Haß oder Empörung; nicht, weil er die Tat billigte, sondern weil ihn Gewalt so wenig berührte wie einen Angler die Gefühle eines am Haken zappelnden Fisches. Noch viel weniger bedauerte er Heimo. Auch lag kein Sinn in dem, was nun geschehen würde. Mit jeder Faser zog es ihn fort von diesem Ort, an dem er nur Demütigungen erfahren hatte. Allein die Furcht, nochmals vor den Männern bloßgestellt zu werden, bewog ihn dazu, sein Schwert zu ziehen und wie von Sinnen zu brüllen: »Jagt sie in den Wald! Verbrennt das Dorf! Macht jeden nieder, der sich wehrt!«

Er rannte als erster ins Haus und riß die Glut aus dem Herd.

»Es ist mir nicht gelungen, deinen Befehl zu befolgen«, sagte er, als alles vorbei war, zum König. Nachdem er ihm den Hergang des Vorfalles berichtet hatte, setzte er hinzu: »Du weißt, daß ich mein Leben nicht schone, wenn es darum geht, deine Wünsche zu erfüllen. Gib mir aber künftig keine Aufträge mehr, bei denen ich verhindern soll, was sich nicht verhindern läßt.«

Heinrich musterte ihn mit kaltem Wohlwollen und entgegnete laut, damit es auch die Umstehenden hören konnten: »Dein Verhalten war völlig richtig. Du hast einen unserer Leute gerächt und das Leben der anderen verteidigt. Ich konnte nicht voraussehen, daß das notwendig sein würde, und ich habe es, wie du weißt, auch nicht gewollt. Aber einmal mußte der Krieg anfangen. Nun hat Gott entschieden, daß es heute sein sollte, und sich dazu eines Heidenkindes bedient.«

»Wie du meinst«, erwiderte Siegfried gleichgültig. Viel zu erschöpft, um dieser Wendung der Dinge folgen zu können, wollte er sich entfernen, doch Heinrich hielt ihn zurück.

»Noch ein Wort: Ob du für eine Aufgabe geeignet bist oder nicht, ob du versagt oder sie erfüllt hast, das zu entscheiden liegt allein bei mir. Habe ich dir einen Vorwurf gemacht? Das habe ich nicht. Wenn es aber so ist, dann ist es ungehörig von dir, dich selbst anzuklagen. Denn damit unterstellst du mir, ich sei nicht imstande, einen Fehler zu erkennen.«

»So habe ich es nicht gemeint«, sagte der Graf verdutzt.

Heinrich lächelte plötzlich und sagte feierlich: »Das weiß ich. Deine Worte waren schlecht gewählt, doch es waren die Worte eines Mannes, der mir einen wichtigen Dienst geleistet hat. Und nur diesen werde ich in Erinnerung behalten.«

Er umarmte den Grafen, worauf der, nun vollends überrascht, strauchelte und um ein Haar hingeschlagen wäre.

»Warum hast du ihn wie einen Fremden behandelt?« fragte Otto, nachdem sie ein Stück geritten waren. »Es hat alle verwirrt.«

Heinrich warf ihm einen gereizten Blick zu. »Tat er dir leid?«

Otto runzelte die Stirn und stieß unwillig die Luft aus. »Aber ich weiß schon«, sagte er, die Frage überhörend, »du nimmst jede Gelegenheit wahr, andere deine Macht fühlen zu lassen. Du hältst das für notwendig.« Das Wort *notwendig* zog er geringschätzig in die Länge.

Heinrichs Miene wurde auf einmal vergnügt. »Du bist ja ein ganz Schlauer. Kommen dir solche Gedanken, wenn du auf dem Eis herumspringst? Falls es so ist, habe ich künftig nichts mehr dagegen einzuwenden.«

»Rede nicht so mit mir«, rief Otto wütend. »Ich werde dir noch etwas sagen: Du hast dir widersprochen.«

»So? Wann denn?«

»Gleich zu Beginn. Erst hieß es: Ich habe nicht gewollt, daß es zu einem Kampf kommt, die Slawen selbst haben ihn herausgefordert. Und schon im nächsten Satz: Einmal mußte es losgehen, weshalb nicht heute. Was ist denn nun deine wirkliche Meinung?«

»Schien es dir, daß das außer dir noch andere gestört hat?« fragte Heinrich lachend.

Otto zuckte die Schultern. »Das weiß ich nicht. Nein, es hat wohl keinen gestört. Warum fragst du mich das?«

»Bei einem König«, sagte Heinrich, nun wieder ernst, »ist es keine Schande, wenn er sich widerspricht, sofern er sich *richtig* widerspricht. Die Leute hören nur das, was sie hören wollen, sag es ihnen, und sie sind zufrieden. Meinst du etwa«, fuhr er fort, »ich habe nicht gewußt, daß es dazu kommen würde? Ich führe einen Wolf in eine Schafherde und flüstere ihm zu: Tu ihnen nichts! – was geschieht wohl, noch bevor ich mich umgedreht habe? Nun ist es geschehen, und unsere Wölfe können sich auch noch darauf berufen, daß es so geschehen mußte.«

Er legte Otto die Hand auf den Arm. »Mein Sohn, ich muß es dir immer wieder sagen: Wir sind Herrscher. Für uns gilt daher nicht, was für andere gilt. Für uns sind die Menschen genau das, was für den Schuhmacher das Leder ist und für den Zimmermann das Holz – du darfst es sie nur nicht merken lassen. Erst wenn du das begriffen hast, kannst du wirklich herrschen.«

Otto nagte an der Unterlippe. »Und wozu bist du Herrscher?« fragte er nach einer Weile kaum hörbar.

Tags darauf wurde es wieder wärmer. Zwar war der Boden noch fest, doch ein milder Wind kam auf, graue Wolken ballten sich tief, es fing sogar an zu nieseln. Und als sollten sie auf das Kommende vorbereitet werden, gab es ein Unglück. Ein junger Dienstmann stürzte auf der Jagd nach einem Schwein vom Pferd in ein Sumpfloch, wo er von einem überschwemmten Ast aufgespießt wurde. Schreiend und wie eine getroffene Ente Schlamm und Eisstückchen aufspritzend, sank er immer tiefer in den Morast. Als man an ihn herankam, bewegte er sich nur noch schwach, kurz danach starb er. Mit dem Wetter war auch die Stimmung der Leute umgeschlagen. Aus einem fröhlichen Heer wurde erstaunlich rasch ein mißlauniger Haufen, der keinen gemeinsamen Rhythmus mehr fand. Angestrengt schauten die Männer in die Gegend, den ersten Anzeichen einer Feindseligkeit entgegenfiebernd, mit der von nun an jeder rechnete. Daß sie ausblieb, war eher verdächtig. Bevor man Brücken oder Dämme betrat, wurde sorgfältig geprüft, ob sie nicht zu Fallen umgebaut worden waren. In den Wäldern erstarben die Unterhaltungen. Sobald die Kundschaftermeldungen einige Zeit ausblieben, drosselte die Spitze die Geschwindigkeit, so daß die Hinteren auf die Vorderen aufliefen. Dann wurde das Schweigen durch gereizte Wortgefechte unterbrochen.

Heinrich haderte mit sich. Offensichtlich war es falsch gewesen, auf einen zeitigen und andauernden Frost zu setzen. Hielt das warme Wetter an, war an eine Belagerung der Brandenburg vorläufig nicht zu denken, er würde das Heer um sie herumführen müssen, auf Wegen, die mit Sicherheit viel schlechter passierbar waren als die jetzigen. Um den Gegner zu schwächen und herauszufordern sowie die Leute bei Laune zu halten, würde er zwischendurch weitere Dörfer zerstören müssen, das wiederum bedeutete mehr Beute, wodurch sich ihr Fortkommen noch schwieriger gestalten würde. Wenn schon nicht Winter, dann wenigstens eine baldige große Schlacht — das war es, worum seine Gedanken ständig kreisten.

Am frühen Abend gab es wieder einmal eine Stockung. Heinrich ritt nach vorn und erblickte die Ursache: einen Baum, der mitten auf dem Weg lag. Es war eine alte Kiefer, nicht groß, aber dick, mit langen starken Ästen, die nach oben standen. Sie war nicht etwa umgestürzt, sondern gefällt worden, was ungeheure Anstrengungen gekostet haben mußte. Das Vorankommen des Heeres konnte sie allerdings kaum verzögern, denn die gesperrte Stelle ließ sich ohne Risiko für die Wagen umgehen.

Seltsamerweise machten die Leute von dieser Möglichkeit lange keinen Gebrauch. Flüsternd umstanden sie das Ungetüm, deuteten anerkennend auf seinen Stamm und betasteten vorsichtig die in der Dämmerung schimmernden Schnittflächen. Da hatten nun ein paar Verrückte wie Sklaven geschuftet und dabei außer acht gelassen, daß der Platz, an dem der Baum umgelegt werden sollte, für ein Hindernis völlig ungeeignet war. Doch obwohl jedes Kind hätte voraussehen können, daß ihre Arbeit für die Katz sein würde, wurden keine geringschätzigen oder übermutigen Bemerkungen laut. Es war, als ahnten alle, daß nur verzweifelter Haß solche blinden Kräfte freisetzen konnte, weswegen sie der Anblick dieser sinnlos gefällten Kiefer mehr beeindruckte, als es eine noch so ausgeklügelte Falle vermocht hätte.

Von da an war es mit der Ruhe vorbei. In immer dichteren Abständen und von Mal zu Mal überlegter schlug der unsichtbare Gegner zu. Es war geradezu gespenstisch, wie viele Menschen er in so kurzer Zeit auf die Beine gebracht haben mußte. Mehrmals am Tage waren Baumverhaue zu beseitigen, getarnte Gruben oder Löcher einzuebnen, angesägte Bohlen auszuwechseln oder verkohlte Pfeiler durch neue zu ersetzen. Sobald sich das Heer ballte und alle beschäftigt waren, regnete es schräg von oben herab Pfeile. Noch hatte es keine Toten gegeben, doch die ständigen Widrigkeiten zermürbten die Männer: die häufigen Stockungen, bei denen die Vorderen von den Hinteren verlangten, doch auch einmal mit Hand anzulegen, was, gingen diese darauf ein, das Durcheinander nur noch vergrößerte; die Notwendigkeit, Reparaturen unter Beschuß durchzuführen, wobei man zumindest im Gesicht, am Hals oder an den Händen verwundet werden konnte; die Gefahr schließlich, unter die Hufe eines scheuenden Pferdes zu geraten. Die Erbitterung wuchs derart, daß Heinrich und Siegfried alle Mühe hatten, ihre Streitmacht daran zu hindern, sich bei der aussichtslosen Jagd auf Heckenschützen im Wald aufzulösen.

Als klar war, daß ein weiteres Vorantasten auf der Handelsstraße vorläufig nichts einbrachte, beschloß der König, sie zu verlassen. Mochten die Feinde ruhig glauben, daß es ihnen gelungen sei, ihn von seinem Ziel, der Brandenburg, abzulenken – inzwischen würde es vielleicht wieder kälter werden. Und so schlugen sie bei der ersten Gelegenheit einen Pfad ein, der nach Süden führte.

Er war schmal, aber gut gewartet. Nachdem sie eine offenbar erst kürzlich verlassene Siedlung passiert hatten, wurde er jedoch plötzlich schlechter, so schlecht, daß sie sich manchmal den Weg mit Äxten und Schwertern bahnen mußten. Bald zeigte sich, daß von einem wirklichen Vorteil nicht die Rede sein konnte, die Plagen glichen sich, nur daß sie jetzt nicht mehr von Menschen verursacht wurden: Statt vor verbrannten Brücken stand man nun vor verfaulten, statt mit herausgerissenen Bohlen hatte man es nun mit versunkenen zu tun, und statt gefällter Bäume mußte man jetzt entwurzelte beiseite schleppen. Lediglich die Pfeilattacken war man los, dafür steckte man aber meist bis über die Knöchel im Schlamm. Dann und wann erblickten sie Ortschaften, doch die waren sämtlich verfallen; das erklärte, weshalb die Wege verkamen.

Schon erwog Heinrich, ob es nicht besser sei, wieder den Rückmarsch anzutreten, da begann es auf einmal zu schneien. Große nasse Flocken sanken langsam zur Erde, schmolzen sofort, doch denen, die ihnen folgten, gelang es bald, den Morast mit einer dünnen, aber makellosen Schneedecke zu überziehen. Zwei Tage später brach ein Frost herein, der zu der Hoffnung berechtigte, daß der Winter nun endlich Ernst machen würde. Heinrich ließ halten, ein Lager wurde errichtet, die Leute mußten die durchnäßten Sachen ablegen und wärmere Kleidung anziehen. Den folgenschweren Befehl, die Wagen zu wenden, zögerte er allerdings hinaus; denn war das einmal geschehen, gab es kein Zurück mehr. Es würde alles von vorn beginnen, was nur dann einen Sinn hatte, wenn feststand, daß sie das Wetter kein zweites Mal narrte.

In dieser Situation überbrachten Kundschafter die Nachricht, daß der Weg – oder was von ihm übriggeblieben war – nicht weit vom Lager endete. Eine Überprüfung ergab eine noch größere Überraschung: Er endete keineswegs, sondern machte nur einen schroffen Knick und führte, einen spitzen Winkel bildend, wieder Richtung Norden. Vermutlich war es so (und das sollte sich später bestätigen), daß beide Wegteile eine Gruppe ehemaliger Siedlungen verbanden, die ansonsten durch einen unüberwindlichen Sumpf voneinander getrennt waren.

Froh, dem Heer das schwierige und kaum wiederholbare Wendemanöver ersparen zu können, befahl der König sofort den Aufbruch. Unterwegs wurde er nachdenklich. Da der Gegner die Belästigungen eingestellt hatte, durfte man davon ausgehen, daß er sie absichtlich auf den Seitenpfad gedrängt hatte. Auch mußte er gewußt haben, daß sie gezwungen sein würden, in absehbarer Zeit wieder auf der Handelsstraße zu erscheinen. Trafen beide Annahmen zu, konnte sein Ziel jedoch kaum darin bestanden haben, sie von der Brandenburg einfach fernzuhalten. Offenbar hatte er Zeit gewinnen wollen – doch wozu? Auf diese Frage gab es nach genauem Überlegen eigentlich nur eine einzige Antwort.

IV.

Wenn jemand längere Zeit Kälte, Furcht und Ungewißheit ertragen muß, an Krankheiten und Wunden leidet, beinahe jeden Schritt, den er tut, widrigen Umständen abzuringen hat und keine Aussicht besteht, daß diese Beschwernisse bald enden, wird man ihm zubilligen, daß er übel dran ist. Selbst ausgesprochene Frohnaturen im Heer des Königs Heinrich ließen inzwischen die Köpfe hängen. Zwei Menschen jedoch fühlten sich nicht bloß unwohl, sondern sterbenstraurig; dies, obschon sie es viel leichter hatten als die meisten.

Bischof Bernhard war der eine. Während andere durch den Schlamm waten oder im Pfeilhagel Wege ausbessern mußten, saß er, in Pelze gehüllt, in einem besonders geschützten Wagen. Er brauchte keinen Handschlag zu tun, trug keine Verantwortung, war weniger gefährdet als sogar der König und hätte folglich allenfalls an Langeweile leiden dürfen. Tatsächlich war er so unglücklich wie noch niemals seit seiner Kindheit.

Seine hohe Meinung von sich, sein ganzes Selbstgefühl beruhten auf der Annahme, daß er über besondere Fähigkeiten verfügte und ein Mann mit solchen Eigenschaften und von solchem Rang immer und überall von größtem Nutzen sei. Zu dieser Auffassung war er nicht durch Nachdenken gelangt. Alles, was er in den letzten Jahren getan und erfahren hatte, hatte ihn darin bestärkt, so daß er an ihrer Richtigkeit genauso wenig zweifelte wie beispielsweise daran, daß er, sobald er dies nur wollte, den Arm senken oder heben konnte. Wenn er ein Dorf besuchte, eine Kirche weihte, über Sünder Bußen verhängte, armen Leuten die Füße wusch und sie beschenkte, ja selbst, wenn er (ohne davon Aufhebens zu machen) das Wasser, das er trank, mit etwas Wein mischte (um zu zeigen, wie sehr er sich vor eitlem Ruhm fürchtete) – stets waren Menschen um ihn gewesen, die seinen Handlungen eine außergewöhnliche Bedeutung beimaßen oder so taten, als wäre das der Fall – ein Unterschied, der für das Empfinden auf die Dauer bekanntlich an Gewicht verliert.

Hier war nun alles anders. Daran gewöhnt, allein durch sein Erscheinen Verzückung oder Furcht hervorzurufen, mußte Bernhard die bedrückende Erfahrung machen, daß solche Wirkungen anscheinend gar nicht mit seiner Person zusammenhingen, jedenfalls nicht so unlösbar, wie er immer geglaubt hatte. Scham erfüllte ihn, wenn er daran dachte, wie er gleich einem Hirtenhund in der ersten Woche ständig zwischen der Vorhut und der Nachhut hin und her geprescht war, felsenfest überzeugt, daß sein bloßer Anblick die Männer aufrichtete und ihnen Mut verlieh. Einen Bischof bekamen sie schließlich nicht alle Tage zu sehen. Das ging so lange, bis ihn Graf Siegfried schonend ersuchte, davon abzulassen, weil er und sein Gefolge die anderen beim Vorwärtskommen störten.

Inzwischen hatte Bernhard längst begriffen, daß seine Anwesenheit im Heer niemand beglückte. Am wenigsten wohl den Mann, an dessen Achtung ihm das meiste lag. Es konnte keine Rede davon sein, daß er dem König näher gekommen wäre, und nichts deutete darauf hin, daß sich dies künftig ändern würde. Bernhard sehnte sich beinahe nach einer Auseinandersetzung wie der vom ersten Tag, doch selbst daran war nicht zu denken. Da ihn Heinrich mied, konnten sie auch nicht aneinander geraten.

Was die Leute anlangte, so begegneten sie ihm zwar mit Respekt, vermochten jedoch kaum zu verbergen, daß er ihnen herzlich gleichgültig war. Es war erschreckend zu beobachten, wie schnell sie Gewohnheiten aufgaben, von denen er gemeint hatte, daß sie tiefverwurzelt seien. Immer seltener geschah es, daß ihn die Männer darum baten, ihre Waffen, Schilde oder Pferde zu benedizieren. Galt es, Ungemach abzuwenden, verließen sie sich lieber auf ihre eigene Findigkeit und, so mußte er argwöhnen, auf einen flink gemurmelten Zauberspruch, als auf seinen Segen. Böse Absicht war das gewiß nicht, denn die gleichen Männer knieten, sobald sie etwas Zeit dazu fanden, mehrmals am Tage zu einem raschen Gebet nieder. Doch lag in dieser Hast etwas Gewaltsames, das an die heidnischen Bräuche ihrer Vorfahren erinnerte. So unerklärlich war dieser

Gesinnungswandel freilich nicht. Was im Krieg zu tun war, hatte entschlossen und kraftvoll zu geschehen, demütiges Hoffen wurde umgehend bestraft. Da mußte wohl der ohnehin schwache Glaube an die Macht der Bitte brüchig werden, und man neigte dazu, den Erfolg zu zwingen oder, wo dies unmöglich schien, sich dem vermeintlich ehernen Willen Gottes (der Götter?) mit zusammengebissenen Zähnen zu beugen.

Doch obwohl Bernhard bis zu einem gewissen Grade einsah, daß diese Männer gar nicht anders empfinden konnten, kränkte es ihn trotzdem, daß sie ihn kaum noch um Dienste baten, die ihnen jeder beliebige Priester hätte leisten können. Seine einzige größere Aufgabe bislang hatte darin bestanden, dem Jungen, der auf der Jagd verunglückt war, die letzte Ölung und die Absolution zu erteilen und darauf zu achten, daß er nach christlicher Sitte in west-östlicher Richtung sowie ohne Grabbeigaben bestattet wurde; aber selbst dafür hätte man normalerweise niemals einen Bischof bemüht.

Seltsam, daß er nicht vorausgesehen hatte, wie überflüssig er hier sein würde. Daß auf einem Feldzug keine Kirchen zu weihen, Gemeinden zu visitieren, Bettler zu speisen waren, hatte er schließlich gewußt. Daß man den strapazierten Leuten nicht zumuten konnte, ihre Verfehlungen durch Fasten oder Kniebeugen zu büßen, leuchtete ihm zumindest ein. Außerdem hatte er sich dem Heer nicht deshalb angeschlossen, um den üblichen Pflichten eines Bischofs zur Abwechslung einmal unter ganz anderen Bedingungen nachzugehen. Daher gab es eigentlich keinen Grund, gekränkt zu sein. Doch – er war es, und mittlerweile gestand er sich auch ein, worin seine Verbitterung tatsächlich wurzelte: In der Erkenntnis, daß sein Selbstbewußtsein all die Jahre von einer geliehenen Macht gezehrt hatte. Geliehen für Umstände, die hier nicht mehr galten, weswegen er nun auch nichts mehr galt.

Nicht minder unglücklich fühlte sich der junge Otto. Dabei war er so froh gewesen, als ihm der Vater eröffnet hatte, daß er an dem Feldzug teilnehmen durfte! Schon Wochen zuvor hatte er sich jede Einzelheit seines neuen Lebens ausgemalt und sich fest vorgenommen, alles zu tun, damit ihn die Krieger als den künftigen König achten und lieben lernten. Ausdauernd auf dem Marsch wollte er sein, mutig in der Schlacht, umsichtig, wenn es darum ging, einem Hinterhalt auszuweichen oder eine Panik zu verhindern.

An Gelegenheiten, sich hervorzutun, hatte es bislang zwar gefehlt, Versagen indes mußte er sich nicht vorwerfen. Er stand seinen Mann so gut wie jeder andere. Die Anstrengungen und Gefahren machten ihm nichts aus, er vertrug Kälte und Nässe, empfand keinerlei Furcht, war noch nie von einem Pfeil getroffen worden, ja, vermochte sich nicht einmal vorzustellen, daß ihn einer traf. Die Ungewißheit schreckte ihn nicht, ebensowenig schwere Arbeit; gern hätte er noch viel öfter mit Hand angelegt, als es ihm wegen seiner Herkunft gestattet war. Da er nicht lesen konnte und seine Hauptbeschäftigung stets Jagen und Kampfspiele gewesen waren, litt er auch nicht unter dem Entzug von Tätigkeiten, die jemanden wie dem Bischof das Leben erst sinnvoll machten. Trotzdem war Otto häufig niedergeschlagen, und weil er diesen Zustand nicht kannte, erregte er ihm zunehmend Grauen.

Er war nicht sonderlich empfindsam und schon gar nicht wehleidig. In einer Umgebung aufgewachsen, die Tapferkeit und Stärke für die höchsten aller Tugenden hielt, liebte er den Kampf. Bisher hatte er ihn allerdings nur als ein zwar nicht ungefährliches, doch selten tödliches Spiel erlebt. Man schlug sich nach bestimmten Regeln, hinterher half man einander auf, lachte gemeinsam und trennte sich ohne Groll.

Seine Vorstellungen über den Krieg waren davon geprägt: ein frisch-fröhliches Dreinhauen, das beiden Seiten die Möglichkeit bot, sich zu erproben; dem Sieger winkte ein Preis, der hier Beute genannt wurde. Ein Kampfspiel gewaltigen Ausmaßes sozusagen. Man raubte oder wurde beraubt, tötete oder wurde getötet – das war entweder vergnüglich oder betrüblich, niemals jedoch ein Grund zum Klagen. Nur krummrückige Bauern, denen es Spaß machte, Tag für Tag mit mistigen Füßen hinter einem Pflug zu laufen, mochten darüber anders denken; dem Dasein des Edelings verlieh erst der Kampf Sinn und Würde.

Freilich, es gab auch Erscheinungen, die ihn verwirrten. Noch als Knabe hatte er erlebt, wie sich gefangene Straßenräuber gegen Lohnfechter verteidigen mußten; von diesen besiegt, wurden jene anschließend gehenkt. Er hatte verstümmelte Menschen gesehen und Auspeitschungen beigewohnt. Einmal, zwei Jahre lag das jetzt zurück, war er Augenzeuge eines Gottesurteils gewesen. Eine Magd, des Giftmordes bezichtigt, wurde gezwungen, in einem mit Wachs getränkten Kleid zwischen brennenden Holzstößen hindurchzugehen. Von Ketten beschwert, schleppte sie sich dahin, schrie gellend, als das Wachs zu schmelzen begann. Fast hätte sie es trotzdem geschafft, da verwandelte sie ein Windstoß in eine lebende Fakkel.

Er mochte so etwas nicht, hatte sich niemals gedrängt, dabei zuzuschauen. Doch da sein Vater nie Zeit gefunden hatte, ihn mit den Selbstverständlichkeiten der Macht vertraut zu machen (von ihren Geheimnissen ganz zu schweigen), lebte Otto in dem Glauben, dergleichen komme nur ausnahmsweise vor, und im übrigen seien die Menschen so, wie sie sich in seiner Gegenwart benahmen: fröhlich, gutmütig, selbstlos und stets darauf bedacht, dem König, den sie liebten, einen Dienst zu erweisen.

Das hatte sich nun geändert. Angefangen hatte es mit jener Hinrichtung am Morgen des zweiten Tages. Der Befehl seines Vaters, diesen Mann für die noch nicht einmal begangenen Taten anderer büßen zu lassen, hatte Otto mit Entsetzen erfüllt. Er hatte versucht, die Erinnerung daran zu verdrängen, aber das gelang ihm nicht. Hellhörig geworden, begann er, genauer auf die Gespräche zu achten, die der Vater und Graf Siegfried führten, wenn sie unter sich waren, und bald dämmerte ihm, daß dieser Bauer nicht einer unbegreiflichen Anwandlung zum Opfer gefallen war, sondern einer Haltung, der Mitleid nicht minder verächtlich war als Furcht. Offenbar konnte er nur dann König werden, wenn er sich von diesem ihm so natürlichen Gefühl befreite und hart wurde wie sie. Doch alles in ihm wehrte sich dagegen. Manchmal war ihm daher, als habe er keine Zukunft.

Seit einem Tag befand sich das Heer wieder auf der Handelsstraße. Während einer Rast vernahmen die Männer plötzlich ein dumpfes Klopfen. Verbissen senkten sie die Köpfe. Mehr als einmal war man auf dieses Geräusch hin nach vorn geeilt und dann regelmäßig aus dem Dickicht heraus beschossen worden. Diejenigen, die wirklich Bäume fällten, um Sperren zu errichten, taten das erfahrungsgemäß so weit entfernt von ihnen, daß sie nicht mehr zu hören waren.

Diesmal klang das Klopfen jedoch anders als sonst. Auch ertönte es in größeren Abständen, nicht, wie von Menschen erzeugt, die darauf brannten, sie in eine Falle zu locken. Sollten da tatsächlich ein paar Lebensmüde am Werke sein? Dann durfte man sich die Gelegenheit nicht entgehen lassen, mit ihnen abzurechnen. Vielleicht wollten sie sogar, daß ihr Gegner, mittlerweile mürbe geworden, das übliche Täuschungsmanöver vermutete, und lachten sich heimlich ins Fäustchen. Fiel man darauf herein, bezahlte man das hinterher mit dem Vergnügen, ihnen zum Spott die umgestürzten Bäume wegräumen zu müssen. Und so wurde der König von seinen Kriegern mit der Forderung bestürmt, den übermütigen Holzfällern auf den Pelz zu rücken.

Heinrich zögerte lange, sah aber schließlich ein, daß er etwas unternehmen mußte. Daher beauftragte er Graf Siegfried, mit vier Dutzend Reitern die Lage aufzuklären. Jeder von ihnen mußte einen Eisenhelm aufsetzen und außer der großen Brünne zusätzlich einen hüftlangen Kettenpanzer anlegen. Nachdem sie sich gerüstet hatten, brachen sie unverzüglich auf.

Auch Otto beteiligte sich an der Aktion – weniger aus Wut und Rachsucht, sondern um sich von seinen trüben Gedanken abzulenken. Schmerzhaft empfand er, wie sehr er sich geändert hatte. Neben ihm ritten schwerbewaffnete Männer, sie zählten zu den besten des Heeres und waren entschlossen, für die Erfüllung einer wichtigen Aufgabe ihr Leben einzusetzen. Sollte der Graf fallen, würde er, Otto, sie zu führen haben. Alles war so, wie er es sich immer gewünscht hatte, nur die Freude daran, sie war ihm abhanden gekommen.

Der Schneefall hatte aufgehört, und zwischen den Wolkenhaufen trat für Augenblicke die Sonne hervor. Kaninchen schreckten hoch, flitzten vor ihnen her, als wollten sie die Pferde zu einem Wettlauf auffordern. Ein Bussard, im Aufwind segelnd, ließ seinen Katzenruf erschallen. Die Straße wurde abschüssig und wand sich kurvenreich am Rande eines Baches dahin. Auf einmal hob Siegfried den Arm. Alle lauschten. Das Klopfen klang nun bedeutend lauter, auch ließen sich helle und dunkle Töne unterscheiden. Vorsichtig ritten sie weiter, zunächst noch im langsamen Trab, dann im Schritt.

Plötzlich brachen die Geräusche ab. Vor einer Biegung ließ der Graf erneut halten, und nachdem er Otto zugeflüstert hatte, sich ihm nicht anzuschließen, löste er sich ohne ein Wort von der Abteilung. Fünf Männer folgten ihm. Sie entschwanden den Augen der anderen, kehrten aber sogleich wieder zurück.

»Nichts«, sagte Siegfried.

»Vielleicht sind sie doch noch weiter weg, als wir glaubten«, bemerkte Otto zerstreut.

»Aber nein«, entgegnete Siegfried. Er überlegte angestrengt, neigte sich dabei unwillkürlich nach vorn. »Hört zu«, sagte er, nachdem er sich wieder aufgerichtet hatte, »wir bieten uns ihnen an, reiten solange, bis ich ein Zeichen gebe. Sind es wenige, riskieren wir allenfalls ein paar Pfeile. Wir hängen die Schilde so, daß sie die Beine zur jeweiligen Waldseite hin dekken. Auf das Gesicht werden sie kaum zielen, dazu ist ihr Schußfeld viel zu schlecht. Sollten sie uns anfallen, schlagen wir uns nach vorn durch und reiten sie auf dem Rückweg zusammen. Jetzt haltet sie euch möglichst vom Leibe. Sobald euch einer angreift, schleudert die Franziskas, doch folgt ihm nicht. Fertigmachen.«

Jeder der Leute trug am Sattel vier Wurfbeile, Franziskas

genannt, von denen er eines in die Hand nahm und ein weiteres hinter den Gürtel steckte. Nachdem sie die Schilde so befestigt hatten, daß sich der Eisenbuckel etwa in der Höhe des Kniegelenkes befand, formierte sich die Kolonne zum Abmarsch. Zwei Männer mußten absitzen und, eine Spießlänge vor den anderen, prüfen, ob der Boden nicht eine Falle barg. Fünf, ebenfalls zu Fuß, bildeten die Nachhut. Sie hatten rückwärts zu laufen, jeder ein Bündel Speere im Arm.

Schritt für Schritt ging es voran. Unter den Helmen rann der Schweiß herab, manch einer knirschte mit den Zähnen, ohne es zu merken. Selbst die Pferde schienen die Gefahr zu ahnen, es war, als setzten sie die Hufe zaghafter auf die Erde. Eine Amsel flatterte aus dem Unterholz hervor, stieß einen Warnruf aus, und wie auf Kommando schnellten die Hände nach oben.

Als das Signal zur Umkehr kam, sank die Spannung etwas. Da nun feststand, daß man dem Weg vertrauen durfte, befahl Siegfried Trab. Einige Männer, wegen der ausgestandenen Angst erbost und schon wieder übermütig, ließen ihr Pferd in Galopp fallen, fuchtelten mit der Waffe herum und schrien Flüche in den Wald. Abermals geschah nichts.

An der Biegung angelangt, versammelte Siegfried die Leute um sich und sagte zu Otto: »Daß sie von uns nichts wollen, ist jetzt klar. Aber wozu haben sie dann direkt vor unserer Nase solchen Lärm gemacht? Waren wir ihnen vielleicht zu viele? Diesmal will ich es genau wissen, und wenn wir dabei draufgehen.« Er besann sich und fügte hinzu: »Ich kämme mit zwanzig Männern den Wald durch, weit können sie ja nicht sein. Haltet ihr uns den Rücken frei. Sollten wir mit ihnen zusammengeraten, wartet auf uns, kommt uns aber auf keinen Fall zu Hilfe. Und steigt nicht von den Pferden.«

»Nimm mich mit«, bat Otto.

Siegfried schüttelte den Kopf, sagte jedoch nach einer Weile: »Kann sein, sie haben es darauf abgesehen, daß wir uns teilen. Dann ist es wahrscheinlich besser, du bist bei mir.«

Sie hängten sich die Schilde um den Hals und zogen ihre Schwerter. Die Leute ergriffen langstielige Fußstreitäxte.

Nachdem Siegfried für den Rest des Trupps, der mit den Tieren auf dem Weg verblieb, einen Stellvertreter bestimmt hatte, drangen sie in den Wald auf der Bachseite ein.

Sie waren noch keine fünfzehn Schritte gegangen, da wurde Otto von einem Krieger am Ärmel gezogen. Dieser wies auf einen zweiten, der ihnen heftig zuwinkte. Siegfried machte den anderen Zeichen, auf ihren Plätzen zu bleiben, dann begab er sich mit Otto zu dem Mann, der inzwischen vor einer großen Fichte kauerte.

»Was ist, Gero?« flüsterte Siegfried.

»Fällt dir nichts auf, Herr Graf?«

»Doch, die Farnwedel sind zertreten. Und jede Menge Fußspuren.«

»Sieh mal«, sagte Gero. Er zeigte auf eine Stelle am Stamm, aus der etwa in Augenhöhe ein Aststummel ragte. Danach kratzte er mit seinem Messer auf beiden Seiten des Hölzchens herum, wobei er mühelos erst Borkenfetzen, dann Moosballen löste. Ein ringförmiger Einschnitt wurde sichtbar, der die Klinge des Dolches der Länge nach barg.

»Der Baum ist angesägt worden«, stieß Siegfried hervor. »Doch warum zum Teufel haben sie den Ast reingesteckt?«

»Als Keil«, erläuterte Gero. »Sicherlich hatte der Baum eine Neigung, und da haben sie ihn vorsichtshalber mit einem Keil verstärkt. Dann haben sie die Schnittstelle mit Moos und Rinde getarnt. Die Krümel wurden vergraben. Seht.« Er bohrte den Fuß in den Boden, warf etwas Erde auf, und zum Vorschein kam Sägemehl. »Alles andere könnt ihr euch selber denken.«

»Nicht alles. Sprich weiter.«

»Man haut den Keil weg und schlägt auf der entgegengesetzten Seite eine Kerbe; dann trennt man durch ein paar Hiebe von oben das Holz bis an den Einschnitt. Jetzt noch ein leichter Stoß, und der Baum fällt in die gewünschte Richtung.«

»Und vermutlich nicht nur dieser eine.« Siegfried nickte anerkennend.

»Wie bist du ihnen denn auf die Schliche gekommen?«

Gero blähte die Nasenflügel. »Merkst du nicht? Es riecht ein bißchen nach frischem Holz. Und dann dieser Ast, wo für gewöhnlich keiner wächst. Den hätten sie besser verstecken sollen. Ansonsten haben sie aber gute Arbeit geleistet.«

Es entstand eine Pause. Eine Bö strich über die Wipfel, entlockte der Fichte einen ächzenden Laut, worauf sich die vier unwillkürlich duckten.

»Eins verstehe ich nicht«, sagte der Mann, der sie auf Gero aufmerksam gemacht hatte, »nämlich, daß wir noch heile Knochen haben. Wir sind so langsam geritten, trotzdem haben sie es nicht getan.«

Siegfried verzog das Gesicht. »Weil sie nicht uns, sondern das ganze Heer wollten. Deshalb haben sie sich auch in aller Stille verdrückt. Damit, daß wir uns in den Wald wagen würden, hatten sie nicht gerechnet«, schloß er triumphierend.

Seine Miene wurde wieder düster.

»Bevor ich dich dem König für eine Auszeichnung vorschlage, mußt du mir aber noch etwas erklären, du schlauer Mensch. Die Leute, die die Bäume zu Fall bringen, haben doch gar keine Aussicht, davonzukommen. Beim ersten Geräusch stürmen unsere Männer in den Wald und erledigen sie. Sollten sie tatsächlich so verrückt sein, wegen einiger Toter bei uns ihr Leben aufs Spiel zu setzen?«

Gero lächelte. »Ich halte jede Wette, daß wir nicht nur neben, sondern auch vor uns noch weitere angesägte Bäume finden. Andernfalls wären sie nicht fertig geworden. Weggeschlagen werden lediglich die hintersten Bäume, die jeweils vorderen Reihen fallen dann von allein. Diejenigen von uns, die beim ersten Axthieb in den Wald gerannt wären, hätten nicht einmal mehr sich selbst retten können.«

Siegfried schloß die Augen, öffnete sie aber sofort wieder. »Diese elenden Hunde«, sagte er gedehnt, beinahe zärtlich. In diesen Worten lagen gleichermaßen sein Respekt vor der geschickt eingefädelten List wie die Erleichterung darüber, daß sie aufgedeckt worden war.

Danach beratschlagten sie, was zu tun sei. Noch schwebten

sie in höchster Gefahr, es lag daher nahe, den Wald schleunigst zu verlassen und ins Lager zurückzukehren. Siegfried verwarf diesen Plan jedoch. Ein plötzlicher Aufbruch würde beim Feind sicherlich Argwohn erregen, er würde ahnen oder befürchten, daß sie sein Vorhaben durchschaut hatten und — damit nicht alles umsonst war — die Bäume rasch noch umhauen. Abermals würden dann die Leute die Straße zu räumen haben (diesmal auf einem Abschnitt, der länger war als jeder andere bisher), und ihre Erbitterung würde sich gegen sie richten, deren Unternehmen nicht mehr eingebracht hatte.

Die andere Möglichkeit bestand darin, den Wald so lange zu besetzten, bis Verstärkung eintraf. Das war riskant, versprach aber den ganzen Erfolg, wenn es gelang, die Heveller in dem Glauben zu wiegen, ihr Anschlag sei unbemerkt geblieben. Die zweite Gruppe, entschied Siegfried, sollte dort bleiben, wo sie sich gegenwärtig befand. Zwar waren vermutlich auch jenseits der Straße Bäume angesägt worden, doch vor der Biegung waren die Leute nicht unmittelbar bedroht, und wegen der Pferde konnten sie ohnehin nicht in den Wald.

Ein Bote übermittelte ihnen den Befehl, beim Heer sofort Stoßtrupps anzufordern, die den Gegner umgehen und im Rücken angreifen sollten. Scheinbar ziellos drangen die Männer inzwischen weiter in den Wald vor. Siegfried hatte ihnen die Gefahr, in der sie sich befanden, nicht verheimlicht, denn ein erneuter Auflauf mußte unbedingt vermieden werden. Falls die Slawen irgendwo Späher postiert hatten, sollten die den Eindruck gewinnen, daß ihr Feind im dunkeln tappte, und sich an seiner vermeintlichen Ahnungslosigkeit ergötzen. Geräuschvoll bewegten sich die Leute vorwärts, riefen sich dann und wann zu, daß diese Hunde offenbar die Erde verschluckt habe. Dabei standen ihnen die Haare zu Berge. Auf Schritt und Tritt bestätigte sich, daß dieser Gero nicht übertrieben hatte.

Auch Otto war, als liefe er über dünnes Eis. Es kostete ihn alle Kraft, nicht bei jedem Baum stehenzubleiben und, sofern dieser die teuflischen Merkmale aufwies, an einem der immer nachlässiger getarnten Einschnitte herumzupolken. Wohin er auch blickte, ständig peinigte ihn die Vorstellung stürzender Wipfel, splitternder Stämme, aus dem Boden schnellender Wurzeln. Zum ersten Mal seit langem empfand er wirkliche Angst.

Ohne es zu merken, war er in eine sumpfige Stelle geraten. Umkehren mochte er nicht, er griff nach einem über ihm hängenden Ast und zog sich daran vorwärts. Vor ihm tauchte so etwas wie eine kleine Insel auf, eine Erhebung mitten im Morast, von Gebüsch fast zugewachsen. Er kroch hoch, wollte hindurch, doch die Zweige waren so ineinander verhakt, daß sie sich nicht lösen ließen. Er nahm das Schwert, setzte es unten an, ein Schnitt, und sie schnappten nach oben. Vor ihm öffnete sich das Innere einer Hütte.

Als sich seine Augen an die Dunkelheit gewöhnt hatten, wurde ihm der Mund trocken. Auf dem Boden lagen zwei Gestalten, mit dem Gesicht nach unten, die Hände über dem Kopf verschränkt und am ganzen Körper zitternd. Otto trat einen Schritt nach hinten, schämte sich jedoch sogleich seiner Furcht. »Los, aufstehen!« sagte er atemlos und schlug dem einen mit der flachen Klinge auf die Schulter. Beide zuckten zusammen, krümmten sich etwas, dann erhoben sie sich.

Otto wurde leicht und fröhlich zumute. Vor ihm standen zwei Knaben, deutlich jünger als er und sich so ähnlich, daß es nur Brüder sein konnten. Entsetzt starrten sie auf die Spitze seines Schwertes, das er vor ihren Bäuchen hin und her schwenkte. Plötzlich knackte es hinter ihm. Er fuhr herum, sah Siegfried, der bereits bis zu den Knöcheln im Schlamm steckte und heftig fuchtelte.

Otto begriff sofort, daß er einen Fehler gemacht hatte, er stieß einen Schrei aus, aber da war es schon zu spät. Er vernahm ein Rascheln, und im nächsten Augenblick konnte er sehen, wie die beiden durch ein Loch auf der gegenüberliegenden Seite der Hütte schlüpften.

Siegfried, der um den Sumpf herumgerannt war, kam an, als sie ihn gerade durchquert hatten. Statt des Schwertes hielt er nun ein kurzes Dolchmesser in der Hand. Aus dem Lauf heraus sprang er den einen der Jungen an und riß ihn zu Boden; dann legte sich der schwere Mann über ihn, verschloß seinen Mund und preßte den schmächtigen Leib fest an die Erde.

Währenddessen verfolgte Otto den zweiten Jungen. Dieser, schneller als er, sprang leichtfüßig zwischen den Bäumen hindurch und drohte ihm zu entwischen. Auf einmal schlug er einen Haken, prallte gegen einen Stamm und blieb betäubt stehen. Noch bevor Otto bei ihm war, drehte er sich um und sank auf die Knie.

Neugierig betrachtete Otto das von der Jagd erhitzte, noch kindliche Antlitz. Es war beinahe so wie früher. Ein Kampf hatte stattgefunden, er hatte gesiegt. Gleich würde das verschwitzte und betrübte Gesicht seines Gefährten von einem Lachen überzogen werden, man würde Unterwerfung spielen, einen symbolischen Tribut verabreden, sich umarmen, danach gemeinsam nach Hause gehen.

Doch der Knabe lachte nicht. Er begann plötzlich zu beben, schloß die Augen, neigte den Kopf nach vorn. Otto drehte sich vorsichtig um und erblickte Siegfried, der sich ihnen in einem merkwürdig schleichenden Gang näherte. Mit Blut beschmiert, den Blick getrübt und den Unterkiefer vorgeschoben, war er kaum wiederzuerkennen.

In Otto erwachte ein trostloses Gefühl. Es war noch schwach und weit weg, doch spürte er klar, daß es ihn bald ausfüllen würde. »Das ist mein Gefangener«, sagte er rasch und hoffnungslos, »du darfst ihm nichts tun.«

Siegfried nickte ein paarmal und sagte heiser: »Worauf wartest du? Erledige den Hund. Los, töte ihn.« Er reichte ihm das Messer.

Otto rückte etwas ab und stellte sich vor den Jungen. »Das ist mein Gefangener«, wiederholte er. Er wußte genau, daß es nicht darum ging, wem der Bursche gehörte, doch solange er darauf bestand, daß dies sein Gefangener war, würde Siegfried vielleicht nicht das aussprechen, wovor er sich so fürchtete.

Der Graf machte eine Bewegung, als wollte er ihn beiseite

stoßen, besann sich jedoch und zischte: »Was willst du bloß mit ihm? Lösegeld wirst du für so einen nicht kriegen. Einen Häuptlingssohn hätten sie nicht als Späher zurückgelassen. Außerdem können wir jetzt keinen Gefangenen gebrauchen.«

Otto fühlte seinen Herzschlag. Da war es wieder. Lösegeld, nicht gebrauchen. Was hinderte ihn nur daran, es ebenso zu sehen? Siegfried war ein tapferer und geachteter Mann, engster Vertrauter seines Vaters, jeder schätzte ihn; er dagegen, obzwar Sohn des Königs, lediglich ein Jüngling ohne Erfahrungen und Verdienste. Niemandem, der seinen Verstand noch beisammen hatte, konnte es zweifelhaft sein, wessen Meinung die richtige war. An seiner Hand, die den Schwertknauf umklammerte, spürte er den Atem des Knaben, der still vor sich hin weinte. Nicht gebrauchen, kein Lösegeld, das stimmte sicherlich. Dieser warme Atem und dieses hilflose Weinen redete aber eine Sprache, die mit solchen Erwägungen nichts zu tun hatte. Warum verstand sie keiner außer ihm? Und warum war ausgerechnet er dazu verurteilt, sie zu verstehen?

Plötzlich stand jener Mann neben ihnen, Gero hieß er wohl. Eigentümlich sah er aus, das war Otto schon vorhin aufgefallen: viel kleiner als Siegfried, mager, mit glänzenden dunklen Augen in einem unverhältnismäßig großen, birnenförmigen Schädel – häßlich eigentlich und gar nicht wie ein Krieger. Zugleich strahlte er eine merkwürdige Ruhe aus, die für ihn einnahm und sein schwächliches Äußeres vergessen ließ.

Siegfried schien ähnlich zu empfinden, sowie er ihn bemerkte, wich die Wut auf seinem Gesicht einem Ausdruck der Erleichterung. Er faßte ihn am Arm, neigte sich herunter und flüsterte ihm etwas ins Ohr. Geros Miene blieb unbewegt, er gab nicht einmal zu erkennen, ob er mit dem, was ihm gesagt wurde, einverstanden war oder nicht. Als Siegfried fertig war, löste er sich wortlos von ihm, kam auf Otto zu und sagte: »Bitte, junger Herr, schenke mir einen Augenblick Gehör. Du denkst edel, aber hast du dir überlegt, daß uns der Gegner mit dem Jungen sehen und dann versucht sein könnte, ihn zu befreien? Deine Großmut würde möglicherweise vielen ausgezeichneten

Männern das Leben kosten. Ist dir ihr Leben weniger wert als das eines Fremden?«

Wie unter einem Zwang schüttelte Otto den Kopf. Diese sanfte Stimme, so wohltuend verständnisvoll klang sie, wie die eines Priesters. Indem er den Knaben verteidigte, brachte er andere in Gefahr, die gewiß nicht schlechter waren als der Gefangene. Das hatte er tatsächlich übersehen. Er schaute zu seinem Schützling, wandte sich aber sogleich wieder ab. »Er hat sich nicht einmal gewehrt«, entgegnete er.

Gero schwieg, seine glänzenden Augen gaben nicht preis, wie er diese Antwort aufnahm. »Er ist alt genug, um den Kundschafter zu spielen«, erwiderte er ruhig. »Und Kundschafter verdienen keine Schonung. Doch das ist jetzt nicht wichtig. Wichtig ist allein, daß wir das Vorhaben des Gegners zunichte machen. Alles, was uns daran hindern könnte, müssen wir beseitigen. Bedenke auch, wie es der König aufnehmen wird, wenn er erfährt, daß du deine Milde an einen Feind gewendet und sie damit zugleich den eigenen Leuten entzogen hast.«

Otto errötete. Niemals würde ihm das der Vater verzeihen.

Abermals fiel sein Blick auf den Jungen. Um dessen Mund herum bemerkte er jetzt einen grämlichen, lauernden Zug, der ihn älter erscheinen ließ. Oder war er es vielleicht? Auf jeden Fall sah er abstoßend aus mit seinen rotgeweinten Augen, die hündisch zu ihm aufsahen.

Gero räusperte sich. »Erlaube, daß ich es tue, junger Herr«, sagte er leise. »Er wird nicht leiden, ich verspreche es dir.«

Otto entgegnete nichts, drehte aber unwillkürlich etwas den Körper. Er hatte damit nichts bezweckt, trotzdem war er auch nicht überrascht, als sich Gero sogleich geschmeidig an ihm vorbeischob und dem Knaben ein Zeichen gab, sich zu erheben. Dieser schaute fragend hoch, und Otto nickte ihm kurz zu.

Gero nahm den Jungen an der Hand, ging ein paar Schritte, wandte sich um und winkte ihnen lächelnd zu. Dann, langsam und stetig, entschwand er mit ihm zwischen den Bäumen.

V.

Von den Slawen nicht bemerkt oder in ihrer Absicht zu spät durchschaut, sickerten kleine Trupps sächsischer Krieger zu beiden Seiten des Weges in den Wald ein und markierten die äußeren Grenzen der gefährdeten Zonen. Noch bevor sie damit fertig waren, wurden sie von größeren Haufen überholt, die mit gezogener Waffe vordrangen und blitzschnell das gesamte Gebiet besetzten. Die Überraschung gelang. Als dem Gegner die Lage klar wurde, sah er sich mehreren Reihen gepanzerter Männer gegenüber, die bereit waren, den Kampf aufzunehmen. Nur ein Sturm oder starker Schneefall hätten jetzt noch etwas ändern können, aber die blieben aus. Zügig rückte der Rest des Heeres nach und passierte ohne Zwischenfälle den betreffenden Abschnitt.

Obwohl das ihr Vorankommen verlangsamen würde, ordnete Heinrich an, von nun an mit Flankenschutz zu marschieren. Wenn das Wetter so blieb, lief die Zeit für ihn. Auch konnte die Brandenburg nicht mehr weit sein. Seitdem sie sich wieder auf der Handelsstraße befanden, erwartete er die Vorentscheidung, weil er meinte, daß sie nur deshalb abgedrängt worden waren, damit der hevellische Herrscher seine Streitkräfte sammeln und heranführen konnte. Jetzt war er noch fester davon überzeugt, daß sie kurz vor einer großen Schlacht standen. Er hielt es für wenig wahrscheinlich, daß die Falle, der sie um Haaresbreite entgangen waren, das Werk bloß lokaler Mächte gewesen sein sollte, die, da sie sich unmittelbar bedroht fühlten, auf eigene Faust hatten losschlagen wollen. Daß der Handstreich so widerstandslos hingenommen worden war, sprach vielmehr dafür, daß der Feind seinen Plan von vornherein auf die Hilfe des Fürsten gebaut hatte. Gewiß hatte er jeden Augenblick mit dem Eintreffen des Brandenburger Aufgebotes gerechnet und daher bis zuletzt fieberhaft gearbeitet.

Diese Annahme bestätigte sich schon am folgenden Tag, als sie auf vier Dörfer stießen, die allem Anschein nach überhastet aufgegeben worden waren. Die Bewohner hatten lediglich das

Vieh und die Vorräte mitgenommen, ihre sonstige Habe jedoch dagelassen. Spuren fanden sie nicht nur unter dem Neuschnee, der in der Nacht gefallen war, sondern auch darauf. Offenbar waren vereinzelte Leute zurückgekehrt, um noch nachträglich Sachen zu holen. Alle Spuren führten zu einer Burg, die sich inmitten eines Luches befand.

Nachdem die Dörfer niedergebrannt worden waren, bedrängten die Männer den König, die Festung sofort zu stürmen. Heinrich war anfangs nicht abgeneigt, gehörte es doch zu seinen Grundsätzen, Widerstand niemals ungestraft zu lassen, sofern er sich durch Milde nicht besondere Vorteile versprach. Bald aber kamen ihm schwere Bedenken. Die Burg war von mittlerer Größe und, wie es schien, gut befestigt. Schloß man von den verbrannten Häusern auf die Zahl der Familien, die sich hinter die Wälle geflüchtet hatten, würde man es mit einer stattlichen Menge kampffähiger Männer zu tun bekommen. Die verbitterten Menschen würden sich bis zum letzten Blutstropfen verteidigen. Es würde Verluste geben, hohe Verluste möglicherweise, die den Erfolg des Feldzuges gefährden konnten.

Eine Belagerung kam ebenfalls nicht in Frage. Da die Leute in der Festung ausreichend versorgt waren und zur Not ja noch ihre Tiere schlachten konnten, würde sie mehrere Wochen dauern. Einem Heer, dem noch die Blockade der Brandenburg bevorstand, war das kaum zuzumuten. Als die Späher meldeten, daß von der feindlichen Streitmacht weit und breit nichts zu sehen war, begann Heinrich sogar zu argwöhnen, daß ihnen der Gegner die Burg vielleicht als Lockspeise zugedacht hatte. Daher beschloß der König, die Festung zu verschonen und weiterzuziehen; schweren Herzens übrigens, weil der gefrorene Sumpf für eine Reiterschlacht der ideale Boden gewesen wäre.

Da wies Graf Siegfried, eben noch Befürworter eines sofortigen Angriffes, einen überraschenden Ausweg. Er glaube nicht, daß es die Leute in der Burg lange aushielten, denn diese sei für derart viele Menschen samt dem Vieh entschieden zu klein. Was passieren wird, ist klar: Sie werden zu streiten anfangen und sich bald gegenseitig den Schädel einschlagen. Wir können nachhelfen, indem wir dann und wann Brandpfeile in den Innenhof schießen. Außerdem wird sie das Vieh langsam zuscheißen. In spätestens einer Woche sind die da drin froh, wenn sie an der frischen Luft sterben dürfen.

»Was macht dich so sicher?« erkundigte sich der König.

»Ich habe die Häuser gezählt. Im Sommer hätten sie das Großvieh im Wald versteckt, jetzt konnten sie das wegen der Fährten nicht riskieren. Vielleicht gibt es auch noch andere Burgen in der Umgebung, doch da wir ihnen so dicht auf den Fersen waren, hatten sie keine Wahl.«

Heinrich überlegte, sagte dann: »Sie werden die Tiere schlachten, oder wenigstens einen Teil.«

Der Graf schüttelte den Kopf. »Welcher Bauer schlachtet denn sein Vieh, solange er noch zu fressen hat? Bevor sie die Tiere antasten, gehen sie sich erst einmal selber an die Kehle. Und zum Lohn dafür«, er lachte glucksend, »werden sie von ihnen zugeschissen. Es ist tatsächlich so einfach, du wirst sehen.«

Er hob den Zeigefinger, zog die Augenbrauen hoch und stellte sich auf die Zehenspitzen, Gebärden, die sich bei ihm reichlich seltsam ausnahmen. »Hörst du?« flüsterte er. »Muhen, Quieken, Schnattern, wie auf einem Bauernhof, bevor die Tiere Futter kriegen. Dort drin muß schon jetzt der Teufel los sein.«

Diese Bemerkung stammte fast wörtlich von Gero, dem der Graf auch den Einfall verdankte.

Heinrich war noch längst nicht überzeugt. Das Ganze erinnerte ein bißchen an eine jener Geschichten, wie sie so häufig bei Trinkgelagen erzählt wurden: etwa die von einer Handvoll Mönche, die ein riesiges Heer zerstreut hatten, indem sie ihm zerbrochene Bienenkörbe entgegenwarfen. Je nachdem, wann und wo dieses Ereignis angesiedelt war, sollte es sich bei dem Feind abwechselnd um Araber, Awaren oder Normannen gehandelt haben. Mehr noch als die offenkundigen Übertreibungen störte den König an solchen Berichten, daß sie glauben machen wollten, ein Krieg sei hauptsächlich mittels Finten und Listen zu gewinnen. In Wirklichkeit machte er allzu schlaue Berechnungen gern zuschanden.

Andererseits mochte Heinrich seinen Vorbehalten nicht so ohne weiteres die verlockende Aussicht opfern, nach wenigen Tagen Belagerung einen verlustlosen Sieg zu erringen. Für die Moral der Männer würde er unschätzbaren Wert besitzen. Konnte es dieses eine Mal nicht tatsächlich so einfach sein wie in jenen Geschichten, an denen man sich während langer Winterabende zu berauschen pflegte? Je öfter er sich diese Frage stellte, desto seltener fand er Gründe, sie zu verneinen. Allmählich bemächtigte sich seiner Vorstellung der Anblick eines Burghofes, in dem sich Menschen und Tiere Leib an Leib drängten, Frauen um ihre weinenden Kinder bangten, deren Väter bestürmten, endlich Abhilfe zu schaffen, und bis zum Äußersten gereizte Männer zähneknirschend beiseite rückten, wenn einer von ihnen Wasser, Nahrung oder Holz holen wollte; dazwischen das unvernünftige Vieh, das, sofern es noch nicht in der eigenen Jauche festgefroren war und entsetzlich litt, sich den beengten Verhältnissen noch weniger anzupassen vermochte. Ja, so mußte es sein: eine Hölle von Gestank und Schmutz, Schlaflosigkeit und Todesfurcht, in der jeder Schritt, den einer tat, für viele andere zu einer Pein wurde.

Noch am gleichen Tag ordnete der König an, sich halbkreisförmig um die Burg zu legen und mit der Blockade zu beginnen. Wie Siegfried geraten hatte, wurden regelmäßig Brandpfeile abgeschossen, so daß die Belagerten ständig von scheuenden Tieren behelligt wurden. In das Gebrüll des Viehs mischten sich immer häufiger und lauter menschliche Stimmen.

Trotzdem – nach drei Tagen gab es noch keinerlei Anzeichen einer Bereitschaft, sich zu ergeben. Die Verwünschungen, die vom Wehrgang heruntergerufen wurden, muteten alles andere als verzweifelt, vielmehr trotzig und entschlossen an. Abermals wurde Heinrich unsicher. Da meldeten Kundschafter das Anrücken der feindlichen Streitmacht.

Sowie der Nachthimmel zu erblassen begann, traten die Männer aus ihren Zelten und begaben sich zu dem des Bischofs Bernhard. Vor einem Feldaltar, der bereits am Vortag aufgestellt worden war, sammelten sie sich und empfingen das Sakrament.

Bernhard hatte nach der Kommunion eine Predigt vorgesehen. Er war gut vorbereitet und gewillt, vieles von dem nachzuholen, wofür in den letzten Wochen keine Gelegenheit gewesen war; der König sollte endlich spüren, was es bedeutete, wenn ein Bischof beim Heer weilte. Doch als er die übernächtigten Gesichter der Leute sah und ihre verkrampfte Art, sich zu bewegen, teilte sich ihm unwillkürlich die schreckliche Spannung mit, die alle erfüllte – so heftig und plötzlich, daß ihn ein Zittern befiel. Er begriff, daß er zu einer längeren Predigt außerstande sein würde, und da die Zeit ohnehin knapp war, beschränkte er sich auf einige aufmunternde Worte.

»Ein weiser König zerstreut die Gottlosen und bringt das Rad über sie« – mit diesen Worten leitete er den Schluß seiner Ansprache ein. Sie waren noch nicht verhallt, da schob sich die Morgensonne über den Ostrand des Luches. Dieses wunderbare Zusammentreffen gab Bernhard seine Sicherheit zurück, und er bedauerte beinahe, daß er die Predigt nicht in der beabsichtigten Weise gehalten hatte.

Die Männer drehten sich um und starrten stumm auf den erglühenden Horizont. Jemand psalmodierte, heiser und falsch, jedoch voll solcher Inbrunst, daß alle betroffen lauschten. Auf einmal brach er ab, und die Leute begannen zu murmeln. Links von der Sonnenkugel, dort, wo die Heveller ihr Lager aufgeschlagen hatten, waren Dampfwölkchen zu sehen, die sich von dem klaren Himmel deutlich abhoben. Der Feind hatte die Feuer gelöscht.

Von der Burg ertönte Freudengeheul. Die Menschen standen dicht an dicht auf dem Wehrgang, fuchtelten mit den Waffen, hielten ihre Kinder hoch oder kippten aus Eimern Kot über die Brüstung. Tote Tiere wurden geschleudert und blieben auf der Wallböschung liegen. Außer Bernhard, der den

Altar verpacken ließ, schaute kaum einer hin. Die Männer umringten den König und den Grafen, schworen ihnen Treue und Gehorsam. Danach geschah etwas Seltsames: Sie umarmten sich und flüsterten dabei, einige unter Tränen, Eide, einander jederzeit und unbedingt beizustehen. Zuerst waren es nur wenige, die nach dem Nachbarn griffen, ihn an sich zogen und für dieses und jenes um Verzeihung baten. Bald aber wurden alle von dieser Stimmung erfaßt. Wie von Sinnen streiften manche Krieger umher, auf der Suche nach jemandem, den sie noch nicht ihrer Hilfe und Zuneigung versichert hatten. Hier und da erklang Schluchzen.

Heinrich sah mit unbewegter Miene zu. Es lag etwas Närrisches darin, daß diese rauhen Gestalten, die sich in den vergangenen Tagen bei jedem geringfügigen Anlaß gestritten hatten, nun auf einmal ihre Liebe füreinander entdeckten. Er ließ sie jedoch gewähren. Eine Schlacht war etwas Besonderes, nicht zu vergleichen mit den Raufereien und Scharmützeln, an welche die meisten dieser Männer gewöhnt waren. Auch der Einfältigste und Unerfahrenste fing an zu ahnen, was ihm bevorstand. Man würde es nicht mit einem Häuflein zu tun haben, sondern mit einer riesigen Masse, gegen die der einzelne, mochte er noch so mutig und stark sein, völlig machtlos war. Dieses entsetzliche Gefühl war den Leuten neu. Um es zu betäuben, mußte man sich bestätigen, selbst einer Masse anzugehören, ein Empfinden, dem mancherlei hinderlich war. Viele kannten einander allenfalls vom Sehen, hatten verschiedene Herren und verspürten daher nicht von vornherein die Neigung, sich für einen fremden Mann aufzuopfern. Diese Haltung hatte sich auch in den letzten Wochen nicht geändert. Ohne daß es allen so recht klar war, hatten die gegenseitigen Beteuerungen und Umarmungen den Zweck, das Versäumte nachzuholen und, soweit das möglich war, im letzten Augenblick noch so etwas wie ein Gemeinschaftsgefühl herzustellen.

Am Horizont begann es zu pulsieren, ein formloses Gewimmel, von dem sich noch nicht ausmachen ließ, in welche Richtung es sich ausbreiten würde. Bald darauf durchschnitt der schaurige Klang von Tuben und Hörnern die Morgenstille. In der Burg wurde ebenfalls geblasen, so daß vom Wall die Krähen aufstoben. Siegfried riß den Arm empor, und als hätten sie darauf gewartet, gingen die Männer unverzüglich auseinander. Sie formierten sich zum Abmarsch.

Heinrich trieb nicht zur Eile. Die Berichte der Späher besagten, womit er sowieso gerechnet hatte: daß die Heveller zwar viele Fußkrieger, jedoch kaum Reiterei besaßen. Gewiß würden sie den Angriff suchen, und er hatte nicht die Absicht, ihnen schon jetzt zuvorzukommen. Entscheidend war, daß das Heer dem Feind überhaupt entgegenzog und ihn nicht im Stehen erwartete. Nicht nur wegen der Reiterei, deren Wirkung auch darauf beruhte, daß sie die Wucht des Aufpralls nutzte, sondern ebenso wegen des Fußvolkes, das zum größten Teil aus Knechten bestand und in der Verteidigung eher zu Flucht und Auflösung neigte als beim Stürmen. Obwohl es mit ihrer Kampfstärke nicht sehr weit her war, durften sie, zumindest am Anfang, um keinen Preis zurückweichen, weil das den Schlachtplan ernstlich gefährden konnte.

Der sah vor, daß das Fußvolk in zwei Haufen gegen die feindlichen Flügel zog. In die Gasse zwischen ihnen würde die leichte Reiterei stoßen und versuchen, das Zentrum zu spalten. Sobald sich der Kampf auf dem Höhepunkt befand, sollten die Panzerreiter die Heveller an der rechten Flanke packen und ihre Reihen ins Wanken bringen. Was die Menschen in der Burg betraf, so bereiteten sie dem König geringe Sorgen. Für den unwahrscheinlichen Fall, daß sie einen Ausfall wagten, würden sie von den Troßleuten mit Pfeilschüssen empfangen werden. Außerdem stand ein Trupp Berittener bereit, um sie wieder zurückzujagen.

Während sich die Panzerreiterei im Schatten der Festung auf den Saum des jenseitigen Waldes zubewegte, verließen die Fußtruppen das Lager. Beide Abteilungen waren an der Spitze durch ein paar Reihen besonders hochgewachsener Krieger miteinander verbunden, die dem Gegner den Blick auf den freien Raum hinter ihnen verstellen sollten. Berittene Ordner umschwärmten die Männer, ermahnten sie, sich zusammenzuschließen, stets auf die Feldzeichen zu achten und erst dann zu rennen, wenn es ihnen befohlen wurde. Das letzte war nötig, da in der Nacht ein mörderischer Frost eingesetzt hatte, so daß die Leute unwillkürlich schneller liefen, um sich zu erwärmen. Doch sie sollten ja ihre Kräfte sparen. So stapften beide Heere fast gemächlich aufeinander zu: das sächsische unter Absingen eines Glaubensliedes, das hevellische von den wilden Klängen seiner Bläser begleitet. Da sie im Pulverschnee ständig ausrutschten, ließen die Männer die Köpfe hängen, so daß ihr Gang etwas unkriegerisch Zielloses bekam.

Unwan, der von Siegfried bestimmte Anführer des Fußvolkes, ritt in der Mitte der beiden Haufen. Sein Auftrag bestand nicht nur darin, die Fußkämpfer auf den Feind zu hetzen, er hatte auch der Reiterei das Zeichen zum Abmarsch zu geben. Nicht zu früh und nicht zu spät, das ließ sich leicht sagen, doch wer vermochte zu entscheiden, wann genau das war? Da mußten Geschwindigkeiten und Entfernungen geschätzt, die Beschaffenheit des Bodens berücksichtigt und die Stimmung der Leute bedacht werden; das alles unter Bedingungen, die sich laufend änderten oder jederzeit ändern konnten. Auch mußte er einer Panik gewärtig sein und dann dafür sorgen, daß sie sofort unterbunden wurde. Angestrengt schaute er fortwährend mal nach vorn, nach hinten und zu den Männern rechts und links von ihm, die immer öfter die Köpfe drehten und sich zusammendrängten. Nur nicht zu zeitig, flüsterte es in ihm – nur nicht zu spät, kam das Echo.

Er vernahm eine Art Grollen. Es drang nicht sogleich in sein Bewußtsein, doch da wurde es lauter, und er begriff, daß es sich um einen Schlachtruf handelte. Es war ein verhaltenes Geräusch, das scheinbar nicht erschrecken wollte und gerade darum so bedrohlich klang. Unwan beruhigte sein Pferd und wandte sich dem Mann neben ihm zu, der ihn aus angstgeweiteten Augen anstarrte und nun, sei es, daß er den Blick mißverstanden oder einfach die Beherrschung verloren hatte, mit dem Feldzeichen das verabredete Signal – ein mehrmaliges

Drehen – gab. Die Männer, die sie unaufhörlich beobachtet hatten, blieben daraufhin stehen und sahen sich um, ob die Reiter auch wirklich kamen.

Das war ein höchst gefährlicher Augenblick, und Unwan, ohne zu prüfen, wie sich der Gegner verhielt, erteilte den Befehl zum Losrennen. Im selben Augenblick wurde ihm klar, daß er einen Fehler begangen hatte. Das feindliche Heer machte keinerlei Anstalten, die Verwirrung auszunutzen. Und was ihm eben noch so schwierig vorgekommen war – den für den Angriff der Fußkrieger günstigsten Abstand zu bestimmen –, erschien ihm jetzt, da er sich entschieden hatte, auf einmal ganz leicht. Dieser jedenfalls war zu groß, die Leute würden sich verausgaben und erschöpft sein, noch bevor sie den Gegner erreichten. Doch nun war es zu spät. Die Ordner fingen an zu brüllen, und mit dem Ruf »Kyrie eleison« setzten sich die Männer in Bewegung.

Unwan hielt die mittlere Gruppe zurück. Das schüttere Häuflein, das den Reiterangriff abschirmen sollte, mußte vorerst geschont werden. Er fuchtelte mit dem Schwert, schrie, blickte sich dabei immer wieder um und sah, daß die Pferde noch nicht einmal in Trab gesetzt worden waren. Schneller, schneller! Alles hing jetzt davon ab, daß die Reiterei eintraf, bevor das Fußvolk in Panik verfiel.

Das taumelt auf die Heveller zu, die inzwischen zum Stehen gekommen sind. Die Krieger in der ersten Reihe senken die Spieße, halten die Waffen jedoch so lässig, als können sie nicht glauben, daß diese schlitternde und dampfende Meute mit ihnen ernstlich anbinden will. In die Lücken zwischen ihnen schieben sich Bogenschützen, die sich in aller Ruhe Ziele suchen. Die Kyrie-eleison-Rufe, ohnehin spärlicher geworden, setzen aus. Einige der Heranstürmenden stocken und werfen sich zu Boden, die meisten halten jedoch die Schilde hoch und rennen weiter.

Der Mann mit dem Feldzeichen zuckt zusammen. In den Maschen seines Brustpanzers steckt ein Pfeil, der sich langsam nach unten neigt. Er will ihn abpflücken und wegschleudern, da wird er erneut getroffen, diesmal in die Hand, die sich um den Schaft des Feldzeichens klammert. Der Pfeil hat kaum noch Kraft gehabt, er fällt sofort herunter, doch unwillkürlich spreizen sich die Finger, und die schwere Stange entgleitet dem Mann.

Unwan richtet sich im Sattel auf. Der Vorfall scheint unbemerkt geblieben zu sein. Was er sieht, ist indessen schlimm genug. Mehr als zwei Dutzend Angreifer hocken stöhnend im Schnee, unter ihnen auch Leichtverwundete und Unverletzte, die wohl darauf spekulieren, daß niemand ein Geschoß für einen Mann vergeudet, der nicht mehr kämpfen will. Andere, noch längst nicht auf Wurfweite herangekommen, entledigen sich blindlings ihrer Speere, Äxte, ja sogar Keulen und Messer und rennen fäusteschüttelnd wieder zurück. Die Slawen antworten mit höhnischem Gelächter. Ordner reiten in die Menge, schlagen mit der flachen Klinge auf die Leute ein, um sie zum Nachrücken zu bewegen, doch keiner denkt daran, weiter vorzugehen.

Auf einmal wird der Pfeilbeschuß schwächer. Die Heveller packen die Spieße mit beiden Händen und setzen sich langsam in Marsch. Die Leute auf der anderen Seite stehen wie angewurzelt. Die Ordner lassen die Schwerter sinken und schauen ratlos zu Unwan. Der fühlt seinen Herzschlag. Fluchend springt er vom Pferd, rutscht aus, steht wieder auf. Er findet das Feldzeichen, will aufsitzen, das Tier ist jedoch plötzlich nicht mehr da. Schreiend reitet jemand an ihm vorbei, weist nach hinten und ist gleich darauf verschwunden. »Feiger Hund«, murmelt Unwan, da hört er ein Dröhnen, das rasend anschwillt. Der Galopp! Er dreht sich um, gleitet abermals aus. Etwas Dunkles taucht vor ihm auf, so groß, daß es den ganzen Himmel bedeckt. Er will sich erheben, es gelingt ihm nicht, und so streckt er kniend die kalten Hände nach vorn. Eine Empfindung von Kindheit weht ihn an – der Geruch von Schnee und der Anblick von etwas Gewaltigem, das ihn sogleich hochheben und trösten wird ...

Auch die Heveller begreifen zu spät. Die Männer der vorderen Linie versuchen, ihre Spieße in den Boden zu rammen, finden aber in der gefrorenen Erde keinen Halt. Verzweifelt stemmen sie sich gegen die Nachdrängenden, die von ihren Hinterleuten ebenfalls vorwärts gestoßen oder über den Haufen gerannt werden. In dieses Gewirr stolpernder und stürzender Menschen dringt der Reiterkeil wie das Messer in die Butter. Spitzwinklig zuerst, spreizt er sich sofort auf, als er an den Rändern keinen Widerstand spürt. Dadurch gewinnen die Angreifer Raum. Von den schrillen Entsetzensschreien berauscht, werfen sie die Speere weg, greifen zu den Schwertern und hauen in die verknäulten Leiber, keuchend, knurrend, heulend vor Lust. Arme und Köpfe, ganze Rumpfteile fallen unter ihren Hieben, Blutfontänen steigen empor und klatschen in den Schnee, auf dem sich zuckende Körper wälzen.

Die Fußkämpfer schauen gebannt zu. Schließlich gehen sie daran, sich an der Schlächterei zu beteiligen, zögernd erst, bald aber miteinander wetteifernd, so, als befürchteten sie, wie so oft in ihrem Leben wieder einmal zu kurz zu kommen. Sie fallen über Versprengte her, zerfleischen Verwundete, reißen sich bereits tote Gegner aus den Händen, um sich noch an den Leichen auszutoben. Die Ordner greifen ein, versuchen, die Mordgier der Männer gegen die zurückweichenden Flügel des Feindes zu lenken – vergeblich. Erst als es wieder Pfeile hagelt, kommt der Haufen zur Besinnung.

Denn inzwischen hat sich das Blatt gewendet. Das hevellische Heer ist nicht zerfallen. Zwar hat die Welle des Schrekkens auch seine letzten Glieder erreicht, doch erzeugt sie auf dem Weg dorthin sehr unterschiedliche Wirkungen: Kopflosigkeit ganz vorn, bereits in der Mitte aber zähe Gegenwehr. Hinten nun, wo ein Trupp Berittener die Fäden in der Hand hält, verwandeln sich Entsetzen und Verzweiflung endgültig in den Wunsch nach Rache. Frische Leute strömen nach vorn, erreichen den mit den Gliedmaßen ihrer Landsmänner gespickten Blutschnee und nehmen haßerfüllt den Kampf auf.

Das Fußvolk bekommt es zuerst zu spüren. Um an den Gegner zu gelangen, müßte es über einen Streifen aus zerschnitzelten und durchbohrten Körpern hinweg. Diese Barriere birgt für die Slawen keine Gefahr, selbst wenn das Stöhnen, das aus ihr dringt, lauter wird, sobald ihre Krieger sie besteigen. Setzt hingegen ein Sachse den Fuß auf sie, beginnt es in ihr unweigerlich zu zucken, und noch ehe er es sich versieht, ist er ihr einverleibt. So vom Feind auf Abstand gehalten, sind die Männer wieder den kaltblütig zielenden Bogenschützen ausgeliefert.

Auch die Reiterei kommt nicht mehr vorwärts. Ihre Kräfte erlahmen, mancher Schlag trifft ins Leere. Die meisten fechten nur noch, um sich zu verteidigen, denn jetzt sind es die Heveller, die angreifen. Todesmutige junge Burschen nehmen Anlauf, stoßen sich mit ihren Speeren ab und reißen die Reiter vom Pferd. Andere tauchen unter die Pferde, stechen ihnen in die Bäuche oder schneiden ihnen die Sehnen durch. Die blutbesudelten Männer röcheln, allerdings nicht mehr im Rausch, sondern vor Ermattung und vor Grauen.

Niklot, der Befehlshaber des hevellischen Aufgebotes, erblickt sie als erster – ein dunkles Rudel, das sich vom Waldrand löst, im Schritt einen verschilften Teich umreitet und hierauf in eine etwas schnellere Gangart fällt. Die Sachsen, heißt es, seien schlaue und kalte Menschen, nur schwer zu stellen und immer gut für eine List. Jetzt endlich bestätigen sie ihren Ruf, und es erweist sich, wie richtig er gehandelt hat, als er seine Gefolgschaft aufsparte.

Die anderen mögen vier Dutzend sein, vielleicht auch mehr, das läßt sich gegenwärtig nicht genau ausmachen. Er hat mindestens ebenso viele Berittene zur Verfügung. Zudem befindet er sich in der vorteilhafteren Position, denn seine Männer, durch ein Erlenwäldchen gedeckt, können vom Feind nicht gesehen werden. Wo die Reiter hinwollen, ist klar, dorthin, wo ihre eigenen Leute am Ertrinken sind. Er wird warten, bis sie mit ihm auf gleicher Höhe liegen und ihnen dann mit der Hälfte seiner Krieger in die Flanke fallen. Er will zunächst lediglich ihren Schwung bremsen, danach mögen sie weiterreiten, auf das Heer zu, das sich für ihren Empfang rüsten wird.

Er schickt Boten los, die den Spießträgern befehlen, Löcher in die Erde zu kratzen, damit die Schäfte ihrer Waffen nicht abgleiten; hinter ihnen sollen sich Bogenschützen versammeln. Diesmal, da ist er sicher, wird es dem Gegner nicht gelingen, eine Panik hervorzurufen. Und auch einen Rückweg wird es für ihn nicht geben.

Der Trupp beeilt sich nicht sonderlich, behält den gemächlichen Trab bei. Reichlich kühn, sich mit so einem Häuflein auf ein großes und mittlerweile siegestrunkenes Heer zu stürzen, das nicht einmal mehr überrascht werden kann. Am Mienenspiel seiner Gefolgsleute merkt Niklot, daß sie nach der Abrechnung gieren, er wird Mühe haben, sie bei der ersten Attakke zurückzuhalten.

Unter den Männern kommt Unruhe auf. Er schaut wieder nach vorn, erstarrt. Die Reiter waren in einer Senke verschwunden, jetzt tauchen sie daraus hervor, haben aber ihre Richtung geändert und bewegen sich geradewegs auf den Busch zu. Was mag das zu bedeuten haben? Kennen sie seinen Standort, oder wollen sie nur das Heer verwirren?

Die Gefolgschaft aufs Spiel zu setzen, widerstrebt ihm nach wie vor, doch nun kann er dem Kampf nicht mehr ausweichen, ohne vor dem Fußvolk sein Gesicht zu verlieren. Und – warum auch. Wenig wahrscheinlich, daß sich die Sachsen auf ein für beide Seiten verlustreiches Treffen einlassen werden, denn danach wären sie kaum noch imstande, ihren Leuten wirkungsvoll zu helfen. Wenn er ihnen sofort die Faust zeigt, werden sie sich gewiß bald zurückziehen, um es an einer anderen Stelle zu versuchen. Inzwischen wird sich die Lage weiter zugunsten der Seinen gestalten . . . Er bespricht sich kurz mit seinen Männern. Gleich darauf preschen sie dem Feind entgegen.

Dieser schwärmt aus, behält jedoch seinen Kurs bei. Der Abstand schmilzt, und sobald es die Entfernung sinnvoll erscheinen läßt, gibt Niklot den Leuten ein Zeichen, Speere zu werfen. Unbegreiflicherweise kommt bei den Sachsen niemand zu Schaden. Verblüffend geschickt, spielerisch fast, fangen die meisten mit ihren Schilden die Geschosse ab. Getroffen werden nur wenige, sie wanken zwar im Sattel, reiten aber unbeirrt weiter; die Speere, soweit nicht abgeprallt, schleifen ein Stück mit, bevor sie herunterfallen.

Das unerwartet schlechte Ergebnis reizt die hevellischen Krieger. Sie peitschen die Pferde, suchen den Kampf Mann gegen Mann, viele schieben die lästigen Schilde einfach beiseite. Niklot hingegen beschleicht ein böses Gefühl. Die Gesichter der Sachsen sind wie zugewachsen, ihre Körper wirken eigentümlich massig. Sollten sie etwa alle in eisernen Rüstungen stecken? Doch welcher Gefolgsherr kann es sich leisten, eine derart große Zahl von Dienstleuten mit Panzern auszustatten?

Er blickt sich um, zaudert, und da ist es bereits zu spät. Die feindlichen Reiter neigen sich zurück, federn blitzschnell wieder vor, und noch ehe er begreift, kommen kurzstielige Äxte geflogen. Wie Sperber in einen Spatzenschwarm, so sausen sie zwischen die ungedeckt galoppierenden Heveller und fegen ein Viertel von ihnen aus den Sätteln. Die anderen reißen die Schilde hoch und strecken sie weit von sich. Drei Pferdelängen vor dem Gegner ist das jedoch der größte Fehler, den sie machen können denn sie verstellen sich dadurch die Sicht. Und schon sind die Sachsen heran, richten sich auf und hauen mit ungewöhnlich langen Schwertern beidhändig auf die verwirrte Schar ein. Auch Niklot entgeht ihnen nicht. Er pariert einen Schlag, unterschätzt aber dessen Wucht, so daß ihm der obere Rand seines Schildes das Nasenbein bricht. Noch bevor ihn der Schmerz erreicht, dringt ein weiterer Hieb durch die Schulter in den Brustkorb . . .

Sowie die wenigen Überlebenden sehen, daß ihr Herr gefallen ist, stieben sie in alle Richtungen auseinander. Die Panzerreiter setzen ihnen nicht nach. Sie sammeln sich und reiten auf das slawische Fußvolk zu, das das Gemetzel mit Entsetzensrufen begleitet hat. Aber noch stehen die Glieder, die Leute in den hinteren Reihen drücken gegen die Front und prügeln auf jeden ein, der Anzeichen von Furcht erkennen läßt. Manche

Männer pressen die Kiefer so fest zusammen, daß ihnen Zähne abbrechen, bei anderen macht sich die Anspannung durch fortwährendes Gebrüll Luft. Allen ist klar, daß eine Panik das Ende bedeuten würde.

Quälend langsam kommen die Sachsen näher, es ist, als wollten sie mit ihrer Unverwundbarkeit prahlen. Sie ducken sich nicht vor dem Pfeilhagel; lediglich den Schild halten sie so, daß zwischen ihm und dem Helm ein schmaler Schlitz für die Augen bleibt. Als sie nahe genug heran sind, fächern sie auf und schleudern wieder Äxte, einmal, zweimal. Die erste Lage geht auf die Bogenschützen herab, die zweite wirbelt gegen die Beine der Spießträger. Für einen Augenblick gerät die Mauer ins Wanken, hier und da beginnt sie bereits zu bröckeln. Männer, denen die Schienbeine zerschmettert worden sind, wälzen sich auf der Erde, schlagen; wahnsinnig vor Schmerzen, um sich und behindern dadurch ihre Nachbarn. Inzwischen haben die Gepanzerten zu ihren langen Schwertern gegriffen, und gegen die ist kein Kraut gewachsen. Schäfte splittern, Schilde bersten, Lanzenbüschel werden gestutzt. Dann hauen sie auf die Menschen ein – nicht hastig und mordgeil, sondern leidenschaftslos, mit gleichmäßigen weitausholenden Bewegungen: Schnitter, die sicher sind, daß ihnen das Gras nicht wegläuft.

Den hevellischen Kriegern in den vorderen Linien würde die Flucht nichts mehr nützen. Ihnen bleibt nur noch, ihr Leben so teuer wie möglich zu verkaufen. Und sie tun es, obgleich sie keinen ehrlichen Preis erzielen, denn mit diesem Gegner ist schlecht zu handeln. Nur drei Reiter sind bisher gefallen.

Die mittleren und hinteren Reihen hingegen können noch glauben, davonzukommen, sofern sich ihre Kameraden weiter so aufopferungsvoll schlagen. Es gibt keinen, der nicht daran denkt. Die unmenschliche Beherztheit, mit der sich die kleine Schar der Geharnischten in das Heer hineinmäht, ist zu grauenvoll. Jeder kann sich ausrechnen, wann die Reihe an ihm ist. Und so stehlen sich die ersten davon. Sie kommen nicht weit, werden sofort niedergestreckt. Andere versuchen es wieder, einige mit Erfolg. Ein Teil derjenigen Leute, der die leichte Reiterei umklammert, merkt, was hinter seinem Rücken vorgeht. Er will die Fliehenden aufhalten, was zur Folge hat, daß es den Reitern gelingt, den Würgegriff zu sprengen. Sie ziehen sich zurück, werfen die Pferde wieder herum und wollen erneut angreifen. Sie finden aber niemanden mehr, der sich verteidigt.

Es ist nicht bloß die Furcht vor dem Tod, nicht die vermeintliche oder tatsächliche Möglichkeit, ihm vielleicht doch noch zu entgehen, die eine Panik erzeugt. Eine Panik bricht aus, sobald der einzelne an der Kraft des Ganzen zweifelt und daher plötzlich den Eindruck hat, er müsse die Last des Gefechtes allein tragen, ja, der Gegner habe es nur auf ihn abgesehen. So unsinnig diese Empfindung auch sein mag, befällt sie viele, bricht sie einem Heer unweigerlich das Rückgrat. Von einem solchen Gefühl der Ohnmacht überwältigt, werfen die Heveller wie auf Kommando ihre Waffen weg und rennen schreiend in das Luch hinein. Obwohl sie noch keiner verfolgt, verschränken manche die Hände über dem Kopf.

Die Sachsen haben haltgemacht. Es ist schon ein ungewöhnlicher Anblick, wie sich dieses große und tapfer kämpfende Heer in ein Gewimmel von Wesen auflöst, denen nur noch die Richtung ihrer Flucht gemeinsam ist. Wie sie laufen, rutschen, zappeln, sich verzweifelt anstrengen, ein Versteck zu finden, man kann das alles so wunderbar beobachten. Dabei haben sie kaum Aussichten, sich zu retten, denn dort, wo sie hinrennen, gibt es keinen Wald, lediglich hier und da Sträucher oder kleine Baumgruppen, die gefrorene Tümpel säumen. Hier ist ein Mann, der sich in dem hohlen Stamm einer Weide verbergen will. Er steckt den Kopf in das Loch, verschwindet bis zum Gürtel, strampelt sich jedoch wieder heraus, stemmt sich erneut hoch, zwängt sich diesmal zuerst mit den Füßen hinein, duckt sich. Ihn wird man mit Keulenschlägen gegen den Stamm peinigen, danach mit Ästen langsam totstechen.

Zwei stürzen in ein Gebüsch; gleich darauf springt der eine wieder heraus und schlägt nach hinten, wahrscheinlich, weil ihn sein Kamerad festgehalten hat. Nach einer Weile erscheint auch der zweite, läuft ein Stück, macht auf einmal kehrt, hetzt zu dem Busch zurück und bleibt, von einem Bein auf das andere tretend, davor stehen. Man kann förmlich sehen, wie es ihn innerlich zerreißt. Endlich gibt er sich einen Ruck und schlüpft abermals in den Strauch, wo er später von Speeren durchbohrt sterben wird.

Geschwind wie ein Ameisenlöwe im Sand, hat sich der andere inzwischen in eine Schneewehe gewühlt. Er wird durch das Luftloch an den Boden gespießt, sein herausschnellender Körper mit Äxten zerhauen werden.

Aber noch ist es nicht soweit. Im sächsischen Heer wird herzhaft gelacht. Die Genugtuung über die gewonnene Schlacht und die Erleichterung, überlebt zu haben und ohne schlimmere Wunden geblieben zu sein, stimmen die Krieger ausgelassen und großmütig. Käme jetzt der Befehl zum Abzug, sie würden ihn ohne Bedauern befolgen.

Doch dieser Befehl kommt nicht, und damit entscheidet sich das Schicksal der geschlagenen Heveller gerade während der wenigen Augenblicke, in denen sie noch hoffen dürfen. Denn je länger die Männer diesen hinterherschauen, je selbstverständlicher ihnen dabei Sieg und Unversehrtheit werden, desto unbegreiflicher scheint ihnen die ausgestandene Angst. Hatte man nicht gemeint, gegen einen starken und gefährlichen Feind gekämpft zu haben? Was dort stolpert und sich verkriecht, kann doch wohl aber unmöglich stark und gefährlich gewesen sein. Kein Zweifel, man ist getäuscht worden.

Und so weckt der Anblick der flüchtenden Massen erst Scham, dann Verachtung und Haß gegenüber jenen, denen es gelang, einen in Schrecken zu versetzen – schließlich das Verlangen, sie dafür büßen zu lassen. Die Berittenen gehen an den Flügeln vor, treiben die Fliehenden zu Haufen und metzeln sie nieder. In der Mitte streunen die Fußkrieger umher, stöbern Versteckte auf und fallen sie mit tapsigen Bewegungen an. Es wird gelacht und gejohlt, gerutscht und gezerrt. Dann und wann gellen die Schreie derer, denen in dieser sonnenbeschienenen Winterlandschaft ihr einziges Leben genommen wird.

Bis zum Morgengrauen wurde gefeiert. Nachdem die bezechten sächsischen Krieger einige Stunden geschlafen hatten, weckte sie ein Hornsignal. Kurz darauf traten zwei Männer aus der belagerten Burg. Sie schwenkten ihre Waffen, legten diese dann ab und begaben sich zur Mitte des Knüppeldammes. Hier blieben sie stehen.

Heinrich beauftragte Siegfried, mit ihnen zu verhandeln, und weil der Graf der slawischen Sprache unkundig war, bestimmte er Gero zu seinem Begleiter.

Wenig später standen sie vor den beiden Männern. Diese verneigten sich wortlos. Danach faßte der ältere von ihnen in die Tasche seines Kittels und holte etwas hervor, das sich bei näherem Hinsehen als ein Haarbüschel entpuppte.

Siegfried prallte zurück. »Was nimmt sich dieser Hund heraus?« brauste er auf.

Gero musterte ihn besorgt. »Das ist die hiesige Art, uns ihre Unterwerfung anzuzeigen«, flüsterte er.

Der Alte nickte leicht, so, als wollte er diese Erklärung bestätigen. »Du Karl?« wandte er sich hierauf an Siegfried.

Der Graf blinzelte herablassend. »Das geht dich zwar nichts an, aber da du mich nun schon gefragt hast: Mein Name ist Siegfried, Graf Siegfried.«

»Er meint damit Kaiser Karl«, raunte ihm Gero zu. »Dessen Name ist den Slawen noch heute ein Begriff. Der Mann möchte dich auf diese Weise fragen, ob du der König bist.«

»Ich? Der König?« Auf Siegfrieds Gesicht erschien ein Lächeln, das er erfolglos zu verbergen suchte. Als er sich wieder in der Gewalt hatte, wies er mit dem Daumen nach hinten: »Dort Karl. Eigentlich heißt er Heinrich, aber wenn es euch so lieber ist . . . Erkundige dich jetzt nach ihren Wünschen.«

Zwischen Gero und dem Mann entspann sich ein Gespräch. »Es ist so, wie ich vermutete«, sagte Gero danach. »Falls wir sie verschonen, sind sie bereit, sich zu ergeben. Zugleich möchten sie einen Tribut entrichten. Sie wollen wissen, was wir verlangen.«

»Tribut!« Siegfried lachte geringschätzig.

»So beherrsche dich doch!« mahnte ihn Gero gedämpft. »Also schön. Erzähle ihnen, was du willst.«

Gero richtete seine glänzenden Augen fest auf die Männer und begann, in einem strengen Tonfall auf sie einzureden. Seine Worte schienen Eindruck zu machen. Die bedrückte Miene des jüngeren lockerte sich allmählich auf, er nickte einige Male, zunächst sichtlich erstaunt, bald immer eifriger. Der ältere hingegen schaute Gero nur unverwandt an. Als dieser fertig war, bewegte er die Lippen, so, als wollte er etwas sagen. Er schwieg jedoch und verneigte sich lediglich.

Sowie sie gegangen waren, erkundigte sich Siegfried, was ihnen Gero denn nun versprochen habe.

»Gar nichts«, antwortete der trocken. »Ich habe ausschließlich Forderungen gestellt. Erstens – wir erhalten die Hälfte des Viehs und ihren Vorrat an Met. Zweitens – die Waffen dürfen sie nicht in der Burg lassen, sondern müssen sie in unserem Lager der Reihe nach auf einen Haufen werfen; danach haben sie niederzuknien, worauf ihnen die Haare gekürzt werden. Bei uns herrscht angeblich die Sitte, daß ein Mann nur dann als unterworfen gilt, wenn ihm der Sieger eigenhändig das Haar stutzt. Die Kinder sind davon ausgenommen.«

»Du bist wohl nicht bei Verstand! Warum zum Teufel läßt du sie bewaffnet ins Lager marschieren? Weißt du, was dir blüht, falls auch nur einer unserer Leute zu Schaden kommt?«

»Aber verstehe doch, Herr Graf«, sagte Gero langsam. »Von einem Tribut haben sie doch bloß gesprochen, um unsere Aufrichtigkeit zu prüfen. Das Risiko, das wir eingehen, wird sie überzeugen, daß uns vor allem daran liegt, sie zu demütigen und mit unserem Sieg zu prahlen. Selbst wenn sie im letzten Moment Verdacht schöpften, würde uns das weniger Männer kosten als die Erstürmung der Burg.«

»Und dieser Unfug mit den Haaren?«

»Nun, wie ich schon sagte ... Sollte es trotzdem Zwischenfälle geben, hätten wir zudem vorher die Kinder ausgesondert. Wie du gehört hast, wünscht der König, sie für die Gefangenschaft aufzubewahren.«

»Hm.« Siegfried strich sich über den Bart und streifte Gero mit einem verstohlenen Blick. »Was bist du nur für ein durchtriebener Satan. Hoffen wir also, daß sie tatsächlich so dumm sind und den Kopf freiwillig in die Schlinge stecken.«

Gegen Mittag fing es an zu schneien. Bald darauf öffnete sich das Tor der Festung, und ein langer Zug von Menschen strömte heraus. Das sächsische Heer bildete einen Halbkreis, der die Besiegten aufnahm und sich sofort hinter ihnen schloß. Nachdem Vieh, Met und Waffen abgeliefert worden waren, traten die Kinder sowie die Frauen mit Kleinkindern beiseite und ließen sich widerstandslos wegführen. Die anderen Erwachsenen sanken auf die Knie.

Kaum jemand hatte erwartet, daß die Heveller so vertrauensselig in die Falle gehen würden. Doch da knieten sie nun im Flockenwirbel, und auf ihren Häuptern sammelte sich der Schnee. Als Siegfried das Zeichen gab, traten die ausgewählten Krieger vor und schoben sich zwischen die Gefangenen. Durch deren Reihen lief ein deutliches Erschauern. Viele senkten die Köpfe und schlossen die Augen. Manche weinten.

Unter den zuschauenden Sachsen erhob sich beklommenes Gemurmel. Das Blutbad vom Vortag hatte jede Spur von Haß in ihnen getilgt, und so schützte sie jetzt nichts vor der Erkenntnis, daß das, was gleich geschehen sollte, schmutzig und ehrlos war. Selbst diejenigen, deren Gewissen schon völlig abgestumpft war, empfanden Unbehagen. Den Hevellern nützte das freilich nichts; es hatte für sie sogar zusätzliche Qualen zur Folge. Denn die Unlust der mit der Henkersarbeit beauftragten Krieger führte dazu, daß die meisten von ihnen ihre Opfer nicht mit dem ersten Streich töteten.

Einige Tage später begann das Heer mit der Belagerung der Brandenburg. Als sie nach einem reichlichen Monat kapitulierte, mußte sich der Fürst zur jährlichen Zahlung eines Zinses verpflichten sowie einen Sohn und eine Tochter als Geiseln stellen.

ZWEITES KAPITEL

I.

Die erste Hälfte des Jahres neunhundertneunundzwanzig verlief für König Heinrich außerordentlich erfolgreich. Wenige Wochen nach der Eroberung der Brandenburg bezwang er die Daleminzer. Hierauf entließ er einen Teil des Heeres und gönnte dem anderen eine Ruhepause. Sowie die Schneeschmelze einsetzte, wurden wieder Boten losgeschickt, und gemeinsam mit einem bayrischen Aufgebot zog er gegen Prag, wo der böhmische Fürst Wenzel bald die Waffen streckte. Damit waren zwei Völker abhängig gemacht worden, von denen man befürchten mußte, daß sie im Falle eines ungarischen Angriffs zu aktiven Feinden werden würden.

Ein weiteres Heer fiel unterdessen in den Norden des Slawenlandes ein. Trotz des schwierigen Geländes glich dieser Feldzug eher einem Spazierritt. Von der Niederlage der Heveller beeindruckt, leisteten die Obodriten und Wilzen kaum Widerstand und erklärten sich eilig zur Entrichtung von Tributen bereit.

Die Leichtigkeit, mit der er innerhalb verhältnismäßig kurzer Zeit ein derart großes Gebiet unterworfen hatte, erstaunte den König zunächst. Doch wie es einem mit angenehmen Dingen zu gehen pflegt – seine Verwunderung hielt nicht lange vor. Als sich im Sommer desselben Jahres die wilzischen Redarier erhoben und andere Stämme mitrissen, hatte sich Heinrich bereits an die Vorstellung gewöhnt, daß die Slawen hauptsächlich deshalb existierten, um durch regelmäßige Tribute seine Macht zu stärken. Erbittert darüber, daß diese Auffassung von den Betroffenen offenbar nicht geteilt wurde, ließ er den Aufstand mit harter Hand niederschlagen.

Während sich diese blutigen Ereignisse vollzogen, befand sich der junge Otto in der Pfalz Quedlinburg. Hier genas er von Verletzungen, welche er sich bei der Erstürmung der daleminzischen Festung Gana zugezogen hatte. Es waren keine schlimmen Blessuren (ein Speer hatte ihn am Oberschenkel gestreift, ein geschleuderter Stein zwei Rippen gebrochen), doch natürlich war damit der Krieg für ihn zu Ende. Anfangs machte die Heilung rasche Fortschritte, dann aber kam ein schweres Fieber hinzu, das ihn bis nach Ostern ans Bett fesselte. Als er wieder aufstehen konnte, trugen Bäume und Sträucher bereits Blätter, es roch nach Erde und frühen Blüten, und von dem feuchtwarmen Boden stiegen Lerchen in einen dunstigen Himmel. Auf seinen Stock gestützt, strich er ziellos in der Nähe der Pfalz umher. Am Rande eines Birkenwäldchens wurde er müde. Er setzte sich auf einen Stein und blickte einem Rotmilan nach, dessen schaukelnder Flug den Eindruck erweckte, als seien ihm die Flügel zu schwer.

Solange Otto zurückdenken konnte, hatte ihn der Frühling stets erregt und froh gestimmt. An alles, was in der Natur geschah, schienen Versprechen geknüpft zu sein. Die sanft zwitschernden Lerchen, der übermütige Schrei eines taumelnden Kiebitzes, der zarte Duft der Veilchen im noch welken Gras – dies war nicht einfach da, sondern bedeutete etwas, eine Zukunft vielleicht, die auf geheimnisvolle Weise schön sein würde. Auch diesmal stellte sich jene Erregung ein, doch das Glücksgefühl, das er sich von ihr erhoffte, blieb aus. Es war, als fände sie in seiner Seele keinen Halt. Auf einmal war eine Lerche nichts weiter als ein Vogel, der nach oben flatterte, der Ruf eines Kiebitzes nur noch ein Laut wie andere auch, das Veilchen neben seinen Füßen eine Blume, die bald niemandem mehr auffallen würde. Er machte einen letzten Versuch, hieb sein Messer in den Stamm einer Birke und trank den herausquellenden Saft. Plötzlich fror ihn. Er verschmierte den Einschnitt sorgfältig mit Erde und humpelte danach wieder zurück.

Einige Tage später besuchte ihn Bischof Bernhard. Er

brachte Brun, Ottos jüngsten Bruder, mit, der sich während der folgenden Jahre in Utrecht unter der Obhut des dortigen Bischofs Balderich auf den geistlichen Stand vorbereiten sollte. Als es ans Abschiednehmen ging, hob der vierjährige Knabe den Kopf, legte das Gesicht in betrübte Falten und sagte klagend:»Otto, nicht wahr, du bist ja so arm.« Wahrscheinlich war ihm von der Mutter oder den Schwestern nahegelegt worden, dem »armen Otto« Mitgefühl zu bezeigen. Dieser, obgleich er Kinder nicht besonders mochte und mit dem Kleinen bisher kaum Umgang gehabt hatte, begann daraufhin hemmungslos zu weinen.

Bernhard ahnte, daß die Situation für den jungen Mann nur ein Vorwand gewesen war, Empfindungen zu äußern, die ihn bedrückten und die er anders nicht ausdrücken konnte. In seinem Bestreben, sich um die königliche Familie verdient zu machen und seinen noch immer geringen Einfluß auf sie zu vergrößern, empfahl er Otto eine vierzigtägige Buße. Früher, so begründete er diesen Rat, sei es üblich gewesen, nach jedem Krieg zu büßen – nicht, weil es eine Sünde gewesen wäre, Feinde getötet zu haben, sondern um sich von dem vergossenen Blut zu reinigen. Inzwischen sei man davon abgekommen, ob dies gut oder schlecht sei, wage er nicht zu entscheiden, doch meine er, daß dieser Brauch geeignet sein könne, Ottos Mißstimmung abzuhelfen. Schließlich habe er wegen seiner Krankheit die heilige Fastenzeit versäumt, deren eigentlicher Zweck ja nicht allein im Verzicht auf gewisse Speisen bestünde, vielmehr darin, daß richtig geübtes Fasten den Sinn zu Gott erhebe. Dazu müsse der Fastende, mit den Worten des heiligen Hieronymus zu sprechen, vor allem seinen Zorn beherrschen, Sanftmut und Milde annehmen, ein zerknirschtes Herz haben, die unerlaubten Begierden fernhalten, die zeitlichen Güter gering achten und nichts Böses gegen seinen Nächsten im Herzen haben.

Nachdem der Bischof mit seinem Lieblingsthema fertig war, schaute ihn Otto verständnislos an. »Ich wünsche niemandem etwas Böses«, sagte er einfach, stimmte aber sofort zu.

Bernhard wollte ihn wegen dieser Bemerkung zurechtweisen, doch als er Ottos vergrämten Augen begegnete, die in dem abgezehrten Gesicht unnatürlich groß wirkten, ließ er davon ab. Im selben Moment wurde ihm bewußt, daß er im Sohn den Vater gemeint und sein Vortrag eigentlich diesem gegolten hatte. An dem Jungen, das erkannte er jetzt klar, mußte die Buße ihre Aufgabe verfehlen, weil sie bei ihm auf keinerlei Widerstand treffen würde. Hier waren kein stolzer Sinn zu demütigen und noch viel weniger niedrige Leidenschaften zu bändigen. Vor ihm stand ein Mensch, dem das Leben zuwider war und der, ohne sich darüber Rechenschaft abzulegen, Gefahr lief, sich aus ihm davonzuschleichen. Bernhard bereute seinen Eifer, brachte es aber auch nicht über sich, den Vorschlag zurückzunehmen. Dazu entschloß er sich erst, als Otto nach fünfzehn Tagen strengen Fastens völlig entkräftet war.

Für diesen begann nun alles wieder von vorn. Lediglich auf seine Ausflüge mußte er verzichten. Außerstande, sich längere Zeit auf den Beinen zu halten, schleppte er sich durch das Gelände der Pfalz, und seiner geschwächten Seele genügten die Eindrücke, die ihm diese kleine Welt zu bieten hatte. Die Hofleute gewöhnten sich rasch an den Anblick des mageren jungen Mannes, der sich, an eine Mauer gelehnt, von der Sonne bescheinen ließ und dabei mit einem Hund spielte oder auch bloß den Schwalben zusah. Zwar wußten sie, daß er ein Königssohn war, maßen indes dieser Tatsache bald genausowenig Bedeutung bei wie er selber.

Für Aufsehen hingegen sorgten die beiden hevellischen Geiseln: das Mädchen, weil es ungewöhnlich schön war und in nur kurzer Zeit die ihm bis dahin fremde Sprache der Sachsen erlernt hatte; der etwas jüngere Bruder wegen seiner Wildheit. Anders als seine Schwester, die sich längst frei bewegen durfte, wurde er streng beaufsichtigt und, wenn er ausritt, immer begleitet. Er hatte schon zweimal zu fliehen versucht, war danach mehrere Tage gefesselt und eingesperrt, aber nicht geschlagen worden. Denn solange sich der Brandenburger Herrscher an die getroffenen Abmachungen hielt, mußten die Geiseln unter allen Umständen mit Milde behandelt werden. So lautete die Weisung des Königs – von dem übrigens nicht einmal Otto wußte, wo genau er gegenwärtig weilte.

II.

Dort, wo die Werkstatt der Töpfer an die der Weber grenzte, legte eine Magd jeden Morgen einen Stapel Felle ab, der einem Einbeinigen als Sitzplatz diente. Die Hofleute nannten ihn Walter und nahmen ihn gern für Arbeiten in Anspruch, welche die Handwerker nicht in der jeweils gewünschten Frist erledigen konnten. Dafür bekam er, was er zum Leben benötigte. Meist war er bereits gegen Mittag von Krügen, Schüsseln und Körben umstellt, für alle ein Zeichen, daß er bis auf weiteres genügend Aufträge hatte. Da er ständig schmunzelte und vor sich hinsprach, hielt ihn Otto für geistesschwach.

Einmal beobachtete er, wie Walter den Stamm einer jungen Esche spaltete, indem er der Länge nach einen Keil hineintrieb. Um nicht das Gleichgewicht zu verlieren, stützte er sich dabei auf eine Krücke, die er unter die linke Achselhöhle geklemmt hatte. Von Mitleid erfaßt, wollte ihm Otto helfen, denn ihm schien, daß diese Arbeit für den Krüppel eine furchtbare Quälerei bedeutete.

Als er näher trat, spuckte der Mann plötzlich aus und sagte mit einer eigentümlich hellen Stimme: »Da schwitze ich nun über diesem Drecksding, und es macht mir auch noch Spaß. Ist das nicht verrückt?«

Otto traute seinen Ohren nicht. Daß ihn ein Knecht auf diese Weise ansprach, war zu ungewöhnlich. Aber noch während er mit seiner Verblüffung rang, hörte er sich antworten: »Es sieht aus, als sollte es ein Bogen werden. Warum sagst du Drecksding dazu?«

»Weil es eins ist«, erwiderte der andere trocken. Er fuhr mit den Fingerspitzen über die eine Schnittstelle des Stämmchens und murmelte: »Prachtvolles Holz. Schön fest. Faser ganz gerade. Auf der Nordseite gewachsen, im Schatten. Ein Drecksding ist es trotzdem.«

»Aha«, machte Otto. Er hatte richtig vermutet, der Mann war offenbar nicht bei Verstand. Es gab nichts mehr zu sagen, dennoch zögerte er weiterzugehen.

In diesem Moment ließ der andere von seiner Arbeit ab, setzte sich und klopfte neben sich auf den Fellhaufen. »Nun komm schon. Dir zittern ja die Knie.«

Widerspruchslos folgte Otto der Aufforderung. Es war genau das, wonach ihn jetzt verlangte: In der Sonne sitzen und mit jemandem reden, selbst, wenn es sich bei diesem Jemand um einen harmlosen Irren handelte.

»Möchtest du einen Schluck trinken?« Walter wies auf die Krüge um sich herum. »Bier, Most, Milch, du kannst haben, was du willst. Nur Wein fehlt. Den könnten sie mir auch mal wieder spendieren.«

Otto verneinte. Um nicht unhöflich zu wirken, fragte er in einem verbindlichen Ton: »Warst du auch mit im Krieg? Ich entsinne mich nicht, dich gesehen zu haben.«

»Heißt das etwa, du würdest alle wiedererkennen, die mit waren?« fragte der Mann, ihn neugierig musternd, zurück.

»Nein, wohl kaum«, entgegnete Otto, ein bißchen befremdet, daß seine leutselige Bemerkung so nüchtern aufgenommen wurde.

Der andere lachte geringschätzig, so, als habe er diese Antwort erwartet. »Ich war im Krieg, aber nicht in dem, den du meinst, junger Herr. Ich kämpfte vor einigen Jahren an der Seite deines Vaters in Lothringen.«

Otto errötete. Dieser Walter wußte demnach, wen er vor sich hatte. Um so verwunderlicher war, wie ungezwungen er sich benahm . . . Statt sich jedoch darüber zu ärgern, überkam ihn erneut das Bedürfnis, dem anderen etwas Angenehmes zu sagen: »In Lothringen also. Ja, ich erinnere mich, obschon ich damals ein Kind war. Aber ich weiß noch sehr gut, wie alle von diesem Krieg geredet haben.«

»Wie denn?«

»Nun, daß er ein Erfolg gewesen war.«

Walter schneuzte sich. »Ja, ich hörte davon.«

»Hörte?«

»Ich wurde gleich am Anfang verwundet . . . Der Krieg gegen die Heveller soll ebenfalls ein Erfolg gewesen sein, wie?« setzte er mit einem irgendwie gehässigen Unterton hinzu.

»Wir haben gesiegt . . .«

»Nun, dann war es doch einer. Wenn man dich freilich so beobachtet, möchte man das gar nicht glauben.«

»Wieso nicht?«

»Du läufst mit einer Miene herum! Dabei ist dir doch nichts weiter geschehen. Die Schramme am Bein ist bald vergessen.«

»Es ist nicht deswegen«, sagte Otto leise.

»Was meinst du damit?«

Walter schaute ihn aufmerksam an. Aus der Nähe sah er keineswegs aus, als ob er schmunzelte. Eine Narbe, die vom rechten Ohr bis zum Kinn reichte und den einen Mundwinkel in die Breite zerrte, verlieh seinem Gesicht einen eher höhnischen Ausdruck. Dieser Mann, das stand fest, war nicht verrückt!

Otto erschrak; ihm war plötzlich aufgegangen, daß er drauf und dran gewesen war, sich einem Knecht anzuvertrauen. »Es ist nichts, laß gut sein!« sagte er hochfahrend und machte eine Handbewegung, wie er sie oft bei seinem Vater gesehen hatte, wenn dieser ein Gespräch beendete, das ihm lästig war.

Walter nickte einige Male, so, als sei er mit dieser Entgegnung zufrieden. Dann erhob er sich mühsam. »Ich muß nun weiterarbeiten, junger Herr«, sagte er steif. »Sei bedankt, daß du mich mit deiner Anwesenheit beehrt hast.«

Jetzt ist der unverschämte Kerl auch noch beleidigt, dachte Otto empört. Er beschloß, ihn künftig zu meiden. Bald plagte ihn aber wieder die Einsamkeit. Wie zufällig ging er an Walter vorbei, grüßte ihn, doch dieser blickte nicht einmal hoch.

Ein paar Tage später traf er ihn bei einer neuen Beschäftigung an: Von Häuten, die er von einem Trockengestell nahm und auf eine Holzplatte legte, kratzte er die Haare ab. Otto überwand sich, trat heran und sagte: »Mit dem Bogen bist du also fertig. Jetzt hilfst du bei der Pergamentherstellung. Gefällt dir das besser?«

»Nein.«

»Weshalb nicht?«

»Wozu ist das Zeug schon nütze ...«

»Da befindest du dich im Irrtum«, erwiderte Otto voller Genugtuung, dem anderen mit einer Erklärung dienen zu können. »Wenn der König jemandem beispielsweise ein Stück Land schenkt, wird darüber eine Urkunde ausgestellt. Dann kann es demjenigen nicht mehr ohne weiteres weggenommen werden.«

Walter reinigte das Messer an der Kante der Platte. Wegwerfend sagte er: »Das ist Unsinn. Hat einer genügend Leute und Waffen, braucht er keine Urkunde. Und wenn er nicht genügend Leute und Waffen hat, hilft sie ihm auch nicht. So einfach ist das.«

»Keineswegs«, sagte Otto wütend. Er überlegte. Strenggenommen hätte er den Mann längst stehenlassen müssen und niemals wieder das Wort an ihn richten dürfen. Doch was dann? Selbst wenn sich dieser verkrüppelte Knecht zu Launen berechtigt glaubte und offenbar ganz versessen darauf war, mit dem Sohn eines Königs zu streiten – er war hier der einzige, mit dem ein wirkliches Gespräch zustande kam. Und würde es vorerst wohl bleiben. Darum entschloß sich Otto, es noch einmal mit ihm zu versuchen. Er atmete tief durch und fragte: »Warum mußt du das eigentlich machen? Dafür gibt es doch sicherlich Handwerker.«

Auf Walters Miene malte sich Enttäuschung. »Die gibt es«, entgegnete er in seiner herausfordernd knappen Art. »Sogar zwei.«

»Und warum tun sie es nicht?«

»Der eine tut, der andere wurde vom Vogt so verprügelt, daß er vorläufig keinen Finger mehr rühren kann.«

»Weshalb wurde er verprügelt?«

»Da mußt du ihn schon selbst fragen«, gab der Mann zurück und beugte sich wieder über seine Arbeit.

Otto griff nach dem Stock und wollte gehen. In diesem Moment fiel ein Schatten auf die Platte, und eine fremdartige Stimme sagte: »Ich grüße dich, Walter. Junge auch.«

Otto drehte sich herum. Vor ihm stand das hevellische Mädchen. Er erwiderte ihren Gruß, doch sie blickte zu Walter und fuhr lächelnd fort: »Du bist wieder fleißig wie der Biber. Warum machst du das arme Fell nackt?«

Walter lächelte ebenfalls. »Ah, Milorada, das ist schön, daß du mich besuchst«, sagte er herzlich. Er legte das Schabemesser weg und machte eine unbestimmte Bewegung, die vermutlich einladend gemeint war. »Nun, dies wird ein Pergament. Der König braucht es, wenn er . . .«

Staunend vernahm Otto seine von Walter eben erst verächtlich gemachte Erklärung. Jetzt trug sie dieser vor, als sei er seit jeher vom Sinn und Nutzen einer Urkunde überzeugt gewesen. Sobald Milorada die Stirn krauste, weil sie ein Wort nicht verstanden hatte, erläuterte er es ihr ausführlich. So höflich und beredt hatte ihn Otto noch nie erlebt.

Der beobachtete inzwischen das Mädchen. Ziemlich klein und schmal in den Schultern, wirkte sie dennoch überraschend kräftig. Kinn, Mund und Wangen waren sanft gewölbt, und wenn sie lächelte, schien sich das schöne Gesicht zu öffnen. Das honigfarbene Haar, an den Schläfen von einem Band zusammengehalten, floß in solcher Fülle den Rücken hinab, daß man meinen konnte, sie müsse jeden Augenblick das Gleichgewicht verlieren. Obwohl sie ruhig und kerzengerade dastand, verströmte sie Lebhaftigkeit, denn ihre Miene wechselte während Walters Vortrag ständig den Ausdruck. So blickte sie betrübt, wenn er davon sprach, daß jemandem Land geraubt werden konnte, befriedigt, nachdem sie erfuhr, daß ein beschriebenes Pergament dies verhindere, aufmerksam, als er ihr schilderte, wie das enthaarte Fell nach dem Trocknen mit Bimsstein geglättet wurde.

»Jetzt mußt du aber etwas trinken«, sagte Walter. »Schlage es mir bitte nicht ab.«

»Kleines Schluck, wenn du mir gibst.«

Nachdem sie getrunken hatte, faltete sie die Hände vor der Brust, neigte den Kopf zur Seite und sagte ernst: »Walter, ich habe Bitte. Wirst du mir das heilen?« Sie bückte sich und reichte ihm einen Schuh, dessen Verschnürung gerissen war.

»Morgen bekommst du ihn zurück. Genügt dir das?«

»Aber ja, es genügt. Du bist guter Mensch.«

»Wenn es weiter nichts ist . . .« Sein entstelltes Gesicht verzog sich zu einer Grimasse unverhohlener Freude. »Und wie geht es dir sonst?« fügte er hinzu. »Wo steckt eigentlich dein Bruder?«

»Es geht mir gut«, erwiderte sie, auf einmal unruhig. »Tugumir ist zur Jagd geritten. Er möchte ein wildes Schwein töten.«

»Was denn, schon wieder? Allmächtiger!«

»Tugumir muß jeden Tag ein Tier töten«, erklärte sie. »Wenn er nicht macht, wird er böse.«

»Dann schicke ihn doch zu mir, er könnte mir die Fliegen vom Hals schaffen. Wie ist es, wirst du ihm das ausrichten?«

»Ja, ich werde.« Sie lächelte gezwungen. »Aber ich kann schon nicht mehr warten. Ich möchte von dir verabschieden, auch von Junge.«

Erneut faltete sie die Hände, nickte ihnen zu und ging.

Otto schaute ihr hinterher. Walter schabte auf dem Fell herum. Nach einer Weile richtete er sich auf, hustete und sagte: »Na, was ist?« Und als Otto nicht antwortete: »Sie hat dir doch nicht etwa gefallen, junger Herr?« Er lachte leise. »Bilde dir nur nichts darauf ein. Sie gefällt jedem, das darfst du mir getrost glauben.«

»Sie ist sehr schön«, entgegnete Otto versonnen. »Aber nicht nur das, sie ist auch freundlich. Wenn sie lacht . . .«

»Stimmt«, pflichtete ihm Walter bei und streifte Otto mit einem teils mißtrauischen, teils beifälligen Blick. »Andere lachen auch, aber nicht so wie sie. Weiß der Kuckuck, wo da der Unterschied ist. Übrigens ist sie nicht immer so. Du solltest sie einmal erleben, wenn sie ihr Brüderchen, diesen Satan, zurechtweist. Da funkeln ihre Augen, und der Mund geht nicht mehr zu. Sie ist nun so klein und jung, aber wenn sie wütend ist, vergißt du das.«

Er ahmte die fremde Sprache nach, und beide lachten.

»Und ihr Haar erst, wie?« Walter warf das Messer weg, nahm die Krücke und stemmte sich hoch. Hitzig fuhr er fort: »Stell dir vor, ich sitze über meiner Arbeit und merke kaum, was um mich herum vorgeht. Plötzlich ist mir, als ob eine Fakkel über den Hof getragen wird. So sieht es nämlich aus, wenn die Sonne auf ihr Haar scheint.«

Otto nickte widerstrebend. Die plumpe Begeisterung, mit welcher sich der andere über dieses Mädchen verbreitete, das immerhin die Tochter eines Fürsten war, begann ihn anzuwidern, und um ihn abzulenken, sagte er, was ihm gerade in den Sinn kam: »Verzeih meine Neugier. Doch wie alt bist du eigentlich?«

»Bei mir hat niemand mitgezählt. Warum fragst du?«

Walter betrachtete ihn prüfend. Auf einmal ließ er ein schallendes Lachen hören. »Hast du etwa Angst, daß ich dir in die Quere komme? Sei unbesorgt, ich könnte schließlich ihr Vater sein.« Er lachte abermals und schlug sich dabei vor Vergnügen auf den Beinstumpf.

Otto verfärbte sich. »Das könntest du nicht«, sagte er heiser. »Im übrigen rate ich dir, niemals wieder so über sie zu sprechen.« Als er sah, daß Walter ebenfalls blaß geworden war, fügte er in einem versöhnlichen Ton hinzu: »Weshalb hatte sie es wohl so eilig?«

Walter hatte sich gesetzt. Schnaufend griff er nach seinem Messer und legte es wieder beiseite. »Ich weiß es nicht«, preßte er hervor. »Nimm einfach an, sie ist so erzogen, daß sie andere Leute nicht gern von der Arbeit abhält, junger Herr!«

Otto trat einen Schritt zurück. Mit einer vor Abscheu tonlosen Stimme sagte er: »Du redest so zu mir, weil ich noch jung bin und weil du darauf vertraust, daß ich einen Krüppel nicht schlagen werde. Für die Lehre, die du mir damit erteilt hast, sei bedankt, Sklave!«

Am nächsten Morgen ging er zeitiger als sonst hinunter. Die Sonne stand noch hinter den Gebäuden, es war kühl, und der Nachttau preßte den Staub an den Boden. Aus der Schmiede ertönte Hämmern. Zwei Männer trieben mit Fußtritten leere Fässer vor sich her, neben dem Brunnen wusch eine Magd Geschirr. Fuhrwerke verließen den Hof, vermutlich, um Brennholz zu holen. Ein Mädchen zog mit einer Schar Gänse auf die Weide.

Otto setzte sich unter einen Kastanienbaum gegenüber der Backstube. Er sog den Geruch des frischen Brotes ein und schaute dann und wann dorthin, wo Walters Arbeitsplatz war. Der kam bald selber, gefolgt von einem Mann, der das Gestell mit dem vom Kalkbad noch triefenden Häuten trug.

Otto sah rasch weg. Er suchte etwas, woran sich sein Blick festhalten konnte, fand es schließlich in einer Katze, die eine Maus gefangen hatte und sie nun quälte. Eben hatte sie diese wie ein Knäul nach oben geschleudert, anschließend beleckt und mit den Pfoten hin und her geschoben. Jetzt ließ sie von ihr ab und tat so, als sei ihr das Tier gleichgültig. Die Maus streckte sich und lief dann, während sich ihre Peinigerin scheinbar selbstvergessen putzte, unverzüglich auf einen Abfallhaufen zu. Plötzlich, als sei eine Erinnerung über sie gekommen, stellte die Katze ihre Morgenwäsche ein. Sie duckte sich, machte einen hohen Sprung, landete vor der Maus, beschnüffelte sie und nahm sie sanft in den Fang. Das Spiel begann von neuem, wobei die Katze, obwohl sie gar nicht hinsah, seltsamerweise genau zu wissen schien, wie weit sie ihrem Opfer gestatten durfte, sich von ihr zu entfernen, um es noch mit einem einzigen Satz zu erreichen.

Otto befiel Unruhe. Erst nach geraumer Zeit wurde ihm bewußt, daß sie nichts mit dem Schicksal der Maus zu tun hatte, sondern damit, daß Walter offenbar den Schuh nicht bei sich hatte.

Gegen Mittag kam Bukko, sein Diener. Das Essen warte auf ihn, außerdem das warme Bad, das Otto einmal am Tag nahm, um seine Genesung zu beschleunigen. »Bring es her«, befahl Otto.

»Was?«

»Das Essen, du Esel«, schrie er. Als er bemerkte, daß Walter zu ihm hinsah, erhob er sich jedoch sofort und ging mit hinein.

Zwei Tage verstrichen, in denen sich nichts ereignete. Am Morgen des dritten betrat Milorada den Hof, stellte sich zu Walter und wechselte einige Worte mit ihm. Otto staunte. In seiner Erinnerung war sie viel schöner gewesen, nun sah sie eher unscheinbar aus. Es dauerte indes nicht lange, und ihr Anblick zog ihn abermals in den Bann; bald fand er sie noch liebenswerter als zuvor. Als sie sich von Walter verabschiedete, winkte er ihr zu. Milorada antwortete mit einem Nicken und war gleich darauf verschwunden. Erst als sich der Tag bereits neigte, kam sie wieder. Wie absichtslos ging sie an ihm vorbei. Auf ihrem Gesicht lag ein angespannter, zugleich belustigter Ausdruck. Ihr war offenkundig klar, daß sie beobachtet wurde, und sie gab sich keine große Mühe, ihr Vergnügen daran zu verhehlen.

»Milorada!« rief Otto. Sie stockte, kam dann langsam auf ihn zu und verneigte sich mit gespielter Demut. »Was wünschst du mir, Junge?«

»Leiste mir doch eine Weile Gesellschaft«, bat er. »Du kommst so selten und gehst immer sofort wieder weg. Was hast du denn bloß ständig zu tun?«

»Bin bei Leuten«, sagte sie, während sie sich hinkniete und auf die Fersen setzte. »Ich rede ihnen, will eure Sprache lernen.«

»Aber die kannst du doch schon so gut.«

»O nein, ich kann nicht gut. Ich spreche wie kleine schwarze Vogel, die nicht springt, sondern spaziert. Wie heißt?«

»Star. Das ist nicht wahr. Du sprichst viel besser.«

»Nein, nein. Alle lachen, wann ich sage. Ich merke.«

»Es gefällt ihnen, wie du redest. Mir übrigens auch.«

Sie lachte. »Ach, du lügst mich, Junge! Aber ich möchte dich fragen: Warum guckst du immer . . .« Sie murmelte etwas in ihrer Sprache. »Siehst du schon, ich weiß Wort nicht. Sage ich so, ja?« Sie zog mit Daumen und Zeigefinger ihre Mundwinkel nach unten.

»Mürrisch? Traurig?«

»Ah, traurig! Warum guckst du traurig?«

Er schwieg.

»Jetzt machst du wieder das Gesicht. Warum? Du bist frei. Du bist Sohn von König. Dein Vater ist großer Held, du kleiner Held. Später bist du auch großer Held. Alles gut, Junge, stimmt?«

Nun mußte auch Otto lachen. »Von wegen klein! Mir scheint, verglichen mit dir bin ich fast ein Riese. Und sage bitte nicht Junge zu mir. Ich heiße Otto.«

»Einverstanden, Junge, sage ich Otto zu dir.« Sie prustete los, wurde aber sogleich wieder ernst. »Nicht vergessen: Warum guckst du so?«

»Ich wünschte, wir könnten von etwas anderem sprechen«, entgegnete er.

»Du willst nicht sagen?«

»Ich weiß nicht, wie ich es dir erklären soll.«

»Versuche.«

»Das ist nicht so einfach . . . Es hängt nämlich mit dem Krieg zusammen«, fügte er zögernd hinzu. »Mit dem Krieg gegen euch.«

Sie blickte ihn ungläubig an. »Darum? Ihr habt gesiegt . . .«

»Ja«, erwiderte er gedehnt und fuhr, sie nicht aus den Augen lassend, fort: »Also gut, da du nur eine Frau bist . . .« Er hielt inne, senkte die Stimme, flüsterte: »Es geschehen Dinge, die man nicht billigen kann. So werden Gefangene getötet, ja selbst Kinder, falls man sich einen Vorteil davon erhofft. Im Grunde ist alles, was dem Sieg nützt, erlaubt.«

Auf das Gesicht des Mädchens hatte sich ein Schatten gelegt. »Machst du auch?« erkundigte sie sich. »Kinder töten?«

»Gott bewahre, nein! Ich könnte jedoch eines Tages in die Lage geraten, dergleichen befehlen zu müssen. Stelle dir vor, du möchtest eine Burg erobern. Für viele deiner Männer würde das den Tod bedeuten, weswegen du den Leuten in ihr zusicherst, daß du sie verschonst, wenn sie ohne Kampf kapitulieren. Nun sind sie so viele, daß du ein Viertel deines Heeres benötigen würdest, um sie zu bewachen. Außerdem mußt du sie auf dem Marsch ernähren. Ob es dir gefällt oder nicht, du bist gezwungen, sie zu töten. Und so stehst du ständig vor der Entscheidung, entweder den Deinen zu schaden oder dich zu beflecken. Für Großmut ist selten Raum.«

Sie schaute ihn zweifelnd an. »Aber hast du nicht gewußt?«

»Nein. Es ist wohl ein ungeschriebenes Gesetz, darüber nicht zu reden. Wortbruch begehen nur Ungarn, Dänen oder Slawen, wir kämpfen stets ritterlich. Hält man es bei euch etwa anders?«

Sie hob leicht die Schultern. »Jetzt weißt du«, sagte sie dann. »Und deshalb bist du traurig?«

»Wie sollte ich nicht!« rief er erregt. »Ist es vielleicht gerecht, einem Feigling das Leben zu schenken, weil man sich von seinen Angehörigen Lösegeld erhofft, einen Knaben aber, der tapfer gekämpft hat, zu töten, bloß weil er einem gerade hinderlich ist? Irgendwann, in zehn oder zwanzig Jahren, werde ich mit Gottes Hilfe König sein, und solange ich denken kann, freute ich mich auf diesen Tag. Nun habe ich Angst davor. Manchmal frage ich mich«, er bekreuzigte sich, »wozu ich überhaupt auf der Welt bin.«

Sie betrachtete ihn versonnen. »Jetzt bin ich auch traurig«, sagte sie. »Das ist nicht gut.« Und nach einer Weile: »Leider, Junge, nun muß ich gehen.«

Er schreckte auf. »Weshalb denn? Schön, reden wir von etwas anderem! Das ist mir sogar lieber.«

»Nicht darum. Ich muß zu einem Mann. Er will mir kleine Hühner zeigen. Aber ich komme wieder zu dir.«

»Kleine Hühner«, maulte Otto. »Die kann ich dir ebenfalls zeigen. Sofort und so viele du willst. Oder soll ich dir welche schenken?«

»Ich habe ihm versprochen«, sagte sie lächelnd.

»Was ist das für ein Mann?«

»Ein Bauer. Nicht weit von hier.«

»Dann werde ich dich begleiten.«

Ihre Miene verdüsterte sich. »Bitte nein«, sagte sie hastig. »Was wird er denken, wenn Sohn von König kommt? Er wird sich bestimmt fürchten. Ich werde ihm vorher sagen, und wir gehen andermal zusammen. Wenn du schon nicht mehr krank bist.«

Enttäuscht senkte er den Kopf. »Du willst nicht«, stellte er mißmutig fest. »Aber vielleicht hast du recht. Wie sieht das auch aus, wenn ich neben dir herhumpele ... Ich rate dir übrigens, gib dich nicht zu oft mit solchen Leuten ab, Sie nützen das aus und werden frech, glaub mir. Auch hier bist du die Tochter eines Fürsten, das solltest du nicht vergessen.«

»Hier bin ich Gefangene«, entgegnete sie und stand auf.

»Auf ein Wort, junger Herr«, rief Walter, als Otto tags darauf den Hof überquerte. Dieser blieb stehen, zögerte, kam jedoch schließlich näher. »Was willst du?« fragte er kurz.

»Bitte, setze dich zu mir«, sagte Walter, und da Otto eine abwehrende Bewegung machte, fügte er hinzu: »Sei ohne Sorge, daß ich dich noch einmal kränken werde. Ich möchte dir nur etwas erklären. Danach magst du mich künftig meiden.«

Otto entgegnete: »Ich habe keine Angst vor deinen Unverschämtheiten. Und meiden werde ich dich, wann immer es mir gefällt. Was willst du mir erklären?«

Walter umkrampfte das Messer. Die Narbe in seinem Gesicht rötete sich, auf seiner Nasenwurzel erschienen Schweißtropfen. »Bevor ich beginne, erlaube mir, einen Irrtum zu berichtigen«, sagte er dumpf. »Du gabst mir letztens zu verstehen, ich hätte dich beleidigt, weil ich sicher wäre, daß du mich dafür nicht züchtigen würdest. Doch du täuschst dich. Aus Gründen, die du nicht kennen kannst, hat der Tod für mich längst seinen Schrecken verloren. Wie sollte ich mich da vor Schlägen fürchten? Wer sich an mir vergreift«, fuhr er schwer atmend fort, »täte übrigens gut daran, mich hinterher unverzüglich zu töten. Denn solange ich noch meine Hände habe, würde ich versuchen, ihn umzubringen. Jeder auf diesem Hof weiß das.«

Otto lachte befremdet. »War es das, was du mir mitteilen wolltest? Dann danke ich dir für die Warnung.« Er drehte sich um.

Walter hatte sich erhoben und faßte nach Ottos Arm. »Bitte, junger Herr, geh nicht!« rief er schrill. »Du hast mich mißverstanden. Ich wollte dir nicht drohen, sondern lediglich deinen Verdacht zerstreuen, daß Güte die Menschen zwangsläufig zu Bosheiten verleitet und nur Härte sie davon abhält. Es wäre bedauerlich, wenn du das glaubtest.« Flehend setzte er hinzu: »Hab doch ein wenig Geduld, dann wirst du begreifen. Du hast noch das ganze Leben vor dir, was kann es dir da ausmachen, einem Krüppel für ein paar Augenblicke zuzuhören.«

Betroffen sah Otto zu Boden. Er schüttelte Walters Hand ab, nahm jedoch neben ihm Platz. »Einverstanden«, sagte er kühl, »ich werde dir zuhören. Brichst du jedoch dein Versprechen, ist unsere Unterhaltung zu Ende.«

»So sei es«, stimmte ihm der andere zu. Er lächelte flüchtig und lehnte sich dabei zurück. »Ich beobachte dich schon seit einiger Zeit«, sprach er hierauf weiter, »du hast es vermutlich nicht bemerkt. Mir war natürlich von Anfang an bekannt, wer du bist, und das weckte ebenso natürlich meine Neugier. Ich spürte sofort, daß dich etwas bedrückt, und obwohl ich nicht wußte, was es ist, war ich mir doch bald sicher, daß es nicht allein mit deiner Verwundung zusammenhängt.«

»Wieso?« fragte Otto stirnrunzelnd.

Walter zuckte die Schultern. »Es war ein Gefühl. Jedenfalls schien es mir, daß du anders bist.«

»Anders? Als wer?«

»Als viele deines Standes.«

Eine Pause kam auf. Otto räusperte sich. »Wie meinst du das?« erkundigte er sich.

Walter warf ihm einen prüfenden Blick zu. Gedämpft sagte er: »Du bist nicht hochmütig, nicht, wenn du dich nicht dazu zwingst. Und du hast ein Gewissen. Obgleich du dich dessen schämst.«

Otto wurde der Mund trocken. Entsetzen, aber auch Dankbarkeit und eine tiefe, lange nicht mehr empfundene Freude ergriffen von ihm Besitz. Rede so weiter, sprach es in ihm, statt dessen sagte er jedoch mit gespieltem Erstaunen: »Worauf willst du hinaus? Selbstverständlich habe ich ein Gewissen, und ich schäme mich seiner nicht. Außerdem – was hat das alles mit deinem Benehmen zu schaffen?«

Walter schüttelte kaum merklich den Kopf. »Selbstverständlich ist das nicht, ich weiß es nur allzu genau«, entgegnete er und betastete seine Narbe. »Ich war ein freier Mann, und wie es sich gehört, habe ich die Unfreien verachtet«, fuhr er lebhaft fort. »Es ist schon seltsam, wie leichtfertig man andere Menschen wegen ihres Unglücks verachtet. Und warum? Weil man annimmt, sie allein seien daran schuld. Die Gesunden und Starken sind fest davon überzeugt, daß es ihr Verdienst ist, wenn sie gesund und stark sind, und von den Kranken und Schwachen glauben sie ebenso fest, daß diese ihre Mängel und Leiden selbst verursacht haben. Doch daß man so denkt und fühlt, begreift man erst, wenn sich das eigene Schicksal plötzlich wendet ... Ich hatte einen großen Hof, war stolz, und alles, was ich anpackte, gelang mir. Daher meinte ich, ich sei zum Glück geboren wie die Vögel zum Fliegen. Aber dann kam der Krieg, ich verlor mein Bein, und das war der Anfang vom Ende. Mir ging es wie dem Mauersegler, der vom Sturm auf die Erde geschleudert wird und nun erfahren muß, daß er, der Schnelle und Gewandte, durch eine geringfügige Veränderung schuldlos seiner herrlichen Fähigkeiten beraubt worden ist.«

»Schuldlos?« wandte Otto ein. »Soweit es das Tier betrifft,

teile ich deine Ansicht. Doch du, ein Mensch, solltest Gott nicht unterstellen, daß er dich mutwillig gestraft hat.«

Walter machte ein zerknirschtes Gesicht. In seiner Stimme jedoch schwang Hohn mit, als er sagte: »Du hast recht, junger Herr. Wenngleich ich mich zuweilen frage, ob das Maß meiner Schuld um so vieles größer ist als das derjenigen, die sich an meinem Mißgeschick schamlos bereichert haben. Doch lassen wir das ... Wie du mich hier siehst, bin ich jedenfalls ein Mann ohne Besitz und mit schlechtem Recht. Gewiß, man schont mich: weil ich ein Krüppel bin und ehemals in dieser Gegend einiges Ansehen genoß. Verglichen mit den unfrei Geborenen werde ich geradezu bevorzugt behandelt. Indessen sind das Almosen, auf die ich keinerlei Anspruch habe. Zudem fällt es mir schwer, mich damit abzufinden, von der Gnade anderer abhängig zu sein. Denn dummerweise sind mir mein Stolz und meine Wünsche geblieben. Dabei wollte ich, sie wären zusammen mit meinem Bein verfault.«

Er hielt inne, griff nach einem der Krüge und trank ihn hastig leer.

»Freilich«, fuhr er fort, »wer nie bessere Tage gesehen hat oder wem dergleichen in früher Jugend widerfährt, der mag sich daran gewöhnen. Mir ist das unmöglich. Nicht aus Übermut oder Bosheit, sondern weil ich«, er schlug sich mit der geballten Faust auf die Brust, »der geblieben bin, der ich ein halbes Menschenalter lang war. Ein anderer kann ich nicht mehr werden. Verstehst du nun, warum ich mich nicht immer so verhalte, wie man es von einem Knecht erwartet?«

»Du wirst es lernen müssen, armer Mann«, sagte Otto leise. »Sonst findest du niemals Frieden.«

Walter schaute zum Himmel empor. »Lernen«, wiederholte er und wiegte dabei den Kopf. »Warum nicht? Ich lerne für mein Leben gern. Dies freilich nie und nimmer. Wozu etwas lernen, von dem man weiß, daß es ungerecht und schändlich ist?«

»Was ist ungerecht und schändlich?«

»Knechtschaft«, sagte Walter hart. »Oder dünkt sie dich etwa eine Auszeichnung? Unrecht ist es, sie Menschen aufzuerlegen, die kein Verbrechen begangen haben. Und schändlich ist es demzufolge, sie hinzunehmen.«

Otto hob die Brauen. »Was redest du da? Daß du so fühlst, will ich dir glauben, schließlich empfindet sogar der Kranke sein Schicksal als ungerecht. Doch behaupte nicht, du wüßtest es. Knechtschaft gab es schon immer, weil Gott es so gefügt hat.«

Walter lächelte befriedigt, so, als habe ihm Otto beigepflichtet. »Ich ahnte, daß du das sagen würdest, junger Herr. Aber du irrst . . . Ich kenne einen klugen Mann, er lebt als Einsiedler im Wald, und er weiß«, seine Augen leuchteten, »daß dies nicht der Wahrheit entspricht. Wenn du es wünschst, mache ich dich mit seiner Auffassung bekannt.«

Otto zögerte. Er wünschte keineswegs, eine Auffassung kennenzulernen, von der bereits jetzt feststand, daß sie unsinnig war. Doch da der andere anscheinend ganz versessen darauf war, sie ihm vorzutragen, brachte er es nicht fertig, ihn zu enttäuschen. »Ich höre dir zu«, sagte er, zog das rechte Bein an und legte das Kinn aufs Knie.

Walters Miene belebte sich. »Einige Leute sind der Ansicht, daß Leibeigenschaft von Kain herrühre, der seinen Bruder erschlug«, begann er. »Was hältst du davon?«

»Das wäre gut möglich«, antwortete Otto höflich.

»Das ist es gerade nicht! Es ist deshalb unmöglich, weil, du erinnerst dich, Kains Geschlecht vertilgt wurde, als die Welt im Wasser unterging.«

»Tatsächlich? Nein, ich entsinne mich nicht.«

»Aber junger Herr!« Walter richtete sich auf und starrte ihn entgeistert an. »Alles, was einen lebendigen Odem hatte auf dem Trockenen, das starb. Allein Noah blieb übrig und was mit ihm auf dem Kasten war. So ist es uns überliefert.«

»Das weiß ich wohl!« Otto überlegte. »Folglich hat Kain noch vor Noah gelebt. Siehst du, das bringe ich ständig durcheinander. Aber jetzt fällt es mir wieder ein. Sprich weiter.«

»Andere meinen, sie käme von Ham, Noahs Sohn«, sagte

Walter. »Laß uns untersuchen, was es damit auf sich hat. Noah segnete Sem und Japhet, Hams Brüder, und er bestimmte ihnen diesen zum Knecht. Richtig?«

Otto, der voraussah, daß ihm erneut eine Falle gestellt werden sollte, nickte mißmutig, und wirklich triumphierte Walter sogleich: »Ja, das ist richtig, doch besagt es gar nichts. Denn wie du weißt, lebten die drei Brüder getrennt in ihren jeweiligen Ländern, so daß schwerlich einer des anderen Knecht sein konnte.«

Er lachte schallend.

»Dann gibt es welche, die führen Leibeigenschaft auf Ismael zurück. Darüber muß man freilich nicht viele Worte verlieren. Zwar nennt die Heilige Schrift Ismael den Sohn einer Magd, indes erwähnt sie auch, daß er später zum Stammvater eines großen Volkes –«

Otto sprang auf. »Verzeih, aber wozu erzählst du mir das eigentlich?« stieß er gereizt hervor. Als er sah, daß Walters leidenschaftliches Gesicht aschfahl wurde, setzte er sich jedoch sofort wieder und beeilte sich, hinzuzufügen: »Mein Wissen, du hast es ja bemerkt, ist zu lückenhaft, als daß ich imstande wäre, deinen Gedanken zu folgen. Immerhin habe ich seit meiner Kindheit Umgang mit bedeutenden Männern, welche, das darfst du mir getrost glauben, die Heilige Schrift mindestens genausogut kennen wie du oder dieser Einsiedler. Und ich hörte niemals von ihnen, daß es Gottes Gebot zuwiderliefe, jemandem das Joch der Knechtschaft aufzuerlegen. Sollten sie alle irren?«

»Irren vielleicht nicht«, sagte Walter mit einem vieldeutigen Lächeln. Er nahm das Messer, schabte einige Male auf der Haut herum und spießte es danach in die Erde. »Wozu ich dir das erzählt habe, wünschst du zu wissen?«

Er blickte Otto fest in die Augen.

»Ist das so schwer zu erraten? Du bist noch jung, und du hast ein mitfühlendes Herz. Das ist fast ein Wunder, wenn man bedenkt, daß diese Eigenschaft unter deinesgleichen nur wenig gilt. Und auch sonst ist die Welt schließlich voll von Menschen, die sich ihren Begierden überlassen. Eines Tages wirst du den Platz deines Vaters einnehmen. Nenne es daher nicht dreist oder anmaßend, daß es mich lockte, dich in deiner angeborenen Milde zu bestärken.«

Otto lachte hölzern. Abermals stritten Entsetzen und heimliche Genugtuung in ihm, und schaudernd spürte er, daß er nahe daran war, sich der guten Meinung des anderen auszuliefern. »Warum hast du das nicht sofort gesagt?« erwiderte er mit dem ganzen Hohn, dessen er fähig war. »Eines Tages werde ich König sein und alle Knechte freilassen. Und dich, versteht sich, als ersten ... Ich nehme an, du begreifst«, sprach er grimmig weiter. »Darum höre gefälligst auf, mich mit deinem seltsamen Lob zu behelligen. Ich bin kein Narr, und niemand wird mich überreden können, einer zu werden.«

Walters Züge erstarrten zu einer Maske. »Wer möchte wohl ein Narr sein, junger Herr«, sagte er mühsam. »Doch leider ist es mit dem Wunsch allein meist nicht getan. Das dürfte auch in deinem Fall nicht anders sein. So müßtest du dir zum Beispiel endlich abgewöhnen, an gewissen Vorkommnissen Anstoß zu nehmen – wie etwa dem Töten lästiger Gefangener. Denn nur ein Narr vermag sich einzubilden, daß man Menschen die Freiheit rauben und trotzdem saubere Hände behalten kann.«

Otto spürte, wie ihm das Blut aus dem Gesicht wich. Mit erstickter Stimme sagte er: »Ach, das steckt also dahinter! Jetzt kommst du dir natürlich sehr überlegen vor, was?«

Er wollte aufstehen und gehen, merkte aber noch rechtzeitig, daß er zu beidem außerstande war. Benommen lehnte er sich zurück.

Walter arbeitete schweigend weiter. Nach einer Weile sah Otto, wie sich der Staub vor ihnen narbte. In immer dichterer Folge schlugen Tropfen auf die Erde und hinterließen kirschgroße Trichter. Er wischte sich über die Stirn und sagte töricht: »Es regnet.«

»So ist es, junger Herr«, stimmte Walter ausdruckslos zu. –

Fast eine Woche lang regnete es ununterbrochen. Der Regen

spülte die Gerüche aus der Luft und das Zwitschern der Vögel. Es war, als hätte es nie einen Frühling gegeben. Der Hof verwandelte sich in einen Sumpf. Um ihn begehbar zu machen, legten die Leute an bestimmten Stellen Zweige aus, darüber kamen mehrere Schichten Flechtwerk und schließlich Bretter. Als das Wasser in die Keller floß, mußten auch noch Gräben gezogen werden.

Nachdem diese Arbeit getan war, erhob sich eines Abends ein heftiger Wind, der noch vor Mitternacht wieder aufhörte. Am Morgen darauf war der Himmel blau, und die Sonne schien. Mit gelösten Mienen stakten die Menschen durch den Schlamm. Jeder spürte, daß es mit der schlechten Jahreszeit unwiderruflich vorbei war. Warme Tage brachen an, einer schöner als der andere. Plötzlich, als hätten sie auf das Ende des Unwetters gelauert, öffneten sich die Blütenknospen der Apfelbäume. Tagsüber schimmerten sie rosa, doch sobald es dunkelte, strahlten sie in einem reinen Weiß. Die Äste der Fichten trugen hellgrüne Spitzen, zart wie Salatblättchen. Die Wiesen hatten bereits vor dem Regen ihre Farben aufgefrischt. Wo immer man stand, war das Summen zahlloser Bienen zu vernehmen, die sich in dieser Pracht vergraben hatten. Die Vögel hingegen, von der Sorge um ihre Jungen erschöpft, waren stiller geworden. Lediglich die Amseln flöteten an den klaren Abenden so hingebungsvoll wie zuvor.

Otto lag nahe der Pfalz unter einem Nußbaum im Gras. Einen Steinwurf entfernt von ihm saßen die vier Bewaffneten, die ihn bei seinen Ausflügen zu begleiten hatten. Soweit er zum Tor hinaustrat, hefteten sie sich an seine Fersen. Auf freiem Feld vergrößerten sie den Abstand, doch niemals derart, daß er ihnen entwischen konnte. Früher hatte ihm ihre Anwesenheit nichts ausgemacht, jetzt fiel sie ihm lästig, aber mit dem Vogt war in diesem Punkt nicht zu handeln. Außerdem brachte es Otto nicht über sich, ihm zu erklären, warum ihn die Männer auf einmal störten.

Die durch die mehrtägige Pause erzwungene Ruhe war seinem Körper überraschend gut bekommen. Das Bein tat nur noch geringfügig weh, er fühlte sich kräftig und unternehmungslustig. An die Vergangenheit dachte er kaum, die Zukunft war ihm in einem Maße gleichgültig geworden, daß er sich manchmal darüber wunderte. Da ihn niemand mit Forderungen bedrängte, überließ er sich ungehindert seinen Empfindungen, und die reichten selten über den folgenden Tag hinaus. Nach dem Gespräch mit Walter war er entschlossen gewesen, Milorada wegen ihres vermeintlichen Verrates Vorwürfe zu machen. Während der Regentage hatte er genügend Zeit gehabt, sich auf die Auseinandersetzung vorzubereiten. Jedes Wort seiner Anklage wußte er auswendig, sogar ihre Entschuldigungen kannte er bereits. Als er das Vergnügen an diesem Spiel verlor, gestand er sich endlich ein, daß er ihr, wenn überhaupt, allenfalls deshalb böse war, weil sie sich, wie er argwöhnte, ihm entzog. Sie und ihr Bruder wohnten in einem der steinernen Gebäude auf dem Berg, und von dort führte nur ein Weg hinunter, der in den Hof mündete. Daß er sie so lange nicht zu Gesicht bekam, konnte doch nicht mit rechten Dingen zugehen . . .

Aber auch diese Stimmung verflog, und zurück blieb nichts als Sehnsucht. Je länger er ihr nachhing, desto bescheidener wurden seine Wünsche. Mittlerweile beschränkten sie sich darauf, das Gesicht des Mädchens einmal mit den Händen zu umfassen. Sobald er sich dieser Vorstellung hingab, befiel ihn ein solcher Schmerz, daß er meinte, er habe nie in seinem Leben wirklich gelitten.

Da er sich beim Warten auf Milorada nicht Walters Blikken aussetzen wollte, hatte er nach einer Stelle gesucht, von der aus er, ohne selbst gesehen zu werden, den Verbindungsweg zum Hof beobachten konnte. Gestern war er auf den winzigen Hügel mit dem Nußbaum gestoßen und am Nachmittag dort unverhofft eingeschlafen. Als er erwachte, fand er sich von mehreren Berittenen umgeben, jeder mit einem toten Jungwolf am Sattel. Freudig erregt erkannte er in einem der Reiter Miloradas Bruder. Während sich Otto aufrichtete, hörte er seine Leute schreien. Offenbar hatten sie ebenfalls geschlafen und befürchteten nun das Schlimmste.

Tugumirs Bewacher schauten verlegen drein, vor Verwirrung vergaßen sie sogar, Otto zu grüßen. Sie sagten etwas zu ihrem Gefangenen, worauf der unwillig knurrte. Er war nicht groß, wirkte aber stämmig und kraftvoll. Anders als bei seiner Schwester, lagen die Augen tief in den Höhlen. Für sein Alter sah er erstaunlich reif, beinahe schon wie ein Mann aus.

Finster und herausfordernd ruhig blickte er zu Otto hinunter. Der wollte ihm ein paar freundliche Worte sagen, weil er sich bei der Vertilgung von Raubzeug nützlich gemacht hatte. Doch angesichts der feindseligen Kälte, mit der ihn der andere unentwegt betrachtete, konnte er sich dazu nicht aufraffen. So nickte er ihm lediglich zu. Tugumir indessen lächelte auf einmal hämisch und sagte, mehr zu sich als an jemanden gewandt: »Schläft, kleiner König.«

Niemand außer Otto schien das gehört oder richtig verstanden zu haben. Er senkte bestürzt die Augen. Er hatte den Burschen bislang nur von weitem gesehen und noch nie mit ihm geredet. Trotzdem teilte sich ihm der Sinn dieser Bemerkung mit: Mich würdest du nicht im Schlaf überraschen, sollte sie gewiß bedeuten.

Inzwischen waren Ottos Leute herangeeilt. Einer von ihnen stellte sich neben Tugumir, befahl ihm, weiterzureiten und gab ihm dabei einen Klaps auf den Oberschenkel. Über Tugumirs düstere Miene huschte ein Ausdruck von Befriedigung. Er löste den Fuß aus dem Steigbügel, dann trat er dem Mann blitzschnell gegen den Leib, so daß er stöhnend zu Boden sackte. Seelenruhig ließ der Junge seinen Blick über die Gesichter der Umstehenden gleiten. Erst als sicher war, daß keiner Anstalten machte, einzugreifen, ritt er mit seinen Aufpassern weg.

»Dieser Hund kann sich alles erlauben«, sagte einer der Männer erbittert, während er dem Mißhandelten aufhalf. Vorwurfsvoll schauten die anderen zu Otto.

Der widersprach: »Nicht alles. Aber er hätte ihn nicht berühren dürfen. Das wißt ihr.«

»Es ist ja nicht nur das, Herr«, beharrte der Mann. »Ein Gefangener soll das sein? Wenn er das ist, möchte ich auch einer sein. Seine Bewacher fürchten ihn mehr als er sie. Dieser Teufel legt es darauf an, sie zur Verzweiflung zu bringen. Er reitet plötzlich einen steilen Berg hinunter, so daß keiner weiß, will er fliehen oder sich das Genick brechen. Neulich ist er mit einem Messer auf einen ausgewachsenen Wolf losgegangen. Er hat vor nichts Angst, wenigstens tut er so. Ihm ist ja klar, was die Leute erwartet, wenn ihm etwas zustößt. Sie können seinetwegen schon nicht mehr schlafen.«

Die Männer hatten sich noch eine Weile darüber aufgeregt, daß ihre Kameraden diesem Ungeheuer wehrlos ausgeliefert seien, doch Otto hatte nicht mehr hingehört. Er bezweifelte nicht, daß Tugumir seiner Schwester von dem Vorfall berichten würde. Damit wußte sie nun, wo er, Otto, sich aufhielt. Blieb sie weiterhin unsichtbar, mußte er annehmen, daß sie sich tatsächlich vor ihm versteckte. Oder krank war, setzte er in Gedanken sogleich hinzu . . .

Gegen Mittag trat sie zum Tor hinaus. Otto fühlte sein Herz. Alle Anzeichen sagten ihm, daß sie seinetwegen kam. Ihre Bewegungen wirkten gehemmt, jeder Schritt, das sah man selbst auf diese Entfernung, kostete sie Überwindung. Als der Weg eine Biegung machte, stockte sie, blickte zurück und lief dann in die Wiese hinein. Hin und wieder bückte sie sich nach einer Blume und schleuderte ihre Haarflut nach hinten, wenn sie sich aufrichtete.

Otto lachte ausgelassen. Länger als eine Woche hatte er nur für diesen Augenblick gelebt, nun war er da. Seltsam nur, daß er nicht bemerkt hatte, wie sie den Berg hinuntergekommen war . . . Er spreizte die Finger, formte ihr Gesicht, genoß es, daß die gewohnte Qual ausblieb. Mit einem Satz sprang er auf und begab sich zu den Männern. Die schauten ihm mißmutig entgegen, wohl noch verstimmt wegen des gestrigen Vorfalls.

»Ich muß euch jetzt eine Weile allein lassen«, sagte er. »Ihr bleibt hier. Bevor es dunkelt, bin ich wieder zurück, vielleicht auch schon früher.«

Die Männer drehten träge die Köpfe. Als sie das Mädchen entdeckten, wurden sie lebhaft und tauschten Blicke. Derjenige, der sich am Vortag beklagt hatte, sagte: »Verzeih, Herr, aber du weißt, daß wir in diesem Fall nicht dir gehorchen dürfen. Sollte dir ein Unglück widerfahren, wird man uns bestrafen.«

Otto wollte ihn beschwichtigen. Doch als bei dem Wort Unglück vielsagendes Gelächter aufkam, besann er sich anders. »Ich weiß«, sagte er leichthin, »und deshalb gebe ich euch keinen Befehl. Dir wiederum ist hoffentlich klar, daß ich euch das Leben zur Hölle machen kann. Und ich werde es tun, sofern sich nur einer von euch von der Stelle rührt. Verlaßt euch darauf.«

Sie schwiegen verblüfft, und er wandte sich zum Gehen. Glänzend abgefertigt, dachte er mit grimmiger Befriedigung. Das weiche Herrchen kann auch anders, merkt euch das. Wie gut er diesen drohenden Ton getroffen hatte, der ihm sonst so schwer fiel. Während er auf Milorada zulief, wurde ihm bewußt, daß ihn die Genugtuung über sein forsches Auftreten stärker bewegte als die bevorstehende Begegnung mit ihr. Aber das würde sich gewiß gleich ändern.

»Ich freue mich, daß du gekommen bist«, sagte er. Befremdet nahm er den müden Klang seiner Stimme wahr, Freude jedenfalls schwang da nicht mit. Dem Mädchen schien es ähnlich zu gehen, sie blickte unfroh und nestelte mit beiden Händen an ihrer silbernen Gürtelschnalle herum; ihre ganze Haltung atmete Unruhe und Abwehr.

»Hat dir dein Bruder gesagt, daß ich hier bin?«

»Ja.«

Er überlegte. »Warum hast du dich denn so lange nicht sehen lassen?«

»War Regen«, sagte sie unwillig. »Bei dir nicht? Und dann bist du nicht in Hof.«

»Woher weißt du das?«

»Woher weiß ich! Hat mir Wind gesagt.«

Otto wurde beklommen zumute. All die Tage hatte er gemeint, daß es ihn Mühe kosten würde, sie nicht sofort in die Arme zu schließen. Er hatte sie mit zärtlichen Worten überschütten wollen und plagte sie nun mit Fragen, die jeden Sinn verloren hatten. Doch noch während er sich das vorhielt, hörte er sich sagen: »Dafür gibt es eine Erklärung. Du hattest diesem Einbeinigen von unserem Gespräch erzählt. Das war ein großer Fehler, denn jetzt bildet er sich ein –« Er brach ab und preßte die Hände gegen die Schläfen.

Milorada krauste die Stirn. »Bist du böse darum?«

»Nein!« stieß er verzweifelt hervor. »Bitte, laß uns setzen.«

Sie machte eine unschlüssige Gebärde, nahm aber dennoch Platz. »Hat Tugumir dir schlecht gesprochen?« forschte sie weiter.

Otto lachte gequält. »Nicht direkt. Kleiner König schläft, hat er gesagt. Das ist wohl so üblich bei euch, Größere als klein zu bezeichnen. Er scheint mich nicht besonders zu mögen. Nun, das kann ich ihm nicht verdenken. Übrigens ist er sehr kühn.«

»Hat er gesagt in deiner Sprache?« fragte sie ungläubig.

Otto nickte.

»Was ist kühn?«

»Mutig, furchtlos.«

Sie zögerte. »Und woher weißt du?«

»Daß er kühn ist? Man merkt es ihm an. Außerdem können seine Wächter ein Lied davon singen.«

Sie schüttelte den Kopf. »Tugumir ist dumm«, sagte sie heftig. Er betrachtete sie von der Seite. Hilf mir doch ein bißchen, wollte er sagen, doch als er ihre abwesende Miene sah, begriff er, daß sie ihm längst entglitten war. Vermutlich nicht allein wegen seines Verhaltens, da steckte noch etwas anderes dahinter. Gleichviel, es war zu spät.

Sie warf ihre Haare zurück, und wie zum Hohn streifte ihn eine Strähne. »Werde ich wieder gehen«, sagte sie leise.

Er lauschte den Worten hinterher. Obwohl er darauf gefaßt gewesen war, befiel ihn Trauer. Hastig sagte er: »Milorada, höre mich an. Ich habe mich noch nie nach jemandem so gesehnt wie nach dir. Ich habe jeden Tag an dich gedacht, und jetzt weiß ich nicht, was ich sagen soll. Ich verstehe das selbst nicht.«

Sie zuckte die Schultern. »Aber wir sagen doch.«

»Ja, wir unterhalten uns über deinen Bruder . . .«

Sie lächelte. »Und worüber möchtest du unterhalten, Junge?«

»Ich habe jeden Tag an dich gedacht«, wiederholte er aufgebracht. »Nichts macht mir mehr Spaß.«

»Vorher hat dir auch nicht Spaß gemacht.«

»Ach! Das war etwas anderes . . . Ich habe sogar von dir geträumt. Und nun willst du einfach gehen.«

»Geträumt auch? Wie oft?« fragte sie mit gespieltem Erstaunen und lehnte sich zurück.

»Ich weiß nicht mehr.«

»Das ist schlecht«, sagte sie. »Mußt du wissen. Und was habe ich in Traum getan?«

»Nichts. Ich habe dich angesehen.«

»Das ist gut. Kein Regen, ich gehe viel spazieren, und du kannst mich immer sehen. Mußt du schon nicht mehr träumen.«

Otto erhob sich. »Warum bist du gekommen? Um dich über mich lustig zu machen?«

Sie blickte mit einem sonderbaren Ausdruck zu ihm hoch. Dann griff sie seufzend nach seiner Hand. Nachdem er sich widerstrebend gesetzt hatte, strich sie ihm übers Haar, legte ihren Kopf an seine Schulter und sagte dumpf: »Ich habe dich auch gedacht.«

Geraume Zeit saßen sie so nebeneinander. In seinen Ohren summte es, immer lauter, Wärme durchströmte ihn, immer mehr. Obwohl sich keiner von beiden bewegte, spürte er nach einer Weile, wie ihm ihr Körper entgegenkam. Er wartete ab, und erst, als der Druck unerträglich wurde, begann er, ihr Gesicht zu streicheln. Sowie er ihre Lippen berührte, prallte sie zurück und starrte ihn aus schreckgeweiteten Augen an. »Was wird werden, Junge?« flüsterte sie.

Was meinst du damit, wollte er fragen, doch da hatte sie die Augen bereits wieder geschlossen.

III.

Wie die meisten Liebenden neigten auch Otto und Milorada zu der Annahme, daß ihre Begegnung, anscheinend vom Zufall gestiftet, in Wirklichkeit unvermeidlich gewesen war. Zwar spielten sie zuweilen mit dem Gedanken, sie hätten sich verfehlen können, doch nur, um danach um so fester zu glauben, daß dies ausgeschlossen sei.

Damit waren sie der Wahrheit recht nahe, wenngleich sie sich über das, was sie zusammengeführt hatte, gründlich irrten. Zwar entsprangen die Entscheidungen, die ihren gleichzeitigen Aufenthalt in Quedlinburg verursacht hatten, bis ins kleinste Überlegungen, die eben allein diesen Ort und nicht etwa Memleben oder Wallhausen in Betracht kommen ließen. Mit den Gefühlen, die sie füreinander hegten, hatten sie indes nichts zu tun.

Ausgangspunkt einer dieser Überlegungen war König Heinrichs Vermutung, daß die Slawen – vor allem jene, von denen er, da sie sich kampflos unterworfen hatten, keine Geiseln gefordert hatte – gewiß bald versuchen würden, das sächsische Joch wieder abzuschütteln. Es stand außer Zweifel, daß sie sich hierzu der Teilnahme oder gar Führerschaft des mächtigen Brandenburger Fürsten versichern würden, ebenso, daß dieser einen solchen Wunsch nicht ablehnen konnte, ohne seinem Ansehen schweren Schaden zuzufügen. Das würde ihn vor die Wahl stellen, seine Kinder entweder zu opfern – was wenig wahrscheinlich war –, oder zu versuchen, sie zu retten. Ein Befreiungsversuch würde folglich auf einen bevorstehenden Aufstand hindeuten, gegen den man sich dann rechtzeitig wappnen konnte.

Um dem Feind Gelegenheit zu geben, mit den Gefangenen

in Verbindung zu treten, hatte sich Heinrich für einen Ort entschieden, der so weit von der Grenze entfernt lag, daß er die Gegenseite nicht zu einem überraschenden Überfall verleitete, wiederum die Herstellung von Kontakten auch nicht unnötig erschwerte. Auf die Quedlinburg war seine Wahl gefallen, weil sich der hiesige Vogt, ein geborener Ränkeschmied, bei vergleichbaren Unternehmungen schon des öfteren bewährt hatte. Jetzt brauchte man das Mädchen nur noch an der langen Leine laufen zu lassen, und dann würde man sehen.

Auch mit Ottos Anwesenheit in Quedlinburg hatte es eine besondere Bewandtnis. Ohne ihn davon in Kenntnis zu setzen, hatte der König vor geraumer Zeit eine Gesandtschaft nach England geschickt, die für den Sohn beim dortigen Herrscher um die Hand einer seiner Schwestern werben sollte. Da der Sachse nicht wußte, was man auf der Insel von ihm hielt, wollte er der künftigen Schwiegertochter einen ungefähren Eindruck von der Größe ihrer neuen Heimat vermitteln, wozu sich eine längere Reise gut eignete; deren Endstation und Höhepunkt würden – das ergab sich ganz zwanglos – die reichen Güter des Harzes und seiner Umgebung sein. Für das Gedeihen der angestrebten Ehe schien es zudem besser, wenn Otto seiner Braut möglichst gekräftigt und vor allem frei von jenen sonderbaren Stimmungen gegenübertrat, unter denen er seit dem Feldzug litt: Auch dies ein Grund, das Zusammentreffen der beiden noch eine Weile hinauszuzögern. Und da den Sohn mit Quedlinburg Kindheitserinnerungen verbanden, hatte es nahegelegen, daß er die Zeit bis zu seiner Genesung hier verbrachte.

Am Schnittpunkt solcher Erwägungen also hatten sich zwei Menschen kennengelernt, die meinten, ihre Begegnung sei, als Zufall maskiert, durch den Willen höherer Mächte zustande gekommen. Wie man nun weiß, verhielt es sich jedoch genau umgekehrt. Was Milorada und Otto zufällig schien, war mit Absicht und Berechnung ins Werk gesetzt worden, und was sie für notwendig hielten, war – zumindest nach

Ansicht des Königs – nichts weiter als ein Zufall. Ein, wie sich leicht denken läßt, höchst unerwünschter.

Dabei hatte Heinrich die Nachricht über diese Beziehung anfangs durchaus wohlwollend, ja sogar beifällig aufgenommen, sah er doch in ihr ein untrügliches Zeichen dafür,. daß sein Sohn geheilt war. Dem trübsinnigen Schwächling, den er verlassen hatte, traute er eine Eroberung jedenfalls nicht zu. Das Vergnügen des Königs war so groß, daß er die Kunde unverzüglich an seinem Hof verbreitete, wobei er mit humorvollen Bemerkungen nicht sparte: Niemand solle sich unterstehen, die Geschichte an die Öffentlichkeit zu tragen, denn wenn sich herumspräche, was weibliche Geiseln in sächsischem Gewahrsam erwarte, laufe man Gefahr, bald mit all jenen Herrschern Krieg führen zu müssen, deren Töchter unverheiratet geblieben seien.

Gegenüber Bischof Bernhard drückte er sich noch derber aus. Dieser hatte ihn zuerst auf das Verhältnis aufmerksam gemacht und sich zu der Behauptung verstiegen, daß Otto der Heidin rettungslos verfallen sei. In Heinrichs Augen war das jedoch bloß ein erneuter Versuch des Bischofs, sich ihm aufzudrängen und in Dinge zu mischen, die ihn nichts angingen. Um ihn in die Schranken zu weisen, hatte er seine Vermutung durch grobe Worte ins Lächerliche gezogen. Als aber auch der Vogt Befürchtungen äußerte, begann der König seine Sorglosigkeit zu bereuen. Folgendes war geschehen: Ein Hofknecht hatte der Slawin die Bekanntschaft eines Bauern vermittelt, der sich gegen das Versprechen einer hohen Belohnung bereit erklärt hatte, mit der Brandenburg Kontakt aufzunehmen. Hierauf hatte sich der Bauer dem Vogt entdeckt und von ihm zur Zusammenarbeit verpflichten lassen. Die Verbindung war zustande gekommen. Eine Gruppe hevellischer Krieger lagerte seit einiger Zeit im Wald, um sich dort mit den Geschwistern während der ersten Tage nach der Flucht zu verstecken.

Doch dann wollte das Mädchen von dem Vorhaben plötzlich nichts mehr wissen. Sie mied den Knecht und den Bauern und hatte, wie die Bediensteten berichteten, ständig Streit mit ihrem Bruder, dem es indes offenbar nicht gelang, sie zu einer Sinnesänderung zu bewegen. Das brachte den Vogt in Harnisch. Dieser Mann hatte sich derart in seine Aufgabe verbissen, daß ihm anscheinend entfallen war, worum es letztlich ging: darum, sich über die Pläne der Gegenseite Aufschluß zu verschaffen, und nicht, eine Flucht zu provozieren, um sie danach verhindern zu können. Sein Traum war es wohl, die Heveller im letzten Augenblick zu überrumpeln; und nun machte ihm das Mädchen aus eigensüchtigen Gründen einen Strich durch die Rechnung. Erbost wandte er sich an den König und forderte von ihm, er möge seinen Sohn veranlassen, die Verbindung abzubrechen.

Heinrich wollte die närrische Beschwerde mit einem Schulterzucken abtun und die Verlegung der Geiseln befehlen, da erinnerte ihn die Weigerung der Slawin auf einmal an gewisse Unbegreiflichkeiten im Verhalten seines Sohnes, und er sah Bernhards Bedenken im neuen Licht. Wie, wenn an ihnen nun doch etwas dran war?

Die gleiche Frage beschäftigte auch den Bischof. Er hatte sich einigermaßen gewundert, daß Heinrich nicht verstehen wollte, welche Gefahr seinem Heiratsplan drohte. Gewundert und ein bißchen an sich gezweifelt, denn dieser Mann hatte schon so oft recht behalten, daß man meinen konnte, Gott fände an seinem Eigensinn Gefallen. Und doch sagte Bernhard eine Ahnung, daß es diesmal anders kommen würde. Bei dem Gedanken stockte ihm der Atem: Dann war er es gewesen, der gewarnt hatte, und Heinrich würde endlich erkennen müssen, daß er mehr war als nur ein lästiger Mahner.

Bald wurden aber noch seine kühnsten Hoffnungen übertroffen. Ein Bote rief ihn zum König, der mit seinem Hof gerade in Franken weilte. Heinrich begrüßte ihn und kam ohne Umschweife zur Sache: »Diese englische Prinzessin ist da. Übrigens sind es zwei – Schwestern. Glaubst du, es könnte Schwierigkeiten geben? Mir ist, als hättest du einmal so etwas angedeutet.«

Was für Schwierigkeiten? wollte der Bischof fragen. Als er jedoch die Gereiztheit des anderen bemerkte, unterdrückte er seine Schadenfreude und entgegnete: »Mir scheint, daß dein Sohn für die Geisel mehr empfindet, als dir recht sein kann. In Anbetracht seines eigenwilligen Wesens halte ich deshalb Schwierigkeiten, wie du sie befürchtest, nicht für ausgeschlossen.«

Heinrich kniff die Augen zusammen. Es hatte ihn einige Überwindung gekostet, diesen Mann, den er nicht mochte, um Rat zu fragen, weswegen er sich fest vorgenommen hatte, das Gespräch beim geringsten Anzeichen von Überhebung zu beenden. War es bereits so weit? Wohl noch nicht. Die selbstsichere Art, in der ihn Bernhard merken ließ, daß er seine Sorgen kannte, erfüllte ihn zwar mit Abneigung, aber auch mit Neugier . . .

»Ich befürchte gar nichts«, knurrte er. »Schließlich weiß der Bursche, daß es in solchen Dingen nicht nach seinem Kopf geht.«

Er streifte den Bischof mit einem hämischen Blick.

»Ich habe die beiden Engländerinnen beobachtet, und glaub mir, sie haben Feuer. Prachtweiber sind das, alles was recht ist.«

Bernhard war sicher, daß die Unterhaltung erst an ihrem Anfang stand. Dennoch bewegte er unschlüssig die Schultern. »Nun, vielleicht täusche ich mich«, sagte er bescheiden. »Verzeih, daß ich dich mit meinen Zweifeln behelligte.« Hierauf gab er durch Miene und Haltung zu erkennen, daß er nicht länger auf diesem Thema zu beharren gedachte.

Der König lief ein paar Schritte in Richtung Tür. Als er sich wieder herum drehte, war sein Gesicht völlig verändert. »Wer von uns beiden irrt, weiß zur Stunde allein Gott«, sagte er treuherzig lächelnd. »Wenn wir es ebenfalls wissen, ist es vermutlich zu spät, und darauf möchte ich es selbstverständlich nicht ankommen lassen. Äußere deshalb ohne Scheu alles, was dich in diesem Zusammenhang wichtig dünkt.«

Der Bischof verlor die Fassung: zu ungewohnt war diese

huldvolle Aufforderung für ihn. Und statt, wie er vorgehabt hatte, sich noch eine Weile zu zieren, sprudelte er heraus, was er sich auf der Reise zurechtgelegt hatte: »Ein gewaltsamer Eingriff in diese Beziehung könnte unerwünschte Folgen haben. Es bestünde dann die Gefahr, daß es Otto gegenüber unseren Gästen an Liebenswürdigkeit fehlen läßt, ja vielleicht sogar seiner Braut grollt. Ich muß dir nicht ausmalen, Herr König, welchen Eindruck dies bei den Begleitern der Prinzessinnen hervorrufen würde.«

»Wahrhaftig nicht. Sage mir also, was deiner Ansicht nach zu tun ist.«

»Die Slawin muß mit ihm brechen. Dann wird er sie hassen, zumindest aber zu vergessen trachten. Und wo könnte er dies besser als in den Armen seiner jungen Gemahlin?«

»Bischof, Bischof, höre ich recht? Wo hast du denn diese Wissenschaft her?«

Der König drohte scherzhaft mit dem Zeigefinger, wurde aber sogleich wieder ernst.

»Und wie stelle ich es an, daß sie mit ihm bricht? Der verdammte Strolch scheint es ihr so gut zu besorgen, daß sie nicht einmal mehr an Flucht denkt.«

»Sie muß einen Fluchtversuch unternehmen. Dann wird er glauben, sie habe ihn die ganze Zeit über hintergangen.«

»Bist du taub?« schrie Heinrich. »Sie will nicht mehr fliehen! Sie will es nicht, hast du verstanden? Oder meinst du, ich sollte sie entführen lassen?«

Er lachte schrill.

»Und kaum ist sie weg, lege ich ihm die Neue ins Bett? Nein, nein, für so dumm solltest du meinen Sohn nicht halten.«

Der Bischof leckte sich die Lippen. »Sie wird aus freien Stücken fliehen, gemeinsam mit ihrem Bruder. Man wird ihr Verschwinden entdecken und deinen Sohn unterrichten, worauf sich dieser gewiß an der Suche beteiligen wird. Er wird ihr in der Hütte der Heveller begegnen oder auf dem Weg dorthin und aus alldem wohl schließen müssen, daß sie ihn getäuscht hat.«

»Kann sein. Und wann wird es über sie kommen, dieses Verlangen zu fliehen? Willst du mir das endlich verraten?«

Bernhard blickte zu Boden. In seinen Ohren summte es. Er drehte sich zur Seite, bekreuzigte sich und wandte sich wieder um. »Sowie man sie davon in Kenntnis gesetzt hat, daß ihre Leute Otto töten werden, falls sie sich weiterhin weigert«, sagte er heiser.

Der König versank in Nachdenken. Schließlich sagte er: »Und wenn sie nun die Heveller ans Messer liefert? Dann werden wir sie niemals wieder los.«

»Das wird ihr Bruder verhindern, indem er sie erst in der Nacht vor dem vermeintlichen Anschlag vor die bewußte Entscheidung stellt. Da er ihr mißtraut, wird er sie von diesem Zeitpunkt an nicht mehr aus den Augen lassen. Um die Unseren zu warnen, müßte sie also wenigstens zum Schein auf das Ansinnen eingehen. Die Wachen werden sie beobachten und, sollte es ihr gelingen, ihm zu entwischen, sofort zur Stelle sein. Alles,was sie danach sagt, könnte man als Ausflüchte abtun. Überdies sprechen ja auch ihre Leute im Wald gegen sie.«

Heinrich rieb sich die Finger seiner Linken. »Das sind erstaunliche Ratschläge, wenn man bedenkt, daß sie von einem Bischof stammen, wie?« sagte er mit einem ungewissen Lächeln. »Jedenfalls klingen sie brauchbar. Reite unverzüglich zurück und veranlasse, daß alles so geschieht, wie du es ersonnen hast ... Was schaust du mich so an?« fügte er hinzu. »Diesen Dienst darfst du mir nicht abschlagen. Denn je weniger wir in unser kleines Geheimnis einweihen, desto geringer die Gefahr, daß es meinem Sohn jemals zu Ohren kommt. Und daran sollte dir ebenso wie mir gelegen sein.« –

Verärgert machte sich Bernhard auf den Weg. Es bedrückte ihn, daß er sich zum Lohn für seinen scharfsinnigen Plan nun auch noch bei dessen Verwirklichung beschmutzen sollte. Zudem war ihm nicht entgangen, daß ihn der König mit diesem Auftrag wieder einmal hatte demütigen wollen. Aber weshalb? Warum nur wollte es ihm nicht gelingen, die Gunst dieses Mannes zu erwerben – nicht einmal dann, wenn er ihm aus einer fast ausweglosen Lage half?

Als er in Quedlinburg eintraf, fühlte er sich vor Enttäuschung richtig elend. Daher war es ihm ein Trost, daß ihm der Vogt, dessen Wunsch nun doch noch in Erfüllung ging, ungeheuchelte Dankbarkeit bezeigte.

Gemüse, Kräuter, Beeren und Pilze füllten bereits die Speicher, da traf es auch die Tiere. Mancher Fisch, der vielleicht zu Jahren gekommen wäre, beschloß, mit Salz bestreut, sein Leben in einem der Keller. Der Hof ertrank im Blut des geschlachteten Viehs. Federn wirbelten durch die Luft, blieben an Dächern und Bäumen hängen oder sanken auf die Pfützen nieder. In den betäubenden Blutgeruch mischte sich der von Kot und dem, was Hunde und Katzen erbrochen hatten. Mit gesenkten Köpfen und gedunsenen Bäuchen tapsten sie friedlich aneinander vorbei. Einige flüchteten in die Felder – als graute ihnen vor einem Ort, an dem sie verurteilt schienen, unentwegt zu fressen und zu verdauen.

Zahllose Singvögel stellten sich ein, jedoch bei weitem nicht genug, um der Fliegenschwärme Herr zu werden, die sich an dem Unrat mästeten. Nach den Krähen wagten sich auch Milane heran, die die Gelegenheit, sich vor der Winterreise noch einmal zu stärken, offenbar nicht ungenutzt verstreichen lassen mochten. Mißtrauisch beäugten sie das Getümmel, flatterten auf, wenn eines der Hoftiere sie streifte, spazierten aber bald wie Geflügel zwischen den Blutlachen umher. Niemand dachte daran, sie zu verscheuchen. Lediglich gegenüber den dreisten Ratten, die rasch begriffen hatten, daß sie ihre natürlichen Feinde unter diesen Umständen nicht zu fürchten brauchten, kannten die Menschen keine Schonung. Nachts schlichen Füchse und Marder am Zaun entlang, entlockten den übersättigten Hunden jedoch nur ein hilfloses Winseln.

Mehrere Tage mußten die Bewohner der Pfalz in dieser Hölle aus Gestank und Schmutz ausharren. Erst als das Ende der Arbeit abzusehen war, wurden außerhalb des Hofgeländes

Gruben ausgehoben, in die man nicht nur die Abfälle, sondern auch die blutbesudelte Erde versenkte. Zugleich wurde allen Aasfressern, die sich nicht damit abfinden konnten, daß die fetten Tage vorbei waren, erbarmungslos nachgestellt.

Hierauf konnte sich das Gesinde jenen Tätigkeiten widmen, die ein Mindestmaß an Sauberkeit verlangten. Man rieb, mahlte, rührte, schnitt, schlug und stopfte, buk, kochte, pökelte und räucherte. Matratzen wurden geflickt, Bettzeug gelüftet, Fußböden gescheuert, Schüsseln gespült und Messer geschliffen. Da die Knechte und Mägde das alles nicht allein bewältigten, hatte man Hörige herangezogen, Leute, die es mit der Reinlichkeit zumeist nicht sehr genau nahmen und, wenn sie sich unbeaufsichtigt glaubten, deren strenge Gebote gern umgingen. Sorgen bereiteten auch die Beizvögel, denen die lautstarke Nähe so vieler prassender Artverwandter und Beutetiere offenbar aufs Gemüt geschlagen war. Drei Habichte und zwei Wanderfalken hatten sich in einem Anfall von Raserei so verletzt, daß sie zur Jagd nicht mehr taugten.

Einen Tag vor dem Eintreffen des Königs ging man schließlich daran, auf dem Hof Ordnung zu schaffen. Kinder kletterten auf die Bäume und schüttelten Federn von den Zweigen. Um den unerträglichen Geruch etwas zu mildern, wurden Blumen gestreut oder an Dächer oder Türen gebunden. Beinahe im letzten Augenblick entsann man sich des einbeinigen Knechtes, der im Zusammenhang mit der verhinderten Geiselflucht gehenkt und dessen Leiche zur Abschreckung hängengelassen worden war. Bischof Bernhard setzte durch, daß sie in geweihter Erde bestattet wurde. Als Boten die bevorstehende Ankunft der hohen Gäste meldeten, zeugten nur noch die Häute auf den Trockengestellen von den Mühen, die es gekostet hatte, ihren Empfang würdig vorzubereiten.

Gegen Mittag ertönte Hundegekläff, und bald darauf bevölkerten einige hundert Reiter die Wiese vor der Pfalz. Sowie sie abgesessen waren, wurden sie von Leuten umringt, die erst in Hochrufe ausbrachen und danach Becher mit erfrischenden

Getränken verteilten oder die Pferde wegführten. Als das geschehen war, sonderte sich eine Gruppe ab und wurde durchs Tor geleitet. Es handelte sich um die königliche Familie, die gemeinsam mit den Großen des Landes ihre Unterkünfte auf dem Burgberg bezog. Alle anderen wurden, je nach ihrem Rang, in den Gebäuden des Wirtschaftshofes oder in benachbarten Gehöften untergebracht. Für die Bediensteten hatte man Heuböden und Scheunen als Schlafstätten hergerichtet.

König Heinrich hatte während der Begrüßung nach seinem ältesten Sohn Ausschau gehalten, ihn jedoch nirgendwo entdecken können. Plötzlich stieß die kleine Hadwig neben ihm einen Freudenschrei aus und wies auf eine Gestalt, die ziemlich abseits mit gekreuzten Armen an einem Baum lehnte. Sogleich eilte sie auf ihren Bruder zu.

Heinrich spürte, daß er nahe daran war, die Beherrschung zu verlieren. Als er bemerkte, daß seine Gemahlin Mathilde dem Kind folgen wollte, hielt er sie zurück, besann sich dann aber anders. Er bat sie lediglich, Otto mitzuteilen, daß er von nun an ebenfalls auf dem Berg wohnen und sich nach dem Mittagessen bei ihm zu einem Gespräch einfinden sollte.

Pünktlich war dieser zur Stelle, und abermals mußte der König an sich halten, diesmal allerdings, um seine Bestürzung zu verbergen. Bereits mit dem ersten Blick nahm er wahr, daß der Sohn noch elender aussah, als er ihn vor Monaten verlassen hatte. Die scharfen Züge in dem zwar gebräunten, aber eingefallenen Gesicht, eine gewisse Starre des Ausdrucks sowie der vorsichtige Gang ließen ihn frühzeitig gealtert erscheinen. Wie aus dem Grab gezogen, fuhr es Heinrich durch den Sinn. Für einen Augenblick befiel ihn so etwas wie Mitleid, eine Empfindung, über die er normalerweise rasch die Oberhand gewann, indem er sie einfach demjenigen anlastete, der sie hervorrief. Jetzt gelang es ihm jedoch nicht sofort, seine Betroffenheit in Zorn oder wenigstens Verachtung zu verwandeln. Es war zu offensichtlich, daß Otto ihn nicht rühren wollte, sondern seinen jammervollen Zustand um jeden Preis zu verbergen suchte. Heinrich bot ihm Platz an, dabei überlegte er, wie er den Sohn zu einer Klage verleiten konnte. Schließlich sagte er in einem Ton, den er für mitfühlend hielt: »Dir geht es nicht gut, mein Freund?«

Otto, der seit dem Betreten des Raumes an der Unterlippe nagte, hörte damit auf, erwiderte aber nichts.

»Du solltest ihnen nicht grollen, auch dem Mädchen nicht«, fuhr der König fort, nun absichtlich ein wenig herablassend. »Beide haben sich verhalten, wie es sich für Leute vornehmer Abkunft geziemt. Leider erlauben es mir die Verhältnisse nicht, den Mut unserer Gefangenen so zu würdigen, wie sie es verdienten. Achtung ist alles, was ein unterworfener Feind erwarten kann, die freilich ist ihnen gewiß.«

Bei dem Wort Mädchen war Otto zusammengezuckt. Seine Gesichtsmuskeln spannten sich, die verschränkten Hände begannen zu zittern. Er räusperte sich, schwieg aber weiter. Erst nach einer Weile sagte er überraschend gefaßt: »Man sagte mir, daß ich heiraten soll.«

»So ist es«, bestätigte Heinrich kurz. »Eigentlich wollte ich, daß du es von mir erfährst, deshalb bat ich dich zu dieser Unterredung. Die Braut wirst du noch heute abend kennenlernen. Das heißt«, er zwang sich zu einem Lachen, »man hat uns sogar zwei geschickt. Es sind Schwestern. Du darfst also wählen.«

Otto blickte ihn an. »Ich werde nicht wählen«, sagte er mühsam.

»Das wirst du wohl müssen, denn mehrere Frauen sind bekanntlich nur Heiden gestattet. Oder soll ich es für dich tun? Dann beklage dich nicht, falls ich deinen Geschmack verfehle.«

In Ottos Miene rührte sich nichts. Heinrich musterte ihn besorgt. Daß sich der Junge nicht einmal durch Hohn herausfordern ließ, wollte ihm nicht gefallen. »So sind wir uns also einig?« fügte er hinzu.

Otto runzelte die Stirn. Bemüht, das Beben in seiner Stimme zu unterdrücken, fragte er: »Wäre es nicht dazu gekommen – hättest du mich dann auch zu dieser Heirat gezwungen?«

»Du meinst, wenn deine Hevellerin nicht das Heimweh gepackt hätte? Selbstverständlich! Oder hätte ich die beiden Engländerinnen wieder nach Hause schicken sollen? Es tut mir leid, aber mein Sohn hat sich bereits entschieden!« Er lachte abermals.

»Nehmen wir einmal an«, sagte Otto in das Lachen hinein, »du hättest dich nicht bereits festgelegt: Wäre es dann möglich gewesen ...« Er brach ab, senkte den Kopf und wischte sich mit dem Handrücken über die Augen.

»Wäre was möglich gewesen?«

»Du weißt schon«, flüsterte Otto.

»Sprich es endlich aus!« schrie Heinrich. Und nachdem er sich wieder beruhigt hatte: »Nein, das wäre nicht möglich gewesen. Unter keinen Umständen.«

»Warum nicht? Sie hätte unseren Glauben annehmen können.«

Der König zuckte die Schultern. »Das kann sie auch jetzt noch, doch es würde nichts ändern. Wir sind keine Bauern, die nach dem erstbesten Rock haschen, der sie zufällig streift. Männer wie wir stellen sich Aufgaben, und zwar bei allem, was wir tun. Mit einer Heirat, das solltest du wissen, setzt man ein Zeichen. Seht, sagt man, so hoch veranschlage ich meinen Wert, und ich täusche mich wohl nicht, denn sonst hätte ich diese Frau nicht bekommen. In einer Verbindung mit der Tochter eines besiegten Barbarenhäuptlings vermag ich für uns keinerlei Nutzen zu erkennen.«

Otto kräuselte den Mund. »Dann muß dir ja diese angebliche Flucht wie ein Geschenk des Himmels erschienen sein«, sagte er, schlug jedoch dabei die Augen nieder. Offenbar spürte er, daß sich noch der eigene Spott gegen ihn richtete.

Heinrich betrachtete ihn mit kalter Genugtuung. »Ich verlasse mich niemals auf Geschenke«, gab er zurück. »Du wiederum solltest dich nicht überschätzen und stets daran denken, daß du noch Brüder hast. Ich sehe deiner Jugend manches nach, doch hüte dich, mir jemals wirklichen Schaden zuzufügen.«

Er ließ die Worte verklingen und sprach einlenkend weiter: »Worauf willst du übrigens hinaus? Das im Wald waren doch Slawen, oder? Du selbst, hörte ich, hast einen verwundet. Bei der Vernehmung dieses verräterischen Knechtes warst du auch zugegen. Die Nachrichten von dem Aufstand, an dem sich seltsamerweise die Heveller bislang nicht beteiligt haben – meinst du, man hat sie deinetwegen erfunden? Die Wahrheit ist, daß du hintergangen worden bist. Aber die willst du ja nicht sehen.«

Otto sprang erbleichend auf. Er lief ein paarmal durch die Kammer, solange, bis er das Schluchzen, das ihn schüttelte, bezwungen hatte. »Wahrheit ...«, sagte er tonlos und ließ ein knirschendes Lachen folgen. Plötzlich drehte er sich herum. »Wo ist sie jetzt?«

»In einem Stift.«

»Darf ich mit ihr reden?«

»Vorläufig nicht. Wenn du ein bißchen älter und wieder bei Verstand bist – meinetwegen. Sofern du dann überhaupt noch willst. Gegenwärtig, das wirst du nicht bestreiten, würdest du alles glauben, was sie sagt. – So. Und nun möchte ich wissen, wie du dich unseren Gästen gegenüber zu verhalten gedenkst. Überlege genau, bevor du mir antwortest.«

Otto trat zum Fenster. Während er seine Tränen trocknete, schaute er mit einem gesammelten Ausdruck zu Boden; es sah aus, als lausche er in sich hinein. Schließlich wandte er dem Vater das zerquälte Gesicht zu und stieß hervor: »Ich spucke auf deine Drohungen. Ich spucke auf deine Lügen. Ich spucke auf alles, was du gesagt hast und noch sagen wirst. Ich weiß, daß ich Milorada nicht wiedersehen werde. Du willst es nicht, du hast die Mittel, es zu verhindern, und du wirst diese Mittel gebrauchen. Sei ohne Sorge, mir ist nicht nach Rache zumute, schon gar nicht an deinen ... Gästen. Hoffe jedoch nicht, daß ich dir ähnlich werde. Denn das ist es doch, was du dir heimlich wünschst! Doch dies, ich schwöre es dir, wird niemals geschehen. Du bist mir fremd. Alles, was du unternimmst, dient irgendwelchen Zwecken, und alle enden sie bei dir. Ich aber bin anders, und es wird dir nicht gelingen, mich zu ändern.«

Heinrich stand ebenfalls auf, setzte sich indes sofort wieder und schlug die Beine übereinander.

»Spucke nur, du Narr«, sagte er gelassen, »wenn dein Rachen trocken ist, hörst du von selbst auf. Und tue immer, was ich dir befehle, dann wird es dir gutgehen. Bist du erst einmal König, kommt alles weitere von allein. Nicht, weil ich mir das wünsche, sondern weil es das Leben so will. Bis dahin erlaube ich dir, im Schutz meiner schäbigen Macht deine edlen Gefühle zu hätscheln.«

Er hielt inne und fügte hinzu: »Vielleicht ist es mir noch vergönnt, gemeinsam mit dir über sie zu lachen.«

IV.

Noch ein halbes Menschenalter später wird sie, wenn sie zurückdenkt, zuerst einen hohen blauen Himmel vor sich sehen.

Freilich, da sind auch andere Erinnerungen. Auf dem Platz vor der Kirche verspritzt ein Priester Wasser; die Leute drängen ins Dunkel, plötzlich eine alte Frau, sie zittert, muß gestützt werden, hält die Hand in einen Kessel, schreit. Ein Hahn wird geschlachtet, sein Kopf fällt zu Boden, wo sich der Schnabel unter den bereits gebrochenen Augen ein letztes Mal öffnet. Ein Schwein, dem Blut aus den Ohren rinnt, bevor es strauchelt. Vor allem aber Küken, winzig wie junge Mäuse, ein riesiger Korb voll, der von diesen Scheusalen überquillt.

Doch mit alldem verbinden sich keine Empfindungen. Wirklich, so scheint es ihr, waren allein dieser hohe Himmel gewesen, das Rauschen der Bäume, die Berührungen und die guten Worte, die wohlige Ermattung. Nur einige Wochen hätte das gedauert? Unvorstellbar! Und Sommer soll es gewesen sein. Indes, sie kann sich nicht an Sonne, Staub und Hitze entsinnen, sondern lediglich an sanfte Kühle, ungetrübte Bläue . . .

Wann hatte das geendet? Womit? Nicht mehr zu ergründen. Sobald sie es versucht, beginnt sich das Bild zu bewegen, wie die Oberfläche eines Teiches, in den ein Stein geworfen wurde. Dann eine Flut von Geräuschen, die rasch anschwillt: Hammerschläge, Waffengeklirr, Murmeln und Raunen, Verwünschungen. Zahllose Männer eilen herbei, starren sie keuchend an. Sie will fliehen, aber ihr versagen die Beine. Da bricht das Getöse jäh ab. Die Gestalten zerfließen, lösen sich in einem blassen Nebel auf, der widerlich nach Eisen schmeckt.

Kaum Erinnerungen an die Zeit danach: eine Abfolge von Belästigungen, deren Sinn sie nie verstanden hat. Der Schreck beim Eintauchen in das kalte Taufwasser. Die Qualen der Geburt. Die Überwindung, die es sie kostete, sich morgens zu erheben. Ihr Unvermögen, Gesichter zu unterscheiden. Ihre Abneigung gegen Gesang. Die verstörten Blicke der Nonnen. Der erste Schnee in jedem Jahr. Das Dröhnen der Glocke. Der Geruch des Gemäuers. In den Nächten die Fragen: Ist das schon alles? Mußte es tatsächlich so kommen? Wozu sind dann aber vorher eine Kindheit und dieser hohe blaue Himmel gewesen? Und – warum gerade ich?

Schließlich, unmerklich, die Gewöhnung. Und stets aufs neue jene Bilder, die niemals zu altern scheinen: Abglanz eines Lebens, das ihr wunderlich geworden ist, ebenso fremd und unbegreiflich wie jedes andere . . .

DRITTES KAPITEL

I.

Oktobertage gibt es, an denen man meinen könnte, daß der Herbst seinem scheidenden Vorgänger ein Fest ausrichtet. Die Luft ist so mild wie im Mai, der Himmel wolkenlos, und da die Stürme noch nicht eingesetzt haben, erinnern die Äste der Laubbäume unwillkürlich an die buntverzierten Initialen eines Psalmenbuches. Betritt man die Wälder, verschlägt einem der süße Duft der welkenden Blätter den Atem. Von der Wärme getragen, entströmt er dem Unterholz und streicht träge zwischen den Stämmen dahin. In den schrägen Strahlen der geschwächten Sonne gleißen die Fäden des Altweibersommers, die Beeren der Eberesche aber glühen wie Rubine. Pilze wachsen so reichlich wie Schneeglöckchen im Frühling.

Bleibt man, das Prasseln der eigenen Schritte noch im Ohr, plötzlich stehen, bestürzt einen zunächst die scheinbare Leblosigkeit dieser Pracht; es ist, als sei die Stille vollkommen. Nicht lange jedoch, und man bemerkt, daß auch der Herbstwald seine Geräusche hat: den leisen Aufschlag unaufhörlich fallender Eicheln, das Rascheln der Drosseln und das schwermutige »Kliöh« eines Schwarzspechtes.

Gegen Ende des Jahres neunhundertzweiunddreißig ritten an einem ebensolchen Tag und in einem ebensolchen Wald ungefähr vier Dutzend Ungarn, von Westen kommend, auf die Saale zu. Jeder von ihnen war mit Pfeil und Bogen sowie einem stattlichen Säbel bewaffnet, dessen leicht gebogener Griff weit aus der Scheide ragte. Ihre Füße steckten in kurzschäftigen Stiefeln, auf den Köpfen trugen sie spitze Mützen. Wegen des warmen Wetters hatten die meisten ihre Mäntel geöffnet, einige sogar abgelegt.

Keiner der Reiter schien verwundet, ihre Köcher waren vollgestopft mit Pfeilen, und die Kleidung, obzwar fleckig, enthielt weder Risse noch Löcher. Nichts deutete darauf hin, daß sie einen Kampf hinter sich hatten oder überfallen worden waren — und doch machten sie einen so erschöpften und mutlosen Eindruck, als hätten sie mit dem Teufel höchstpersönlich gefochten. Ihre geröteten Augen lagen tief in den Höhlen, die Lippen waren aufgesprungen und die fahlen, abgezehrten Gesichter auf eine Weise verzerrt, wie man dies bei Menschen antrifft, deren Selbstbehauptungswille am Erlöschen ist. In den Sätteln schwankend, drängten sie sich zusammen und schauten nach jedem Laut gehetzt um sich.

Es war noch nicht lange her, da hatten die meisten von ihnen Angst für ein Gefühl gehalten, das Leute ihres Schlages allenfalls im Traum heimsuchen konnte. Herausfordernd und fröhlich, wie es sich für Männer gehört, die wissen, daß sich alle Welt vor ihnen fürchtet, so hatten sie drei Wochen zuvor sächsisches Gebiet betreten und mit ihrem ausgelassenen Lachen den Ärger der Häher erregt. Es hatte sie vieles erheitert: die Strohhüte und das Schuhwerk der Bauern, die Zäune um deren Felder, die behäbige Art, mit der sie ihre schweren Gäule bestiegen, besonders aber die nacktwadigen Frauen, die beim Anblick der Abteilung kreischend davonstoben: bedauerlich, daß es einem wegen des Waffenstillstandes verboten war, sich eine dieser aufgescheuchten Hennen zu schnappen und aufs Pferd zu packen.

Doch bereits in Merseburg, wo sie gewöhnlich erfuhren, an welchem Ort sie den Tribut in Empfang nehmen konnten, hatte ihre gute Laune einen Dämpfer erhalten. In den vergangenen Jahren hatte ihnen Graf Siegfried stets einen Lagerplatz nahe der Burg zugewiesen und sie dort üppig bewirtet. Diesmal bekamen sie den Grafen nicht einmal zu sehen. Im Wald sollten sie übernachten, wurde ihnen ausgerichtet, oder sich sofort nach Quedlinburg begeben, denn da wäre der ihnen zustehende Zins heuer abzuholen. Unterwegs sei es ihnen gestattet, zu jagen und zu fischen, Wasser dürften sie schöpfen, soviel sie wollten, Holz schlagen, wann immer sie welches benötigten, Hafer schenke ihnen der König. Vergriffen sie sich indes am Eigentum der Bauern, müßten sie die Folgen selber tragen, Geleitschutz nämlich könne man ihnen nicht stellen.

Erbost hatten sie sich in Marsch gesetzt. Noch nie hatte man sie wegen des Tributes so weit nach Norden geschickt, noch nie bei ihrer Ankunft mit Pferdefutter abgespeist, und schon gar nicht hatte man ihnen jemals gedroht oder Auflagen erteilt. Sie derart zu brüskieren! – das würden die Ihren den Sachsen nicht durchgehen lassen. Offenbar hatte dieses Volk die lange Friedenszeit übermütig gemacht.

Was zunächst bloß ein Verdacht war, wurde den Ungarn rasch zur Gewißheit. Anders als früher säumten auf einmal Menschen ihren Weg, und je tiefer sie ins Landesinnere kamen, desto zahlreicher fanden sich diese ein. Schweigend und ernst, so, wie man seltene Tiere betrachtet, sahen sie den Fremden in die Gesichter; zeigte man ihnen die Faust, traten sie zurück, liefen aber nicht davon. Die Reiter befiel Unbehagen, und statt wie bisher durch die Dörfer zu ziehen, wichen sie bald auf entlegenere Pfade aus. Doch auch dort entgingen sie den lästigen Zuschauern nicht. Die Leute standen auf Wiesen, an Flußübergängen, in Wäldern, Tälern und auf Hügeln, so daß den Ungarn mitunter schien, als sei ganz Sachsen auf den Beinen, um sie zu besichtigen.

In Quedlinburg hieß es, der Vogt sei verreist, sie müßten sich daher gedulden. Fünf Tage ließ man sie warten. Während dieser Zeit umringten ständig Bauern das Lager, die verstohlen flüsternd ihre Wahrnehmungen austauschten. Diejenigen, denen die Sicht verdeckt war, kletterten auf Bäume, erklommen Dächer oder die Mauern der Burg. Andere hoben ihre Kinder empor, um von ihnen zu erfahren, was die Ankömmlinge taten. Am sechsten Tag erschien ein Bote, sprach von einem Irrtum und behauptete, nicht Quedlinburg, sondern Erfurt sei gemeint gewesen.

Die Ungarn begriffen natürlich, daß man sie genarrt hatte. Aber da es ihnen nun erspart blieb, unter den wachsamen und nicht gerade freundlichen Blicken so vieler Neugieriger den Tribut zu verstauen und fortzuführen, hielt sich ihre Empörung in Grenzen. Zuversichtlich, daß sich die Sachsen mit diesem Streich begnügen würden, brachen sie nach Süden auf.

Nicht lange, und ihnen begann zu dämmern, daß hier mehr als bloß Übermut im Spiel war. Die gaffenden Leute wurden immer aufdringlicher. Hatten sie die Reiter vorher lediglich angestarrt, lachten sie jetzt über diese, ahmten ihre Sprache nach und gaben mittels Gesten zu verstehen, wie komisch sie deren Haartracht und die kleinen Pferde fänden. Noch hüteten sich die meisten, den Fremden zu nahe zu kommen. Geschah dies doch einmal, schrie der Anführer der Abteilung ein Kommando. Dann rissen die Männer die Säbel aus den Scheiden, wirbelten die Waffen einige Male über ihren Köpfen herum und ließen dabei ihren kehligen Schlachtruf erschallen. Das verschaffte ihnen für eine Weile Respekt.

Was wirklich hinter der Dreistigkeit der Sachsen steckte, enthüllte sich den Ungarn erst am Ende ihrer Reise. Auf einer Wiese kurz vor Erfurt versperrten ihnen plötzlich unzählige Menschen den Weg. Sie hatten Feuer angezündet sowie aus Zweigen Hütten errichtet und mußten, dem Gestank nach zu urteilen, schon seit Tagen hier lagern. Während die Reiter noch rätselten, was dies bedeuten mochte, entdeckten sie einen von Geschwüren entstellten Krüppel, der ihnen Zeichen machte, ihm zu folgen. Teile der Versammelten traten daraufhin auseinander, so geschwind, als hätten sie das vorher verabredet. Sie trugen Schwerter und Äxte und schoben die anderen Leute mit geübten Bewegungen zurück.

Die Ungarn wechselten Blicke. Will man uns tatsächlich töten, besagten diese ungefähr, kann man das ebensogut auch später tun. Sterben wir darum besser hier, denn so bleiben wir diesen Schuften wenigstens als tapfere Männer in Erinnerung. Nachdem sie sich auf diese Weise verständigt hatten, zogen sie blank und ritten ohne weiteres Zögern in die Gasse.

Der Wind trieb ihnen Häcksel ins Gesicht, die Radspuren unter ihnen füllten sich mit Jauche, der Gestank nahm zu. In der Mitte der Wiese stießen sie auf einen Hügel, der sich bei näherem Hinsehen als ein gewaltiger Misthaufen entpuppte. Der Krüppel hielt an. Er drehte sich um und zeigte mit seinem unbeschädigten Arm auf das Hindernis, wobei sich seine vom Aussatz zerfressenen Lippen öffneten und eine Art Gurgeln entließen. Gleich darauf war er in der Menge verschwunden.

Für einen Moment herrschte Totenstille. Dann brach ein Lärm los, der nicht von dieser Welt zu sein schien; ein wirrer Chor aus Johlen, Brüllen, Kläffen und Kreischen, schrill und wüst wie das Gelächter von Dämonen. Die Menschen grunzten, wieherten, miauten, trommelten auf Töpfe oder pfiffen durch die Finger. Sie rafften ihre Kittel hoch und wandten den Fremden das nackte Gesäß zu. Sie spuckten in die Luft, hieben einander auf die Schultern, bewarfen sich mit Abfällen und hüpften im Morast umher. Sie begossen sich mit Suppe, scharrten in der Erde, schlugen Purzelbäume, fochten mit Ästen und steckten die Hütten in Brand. Fast alle gebärdeten sich, als hätten sie den Verstand verloren. Nur einige knieten nieder und falteten die Hände.

Der Anblick dieser tobenden Horde erschreckte die Ungarn mehr, als es ein jäher Angriff vermocht hätte. Verstört schwangen sie ihre Säbel und schrien mit brüchigen Stimmen gegen das gräßliche Getöse an, jederzeit gegenwärtig, daß diese stinkende Meute über sie herfiel und sie unter sich begrub. Doch nichts dergleichen geschah. Niemand näherte sich ihnen oder schleuderte auch nur einen Stein. Es verging eine Weile, bis sie endlich wahrnahmen, daß die Leute nach wie vor von den Bewaffneten auf Abstand gehalten wurden und sogar die Gasse hinter ihnen offengeblieben war. Als sie das bemerkten, besannen sie sich nicht lange, rissen die Pferde herum und stoben ohne ihre Wagen und Lasttiere davon . . .

Vor Lärm und Schmutz waren sie geflohen, und wie zum Hohn waren Lärm und Schmutz von da an ihre ständigen Begleiter gewesen. Sobald man ihrer ansichtig wurde, gellten

Schmährufe und Pfiffe. Auf Wegen, Dämmen und Brücken lagen Kothaufen, in den Gewässern schwammen totes Vieh und anderer Unrat. An ihren Flanken zogen grölende Kinderscharen durch den Wald und verscheuchten ihnen das Wild. Selbst nachts fanden sie keine Ruhe. Ihre Peiniger bliesen auf Hörnern, zerbrachen Holz, klopften an Baumstämme oder ahmten Tierlaute nach. War es tatsächlich einmal still, flammten zwischen den Sträuchern Fackeln auf. Dann argwöhnten die Ungarn, daß man sie verbrennen wollte, und taten bis zum Morgen kein Auge zu.

Teilnahmslos, von Hunger und Schlaflosigkeit zermürbt, schleppten sie sich nun schon seit Tagen dahin. Längst bereuten sie, daß sie vor Erfurt nicht gekämpft hatten, damals, als sie noch die Kraft dazu besessen hatten. Jetzt war es zu spät, die ihnen zugefügte Schmach zu rächen. Zwar hatten die Belästigungen gestern aufgehört, und wenn sie ihre Sinne nicht trogen, mußte das, was da vorn schimmerte, die Saale sein. Trotzdem glaubte nicht einer der Männer, daß sie mit dem Leben davonkommen würden. Gewiß hatten es die Sachsen darauf abgesehen, sie in Sicherheit zu wiegen, um sie danach mit desto größerem Behagen wie müde Herbstfliegen zu erschlagen. Ruhmlos würden sie zugrunde gehen, und nie würde man in der Heimat erfahren, was sie zuvor durchlitten hatten.

Mit dem Gefühl, geradewegs auf ihr Grab zuzureiten, näherten sie sich langsam dem Fluß. Wie so oft in den vergangenen Wochen sollten sie sich aber auch diesmal getäuscht haben. Ohne daß sie jemand behelligte, durchquerten sie die Saale und erreichten unversehrt die gegenüberliegende Seite. Nachdem sie eine Böschung erklommen hatten, erblickten sie Häuser; Gebell ertönte, und bald waren sie von sorbischen Fischern umringt, welche sie ins Dorf baten.

Bevor die Ungarn die Einladung annahmen, wandte sich ihr Anführer noch einmal zurück, schlang den Zügel um den Sattelbug und drohte, Verwünschungen röchelnd, mit beiden Fäusten zum anderen Ufer hinüber. Da erst erkannten alle, daß sie gerettet waren.

Nicht einer von ihnen ahnte indes, daß sie nicht bloß niemals in Gefahr geschwebt, sondern sogar zu den am besten geschützten Männern Sachsens gezählt hatten. Wo immer sie sich aufgehalten hatten, waren sie von Leuten des Königs und der jeweils zuständigen Grafen umgeben gewesen, die, als Bauern verkleidet, sich unter die Zuschauer gemischt, den Kindern angeschlossen oder nachts das Lager der Fremden bewacht hatten; ausgesuchte Krieger, deren Auftrag es gewesen war, jeden Anschlag unbedingt und notfalls mit Gewalt zu verhindern. Da den Gesandten dies verborgen geblieben war, begriffen sie auch nie, warum man sie zunächst gequält und dann doch nicht umgebracht hatte. Sie behalfen sich deshalb mit der Erklärung, daß die Sachsen eine solche schändliche Tat zwar geplant, deren Folgen aber im letzten Moment gescheut hätten – was in ihren Landsleuten das verständliche Verlangen entfachte, dieses gleichermaßen tückische wie feige Volk möglichst rasch und gründlich zu bestrafen.

II.

Mitte Februar des folgenden Jahres drängten ungarische Reitermassen über die Saale. Es waren so viele wie niemals zuvor. Nachdem sie die Grenze passiert hatten, lösten sie sich in einzelne Schwärme auf, die in raschem Ansturm den Osten Thüringens überschwemmten, Burgen umritten, unbefestigte Siedlungen hingegen erbarmungslos niederbrannten. Einen knappen Tagesmarsch südwestlich Memlebens vereinigten sie sich wieder, errichteten ein Lager und unternahmen von dort weitere Streifzüge in das Gebiet zwischen Unstrut und Ilm. Während sie Männer nach wie vor töteten, machten sie diesmal im Unterschied zu früher auch Gefangene: Frauen und Kinder, die sie zu Hunderten in ihr Hauptquartier verschleppten. Offenbar fanden sie mittlerweile am Sklavenhandel Gefallen.

Als König Heinrich die ersten Schreckensmeldungen erreichten, befand er sich auf seinem Hof in Tilleda, von welchem aus er die Maßnahmen zur Abwehr der Ungarn leitete. Hier, in der von Harz und Kyffhäuser geschützten Ebene, hatte er eine Streitmacht versammelt, die neben den Panzerreitern und den nordthüringischen Vasallen auch Aufgebote der anderen Stämme umfaßte. Durch Kundschafterberichte auf dem laufenden gehalten, hatte er sich ausrechnen können, daß der Einfall der Nomaden noch vor Beginn der Schneeschmelze zu erwarten sein würde, und deshalb schon vor Wochen die Herzöge um die vereinbarte Unterstützung gebeten.

Die Hilfstruppen waren unterdessen eingetroffen, so daß es ihm immer schwerer fiel, dem Wüten der Eindringlinge tatenlos zuzuschauen. Indes, es mußte sein, denn er beabsichtigte schließlich, sie nicht nur zu vertreiben, sondern vernichtend zu schlagen. Dazu war es notwendig, sie noch tiefer ins Land zu locken, bis zur Werra möglichst, wo ihnen, von Graf Siegfried geführt, Adel und Bauernschaft dieses Raumes entgegentreten sollten. Sobald die beiden Heere aneinandergeraten waren, würden die Geharnischten den Feind von hinten anfallen und zermalmen; den Rest mochten Hunger und Kälte besorgen.

Der Preis, den der König für dieses ehrgeizige Vorhaben gezahlt hatte, war freilich erheblich gewesen. Der Bau der Burgen, der Unterhalt ihrer Besatzungen (von denen sich kaum eine, wie vorgesehen, selbst ernähren konnte), die Herstellung und der Kauf von Kettenpanzern (jeder ein kleines Vermögen wert), die Entlohnung der Spione, die er in Böhmen angeworben hatte (auch die arabischen Fernhändler gaben ihr Wissen nicht umsonst her) – dies alles hatte an den Kräften des Landes gezehrt. Denn der Zins, den die Slawen entrichteten, war nur unbeträchtlich höher als der, den man den Ungarn schuldete.

Um den Abwehrwillen der Bauern zu stärken und den Ruf der Nomaden zu zerstören, daß sie Wesen von nahezu übermenschlicher Tapferkeit seien, hatte er zudem mit dem Leben der Tributeintreiber gespielt, was ihm, falls diesen etwas zugestoßen wäre, sogar die Häupter der christlichen Nachbarreiche schwerlich verziehen hätten; die Person eines Gesandten, auch die eines Barbaren, war nun einmal unantastbar, und wer sich an ihr verging, riskierte seine Glaubwürdigkeit.

Der von den Ungarn verursachte Schaden hätte natürlich viel geringer ausfallen können, wenn, so war es ursprünglich geplant gewesen, die Bewohner der betroffenen Landschaft früh genug gewarnt worden wären. Das hätte, da die Späher die Ankunft der Reiterscharen ziemlich genau vorausgesagt hatten, durchaus in Heinrichs Macht gelegen. Um aber zu vereiteln, daß die Leute ihre gesamten Habseligkeiten vorher in Sicherheit brachten, hatte er mit einer solchen Warnung bis zuletzt gezögert. Denn je überhasteter die Menschen flohen, desto weniger würden sie mitschleppen können. Und Beute würde die Beweglichkeit der Eindringlinge herabsetzen, ihnen beim Entkommen hinderlich sein und damit ihre Bereitschaft vergrößern, sich selbst in einer für sie unvorteilhaften Lage einer Schlacht zu stellen ... Leider deutete inzwischen manches darauf hin, daß zahlreiche Bauern auch dann nicht geflüchtet waren, als es längst höchste Zeit gewesen wäre, sondern im Vertrauen auf sein Eingreifen in ihren Dörfern ausgeharrt hatten. Traf dies zu, bestand die Gefahr, daß der Feind das Grenzgebiet auf Jahre hinaus entvölkert hätte.

Um sich Gewißheit zu verschaffen, hatte Heinrich schon vor Tagen Thankmar, seinen Sohn aus erster Ehe, mit einem Trupp Krieger nach Südosten gesandt, in jene Gegend also, welche die Ungarn so gründlich verheert hatten, daß es für sie dort fast nichts mehr zu holen gab. Die Männer sollten erkunden, wie groß die Verluste tatsächlich waren, und den Leuten in den Burgen Mut zusprechen.

Als Thankmar zurückkehrte, speisten Heinrich und Otto gerade zu Abend. Den Kopf nach vorn gestreckt, betrat er grußlos das Zimmer, stampfte zum Ofen und massierte sich die Hände. Bald entstiegen seiner Kleidung Dampffäden, die sich im Rhythmus des draußen tobenden Sturmes beugten und wieder aufrichteten.

Der König betrachtete ihn schweigend, räusperte sich schließlich und fragte: »Nun, wie steht es?«

Thankmar schnellte herum, als sei ihm ein Peitschenhieb versetzt worden, wodurch sich einige Schneeklümpchen von seinem Pelz lösten und hinter ihm verzischten. Das Eis an Brauen und Wimpern war bereits getaut, sein Gesicht sah daher aus, als weine er.

»Schlimm steht es«, sagte er rauh. »Diese verfluchten Schweine! Sie haben gehaust wie die Wölfe.« Er riß die Mütze herunter, schleuderte sie zu Boden und verabreichte ihr einen Tritt.

»Schweine, die sich wie Wölfe aufführen – das ist in der Tat empörend.« Heinrich kniff die Augen zusammen. »Achte übrigens auf deine Haltung, man könnte meinen, du hättest den Tag mit Pflügen verbracht. Und gebärde dich nicht wie ein Besessener.«

Thankmar richtete sich auf, kam näher und faßte den Vater an den Ellenbogen. »Verzeih«, sagte er. »Aber wenn du gesehen hättest, was ich sah, würdest du mich verstehen.«

Heinrich schaute so lange auf Thankmars Hand, bis der andere sie wieder zurückzog. »Nimm Platz und berichte«, sagte er. Eigentlich mochte er diesen Sohn, seines kühnen und ungestümen Wesens ebenso wie seines Äußeren wegen. Alles an Thankmar war wohlgestaltet: der schmalhüftige und breitschultrige Körper, der säulenartige Hals, das magere Gesicht mit der kräftigen Nase und dem schön geschwungenen Mund. Stark wie ein Bär war er, gewandt wie ein Marder und draufgängerisch wie ein Sperber, ein Gefolgsherr, wie ihn die alten Lieder besangen. Furcht kannte er nicht, er brannte auf den Kampf und wurde im Gefecht von seinen Leuten gleich einer kostbaren Reliquie verteidigt. Gästen fiel er unweigerlich auf, und wenn sie sich erkundigten, wer er sei, pflegte Heinrich betont beiläufig zu antworten: einer meiner Söhne, ganz so, als habe er unzählige solcher prachtvollen Burschen in die Welt gesetzt. Daß es ihm an Klugheit und Selbstbeherrschung fehlte, tat Heinrichs Vaterstolz im allgemeinen keinen Abbruch. Dies änderte sich, sobald Otto zugegen war. Allzudeutlich wurde klar, wie sehr der Jüngere dem Älteren überlegen war, und obwohl Otto niemals den Anspruch erhob, deswegen bevorzugt behandelt zu werden, verspürte der König dann häufig den seltsamen Drang, ihm zu zeigen, daß er durchaus um Thankmars Mängel wußte.

Gehorsam hatte sich Thankmar gesetzt, sprang aber nun wieder auf. »Wie dir bekannt ist«, begann er, »haben sie sich zunächst kaum mit Plündern abgegeben, sondern ein Dorf nach dem anderen überrannt. Mittlerweile sind sie zu der Beschäftigung zurückgekehrt, auf die sie sich neben Reiten augenscheinlich am besten verstehen. Was diese Strolche nicht alles klauen! Ich sprach eine Frau, die behauptete, daß sie, bevor sie ihren Hof ansteckten, das Tor ausgehängt und auf einen Wagen gepackt hätten. Die Weiber lassen sie neuerdings meist ungeschoren, selbstverständlich, nachdem sie ihren Spaß mit ihnen hatten. Sie suchen sich die kräftigsten heraus und treiben sie in ihr Lager, die übrigen jagen sie davon. Die Männer allerdings müssen ausnahmslos dran glauben.«

Er ballte die Fäuste.

»Wißt ihr, was diese Hunde tun? Sie sondern die Knaben aus, messen sie, und wer groß genug ist, daß er ihnen nicht mehr unter die Achselhöhlen paßt, springt über die Klinge. Von meinen Bauern hat sich lediglich die Hälfte retten können, der Rest ist tot oder irrt durch die Wälder. Bei meinen Nachbarn sieht es ähnlich aus. Welch ein Aderlaß!« rief er stöhnend und fing an, die Namen der zerstörten Ortschaften aufzuzählen.

Otto hatte sich erhoben, lief jetzt zum Ofen und spie ins Feuer. Heinrich indes kaute weiter. »Das ist eine wichtige Nachricht«, sagte er mit vollem Mund. »Einerseits beabsichtigen unsere Gäste anscheinend, das Grenzgebiet auf Jahre hinaus möglichst vieler seiner wehrfähigen Männer zu berauben. Andererseits wünschen sie offenbar, daß es nicht gänzlich verödet, sondern ihnen als eine Art Vorratskammer erhalten bleibt. Einen Sinn ergibt das nur, wenn sie vorhaben, uns künftig wieder regelmäßiger zu beehren. Alles deutet darauf hin, daß sie ihrer Sache ziemlich sicher sind, was mir natürlich sehr zupaß kommt.«

»Kommt es das, Vater?« entgegnete Thankmar dumpf. »Wie du redest . . .« Er spannte die Wangenmuskeln. »Aber dich hat es ja auch nicht so hart getroffen wie uns. Unsere Bauern sind es vor allem, die du diesen Hunden als Köder vorgeworfen hast. Rechne nicht damit, daß ich mich freue, weil sie ihn verschlungen haben.«

Heinrich, im Begriff, einen Fisch zu entgräten, schaute verwundert auf. »Köder? Verschlungen? Verstehst du, wovon er redet?« sagte er zu Otto. »Meinen Besitz hätte es nicht getroffen?« wandte er sich wieder an Thankmar. »Nun, mich dünkt . . . Gerade nanntest du einige Dörfer, deren Bauern ich durchaus zu den meinen zähle.«

»Dir bleiben wahrhaftig genug!« Thankmar lachte schrill. »Wovon ich rede? Davon, daß du doch vermutlich längst wußtest, daß die Ungarn anrückten. Trotzdem hast du es bis zum letzten Moment verheimlicht.«

»Warum zum Teufel hätte ich es verheimlichen –«

»Ach Vater, wer kennt schon deine Pläne. Ich wenigstens«, Thankmar streifte Otto mit einem anklagenden Blick, »darf mich dessen seit geraumer Zeit leider nicht mehr rühmen.«

Es entstand eine Pause.

»Du bist verrückt, mein Freund«, sagte der König nach einer Weile gelassen. »Oder übermüdet? Gewiß, das wird es sein. Also gut. Du hast deinen Auftrag erfüllt, und dafür danke ich dir. Wenn dir noch etwas einfällt, teile es mir morgen mit. Jetzt will ich dich nicht länger aufhalten. Schlafe dich aus oder tue, was dir beliebt.«

Thankmars Gesicht wurde fleckig. »Ich soll gehen?« würgte er hervor.

»Aber ja. Worauf wartest du?«

Thankmar bückte sich nach seiner Mütze, setzte sie jedoch

nicht auf. Schnaufend ging er zur Tür und drehte sich um. »Worauf ich warte?« fragte er entrüstet. »Du scheinst zu vergessen, daß es auch mein Eigentum ist, das du deinen Plänen geopfert hast. Ich bestehe nicht auf einer Entschädigung, und zwar allein deshalb, weil ich weiß, daß andere sie dann ebenfalls fordern könnten. Eine Geste des Mitgefühls darf ich aber wohl verlangen.«

Otto sah Thankmar ungläubig an, seufzte leise und barg das Gesicht in den Händen. Heinrich legte das Messer beiseite und lehnte sich zurück. »Was für eine schmutzige Lüge!« sagte er, während er seinen Bart nach Speiseresten absuchte. »Kein einziger von ihnen hätte sterben müssen, wenn meine Anweisungen befolgt worden wären. Sie hätten den größten Teil des Viehs, Futter, Saatgut und etwas Hausrat mitnehmen können, kurz alles, was man braucht, um über den nächsten Winter zu kommen. Aber nein, im Unterschied zu früher wollten sie diesmal offenbar auf gar nichts verzichten. Warum? Noch besitze ich keine Beweise, doch gibt es bereits Anzeichen, daß einige von euch, meine Herrn Thüringer, die Bauern beschwichtigt haben. Ihr hättet ihnen ja fürs erste die Abgaben erlassen oder sogar mit ihnen teilen müssen. Und weil euch das nicht paßte, hieltet ihr es für das Schlauste, mich ein bißchen unter Druck zu setzen. All die Jahre hat der König versprochen, daß er die Ungarn so schnell wie irgend möglich verjagen werde; erfährt er, daß zahlreiche Menschen nicht rechtzeitig geflüchtet sind, wird er gezwungen sein, mit seinem Heer unverzüglich aufzubrechen. So habt ihr doch spekuliert, nicht wahr?«

Thankmars Augen traten hervor, seine Lippen begannen zu beben, und das schöne schmale Gesicht erbleichte. »Das ist ungeheuerlich!« brach es aus ihm heraus. Er preßte die Hände gegen die Schläfen und fuhr keuchend fort: »Ja, wir haben den Leuten gesagt, du würdest es nicht zulassen, daß sie der Ungar abermals überrumpelt. Immer wieder haben wir ihnen das in den letzten Jahren versichert, und zwar in deinem Auftrag. Und diese Hoffnung hätten wir innerhalb weniger Tage zerstören können? Du solltest unsere Bauern doch kennen! Nicht

Tage, sondern Wochen hätten wir hierfür gebraucht. Der eine jammerte wegen seiner Tauben, ein zweiter wollte noch seinen Brunnen zumauern, und alle hatten Angst, daß ihnen unterwegs das Vieh krepiert. Ich habe gefleht, gelockt und geflucht, sie beeilten sich trotzdem nicht. Der König wird uns nicht im Stich lassen, hielt mir noch am Morgen meiner Abreise einer der Dorfältesten entgegen. Was hätte ich ihm antworten können?«

Heinrich winkte ab. »Du hast versucht, die Leute zu beschwatzen – meinethalben. Aber was vermag der Mund, wenn das Herz etwas ganz anderes fühlt? Deines haderte mit mir. Es überrascht mich daher nicht, daß man dir nicht gehorchte.«

Thankmar zögerte. »Es ist wahr, ich grollte dir«, gab er schließlich trotzig zu. »Und ich grolle dir noch mehr, seitdem ich weiß, daß du die Herzöge viel früher vom Nahen der Ungarn benachrichtigt hattest als uns. Denn wie sonst läßt es sich begreifen, daß ihre Aufgebote genau dann –«

»Wann hätte ich sie deiner Ansicht nach zu Hilfe rufen sollen?« schnitt ihm der König das Wort ab. »Wenn die Ungarn den Rhein erreicht hätten? Und willst du ernstlich behaupten, die Bauern wären im Januar leichter zu bewegen gewesen als jetzt, in die Burgen zu ziehen – auf den bloßen Verdacht hin, daß ein Überfall drohte? Denn um nichts weiter als einen Verdacht – nimm das gütigst zur Kenntnis – handelte es sich damals ... Meine Pläne! Deine Bauern!« brüllte er plötzlich mit überkippender Stimme. »Ja, geht es tatsächlich nicht in deinen Kopf, das alles, was ich tue, auch für dich und deinesgleichen geschieht? Worin besteht wohl mein Plan, wenn nicht darin, die Ungarn so zu schlagen, daß sie die Lust verlieren, jemals wiederzukommen? Oder möchtest du, daß wir bis zum Jüngsten Tag vor ihnen zittern müssen?«

Er hob den Zeigefinger.

»Nein, das möchtest du natürlich nicht. Wie jeder von uns wünschst auch du sie zur Hölle, vorausgesetzt freilich, daß dein Eigentum dabei keinen Schaden erleidet. Nun, wer verstünde das nicht. Treffen wir uns also nächstens mit ihnen an der Saale und fragen wir sie, ob sie nicht willens sind, sich bereits hier einer Schlacht zu stellen. Gewiß, meine Herrn Ungarn, seid ihr des Reisens überdrüssig, und da unsere Bauern nur ungern ihre Häuser verließen, wäre es doch das Vernünftigste, wir schlügen uns sofort, ohne daß ihr sie zuvor behelligt. Bemerkt überdies, daß die meisten von uns gepanzert sind, ihr dürft deshalb hoffen, daß euch auch die Mühen der Rückkehr erspart bleiben ... Du bist zwar ein Narr«, schloß er unvermittelt, »aber das entschuldigt nicht alles. Wage es darum nicht, deine bösartigen Hirngespinste gegenüber anderen zu wiederholen. Sollte mir das jemals zu Ohren gelangen, lasse ich dich scheren und als Hochverräter in ein Kloster sperren. Und jetzt verschwinde.«

Fassungslos sah ihn Thankmar an. Er öffnete den Mund, ächzte jedoch nur, drehte sich dann taumelnd um und ging.

Sowie sie allein waren, stand Heinrich auf, lief ein paar Schritte durch die Kammer und nahm wieder Platz. »Mutig ist er ja«, sagte er erschöpft lächelnd. »Und der Wahrheit gefährlich nahe gewesen.« Er blickte zu Otto, und da dieser keine Miene verzog, setzte er hinzu: »Gewiß, ich hätte mit der Schwerfälligkeit der Bauern rechnen müssen. Aber ich wollte nun einmal ganz sichergehen ... Dennoch bin ich nicht unzufrieden«, fuhr er aufgeräumt fort. »Die Verluste sind beträchtlich, trotzdem geringer, als ich anfangs befürchtet hatte. Zudem übertreibt er vermutlich ein bißchen. Wie auch immer, unsere Gäste machen also Gefangene. »Und«, er lachte kurz, »die Hoftore hängen sie aus! Vortrefflich! Als ob sie es darauf abgesehen hätten, mir eine Freude zu bereiten.«

Erneut schaute er zu Otto, der teilnahmslos auf den Tisch starrte. »Weißt du, wovon ich fast jede Nacht träume?« sprach der König nach einer Pause weiter. »Wir haben sie umzingelt, stürmen von allen Seiten auf sie zu – da, mir stockt der Atem, bemerke ich eine Lücke. Ich befehle, die Lücke zu schließen, aber unsere Pferde werden plötzlich langsamer, es ist, als träten sie auf der Stelle, und so können die Ungarn ungehindert entwischen. Schweißgebadet wache ich auf ... Mir ist klar, was es mit diesem Traum auf sich hat. Noch nie habe ich soviel geplant wie im letzten Jahr, alles will ich vorhersehen und lenken, nichts dem Zufall überlassen. Eigentlich ist das gegen meine Überzeugung. Ich fand immer, man müsse dem Glück einen gewissen Spielraum gewähren, dürfe es nicht zu gängeln suchen, weil es sich sonst dafür rächt. Diesmal wich ich von diesem Grundsatz ab, und das bedrückt mich. Verstehst du, was ich meine?«

»Ich denke schon«, antwortete Otto. »Für meinen Teil glaube ich allerdings, daß sich die Vorsehung«, er betonte das Wort, »um solche Erwägungen nicht schert und unbeirrt ihre Absichten verfolgt. Schließlich ist sie keine launische Frau, sondern der Wille Gottes, daher handelt sie nicht neben, sondern durch uns.«

»Glaubst du?« fragte der König und nickte Otto aufmunternd zu.

»Ja«, sagte dieser knapp und hüllte sich wieder in Schweigen.

Heinrich, ein wenig enttäuscht, blickte zum Fenster, an dessen hölzerner Klappe der Sturm rüttelte. Winzige Eiskörner stäubten durch die Ritzen, schmolzen während des Fluges und bildeten auf den Dielen kleine Pfützen. Vom Hof drang das kratzende Geräusch der Schneeschieber herauf.

»Natürlich schmerzt es auch mich, daß ich diesem Gesindel nicht sofort das Fell über die Ohren ziehen kann«, hörte er sich auf einmal sagen. »Die Bauern vertrauten mir, und sie tun es weiterhin. Sie haben die Burgen erbaut und die Übergriffe der Besatzungen erduldet. Nun muß ich zulassen, daß man sogar ihre Kinder tötet. Wahrhaftig, manchmal verüble ich es meinem Schöpfer, daß er ausgerechnet mir dieses Amt übertrug.«

Auf Ottos Gesicht malte sich Verwirrung, die rasch in einen Ausdruck von Unbehagen überging. »Du machst dir grundlos Vorwürfe«, sagte er mürrisch. »Dein Sieg wird alle Opfer rechtfertigen. Außerdem hattest du keine Wahl . . .« Er brach ab, als habe ihn diese Beteuerung maßlos erschöpft.

Sein Vater betrachtete ihn nachdenklich. »Was ist mit dir?« fragte er. »Mißfällt dir etwas?«

»Mir? Nicht, daß ich wüßte«, erwiderte Otto, wobei er unwillig die Brauen zusammenzog. »Obschon ...«, setzte er mit spröder Stimme hinzu. »Du warst sehr hart zu ihm, allzu hart, wie ich meine. In meiner Gegenwart ... Ich leugne nicht, es war mir unangenehm.«

Der König, er hatte sich bei diesen Worten leicht verfärbt, spitzte den Mund und begann, mit den Fingern seiner Rechten auf die Tischplatte zu trommeln. »Es war dir also unangenehm«, sagte er düster. »Das tut mir leid.«

»Ich weiß, Vater, er forderte dich heraus. Aber warum hast du ihn vom ersten Augenblick an so abweisend behandelt? Zeige ihm doch, daß du ihm vertraust, es würde ihn glücklich machen.«

»Glücklich, ach was! Er zürnte mir bereits, als er hereinkam. Und dir, wie mir schien, nicht minder. Kaum, daß er uns einmal ansah.«

»Er fühlt sich benachteiligt, das verbittert ihn«, wandte Otto vorsichtig ein. »Früher jedenfalls mochten wir einander. Soweit es mich betrifft, hat sich daran nichts geändert.«

Heinrich beugte sich vor und schaute sinnend an ihm vorbei. »Demnach wäre ich es, der euch entzweit hätte?« bemerkte er nach einer Weile. »Nun, das ist wohl möglich. Irgendwann freilich«, fuhr er entschlossen fort, »wäre es ohnehin dazu gekommen. Er ist des Königs ältester Sohn und kann sein Nachfolger doch nicht werden, zumindest solange nicht, wie es dich und deine Brüder gibt. Niemals wird er sich damit abfinden, sondern darin immer eine unverdiente Strafe sehen. Von einer solchen Ansicht bis zur Rebellion sind es nur wenige Schritte. Er steht meinem Herzen näher, als du ahnst, und gerade deshalb werde ich weiterhin dafür sorgen, daß er gar nicht erst in Versuchung gerät, diesen Weg einzuschlagen.«

Otto neigte den Kopf und bedeutete dem Vater so, daß er nicht länger beabsichtigte, ihm zu widersprechen. Dieser, nun vollends verstimmt, widmete sich wieder seinem Essen. Seit geraumer Zeit verspürte er häufig den Wunsch, einen Menschen an seiner Seite zu wissen, der ihm nicht bloß gehorchte, sondern ihn wirklich verstand und seine Entscheidungen ohne jede Berechnung guthieß. Niemand schien ihm für eine solche Rolle besser geeignet als dieser kluge und ernsthafte Sohn, der aber leider wenig Neigung zeigte, sie auszufüllen. Nicht, daß er an den Belangen des Reiches keinen Anteil nahm; sein Interesse an ihnen war groß, und die Sachkenntnis, mit welcher der Zwanzigjährige urteilte, nötigte nicht allein dem König oftmals Bewunderung ab. Dank seiner geschwinden Auffassungsgabe begriff Otto im Nu, was jeweils nottat, und drückte Heinrichs Gedanken zuweilen sogar klarer aus, als es dieser vermocht hätte. Selten ließ er indes erkennen, inwieweit er sie auch billigte. In seinen Äußerungen schwang stets eine rätselhafte Zurückhaltung mit, ganz so, als versetze er sich lediglich aus Höflichkeit an die Stelle des Vaters. Seiner Zustimmung fehlte es an Wärme, seinen Einwänden an Schärfe, daher war es zwischen ihnen schon lange nicht mehr zu Streitigkeiten gekommen.

Um ihn herauszulocken, vertrat der König zuweilen Auffassungen, von denen er meinte, daß sie Ottos Beifall finden müßten, was aber in der Regel zur Folge hatte, daß dieser, so wie vorhin, eiligst den entgegengesetzten Standpunkt bezog. Bleibe, wie du bist, wollte er auf diese Weise unzweifelhaft zu verstehen geben, und versuche nicht, dich mir zuliebe zu verleugnen; ich mag das nicht.

Überhaupt schien er darauf bedacht zu sein, alles zu vermeiden, was ihr Verhältnis hätte enger gestalten können, mochte es sich nun um gemeinsame Ansichten oder bloß um eine Geste handeln. Nicht anders ließ sich jedenfalls begreifen, weshalb er seinerzeit seinen ehelichen Sohn nicht (wie ihm nahegelegt worden war) nach dessen Großvater, sondern nach ihrem Ahnen Liudolf genannt hatte; warum es ihm »unangenehm« war, wenn Thankmar, den er keineswegs sonderlich schätzte, in seiner Anwesenheit gedemütigt wurde; und auch die in Anbetracht seiner großen Frömmigkeit seltsame Weigerung, mit dem Vater über Glaubensdinge zu reden, mußte wohl auf dieses Bestreben zurückgeführt werden.

Einmal hatte ihn Heinrich gefragt, ob er ihm etwa noch die erzwungene Heirat nachtrüge. Otto aber hatte das energisch bestritten, und zwar mit der durchaus glaubhaften Begründung, daß er sich gar keine andere Gattin als Editha mehr vorstellen könne. (Tatsächlich hatte er nie wieder verlangt, die unglückliche Slawin besuchen zu dürfen, ja einen solchen Vorschlag des Vaters sogar rundheraus verworfen.) Doch wenn es sich so verhielt – warum sperrte er sich dann dagegen, daß sie einander näherkamen? Was verbarg er?

Verstohlen blickte der König in das verschlossene Gesicht des Sohnes, las darin aber nur, was er ohnehin seit langem wußte; daß er auf diese Fragen wohl niemals eine Antwort erhalten würde. Niemals würde sich ihm Otto öffnen, und niemals würde er preisgeben, weshalb er ihm so hartnäckig auswich.

Finde dich damit ab, sagte sich Heinrich nach einer Weile. Du hast bekommen, was du dir immer gewünscht hattest: einen Nachfolger, welcher dir ebenbürtig ist; unvermeidlich, daß der, so wie du auch, seinen eigenen Kopf hat. Schließlich bereitet er sich auf die Macht vor, und da wird man haushälterisch mit seinen Gefühlen, muß es werden . . . Diese Sehnsucht nach einem Vertrauten – sicherlich ist sie nichts anderes als eine Einflüsterung des nahenden Alters, dessen fauliger Atem dir schon beim Erwachen entgegenschlägt und für den Rest des Tages fast jede Freude vergällt. Du bist noch nicht am Ende, aber die Lust am Leben, jene anscheinend so selbstverständliche Gier, ihm deinen Willen aufzuzwingen, sie ist dabei, dich zu verlassen. Und niemand auf der Welt vermag, dir von der seinen zu leihen. Darum vergeude deine Zeit nicht länger mit Klagen, sondern denke an das, was noch zu tun ist. In Bälde wirst du die Ungarn schlagen, vielleicht, daß nach diesem Sieg ein wenig von deiner früheren Frische in dich zurückkehrt.

Anfang März geschah jedoch etwas, das König Heinrich selbst

dieser Hoffnung zu berauben drohte: Späher meldeten, daß sich das ungarische Heer geteilt hätte. Offenbar hatte es von seinem Vorhaben Wind bekommen, denn während sich die eine Hälfte gen Westen wandte, war die andere im Grenzgebiet geblieben und ging nun daran, sich an den Burgen festzubeißen. Damit stand fest, daß der Plan einer Zangenschlacht gescheitert war.

Wie sollte es weitergehen? Den abgezogenen Ungarn nachzusetzen, verbot sich schon deshalb, weil es voraussichtlich das Schicksal der belagerten Burgen und somit auch das vieler vornehmer thüringischer Geschlechter besiegeln würde. Außerdem mußte man damit rechnen, daß der durch keinerlei Beute beschwerte Feind bei einer drohenden Umklammerung unverzüglich die Flucht ergriff. Daran war er kaum zu hindern, beruhte doch die Stärke der königlichen Streitmacht vor allem auf den Panzerreitern, die sich für eine Verfolgungsjagd nicht eigneten. Entkamen die Ungarn, beschwor dies die Gefahr zusätzlicher Verwüstungen herauf, in Gegenden zumal, die für die Abwehr eines Überfalls nur unzulänglich gerüstet waren. Sie konnten versuchen, nach Norden auszuweichen und in das von Kriegern weitgehend entblößte sächsische Hinterland einzudringen, wo sie dann ähnlich hausen würden wie in Thüringen. Oder sie wandten sich nach Franken, um von dort über Bayern nach Böhmen zu gelangen. Beide Stämme aber hatten Hilfstruppen entsandt; es mußte die Herzöge verdrießen, wenn er ihnen zum Lohn dafür Tausende rachedurstiger Heiden auf den Hals hetzte.

Vorteilhafter erschien ein sofortiger Angriff auf das ungarische Ostheer. Es hatte Raubgut und Gefangene zu verlieren und würde sich daher gewiß einer Schlacht stellen. Sie versprach jedoch allenfalls den halben Erfolg, denn sobald die nach Westen gerittenen Ungarn von der Niederlage ihrer Gefährten erfuhren, würden sie den Kampf vermutlich gar nicht erst aufnehmen oder ihn vorzeitig abbrechen. Nein, wenn er den ganzen Erfolg wollte, und er wollte ihn nach wie vor, gab es nur eines: darauf zu vertrauen, daß Siegfried ihnen standhielt und sie dabei so aufrieb, daß man sie nicht mehr zu fürchten brauchte – und erst danach über die Zurückgebliebenen herzufallen. Ein Sieg des Grafen war durchaus vorstellbar, schließlich hatte er es jetzt bloß noch mit der Hälfte der Ungarn zu tun. Zudem verfügte er über die gesamte Landwehr Westthüringens und der angrenzenden sächsischen Gaue, in der im Verteidigungsfall alle männlichen Bewohner vom dreizehnten Lebensjahr an zu dienen hatten. Zwar handelte es sich bei ihnen überwiegend um Bauern und Knechte, Leute also, deren Kampfwert nicht sonderlich groß war. Da sie jedoch wußten, was ihnen und den Ihren blühte, falls sie unterlagen, würden sie ihre Anstrengungen sicherlich verdoppeln. Sollten sie trotzdem überrannt werden . . ., aber daran mochte der König vorläufig nicht denken.

Eine knappe Woche verstrich, dann erwies sich, daß er richtig entschieden hatte. Am Morgen des dreizehnten März erreichte ihn die Nachricht, daß die Ungarn an der Werra geschlagen worden waren, so gründlich, wie er es kaum zu träumen gewagt hatte. Sogleich befahl er den Aufbruch, und schon am Tag darauf befand sich das Heer auf dem Marsch nach Südosten. Unterwegs traf eine weitere Meldung ein, die besagte, daß sich der Feind gesammelt habe und ihnen bereits entgegenzöge. Heinrich frohlockte, denn jetzt würde er es sein, der den Ort des Treffens bestimmen konnte. Am linken Ufer der Helme, nahe der Stelle, wo sie in die Unstrut mündete, ließ er ein Lager errichten. Die Gegend war waldarm und eben, für eine Reiterschlacht somit überaus günstig.

III.

Die Kampfesweise der Nomaden konnte einen Christenmenschen zur Verzweiflung bringen. Niederlagen, die ihnen vor ungefähr zwei Jahrzehnten von den Bayern zugefügt worden waren, hatten sie gelehrt, daß sie beim Zusammenstoß mit einem zahlenmäßig gleichstarken Reiterheer leicht den kürzeren zogen. Deshalb scheuten sie die Berührung mit dem Feind zunächst und beschossen ihn solange mit Pfeilen, bis er mürbe wurde und floh, was für ihn meist die Vernichtung bedeutete. Ging er aber seinerseits zum Angriff über, warteten sie nicht erst, bis ihre Köcher leer waren, sondern traten geordnet und ohne eigene Verluste den Rückzug an. Sie einzuholen, war wegen der Schnelligkeit ihrer Pferde ein aussichtsloses Unterfangen. Bereits nach kurzer Zeit tauchten sie aus einer anderen Richtung auf, und alles begann von vorn. Dank ihrer hervorragenden Manövrierfähigkeit konnten sie dieses Spiel beliebig oft wiederholen und damit auf Dauer jeden Gegner demoralisieren.

Gegen diese Taktik half nur eines: sie so weit heranzulokken, daß es für sie zum Wenden der Gäule zu spät war; dann würden sie sich stellen müssen. Um sie zu verleiten, ihre gewohnte Vorsicht aufzugeben, hatte der König seine Streitmacht noch einmal gemustert und dabei fast ein Zehntel der Leute – solche mit gesundheitlichen Beschwerden oder geringer Kampferfahrung – ausgesondert. Die ungarischen Spähtrupps, die das Heer seit dessen Aufbruch beobachtet hatten, waren auf Abstand gehalten, jedoch nicht vertrieben worden. Mochten sie den Ihren getrost berichten, daß diese in der Überzahl waren; was sie nicht berichten konnten, war, daß jeder ihrer Gegner im Gefecht mindestens fünf Bauern aufwog.

Außerdem würde dem Feind eine Abteilung leichter Reiterei entgegenpreschen. Ihre Aufgabe war es, ihm die Sicht auf die Geharnischten zu versperren und bei seinem Anblick sofort zu fliehen, um ihn dadurch zu einem unbeherrschten Vorstoß zu provozieren. Sowie er nahe genug heran war und die erste Serie Pfeile abgeschossen hatte, würde man angreifen, und da die Ungarn spätestens dann sahen, daß ihnen Gepanzerte gegenüberstanden, würden sie ihre Bogen kaum ein zweites Mal spannen.

Damit das Heer beim Stürmen nicht auseinanderriß, war den Männern befohlen worden, sich am Tempo der etwas schwerfälligeren Panzerreiter zu orientieren. Selbst diejenigen, die ein besonders schnelles Pferd besaßen, sollten ihren Kameraden nicht vorauseilen. Durch die Wucht des Aufpralls würde der Körper des ungarischen Aufgebotes so zerschmettert werden, daß sich dessen Teile nicht wieder zusammenfanden. Freilich konnte die Schlacht das Schicksal des feindlichen Heeres lediglich als eines Ganzen entscheiden, denn daß sich die Ungarn auf der Flucht niedermetzeln ließen, war in Anbetracht der Flinkheit ihrer Rösser wenig wahrscheinlich. Eine weitere Schlacht mußte daher in den Tagen danach stattfinden, wenn die einzelnen Häuflein, von haßerfüllten Bauern und den Gefolgschaften der Grafen gejagt, hungernd und frierend durch die Wälder irrten.

Weil der stärkste Beschuß der Nomaden erfahrungsgemäß dem Zentrum galt, hatte Heinrich beschlossen, alle Panzerreiter zusammenzufassen und in der Mitte seiner Streitmacht aufzustellen. Von dieser Absicht wußte bislang nur Otto. Ein alter Brauch bestimmte, daß die Angehörigen eines Stammes auch im Reichsheer stets gemeinsam kämpften, und er wurde von den Herzögen wie ein Vorrecht gehütet. Glücklicherweise war keiner von ihnen anwesend. Die Führer der Hilfstruppen waren kleine Grafen, die es kaum wagen würden, sich unmittelbar vor einer solchen Schlacht dem König zu widersetzen. Falls doch, würde er sie gewiß rasch überzeugen; schließlich gab es gute Gründe, diese Regel diesmal zu vernachlässigen.

Kurz nach Mitternacht wurde er von seinem Diener geweckt, der ihm außer dem Frühstück noch eine Schüssel mit verharschtem Schnee ans Bett stellte. Heinrich verrieb den Schnee auf Gesicht und Brust, trocknete sich mit einem wollenen Tuch ab, und während er etwas Brot verzehrte und dazu Wasser trank, kleidete er sich an. Als er damit fertig war, streifte er einen knielangen Panzer über, hüllte sich in einen Kapuzenmantel aus Wolfsfell und verließ das Zelt.

Am Ausgang stockte er. So weit er sehen konnte, loderten die Feuer; die Mehrzahl der Leute war demnach wach geblieben. In Pelze gewickelt, saßen sie auf Stroh- oder Reisigbündeln und unterhielten sich gedämpft. Es erstaunte ihn, wie leise sie sprachen, ihr Gemurmel übertönte nicht einmal das Schnauben der Pferde. Weder Lachen noch Gebrüll – die Begleitgeräusche jener groben Scherze, mit denen gewöhnlich selbst die Tapfersten vor einer Schlacht ihre Furcht zu vertreiben suchten – waren zu vernehmen. Als er an eines der Feuer trat, entstand unter den Männern Bewegung, sie wollten sich erheben, doch er bedeutete ihnen, sitzenzubleiben. An ihren Blicken erkannte er, daß sie auf ihn gewartet hatten.

»Morgen werden wir es diesen Kirchenschändern zeigen«, rief er ihnen zu. »Haut sie zusammen, daß es keine Hölle gibt, die groß genug wäre, alle ihre Toten aufzunehmen. Du oder der Ungar, nur für einen von euch beiden ist auf dieser Erde Platz, daran müßt ihr immer denken. Gott ist auf unserer Seite, und er will, daß wir mit ihnen endlich aufräumen.«

Andächtig lauschten sie ihm. »Das werden wir, Herr König, so wahr ich Hessi heiße«, rief einer mit bebender Stimme aus. »Diese Dreckskerle glauben wahrscheinlich, daß wir schon vor ihrem Geschrei ausreißen, aber da sollen sie sich gewaltig täuschen. Wir werden sie dreschen«, er hieb mit der Faust durch die Luft, – »so!«

Heinrich nickte ihm wohlwollend zu, seine Ergriffenheit schwand. Du zitterst nicht nur vor Kälte, Freundchen, dachte er, entgegnete aber: »Natürlich werden sie sich täuschen. Tun wir darum alles, damit sie sich deswegen nicht lange grämen müssen.«

Unter beifälligem Gelächter begab er sich zum nächsten Feuer, wo er genau dasselbe sagte und fast dieselben Antworten erhielt. Nachdem er, der abgeschmackten Prahlereien gründlich überdrüssig, den Rundgang beendet hatte, kehrte er zu seinem Zelt zurück. Hier wurde er bereits von den vier Anführern der Hilfstruppen sowie Otto und Thankmar erwartet. Er begrüßte sie und bat sie herein. Knechte hatten unterdessen frische Fackeln in die Halterungen gesteckt, zündeten jene an, und bald füllte der feierliche Duft schmelzenden Wachses den Raum.

Scheinbar beiläufig erläuterte der König, in welcher Ordnung er das Heer aufzustellen beabsichtigte. Dabei beobachtete er die Anwesenden aufmerksam. Was er sah, versetzte ihn in Unruhe. Der Franke, der Schwabe und der Lothringer machten betretene Gesichter, als er sie jedoch anschaute, senkten sie hastig die Köpfe. Der Bayer hingegen, ein baumlanger Graf namens Puchard, verzog keine Miene. Mit verschränkten Armen stand er etwas abseits, hüstelte zuweilen und schien durch sein ganzes Gebaren ausdrücken zu wollen, daß er nicht gekommen war, um Befehle zu empfangen. So hatte er sich seit seiner Ankunft in Tilleda betragen – nicht gerade aufsässig, aber befremdlich abweisend.

»Dies ist mein Plan, ihr Herren«, schloß Heinrich. »Er wird euch vielleicht überraschen, doch bin ich sicher, daß ihr ihn billigen werdet.« Und noch bevor jemand antworten konnte, fügte er hinzu: »Ich sehe, ich habe mich nicht geirrt. Erlaubt mir, euch dafür von Herzen zu danken.«

»Dein Plan ist gut, König Heinrich«, hörte er in diesem Augenblick den Bayern sagen. »Leider hat er einen Fehler. Meine Männer kämpfen nur, wenn einer den anderen neben sich weiß. Sie werden sich niemals trennen lassen.«

Heinrich preßte die Lippen zusammen. Da war es also passiert! Er hatte damit rechnen müssen, trotzdem war ihm jetzt, als sei er geschlagen worden. Um Zeit zu gewinnen, sagte er: »Ich wundere mich, Graf Puchard. Solltest du die Gründe für meinen Plan tatsächlich nicht begriffen haben? Dann will ich sie dir gern noch einmal erklären.«

»Das ist nicht notwendig, König Heinrich«, entgegnete Puchard trocken. »Ich habe sie sehr wohl begriffen. Sie können mich allerdings nicht bewegen, dir zuzustimmen. Stelle meine Ungepanzerten getrost auch in der Mitte auf, sie fürchten sich nicht vor ein paar Pfeilen. Wir sind aus einem anderen Holz geschnitzt.«

»Holz?« wiederholte der König mit schiefem Lächeln. »Mich dünkt, ihr seid aus Fleisch und Blut wie wir.«

Puchard blieb stumm.

Alles war gesagt, es gab nichts mehr zu besprechen. Jetzt ging es lediglich darum, das Gesicht zu wahren. Aber hatte er es nicht bereits verloren? ... Übrigens war es eine beispiellose Frechheit des Bayern, ihn, als sei noch ein weiterer König im Zelt, mit dem Namen anzureden ... Heinrich überlegte, spürte jedoch, daß er außerstande war, einen klaren Gedanken zu fassen. »Was bedeutet es schon, ob du mir zustimmst oder nicht!« stieß er, von jäher Wut gepackt, hervor. »Du unterstehst meinem Befehl. Herzog Arnulf wird dich sicherlich nicht belohnen, wenn er erfährt, daß du rebelliert hast. Vor einer Schlacht zumal, die auch für Bayerns Geschicke nicht ohne Belang ist.«

»Verzeih, aber von Rebellion kann keine Rede sein«, erwiderte Puchard unverzüglich. »Denn wir sind nicht als deine Vasallen, sondern als Verbündete gekommen. Deshalb entscheiden wir selbst, wann wir kämpfen, wo wir kämpfen und, sollten uns die Umstände eine solche Wahl aufzwingen, sogar, ob wir kämpfen. Mein Herr hat mir unmißverständliche Anweisungen erteilt; befolge ich sie, muß mir um sein Wohlwollen nicht bange sein.«

Schweigen breitete sich aus, und in die drückende Stille hinein entlud sich röchelnd Thankmars gestauter Atem. »Hau ihn nieder«, flüsterte er, wobei ihm Speichel in den Bart floß.

Niederhauen, hallte es in Heinrich wider, niederhauen! Ihn schwindelte, die Luft vor seinen Augen schien zu sieden und die Körper der Männer zu dehnen. Verzweifelt befahl er sich, an die bevorstehende Schlacht zu denken, daran, daß sie sein Lebenswerk krönen würde und daß ihr Ausgang mutmaßlich nicht davon abhing, ob einige Hundert Bayern nun im Zentrum oder an den Flanken fochten. Zugleich bemerkte er, daß seine Hand, als gehöre sie einem anderen, den Schwertknauf zu streicheln begann. Hilfesuchend schaute er zu Otto, doch auch der, stets so besonnen, blickte wie ein Betrunkener umher.

In diesem Moment erklang aus dem Zelt nebenan das Glöckchen, das sie zur Messe rief, und mit diesem Geräusch kehrte des Königs Selbstbeherrschung zurück. »Warum hast du das nicht sofort gesagt?« fragte er. »Das hätte uns den unseligen Streit erspart. Zwar zweifle ich nicht, daß Herzog Arnulf mir beipflichten würde, ja, daß mein Plan ebensogut von ihm stammen könnte. Leider ist mein geschätzter Freund nicht hier, und du bist natürlich an das gebunden, was er dir in Unkenntnis der Lage auftrug. Es ehrt dich, daß du seine Anordnungen so hartnäckig verteidigst.«

Zerstreut setzte er hinzu: »Falls es unter deinen Ungepanzerten zu einer Panik kommt, müßte ich dich freilich dafür bestrafen. Ob das im Sinne deines Herzogs wäre, würdest du dann frühestens im Jenseits erfahren – oder wohin sonst es dich verschlagen sollte.«

Puchard machte eine Bewegung, die ausdrückte, daß er es ablehnte, eine solche Möglichkeit überhaupt zu erwägen.

»Und ihr, meine Herren«, wandte sich Heinrich an die anderen Grafen, »welche Bedenken habt ihr vorzubringen? Immer heraus damit! Niemand soll mir nachsagen können, daß ich, nur um eine Schlacht zu gewinnen, meine Verbündeten bevormunde. Also?«

»Verfüge über uns, wie es dir beliebt, Herr König. Herzog Hermann gebot mir, dir bedingungslos zu gehorchen«, entgegnete der Schwabe rasch. »So lautet auch meine Antwort«, ergänzte, kaum minder eilig, der Franke. Der Lothringer nickte eifrig.

Als sie das Altarzelt verließen, brach gerade der Morgen an. Thankmar, von der Messe offenbar in keiner Weise geläutert, sah mit scheeler Miene den Grafen nach, die sich zu ihren Leuten begaben. Plötzlich hellten sich seine Züge auf. Am himbeerfarbenen Horizont erschien, einer roten Kappe ähnlich, ein Stück des Sonnenballs, das allerdings gleich darauf wieder von einer Wolkenbank verdeckt wurde. Der Himmel hatte sich bezogen, es schneite; starker Wind peitschte große feuchte Flocken in die Gesichter, jede von ihnen so schwer, daß man ihren Aufschlag durch die Augenlider hindurch fühlte.

Der König blinzelte zufrieden. Wenn dieses Wetter anhielt, würden die Ungarn noch später bemerken, daß ihnen Geharnischte gegenüberstanden. Für ihn gab es vorläufig nichts mehr zu tun. Die Führer der einzelnen Aufgebote, die Vasallen und Befehlshaber der Burgen, hatten selbständig gehandelt und ihre Männer längst in Bereitschaft versetzt. Die Feuer waren gelöscht, die meisten Zelte verpackt und auf den Wagen. Die Krieger hatten die Rüstungen angelegt und überprüften jetzt die Bauchgurte und Steigbügelriemen ihrer Rösser, die, vom Tosen des Sturmes erregt, unablässig mit den Fesseln klirrten. Jegliche Unterhaltung erstarb. Traf einer der Kundschafter ein, die das feindliche Heer beobachteten, unterbrachen die Leute ihre Beschäftigung und schauten fragend zum König.

Nach einer Weile hörte das Schneetreiben unvermittelt auf, und sowie die Sicht frei war, konnte man auf einer etwa zwei Pfeilschüsse entfernten Anhöhe eine Gruppe Reiter erkennen. Ihre spitzen Mützen verrieten, daß es Ungarn waren. Reglos, mit ihren Tieren wie verwachsen, standen sie da, auf einmal warfen sie diese blitzschnell herum und verschwanden.

Bewundernde Rufe wurden laut. »Die verstehen es, mit ihren Gäulen umzugehen . . . Eine Eule könnte ihren Kopf nicht geschwinder drehen . . . Du galoppierst so einem Satan hinterher, hast Angst, daß er dir entwischt, und noch ehe du richtig merkst, was los ist, kommt er dir schon entgegen . . .«

Heinrich fröstelte, er zog seinen Pelz zusammen. »Ahnst du, wie mir zumute ist?« fragte er Otto.

»Ja«, antwortete dieser kurz.

»Wer verstünde dich nicht, Vater«, sagte Thankmar sogleich. »Jahrelang hast du dich für diesen Tag gemüht, und nun ist er da. Gebe Gott, daß er mit deinem Sieg endet.«

»Gebe es Gott«, murmelte Heinrich und versank wieder in Schweigen. Abermals sprengte ein Späher auf sie zu. Taumelnd stieg er vom Pferd, rieb seine von der Kälte steifen Hände und meldete, daß die Ungarn ihr Lager verlassen hätten. »Herr König«, sprudelte er heraus, »sie sind so zahlreich wie ...«; er stockte und starrte, nach einem Vergleich suchend, den König ratlos an.

»Wie die Schneeflocken, die eben noch auf uns niederfielen«, half ihm Heinrich aus. »Und jene dort«, er zeigte auf die Panzerreiter, die inzwischen durch die Verbündeten verstärkt worden waren, »sind der Wind, der sie vor sich herblasen wird. Ich wette, daß wir bald ein hübsches Gestöber erleben werden.«

Die Leibwächter, die sich um ihn und seine Söhne geschart hatten, brachen in Lachen aus. Einer von ihnen ging zu den Geharnischten, worauf sich unter denen das Gelächter rasch fortpflanzte.

»Es ist soweit«, sagte Heinrich zu Thankmar, der die Abteilung führen sollte, welche dem Heer voranzog. Thankmar dehnte seine blaugefrorenen Lippen zu einer argwöhnischen Grimasse und wandte sich um. Er selbst hatte um diesen Auftrag gebeten und ihn, da er als Hitzkopf galt, erst nach heftigem Drängen sowie mit Ottos Unterstützung bekommen. Die Genugtuung, die er darüber empfunden hatte, war indes längst verflogen. Für ihn, den Bastard, die heikle und gefährliche Rolle des Lockvogels, wohingegen Otto, wie so oft, geschont wurde – darauf lief es, bei Lichte betrachtet, doch hinaus. Einen ganzen Tag hatten die beiden beratschlagt, wen sie mit dieser Aufgabe betrauen könnten, und ihm damit den Mund wäßrig gemacht. Niemand war ihnen gut genug gewesen, an jedem hatten sie etwas zu bemängeln gehabt, daher war er ihnen schließlich auf den Leim gegangen. Der Teufel mußte ihn geritten haben, denn der kleinste Fehler von ihm würde ihnen zum Anlaß dienen, ihn noch mehr herabzusetzen ... Mißvergnügt lauschte er dem Vater, der ihm zum wiederholten Male einschärfte, wie er sich zu verhalten hatte: »Vergiß nie, daß es diese Schurken faustdick hinter den Ohren haben. Deshalb prescht nicht zu weit vor; es muß so aussehen, als ob euch das Heer in eurem Rücken übermütig gemacht hat ... Wendet ihr zu zeitig, nehmt ihr ihnen die Lust, euch zu verfolgen, kommt ihr ihnen zu nahe, schießen sie euch ab. Reißt nicht etwa alle auf einmal aus, sonst riechen sie den Braten; ihr seid erschrokken – verabredet habt ihr eure Flucht nicht. Wenn ihr flieht, dürft ihr euch nicht zu früh teilen, weil ihr ihnen damit den Blick auf die Gepanzerten öffnet. Zu spät freilich auch nicht, denn dann reiten wir euch über den Haufen . . . Es ist ein kleines Kunststück, das ich von dir fordere, doch wenn du kaltes Blut bewahrst, kann es gelingen.« Er hielt inne und fügte mit verschleierter Stimme hinzu: »Und gelingen, mein Sohn, muß es.«

»Ich werde mein Bestes geben, Vater«, versprach Thankmar, von der ungewohnten Anrede freudig überrascht.

»Dein Bestes, ja. Wünschen wir dir und uns, daß es ausreicht.«

Während Thankmar zu seinen Männern lief, wurden Heinrich und Otto die Pferde sowie Helm und Schild gebracht. Sie zogen ihre Pelze aus, und nachdem sie aufgesessen waren, ließ der König seine Augen über die angetretenen Krieger schweifen. Die Hand am Zügel, standen sie neben ihren Rössern und drehten ihm die Gesichter zu. Allein Graf Puchard, gleichfalls bereits im Sattel, schaute geradeaus . . . Die Wagen waren beladen und angespannt, die Planen festgeschnürt. Dort, wo sich die Zelte und Feuerstellen befunden hatten, waren dunkle Flecken zurückgeblieben, die in wenigen Wochen wieder mit saftigem Gras bedeckt sein würden. In wenigen Wochen, welch unfaßbar lange Zeit! Zumindest für ihn, dem selbst die Aussicht auf den nächsten Tag versperrt war. Erneut befiel ihn ein Frösteln.

Boten kamen und meldeten, daß auch die leichte Reiterei fertig zum Abmarsch sei, worauf sich der König und sein Sohn, von den Leibwächtern begleitet, an die Ostseite des Lagers begaben. Hier angelangt, bekreuzigten sich beide. Danach hob Heinrich den Arm, und ohne sich noch einmal umzusehen, setzte er sein Pferd in Bewegung.

Als ungefähr eine Viertelmeile zurückgelegt war, blickte er zum erstenmal hinter sich. Befriedigt nahm er wahr, daß das Heer seinen Marschrhythmus anscheinend gefunden hatte. Leichte und schwere Reiterei bildeten eine Linie, die sich nur schwach kräuselte. Die Stangen der Feldzeichen schwankten im Wind, und wenn der König die Ohren abschirmte, konnte er das Knarren der Wagen hören. An den Flanken schwärmten Kundschafter aus, für alle Fälle . . .

Er richtete seine Aufmerksamkeit wieder nach vorn. Die Vorhut, die anfangs getrabt war, ritt nun im Schritt. Das Gelände war sanft gewellt, die schüttere Schneedecke mit verdorrten Halmen gesprenkelt. Zuweilen ragten verfallene Zäune oder Vogelscheuchen aus ihr hervor, was darauf hindeutete, daß hier einst Äcker gewesen waren. Vereinzelt Sträucher und große Bäume. In der Ferne ein bläulicher Streifen – Wald.

Eine Senke tat sich vor ihnen auf. Die Berittenen passierten sie mühelos, doch die Wagen blieben im angewehten Schnee stecken. Sie mußten von den Troßleuten freigeschaufelt und den Hang hochgeschoben werden. Froh über die unverhoffte Ablenkung, sahen dabei viele Krieger zu. Andere zeigten auf einen Fuchs, der rechts von ihnen an einem Maulwurfshügel herumgescharrt hatte und jetzt in wilder Flucht über die Ebene jagte. Sein aufreizendes Rot versetzte die Männer in Erregung, sie pfiffen und johlten.

»Laß ein Heer halten, und es zerfällt dir unter den Augen«, sagte Heinrich zu Otto. »Kämen jetzt die Ungarn, wäre es aus mit uns. Und warum? Wegen eines Fuchses! Jahre später schreibt so ein Mönchlein, daß der König an diesem oder jenem Ort eine Niederlage erlitten habe, und die das lesen werden, denken sich natürlich, daß er etwas falsch gemacht hat. Er kann sich ja nicht mehr wehren . . . Hol sie der Teufel, diese Chronisten, allesamt.«

Otto zuckte die Schultern. »Du bist ungerecht, denn gelegentlich verdankt man solchen dummen Zufällen auch einen Sieg. Dann stört es den betreffenden König nicht, wenn sie der fromme Bruder unterschlägt.«

In diesem Moment brach Lärm los, sie blickten sich um, erstarrten. Linker Hand, hinter einer mit Buschwerk bewachsenen Erhöhung, stürmten etwa zwei Dutzend Reiter hervor und galoppierten direkt auf das Heer zu. Gleichmäßig wie ein Schwarm Tauben vollzogen sie kurz vor ihm einen Schwenk und rasten, Pfeile abschießend, an ihm vorbei, dorthin, wo eben der Fuchs entschwunden war.

Das geschah so rasch, daß es von den meisten gar nicht bemerkt wurde. Dennoch entstand beträchtliche Verwirrung. Pferde, denen man offenbar bei angezogenem Zügel versehentlich die Sporen gegeben hatte, bäumten sich wiehernd auf. Mehrere Krieger wälzten sich stöhnend am Boden. Die Troßleute, die nur die »Ungarn«-Rufe gehört haben mochten, waren erschrocken beiseite gesprungen; zwölf Wagen rutschten daraufhin nach unten, einer stürzte um. Lediglich die Männer der Vorausabteilung hatten aufgepaßt und versucht, dem Gegner den Weg abzuschneiden, kehrten aber unverrichteterdinge zurück.

»Gunther und Heribald zu mir!« preßte Heinrich nach einer Weile hervor. Beide führten den linken Flügel an, Gunther die Sachsen, Heribald die Schwaben.

»Die Grafen Gunther und Heribald zum König!« brüllte der Befehlshaber der Leibwache.

Geraume Zeit verging, ehe sie zur Stelle waren. »Es hat sich ein Unglück ereignet, Herr König«, sagte der Schwabe tonlos. »Meine Aufklärer sind in einen Hinterhalt geraten. Ich wunderte mich schon, weshalb sie so lange ausblieben, daher ritt ich selbst hin . . .«

»Was ist mit ihnen?«

»Sie wurden niedergesäbelt.«

»Alle?«

»Ja.«

»Wie viele waren es?«

»Fünf.«

»Aber wie ist das möglich?« fragte Otto finster. »Fünf erwachsene Männer, beritten noch dazu, die sich am hellichten Tag auf freiem Feld einfach abschlachten lassen! Wahre Tröpfe müssen das gewesen sein.«

Der andere senkte den Kopf.

»Das werden wir wohl niemals erfahren. Sie waren vollständig zerhauen, vorn, hinten, am ganzen Körper. Auch hat man ihnen die Waffen weggenommen. Die Leichen lagen dicht beieinander. Drei der Pferde konnten wir einfangen, zwei fehlen.«

Heinrich bedeutete dem Grafen mit einer Handbewegung, sich zu entfernen. Der König war kalkweiß, seine Augen flakkerten. »Mein Traum . . .«, flüsterte er, wobei ein schuldbewußtes Lächeln über seine Züge huschte.

Otto musterte ihn unschlüssig. »Vielleicht sind ihnen die Gepanzerten entgangen«, sagte er. »Bedenke die Geschwindigkeit, mit der sie an uns vorbeijagten. Außerdem dürften sie Angst gehabt haben.«

»Vielleicht . . .«

Abermals stemmten sich die Troßleute gegen die Speichen der Wagenräder, und sowie die Verwundeten versorgt waren, ging es wieder vorwärts. Thankmarks Männer hatten sich erneut an die Spitze gesetzt, ihren Abstand zum Heer allerdings verkürzt. Das Gelände war unübersichtlicher geworden. Die Wiesen verliefen sich im Gehölz sumpfiger Mulden oder kletterten Hügel empor, an deren Hängen sich häufig Obstgärten befanden. Hier und da waren zwischen den kahlen Ästen der Bäume die Strohdächer verlassener Gehöfte zu sehen. Der Wind blies unvermindert heftig. Manchmal schnellten Sonnenstrahlen durch die löchrig gewordene Wolkendecke und tasteten über die Landschaft, als prüften sie, ob es sich lohne, auf ihr zu verweilen.

Nachdem sie einige Meilen geritten waren, streckte Otto auf einmal den rechten Arm vor. Heinrich stutzte, dann begriff er: Die Bussarde und Krähen, die während des gesamten Marsches über der Vorhut geflattert hatten, waren verschwunden. Die Abteilung stand. Ein Reiter löste sich von ihr und preschte ihnen entgegen. »Sie sind dagewesen, Herr König«, rief er atemlos. »Überall Pferdedreck und zerstampfter Schnee ... Was befiehlst du?«

Heinrich dachte nach. »Reiht euch auf dem linken Flügel ein, ihr untersteht ab sofort Graf Gunther. Dieser sowie Heribald sollen schleunigst zu mir kommen. Richte das Thankmar aus ... Und du«, wandte er sich an einen der Leibwächter, »bringst mir Bernward und Christian her. Zuvor kümmere dich um die Männer vom Troß. Sie mögen die Gäule ausspannen und satteln, die Wagen bleiben hier.«

Puchard schob sich heran. »Was nun, König Heinrich?« fragte er schleppend. »Wie es scheint, haben die Ungarn nicht die Absicht, sich an deinen Schlachtplan zu halten. Ich bin neugierig, bei wem du dich diesmal beschweren willst.«

Heinrich beachtete ihn nicht. Angestrengt spähte er über seine Gefolgsleute hinweg, die den Grafen mit feindseligen Blicken maßen und dabei tuschelten. Währenddessen beugte sich Otto vor und betrachtete Puchard, als sähe er ihn zum erstenmal. Plötzlich fing er an zu lachen, so fröhlich und ungezwungen, daß ihn alle erstaunt anschauten.

»Darf man den Grund deiner Heiterkeit wissen?« erkundigte sich der Bayer herablassend.

Otto nickte. »Selbstverständlich, Graf Puchard«, sagte er herzlich. »Nimm es mir nicht krumm, aber ich malte mir gerade aus, was für ein Prachtstück von einem Gehenkten du abgeben würdest. Bekanntlich dehnt sich der Leib nach ein paar Tagen, und bei deiner Länge ...«

Der spöttische Ausdruck in Puchards Miene verflog. Entgeistert starrte er Otto an. Schließlich straffte er sich, zuckte die Schultern und sagte, mitten in das Gelächter der Leibwächter hinein: »Du bist albern, junger Mann.«

»Recht hast du«, pflichtete ihm der König bei. »Wo mein Sohn doch unterrichtet sein sollte, daß man Männer wie dich nicht zu hängen, sondern zu enthaupten pflegt.«

Die Ankunft der Grafen beendete das Geplänkel. »Es gilt, meine Freunde«, sagte Heinrich, als sie sich um ihn versammelt hatten. »Allzuweit können sie kaum sein, denn Tausende

Berittene jäh zurückzuziehen, ohne daß es zu einem Durcheinander kommt, dazu sind sogar sie nicht imstande.«

»Sie sind es, und du weißt das sehr wohl«, widersprach ihm Puchard sogleich. »Sonst hättest du dich nicht darum bemüht, sie so nahe wie möglich heranzulocken.«

»Wenn es die Gegend erlaubt – ja. Diese macht es ihnen nicht eben leicht. Zudem ist hinter ihnen der Wald. Vor Wäldern graut ihnen, denn dort ist es aus mit ihrer Kunst. Bevor sie ihn durchqueren, werden sie sich deshalb vermutlich beraten, und das kostet Zeit. Im übrigen haben wir keine Wahl.«

»Verzeih, Herr König, aber wozu sie beunruhigen?« meldete sich nun auch der Franke zu Wort. »Geben wir ihnen doch lieber die Gelegenheit, ungestört ihr Lager abzubrechen. Mit der Beute und den Gefangenen dürften sie uns nicht mehr entrinnen.«

»Nein«, sagte Heinrich und schüttelte entschlossen den Kopf, »ich kenne sie besser. Jetzt, da ihnen klar ist, daß sie in einer Schlacht gegen uns nichts auszurichten vermögen, werden sie jedes Risiko vermeiden und auf die Beute zunächst verzichten. Freilich besteht die Gefahr, daß sie uns entwischen. Trotzdem müssen wir ihnen nach, solange ihnen der Schreck in den Knochen steckt. Gestatten wir ihnen erst, sich zu besinnen, könnten sie nämlich versucht sein, uns zu umgehen. Was uns dann in den nächsten Wochen erwarten würde, brauche ich euch nicht zu erklären.« Er räusperte sich und fügte hinzu: »Das ist die Lage, ihr Herren. Habt ihr noch Fragen? Nein? So eilt zu den Euren und veranlaßt alles Notwendige.«

Die Grafen ritten davon. Wenig später nickte der König dem Befehlshaber der Leibwache zu, worauf dieser das Feldzeichen mit dem Bildnis des Erzengels Michael herumwirbelte. Trab!

Die Hatz begann, fand aber bereits eine Meile vor dem Wald ein unvermutetes Ende. Wie die gespreizten Finger einer Hand liefen die Spuren hier auseinander. Heinrich ließ halten, und während das Heer aufrückte, brachte man etliche verletzte Ungarn an, deren Pferde anscheinend beim Überspringen von Hecken gestürzt waren. Die Gefangenen bestätigten, woran ohnehin nicht länger zu zweifeln war: daß sich die gegnerische Streitmacht geteilt hatte und in mehreren Kolonnen der Grenze zustrebte.

Niedergeschlagen tat der König das, was ihm noch zu tun verblieb. Um ein Täuschungsmanöver ausschließen zu können, sandte er Kundschafter aus, welche die Ungarn bis zur Saale – oder was immer ihr Ziel sein mochte – verfolgen sollten. Danach ordnete er an, die Wagen zu holen, und als diese eingetroffen waren, führte er die Krieger in das Dorf, das den Kern des feindlichen Lagers gebildet hatte. Nahezu zweihundert völlig entkräftete Menschen wurden befreit und die Beute der Eindringlinge in Besitz genommen. Wie sich zeigte, waren sie tatsächlich nicht wählerisch gewesen. Vom silbernen Salbgefäß bis zum hölzernen Becher, vom Chormantel bis zum einfachen Kittel, vom edelsteinverzierten Kreuz bis zum knöchernen Amulett, vom Schwert bis zur Sichel hatten sie offenbar nichts, das nur einigen Wert besaß, verschmäht.

Den Leuten gingen die Augen über. Staunend reichten sie die herrenlosen Schätze herum und betasteten diese, anfangs noch scheu, schon bald jedoch so selbstverständlich, als handele es sich um feilgebotene Waren. Ein Thüringer hob einen goldenen Leuchter empor und betrachtete ihn verzückt. Auf einmal küßte er das Stück, rief, daß es Eigentum seiner Kirche sei, und rannte mit ihm weg. Verblüfft sahen die anderen dem Mann nach, Wutschreie ertönten, und dann geschah, was geschehen mußte. Außer sich vor Gier, warfen sie die Karren um, schlitzten die Planen auf und wühlten sich in die herausquellenden Sachen. Sie stöberten und zerrten, jubelten und schimpften, stritten und schacherten, und es dauerte nicht lange, da entbrannten an manchen Stellen Prügeleien.

König Heinrich hatte sofort nach seiner Ankunft ein Haus am Rande des Dorfes bezogen. Von einer jähen Schwäche befallen, hatte er sich auf einer Bank ausgestreckt und zu schlafen versucht, war indes durch den Lärm daran gehindert worden. Fluchend war er an eines der Fenster getreten und beobachtete jetzt erbost, wie sich sein stolzes Heer in einen Haufen Plünderer verwandelte.

Gewiß, er hatte mit Übergriffen gerechnet und, das gehörte sich schließlich so, vorher ausstreuen lassen, daß er sie bestrafen würde – in Wahrheit aber vorgehabt, sie stillschweigend zu dulden; denn ein gewonnener Krieg ohne Beute, wann hätte es den jemals gegeben! Daß solches Treiben ein paar zertrümmerte Schädel kostete, hätte den König an sich ebenfalls nicht weiter gestört. Doch was sich die Leute dort aus den Händen rissen, war ja nicht schlechthin Beute: Es war auch der Unterpfand jener Hoffnungen gewesen, um die ihn die Vorsehung so grausam betrogen hatte. Sein wundes Herz bäumte sich auf, und ihm schien plötzlich, daß der glanzlose Sieg nicht noch durch Diebstahl befleckt werden dürfe.

»Pack«, murmelte er und spürte, wie bei diesem Wort seine Erschöpfung verflog. In seinem Gesicht zuckte es, er beugte sich vor, befahl den Anführer der Leibwache zu sich und eröffnete ihm, daß er einen Spaziergang zu unternehmen gedenke, auf dem er von einigen Männern des Gefolges unauffällig begleitet zu werden wünsche.

Als er kurz darauf durch den Ort schritt, waren die Raufereien schon wieder im Abklingen. Die meisten Krieger hatten ihr Schäfchen wohl ins trockene gebracht, und wer bislang leer ausgegangen war, machte sich beim Nahen des Königs eilig aus dem Staube.

Heinrichs Zorn schwand, abermals fühlte er, wie müde er eigentlich war. Er blieb stehen und spähte lustlos umher. Wen sollte es treffen? überlegte er. Wem mochte es bestimmt sein, für die Sünden aller zu büßen? Und woran würde er ihn erkennen? Ein Sachse mußte es sein, soviel stand fest.

In diesem Moment bemerkte er zwei junge Burschen vom Troß, die neben einer Scheune in einem vergoldeten Meßbuch geblättert hatten und sich nun anschickten, es fortzutragen. Auch sie hatten ihn entdeckt. Sie lächelten beschämt und schauten ihn wie ertappte Kinder fragend an, ohne eine Spur von Dreistigkeit und offenbar bereit, auf einen Wink von ihm ihre Absicht aufzugeben. Davon angetan, wollte er sie lediglich anfahren, doch da fiel ihm ein, daß sich diejenigen, denen er statt dieser beiden begegnet wäre, kaum anders verhalten hätten. Und so lächelte er zurück, vorwurfsvoll und aufmunternd zugleich, solange, bis sie sich mit ihrem Raub endlich entfernten. Unschlüssig blickte er ihnen hinterher, drehte sich dann um und gab das vereinbarte Zeichen.

Eine Weile später wurden sie gemeinsam mit den Gefangenen gehenkt, was zur Folge hatte, daß der Anger am nächsten Morgen mit gestohlenen Gegenständen übersät war. Zufrieden, daß die ungewöhnliche Kraftprobe gelungen war, ließ Heinrich sie einsammeln und, soweit es sich nicht um kirchliches Gerät handelte, danach erneut verteilen: an die geretteten Frauen, aber auch an all jene, die noch rechtzeitig erkannt hatten, daß es sich nicht ziemte, der königlichen Freigebigkeit vorzugreifen.

Dies beanspruchte fast den ganzen Tag. Als man zum Ende kam, begann es gerade zu dämmern. Am Abend zuvor hatte sich der Wind gelegt, seither war es spürbar wärmer geworden. Von den Bäumen tropfte es unablässig. Dann und wann rutschten Schneebatzen die Dächer hinunter und schlugen dumpf am Boden auf. Es roch nach Rauch, nach nassem Holz, nach Erde und nach Kot . . . Obwohl in den Häusern geheizt worden war, lagerten alle im Freien. Sogar die Kranken. Denn der Qualm, von der feuchten Luft am Entweichen gehindert, machte den Aufenthalt in den Räumen unerträglich. Die Leute hatten deshalb draußen Feuer entzündet. An ihnen saßen sie jetzt, tranken Kräuterbier, schwatzten mit den Frauen oder sangen.

Heinrich und die Grafen hatten sich ebenfalls um ein Feuer geschart und hier die heimkehrenden Aufklärer empfangen. Diese meldeten, daß die Ungarn noch während der Nacht die Saale überquert hätten. Nachdem der letzte Kundschafter abgefertigt war und sich zu seinen Gefährten gesellt hatte, erschollen Hochrufe. Die Krieger waren aufgestanden und schauten zum König, der sie jedoch mit einer abwehrenden Gebärde aufforderte, wieder Platz zu nehmen.

»Das Gesindel ist uns also entkommen«, sagte Thankmar bedächtig. »Nicht entkommen – du hast sie vertrieben, Vater«, verbesserte er sich sofort. »Das ist, wie du feststellen konntest, die Ansicht des gesamten Heeres.«

Der König verzog den Mund, als habe er Zahnschmerzen. »Nun ja«, sagte er mit einem kleinen Lachen, »wäre es nur nach ihnen gegangen, hätten sie uns gewiß schwerlich so schnell verlassen.«

Die Grafen schmunzelten beifällig, und selbst das verschlossene Gesicht des Bayern hellte sich etwas auf. Allein in Ottos Miene regte sich nichts. Das Kinn in die linke Hand gestützt, starrte er wie abwesend in die Dunkelheit. Heinrich folgte dem Blick des Sohnes, gewahrte aber, weil von den Flammen geblendet, lediglich einen undeutlichen Schimmer. Sobald sich seine Augen an die Finsternis gewöhnt hatten, erkannte er, daß es die nackten Füße der Gehenkten waren, welche Ottos Aufmerksamkeit fesselten. Er berührte ihn an der Schulter. »Und wie lautet deine Meinung?« fragte er, in einem Ton, als scherze er. »Da wir schon einmal dabei sind . . .«

»Entkommen oder vertrieben«, erwiderte der Sohn, »ich weiß es nicht. Mag sich der bewußte Mönch mit derlei Spitzfindigkeiten abplagen.«

Verärgert rückte Heinrich von ihm ab. »Er wird schreiben, was man ihm aufträgt«, versetzte er nach einer Pause beherrscht. »Und es könnte sein, daß du es dann bist, der darüber zu befinden hat . . . Graf Puchard, mein eigensinniger Verbündeter«, wandte er sich plötzlich an den Bayern, »du wirst mir nicht ausweichen. Sage mir offen, was du Herzog Arnulf berichten wirst.«

Puchard, der dem Wortwechsel lächelnd gelauscht hatte, schaute ihn verblüfft an. »Lassen wir doch sie entscheiden«, schlug er schließlich vor und zeigte auf ein Mädchen, das, an einen Baum gelehnt, neugierig zu ihnen hinübersah.

Der König nickte stumm, worauf ihr der Graf mit einer

Handbewegung bedeutete, näher zu treten. »Du mußt uns helfen, mein Kind. Soeben erfuhren wir, daß sich die Ungarn empfohlen haben, und jetzt rätseln wir, ob wir sie verjagt haben oder entwischen ließen. Was ist deine Auffassung?«

Das Mädchen strich sich verwirrt übers Haar. »Ich verstehe dich nicht, Herr«, entgegnete es zögernd und fügte lebhaft hinzu: »Aber sind sie denn nun weg oder nicht?«

In Tilleda angelangt, beschenkte der König die Grafen und löste das Heer danach auf. Anschließend zog er sich in seine Gemächer zurück und verließ sie erst wieder, als eine knappe Woche später, von Graf Siegfried begleitet, seine Angehörigen eintrafen: die Gemahlin Mathilde, Ottos jüngere Geschwister Heinrich und Hadwig sowie die Schwiegertochter Editha mit den Enkeln Liudolf und Liudgard. Beide Frauen erzählten, daß sich die Flucht der Ungarn mit Windeseile im Lande herumgesprochen habe und von Menschen jedweden Standes, Alters und Geschlechts stürmisch gefeiert werde.

Die folgenden Monate bewiesen dem König, daß sie nicht übertrieben hatten. Nach wie vor im Zweifel, wie man den Ausgang des Krieges einst bewerten würde, nahm er erleichtert zur Kenntnis, daß es anscheinend keineswegs immer bedeutender Eroberungen und blutiger Schlachten bedurfte, um zu Ruhm zu gelangen. Denn während er das kampflose Verschwinden »seiner« Ungarn als Fehlschlag betrachtete, urteilten die meisten Leute genau umgekehrt und zeigten sich davon stärker beeindruckt als von jedem seiner bisherigen Siege; vermutlich, weil sie hierin die Gewähr erblickten, daß die Nomaden nun für einige Zeit Frieden hielten.

Heinrich wußte, daß das ein Irrtum war, und es erstaunte ihn deshalb, mit welch überschwenglicher Begeisterung man ihm huldigte. Tag für Tag mußte er Bauern empfangen, die ihm den Dank ihrer Gemeinden abstatten wollten. Sie kamen aus allen Teilen des Reiches und hatten sich häufig ohne die Erlaubnis ihrer Herrschaften auf die Reise begeben. Kniend stammelten sie ihre Verehrung heraus, bezeichneten ihn als ihren Vater und gelobten, ihr Leben lang für ihn zu beten und ihre Söhne nach ihm zu nennen.

Auch die Großen sandten Glückwünsche. Es gratulierten die Bischöfe und Äbte, die Herzöge und Grafen, und selbst der westfränkische König Rudolf schickte eine Botschaft, die in wohlgesetzten Worten Heinrichs Feldherrentalent würdigte und seinen Sieg mit demjenigen Karl Martells über die Araber verglich. Ähnlich schmeichelhaft fiel die Einschätzung der fahrenden Sänger aus, welche die Frage, ob die Ungarn vertrieben worden oder entkommen seien, längst dahingehend entschieden hatten, daß diese erst geflohen wären, nachdem sie den König erkannt hätten – eine Darstellung, die sich ihrer Anschaulichkeit wegen rasch verbreitete.

Ritt er aus, war er bald von Kindern umringt. Man küßte sein Schwert, den Steigbügel, den Sattel, das Pferd und sogar dessen Spuren. Tore und Mauern der Höfe, auf denen er weilte, waren ständig mit Blumen oder Früchten geschmückt, und die Wege, die in die umliegenden Orte führten, schon vor seiner Ankunft von umgestürzten Bäumen geräumt und ausgebessert, Arbeiten, zu denen sich die Bauern sonst nur widerwillig bereitfanden. Auf das Gerücht hin, er wolle jagen, versammelten sich über Nacht an die hundert Männer vor der Pfalz, die nicht eher wichen, als bis er ihnen versprach, daß er sich bei nächster Gelegenheit ihrer Hilfe bedienen werde. –

Das Ansehen, das er genoß, übertraf seine kühnsten Erwartungen. Doch obgleich er hätte glücklich sein müssen, war er es nicht. Statt Zufriedenheit empfand er häufig Unruhe, statt Freude eine sonderbare Leere, und da diese Gefühle immer stärker wurden, begann er schließlich zu fürchten, daß sie eine schleichende Krankheit ankündigten.

Es war eine Bemerkung des dreizehnjährigen Heinrich, durch die er zu der Einsicht gelangte, daß die Ursache seiner Mißstimmung woanders zu suchen sei. Als man eines Abends beisammensaß und wieder einmal jener glorreichen Märztage gedachte, sagte der Junge in eine Pause hinein: »Was ist, wenn die Ungarn nicht zurückkehren, Vater? Dann hast du ja nichts mehr zu tun.«

König Heinrich, von den einfältigen Worten zutiefst getroffen, erbleichte. Für einen Moment war ihm, als gäbe es in der Tat nichts mehr zu tun, als habe er das Seine vollbracht und als sei seine Gegenwart bei allem Weiteren eigentlich gar nicht notwendig ... Plötzlich vernahm er das Gelächter der anderen, und ihm fiel es wie Schuppen von den Augen. Wahrhaftig, schalt er sich erlöst, du solltest diese verdammten Ungarn endlich vergessen. Über Jahre hinweg haben sie dich nun beschäftigt, gleichgültig, wo du warst und wessen Blut du gerade verspritzt hast. Darum trauerst du ihnen nach wie ein Witwer seiner verstorbenen Frau. Doch jetzt sind sie fort, lerne also gefälligst, auch ohne sie zu leben. Noch bist du kein Greis, dem lediglich Erinnerungen geblieben sind ...

»Sei unbesorgt«, sagte er lachend, »für einen König gibt es stets genug zu tun.«

Zweiter Teil
DER LEGAT

ERSTES KAPITEL

I.

Anfang August neunhundertsechsunddreißig, fünf Wochen nach dem Ableben König Heinrichs, wurde sein ältester Sohn aus zweiter Ehe in Aachen zum neuen Herrscher des ostfränkischen Reiches gewählt. Heinrich selbst hatte Otto zum Thronerben bestimmt, und noch im Juli hatten die Großen den Wunsch des inzwischen Verstorbenen bestätigt. Dabei waren sie zunächst auf den Widerstand seiner Gattin Mathilde gestoßen, die zäh und beredt die Erhebung ihres Lieblingssohnes, des jüngeren Heinrich, betrieben hatte. Anders als Otto, so hatte sie immer wieder zu bedenken gegeben, sei jener zu einem Zeitpunkt empfangen und geboren worden, da sein Vater bereits König gewesen war – weswegen ihm das königliche Heil gewissermaßen mit in die Wiege gelegt worden wäre.

Dieser Einwand wog schwer, fand aber trotzdem keine ausreichende Unterstützung. Denn niemand konnte außer acht lassen, daß Heinrich noch ein unreifer Jüngling war, Otto hingegen ein erfahrener Mann. Nachdem feststand, daß ihr Plan gescheitert war, schickte sich Frau Mathilde rasch in die neue Lage und tröstete sich damit, daß die Krönung ihres Erstgeborenen durch ein besonders feierliches Zeremoniell begangen werden sollte. Insgeheim hoffte sie sogar, ein solch bedeutsamer Akt werde den zwischen den Brüdern aufgeflammten Zwist (an dem sie sich nicht schuldlos fühlte) ein für allemal beenden.

Für den Entschluß, die Krönung in Aachen zu vollziehen, einem Ort, der unweigerlich an Kaiser Karl denken ließ, waren freilich andere Erwägungen ausschlaggebend gewesen. Nachdem zu Beginn des Jahres der westfränkische König Rudolf gestorben war, hatten die Großen des Nachbarreiches Ludwig W., den letzten lebenden Karolinger, aus dem englischen Exil zurückgerufen. Im Juni war er durch den Erzbischof von Reims gesalbt und gekrönt worden. Bislang vermochte niemand vorauszusehen, was der neue Mann vorhatte. Doch allein die Vorstellung, er könne, von der Erinnerung an seine berühmten Vorfahren beflügelt, eine Veränderung des derzeitigen Kräfteverhältnisses anstreben, ließ den Häuptern der ostfränkischen Stämme eine Demonstration der Geschlossenheit geraten erscheinen. Diese würde ihre Selbständigkeit nicht ernstlich bedrohen und trotzdem auf den Rivalen den gewünschten Eindruck machen. Daher fanden sie sich bereit, mit einer aufwendigen, an karolingischen Traditionen ausgerichteten Zeremonie ein Zeichen zu setzen. Aachen sollte zudem den Anspruch auf das erst vor Jahren dem Reich wieder einverleibte Lothringen bekräftigen.

Für den jungen Thronfolger entstand somit durch den Machtwechsel im Westen eine unerwartet günstige Situation. Statt der versteckten Kraftproben, mit denen er gerechnet hatte, fiel ihm ein öffentliches Bekenntnis der Herzöge zum Königtum nun gleichsam in den Schoß. Er war entschlossen, seinen Vorteil zu nutzen, dabei jedoch weiterhin wachsam zu bleiben. Während der Verhandlungen, in denen der Ablauf des Rituals festgelegt wurde, schraubte er die Forderungen immer höher; gleichzeitig vergaß er keinen Augenblick, welchen Umständen er das Entgegenkommen der Herzöge tatsächlich zu verdanken hatte. Bis zuletzt war er auf Versuche gefaßt, das Gewicht des Wahlvorganges herabzumindern.

Von ähnlicher Spannung waren auch diejenigen erfüllt, die dem Akt beiwohnen würden. Wer sein Schicksal vorbehaltlos mit dem des Sachsen verbunden hatte, bangte und freute sich mit ihm, alle anderen schärften ihre Blicke für Anzeichen von Übermut oder Schwäche. Jeder versprach sich von Ottos Auftreten Hinweise auf dessen künftiges Verhalten. Insofern war das bevorstehende Ereignis mehr als eine Formalität.

Sein Beginn schien zunächst denen recht zu geben, die – je nachdem, wie sie ihren Vorteil auffaßten – gehofft oder gefürchtet hatten, daß der junge Mann noch lange brauchen werde, um sich an die neue Würde zu gewöhnen. Finster dreinschauend, betrat er mit seinem Gefolge am Morgen des siebenten August den Säulenvorhof des Aachener Münsters. Das enge fränkische Gewand schien ihm ein ebensolches Unbehagen zu bereiten wie der Anblick der Menge, die bei seinem Erscheinen sofort in Schweigen verfiel. Wohl um gelassen zu wirken, hatte er sich ein Schrittmaß auferlegt, das für seinen hohen Wuchs entschieden zu klein war; so entstand der Eindruck, daß es ihn Mühe kostete, das Gleichgewicht zu bewahren. Als ihn sein Schwager, der lothringische Herzog Giselbert, am Arm berührte, um ihn zu dem Sessel zu führen, auf dem er die Huldigungen entgegennehmen sollte, zuckte Otto, für alle sichtbar, zusammen.

Sowie er sich gesetzt hatte, traten die Versammelten der Reihe nach vor ihn hin, legten ihre Hände zwischen die seinen und schworen ihm Treue und Beistand gegen alle seine Feinde. Für geraume Zeit waren nur noch das Gurren der Tauben, das Murmeln der Huldigenden und das Schleifen ihrer Füße zu hören. Dann und wann ein Hüsteln, wenn jemand für das Gelöbnis seine Stimme festigte.

Während sich die einen betont unterwürfig gaben, um Otto zu helfen, seine Verlegenheit endlich abzustreifen, ließen ihn die weniger Wohlwollenden deutlich spüren, daß es sie angesichts seines mangelnden Selbstbewußtseins Überwindung kostete, ihm den Treueeid zu leisten. An einigen Stellen wurde geflüstert, einmal sogar leise gelacht. Zu aller Verwunderung ließ sich der junge Thronfolger davon jedoch nicht verunsichern. Mit dem Andauern der Zeremonie lockerten sich seine Züge, und bald erschien auf seinem Gesicht ein warmherziger, ungekünstelter Ausdruck von Leutseligkeit. Es war offenkundig, daß ihm die Ehrung weder den Atem verschlug noch langweilte, vielmehr aufrichtiges Vergnügen bereitete. Er genoß sie und verhehlte das nicht.

Sein Freimut teilte sich den Umstehenden mit und beeinflußte erstaunlich rasch ihr Verhalten. Immer weniger bekundeten durch spöttische Mienen oder Gebärden Distanz, die meisten huldigten freudig oder mit nachdenklichem Respekt. Ein fränkischer Graf bekam die veränderte Stimmung als erster zu spüren. Als er mit ungebührlich schnellen Schritten den Rückweg antrat und dabei seinen Gefährten beifallheischend entgegensah, wichen diese seinem Blick aus und rückten deutlich von ihm ab.

Nach der Huldigung begaben sich die Versammelten in das Münster, wo sie der Mainzer Erzbischof, die Priesterschaft sowie allerlei Volk erwarteten. Hiltibert, den Hirtenstab in der Rechten, ging ihnen entgegen, berührte Otto an der Hand und trat danach wieder zurück. In der Mitte der Kirche sprach er die vereinbarten Worte: Er stelle hier den von Gott erwählten, durch den früheren Gebieter Heinrich bezeichneten und nun von allen Fürsten zum König gemachten Herrn Otto vor. »Wenn euch diese Wahl gefällt, so bezeugt dies, indem ihr die rechte Hand zum Himmel emporhebt.«

Sogleich schnellten die Hände nach oben, Heil- und Segenswünsche wurden laut. Nachdem die Menge davon in Kenntnis gesetzt worden war, welche Mächte Ottos Erhebung befürwortet und bewerkstelligt hatten, konnte das eigentlich niemanden überraschen. Schon gar nicht den Erzbischof, dessen Beauftragte gemeinsam mit denen seines Kölner Amtsbruders die Anwesenden ausgesucht und vorbereitet hatten. Dennoch tat Hiltibert jetzt so, als habe der Fortgang der Feierlichkeiten von der Zustimmung der hier Versammelten abgehangen. Mit hochgezogenen Augenbrauen, seine Verwunderung durch winzige Veränderungen der Gesichtszüge kunstvoll steigernd, schaute er langsam in die Runde und zu den Wandelgängen hoch, gab auf diese Weise zu verstehen, daß das Ausmaß des Beifalls selbst einen Mann wie ihn überwältigte.

Noch bevor der Jubel verklungen war, lud er Otto mit einer scherzhaft-verzweifelten Geste ein, ihm zum Altar zu folgen. Hier lagen die Abzeichen der königlichen Macht bereit – das

Schwert mit dem Wehrgehänge, der lange Mantel mit den Spangen, Stab und Zepter sowie das goldene Diadem. Während Otto die Insignien seiner neuen Würde empfing, belehrte ihn der Erzbischof über deren Bedeutung. Mit dem Schwert möge der junge König alle Widersacher Christi, die Heiden und die schlechten Christen, austreiben, zum bleibenden Frieden der wahren Gläubigen. Der Mantel solle ihn daran erinnern, ständig seinen Glaubenseifer zu stärken. Und indem er ihm Zepter und Stab reichte, sagte Hiltibert: »Von diesen Zeichen laß dich mahnen, daß du mit väterlicher Strenge deine Untertanen züchtigst und vor allem den Dienern Gottes, den Witwen und Waisen die Hand der Erbarmung reichst. Möge niemals«, fügte er mit einem Blick auf den etwas abseits stehenden Erzbischof von Köln hinzu, »auf deinem Haupt das Öl der Barmherzigkeit versiegen, auf daß du jetzt und in Zukunft mit ewigem Lohn gekrönt werdest.«

Damit waren die entscheidenden Worte gefallen, und beide Kirchenfürsten gingen daran, Otto zu krönen und zu salben. Nach der Weihe führten sie ihn auf die Empore, zu jenem Thron, auf dem bereits Kaiser Karl gesessen hatte. Es begann die Messe.

In der Kirche war mit Otto eine weitere Veränderung vor sich gegangen. Als ihn Hiltibert zum Altar gebeten hatte, war die Heiterkeit auf seinem Gesicht tiefem Ernst gewichen. In sich gekehrt, lauschte er den Ermahnungen des Erzbischofs; einige Male neigte er bestätigend den Kopf. Genauso, wie er vorher sein Behagen nicht verborgen hatte, bekannte er sich nun vor aller Augen zu seiner Erschütterung, und die Anwesenden spürten, daß sie nicht geheuchelt war. Bei der Berührung mit dem heiligen Öl befiel ihn Blässe. Vor siebzehn Jahren hatte sein Vater das Salbungsangebot des damaligen Mainzer Erzbischofs ausgeschlagen. Somit war Otto der erste gesalbte König seines Stammes.

Anschließend fand in der Pfalz das Krönungsmahl statt. In zähen Verhandlungen war festgelegt worden, daß die Herzöge als Inhaber der vier Thronämter – Truchseß, Mundschenk,

Marschall und Kämmerer — auftreten sollten. Gegen ihre Zusicherung, daß sich alles auf geziemende Weise vollziehen werde, hatte ihnen Otto versprochen, bei diesem Spiel nicht den König herauszukehren, sondern sich auf die Rolle des Gastes zu beschränken. Außerdem hatte er sich verpflichtet, sie nach Abschluß des Festes durch Geschenke zu ehren, die jedermann klarmachten, daß dieser Dienst von ihm nicht als selbstverständlich aufgefaßt wurde.

Man war gespannt, wie sich die Herzöge ihrer ungewöhnlichen Aufgaben entledigen würden. Wer diese hochmütigen Männer kannte, mochte nicht glauben, daß sie imstande waren, sich auch nur wenige Stunden zu verleugnen. Es kam jedoch anders, als die meisten erwartet hatten. Die Herzöge ließen nicht nur keinerlei Unwillen durchblicken, sondern gebärdeten sich, als hätten sie an diesem Tag ihre wahre Berufung entdeckt. Insbesondere Eberhard von Franken und sein Vetter, der Schwabenherzog Hermann, die für die Speisen und den Wein verantwortlich waren, zeigten einen geradezu dienstbotenhaften Eifer, wobei sie freilich ständig schmunzelten. Sich strikt an die getroffene Vereinbarung haltend, gaben sie so zu verstehen, wie sehr sie über ihre zeitweilige Verwandlung in Hofbeamte erhaben waren.

Da man von einem Fest wie diesem allerorten sprechen würde und dann sicherlich zu wissen wünschte, was und wieviel auf ihm verzehrt worden war, gehörte es zu den Aufgaben beider Männer, die Anwesenden ganz unaufdringlich davon in Kenntnis zu setzen. So erfuhren die Gäste, daß für ihr leibliches Wohl und das ihrer Knechte und Krieger 104 Hirsche, 96 Wildschweine, 171 Rehe, 2055 Hasen, 319 Graureiher, 496 Fasane, 214 Auerhühner, 4126 Rebhühner, 21943 Krammetsvögel, 305 Ochsen, 1478 Kälber, 662 Lämmer, 349 Mastschweine, 518 Spanferkel, 13387 Hühner, 2992 Gänse, 4903 Forellen, 82 Lachse, 2169 Hechte, 16315 Karpfen und 932 sonstige Fische wie Aale, Welse, Barsche und Bleie ihr Leben hätten lassen müssen und daß 6412 Eimer Wein sowie 7316 Viertel Bier bereitgestellt worden wären. Jede dieser Zahlen wurde, wie es sich geziemte, stürmisch bejubelt, jedoch nicht sehr ernst genommen, denn niemand vermochte sich vorzustellen, daß die Herzöge auch nur einen Augenblick damit vergeudet hatten, sich solche Angaben einzuprägen. Daher kam es, daß sich die fahrenden Sänger, die in solchen Dingen genau zu sein pflegten, diesmal auf die Bemerkung beschränkten, es sei »wahrhaft königlich getafelt« worden, eine Einschätzung, die niemand anzweifeln konnte.

Überhaupt fielen ihre Berichte eigentümlich trocken und schwunglos aus, was größtenteils daran lag, daß der Tag ohne Zwischenfälle verlief. Es geschah nichts von dem, womit sie ihre Lieder so gern schmückten; keine durch die Anwesenheit des Königs bewirkte Versöhnung entzweiter Verwandter; kein jäh aufgeflammter Streit, der, wäre er nicht durch ein Machtwort des Königs geschlichtet worden, unfehlbar zu Blutvergießen geführt hätte; keinerlei wundersame Erscheinung, die bestätigte, daß der Gekrönte der göttlichen Gnade im besonderen Maße teilhaftig war. Dabei ereignete sich durchaus etwas, das als Zwischenfall bezeichnet werden durfte, indes so wenig Aufsehen verursachte, daß lediglich die zwei daran Beteiligten seine Bedeutung erkannten.

Gegen Ende des Mahles, die Frauen hatten sich längst zurückgezogen, begab sich Herzog Giselbert zu der Stelle der Tafel, an der die sächsischen Großen saßen. Einen Moment hatte es den Anschein, als wollte er die Hand auf die Schulter des jungen Königs legen, er strich sich aber nur über den Bart und sagte gedämpft: »Ich hatte deinen Vater um etwas gebeten. Entsinnst du dich? Ich will dich nicht drängen, doch mein Mann liegt mir in den Ohren.«

Otto mußte nicht überlegen. Ein Vasall des Schwagers, mit einem Kloster in der Nähe Lüttichs belehnt, hatte den Vater kurz vor dessen Ableben um ein paar Hufen Land ersucht, die dem Kloster widerrechtlich entzogen worden seien. Seine Ansprüche waren geprüft und anerkannt worden, zu einer Bestätigung war es jedoch nicht mehr gekommen. Schon wenige Tage nach dem Tod Heinrichs hatte Otto mit dem Gedanken gespielt, die Urkunde noch vor der Wahl ausstellen und auf den Tag nach der Krönung datieren zu lassen. Ein harmloses Vergnügen, das niemandem schadete und ihm die Gelegenheit bot, den Schwager zu überraschen. Mitte Juli, als unwiderruflich feststand, daß er dem Verstorbenen auf dem Thron folgen würde, erlag er der Versuchung. Damit sich dieser Vorgriff auf künftige Befugnisse nicht herumsprach und ihn der Lächerlichkeit preisgab, wandte er sich an den Notar Simon, der wegen seines Alters seit fünf Jahren nicht mehr im Kanzleidienst beschäftigt wurde. Glücklich, daß er noch einmal gerufen wurde, hatte ihm der alte Mann Stillschweigen zugesichert und die Urkunde vorbereitet.

Die Angelegenheit ist unter Dach und Fach, wollte der junge König sagen. Er war sich bewußt, daß er damit dem anderen das Geheimnis seiner eitlen Anwandlung auslieferte. Aber Giselbert hatte Wort gehalten und sich so betragen wie vereinbart. Warum sollte er ein solches Eingeständnis nicht verstehen, wie es gemeint war – als ein Angebot, auch in Zukunft aufrichtig miteinander umzugehen, ohne Ränke und ohne die Blößen des anderen auszunutzen? Einer mußte schließlich damit beginnen und ein Zeichen setzen – warum nicht er, Otto? Und weshalb nicht jetzt, da man gerade so einträchtig beisammensaß?

Ein Blick auf den Schwager verschloß dem jungen König aber noch rechtzeitig den Mund. Giselbert stand in einer seltsam verkrampften Haltung vor ihm, so, als bereite ihm die leichte Beugung des Oberkörpers, zu der er sich notgedrungen bequemen mußte, unerhörte Qualen. Als sich ihre Augen trafen, lächelte er gezwungen, wurde aber sogleich wieder ernst. Du spielst den gnädigen Herrscher, las Otto in ihnen, ich den treuen Vasallen; das muß gewiß so sein, und wie du siehst, spiele ich mit. Doch hoffe nicht, daß dies jemals mehr als ein Spiel sein wird. Komme übrigens zum Ende, denn wie du sicherlich verstehst, bin ich für heute selbst des Spielens überdrüssig . . .

Beschämt senkte der junge König den Kopf. Er fühlte keinen Zorn, nicht einmal Enttäuschung, sondern nur Ärger über seine Vertrauensseligkeit. »Es ist richtig, daß du mich daran erinnerst«, sagte er gleichmütig. »Schon morgen werde ich es veranlassen.«

»Ich danke dir«, erwiderte der Herzog ebenso gleichmütig. Nach kurzem Besinnen fügte er hinzu: »Das ist ein guter Beginn, will mir scheinen. Für dich wie für uns alle.«

»Wie meinst du das?«

»Nun, deine erste Handlung nach der Krönung hätte schließlich auch ein Urteil sein und jemanden den Besitz oder gar das Leben kosten können.«

Der junge König kräuselte den Mund. »Bei Gott, Schwager, du hast recht«, sagte er. »Demnach wäre ich es, der dir zu danken hätte. Sei also bedankt, daß du mit deiner Bitte nicht gezögert hast.«

Giselbert lachte und gab durch eine Bewegung der Brauen zu verstehen, daß er den Spott zu würdigen wußte.

Während sich der Herzog wieder auf seinen Platz begab, schaute sich Otto unauffällig um. War ihr Gespräch beobachtet worden? Nein, anscheinend nicht. Die meisten waren vermutlich schon viel zu betrunken, als daß sie auf das, was um sie herum vor sich ging, noch geachtet hätten.

In diesem Moment bemerkte er, daß am Ende des Tisches ein Paar dunkler glänzender Augen auf ihn gerichtet waren. Gereizt wandte er sich ab. Daß man ihn gründlicher musterte als andere, war er gewöhnt, doch was er seit dem Morgen hatte ertragen müssen, überstieg das Maß, mit dem er gerechnet hatte. Plötzlich war ihm klargeworden, daß der Vater nicht gescherzt hatte, wenn er zuweilen klagte, er dürfe sich nicht schneuzen, ohne vorher alle Folgen zu bedenken. Dabei war es nicht so sehr die Menge der Blicke gewesen, die ihn anfangs fast aus der Fassung gebracht hatte, als vielmehr das, was sie ausdrückten. Es war, als glaubten jene, die ihn angestiert hatten, daß er nicht nur jede seiner künftigen Unternehmungen, sondern ebenso ihr Schicksal bis in alle Einzelheiten geplant habe und daß man ihn nur lange genug betrachten müsse, um herauszukriegen, was er über einen verhängt hatte.

Die Wahrheit hingegen war die, daß er noch nicht einmal wußte, was er als nächstes tun würde; denn Entscheidungen, die ihn richtig und unumstößlich gedünkt hatten, waren dies, völlig unverhofft, seit heute morgen für ihn nicht mehr. Zwar hatte er sich in den letzten Jahren über alles, was ihn eines Tages betreffen konnte, eine Meinung zu bilden gesucht und daher gewähnt, daß es nichts gab, auf das er nicht vorbereitet war. Doch die Last der Verantwortung – sehnsüchtig erwartet – hatte ein ganz erstaunliches Gewicht, sobald sie nicht nur in den Träumen, sondern wirklich auf den eigenen Schultern ruhte.

So war es für ihn gestern noch beschlossene Sache gewesen, unmittelbar nach der Krönung gegen die Redarier zu ziehen. Sie hatten vor geraumer Zeit sächsische Gesandte mißhandelt, wofür ihnen der Vater Vergeltung angekündigt hatte. Seine Erkrankung und sein Tod hatten die Redarier bisher vor der verdienten Bestrafung geschützt; jetzt, da er, Otto, auf dem Thron saß, war es seine Pflicht, die Drohung ohne Verzug wahrzumachen. Was aber, so war es ihm durch den Kopf geschossen, wenn er dabei fiel? Dann würde nichts von ihm bleiben als diese lächerliche Urkunde.

Diese Vorstellung hatte ihn so bestürzt, daß er seit einigen Stunden erwog, zuerst ein weniger riskantes (doch nicht weniger wichtiges) Vermächtnis des Vaters zu erfüllen, nämlich die Gründung eines Nonnenklosters in Quedlinburg. Die betreffs seiner Ausstattung zu fällenden Entscheidungen erforderten größte Sorgfalt, weswegen er ursprünglich vorgehabt hatte, sich ihnen nach Beendigung des Krieges zu widmen. Auch jetzt schwankte er noch, denn die Rüstungen waren schon in vollem Gange. Wie übrigens, wenn der Feldzug nun mißglückte? – eine Möglichkeit, an die er bis vor kurzem kaum einen Gedanken verschwendet hatte. Dies, am Beginn seiner Regierung, konnte den noch ungefestigten Glauben an ihn aufs schwerste erschüttern. Er hatte deshalb beschlossen, die Führung des Heeres nicht selbst zu übernehmen, sondern jemanden damit zu beauftragen. Erlitt derjenige eine Niederlage, dann aufgrund seiner Unfähigkeit, siegte er, so nicht zuletzt dank der heilspendenden Anwesenheit des Königs. Doch wen sollte er damit betrauen? Einen der Mächtigen? Der würde nicht zögern, diese Taktik zu durchkreuzen und im Falle eines Mißerfolges durchblicken zu lassen, daß die Einmischungen des unerfahrenen jungen Königs schuld daran waren. Oder einen, der so wenig Einfluß besaß, daß er es sich nicht leisten durfte, die Gunst des Königs zu verscherzen? Das war verlokkend, würde aber die Großen verärgern. Und mit denen würde er noch früh genug zusammengeraten ... Dies alles war es, was in den nächsten Tagen entschieden werden mußte. Doch obwohl er unablässig grübelte, war er seit der Krönung mit seinen Überlegungen noch keinen Schritt vorangekommen, ganz so, als sei dem Salböl eine lähmende Essenz beigemengt gewesen.

Abermals begegneten ihm die glänzenden Augen, abermals wollte er sich von ihnen losreißen. Doch da nahm ihn die kühle Neugier, die von ihnen ausging, gefangen. Nicht ›Was bringst du mir?‹ übersetzte er sich diesen Blick, sondern: ›Wirst du es schaffen?‹ Jetzt erkannte er den Mann auch: Ein kleiner Graf aus dem Nordthüringgau, der ihm vor einer Ewigkeit einmal einen Dienst geleistet hatte und sich vermutlich bis zum Ende seines Lebens darauf etwas einbilden würde. Er war keiner von denen, die am Hof etwas galten, sondern hinsichtlich Besitz und Herkunft so unbedeutend, wie er aussah. Wie kam ausgerechnet so einer dazu, ihn derart dreist und unbeteiligt anzustarren?

Er sann nach, wie der Mann hieß, aber es fiel ihm nicht ein. Das ist unverzeihlich, schalt er sich halb ernst, halb belustigt, dem Vater wäre das nicht passiert. Merke dir stets den Namen eines Mannes, mit dem du einmal zu tun hattest, pflegte der zu sagen, auch und besonders dann, wenn eure Begegnung nur kurz gewesen war. Denn es gibt für einen König kein billigeres Mittel, Freunde zu gewinnen, als jemanden glauben zu machen, daß er sich deinem Gedächtnis unauslöschlich eingeprägt hat. Hinter Schmeicheleien und Vergünstigungen argwöhnt man leicht eigennützige Absichten; sprichst du jedoch jemanden, der darauf nicht gefaßt ist, mit dem Namen an, wird er meinen, er habe dich beeindruckt. Er wird dir dafür um so dankbarer sein, als er es nicht sein muß, sondern die Ursache bei sich suchen darf. Auf diese Weise erwirbst du dir Anhänger, die dich weder eine Hufe Land noch ein Pfund Silber kosten.

II.

Arabische Kaufleute, die sich bis hoch in den Norden vorgewagt hatten, hatten Otto vor etlichen Jahren einen weißen Gerfalken geschenkt. Das Tier, obwohl bereits als Ästling in die Gewalt der Menschen geraten, hatte sich zu einem prachtvollen, angriffsfreudigen Jäger entwickelt. Er selbst hatte es abgerichtet und ließ es sich bis heute nicht nehmen, es eigenhändig zu versorgen. Nie, nicht einmal, wenn er in den Krieg zog, trennte er sich von ihm, und auch in der größten Stunde seines Lebens sollte es in seiner Nähe sein. Da der Schwager seine Leidenschaft für Edelfalken teilte, hoffte er zudem auf eine Gelegenheit, ihm den schönen Vogel gleichsam beiläufig vorführen zu können. Er hatte sich nicht verrechnet. Nachdem die Bayern, Franken und Schwaben am folgenden Tag die Heimreise angetreten hatten, fragte ihn Herzog Giselbert, ob er nicht Lust habe, ein bißchen zu beizen . . .

Während sich dem Herzog nur zwei lothringische Grafen angeschlossen hatten, wurde der König von fast allen vornehmen Sachsen sowie einigen Gesandten abhängiger Stämme begleitet. Es war daher eine stattliche Zahl Männer, die sich nach dem Essen in Marsch setzten, schweigend zumeist und mit bleichen Gesichtern, denen man noch die Strapazen des Festes ansah. Im Trab ging es über abgeerntete Felder und Brachen auf einen Viehaustrieb, der in eine Schafweide mündete. Danach begann morastiger Auwald. Der Weg verengte sich und wurde so schmal, daß einer hinter dem anderen reiten mußte. Schwarzköpfige Sumpfmeisen zeterten im Geäst, dann und wann jaulte einer der Hunde, wenn ihn ein Dornenzweig gestreift hatte. Es war schwül, unablässig sirrten Mücken, und in der Ferne grummelte ein Gewitter.

Endlich trat der Wald zurück und öffnete den Blick auf eine mit Buschwerk und Ried bewachsene und von verfallenen Gräben durchzogene Wiese. In ihrer Mitte, darauf ließen die Rufe von Bleßhühnern schließen, mußte es eine größere Wasserfläche geben, die, von hohem Schilf gesäumt, aber nicht zu sehen war.

Bis auf die vier Jäger, die langsam weiterritten, hielten alle an. Die Knechte waren abgestiegen und im Begriff, die Hunde loszumachen, als hinter einem Strauch ein Fasanenweibchen hochflatterte. Der Herzog schaute zum König, der indes so tat, als habe er es nicht bemerkt. Nun gab Giselbert einem der beiden Grafen ein Zeichen, worauf dieser die Geschühriemen seines Habichtterzels löste und ihn abwarf.

Die Henne purrte schräg nach oben. Als sie den Habicht entdeckte, unterbrach sie ihren Flügelschlag und ging im Gleitflug nieder. Der Terzel stieß an ihr vorbei, warf sich jedoch sogleich wieder herum und schlug sie über einem Erlenbusch, in den sie hatte flüchten wollen.

Der Graf saß ab. Während er sich auf die Suche nach den zwei Vögeln machte, war ungefähr dort, wo sie heruntergekommen sein mußten, ein klatschendes Geräusch zu hören, das in ein feines Singen überging. Gleich darauf tauchte über den Wipfeln einer Gruppe junger Birken ein Stockentenerpel auf. Weder der König noch der Herzog trafen Anstalten, ihren Falken die Kappen abzunehmen, und so gab auch der andere Graf seinen Habicht frei. Der strich ab und griff den ahnungslosen Erpel mit solchem Ungestüm an, daß die Zuschauenden Beifall spendeten.

Die Mienen der meisten hatten sich belebt. Durch den unerwartet schnellen Beginn der Jagd und die Todesschreie der geschlagenen Vögel in eine freudige Erregung versetzt, zeigten sie lachend auf das Wölkchen, das der Habicht und seine Beute zurückgelassen hatten. Es waren Brustfedern des Erpels, die nun, vom Wind in alle Richtungen zerstreut, herabrieselten.

Noch hatte nicht jede von ihnen den Boden erreicht, da erscholl Hundegebell, und auf der Wiese wurde es lebendig. Elstern tschackerten, Amseln schimpften, im Röhricht knackte und platschte es. Prasselnd brach ein Wildschwein hervor, flitzte über die Lichtung und verschwand im Unterholz. Über den Spitzen des Schilfes aber erhob sich ein Graureiher, der mit gemächlichem Schwingenschlag dem rechten Waldrand zustrebte.

Der Herzog zügelte sein Pferd und sah zum König. Als er feststellte, daß dieser den Gerfalken noch nicht entkappt hatte, machte er eine unbeherrschte Bewegung zum Kopf seines Wanderfalken. In diesem Augenblick fing auch der König an, die Kappe abzustreifen. Der Herzog hielt sofort inne und beruhigte seinen Vogel, der, weil er die Bewegung offenbar gespürt hatte, nun enttäuscht zu lahnen begann . . .

Während sich die Habichte mit wuchtiger Härte auf ihre Opfer gestürzt hatten, hatte es bei dem Gerfalken den Anschein, als eile er zu einer Begrüßung. Mühelos die Schwingen bewegend, gewann er rasch an Höhe, ohne jedoch auf den Reiher einzudringen. Dieser, durch das Klingeln der Schellen aufmerksam geworden, fing jetzt an, sich emporzuschrauben, und geraume Zeit konnte man meinen, hier sei ein Spiel im Gange, wer denn höher fliegen könne.

Endlich gelang es dem Greif, seinen Gegner zu übersteigen, worauf dieser im Nu sein Verhalten änderte: Man sah deutlich, wie er den Kopf mit dem spitzen Schnabel nach oben bog. Obwohl die Zuschauenden wußten, daß diese Taktik in der Regel nur bei unerfahrenen Beizvögeln Aussicht auf Erfolg hatte, entrang sich vielen von ihnen ein Stöhnen; denn wie stets bei diesem Kampf hatte es den Anschein, daß der Falke, wenn er angriff, aufgespießt werden würde. Für die Dauer von zwei

Wimpernschlägen leuchtete seine Unterseite in der Sonne auf, dann legte er die Schwingen an und stieß herab. Ein verzweifeltes »Griäk« ertönte. Beide Tiere wirbelten in die Tiefe und trennten sich wieder. Noch einmal gelang es dem Reiher, sich zu fangen. Da begann er plötzlich zu taumeln, und gleich darauf stürzte er, von dem Falken verfolgt, der Erde entgegen.

Abermals wurden begeisterte Rufe laut. Ein junger Mann, der etwas abseits an einem Baum lehnte, riß sogar die Arme hoch, eine Gebärde, die in sonderbarem Gegensatz zu der mißmutigen Starre seiner Gesichtszüge stand. Der gestutzte Bart sowie die Kleidung wiesen ihn als vornehmen Sachsen aus, er trug jedoch kein Schwert, sondern lediglich ein kurzes Messer.

Auch sonst unterschied ihn manches von den anderen um ihn herum, war er doch seit mehr als sieben Jahren ein Gefangener. Freilich kein gewöhnlicher. Er wurde nicht geschlagen und nicht verhöhnt. Er bekam genügend zu essen. Nicht einmal an gewissen Zerstreuungen fehlte es ihm. Regelmäßig besuchten ihn Beauftragte des Königs und prüften wohlwollend seine Beschwerden. Sie kümmerten sich nicht nur um die Pflege seines Eigentums, sie sorgten überdies dafür, daß er stets soviel besaß, wie er in die Gefangenschaft mitgebracht hatte; was er verbrauchte, wurde ihm ersetzt. Das reichte weit über die mit seiner Sippe getroffene Vereinbarung hinaus, in der festgelegt worden war, daß sie für seinen Bedarf an Pferden, Hunden, Jagdwaffen und Kleidung aufzukommen habe. Sah man davon ab, daß er bei seinen Ausritten ständig von Wachen umgeben war und nicht in Fehden verwickelt werden konnte, so führte er das Leben eines sächsischen Edelings – und keineswegs das eines der ärmsten.

Nein, er konnte sich nicht beklagen. Doch obschon er sich dessen bewußt war, empfand er für jene, deren Geisel er war, besonders aber dem Mann gegenüber, den man gestern gekrönt hatte, nichts als Haß. Inständig hoffte er, daß sich der Falke verflogen habe oder verunglückt sei, und je länger er sich dieser Vorstellung überließ, desto wohler wurde ihm. Er malte sich aus, daß sich das Tier mit den Geschühriemen in einem Strauch verhakt und beim Bestreben, sich zu befreien, verletzt habe. Da hing es nun, hilflos flatternd, die weiße Brust blutbesudelt, nicht ahnend, daß bereits ein Fuchs heranschlich und nach ihm schnappen würde ... Vielleicht war der Reiher aber auch in den Teich gefallen, worauf sich der Falke, um ihn am Versinken zu hindern, in blinder Gier in ihm festgekrallt hatte und nun mit seiner Beute unterging. Am Ufer aber stand der König, vor Entsetzen wie versteinert.

»Woran denkst du, Tugumir?« fragte es neben ihm.

Der Gefangene wandte den Kopf. Über seine Miene glitt ein treuherziges Lächeln. Die tiefliegenden Augen indes blickten so kalt wie zuvor, als er antwortete: »Du hast mich ertappt, Herr Bischof. Ja, ich dachte eben, wie froh ich wäre, hätte auch ich so einen wundervollen Vogel.«

»Hm«, machte der andere zweifelnd. »Und darum sprichst du von ertappt? Dein Wunsch ist nicht verwerflich. Oder verhält es sich vielleicht so, daß du gern *diesen* Falken hättest und ihn also dem König neidest?«

»Es ist, wie du vermutest«, gab der junge Mann ohne Umschweife zu. »In der Tat, für einen Augenblick verspürte ich Neid. Doch ist mir das erst durch deine Worte bewußt geworden.«

»Für einen Augenblick? Gestehe, auch dies ist nur die Hälfte der Wahrheit. Du willst deinen Schöpfer, mich und selbst dich betrügen. Oder wagst du es, das zu bestreiten?«

»Nein«, bestätigte der Gefangene, zerknirscht seufzend, »auch darin hast du leider recht.«

Der Bischof runzelte die Stirn. »Allzu geschwind, mein Freund, bekennst du dich zu deinen Verfehlungen«, erwiderte er. »Wann wirst du endlich begreifen, daß der Gegensatz von Verstocktheit nicht jene Geschmeidigkeit ist, deren, in der Absicht, mich zu täuschen, du dich befleißigst? Oft genug erklärte ich dir, daß es mit Stöhnen und Grimassenschneiden allein nicht getan ist, weil nämlich die Sprache wirklicher Reue ... Hörst du mir eigentlich zu?« unterbrach er sich.

»Ja, Herr Bischof«, sagte der junge Mann, blickte dabei jedoch wie gebannt an ihm vorbei.

»Soso. Was gibt es denn, das dich mehr fesselt als die Belehrungen deines Bischofs?«

Statt einer Antwort zeigte der andere in Richtung Sumpf, wo Herzog Giselbert bis zu den Knien im Morast stand. Sein Falke hatte über der Lichtung eine Schnepfe geschlagen, die bereits in der Luft verendet und wie ein Stein zwischen die Pferde gefallen war. Ohne zu zögern, war ihr der Falke hinterhergestürmt und nicht wieder aufgetaucht. Es war ungewiß, ob er noch lebte oder von den scheuenden Rössern zertrampelt worden war. Giselbert, der im ersten Schreck abgesessen war, eilte nun, von Bülte zu Bülte springend, auf die Pferde zu.

»Wir sprechen uns noch, mein Freund, verlaß dich drauf«, murmelte der Bischof. Er berührte den Gefangenen am Ellbogen und lief zurück zu den Seinen.

Diese waren deutlich in zwei Gruppen geschieden. Die größere verteilte sich nahezu über die gesamte Lichtung und umfaßte außer den Gesandten die meisten Vasallen des Königs. Doch nicht sie war es, die der Bischof ansteuerte, sondern ein Häuflein von knapp zwanzig Männern, welche, die Arme über der Brust gekreuzt, im Schatten einer Buche standen. Sie waren durchweg hochgewachsen und von kräftiger Gestalt, trugen überdies auffallend viel Goldschmuck, so daß der untersetzte Bischof in seinem schlichten Reisegewand neben ihnen wie ein Ganter zwischen Adlern wirkte. Im Gegensatz zu den anderen schenkten sie der Jagd keine Beachtung, ja, sie hoben nicht einmal die Köpfe, wenn Beifall laut wurde.

Sooft der Gefangene zu ihnen blickte, stockte ihm der Atem; denn Graf Siegfried hinzugerechnet (der den König während dessen Abwesenheit in der Heimat vertrat und dabei, wie gemunkelt wurde, auch ein Auge auf dessen ungebärdigen Bruder Heinrich haben sollte), verkörperten die dort Versammelten gleichsam die Blüte des sächsischen Adels. Sie, hieß es, waren diejenigen, mit denen sich der verstorbene König in allen weltlichen Angelegenheiten von Belang zuerst beraten, ohne deren Einverständnis er keinen Krieg angefangen und keinen Vertrag geschlossen hatte. Und jetzt standen diese Wichmanns, Brunings, Erwins, Ekkards, Thankmars, Heribalds und wie sie sich noch nannten, die reichsten und mächtigsten Männer Sachsens also, am Rande einer sumpfigen Waldwiese beisammen, ungepanzert und lediglich von drei Dutzend Leibwächtern beschützt, die zudem gerade abgelenkt waren, weil sie sich an der Suche nach dem vermißten Falken beteiligten. Irgendwo im Gesträuch der König, allein, bis zu den Knien im Wasser stehend.

Hinter ihm knackte es, Schritte näherten sich. Ah, seine Aufpasser! Für gewöhnlich brachten sie sich nicht so plump in Erinnerung, wie sie überhaupt, seitdem er Christ geworden war, die Leine ein bißchen lockerer ließen. Hier jedoch, Hunderte Meilen von ihrer Heimat entfernt, fühlten sich die Wachen wohl unsicher.

»Ich bin es«, flüsterte jemand in seiner Muttersprache. »Bleib, wo du bist, und sieh nicht zu mir!«

Verdutzt wollte er sich umdrehen, da erkannte er die Stimme: Sie gehörte Ratibor, dem Gesandten seines Volkes, einem Mann, kaum älter als er. Dem Gefangenen wurde der Mund trocken. Zwar durfte ihn der Gesandte mehrmals im Jahr besuchen und sich ausführlich mit ihm unterhalten; zugegen waren dabei aber stets ein Dolmetscher sowie ein königlicher Kanzlist, der unverzüglich eingriff, sobald er, Tugumir, von Dingen sprach, die nicht unmittelbar sein Wohlergehen betrafen. Diese Maßnahme ging wohl noch auf jene Jahre zurück, in denen sich die Sachsen auf den Entscheidungskampf gegen die Ungarn vorbereitet und in beinahe jedem Slawen jemanden erblickt hatten, der im Auftrag der Nomaden die Standorte der neuerbauten Burgen ausspähen sollte. Einem Befehl König Heinrichs zufolge durften Gesandte und fremde Kaufleute bestimmte Gegenden und Straßen nicht mehr betreten, und jeder Untertan von Grafen bis zum Unfreien war gehalten, Männern, die ihm verdächtig erschienen, falsche oder gar keine Auskünfte zu geben. Nach dem Sieg über die Ungarn war diese Anordnung, wie es hieß, zwar gemildert, nicht aber aufgehoben worden.

Ratibor hatte sich solchen Beschränkungen immer widerspruchslos unterworfen, auch vorgestern, als das letzte Gespräch zwischen ihnen stattgefunden hatte. Wenn er sie jetzt, zwei Tage später, derart grob mißachtete, mußte er gewichtige Gründe haben.

»Du, Ratibor?« sagte der Gefangene, bemüht, das Beben seiner Stimme zu unterdrücken. »Deshalb warst du plötzlich verschwunden. Ich wunderte mich schon, weshalb ich dich nicht mehr bei den anderen sah.«

»Ich bitte dich, nimm dich zusammen! Drehe dich nicht um, neige den Kopf nicht nach hinten! Lache nicht, nicke nicht, laß die Hände, wo sie sind. Begreifst du?«

»Ja, hab keine Sorge. Doch nun sprich, du heidnischer Hund, was schleichst du hier herum? Gehört sich das etwa für einen Gesandten?«

»Was wollte der Priester von dir?« erkundigte sich der andere, ohne auf den Ton einzugehen.

Der Gefangene schickte sich an, das Gesicht zu einem Lachen zu verziehen, besann sich aber noch rechtzeitig. »Was glaubst du? Er erzieht mich, der Hundsfott, oder glaubt wenigstens, daß er's tut.«

»Solange du dich darüber beklagst, statt ihm dankbar zu sein, hat er allen Grund dazu«, spottete der Gesandte. »Übrigens denke ich nie daran, daß du Christ bist, wenn ich dich sehe. Du solltest es bei unseren Begegnungen häufiger erwähnen. Es muß sie befremden, daß du kaum jemals ein Wort darüber verlierst.«

»Bist du hier, um mir das zu sagen?«

»Nein. Ich möchte dich etwas fragen.«

»Fragen«, wiederholte der Gefangene tonlos. »Das ist es also ... Hast du eigentlich bedacht, was geschieht, wenn sie dich hier entdecken?« fuhr er erbittert fort. »Dich schützt dein Rang, mich –«

»Wer sollte mich entdecken? Ich habe mir alles genau überlegt: Deiner Wache genügt es, daß sie dich im Auge behalten kann. Dein Bischof hat dich gerade erst mit seiner Gegenwart beehrt. Für die anderen gibt es nur die Jagd. Außerdem trauen sie mir eine solche Dreistigkeit nicht zu. Sollte uns doch jemand überraschen, laß mich reden.«

»Reden! Hältst du sie für dumm? Es dauerte Jahre, bis sie mir einige Freiheiten gewährten. Und die soll ich wegen deiner Fragen aufs Spiel setzen?«

»Besinne dich, Bruder«, sagte der Gesandte eindringlich. »Es ist das erste und vielleicht letzte Mal, daß wir allein miteinander sprechen können. Verlieren wir darum keine Zeit.«

»Frag schon!« preßte der Gefangene hervor.

»Mein Auftrag ist es, in Erfahrung zu bringen, was wir von dem neuen König zu erwarten haben. Die Unseren sind hierüber völlig zerstritten. Einige meinen, daß wir, solange er noch nicht fest im Sattel sitzt, unbedingt einen Aufstand wagen sollten, andere sind der Ansicht, daß eine Erhebung keinen Erfolg verspräche und unsere Lage lediglich verschlimmern würde. Ich selbst hatte in den verflossenen Jahren etliche Unterredungen mit Otto, wurde aber nie so recht schlau aus ihm. Bis zur Stunde ist er mir ein Rätsel, vielleicht deshalb, weil er in allen Stücken das Gegenteil seines Vaters zu sein scheint und es wiederum nicht sein kann, da ihn dieser zu seinem Nachfolger bestimmt hat.«

Er räusperte sich und fuhr in seiner gelassenen Art fort: »Überhaupt sind wir über das, was sich in Sachsen ereignet, nur mangelhaft unterrichtet. Das ist erklärlich; lange genug haben sie ihren Leuten schließlich weisgemacht, daß der Slawe das Ohr des Ungarn ist. Und nicht bloß die Ihren setzen sie unter Druck, sondern ebenso all jene, die in Geschäften durch ihr Land müssen. Wir geizen weder mit Silber noch Vergünstigungen, trotzdem zögern selbst viele arabische Händler, sich ausführlicher über ihre Wahrnehmungen am hiesigen Hof zu äußern. Sogar die Lothringer, die selten eine Gelegenheit auslassen, über die Sachsen herzuziehen –«

»Gewiß«, unterbrach ihn der Gefangene gereizt. »Die

Sachsen mögen die Franken nicht, beide nicht die Bayern, und alle drei können die Lothringer nicht leiden, denen es umgekehrt natürlich ähnlich geht – was die vier jedoch nicht hindert, gegen uns zusammenzuhalten. Das ist mir nicht neu. Übrigens versichere ich dir, daß nicht ich es bin, mit dem der König seine Pläne berät.«

»Aber du lebst hier, im Hause eines Bischofs, der, wie man hört, zu seinen Vertrauten zählt. Deshalb erfährst du bestimmt mehr über den König, als dir bewußt ist.«

»Was willst du denn wissen?«

»Alles, was geeignet ist, mir sein Wesen zu erhellen. Welches sind seine Tugenden, Leidenschaften und Laster? Wodurch zeichnen sich seine Freunde aus, wodurch seine Gegner? Was sagen die einen über ihn, was die anderen?«

»Ausgerechnet von mir, den er keiner zwei Dutzend Worte im Jahr würdigt, erhoffst du solche Auskünfte?«

»Eher als von irgendeinem sonst.«

»Und wieso?«

»Weil du ihn haßt.«

»Selbstverständlich hasse ich ihn. So wie sie alle.«

»Nicht so, wie du sie alle haßt«, berichtigte ihn der Gesandte trocken. »Ich habe dich beim Krönungsmahl beobachtet: Obwohl du so saßest, daß du ihn gar nicht sehen konntest, brachtest du kaum einen Bissen herunter. Beim Klang seiner Stimme zuckst du zusammen. Nichts, das ihn betrifft, läßt dich gleichgültig. Deshalb bin ich sicher: Wenn es jemanden gibt, der die Wahrheit über diesen Mann kennt, dann bist du es.«

Der Gefangene schwieg und blickte wie abwesend vor sich hin. »Ich werde dir antworten«, entgegnete er schließlich dumpf. »Aber vorher verrate mir, was im Falle eines Aufstandes mit Milorada und mir geschieht.«

»Deiner Schwester droht nach unserer Auffassung keine Gefahr. Sie werden es nicht wagen, eine gemütskranke Nonne, die zudem die Mutter eines natürlichen Sohnes des jetzigen Königs ist, als Geisel zu benutzen. Was dich betrifft, so wurde beschlossen, auf deine gewaltsame Befreiung zu verzichten, denn ein solches Unternehmen ließe sich schwerlich geheimhalten. Einige Wochen, bevor wir losschlagen, wird dir bei einem deiner Ausritte ein offenkundig schwachsinniger Bettler in den Weg treten, dich mit ›heiliger und ehrwürdiger Vater‹ ansprechen und deine Hand zu küssen versuchen. Das ist für dich das Zeichen, deine Flucht vorzubereiten. Vergiß nicht, dem Mann folgendes zu erwidern: ›Du verwechselst mich, mein Freund, ich bin nicht der Bischof, sondern nur ein armer Gefangener.‹ Wenn er uns diese Worte übermittelt, wissen wir, daß er seinen Auftrag ausgeführt hat. Du darfst Halberstadt von da an nicht mehr verlassen; stelle dich krank, falls dein Bischof fordert, daß du ihn auf einer seiner Reisen begleitest. Am Vortag des Aufstandes wird ein dänischer Händler namens Knut bei ihm vorsprechen und ihm lautstark ein wertvolles Pferd zum Kauf anbieten. Gleich, ob das Geschäft zustande kommt oder nicht, wird sich besagter Knut noch bis zum Abend in Halberstadt aufhalten und sich in dieser Zeit so auffällig betragen, daß es niemanden geben dürfte, der seine Anwesenheit nicht bemerkt. Noch in derselben Nacht mußt du fliehen. Mögen dir die Götter gnädig sein, sollte deine Flucht mißglücken; denn lediglich von ihnen hättest du dann Hilfe zu erwarten. Hast du alles verstanden?«

»Ja. Wie hätte ich eigentlich von alldem erfahren, wenn es dir nicht gelungen wäre, mich allein zu sprechen?«

»Was ist, traust du uns nicht mehr? Du hättest es erfahren! Und nun rede endlich! Stelle dir vor, ich wäre dem König noch niemals begegnet und stünde vor wichtigen Verhandlungen mit ihm, bei denen sich der kleinste Fehler verhängnisvoll auswirken könnte.«

»Ich will es probieren«, sagte der Gefangene. Er kniff die Augen zusammen. »Du hast recht«, sprach er nach einer Weile lebhaft weiter, »er ist in vielerlei Hinsicht das Gegenteil seines Vaters. Der Alte war im Grunde seines Herzens ein Heide, er strengte sich nicht einmal sonderlich an, das zu verbergen. Ich hatte oft Mühe, mir das Lachen zu verbeißen, wenn ich sah, wie er zu den Belehrungen des Bischofs die Augen verdrehte oder den Umstehenden heimlich zuzwinkerte; einige Male sogar mir. Der Sohn würde so etwas niemals tun, wie er überhaupt jeden Priester mit größter Ehrerbietung behandelt. Denn er ist in einem ganz ungewöhnlichen Maße das, was man hierzulande fromm nennt.«

Er leckte sich die Lippen und fuhr fort: »Für den Alten gab es gewiß keine Schurkerei, die er nicht begangen hätte. Und trotzdem, so seltsam dies sicherlich aus meinem Mund klingt, mochte ich ihn ein bißchen. Oder sagen wir lieber: Ich verabscheute ihn weniger, als ich ihn hätte verabscheuen sollen. Er war nämlich völlig frei von Hochmut, hielt sich nicht für besser, als er war, und verlangte auch von seiner Umgebung nicht, daß sie ihn anders sah. Mitunter zog er ein Gesicht, als wollte er sagen: Schufte sind wir alle, machen wir uns darum das Leben nicht unnötig schwer! Vom Sohn heißt es, er sei gutherzig und redlich. Das mag stimmen. Doch vor allem ist er ein Besessener und wie alle Besessenen maßlos und niemals mit sich und der Welt zufrieden. Laß mich es so ausdrücken: Der Vater freute sich über das, was er hatte, der Sohn ärgert sich über das, was ihm noch fehlt. Solche Menschen aber, ob ehrenhaft oder nicht, sind gefährlich. Gestern war es lediglich ein Stück Vollkommenheit, von dem er meinte, es fehle ihm, morgen könnten es Länder und Leute sein. Du sagtest vorhin, es erstaune dich, daß ihn Heinrich trotz ihrer beider Gegensätzlichkeit zu seinem Nachfolger auserkoren hat. Ich bin sicher, der alte Fuchs hat dies nicht trotz, sondern – sieh!« unterbrach er sich und schaute zu den Pferden, die teils auf der Lichtung, teils in einem angrenzenden Erlenwäldchen grasten. Soeben trat Herzog Giselbert zwischen ihnen hervor; auf der Linken trug er den Falken, mit der Rechten schlug er sich triumphierend gegen die Brust.

»Er hat ihn gefunden«, stellte der Gefangene mißmutig fest. »Und wie es scheint, ist der Vogel sogar unbeschädigt. Wahrhaftig ein Wunder, so dicht, wie die Gäule dort beisammen stehen.«

Der Gesandte antwortete nicht; lediglich sein Atem war zu

vernehmen. »Gönnen wir es ihm«, sagte er endlich in einem sonderbar gepreßten Tonfall. »Was du erzählt hast, genügt mir. Das heißt, es muß mir genügen. Ich bitte dich, erschrick nicht bei dem, was ich jetzt sagen werde: Der Mann, über den wir reden, ist dabei, uns einen Besuch abzustatten.«

»Welcher Mann?«

»Sprachen wir über zwei? Ja, du hast recht. Doch da der eine nicht mehr lebt, kann es sich nur um den anderen handeln.«

»Otto?!«

»Ja, er ist es. Vermutlich hat er sich verlaufen. Übrigens glaube ich, daß er uns noch nicht entdeckt hat. Sei ganz ruhig, ich werde mich dem königlichen Zorn entgegenwerfen.«

Der Gefangene holte tief Luft und drehte sich gemächlich herum. Sein Blick verfing sich im glitzernden Blattwerk der Baumkronen. Die Gewitterwolken hatten sich verzogen; ungehindert prallten die Strahlen der heißen Augustsonne auf die Erde und brachten die Luft zum Tanzen. Er räusperte sich leise und senkte die Augen.

Durch kraftvolle Stöße mit Beinen und Schultern das Unterholz zerteilend, kam Otto geradewegs auf sie zu. Die Faust, auf welcher der weiße Gerfalke saß, hielt er in die Höhe, dessen Beute zog er hinter sich her. Das lange Haar hing ihm wirr in die Stirn, der Mund stand vor Erschöpfung offen. Bis zu den Hüften war er mit einer Schlammkruste bedeckt.

Ungefähr fünf Schritt vor ihnen stockte er und vollführte mit dem Arm, der den toten Reiher trug, eine abwehrende Bewegung, wobei über das von Schweiß und Schmutz streifige Gesicht ein Ausdruck von Ratlosigkeit glitt. Nachdem sich beide Männer vor ihm verbeugt hatten, heftete er seine ein wenig vorstehenden Augen auf Ratibor. »Was tust du hier?« fragte er schroff.

Dieser verneigte sich abermals. »Was macht ein Gesandter, Herr König, wenn man nicht auf ihn aufpaßt?« erwiderte er lächelnd. »Er spioniert. Ich bin Gesandter, kein Sachse war in der Nähe, also mache ich es auch.«

In Ottos Miene regte sich nichts. »Und hattest du Erfolg?« erkundigte er sich.

»Leider nicht.«

»Was ist es denn, das du rauskriegen wolltest? Vielleicht kann ich dir behilflich sein.«

»O ja, Herr König, das kannst du«, bestätigte Ratibor, noch immer lächelnd. »Ich fragte Tugumir, was ist der neue König für ein Mensch? Ist er den Hevellern gewogen oder nicht? Wird er sie wie Freunde behandeln oder wie Unterworfene? Das möchten alle bei uns wissen.«

Otto nickte flüchtig. »Nun, ich denke, darüber kannst du in der Tat einiges von mir erfahren. Bevor ich meine Ansicht äußere, teile mir jedoch diejenige deines Gewährsmannes mit.«

»Aber Tugumir weiß nicht!« rief Ratibor, die Arme ausbreitend. »Er sagt, niemand kennt den neuen König richtig. Alle wissen nur, daß er sehr fromm und sehr klug ist.«

Otto ließ den Reiher fallen und wischte sich mit dem Rükken der freigewordenen Hand über das Gesicht. »Und damit willst du morgen vor deine Leute treten? Das glaube ich dir nicht. Du bist nicht zum erstenmal bei uns und wirst auch in diesen Tagen nicht weggehört haben, wenn man über mich redet. Was spricht man also von mir? Und wozu wirst du den Deinen raten? Gegen mich zu kämpfen, solange ich die Zügel noch nicht fest im Griff habe? Oder darauf zu lauern, daß ich einen Fehler mache? Sag schon!«

Seine Stimme war lauter geworden, so daß der Falke den von einer Kappe bedeckten Kopf zu bewegen und sogar die Schwingen zu öffnen begann. Bestürzt blinzelnd raunte ihm Otto etwas zu, wobei er ihm wie entschuldigend über den Flügelbug strich. Nachdem er das Tier beruhigt hatte, fuhr er gedämpft fort: »Nichts für ungut, ich scherze nur. Sag den Deinen, daß es von ihnen abhängt, wie ich mich euch gegenüber künftig verhalten werde. Freundschaft werde ich mit Freundschaft, Untreue mit Strenge vergelten. Präge dir diesen Satz ein, er ist der Schlüssel zu meiner Seele. Mich auszuspähen lohnt nicht; um jedes Körnchen Silber, das ihr dafür aufwendet, ist es schade. Wirst du ihnen das ausrichten?« schloß er, sich nach dem Reiher bückend.

In diesem Moment erscholl Lärm, und von der Menge auf der Lichtung lösten sich etliche Männer. Schreiend und mit ihren Schwertern fuchtelnd, stürmten sie auf den König zu. Noch bevor sie ihn erreicht hatten, blieben sie auf ein Zeichen ihres Anführers stehen. Dieser, ein ganz in Eisen gehüllter Riese, steckte seine Waffe wieder in die Scheide, ordnete das Wehrgehenk und stellte sich danach vor Otto auf. »Wie kannst du uns nur so etwas antun, Herr König!« keuchte er. »Zu Tode hast du mich erschreckt! Sagst, daß du dich nur wenige Schritte entfernst, und dann bist du auf einmal wie von der Erde verschluckt. Wie, wenn dir nun etwas zugestoßen wäre?«

Ottos Miene hatte sich verfinstert. »Eine dumme Frage«, sagte er eisig. »Wäre mir etwas zugestoßen, hätte man dir jeden Knochen gebrochen. Oder was glaubst du?«

Seine Augen wurden schmal.

»Hat man schon einmal solch einen Trottel gesehen!« brüllte er plötzlich ohne Rücksicht auf den erneut scheuenden Beizvogel los. »Jammert wie eine Gänsemagd, der ein Küken abhanden gekommen ist! Habe ich auf meine Leibwächter zu achten oder diese auf mich? He! Ich habe gesagt, daß ich keinen deiner Leute sehen will. Sehen, verstehst du? Es ist deine Aufgabe, ihnen beizubringen, wie man mir folgt, ohne daß ich es bemerke.«

Während sich der Falke nach vorn beugte, den Schnabel aufsperrte und durchdringend schrie, hatte der Gepanzerte den Ausbruch des Königs stumm über sich ergehen lassen. Auf seinem groben, vom schnellen Laufen geröteten Gesicht malte sich grenzenloses Erstaunen, ein Anblick, der Otto zu besänftigen schien, denn seine wutverzerrten Züge glätteten sich.

»Aufgewacht, alter Freund«, sagte er mit einem kleinen Lächeln, »den jungen Mann, an dem du gelegentlich auch einmal herumnörgeln durftest, gibt es nicht mehr. Seit gestern bin ich dein König. Sollte das nicht in deinen Schädel gehen, teile es mir getrost mit; ich würde es dir nicht verargen. Bist schließlich nicht mehr der Jüngste und hättest dir einen ruhigeren Posten wahrlich verdient.«

Der Mann erbleichte. »Herr König, wie kannst du nur so etwas sagen!« stieß er hervor. »Ich und zu alt, um dir zu dienen? Schau mich doch an, ich nehme es noch mit jedem auf! Ich schwöre dir, es war allein die Angst um dein Leben, die mich den dir schuldigen Respekt vergessen ließ.«

Er faßte nach Ottos Hand, aber dieser entzog sie ihm hastig. »Hör schon auf«, äußerte er mit einem Anflug von Verlegenheit, »du wirst mich noch zu Boden reißen. Wenn du übrigens jemanden benötigst, der deine Leute lehrt, wie man sich unsichtbar macht, dann kann ich dir helfen. Er steht hinter dir.«

Der Mann drehte sich um, und in seinem Gesicht begann es zu zucken. »Sieh einer an«, sagte er, auf Ratibor zutretend. »Was hast du denn hier verloren? Du weißt sehr wohl, daß es dir verboten ist, ohne einen der Unseren mit dem da zu reden.«

»Verboten?« Ratibor hob die Brauen. »Mir hat niemand gesagt. Wann wurde es verboten?«

Der Gepanzerte entblößte seine Zähne. »Stell dich nur dumm, Herr Slawe«, sagte er grimmig, »darin seid ihr ja Meister. Tut immer, als könntet ihr kein Wässerchen trüben, doch sobald man euch den Rücken kehrt, kommt eure wirkliche Natur zum Vorschein. Aber auch Gesandte, daran solltest du stets denken, sind nicht unverwundbar. Schon mancher, der seine Nase in Dinge steckte, die ihn nichts angingen, verlor dabei das Gleichgewicht und brach sich das Genick . . . Und du«, wandte er sich an Tugumir, »hättest erst recht allen Grund, vorsichtig zu sein. Hast offenbar vergessen, wie es ist, wenn man ein paar Wochen gefesselt im Keller sitzt. Was hast du ihm eigentlich erzählt? Na los, raus mit der Sprache! Oder ist es dir lieber, daß wir zwei uns nachher in der Pfalz unterhalten?«

Er schickte sich an, seine Hand auf die Schulter des Gefangenen zu legen. In diesem Moment blickte der König auf. »Laß ihn«, sagte er, während er seinen Falken koste. »Und entschuldige dich bei unserem Freund Ratibor für deine unbedachten Worte. Sag ihm, daß du gespaßt hast. Bei uns kam noch nie ein Gesandter zu Schaden, und so wird es auch künftig sein.«

Der Mann ließ den Arm sinken und murmelte eine Entschuldigung. Als er fertig war, heftete Otto seine Augen auf den Gesandten und sagte: »Willst du wissen, was mir gerade durch den Kopf ging? Du wirst es vermutlich nicht erraten: Mir fiel ein, daß ich dir noch nicht ein einziges Mal etwas geschenkt habe. Was hältst du davon, wenn ich dir dieses Gespräch schenke, in dem ich dich bedauerlicherweise unterbrach? Ihr dürft nach Herzenslust miteinander plaudern, den ganzen heutigen Tag, meinethalben auch noch die Nacht hindurch, bis zu deiner Abreise. Was meinst du dazu?«

Das ernste junge Gesicht des Gesandten versteinerte. »Du bist sehr großmütig, Herr König«, erwiderte er.

»Sagen wir lieber: Ich übe mich darin, es zu werden, und dies, wie sich zuweilen zeigt, nicht ohne Erfolg. Und jetzt erlaubt mir, daß ich euch verlasse. Ich habe nämlich«, er stockte und krauste die Stirn, »ja, wie nennt man dieses Gefühl, wenn es einen leibhaftigen König befällt? Mir ist, ich habe ... ach was!«, er winkte ab, »ich habe schlicht und einfach Durst. Wenn es euch ähnlich geht oder euch vom vielen Reden der Mund trocken wird, dann kommt zu uns. Es gibt einen vorzüglichen Wein.«

Erneut griff er nach dem Reiher und schritt, von den Leibwächtern begleitet, leichtfüßig davon.

»Weshalb bist du so schweigsam?« erkundigte sich der Gefangene, während er Otto hinterherschaute. »Hast du schon vergessen? Wir dürfen nach Herzenslust plaudern.« Und als der andere stumm blieb: »Es ist dein Geschenk. Ziere dich nicht länger und fange an.«

Der Gesandte zuckte die Schultern. »Wozu?« sagte er träge. »Laß uns lieber den Vögeln lauschen.«

»Den Vögeln?« Der Gefangene riß in gespielter Empörung die Augen auf. »Was hat denn das zu bedeuten? Doch nicht etwa, daß du undankbarer heidnischer Bastard die königliche Gabe verschmähst?«

»Warum nicht? Da ich nun einmal keine Verwendung dafür habe . . .«

Der Gesandte kniff die Augen zusammen. »Sag, fiel dir nichts an ihm auf?«

»Nein. Oder doch: Er war schmutzig wie ein Waldteufel.«

»Sonst nichts?«

Der Gefangene schüttelte den Kopf. »Und dir?«

»Sein Witz. Daß er klug ist, wußte ich, und seine außergewöhnliche Frömmigkeit glaube ich dir aufs Wort. Daß er über Witz verfügt, überrascht mich. Er wirkte auf mich stets so schwermütig, daß ich in seiner Gegenwart kaum zu schmunzeln wagte.«

Der Gefangene überlegte, dann nickte er anerkennend. »Einen scharfen Blick hast du, Bruder. Bist eben nicht von ungefähr Gesandter. In der Tat, jetzt, wo du es sagst, fällt es auch mir auf. Aber was hat das mit unserem Gespräch zu tun?«

»Viel, scheint mir. Denn bei einem Mann, den sein Amt binnen eines einzigen Tages derart verändert, muß man künftig auf alles gefaßt sein.«

Der Gesandte lachte kurz.

»Was bin ich nur für ein Narr! Von alters her heißt es bei uns, daß jemand, den man mit fürstlicher Macht betraut, zum zweiten Mal geboren wird. Weshalb hast du mich nicht daran erinnert?«

In die Brandenburg zurückgekehrt, empfahl der Gesandte, vorläufig nichts zu unternehmen und auch den nördlichen Nachbarn von einer Erhebung abzuraten. Die darauffolgenden Monate gaben ihm recht, denn es geschah nichts, das einen Aufstand unumgänglich erscheinen ließ oder ihm besonderen Erfolg verhieß.

Zwar war der neue König keineswegs untätig, doch regierte er so, daß man aus der Ferne den Eindruck gewinnen konnte, der Thron habe gar nicht den Besitzer gewechselt. Einige Wochen nach der Krönung zog er gegen die Redarier und ging aus dieser ersten Kraftprobe mit ihnen siegreich hervor. Im Februar vertrieb er ein ungarisches Heer, das von Franken aus in Sachsen einfallen wollte; zu einer Schlacht kam es dabei nicht.

Zwei gewonnene Kriege während eines halben Jahres zeigten, daß er sein Erbe zu verteidigen wußte. Nichts deutete indes darauf hin, daß er es auch zu vergrößern beabsichtigte. Die Berichte über ihn stimmten vielmehr darin überein, daß er sich bei allem, was er tat, Zurückhaltung auferlegte. Seine Anordnungen, werde erzählt, zeugten von Augenmaß und Vernunft, doch kaum, wie man bei einem so jungen König erwarten durfte, von Ehrgeiz und Ruhmbegierde. Er suche den Horizont nicht nach Feinden ab, beunruhige seine Umgebung nicht durch ständig neue Einfälle und habe nur wenige der alten Hofbeamten gegen seine Günstlinge ausgetauscht – kurz, er herrsche so, als ob er die übernommenen Verhältnisse zu respektieren gedachte. Seine Lieblingsbeschäftigung sei es offenbar, herumzureisen, Schenkungen und Privilegien zu bestätigen und sich, wo immer er auftauche, feiern zu lassen. Seitdem bekannt geworden sei, er plane nach der kürzlichen Errichtung eines Frauenstiftes in Quedlinburg die Gründung eines weiteren Klosters, spotte man hier und da, daß er sich anscheinend schon zu Beginn seines Lebens einen Platz im Jenseits sichern wolle.

Rasch verbreitete sich über ihn die Meinung, daß er zwar nicht mit sich spielen lasse, aber ein Mann sei, der sich statt auf seine Krieger lieber auf seine Kanzlisten stütze: ein König, der die Ordnung liebte und das, was ihm sein Vater vermacht hatte, lediglich zu verwalten gedachte. Das war nicht das, womit man nach dem pompösen Krönungszeremoniell gerechnet hatte. Vielerorts atmete man erleichtert auf, und die Neugier, mit der man seine ersten Schritte beobachtet hatte, erlosch.

III.

Lange bevor ihn der Schlaf verließ, fand sich Graf Gero in Gespräche verstrickt, bei denen er sich verzweifelt mühte, einem Unbekannten etwas zu erklären. Dieser verstand ihn jedoch nicht oder wollte ihn nicht verstehen, und in den Wortwechsel hinein drangen auf einmal qualvoll deutlich die Geräusche des Hofes.

Heute war es nicht anders gewesen, und ebenso wie an den vorangegangenen Tagen trat er zuerst ans Fenster. Benommen starrte er in den blaßblauen Morgen. Aus den Unterkünften des Gesindes kam herausforderndes Schnarchen. Gestern war St. Lorenz gewesen, und die Leute hatten bis in die Nacht gefeiert. Er hatte ihnen Gesellschaft geleistet, doch während sie noch schliefen, war er wieder viel zu zeitig erwacht. Er stöhnte leise und murmelte einen Fluch, etwas, das er sich nur gestattete, wenn er allein war (Ein Herr ist nicht niedergeschlagen, sondern unzufrieden, nicht mißgelaunt, sondern mit gutem Grund zornig.). Dann trank er ein paar Schlucke Wasser, kleidete sich an und ging hinunter.

Vom Stall her ertönte ein dumpfes Klopfen. Das war die Stute, die mit einem Huf gegen die Wand schlug und damit nicht eher aufhören würde, als bis er bei ihr war. Schweifwedelnd kam ihm der Hund Rado entgegen, stellte sich vor ihm auf und winselte verzückt. »Kusch!« flüsterte Gero, worauf der Hund genußvoll die verklebten Augen schloß und seinen Leib an den Boden preßte. Für einen Moment fühlte der Graf das Verlangen, dem Tier einen Tritt zu verabreichen; nur sein Grundsatz, niemals, unter keinerlei Umständen eine überflüssige Grausamkeit zu begehen, hielt ihn davon ab.

Mit raschen Schritten begab er sich in Richtung Stall. Um die Unruhe in sich herauszuschwitzen, würde er bis lange nach Sonnenaufgang ziellos umherreiten und in die taufeuchten Wiesen wirre Spuren zeichnen, mit der freudlosen Verbissenheit eines Greises, dessen einziger Lebensinhalt der Kampf gegen den Verfall ist. Dabei ständig in Sorge, daß ihn jemand beobachtete und den Schluß zog, er habe den Verstand verloren.

Wahrhaftig, es war beschämend. Und so ging das nun schon seit Monaten.

Begonnen hatte es genaugenommen noch früher. Vor fünf Jahren, im Spätsommer neunhundertzweiunddreißig, waren Vater und Bruder bei einem Gefecht mit Räubern getötet und Gero somit unerwartet Herr dieser Grafschaft geworden. Sie war klein, und die Einkünfte, die sie abwarf, konnte man ebenfalls nicht bedeutend nennen. Doch als die Urkunde endlich eingetroffen war, hatte er gemeint, mehr erreicht zu haben, als ihm eigentlich zustand.

Seltsam, daß er einmal so gedacht hatte. Diese nüchterne Bescheidenheit – wie wünschte er sie zurück, jetzt, da ihm der Ehrgeiz das Leben vergiftete. Damals war er glücklich gewesen, denn jeder Tag hatte ihm bestätigt, daß er für dieses Amt der richtige Mann war. Dem Übermütigen Furcht einzuflößen, ohne daß der ihn dafür haßte, den Ängstlichen zu beschämen, so daß dem vor der Schande stärker graute als vor dem Teufel, dem Trägen ein Ziel zu weisen, den Leidenschaften des Unbeherrschten zu steuern, kurz: die Menschen zu bewegen, sich auf eine Weise zu verhalten, die ihnen bislang fremd gewesen war – dergleichen bereitete ihm ein eigentümliches Vergnügen. Es steigerte sich noch, wenn es ihm gelang, andere zu verblüffen.

Ein Bauer wird erschlagen; der Täter, zu arm, um das Wergeld zahlen zu können, entzieht sich der drohenden Verknechtung durch Flucht. Was tun die Verwandten des Toten? Sie bewaffnen sich und rennen tagelang durch die Wälder, natürlich erfolglos, denn sie haben ja keine Spur. Danach gehen sie wieder an ihre Arbeit. Irgendwann werden sie den Totschläger sicherlich erwischen, falls nicht, so hat es eben nicht sollen sein. Damit ist die Angelegenheit für sie erledigt.

Keineswegs hingegen für den Grafen Gero. Er hat den Geflohenen nicht vergessen, und er wird ihn nicht vergessen. Allerdings denkt er nicht daran, die sinnlose Suche fortzusetzen – wozu auch. In jedem größeren Ort gibt es Leute, die von ihren Angehörigen als Last betrachtet und daher verlassen oder verstoßen wurden: Krüppel, Sieche, Alte. Zur Untätigkeit verurteilt, lungern sie vor den Kirchen herum und nehmen hier Dinge wahr, denen die Gesunden und Geschäftigen keine Beachtung schenken. Für einen Grafen, der hin und wieder ein paar Worte mit ihnen wechselt, wären sie bereit, sich in Stücke hauen zu lassen. Aber das verlangt der ja nicht von ihnen. Er verlangt gar nichts, läßt sie einfach reden, und sie erzählen ihm, was ihnen gerade so durch den Kopf geht. Dann und wann stellt er Fragen, keinesfalls fordernd, eher ein bißchen zerstreut, und allmählich entwickeln auch die Unbedarftesten ein Gespür für das, was ihn besonders zu interessieren scheint. Berichte über Wunder, an denen sie sich untereinander zu berauschen pflegen, lassen ihn seltsamerweise kalt. Alltägliches ist es, das seine Anteilnahme weckt: Geburten und Sterbefälle; wer sich mit wem gestritten oder versöhnt hat; ob Fremde im Dorf aufgetaucht sind; wie die Ernte ausgefallen ist... Schmeichelhaft übrigens, wie aufmerksam er ihnen offenbar zuhört, denn mitunter kommt er noch nach Wochen auf ein Gespräch zurück. Warum er sich mit ihnen abgibt und welchen Nutzen ihre armseligen Beobachtungen für ihn haben, das bleibt ihnen freilich ein Rätsel. Aber Leute in ihrer Lage haben andere Sorgen, als sich mit solchen Fragen abzuplagen. Ein gutes Herz hat er, das wissen sie ganz sicher, und dieses Wissen genügt ihnen.

Nein, diese Stiefkinder des Schicksals spionieren nicht, denn wenn das herauskäme, wäre es um sie geschehen; nicht einmal der Graf würde sie dann schützen können. Doch eines Tages, kaum jemand hat mehr daran geglaubt, wird der Gesuchte aufgestöbert und gefesselt der Familie seines Opfers übergeben.

So etwas wiederholt sich, und die Bauern werden neugierig. Was ist das eigentlich für ein Mensch, dieser schmächtige Graf mit den glänzenden Augen? Darf man ihm vertrauen, oder sollte man sich vor ihm in acht nehmen? Bei seinem Vater hatte man gewußt, woran man war, der Sohn hingegen ist ihnen unheimlich. Er duldet keine Übergriffe, ganz gleich, von wem sie ausgehen, wird selten grob, und was er verspricht, hat er bislang stets gehalten, im Guten wie im Schlechten. Es heißt, daß er unbestechlich sei – was nicht immer ein Vorzug, auf jeden Fall aber erstaunlich ist. Ständig ist er unterwegs und mischt sich in Angelegenheiten, die sie früher unter sich geregelt haben. Seine Leute versichern, daß er bescheiden lebt, sich niemals betrinkt, die Mägde nicht behelligt. Aber was treibt ihn dann eigentlich? Und überhaupt: Ein Mächtiger ohne Laster, ist das nicht ein hölzernes Eisen?

Es verstreicht ein Jahr, in dem sie darauf lauern, daß er endlich die Maske fallen läßt, ein zweites, in dem ihr Argwohn zu bröckeln beginnt. Bereits im dritten gilt er den meisten als ein selbstloser und gerechter Mann, unbegreiflich nach wie vor, doch darum nicht weniger verehrungswürdig. Gebe Gott, daß er der Grafschaft noch lange erhalten bleibt!

Gero kannte seinen Ruf. Weit davon entfernt, gerührt zu sein, überraschte es ihn, wie schnell er sich die Zuneigung der Bauern erworben hatte. Für uneigennützig hielten sie ihn – welch ein Unsinn. Es machte ihm nun einmal keine Freude, Schätze anzuhäufen, vom Wein wurde ihm übel, und was die Frauen betraf, so war ihm schon die eigene zuviel; er hatte andere Genüsse für sich entdeckt. Ein Feind von Willkür sollte er sein, nun ja. Als Graf oblag es ihm, dafür zu sorgen, daß in diesem Gebiet nahe der Grenze Streitigkeiten möglichst friedlich beigelegt wurden, auch solche zwischen Hörigen und Grundherren. So lautete der Wunsch des Königs, und den mußte er, Gero, schließlich befolgen. Was immer er tat, er tat es für sich, auch dann, wenn es anscheinend nur anderen zugute kam.

Überlegungen wie diese trugen ihn bald noch ein Stück weiter. Was benotigte man eigentlich zum Herrschen? Mut, einen klaren Kopf, Ausdauer, das Vermögen, sich unter allen Umständen in der Gewalt zu haben, Entschlußkraft – gewiß. Doch diese Eigenschaften allein genügten nicht. Sie nützten wenig, wenn nicht noch eine hinzukam, die ihm an König Heinrich aufgefallen war und von der er mittlerweile meinte, daß auch er sie besaß: Die Lust an der Macht und die Fähigkeit, dieser Leidenschaft alle anderen jederzeit unterzuordnen.

Zwar verhielt sich der König häufig so, als werde er ausschließlich von Stimmungen und Vorlieben geleitet, doch Gero ließ sich nicht täuschen. An zahllosen Kleinigkeiten spürte er, daß dieser Mann selbst dann regierte, wenn er jemandem beim Trunk auf die Schulter hieb, seinen Falken streichelte oder gedankenverloren vor sich hinsah. Mit jeder Bewegung und jedem Wort verfolgte er bestimmte Absichten und schien keinen Augenblick zu vergessen, daß es die Macht nicht litt, wenn man ihr nicht unentwegt und auf die ihr jeweils gemäße Weise diente.

Das unterschied ihn von all denen, für die sie nur ein Mittel war, sich ein angenehmes Leben zu verschaffen. Wenn man aber die Macht nicht ständig umwarb, sondern wie eine Beute behandelte, pflegte sie sich irgendwann zu rächen. Er, Gero, hatte das ebenfalls begriffen, und mitunter bedauerte er, daß er diese Erkenntnis lediglich in einer kleinen Grafschaft anwenden durfte.

Solche Anwandlungen waren aber immer rasch vergangen. Von Aufstieg jedenfalls hatte er nicht einmal geträumt. Die Großen hielten ihre Reihen geschlossen, und die Zeiten, in denen ein Mann von seiner Tüchtigkeit emporgetragen werden konnte, waren offenbar unwiderruflich vorbei. Heutzutage zählten vor allem Besitz und Verwandtschaft, mit beidem hatte ihn das Schicksal nicht gerade verwöhnt.

Vor einem Jahr, im Herbst neunhundertsechsunddreißig, war es jedoch zu Ereignissen gekommen, die ihn hierüber anders denken ließen. Noch zu Lebzeiten König Heinrichs hatten sich wieder einmal die Redarier erhoben. Um sie zu bestrafen, fiel Otto nur wenige Wochen nach seiner Krönung mit einem Heer in ihr Land ein. Die Führung übernahm er indessen nicht selbst, sondern beauftragte damit einen jungen Grafen namens Hermann. Dieser entstammte einer angesehenen Familie, hatte aber bislang im Schatten seines älteren Bruders Wichmann gestanden.

Ottos überraschende Entscheidung machte böses Blut. Tödlich gekränkt verließ der selbstbewußte Wichmann das Heer. Aber auch andere verbargen ihre Unzufriedenheit nicht. Hermann jedoch errang einen glänzenden Sieg und wurde dafür nach der Heimkehr zum Grenzgrafen über die nördlichen Slawenstämme ernannt.

Gero wußte natürlich, daß er sich, was Herkunft und Besitz anlangte, mit ihm nicht messen konnte. Doch Otto hatte seine Wahl ausdrücklich mit Hermanns Ehrenhaftigkeit und Zuverlässigkeit begründet, und zwar schon zu Beginn des Feldzuges. Nicht einmal wegen besonderer Verdienste war dieser also erhöht worden, sondern wegen Eigenschaften, die künftige Verdienste zu verbürgen schienen: Eine Mahnung an alle, die glaubten, sich auf ihren Vorrechten und früheren Leistungen ausruhen zu können. Ihnen wollte der König wohl zu verstehen geben, daß er Treue und Gehorsam mehr schätzte als Taten, die aus bloßer Ruhmsucht begangen wurden.

Sie wiederum hatten ihm zu verstehen gegeben, was es bedeutete, ihre Belange zu mißachten und sich an der überkommenen Rangfolge zu vergreifen. Er war daher gewarnt und würde sich gewiß hüten, einen solch gewagten Schritt zu wiederholen.

Ebendiese Erkenntnis war es, die Gero seit Monaten den Schlaf raubte. Kaum erwies sich, daß jene Grenze, die er für unüberwindlich gehalten hatte, gar nicht so unüberwindlich war, da stellte sich auch schon heraus, daß sie es mit großer Wahrscheinlichkeit für lange Zeit nun doch sein würde. Offenbar hatte er sich während der letzten Jahre selbst betrogen, und dabei war der Ehrgeiz in ihm gewachsen wie ein heimliches Geschwür. Auf einmal empfand er sein Amt als läppisch, und Erfolge, die ihn vorher gefreut hatten, schienen ihn nun zu verhöhnen ... Ein Wunder müßte geschehen, sagte er sich häufig, doch da sein Glaube an Wunder schwach war, stürzte ihn dieser Gedanke in noch heftigere Verzweiflung.

Als er zurückkehrte, hatte sich die Sonne längst vom Horizont gelöst. Er begab sich in seine Kammer, wusch sich und aß ein Stück Käse. Danach ging er wieder hinunter.

Im Hof hatten sich inzwischen jene Männer versammelt, die ihn auf dem bevorstehenden Umritt begleiten sollten. Zwei Tage lang würde er mit ihnen durch einige Dörfer seines Amtsbereiches reisen und nach dem Rechten sehen. Wie an jedem Morgen forschte er in ihren Mienen nach Anzeichen, daß sie sich über seine frühen Ausflüge insgeheim lustig machten, konnte aber auch heute keine entdecken.

Das überraschte ihn nicht, denn eines hatte er ihnen beizeiten begreiflich gemacht: Ob er sich glücklich oder unglücklich fühlte war für sie ohne Bedeutung, so, wie es für Frösche bedeutungslos ist, ob der Mensch, der sie im nächsten Augenblick vielleicht zertritt, lahmt oder zwei gesunde Beine hat.

Er nickte ihnen zu, und der Trupp setzte sich in Marsch. Hinter dem Tor bog der Weg nach Süden, durchquerte die Quellmulde eines Baches und schlug dann abermals einen Haken, diesmal in Richtung Nordwesten. Kurz darauf mündete er in einen Hochwald. Nur an wenigen Stellen schien die Sonne auf die Erde. Sowie die Hufe der Pferde einen dieser gelben Flecken berührten, raschelte es im Gras – Scharen von Eidechsen, die erst im letzten Moment davonstoben. Eine Weile wurden die Reiter vom einförmigen Gebimmel einer Schweineherde begleitet, die unter den Buchen weidete.

Gegen Mittag erreichten sie freies Gelände. Ein frischer Wind kam auf, beugte Distelstauden und schaukelte Stieglitze, die die Pflanzen nach Samen absuchten. Statt nach Moder roch es auf einmal süß nach Heu, denn rechter Hand zog sich eine Wiese hin. Zwischen den halbfertigen Feimen lagen oder standen Rechen, Bündel und Körbe, Leute waren jedoch nicht zu sehen. Offenbar hatten sie ihre Arbeit überstürzt verlassen.

Gero befahl, ins Dorf zu reiten. Bereits von weitem hörten sie Geschrei, als sie näherkamen, wurde es leiser, verstummte dann ganz. Auf dem Anger drängten sich an die vier Dutzend Menschen, Männer und Frauen, Kinder und Greise, von ein paar Hunden umkreist, die aufgeregt kläfften. Gero stieg vom Pferd, grüßte laut und forderte die Menge auf, ihn in ihre Mitte zu lassen. Zu seiner Verwunderung trat jedoch niemand beiseite, und so wies er seine Leute an, ihm Platz zu schaffen.

Nachdem diese eine Gasse gebahnt hatten, schritt er rasch hindurch und erblickte einen Mann, der reglos im Gras lag. Seine Kleider waren zerrissen, die Arme anscheinend ausgerenkt und das Gesicht bis zur Unkenntlichkeit entstellt. Aber er lebte noch, denn der blutige Schaum vor seinem Mund hob und senkte sich. Neben ihm kniete ein Bauer. Er hielt einen Dreschflegel in der Hand und schaute dem Grafen unschlüssig entgegen. Hinter den beiden, am Rand des Teiches, stand eine Kuh und soff.

Was geschehen sei, fragte Gero und erfuhr, was er längst ahnte: Daß der Verletzte die Kuh habe stehlen wollen und, weil er sich der Festnahme widersetzt hätte, verprügelt worden sei. Ob man einen Richter gewählt habe? Nein, wozu auch, der Dieb werde ja doch jeden Augenblick sterben.

»Kennt ihr ihn?«

»Selbstverständlich. Ein Dienstmann Osdags. Vor kurzem ist er ihm davongelaufen. Wahrscheinlich wollte er sich Räubern anschließen, und bevor die ihn aufnahmen, stellten sie ihn auf die Probe.«

Gero nickte. »So könnte es gewesen sein. Aber wie ich sehe, ist er noch nicht tot.«

Der Bauer stand auf und schwang seinen Dreschflegel. »Mit deiner Erlaubnis, Herr Graf, wird er es sofort sein. Ich war gerade im Begriff, ihn von den Leiden zu erlösen.«

Gero zögerte. Einer seiner Grundsätze war es, die Bauern immer und überall merken zu lassen, daß es einen Unterschied machte, ob er bei ihnen weilte oder nicht. Den halbtoten Dieb zu erschlagen, war vernünftig. Es gab aber noch eine andere Vernunft, und die gebot ihm, jetzt eine strenge Miene aufzusetzen und zu sagen: »Der Mann ist in eurer Gewalt. Und da er noch lebt, müssen wir auch über ihn Gericht halten. So will es, wie ihr wißt, das Recht.«

Verwirrt sahen ihn die Leute an, und er ließ ihnen Zeit, sich zu besinnen. Obgleich sie das, was er da verlangte, seltsam fanden – die Beharrlichkeit, mit der er das überlieferte Recht verteidigte, würde sie schließlich beeindrucken. Und darauf kam es ihm ja an.

Als er meinte, daß sie mit sich im reinen waren, befahl er, aus der Kirche zwei Reliquienkästchen zu holen und den Gefangenen unter die große Linde hinter dem Backhaus zu tragen. Umsichtig gingen die Bauern daran, seine Anweisungen auszuführen. Einige schoben Tücher unter den Verletzten und schleppten ihn zu dem Baum, wo sie ihn absetzten und mit dem Rücken an den Stamm banden. Zwei Knaben kümmerten sich um die Kuh, die als Beweisstück an der Verhandlung teilnehmen mußte. Um sie nicht zu beunruhigen, hielten sie ihr ein Büschel Gras vors Maul und lockten sie Schritt für Schritt zum Richtplatz.

Hier wurde der Strick, der an ihrem Hals baumelte, an das linke Bein des Angeklagten geknotet. Mittlerweile waren auch die beiden Kästchen zur Stelle, von denen ihm das eine auf den herabhängenden Kopf gelegt wurde. Das andere übergab man dem Ältesten der sechs Zeugen, die der Kläger zuvor ausgewählt hatte. Dieser – es war der Bauer mit dem Dreschflegel – trat neben den Gefesselten und schwor, daß sich alles so ereignet habe, wie er berichtet hatte. Danach bekräftigten die Zeugen seinen Schwur mit einem Eid.

Sie hatten noch nicht geendet, als der Dieb aus einer Ohnmacht erwachte und auf einmal zu stöhnen anfing. Die erschrockene Kuh machte einen Sprung zur Seite, worauf sich der Strick straffte. Der Verwundete bäumte sich auf, und seinem Mund entrang sich ein grausiger Ton. Ein Mann, der das herabgefallene Reliquienkästchen in Sicherheit bringen wollte, ließ es wieder fallen und nahm Reißaus. Mehrere Leute sprangen herbei, doch statt das Seil zu zerschneiden, versuchten sie, die Kuh zu bändigen. Das gelang ihnen zwar, führte aber dazu, daß die Worte der Zeugen in einem Gewirr aus Schmerzenslauten, Flüchen und dem Gescharre des verängstigten Tieres untergingen.

Die Versammelten wurden unruhig, und einige stahlen sich sogar davon. Wir waren dagegen, besagten ihre Blicke, jetzt siehst du, wie recht wir hatten. Gero tat weiterhin, als lausche er den Zeugen. Nachdem sie fertig waren, trat er neben die Kuh, zog sein Messer und hieb den Strick entzwei. Dann verkündete er, daß der überführte Dieb sein Leben verwirkt habe und der Kläger mit ihm nach Belieben verfahren dürfe.

Der Verurteilte, der einen Augenblick still gewesen war, begann an dieser Stelle abermals zu stöhnen, es war, als habe er den Spruch gehört. Gero gab dem Bauern ein Zeichen, dieser rührte sich jedoch nicht vom Fleck.

»Was hast du?« fragte der Graf ungeduldig.

Der andere senkte den Kopf und murmelte: »Wozu sich noch an ihm vergreifen . . .«

»Dann willst du ihn als Knecht behalten? Das steht dir frei. Sieh zu, ob du ihn retten kannst.«

»Ich verknechte keinen Sterbenden, Herr«, erwiderte der Bauer mit fester Stimme. »Das bringt Unglück. Ich will diesen Mann nicht.«

»Was willst du dann?«

»Nichts will ich von ihm. Für das, was er tat, hat er bezahlt. Mag er in Frieden sterben.«

Gero spürte, wie ihn die Beherrschung verließ. Er unterdrückte seinen Zorn und sagte eindringlich: »Vorhin ging es dir nicht schnell genug. Jetzt, da wir ein Urteil gefällt haben, empfindest du mit dem Beschuldigten plötzlich Mitleid. Ist das nicht sonderbar?«

Sein Gegenüber blickte verwirrt. Nach einer Weile flüsterte er: »Gewiß verhält es sich so, wie du sagst, Herr. Doch was kann ich tun? Der Verstand sagt mir, daß ich dir gehorchen sollte. Das Herz aber weigert sich.«

»Ist das dein letztes Wort?«

Der andere nickte und machte eine hilflose Gebärde.

»Wie du möchtest. Ich werde mich aber noch sehr lange daran erinnern.«

Schweigend nahm der Bauer die Drohung hin. Gero begriff, daß es zwecklos war, noch länger auf ihn einzureden. Er drehte sich um, winkte zwei seiner Leute herbei und wies sie an, die Hinrichtung zu vollziehen. »Macht es mit der Fessel«, beantwortete er die Frage in ihren Gesichtern. »Und laßt ihn da, wo er ist.«

Unverzüglich begaben sich beide zur Linde. Während der eine das Seil aufknotete, hielt der zweite den Gefangenen fest. Auf einmal neigte er sich zu diesem hinab, schüttelte ihn leicht, richtete sich auf und bückte sich wieder.

»Er ist tot«, sagte er trocken.

Ringsum erlöstes Raunen. Die beiden Männer verzogen keine Miene. Aufmerksam sahen sie zu Gero, als erwarteten sie den Befehl, das Urteil doch noch zu vollstrecken.

Während sich die Menge verlief, kam ein Reiter ins Dorf geprescht. Am Rand des Angers sprang er aus dem Sattel, schaute sich suchend um und rannte dann zwischen den ihm entgegenströmenden Menschen auf Gero zu. Dieser erkannte ihn jetzt – es war Konrad, sein jüngster Dienstmann.

»Du mußt umkehren, Herr Graf!« rief der Bursche atemlos. »Wir haben Besuch . . .« Er stockte, denn eben wurde der Tote an ihm vorbeigetragen.

»Warum zum Teufel schreist du so!« fuhr ihn Gero an. »Und was meinst du mit Besuch?«

»Verzeih, Herr.« Konrad strich sich über das erhitzte Gesicht und trat näher. Gedämpft sagte er: »Es ist ein Bote des Königs. Er hat es sehr eilig und will dich sofort sprechen.«

»Boten haben es immer eilig«, erwiderte der Graf. »Das ändert sich, sobald man sie anständig bewirtet . . . Wie hast du uns übrigens gefunden?«

Der andere zuckte die Schultern. »Ich wußte ja ungefähr, wo ich euch hätte einholen müssen, aber von euch war weit und breit nichts zu sehen«. Irgendwann kam ich an einer Wiese vorüber, auf der –

»Ich verstehe«, unterbrach ihn Gero und streifte Konrad mit einem anerkennenden Blick. »Was ist – habt ihr ihn nun anständig bewirtet?«

»Wir haben es versucht, doch er wies alles zurück. Nur einen Becher Milch nahm er an. Überhaupt ist das ein merkwürdiger Mann. Er redet mit keinem, selbst seinen Leuten hat er verboten, sich mit uns zu unterhalten. Nicht einmal ins Haus wollte er, wir mußten ihm einen Stuhl in den Hof tragen. Mein Gefühl sagt mir, daß das kein gewöhnlicher Bote ist.«

»Das klingt beinahe, als ob du dauernd Umgang mit Abgesandten des Königs hättest«, versetzte der Graf spöttisch, stimmte jedoch Konrads Schlußfolgerungen innerlich zu. Nach dessen Schilderung konnte es sich bei dem Ankömmling nur um Werner handeln, einen Mann, den bereits Heinrich mit Aufgaben betraut hatte, die besondere Verschwiegenheit erforderten.

Gero befiel eine schmerzhafte Erregung, die unterwegs noch zunahm, und um sich abzulenken, zwang er sich, an den Vorfall unter der Linde zu denken. Statt seine Rechtschaffenheit zu bestaunen, hatten sich ihm die Bauern widersetzt – wie hatte das geschehen können? Weil du hochmütig geworden bist, gab er sich sogleich die Antwort. Du verachtest dein Amt und meinst, daß sie das nicht spüren. Sie merken jedoch genau, was in dir vorgeht, und deshalb entgleiten sie dir. Laß dir deine Niederlage also eine Warnung sein. Und höre endlich auf, Wünsche zu nähren, die für dich unerfüllbar sind . . . Aber indem er sich hierzu ermahnte, fühlte er auch schon, daß ihm ebendies unmöglich war. Sogar jetzt beschäftigte ihn ja nichts anderes als die Frage, welchen Auftrag dieser Bote haben mochte.

Als sie durchs Tor ritten, bot sich ihnen ein sonderbarer Anblick. Werner (er war es tatsächlich), ein hagerer Mann schwer bestimmbaren Alters, saß auf einem Stuhl in der Mitte des Hofes. Er hatte die Beine übereinandergeschlagen, und obwohl ihn die Nachmittagssonne blendete, schaute er den Heimkehrenden unverwandt entgegen. Um ihn herum standen seine

Begleiter, fünf Knechte, die offenbar darauf achteten, daß er nicht von den Tieren behelligt wurde.

Dieses Bild war ziemlich komisch, doch um der Höflichkeit zu genügen, mußte Gero so tun, als sei er gekränkt. Nachdem sie einander begrüßt hatten, sagte er darum vorwurfsvoll: »Du weigerst dich, mein Haus zu betreten? Ich mochte es nicht glauben, aber nun sehe ich es selbst. Verrate mir gütigst, womit ich solchen Schimpf verdient habe.«

»Mitnichten, Graf Gero, verdienst du Schimpf«, antwortete Werner mit spröder Stimme. »Ebensowenig freilich tat ich dir welchen an. Überall in Sachsen rühmt man deine Gastfreundschaft, von der es heißt, daß derjenige, der sie genießt, die Kraft verliert, ihr rechtzeitig zu entsagen. Mir, der ich in Eile bin, darf dies auf keinen Fall geschehen. So bleibt mir nur, sie dadurch zu ehren, daß ich mich ihr entziehe. Erweise dich deshalb als mein Freund und versuche mich nicht länger.« Er leckte sich die Lippen und fügte hinzu: »Erlaube nun, daß ich mich meines Auftrages entledige.«

»Gewiß. Worin besteht er?«

»Es ist der Wunsch des Königs, dich umgehend zu sprechen. Wie du vielleicht weißt, befindet er sich gegenwärtig in Wallhausen. Wann wirst du bei ihm erscheinen?«

Der Graf dachte nach. »Ich breche morgen früh auf«, erwiderte er. »Hält das Wetter an, werde ich spätestens am übernächsten Tag bei ihm eintreffen.«

Werner nickte, rührte sich aber nicht von der Stelle; vermutlich wartete er auf die Frage, was der König denn wolle. Den Gefallen tue ich dir nicht, ging es Gero durch den Kopf, und da ihn das Gehabe des anderen zu ärgern begann, sagte er barsch: »War das alles, womit ich dir dienen kann? Wenn es so ist, will ich deine kostbare Zeit nicht länger in Anspruch nehmen.«

»Holt die Pferde!« rief Werner seinen Leuten zu. Dann schob er die Hände hinter den Gürtel und deutete, sichtlich verdrossen, eine Verbeugung an. »Hast du schon gehört?« erkundigte er sich plötzlich leise. »Graf Siegfried . . .«

»Graf Siegfried? Was ist mit ihm?«

»Also weißt du es noch nicht?« Der Bote hob die Brauen. »Gestorben ist er. Er fiel um und war tot.«

Gero spürte, daß ihm die Knie zu zittern begannen. Unwillkürlich schaute er nach unten. »Ich wußte es nicht«, entgegnete er tonlos. »Welch ein schrecklicher Verlust.«

Siegfried war ebenso wie Hermann für den Schutz der östlichen Reichsgrenze verantwortlich. Im Kriegsfall unterstanden ihm alle Grafen in den Grenzgebieten zwischen mittlerer Elbe und Saale. Und nun war er also tot.

Werner ließ ein Lachen vernehmen, seine Augen blickten jedoch dabei ernst, fast gehässig. »Jetzt fragen sich natürlich alle, wem wohl die erledigte Legatschaft zufallen wird«, fuhr er fort. »Jeder, der in diesen Tagen zum König gerufen wird, hofft verständlicherweise, daß er der Glückliche ist. Manche hoffen es nicht bloß, sie wissen es bereits und tragen eine Sicherheit zur Schau, über die man nur staunen kann. Sie scheinen zu vergessen, daß der König bis zuletzt Herr seiner Entschlüsse ist und sich von niemandem Vorschriften machen läßt.«

»Wer möchte es bezweifeln«, murmelte Gero. Er räusperte sich. Weshalb heut so redselig, wollte er spötteln, hörte sich aber zu seiner Beschämung sagen: »Doch gibt es bestimmt auch Männer, deren Ansichten größeres Gewicht beizumessen ist. Die, da sie ständig in der Nähe des Königs weilen, mit seinen Plänen bestens vertraut sind. Männer wie«, verlegen wandte er das Gesicht ab, »etwa dich.«

»Sie gibt es«, bestätigte der Bote gelassen. »Obschon ich mich nicht zu ihnen zählen darf.«

»Aber du hast mit ihnen Umgang.«

»Das kann ich nicht leugnen.«

Es entstand eine Pause, und während der Graf noch mit sich rang, wurde Werner das Pferd gebracht. Gemächlich stieg er in den Sattel.

»Dann wirst du sicherlich wissen, wer nach Meinung dieser Leute am ehesten für das Amt des Legaten in Betracht kommt«, würgte Gero hervor.

Über Werners Miene huschte ein Lächeln, und im selben Augenblick begriff Gero, daß ihm der Bote eine Falle gestellt hatte. Kopfschüttelnd faßte dieser nach dem Zügel, ließ ihn wieder los. »Ich muß mich doch sehr wundern«, sagte er von seiner Höhe herab. »Bislang wähnte ich mich vor dem Verdacht geschützt, ein Mann zu sein, der über Dinge redet, über die zu reden ihm nicht zusteht. Sollte ich mich hinsichtlich meines Rufes derart getäuscht haben?«

»Was faselst du da?« rief der Graf erbleichend und trat dem Pferd in den Weg. »Du selbst –«

»Ich selbst – was? Wessen hätte ich mich anzuklagen? Daß ich, ohne es auch nur zu ahnen, deine Wißbegierde herausgefordert habe?«

Gero entfuhr ein Stöhnen, er wollte den Boten unterbrechen, aber dieser sprach sogleich weiter, laut genug, daß ihn auch die Umstehenden hören konnten: »So werde ich sie wohl stillen müssen, denn wie es aussieht, läßt du mich sonst nicht vom Hof. Wer die besten Aussichten besitzt, Siegfrieds Nachfolger zu werden, wünschst du zu erfahren?«

Er hielt inne und zuckte die Schultern.

»Selbstverständlich Thankmar, des Königs Halbbruder. Das allerdings«, schloß er mit unverblümtem Hohn, »hätte dir in Wallhausen auch jeder beliebige Schweinehirt sagen können.«

IV.

Im letzten Augenblick hatte der Graf beschlossen, ohne Begleitung zu reisen. Das war äußerster Leichtsinn, doch um die Seele von einer erlittenen Demütigung zu reinigen, gibt es bekanntlich kein wirksameres Mittel, als sich freiwillig einer Gefahr auszusetzen. So war er allein durch Gegenden geritten, von denen es hieß, daß hier Geächtete ihr Unwesen trieben, hatte unterwegs gebadet, die erste Nacht im Freien verbracht und sogar ein Feuer angezündet. Die Vorsehung hatte sich sein herausforderndes Verhalten gefallen lassen. Schon am Abend des zweiten Tages erreichte er wohlbehalten einen Ort in der Nähe von Wallhausen, wo er beim Dorfältesten Unterkunft fand.

Durch das Fenster der Kammer sah er den Sternenhimmel. Die Düfte des Hochsommers drangen in den Raum, Grillen zirpten, ein Zweig kratzte am Gemäuer. Nebenan wurde geflüstert, dann anhaltend gestöhnt; später Schritte, das Klirren eines Gefäßes. Eine wunderbare, lang entbehrte Ruhe erfüllte ihn. Er war müde, gleich würde er einschlafen – kein Sturz in den Abgrund der Erschöpfung, sondern ein sanftes Hinübergleiten, so wie früher. Und so wie früher würde es von jetzt an immer sein, heute, morgen, bis an das Ende seiner Tage. Ohne Hast würde er leben, ohne quälende Wünsche, genügsam wie ein Bauer. Warum auch nicht, da es ihm nun einmal so beschieden war. Stets würde er ein Bett haben und ein Dach überm Kopf und aller Voraussicht nach nie Hunger leiden müssen, wahrhaftig, er konnte zufrieden sein. Sei bedankt, du boshafter Mann, durch dich habe ich wieder zu mir gefunden!

Vor dem Königshof zu Wallhausen staute sich eine lange Reihe Ochsengespanne, jedes mit einem Eichenstamm auf der Ladefläche. Gero ritt nach vorn und wurde bald von mehreren Bewaffneten angehalten, die wegen der herauskommenden Wagen die Zufahrt zum Tor sperrten. Er grüßte und stellte sich vor, doch hinterließen weder sein Name noch sein Anliegen bei den Männern Eindruck.

»Was sollen wir mit ihm machen?« fragte ein junger Wächter einen zweiten, der im Schatten eines Obstbaumes saß und an einer Birne nagte. »Er behauptet, daß er ein Graf aus dem Nordthüringgau ist und vom König erwartet wird.«

Der andere spuckte aus und erhob sich. »Ich gehe mich erkundigen. Ihr laßt ihn inzwischen nicht aus den Augen. Wer weiß, was für eine Art von Graf dieser magere Schuft ist. Und du«, sagte er zu Gero, »überlege noch einmal genau, ob du hier wirklich willkommen bist. Wenn du gelogen hast ...« Er tippte an die Spitze seiner Lanze und wandte sich zum Gehen.

Als er nach einer Weile wieder am Eingang erschien, schwenkte er die Arme und begab sich danach gesenkten Kopfes auf die andere Seite der Gespannreihe. Gero durfte passieren, sah sich jedoch hinter dem Tor gezwungen, abzusitzen. Bis auf ein kleines Stück war der Hof mit Stämmen bedeckt, die an Ort und Stelle entrindet, zerteilt und behauen wurden. Die vom Lärm der Axtschläge erschreckten Tiere muhten, bellten, gackerten, miauten, die herumflatternden Hühner wirbelten Sägemehl auf, und in den süßlichen Geruch des geschnittenen Holzes mischte sich der Gestank von Kot.

»Hier, Herr Graf«, vernahm Gero eine ihm wohlbekannte Stimme, er drehte sich herum und entdeckte neben einem entladenen Wagen die hagere Gestalt des Boten Werner. Gero erstarrte, doch der andere begrüßte ihn so zuvorkommend, als ob sie sich im besten Einvernehmen getrennt hätten.

»Ich muß dich für unsere Leute um Verzeihung bitten«, sagte er und faltete dabei die Hände vor der Brust. »Sie sind nun einmal gewöhnt, den Rang eines Mannes an der Größe seines Gefolges zu erkennen.«

»Weshalb hat man sie von meinem Eintreffen nicht in Kenntnis gesetzt?«

»Der König wünschte es so. Eine Vorsichtsmaßnahme, du verstehst.«

Linker Hand, zwischen einer verfallenen Badestube und der Schmiede, begann eine Gasse, die an der Mauer entlang bis zu den Ställen führte und dort wieder in die Mitte des Hofes bog. Vor einem zweistöckigen Gebäude blieb Werner stehen, er rief einen Knecht herbei und übergab ihm Geros Pferd. Hierauf betraten sie das Haus. Drin umfing sie Dunkelheit, sie war so vollkommen, daß der Graf unwillkürlich die Muskeln spannte. Seine Finger ertasteten ein Geländer, und mit der Schuhspitze stieß er gegen eine Stufe.

»Erlaube«, hörte er Werner sagen und fühlte dessen Hand

an seinem Ellbogen. Nachdem ihn der Bote die Treppe hochgeleitet hatte, öffnete dieser eine Tür, sie durchliefen einen dämmrigen Gang, hielten schließlich vor einer weiteren Tür. Hinter ihr verbarg sich ein kleiner, dürftig eingerichteter Raum, mehr eine Kammer als ein Zimmer. Zwei Stühle standen in ihm, ein Tisch, darauf ein Krug und zwei Becher. »Gedulde dich etwas«, sagte Werner gedämpft und entfernte sich.

Gero setzte sich, stand aber sofort wieder auf. In wenigen Augenblicken würde er dem König gegenübersitzen und mit ihm reden, ohne, das ließen die beiden Stühle vermuten, die Anwesenheit eines Dritten. Und was immer dabei herauskam, für ihn, Gero, war bereits dies ein Ereignis. Er gehörte nun einmal nicht zu dem Kreis, mit dem man die Belange des Reiches beriet, und hatte seine Anweisungen stets von Siegfried erhalten. Zudem war es nicht seine Art, den König ständig mit Wünschen und Beschwerden zu behelligen.

Er vernahm Schritte, die rasch näher kamen. Gleich darauf wehte Zugluft durch die Kammer, und Otto, angetan mit einem weiten taubengrauen Kittel, trat über die Schwelle. Um nicht an den Rahmen zu stoßen, hatte er den Kopf eingezogen. Er blinzelte abgespannt und schaute noch einmal auf den Gang hinaus.

Beim Anblick dieses jungen Mannes, der, wie ein Bauer gekleidet, eigenhändig die Tür schloß und sich zuvor vergewisserte, daß ihm niemand gefolgt war, wurde der Graf sofort ruhiger. Eben noch ehrfurchtsvoll gestimmt, hatte er jetzt sogar Mühe, ein Lächeln zu unterdrücken. Er hatte Otto seit dessen Thronbesteigung ein einziges Mal gesehen, auch da lediglich von weitem, und ihm schien, als sei die Ähnlichkeit mit dem Vater noch auffallender geworden. Der kräftige, von einem dichten Bart gesäumte Mund, die kleine Nase und die etwas hervorstehenden Augen waren ebenso sein Erbteil wie der hohe Wuchs. Er war jedoch schlanker als der verstorbene König, seine Hände wirkten, anders als die Heinrichs, geradezu schmal, und statt der herausfordernden Fröhlichkeit des Vaters zeigte Ottos Miene, so wie jetzt, häufig einen grüblerischen Ausdruck.

In diesem Moment unterbrach er das Blinzeln und heftete seinen Blick auf Geros Gesicht. Er sah ihn nicht einfach an, sondern bohrte sich wie ein Bogenschütze förmlich in ihn hinein, mit der Unbefangenheit eines Menschen, der es gewöhnt ist, andere zu benutzen, und der längst nichts mehr daran findet, sie das merken zu lassen. Diese stumme Prüfung dauerte nur eine Winzigkeit, Gero indessen war danach nicht mehr zum Lachen zumute. Er verbeugte sich.

»Sei mir willkommen«, sagte Otto, »und hab Dank, daß du dich unverzüglich auf den Weg gemacht hast. Hattest du eine gute Reise?«

»Gewiß, Herr König.«

»Du bist ohne Gefolge gekommen, hörte ich. Warum? Ein besonnener Mann wie du, ich mochte es nicht glauben.«

»Warum?« entfuhr es Gero. Das war ungehörig, und so verbesserte er sich: »Um aufrichtig zu sein, ich weiß es nicht. Eine Laune vielleicht.«

»Eine Laune«, wiederholte Otto. Er sagte es ohne besondere Betonung, trotzdem hatte das Wort jetzt einen Klang, der Gero erkennen ließ, daß er einen Fehler begangen hatte.

»Graf Gero, wird behauptet, verachtet den Wein«, sprach Otto weiter und füllte dabei die beiden Becher. »Ich hatte das nie bemerkt. Wenn du am Hof bist, hältst du ja tapfer mit. Auch jetzt wirst du mir einen Schluck zur Begrüßung hoffentlich nicht abschlagen.«

Und nachdem sie ausgetrunken hatten: »Das sind nun einmal die Nachteile des Königsdienstes: Er schert sich nicht um Gewohnheiten, von Launen ganz zu schweigen.« Fast beiläufig fügte er hinzu: »Gib mir dein Wort, daß du nie wieder so etwas Törichtes tust.«

»Wie du befiehlst.«

»Und nun nimm Platz. Erzähle mir, wie es an der Grenze steht.«

Gero setzte sich. Er fühlte Enttäuschung. Das also war es.

Aber was gab es da schon zu erzählen. Seit wenigstens einem Jahr war die Lage unverändert, jedenfalls in dem Gebiet, das er überschaute. Otto mußte sie kennen, hatte ihn doch Siegfried bis zu seinem Tode durch Kuriere auf dem Laufenden gehalten. Dennoch berichtete er: Im großen und ganzen sei es ruhig; die Bauern trieben Handel miteinander, ein sicheres Zeichen, daß der Frieden nicht bedroht sei. Dann und wann gäbe es Überfälle, hauptsächlich von sorbischer Seite, bei denen Vieh gestohlen und Speicher geplündert würden, Tote sowie Zerstörungen jedoch selten zu verzeichnen seien. Die Vernehmung Gefangener habe ergeben, daß an der Spitze solcher Unternehmungen kleiner Dorfadel stünde, der sich auf diese Weise für die Verluste zu entschädigen suche, die ihm aus den Zinsverpflichtungen erwüchsen. Eine Herausforderung könne er, Gero, in diesen Raubzügen nicht sehen, zudem bleibe man einander ja nichts schuldig. Weder sei eine Zunahme derartiger Vorkommnisse zu beobachten, noch müsse man befürchten, daß sie sich zu einem Krieg ausweiteten. Auffallend übrigens die Zurückhaltung der Heveller und der von ihnen beherrschten Stämme. »Und was den Tribut betrifft, so bist du, Herr König, bestimmt besser unterrichtet als ich«, schloß er.

»Selbstverständlich«, sagte Otto mit einem Anflug von Ungeduld. Er hatte die Beine übereinandergeschlagen und blickte zum Fenster hinaus. »Sie entrichten ihn, solange sie glauben, daß wir die Stärkeren sind. Und da wir nicht wissen, wann sich ihre Auffassung ändern wird, können wir nur warten, bis sie zuschlagen. Ist es soweit, beweisen wir ihnen mit Gottes Hilfe, daß sie sich geirrt haben, und danach beginnt alles von vorn. Wir haben keinen Krieg. Frieden aber haben wir auch nicht.«

Vorsichtig bewegte der Graf die Schultern. Worauf wollte der König hinaus? Es schien, als beklage sich dieser, doch worüber? »Worüber beklagt er sich, wirst du dich fragen«, sagte Otto in seine Gedanken hinein, »denn schließlich liegt die Schuld dafür, daß es so ist, ganz allein bei uns. Recht hast du, mein Freund! Wenn man, statt Wälder zu roden und den gewonnenen Boden zu bewirtschaften, sich darauf beschränkt, in ihnen zu jagen und zu sammeln, so gilt das als dumm und rückständig. Jedem leuchtet das ein. Verhalten wir uns gegenüber den Barbaren aber nicht ähnlich? Wir belagern ihre Burgen, ohne sie zu besetzen, pressen ihren Oberen Treuegelöbnisse ab, statt sie zu beaufsichtigen, plündern ihre Bauern aus, statt sie für uns arbeiten zu lassen. Wie gewöhnliche Räuber benehmen wir uns und sind dann noch empört, wenn sie sich immer wieder erheben ... Warum schweigst du?« fügte er hinzu.

Gero schlug die Augen nieder. Langsam sagte er: »Verzeih, Herr König, aber deine Gedanken sind außergewöhnlich kühn und, jedenfalls für mich, neu. Das, was gestern noch richtig war, ist heute falsch, gibst du mir zu verstehen und wünschst, daß ich«, er zögerte, »das sofort begreife. Indes, begreife auch mich. Solange ich die Ehre habe, dir und zuvor deinem Vater zu dienen, mußte ich stets Befehle ausführen, auf deren Zustandekommen ich keinen Einfluß hatte. Es wäre mir kaum zum Vorteil geraten, hätte ich sie gegenüber dem, der sie mir erteilte, jemals in Zweifel gezogen.«

»Ganz recht«, erwiderte Otto kalt, »und so wird es auch bleiben. Hier handelt es sich jedoch nicht um Befehle, sondern darum, daß ich deine Ansichten erfahren möchte. Oder ist es so, daß du vor lauter Furcht, in Ungnade zu fallen, das Denken verlernt hast? Mein Vater hat Großes vollbracht«, fuhr er fort, »wer wüßte das besser als ich. Doch dieses Große macht Größeres möglich, ja notwendig. Er hat das Seine getan zu seiner Zeit, ich muß das Meine tun zu meiner Zeit. Sprich also freiheraus.«

Gero beugte sich vor. »Du willst ihr Land besetzen«, sagte er schroff. »So hat es König Heinrich bereits mit den Daleminzern gemacht, und wenn er –«

»Weil er sie haßte«, unterbrach ihn Otto. »Sie haben uns die Ungarn auf den Hals gehetzt, das hat er ihnen nie verziehen.«

Er stand auf, lief zum Fenster und drehte sich herum. »Mir liegt es fern, ihnen zu verargen, daß sie sich mit allen Mitteln gegen uns gewehrt haben. Nicht weil ich die Slawen hasse, will ich sie unterwerfen, sondern weil ich es tun muß. Sie sind die Schwächeren und daher zur Beute bestimmt, wenn nicht zu unserer, so zu der eines anderen, der dann für uns zu einer Gefahr würde. Kein Fluß ist ohne Ende, jeder geht einmal in einem größeren auf oder mündet ins Meer. Für sie ist dieser Zeitpunkt nun gekommen. Wenn es sich aber so verhält«, er nahm wieder Platz, »darf man auch nicht auf halbem Wege stehenbleiben. Denn solange wir sie nicht vollständig bezwungen haben, sind wir ebenso ihre Gefangenen wie sie die unseren. Deshalb müssen wir ihnen die Hoffnung rauben, daß sie durch Aufstände etwas gewinnen können. Wir rauben sie ihnen nur, indem wir Bewaffnete in ihre Burgen legen. Selbstverständlich beabsichtige ich nicht, alle Barbaren auf einmal unter unsere Botmäßigkeit zu zwingen«, fuhr er, immer schneller sprechend fort: »Was die Obodriten und die Stämme östlich von ihnen betrifft, so mag es vorerst bleiben wie bisher. Überhaupt werden wir es künftig vermeiden, in Gegenden fern von unseren Grenzen zu ziehen, denn wie uns die Böhmen gezeigt haben, taugen dort errungene Siege nur wenig. Wir widmen uns denen, die in unserer Nähe siedeln. Auch sollten wir uns zunächst hüten, den Brandenburger Fürsten unnötig zu reizen. Solange er sich nicht einmischt, führen wir keinen Krieg. Wir üben lediglich Vergeltung, bestrafen Treulose und Säumige, stellen Ordnung wieder her. Wo wir einmal Fuß gefaßt haben, gehen wir allerdings nicht mehr weg. Schritt für Schritt erweitern wir so unsere Macht, und wenn sich der Heveller zum Kampf entschließt, wird es für ihn zu spät sein. Befindet sich die Brandenburg erst in unserem Besitz, haben wir in diesem Gebiet gesiegt.«

Mit einem kleinen Lachen setzte er hinzu: »Ob wir uns danach etwas Ruhe gönnen oder sofort den Obodriten zuwenden – die Antwort hierauf muß ich dir im Augenblick leider schuldig bleiben.«

Es entstand eine Pause, und Gero schickte sich an, sie mit einem Wort der Bewunderung zu füllen. Aber noch bevor er seine Gedanken gesammelt hatte, machte Otto eine abwehrende Handbewegung.

»Dies alles«, sagte er, »ist jedoch nur dann etwas wert, wenn wir es schaffen, auch die Seelen dieser Menschen zu erobern und sie unter das sanfte Joch Christi zu beugen. Sobald es die Lage erlaubt, werden wir darum in ihrem Land Kirchen bauen und ihnen Priester schicken. Denn nicht in Sklaven will ich sie verwandeln, sondern in Untertanen, so, wie es die Franken einst mit uns gemacht haben. Daran freilich«, schloß er, »hatte mein Vater niemals gedacht.«

»Ein großes Werk«, beeilte sich Gero nun zu versichern. »Es wird deinen Namen unsterblich machen.«

Falls es gelingt, ergänzte er in Gedanken. Ihn beschlich eine eigentümliche Erregung. Mit wenigen Sätzen gewann dieser junge Mann einen Krieg, der vermutlich Jahrzehnte dauern würde, und baute bereits Kirchen auf einem Boden, den selbst die eifrigsten Missionare nur widerstrebend betraten. Ob er sich manchmal an jenen Wintertag vor fast neun Jahren erinnerte, als er, damals noch ein wirrer Jüngling, mit Graf Siegfried um das Leben eines Gefangenen gefeilscht hatte? Wohl kaum, sonst würde er jetzt nicht so mit mir reden. Ich habe ihn schwach gesehen, und das pflegen sie einem selten zu verzeihen . . .

»Dieser Geruch«, hörte er Otto auf einmal sagen. Die ausgestreckte Hand des Königs wies zum Fenster. »Dieser Geruch nach frischem Holz. Weißt du noch?«

»Wie könnte ich ihn jemals vergessen«, erwiderte Gero, vor Überraschung wie gelähmt.

Otto nickte lebhaft. »Ich habe es ebenfalls nicht vergessen. Nichts habe ich vergessen«, sagte er feierlich. »Dabei ist mir, als ob es in einem anderen Leben gewesen wäre.«

Er versank in Schweigen.

»Ein großes Werk«, sprach er dann weiter, »wahrhaftig. Sofern es gelingt. Doch das ist beinahe unmöglich. So viele Bewaffnete über Jahre hinweg in ein fremdes Land zu schicken, das heißt nichts anderes, als ein Heer von Räubern loszulassen.

Was begreifen sie von meinen Plänen? Und auch wenn sie begriffen – was können die ihnen schon bedeuten! Von Habsucht betört, werden sie ihre Macht mißbrauchen und bald alle Unterworfenen gegen sich haben. Und da sich mit Gewalt allein auf die Dauer nicht herrschen läßt, wird man sie eines Tages verjagen. Dann werden Scharen Enttäuschter zurückkehren, die nicht verstehen können, daß sie sich selbst um den Lohn ihrer Anstrengungen betrogen haben, und ihre Enttäuschung wird sich gegen mich richten. Ja, so wird es wahrscheinlich kommen.«

»Freilich«, fuhr er mit gesenkter Stimme fort, »wenn sich jemand fände, der imstande wäre, ihre Unvernunft zu steuern, könnte es auch anders kommen. Ich räume ein, daß er um diese Arbeit nicht zu beneiden ist, denn er würde nicht nur die Barbaren zum Feind haben, sondern nach einiger Zeit auch seine eigenen Leute. Um sich zu behaupten, müßte er über Fähigkeiten verfügen, die bei einem Menschen nur sehr selten gemeinsam anzutreffen sind. Dieser Mann müßte grausam sein wie ein Teufel und zugleich gerecht wie ein guter Richter, aufrichtig wie ein Kind und listig wie ein arabischer Händler, zäh wie ein Bauer auf Rodeland und demütig wie ein büßender Mönch, je nachdem, was der Augenblick erfordert. Voller Selbstvertrauen müßte er sein, doch ohne Übermut, er sollte den Tod nicht fürchten, ihn aber auch nicht verachten, weil das leichtsinnig macht. Er dürfte also nicht das sein, was man gemeinhin einen Helden nennt, denn Helden gieren nach raschem Ruhm, und der ist hier nicht zu gewinnen. Dieser Mann, stelle ich mir vor, sehnt sich danach, sein Leben einer großen Aufgabe zu weihen, und er ist entschlossen, nicht eher von ihr zu lassen, als bis er sie erfüllt hat oder stirbt. Ein solcher Mann könnte es vielleicht schaffen. Oder was meinst du?«

Die Axtschläge waren verstummt. Auf dem Hof hatte offenbar die Mittagspause begonnen. Graf Gero indessen nahm die Stille kaum wahr. Ein Wunder, ein Wunder! tönte es in ihm, wie die immer lauter werdenden Klänge einer riesigen Glocke.

»Gewiß«, sagte er dumpf, »mit ein wenig Glück.«

»Mit ein wenig Glück«, wiederholte Otto. »Wahrhaftig, das wird er benötigen. Wiederum zweifle ich nicht, daß er auf den Beistand unseres Schöpfers zählen darf. Wenn nicht bei einem Unternehmen wie diesem, bei welchem dann? Ich habe Erkundigungen über dich eingezogen«, setzte er leise hinzu. »Hat man es dir gesagt?«

»Nein.«

»Sonderbar. Wo du doch sonst über alles, was in deiner Grafschaft geschieht, so gut unterrichtet bist.«

Otto schmunzelte, wurde aber gleichsam wieder ernst.

»Das Ergebnis war auf den ersten Blick verwirrend. Es gibt mehr Beschwerden über dich als über die meisten Grafen, jedoch auch mehr Lob. Manche halten dich für einen Heuchler, andere beinahe für einen Heiligen. Vielen bist du fremd, selbst solchen, die dir vertrauen. Erstaunt dich das?«

»Keineswegs.«

»Ich habe lange überlegt, was sich hinter deiner angeblichen Uneigennützigkeit verbergen könnte. Ich glaube, ich habe es herausgefunden. Werners Schilderung seines Besuches bei dir läßt mich jedenfalls vermuten, daß ich auf der richtigen Fährte bin.«

Gero zuckte zusammen, und Otto legte ihm beschwichtigend die Hand auf die Schulter. »Nicht doch, mein Freund, ich wollte dich nicht beschämen. Meinst du, ich verstünde dich nicht? Ein Mann muß die Grenzen seiner Kraft ausschreiten können, hindert man ihn daran, überkommt ihn Bitterkeit. Das ist nur zu natürlich. Und nun genug geredet. Graf Siegfried hat uns, wie du weißt, verlassen, und ich benötige für ihn einen Nachfolger. Was glaubst du, sollte ich es mit dir versuchen?«

Er lächelte flüchtig.

»Falls ich mich geirrt habe und dir mein Vorschlag mißbehagt, halte damit nicht hinterm Berg. Ich bin auf Ablehnung gefaßt, denn sonderlich begeistert scheinst du von meinen Plänen ja nicht zu sein.«

»Herr König«, flüsterte Gero, dann versagte ihm die Stimme.

Otto sah ihn aufmerksam an. »Das genügt mir«, bemerkte er nach einer Weile. »Mehr als alle Eide, die du noch schwören wirst, zeigt mir deine Ergriffenheit, daß ich auf dich zählen kann. Ich ernenne dich also zum Legaten. Ob du einmal den Titel eines Markgrafen führen wirst, hängt künftig vor allem von dir ab. Im September, auf dem Hoftag in Magdeburg, gebe ich meinen Entschluß bekannt. Bis dahin darf niemand von unserem Gespräch erfahren.«

Seine Augen wurden schmal.

»Bevor ich zu Einzelheiten komme«, sagte er leichthin, »noch dies: Nach deiner Erhöhung werden voraussichtlich Leute an dich herantreten, die dir empfehlen, zugunsten meines Halbbruders Thankmar auf die Legatschaft zu verzichten. Sie werden behaupten, daß meine Entscheidung den inneren Frieden des Reiches gefährde, weswegen ich diese bald bereuen und dich opfern könnte. Sie werden drohen und locken. Glaube ihnen kein Wort und vertraue mir so, wie ich dir vertraue. Denn wisse, daß du von nun an unter meinem besonderen Schutz stehst. Sollte sich herausstellen, daß du der dir übertragenen Aufgaben nicht gewachsen bist, würde ich dich zwar ablösen, doch auch dann hättest du weder Not noch Verfolgungen zu fürchten. Fürchten, Graf Gero, mußt du allein mich. Darum hintergehe mich niemals! Niemals, hörst du?«

Nachdem sie miteinander gespeist hatten, brach Gero wieder auf, diesmal, so hatte es der König bestimmt, von mehreren Bewaffneten begleitet. Hinter dem Tor begegnete ihnen der Posten, der den Grafen am Vormittag beschimpft hatte. Weit davon entfernt, ihm deswegen noch gram zu sein, war Gero jetzt so, als ob der andere ein guter alter Bekannter sei, der sich mit ihm freuen würde, wenn er erfuhr, wie unerwartet günstig die Unterredung verlaufen war. Fast hätte er ihm zugenickt, da erschrak er über seine Anwandlung und rief den Mann zu sich.

Dieser kam verstohlen grinsend näher. »Entschuldige meinen ungebührlichen Ton, Herr Graf«, sagte er schleppend. »Aber ich hatte doch keine Ahnung, wer du bist.«

»Selbstverständlich konntest du das nicht wissen«, entgegnete Gero, »und eigentlich ist mir danach zumute, dir zu vergeben. Leider ist das unmöglich. Denn wenn ich deine Beleidigungen ungesühnt ließe, wäre ich für dich immer derjenige, den du einmal ungestraft einen Schuft genannt hast. Und das darf nicht sein. Verstehst du?«

Der Mann wurde blaß, antwortete aber nicht. Mürrisch schaute er auf Geros rechte Hand, die nach der Peitsche tastete, preßte die Lippen zusammen, als dieser ausholte, und neigte den Oberkörper leicht nach vorn.

»Verstehst du?« ächzte der Graf und hieb dem anderen die Peitsche über den Mund, so wuchtig, als gälte es, einen Stein zu spalten.

Der Schrei erreicht auch das Ohr des jungen Königs. Jemand ist geschlagen worden, geht es ihm durch den Kopf, dann ist er mit seinen Gedanken bereits wieder woanders. Denn Herrschen ist wie Fliegen, und je mächtiger einer ist, desto höher fliegt er. Die Welt wird größer für ihn und zugleich kleiner, er sieht mehr als vorher und zugleich weniger. Aus der Nähe betrachtet, bietet der Körper eines Geräderten einen Anblick, der einem das Blut gefrieren läßt; schaut man indessen von oben auf ihn herab, hat es den Anschein, als schlafe ein Betrunkener seinen Rausch aus. Ein brennendes Dorf ist eine Hölle, für den Fliegenden hingegen nicht schrecklicher als ein Lagerfeuer. Und weil es sich so verhält, kann er ungestört gleiten, bewundert und beneidet von denen da unten. Majestätisch nennen die Leute solche Wesen, ob es sich nun um einen Adler handelt oder um einen der Ihren.

Freilich, später als die der Vögel wachsen die Schwingen der Macht. Zeitweilig bestand deshalb für den jungen König die Gefahr, daß gewisse Erinnerungen seinen Flug bremsten. Er hat diese Gefahr jedoch längst gebannt. Zuviel hat er inzwischen gesehen, als daß ihn die Bestialitäten, deren Menschen fähig sind, noch erschüttern könnten. Großmut, Güte, Barmherzigkeit? Vom Schild der Macht entblößt, taugen sie gar nichts, sondern rufen nur Verachtung hervor. Allein derjenige darf solche Tugenden pflegen, der auch die Mittel besitzt, Schrecken zu verbreiten. Das Leben zwingt einen, Gewalt auszuüben oder sie zu ertragen, ein Drittes gibt es nicht.

Und wie kann es anders sein – ist doch diese Welt eine Welt des Mangels. Die Furcht vor ihm beherrscht alle, und sie macht die Menschen habgierig, mißtrauisch und reizbar. Was liegt deshalb näher, als sich am jeweils Schwächeren schadlos zu halten, um sich dadurch wenigstens vorübergehend von solchen Ängsten zu befreien?

Doch neben jener Art von Gewalt, die Unordnung zur Folge hat, gibt es glücklicherweise noch eine andere. Sie ist allein dem König verliehen. Und weil nur er zu verhindern vermag, daß sich die Menschen in ihrem blinden Eigennutz gegenseitig zerfleischen, hat er die Pflicht, sie so zu verwenden, daß seine Macht ständig wächst. Es ist dies der Lieblingsgedanke des jungen Königs: Kein Abend, an dem er sich nicht mit dem Bewußtsein niederlegt, ein Werkzeug der Vorsehung zu sein, kein Morgen, an dem er nicht mit dem Wunsch erwacht, sich darin noch zu vervollkommnen.

Jetzt ist es Nachmittag, und soeben hat er eine Entscheidung gefällt, die allen zeigen wird, wie ernst er es mit seinen Vorsätzen meint. Ein Bote des fränkischen Herzogs Eberhard überbrachte vorgestern die Nachricht, daß sein Herr die Burg eines gewissen Bruning zerstört habe. Dieser, ein sächsischer Vasall des Herzogs, habe Eberhard die Gefolgschaft aufgekündigt und seinen Schritt mit der Bemerkung begründet, daß er als Sachse nur noch dem König dienen wolle – worauf sich der Franke gezwungen gesehen habe, den Übermütigen zu bestrafen. Der König möge, schloß die Botschaft, doch künftig besser darauf achten, daß die Angehörigen seines Stammes ihren Verpflichtungen genauso nachkämen, wie er, Eberhard, die seinen gegenüber ihm erfülle.

Beides, der Sachverhalt wie die Form, in der er mitgeteilt

wurde, stellten eine ziemliche Dreistigkeit dar. Der Groll des jungen Königs steigerte sich noch, als er tags darauf erfuhr, daß die Besatzung der Burg durch die Belagerer getötet worden war. Der Treuebruch besagten Brunings sei verwerflich, rechtfertige aber keineswegs diesen ungeheuerlichen Anschlag auf den inneren Frieden, heißt es darum in dem Schreiben, das er gerade diktiert hat. Gewiß sei der Herzog mittlerweile längst selbst zu dieser Einsicht gelangt, und damit seine Reue öffentlich werde, lege er, Otto, ihm nahe, den Bruning mit einer Anzahl von Pferden im Wert von hundert Pfund Silber zu entschädigen; des weiteren, den an der Untat beteiligten Vasallen zu befehlen, ihren Frevel durch die Schmach des Hundetragens nach der Pfalz in Magdeburg zu sühnen.

Der Brief ist geschrieben, der Kanzlist entlassen worden. Der junge König hat auf dessen Stuhl Platz genommen, er lehnt sich zurück und genießt es, wie die Spannung, die ihn während des Diktates befiel, allmählich weicht. Er ist zufrieden, mehr noch: er empfindet Genugtuung. Unter dem Vater, überlegt er, wäre ein Vorfall wie dieser wahrscheinlich mit Stillschweigen übergangen worden. Meist hatte der ein Auge zugedrückt, wenn die Großen über die Stränge schlugen, sie dadurch in Sicherheit gewiegt, um ihnen, ehe sie es sich versahen, ein Stück ihrer Macht abzuzwacken. Er hatte auf diese Weise viel erreicht, das ließ sich nicht leugnen, viel mehr, als vorher jemand für möglich gehalten hätte. War es aber das Mögliche gewesen?

Nun, das ihm Mögliche bestimmt. Spät war er auf den Thron gelangt; beileibe nicht zufällig (sie kamen um ihn nicht herum), doch auch nicht, weil er sich mehr als andere danach gedrängt hätte. Bewundernswert deshalb, wie rasch er gelernt hatte, über die Grenzen seiner bisherigen Macht hinauszudenken. Und geradezu erstaunlich, daß er den Bogen nie überspannt hatte und zu keiner Zeit der Versuchung erlegen war, seinem Glück Gewalt anzutun.

Tatsächlich war diese Versuchung aber wohl nur selten näher an ihn herangetreten. Denn niemals, auch nicht nach dem großen Sieg über die Ungarn, hatte der Vater seine tiefsitzende Scheu vor der spät erworbenen Würde völlig abzustreifen vermocht. Er hatte seinerzeit den rechtmäßigen König bekämpft, und die Vorstellung, sich nun hinter Ansprüchen zu verschanzen, gegen die er sich früher gesträubt hatte, bereitete ihm stets ein abergläubisches Unbehagen. Mißtrauisch in bezug auf alles, das er nicht seiner Tatkraft zu verdanken meinte, hatte er sich bis zuletzt eher als Verwalter des Throns denn als sein Besitzer begriffen.

Von daher erklärte sich seine befremdliche Schwäche für Leute, die sich, wie er, lieber auf ihre Stärke verließen als auf das Recht. Er verstand sie wohl besser als die Untertänigen und Gehorsamen und vertraute ihnen mitunter noch dann, wenn sie offen gegen seine Anordnungen verstießen. Auch der Eigensinn der Großen hatte ihn im Grunde seines Herzens nie wirklich empört, selbst dann nicht, wenn er mit Härte gegen sie vorging. Nicht vor allem Rebellen sah er in ihnen, eher gleichgestellte Gegner, mit denen man sich rauft, ohne sie deswegen zu verabscheuen.

Doch wer wahrhaft herrschen will, muß sich mit seinem Amt eins fühlen, so unbedingt, daß er jedem Zweifel an seinen Rechten guten Gewissens als einer Beleidigung der Vorsehung entgegentreten kann – davon ist der junge König überzeugt. Und er will herrschen, nicht als irgendwer, sondern als König von Gottes Gnaden; deshalb ist er entschlossen, die Macht der Herzöge zu brechen. Die Herzogtümer verdanken ihre Wiedergeburt der Schwäche des Königtums, nun, da es im Begriff ist, seine einstige Stärke zurückzuerobern, haben sie sich ihm widerspruchslos unterzuordnen. Vasallen der Krone müssen ihre Häupter werden, und wenn ihnen das nicht gefällt, wird er sie zum Teufel jagen.

Noch ist die Zeit nicht reif dafür, doch bereits jetzt wird er ihnen auf die Finger klopfen, sobald sie ihre Befugnisse überschreiten, so, daß jeder im Reich merkt, wer der Herr im Haus ist; der Frankenherzog soll es als erster zu spüren bekommen. Vor allem aber wird er sich Bundesgenossen schaffen, indem er den Menschen Ziele weist, die sie aus eigener Kraft nicht erreichen können. Denn sie sind kurzsichtig und wollen ihren Vorteil mit den Händen greifen können, sonst fallen sie von einem ab. Deshalb darf man ihrer Selbstsucht niemals freien Lauf lassen, man muß sie bündeln und dorthin lenken, wo sie einem nicht schadet, wenn möglich sogar nützt. Und wie die Dinge einmal liegen, heißt das: in Richtung Osten.

Sofort zeigt sich, wie vernünftig Gott die Welt eingerichtet hat, was sich freilich allein demjenigen offenbart, der fähig und willens ist, seine Pläne richtig zu deuten: Nur der König kann die vollständige Unterwerfung des Slawenlandes mit Aussicht auf Erfolg in Angriff nehmen, weil nur er sämtlichen dazu erforderlichen Kräften gebietet. Indem er aber tut, was viele wünschen, stärkt er zugleich sein Ansehen und seine Macht. Und damit nicht genug, haben am Ende wunderbarerweise alle einen Nutzen davon – selbst die Heiden, denen dereinst die ewige Verdammnis erspart bleiben wird.

Es klopft. Der König springt auf, geht zur Tür, öffnet sie. Auf der Schwelle steht ein Mann und ein Knabe von vielleicht sieben Jahren. Der Mann trägt eine braune Kutte, als er sich vorbeugt, sieht man auf seinem Hinterkopf die Tonsur. Das Kind, es ist mit einem einfachen Reisegewand bekleidet, kräuselt hierauf spöttisch die Lippen und zwinkert dem König zu.

»Hab Dank, Wolo«, sagt dieser zu dem Mönche. »Entferne dich jetzt, ich lasse dich rufen. Oder nein«, berichtigt er sich hastig, »komme besser von selbst. Aber erst, wenn die Sonne über dem Tor steht. Nicht früher, hörst du?«

Der andere verneigt sich abermals wortlos und geht.

Der König legt einen Arm um die Schultern des Knaben, schiebt diesen ins Zimmer und schließt die Tür. Sowie er mit ihm allein ist, beleben sich seine abgespannten Züge. Weich, beinahe scheu blickt er auf seinen Gast hinunter, der inzwischen Platz genommen hat, zieht einen Stuhl heran und setzt sich dem Jungen gegenüber. Greift nach dessen Händen, betrachtet sie stirnrunzelnd und läßt sie auf einmal wieder los, so, als habe er sich an ihnen verbrannt.

»Wie geht es dir, Wilhelm?« fragt er nach einer kurzen Pause.

Der Knabe lächelt ebenfalls, wobei sich der gewölbte Mund in dem hübschen Gesicht wie eine Knospe öffnet. »Gut, Vater«, antwortet er anscheinend belustigt. »Mir geht es immer gut, das weißt du doch.«

Er streicht sich das honigfarbene Haar aus der Stirn.

»Warum hast du mich denn schon heute holen lassen?«

»Freust du dich nicht?«

»Doch, natürlich. Sind Editha und Liudolf noch nicht da?«

Der König räuspert sich. »Sie werden übermorgen eintreffen.«

»Das dachte ich mir«, entgegnet der Junge sachlich. »Dabei hat Liudolf nichts dagegen, wenn ich hier bin. Wir sind Freunde. Nur die Engländerin will nicht, daß du mich so oft siehst.«

»Was erlaubst du dir!« weist ihn der König zurecht. »Die Engländerin! Du sprichst von meiner Gemahlin.«

»Aber die meisten nennen sie so.«

»Doch nicht in meiner Gegenwart.«

Der Knabe überlegt. »Aha«, sagt er beeindruckt und fügt nach einer Weile hinzu: »Du mußt auf sie Rücksicht nehmen, nicht wahr?«

Der König beugt sich vor und streicht sich mit einer raschen Bewegung über den Bart. »Wer sagt das?« erkundigt er sich tonlos.

»Der Abt.«

»Soso ... Nun ja ... Weißt du, Editha kann dich sehr gut leiden, trotzdem ... Aber das verstehst du noch nicht. Ich erkläre es dir vielleicht später einmal.«

Der Junge strafft sich. »Vielleicht?«

»Ganz bestimmt.«

»Wann!«

»Wenn du ein bißchen äl-«

»Nein! Sag bitte genau, in wieviel Jahren.«

»In sechs«, seufzt der König.

»In sechs erst?« ruft der Knabe und reißt empört die Augen auf. »So lange noch! Da bin ich ja«, er legt die Stirn in Falten und beginnt, mit den Fingern zu rechnen, »da bin ich ja schon dreizehn! Dreizehn«, wiederholt er bereits ruhiger, wohl durch die Aussicht getröstet, daß er einmal dieses respektable Alter erreichen wird. »Vergiß es aber nicht. Ich werde dich daran erinnern.«

»Ja, tu das.«

»Hm«, macht das Kind und scheint in Gedanken längst wieder mit etwas anderem beschäftigt. Plötzlich hellt sich seine Miene auf, es lächelt schelmisch und fragt: »Du hast es nicht leicht, stimmt's?«

»Wahrhaftig nicht«, bestätigt der König, sichtlich erlöst, daß sein Gast das Thema gewechselt hat. »Von wem hast du denn das nun schon wieder aufgeschnappt?«

Der Junge bricht in ein triumphierendes Gelächter aus. »Auch vom Abt. Ich wußte, daß du mich das fragen würdest. Du merkst immer sofort, wenn ich nachspreche, was er gesagt hat.«

Er hält inne und fährt fort: »Eigentlich ist es ungerecht, daß ich nicht König werden darf. Nur, weil ich keine Mutter habe.«

Der König macht Anstalten, sich zu erheben, bleibt dann jedoch sitzen. »Was redest du da«, sagt er mühsam. »Ich habe es dir schon oft genug erklärt. Du hattest eine Mutter, aber sie ist leider gestorben. Daraufhin heiratete ich Editha, und selbstverständlich muß unser gemeinsamer Sohn –«

»Ja, richtig«, unterbricht ihn der Knabe abwesend. »War sie auch Engländerin?«

»Nein. Doch auch das habe ich dir –«

»Wo liegt England überhaupt?«

»Dort.« Der König weist zum Fenster hinaus, und der Junge ist zufrieden.

»Wäre sie bloß nicht gestorben«, sagt er mit gekrauster Nase. Gleich darauf zuckt er zusammen und stößt hervor: »Jetzt fällt mir etwas ein. Wenn Editha stirbt, kann Liudolf ja auch nicht König werden. Weiß er das?«

»Bitte, sprich nicht solchen Unsinn.«

»Nein, sag!«

»Editha wird nicht sterben. Und nun schweig endlich.«

»Du mußt es Liudolf aber unbedingt sagen«, beharrt der Knabe. »Er ist sonst nicht darauf gefaßt.«

»Ja, zum Teufel«, sagt der König lachend und zieht ihn an sich. Der Junge versinkt in der Umarmung. Plötzlich gibt er einen vergnügten Schrei von sich, krallt sich in das Haar des Königs und reißt diesen vom Stuhl. Beide wälzen sich auf dem Fußboden herum, so lange, bis das Kind schließlich obenauf ist und den »Hund von einem Barbaren« zur Kapitulation auffordert.

»Großer Gott«, stöhnt der König, nachdem sie wieder Platz genommen haben, »bist du aber stark geworden.«

»Wirklich?« Der Knabe strahlt. »Ist Liudolf nicht so stark?«

»Ja, doch. Genauso. Und jetzt laß hören, was du inzwischen gelernt hast. Ich bin schon sehr gespannt.«

»Sofort.« Der Knabe zögert. »Gehen wir danach auf Beizjagd?«

»Mit einem künftigen Bischof? Wo denkst du hin!«

»Ich bin doch noch kein Bischof. Und Liudolf hast du bereits dreimal mitgenommen.« Das Kind greift nach der Hand des Königs und streichelt sie. »Bitte, Vater.«

Dieser schlägt die Augen nieder. »Heute ist es nicht möglich«, sagt er gequält. »Das nächste Mal, wenn du länger bleiben kannst. Und nun fange an. Wie wäre es mit einem Lied?«

»Ein Lied? Meinetwegen.«

Die Enttäuschung im Gesicht des Jungen schwindet. »Ich habe tatsächlich ein paar neue gelernt.«

Er setzt sich kerzengerade, holt tief Luft und spitzt den Mund. Singt. Der König lauscht, aufmerksam und ein wenig traurig. Zuweilen summt er mit. Dann und wann schaut er nach rechts, wo ein gelber Sonnenstreifen langsam, aber unaufhaltsam die Wand hinaufkriecht.

V.

Als Graf Gero Ende September vom Hoftag in Magdeburg heimkehrte, war er bei weitem nicht so zufrieden, wie er ursprünglich erwartet hatte. Bereits die abendlichen Gelage hatten ihn über alle Maßen angestrengt. Wurden sie ihm zuviel, ging er gewöhnlich schlafen, woran in den Jahren zuvor selten jemand Anstoß genommen hatte. Diesmal hingegen hatte er immer bis zum Schluß ausharren müssen und außerdem eine Erfahrung gemacht, die ihm die Freude an seiner neuen Würde fast vergällt hätte.

Angefangen hatte es in der Nacht nach seiner Ernennung zum Legaten. Wie um diese Stunde üblich, waren die meisten an der Tafel längst betrunken. Während die einen würfelten, Lieder grölten oder, die Ellbogen auf die Tischplatte gestemmt, paarweise ihre Kräfte maßen, beratschlagten andere, ob sie in ein Dorf ziehen und die Bauern erschrecken sollten.

Im hinteren Teil der Halle lagen fünf bezechte Gaukler auf den Dielen und schliefen. Alle hatten blutige Gesichter. Von Zeit zu Zeit näherte sich ihnen irgendein mißgestimmter Graf und schlug fluchend auf die Menschenbündel ein. Dann schnellten diese hoch und vollführten stöhnend einige Kunststückchen, so lange, bis sie ein Hagel abgenagter Knochen zwang, die Vorstellung wieder zu beenden. Übermannte sie danach der Schlaf, begann eine Weile später das Ganze von vorn ... Es roch nach gebratenem Fett, nach Schweiß, brennendem Wachs und Erbrochenem. Zahllose Insekten umschwirrten die Fackeln, Falter torkelten durch den Raum, und über den mit Speiseresten übersäten Boden huschten Mäuse.

Todmüde und sich zugute haltend, daß er länger als sonst geblieben war, wollte sich Gero gerade davonstehlen. Da berührte ihn Werner an der Schulter und flüsterte, daß ihn der König vor dem Ausgang zu sprechen wünsche.

Otto stand neben der Tür. Als er Gero gewahr wurde, lief er wortlos voraus, und der Graf folgte ihm. Plötzlich blieb Otto stehen. »Was ist, Legat, langweilen wir uns?« fragte er, ohne sich umzudrehen.

»Ein bißchen, Herr König«, gab Gero verdutzt zu.

»Man sieht es dir an.«

Otto lachte kurz und fuhr unverhofft grob fort: »Sitzt auf deinem Stuhl und gähnst wie ein altes Weib. Ein Bild des Jammers, wahrhaftig! Handelt es sich etwa wieder um eine Laune? Falls ja, so wisse, daß es damit nun endgültig vorbei ist. Du gehörst seit heute zu den Großen, also zeige auch, daß du dir dessen bewußt bist. Sie glauben nämlich sonst, ihre Gesellschaft schüchtere dich ein. Prahle, brülle, streite, benimm dich meinethalben so tierisch wie sie alle zusammen, aber sitze nicht ständig herum wie ein Häufchen Unglück. Hast du mich verstanden?«

»Vollkommen, Herr König«, hatte der Graf geantwortet und sich nach Kräften bemüht, seinen Fehler wiedergutzumachen. Der Erfolg war indes ausgeblieben, und sein erster Versuch hatte sogar mit einer peinlichen Niederlage geendet.

Als er in den Saal zurückkam, fiel sein Blick auf den Frankenherzog Eberhard, der schweigend und mit angewiderter Miene vor sich hinstierte. Anscheinend geht es ihm wie mir, also fangen wir am besten mit ihm an, dachte Gero und nahm neben ihm Platz.

»Was willst du, Sachse?« knurrte der Herzog und rückte dabei ein Stück von ihm weg.

»Mit dir trinken, wenn es beliebt.«

»Beliebt nicht«, entgegnete Eberhard dumpf. »Mit einem Sachsen trinke ich nicht. Einer so falsch wie die anderen ... Schere dich zur Hölle, verdammtes Aas!« schrie er auf einmal, holte aus und hätte unweigerlich Geros Krug vom Tisch gefegt, wenn ihm sein rechter Nachbar nicht in den Arm gefallen wäre. In diesem Moment erinnerte sich der Graf, daß Eberhard kürzlich vom König bestraft worden war, weil er die Burg eines seiner Vasallen niedergebrannt hatte.

Auch in den folgenden Tagen gelang es Gero nicht, seine Isolierung zu durchbrechen. Bald merkte er, daß dies allein nicht an seiner Ungeschicklichkeit liegen konnte. War der König zugegen, wurde er mit ausgesuchter Höflichkeit behandelt, in dessen Abwesenheit jedoch zeigten ihm viele die kalte Schulter. Selbst Männer, von denen er bis dahin gemeint hatte, daß sie ihm gewogen waren, mieden ihn. Sowie er sich ihnen näherte, verstummte die Unterhaltung, und nicht selten löste sich die Gesprächsrunde dann auf.

Andere, wie die ihm künftig unterstellten Grafen Christian und Thietmar, wichen ihm zwar nicht aus, ließen indes erkennen, daß sie es gern getan hätten. Befahl er die beiden zu sich, gehorchten sie sofort, schauten aber, während er zu ihnen sprach, wie ertappte Verbrecher umher. Ähnlich erging es Gero mit Graf Hermann, seinem Amtskollegen an der Niederelbe. Eben noch hatte dieser, vom König dazu angehalten, seine Erfahrungen mit den Obodriten geschildert und dabei auch freimütig über die Mißhelligkeiten berichtet, die ihm seine Erhebung im verflossenen Jahr eingetragen hatte. Eine Weile später geschah es, daß sich ihre Blicke an der Tafel kreuzten, und Gero, in der Annahme, daß sie natürliche Verbündete seien, zwinkerte Hermann freundschaftlich zu. Da erstarrte dieser, wurde rot und senkte bestürzt die Augen.

Der einzige, der Gero ungezwungen begegnete, war sonderbarerweise Ottos Bruder Heinrich, ein Jüngling von fast mädchenhafter Schönheit, dem nachgesagt wurde, daß er grenzenlos hochmütig wäre. Einmal trafen sie einander auf der Treppe. Überzeugt, daß ihn der Prinz nicht beachten werde, verneigte sich Gero flüchtig und trat hierauf zur Seite. Heinrich stürmte vorbei, hielt jedoch plötzlich inne, und als er den Grafen erkannte, hellte sich sein bartloses Gesicht auf. »Wie geht es dir, Graf Gero?« erkundigte er sich lebhaft und betrachtete ihn mit der kalten Neugier eines Kindes, das gerade einer Fliege die Beine ausreißt.

»Gut, Herr«, entgegnete Gero überrascht, worauf der junge Mann, der sonst nur selten lächelte, in schallendes Gelächter ausbrach, ihm auf die Schulter klopfte und weiterlief. Fortan richtete Heinrich, sobald er seiner ansichtig wurde, stets diese

Frage an ihn und ließ danach, ohne die Antwort abzuwarten, sein rätselhaftes Lachen ertönen.

Die Woche in Magdeburg wurden für Gero zu einer Tortur. Tagsüber, auf der Jagd, hatte er sich in der Gewalt, nahte aber der Abend, befiel ihn ein Zittern, Kopf und Magen begannen zu schmerzen und der Körper zu jucken. Irgend etwas braute sich zusammen, er spürte es ganz deutlich. Und da Thankmar dem Hoftag ferngeblieben war, mußte der Graf immer häufiger an Ottos letzte Worte bei ihrer Unterredung im August denken.

Dieser wollte von seinen Befürchtungen allerdings nichts wissen. »Wie hast du dir den Weg nach oben denn vorgestellt?« sagte er, als ihn Gero auf die Stimmung unter den Großen aufmerksam machte. »Steil und steinig, im übrigen aber wie jeder andere – vielleicht so? Bei Gott, ich wünschte ebenfalls, er wäre bloß das. Doch leider zieht es auch noch auf ihm. Die meiste Kraft benötigst du deshalb nicht zum Gehen, sondern um zu verhindern, daß du wieder ins Tal geblasen wirst. Unten warten sie nämlich schon darauf, daß du ihnen vor die Füße rollst ... Glaubst du, ich wäre besser dran? Vor einigen Tagen habe ich Heinrich beschenkt, das Gut bei Merseburg, du weißt. Trotzdem überlegt mein kleiner Bruder von früh bis spät, wie er es bewerkstelligen kann, daß wir unsere Plätze tauschen. Beklage ich mich etwa darüber?«

»Du mißverstehst mich, Herr König. Ich bin auf Neid gefaßt, und soweit seine Folgen nur mich betreffen, sind sie mir gleichgültig. Aber betreffen sie wirklich nur mich? Es will mir scheinen, als sei ich für einige Leute lediglich ein Vorwand, um –«

»Überlaß das Scheinen gütigst der Sonne«, hatte ihn Otto spöttisch unterbrochen, »und die Sorge um meine Sicherheit denen, die damit beauftragt sind. Kümmere dich um das, was wir beredet haben, so bleibt genug zu tun.«

Entschlossen, diesen Rat zu befolgen, war Gero heilfroh gewesen, als er endlich abreisen durfte. Zwar entsprach es der Wahrheit, daß er mit Neid gerechnet hatte, die Einmütigkeit aber, mit der er brüskiert worden war, hatte ihn ziemlich bestürzt. Hinzu kam, daß der König seine Hilflosigkeit offenbar durchschaut hatte und nun sicherlich von ihm enttäuscht war; die Gereiztheit, mit der ihm Otto beim Abschiednehmen begegnet war, ließ sich schwerlich anders erklären.

Eine Meile vor Unseburg, er meinte, bereits die Bode zu riechen, wurde er der Selbstanklagen jäh überdrüssig. Er befand sich auf der Erde seines Amtsbezirkes, jedes Haus und jeder Weg in dieser Gegend waren ihm vertraut. Hier war er Graf Gero, jemand, den man respektierte und auf den man hörte. Schluß mit den trüben Gedanken, befahl er sich, und tatsächlich wurde ihm danach leichter zumute. Ohnehin war es töricht, sich die Mißachtung der Großen derart zu Herzen zu nehmen, denn genau betrachtet galt sie ja gar nicht ihm, sondern jenem unbekannten Emporkömmling, der er in ihren Augen nun einmal war. Es lag jetzt bei ihm zu beweisen, daß der König die richtige Wahl getroffen hatte. Wenn er in kürzester Zeit erreichte, wofür ihm dieser wenigstens ein Jahrzehnt bewilligt hatte, würde ihn niemand mehr wie einen Aussätzigen behandeln können.

Als er in den Hof ritt, bemerkte er, daß die Gebäude mit Blumengirlanden geschmückt waren. Er stutzte, dann fiel ihm ein, daß in zwei Tagen Michaelis war. In diesem Moment öffneten sich die Tore der Speicher, und das Gesinde strömte heraus. Im Nu hatte es ihn und sein Gefolge umringt, Hochrufe ertönten, und während Knaben die Pferde wegführten, reichten Mägde Becher mit Most.

Verblüfft ließ Gero den Jubel über sich ergehen, gestand sich aber bald ein, daß er Behagen empfand. Gerade fragte er sich, wer die ungewöhnliche Begrüßung veranlaßt haben mochte, da entdeckte er inmitten der Menge seine Gattin Godila. Seine Genugtuung verwandelte sich augenblicklich in Zorn. Er hatte dieses abgehärmte und demütige Geschöpf nie geliebt und die Ehe seinerzeit nur auf Verlangen des Vaters geschlossen. Kurz nach dessen Tod hatte er die gemeinsame Kammer geräumt, seither lebten sie nicht mehr wie Mann und

Frau. Zuweilen vergingen Wochen, in denen er kein Wort mit ihr sprach, ein Zustand, unter dem sie, wie er wußte, unvermindert litt. Deshalb glaubte Gero jetzt, daß der feierliche Empfang lediglich einer ihrer vielen Versuche war, ihn durch verdoppelte Anhänglichkeit erneut für sich zu gewinnen.

Nachdem er den Leuten bedeutet hatte, sich wieder an die Arbeit zu begeben, winkte er Godila herbei. »Was soll der Unfug!« herrschte er sie an. »Willst du mich lächerlich machen?«

Das unschöne Gesicht der Frau rötete sich bis zu den Haarwurzeln, offenbar hatte sie seinen Gedanken erraten. »Ich war es nicht, mein Gemahl«, beteuerte sie. »Konrad ordnete es an.«

»Aha«, sagte Gero und ließ sie einfach stehen. Dann rief er Konrad zu sich. »Was hast du dir denn dabei gedacht?« fragte er ihn, in einem Ton, auf den er, je nachdem, wie die Antwort des Burschen ausfallen würde, sowohl Entrüstung als auch Zustimmung folgen lassen konnte. »Empfängst mich, als wäre ich der König.«

Konrad verzog keine Miene. »Graf Siegfried«, entgegnete er, »wurde immer so empfangen, wenn er von einer längeren Reise heimkehrte. Einer seiner Männer erzählte mir das.«

»Was redest du da!« Gero runzelte die Stirn. »Graf Siegfried vertrat den König, wenn dieser außerhalb Sachsens weilte. Ist dir das entfallen? Und auch sonst kann ich mich nicht mit ihm messen. Zwar habe ich nun sein Amt inne, doch das ist vorläufig –« Er stockte und fuhr fort: »Doch das ist bereits alles.«

»Mag sein, Herr Graf«, versetzte Konrad gelassen. »Woran aber werden das Gesinde und die Bauern merken, daß du, unser Gebieter, erhöht worden bist? Das Wort Legat sagt ihnen vermutlich wenig.«

Gero zögerte. »Wenn du es von dieser Seite betrachtest, meinetwegen«, pflichtete er ihm schließlich widerstrebend bei. Er kniff die Augen zusammen, sah zu Boden, und nach einer Pause fragte er leise: »Haben sich die Leute eigentlich nicht gewundert?«

»Anfangs schon«, kam die Antwort. »Dann waren sie mit Begeisterung bei der Sache. Zumal ich ihnen versprach, daß heute abend ein Fest stattfindet.« Mit einem Blick auf das Gesicht des Grafen fügte Konrad hinzu: »So wird sich ihnen, dachte ich mir, die Bedeutung deines neuen Ranges noch tiefer einprägen.«

»Ein bißchen viel Umstände, meinst du nicht?« wandte Gero ärgerlich ein. Obwohl er Konrad insgeheim abermals recht gab, ging ihm dessen Eigenmächtigkeit nun doch etwas gegen den Strich. »Heute ein Fest, übermorgen das nächste! Du wirst es vielleicht nicht verstehen, aber nach der Woche am Hof habe ich das Feiern gründlich satt.«

»Begreiflich, Herr Graf. Es ist jedoch keineswegs erforderlich, daß du uns Gesellschaft leistest. Graf Siegfried pflegte zum Zeichen seiner Leutseligkeit lediglich einen Schluck zu trinken und sich hierauf sogleich zurückzuziehen. Du solltest es von jetzt an genauso halten.«

»Sollte ich das? Nun, ich werde es mir überlegen«, sagte Gero kühl. Nachdenklich betrat er kurz darauf das Haus. Gewiß, wegen des Gesindes mußte er keinen Aufwand treiben, es würde gehorchen wie bisher. Aber als Legat unterstanden ihm zahlreiche Burgen, deren Besatzungen zunächst nur seinen Namen kannten. Die ihm verliehene Macht würde eine leere Hülse bleiben, sofern es ihm nicht gelang, sie denen, die sich ihr beugen sollten, irgendwie faßlich zu machen. Und ohne Blendwerk, das hatte der Bursche richtig erkannt, würde er dabei nicht auskommen.

Wie ihm Konrad geraten hatte, verließ er das Fest beizeiten und schlief danach bis zum folgenden Mittag. Als er erwachte, erblickte er die Magd Ida. Sie hatte gerade das Frühstück abgeräumt und war jetzt im Begriff, wieder hinauszugehen.

Gero richtete sich auf. »Warte noch, Ida«, sagte er träge, worauf sie sich umdrehte und ihn fragend anschaute.

Ida war beleibt, stumm und in einem Alter, in dem sie nicht mehr gebären konnte, Eigenschaften, derentwegen Gero sie nach seinem Bruch mit Godila den übrigen Mägden vorgezogen hatte. Magere Weiber konnte er nicht ausstehen, geschwätzige ebenfalls nicht, und schon gar nicht mochte er es, wenn sich das Gesinde darüber ereiferte, welcher der Leute wohl sein Erdendasein gräflichem Samen verdankte; von dieser Sorte hatten ihm Vater und Bruder wahrlich genug vermacht. Glücklicherweise war es ihm ziemlich gleichgültig, ob eine Frau ein hübsches Gesicht hatte oder nicht, und da ihm auch an Abwechslung nichts lag, stellte ihn Ida vollauf zufrieden.

»Ich leide Brunst, meine Gute«, sagte er zu ihr, denn er wußte, daß sie es liebte, wenn er sich vornehm ausdrückte. Sie nickte abwesend, setzte das Geschirr wieder ab und schloß den Fensterladen. Dann begann sie, ihren Rock zu raffen und den Saum hinter den Bund zu stopfen, so sorgfältig, als beabsichtige sie, einen Fluß zu durchwaten. Sowie sie damit fertig war, schlug sie die Decke zurück, packte seine Beine und spreizte sie. Behend stieg sie über ihn hinweg, kniete sich aufs Bett, beugte sich vor und reckte ihm schnaufend ihr mächtiges Gesäß entgegen, das glatt und weiß war wie bei einer jungen Frau.

Nachdem sie gegangen war, blieb er noch eine Weile liegen, kleidete sich dann an und öffnete das Fenster. Draußen schien die Sonne. Leichter trockener Wind wirbelte mit Erde vermischten Druschstaub auf, trieb Herbstlaub vor sich her und wehte lose Strohhalme von den Dächern. Eine Schar Hühner rannte gackernd zur Scheune, Spatzen tschilpten, aus der Ferne ertönte der klirrende Gesang einer Grauammer. Neben dem Brunnen saß der Hund Rado und äugte zu zwei Knaben, die ein Schwein mit Kletten bewarfen.

Wohl eine Stunde sah Graf Gero hinaus, und während er so schaute und grübelte, formte sich in seinem Kopf eine Rede. Nein, mein Herr König, fing sie an, ich kann dir nicht gehorchen. Ein Mann, der sich anschickt, ein Haus zu bauen, benötigt dafür eine bestimmte Zahl von Wochen, und selbst wenn es Jahre wären, weiß er doch, daß er seine Arbeit einmal beendet haben wird. Ich hingegen weiß das nicht. Denn falls du entdeckst, daß dir meine Ernennung kostspieliger zu werden droht, als du angenommen hattest, wirst du irgendwann deine Entscheidung rückgängig machen; kein Versprechen wird dich daran hindern. Ins Elend, das will ich dir gern glauben, wirst du mich nicht stoßen. Je nachdem, was dich zweckmäßig dünkt, wirst du mir entweder die Grafschaft lassen oder mich an deinem Hof unterbringen, in einem jener ebenso einträglichen wie einflußlosen Ämter, mit denen man Männer zu betrauen pflegt, die ohne Schuld an einer höheren Aufgabe gescheitert sind und sich dabei die Feindschaft der Mächtigen zugezogen haben: in das des Quartiermeisters etwa, wenn es hochkommt. Doch das, verzeih, ist nichts für mich. Und weil es sich so verhält, muß ich meinen eigenen Weg gehen. Mißlingt mir, was mir vor wenigen Augenblicken in den Sinn kam, wirst du den Henker nicht zu bemühen brauchen. Schaffe ich es freilich, wird es für dich schwer werden, mich angemessen zu belohnen ...

Gero bemerkte einen Harztropfen an der Fensterklappe, er zerdrückte ihn, führte den Finger an die Nase und atmete den süßen Duft ein. Hierauf beugte er sich vor und rief die beiden Jungen zu sich. »Schaut nach, wo Konrad ist. Ich will ihn sofort sprechen.«

Wenn Konrad auf dem Hof erschien, begannen die Mägde zu flüstern. Auch die Knechte unterbrachen ihre Beschäftigung, und bald versuchten alle, ihn zu sich zu locken. Der große blonde Bursche zierte sich dann nicht lange. Er stemmte die Hände in die Hüften, wippte einige Male auf den Fußballen und trat schmunzelnd näher. Zu jedem sagte er ein paar Worte, harmlose Schmeicheleien meist, die er im Vorübergehen ausstreute: Eila sei seit gestern deutlich schöner geworden, Emnildes Zähne glänzten so weiß, wie sie das bloß mache ... Und das Gesinde, an dergleichen nicht gewöhnt, lauschte ihnen wie Offenbarungen.

Fast alle kannten ihn noch als einen schwächlichen Knaben. Mehr als vier Jahre war es nun her, da hatte ihn Gero während der Jagd nach versprengten Ungarn inmitten der Trümmer eines niedergebrannten Gutes gefunden. Gewiß hätte er den halbverhungerten Jungen seinem Schicksal überlassen – Thüringen war schließlich voll von Flüchtlingen gewesen –, als dieser plötzlich eine Axt an sich riß und einen Gefangenen verwundete. Nur mit Mühe konnte man ihn daran hindern, auch auf die anderen loszugehen.

An sich war eine Tat wie diese nicht außergewöhnlich. Die Bauern pflegten mit überwältigten Ungarn kurzen Prozeß zu machen oder sie langsam zu Tode zu quälen, woran sich häufig die ganze Familie beteiligte. Selbst diejenigen, die einen Knecht dringend nötig hatten, vermochten ihre Wut oft nicht zu zügeln. Hinter der Raserei des Kindes indes steckte, so empfanden es jedenfalls die Männer, mehr als das Verlangen, sich für ausgestandene Angst an Wehrlosen zu rächen; es hatte den Anschein, daß der Knabe sogar vor ungebundenen Feinden nicht zurückgeschreckt wäre. Davon beeindruckt und weil Konrad angab, daß seine Angehörigen umgekommen seien, befahl der Graf, ihn mitzunehmen und bis auf weiteres unter das Gesinde einzureihen.

Zwei Jahre lang fiel er kaum auf, er redete wenig und schloß sich niemandem an. Nur wenn man ihm gegenüber tätlich wurde, neigte er, ansonsten sanft und willig, zu jähzornigen Ausbrüchen. Einmal griff er einen Knecht, der ein Holzscheit nach ihm geschleudert hatte, mit dem Beil an. Dafür hätte er eigentlich ausgepeitscht werden müssen, denn das Hofrecht untersagte es streng, bei Streitigkeiten Waffen oder gefährliches Gerät zu benutzen. Gero aber, der den Vorfall beobachtet hatte, bestrafte ihn lediglich mit Essensentzug und wies an, ihn nie wieder zu reizen. Von diesem Tag an ließ man Konrad in Ruhe.

Um sein sechzehntes Lebensjahr herum begann er auf einmal zu wachsen und verwandelte sich schnell in einen stattlichen jungen Mann. Auch seine Zurückhaltung fiel von ihm ab, zum Vorschein kam eine Frohnatur, die niemand bei ihm vermutet hatte. Da er überdies gewissenhaft und anstellig war, erregte er bald ein weiteres Mal die Aufmerksamkeit des Grafen, der ihn schließlich in sein Gefolge aufnahm.

Vieles an Konrad war erstaunlich. Zog man sein Alter in Betracht, zu allererst das Äußere: die breiten Schultern, der starke Bartwuchs und die tiefe Stimme. Wer ihn sah, mochte kaum glauben, daß er noch vor kurzem ein kleiner Junge gewesen war. Obwohl er gern scherzte, wurde er selbst nie zur Zielscheibe von Spötteleien. Auch das war sonderbar, verabscheuten die Knechte und Mägde doch jeden, der, unfrei wie sie, eine bevorzugte Stellung erlangt hatte. Machte der Betreffende den Fehler, sich für seinen Aufstieg durch übertriebene Nachsicht oder leutseliges Benehmen gleichsam entschuldigen zu wollen, wurde er von ihnen unbarmherzig veralbert. In Konrad dagegen waren sie geradezu vernarrt. Befahl er etwas, beeilten sie sich, ihm zu gehorchen, unter Murren zwar (das gehörte dazu), aber ohne sein Durchsetzungsvermögen auf die Probe zu stellen. Dabei schrie und drohte er nicht wie die anderen Gefolgsmänner. Anweisungen erteilte er in der Regel lächelnd, so, als sei er der Ansicht, daß er den Leuten mit zusätzlicher Arbeit ein ausgefallenes Vergnügen zuschanzte – was diese ihm seltsamerweise nicht verübelten.

Gero wußte, was er an ihm besaß, hütete sich jedoch, ihn das merken zu lassen. Er behandelte ihn sogar strenger als die anderen. Ein Dienstmann hatte seinen Herrn zu fürchten, erst dann durfte dieser seiner Treue sicher sein. Konrad indes, obschon niemals aufsässig, erweckte häufig den Eindruck, als ob er hauptsächlich deshalb gehorchte, weil er die empfangenen Anordnungen billigte und Freude daran hatte, sie auszuführen. Darum argwöhnte Gero mitunter, daß der Achtzehnjährige ein im Grunde seines Wesens eigensinniger Bursche sei, den bislang lediglich der Zufall davor bewahrt hatte, mit ihm zusammenzustoßen.

»Ich ließ dich rufen«, sagte er, als Konrad zur Stelle war, »weil ich etwas mit dir bereden möchte. Nimm Platz und höre aufmerksam zu.«

»Wie du richtig erkannt hast«, sprach er nach einem Räuspern weiter, »zwingt mich meine neue Würde, einige Gepflogenheiten zu ändern. Mein Leben gehört fortan allein dem König, wodurch es, an sich von geringem Wert, eine gewisse Bedeutung erhält. Deshalb wird es deinen Kameraden nur noch ausnahmsweise gestattet sein, sich direkt an mich zu wenden. Umgekehrt werde ich meine Befehle stets über einen von euch erteilen. Bei meinem Erscheinen hat man sich zu erheben und zu verneigen – nicht zu nicken, sondern sich zu verbeugen.«

Gero schwieg und blickte Konrad fest in die Augen. »Das ist aber noch nicht alles. Wie jeder sehen kann, habe ich nicht gerade die Gestalt eines Riesen. Zwar ließ mich mein Körper im Gefecht nie im Stich, Wundertaten vollbrachte er freilich auch nicht. Ich lebe nun schon siebenunddreißig Jahre mit diesem Mangel und werde es weiterhin tun. Da mich die Burgleute jedoch unweigerlich mit Graf Siegfried vergleichen werden, bedarf meine Autorität einer zusätzlichen Stütze. Eine wichtige Aufgabe des Gefolges wird es daher sein, mich wie bisher im Kampf zu verteidigen, darüber hinaus aber, mir solche Gegner zuzutreiben, die ich ohne zu großes Risiko besiegen kann. Überflüssig zu betonen, daß hierbei der Anschein vermieden werden muß, ich wüßte davon oder hätte es gar gewünscht. Aus all diesen Gründen benötige ich jemanden, der das Gefolge statt meiner leitet. Hast du mich verstanden?«

»Ja, Herr Graf«, antwortete Konrad mit belegter Stimme.

»Sehr gut. So hast du natürlich begriffen, daß meine Wahl auf dich gefallen ist. Mit dem Gesinde und den Belangen des Hofes hast du nichts mehr zu schaffen. Du versammelst die Männer, wenn wir ausreiten, hältst mit ihnen Waffenübungen ab, sorgst unter ihnen für Zucht und veranlaßt das, worüber ich gerade sprach. Traust du dir das zu?«

»Ich denke schon, Herr Graf«, flüsterte Konrad. Er war blaß geworden, senkte die Augen und preßte die blutleeren Lippen zusammen. Seine Rechte zuckte hoch, beschrieb eine hilflose Bewegung, fiel wieder herab.

Der Graf betrachtete ihn versonnen. Erst kürzlich, erinnerte er sich, war er, Gero, genauso erbleicht. Und ein Jahr zuvor in Aachen der König . . .

»Da ist noch etwas«, fuhr er fort, nachdem er sich an Konrads Fassungslosigkeit satt gesehen hatte. »Als Graf obliegt es mir vor allem, das Recht zu schützen, als Legat, die Barbaren zu schlagen. Das ist ein gewaltiger Unterschied. Niemand weiß, was die Zukunft bringen wird, doch eines steht außer Zweifel: Ich werde nicht umhin können, Mittel anzuwenden, deren ich mich Christenmenschen gegenüber niemals bedienen würde.«

Er machte ein Pause und hob die Hand.

»Ich sage das nicht von ungefähr. Du besitzt die seltene Gabe, die Leute mit deiner bloßen Gegenwart zu erfreuen und ihr Wollen zuweilen bereits durch ein Lächeln zu beeinflussen. Ich habe aus diesem Talent Vorteil gezogen und dich häufig von Aufträgen verschont, von denen ich meinte, sie könnten deiner Beliebtheit abträglich sein – häufiger, als du es vielleicht bemerkt hast. Hoffe nicht, daß dies so bleibt. Deshalb frage ich dich: Kann ich unter allen Umständen auf deinen Eifer zählen, selbst dann, wenn dir einer meiner Befehle zuwider sein sollte? Überlege dir die Antwort gut,« und falls du deiner nicht sicher bist, sage es frei heraus. Leise fügte er hinzu: »Es gibt nämlich Dinge, die einem mißraten, tut man sie lediglich unter Zwang.«

»Wozu noch überlegen, Herr Graf«, entgegnete Konrad heftig. »Daß man mit Feinden auf Feindesart verfährt, ist mir bekannt. Im übrigen sehne ich mich schon lange danach, dir meine Ergebenheit zu beweisen. Ich preise unseren Schöpfer, daß er meinen Wunsch endlich erhört hat. Du bist der gerechteste Mensch, den ich kenne. Du hast mir das Leben gerettet. Gebrauche es, wie es dich richtig dünkt. Ich schwöre bei meinem Seelenheil, daß ich dir stets mit ganzer Kraft dienen werde.«

Jetzt war es an Gero, die Augen zu senken. Wie man sich täuschen kann, dachte er benommen. Für eigensinnig hatte er den Burschen gehalten; dabei war der anscheinend geradezu darauf versessen, sich für ihn aufzuopfern. Dergleichen gab es also wirklich ... Einen Moment lang beschlich ihn eine sonderbare Verwirrung, und ihm war, als müsse er seinen Entschluß widerrufen. Von Reue und Ratlosigkeit bedrängt, schnaufte er abwehrend und wich unwillkürlich einen Schritt zurück.

»Ein fahrender Sänger hätte sich schwerlich gefühlvoller ausdrücken können«, spottete er, als er sich wieder in der Gewalt hatte. »Aber wir wollen nicht übertreiben. Dein Leben schuldest du allein Gott, und für das Brot, das du von mir erhieltst, hast du mir immer treu zur Seite gestanden. So sollte es auch künftig zwischen uns sein. Deinen Schwur allerdings werde ich nicht vergessen ... Nun, ich war offen zu dir, und du hast dich entschieden. Laß jetzt die Männer antreten, ich will sie von deiner Erhöhung unterrichten.«

VI.

Ungefähr zur selben Zeit, als die Vermählung des Prinzen Otto mit der Prinzessin Editha gefeiert worden war, hatte sich einige Tagesreisen südlich von Quedlinburg eine gewisse Gelsusa, Witwe eines im Krieg verschollenen Bauern namens Herpo, samt ihrer Habe in die Abhängigkeit einer benachbarten Grundherrschaft begeben. Nur mit äußerstem Grauen hatte sie sich zu diesem Schritt entschlossen. Auch ihre drei Töchter befiel angesichts der unablässig weinenden Mutter Verzweiflung, und den Ältesten trieb die Aussicht, von jetzt an bis zum Ende seines Lebens an zwei Tagen jeder Woche fronen zu müssen, sogar in die Wälder.

Das fünfte Kind hingegen, ein zehnjähriger Knabe, war eher erleichtert. In den letzten Jahren hatte es seinen Vater mehr als einmal sagen gehört, daß der, bevor er sich »diesen Hunden« ausliefere, lieber das Gehöft anzünden und danach sich und die Seinen umbringen werde. Seither hatte der Junge bei jedem Mißgeschick, das die Familie traf, in Todesängsten geschwebt. Nun, da endgültig feststand, daß die Gefahr vorüber war, sah er gelassen in die Zukunft.

Schon bald sollte er jedoch begreifen, was den einst so gutmütigen Mann zu jener schrecklichen Drohung bewogen hatte. Das Kloster, in dessen Besitz sich der Fronhof befand, war arm, noch ärmer aber waren seine Hintersassen. Deshalb war man mit ihnen irgendwann übereingekommen, Pflichtverletzungen nicht durch Bußzahlungen, sondern durch Leibesstrafen zu sühnen, ein Gewohnheitsrecht, dem sich auch die frei Geborenen unterwerfen mußten. Hemmungslos machten die Männer des Meiers von ihm Gebrauch, prügelten bei jeder Gelegenheit und mit allem, was gerade bei der Hand war. Das Gesinde wiederum, von dieser Behandlung gänzlich verroht, rächte sich, indem es das, was ihm zugefügt wurde, blindlings an den jeweils Schwächeren weiterreichte. Darum gab es auf dem Hof kaum noch Hunde und Katzen, denn sie waren entweder getötet worden oder geflohen.

Überhaupt war in dieser Hölle alles anders, als es der kleine Konrad kannte. Während der Arbeit wurde nicht gesungen und in den Pausen nicht gelacht; selbst Feste brachten die verbitterten Menschen einander nicht näher. Das, was gemeinhin als Tugend galt, erweckte bei ihnen lediglich Feindschaft und Verachtung. Einmal, es war Winter, hatte er aus einem Speicher eine Handvoll Hirse entwendet, um sie an die Vögel zu verfüttern. Als er die Körner in den Schnee streute, umringten ihn plötzlich Knechte. An ihren Mienen erkannte er, daß sie etwas im Schilde führten, glaubte aber bis zuletzt an ein Mißverständnis; schließlich war es unter ihnen üblich, ihre Herrschaft zu bestehlen, wo es nur ging. Statt ihn jedoch zu loben, ergriffen sie ihn, begossen ihn mit Wasser und jagten ihn aufs freie Feld hinaus, wohl wissend, daß er sich nicht beschweren durfte. Erst viel später verstand er, daß es seine mitleidige Geste gewesen war, die ihn fast das Leben gekostet hätte.

Wenn ich groß bin, zahle ich es ihnen heim, hatte er anfangs oft gedacht, diese Hoffnung aber bald verloren. Denn wie sollte er groß werden, da sie doch offenbar beschlossen hatten, ihn vorher zum Krüppel zu schlagen? Und als habe sich auch sein Körper damit abgefunden, hatte er irgendwann aufgehört zu wachsen.

Trotzdem war er nicht zerbrochen, hatte sich nicht, wie so manches Kind auf diesem Hof, ertränkt, zu Tode gestürzt oder durch einen raschen Schnitt in den Hals von allen Leiden befreit. Ein alter Mann hatte ihn davor bewahrt, ein Schweinehirt, der einst Gefangener der Ungarn gewesen war und über sie wunderliche Dinge zu berichten wußte. Statt ihn mit ihren fürchterlichen Säbeln zu zerhacken, hatten sie ihn nämlich bloß betrunken gemacht, in ein Mönchsgewand gesteckt und gezwungen, vor ihnen zu beten. Der Wein und die Angst hatten ihm zu der Einsicht verholfen, daß den Ungarn vermutlich nicht so sehr daran gelegen war, fremde Bräuche zu studieren, als vielmehr, einmal nach Herzenslust lachen zu dürfen. Und so hatte er ihnen einen Priester vorgespielt, wie es sicherlich nirgendwo auf der Welt einen gab: ein grimassenschneidendes Wesen, das fuchtelnd ums Feuer tanzte oder heulend und kläffend auf allen vieren kroch.

Fortwährend brüstete er sich, daß er über die Gabe verfüge, diese gefürchteten Wilden milde zu stimmen, und bezeichnete sie sogar als seine Freunde. Man dürfe nur keine Angst vor ihnen haben, müsse ihnen zutraulich und freimütig gegenübertreten, dann sei mit ihnen bestens auszukommen. Lediglich sauertöpfische Leute, die keinen Spaß verstünden und allzusehr an ihrem Eigentum hingen, wären ihnen ein Greuel, und das, setzte er augenzwinkernd hinzu, könne er ihnen nicht einmal verübeln.

Überzeugt, daß auch sie ihn nicht vergessen hatten und ihn bei ihrer Wiederkehr um eine weitere Probe seiner Kunst bitten würden, war er unermüdlich bestrebt, diese noch zu verfeinern – sehr zum Vergnügen Konrads, der, längst entschlossen, in ihre Dienste zu treten, in den albernen Sprüngen und Schreien des Hirten so etwas wie eine Bürgschaft baldiger Erlösung sah. Und so harrten sie beide Jahr für Jahr der Ankunft dieser lustigen Gesellen: Der Mann, weil er noch einmal im Leben im Mittelpunkt stehen wollte, der Knabe, weil er sich von ihnen das Ende seiner Qualen erhoffte.

Die Zeit verstrich, der Alte starb darüber, und Konrad, ganz allein mit seiner Sehnsucht, begann allmählich zu bangen, daß die Ungarn für immer ausbleiben könnten. Da geschah es, daß an einem Februartag des Jahres neunhundertdreiunddreißig eine Schar Bewaffneter in den Hof sprengte. Mit ihren knielangen Panzern und ihren verhüllten Gesichtern, aus denen die bereiften Augenbrauen hervorstachen, boten sie einen furchterregenden Anblick. Ohne abzusitzen, rief ihr Anführer den Meier zu sich, stieß ihm mit dem Stiel seiner Peitsche an die Brust und verkündete laut, daß die Ungarn im Lande seien. Dann befahl er, die Männer antreten zu lassen. Nachdem sie Aufstellung genommen hatten, musterte er sie angewidert und bemerkte fluchend, daß er auf diese Ansammlung siecher Krüppel und verhungerter Zwerge getrost verzichten könne. Dennoch winkte er elf zu sich heran.

Auch der Meier und sein Gefolge mußten mit. Bevor er wegritt, ordnete er an, die Keller zuzumauern, und drohte den Knechten und Mägden mit dem Strafgericht, falls sie sich in seiner Abwesenheit an den dort lagernden Vorräten vergriffen. Die Hörigen und alle, die eine eigene Wirtschaft besaßen, sollten unterdessen ihr Vieh holen und danach dem Gesinde bei der Übersiedlung in eine wenige Meilen entfernte Burg helfen.

Ratlos schauten ihm die Leute hinterher, und als sich ihre Aufregung gelegt hatte, entschieden sie, erst einmal den morgigen Tag abzuwarten. Denn wer wußte schon genau, ob diese Teufel aus dem Süden tatsächlich so bald die Gegend heimsuchen würden. Selbst der Geharnischte hatte auf die Frage, wo der Ungar im Moment stünde, mit einem Schulterzucken geantwortet und hämisch hinzugefügt, daß der Ungar niemals stehe, sondern unablässig reite und deshalb jederzeit überall auftauchen könne. Verhielt es sich aber so, bestand erst recht kein Grund, sich mit der Flucht zu beeilen, denn dann konnten sie einen ebenso unterwegs erwischen.

Ohnedies zog es niemanden in die unwirtliche und sicherlich übervölkerte Burg. Dort würde man vermutlich schlimmer darben müssen als bisher, hier hingegen hatte man alles, was das Herz begehrte; befanden sich doch in den Kellern Dinge, die man sogar an Feiertagen nicht immer zu essen kriegte. Und nichts würde einen daran hindern, soviel zu nehmen, wie man wollte . . . Ein Strafgericht? Man würde sehen. Vielleicht traf es sich, daß der Meier im Kampf getötet wurde. Blieb er aber am Leben – nun, mehr als Prügel würde es wohl kaum setzen, und an die war man ja gewöhnt.

Und so beschlossen die Knechte und Mägde in seltener Eintracht, die ihnen unverhofft geschenkte Freiheit wenigstens einen Tag lang bis zur Neige auszukosten. Sie erklärten den Bauern, daß sie deren Hilfe nicht brauchten, beluden, als diese fort waren, vorsichtshalber die Fuhrwerke, öffneten danach die Keller und begannen, an Ort und Stelle zu schlingen. Gepökeltes stopften sie in sich hinein, hartgekochte Eier, eingelegte Pilze, Gänsefett und Honig, tranken Bier dazu, erbrachen sich und schlangen weiter, schweigend zumeist, ohne sich eine Pause zu gönnen und vor Kälte zitternd.

Bis zum Morgen dauerte die Prasserei an, dann übermannte die Leute der Schlaf. Gegen Mittag wurden sie von den Klängen eines Horns geweckt. Sich die erstarrten Glieder massierend, lauschten sie den Tönen. Gar jämmerlich hörten sich diese an, wie das Quäken eines Säuglings, und alle begriffen, daß da kein geübter Bläser am Werke war, sondern jemand, der sich entweder einen Scherz erlaubte oder sich des Instruments in höchster Not bedient hatte. Ahnungsvoll hasteten sie hinaus und gewahrten, daß im Osten hinter dem Wald Rauchwolken emporstiegen. Von einer baumlosen Erhebung aber ergoß sich ein Reiterschwarm über die verschneiten Wiesen und stürmte geradewegs auf den Hof zu.

Ein paar Männer liefen zu den Ställen, andere bewaffneten sich mit Äxten und Beilen, die Frauen jedoch falteten stöhnend die Hände. Auch Konrad wurde beklommen zumute. Er hatte nie vorgehabt, mit ihnen zu fliehen, sondern sich in einer

Nische des Brunnenschachtes verbergen und dort auf die Ungarn warten wollen. Schon vor einiger Zeit hatte er Nacht für Nacht ungefähr eine Elle über der Wasseroberfläche Steine und Erde herausgelöst und danach die Vertiefung wieder verkleidet. Sie war geräumig genug, um in ihr mit angezogenen Beinen sitzen zu können. Als es Winter wurde, hatte er sie mit Stroh und Lumpen gepolstert und gestern die zur Tarnung bestimmten Steine entfernt. Wenn die Ungarn eingetroffen waren, hatte er sein Versteck verlassen, lächelnd an ihre Feuer treten und sie wie ein Hausherr begrüßen wollen. Die Keller mit den Vorräten hätte er ihnen gezeigt, und sie hätten ihm dafür auf die Schulter geklopft und ihm durch Zeichen zu verstehen gegeben, daß er sich ihnen anschließen dürfe.

Indes, nun war es anders gekommen. Das Gesinde war geblieben, die Türen der Keller standen sperrangelweit auf, und ein paar Verrückte bereiteten sich anscheinend sogar darauf vor, den Hof zu verteidigen. Machten sie ihre Absicht wahr, konnte er sich den Plan, die Freundschaft der Fremden zu erwerben, vermutlich vorerst aus dem Kopf schlagen.

Damit nicht genug, mußte er auch noch um die Mutter und die Schwestern bangen. Auf dem Weg zur Burg war er ihnen ausgerissen, statt jedoch, wie er gehofft hatte, weiterzuziehen, waren sie wieder umgekehrt. Schuldbewußt und zugleich etwas ärgerlich, blickte er jetzt zu ihnen. Ihre verdammte Anhänglichkeit hatte sie ins Unglück gestürzt, denn selbst wenn man sie nicht als Gefangene wegführte, das Vieh und die Habe würden sie einbüßen. Und wovon sollten sie dann leben?

Ihre kleinen struppigen Pferde peitschend, hatten sich die Reiter währenddessen so weit genähert, daß schon ihre Gesichter zu erkennen waren. Ihre Zahl war schwer zu schätzen, über hundert mochten es sein. Als sie die bepackten Wagen und Schlitten bemerkten, pfiffen sie gellend und beschleunigten das Tempo. Auch vor der Umfriedung gab es für sie kein Halten. Blitzschnell schwangen sie sich auf die Rücken ihrer Tiere; sprangen über die Mauer hinweg in den Hof und schleuderten ihre braunen Mäntel von sich. Außer Säbel trugen viele von ihnen langstielige Keulen, die sie, den Schnee furchend, vor sich herschoben. Keuchend gingen sie so auf die Menge zu.

Das Ungestüm, mit dem sie eingedrungen und sich ihrer Gewänder entledigt hatten, die herausfordernde Lässigkeit, mit der sie ihre Waffen hielten, das alles wirkte grauenvoller als jede Drohgebärde. Ein Kinderweinen ertönte und verstummte wieder.

Einer der Männer zuckte daraufhin zusammen und schaute ungläubig um sich, so, als habe er erst in diesem Augenblick begriffen, was hier geschah. Ächzend bückte er sich nach einer zerbrochenen Deichsel und bedeutete den Leuten, ihm Platz zu machen. Diese rückten von ihm ab und sahen teilnahmslos zu, wie er mit dem Holz vorwärts taumelte.

Ein Ungar stellte sich ihm in den Weg. Lachend wich er der geschwenkten Deichsel aus, einmal, zweimal, plötzlich zog er seinen Säbel und rannte ihn dem Mann in den Bauch. Dieser, als habe er sich an der Deichsel versengt, stieß sie von sich, strauchelte und fiel zu Boden. Auf der Seite liegend, wühlte er den Schnee auf, gab jedoch keinen Laut von sich. Der Ungar trat einen Schritt zurück und grätschte die Beine. Mit beiden Händen umfaßte er den Säbel, holte aus und ließ ihn mit fürchterlicher Wucht auf das Genick des Verwundeten niedersausen.

Das dumpfe Geräusch weckte Konrad aus seiner Erstarrung, und wie von selbst setzten sich seine Füße in Bewegung. Darauf bedacht, nicht auszugleiten, pirschte er sich gesenkten Kopfes langsam zum Brunnen. Als er sich über den Rand beugte, zögerte er einen Moment und sah sich um, dorthin, wo inmitten der anderen die Mutter und die Schwestern stehen mußten. Verzeiht, murmelte er hastig. Dann stieg er hinunter – ein kleiner Junge, dem auf dieser Welt nichts geblieben war als der Wunsch, sich möglichst tief zu verkriechen.

Zwei Jahre später, an einem Tag vor Mariä Verkündigung, hatte ihn der Graf mit einem Auftrag in ein nahe gelegenes Dorf geschickt. Seit einer reichlichen Woche taute es, und Konrad, bis über die Knöchel im Morast watend, kam nur mühsam voran. Der Himmel war verhangen, der heftige Wind änderte ständig die Richtung. Wie Lumpen schleuderte er Raben umher, die nach Junghasen Ausschau hielten. Ließ er einmal nach, war ein fauliger Geruch in der Luft; er stammte von den vielen Tierkadavern, die der geschmolzene Schnee freigegeben hatte.

Von vorn kam ein gleichmäßiges Rauschen. Wenn der Pfad in eine Mulde führte, wurde es leiser, stieg er nach oben, schwoll es an. Das mußte der Lärchenbach sein (oder die Beeke, wie man ihn schon einen halben Tagesritt stromabwärts nannte), ein Flüßchen, das man in heißen Sommern an manchen Stellen überspringen konnte, im Frühjahr und mitunter auch im Herbst jedoch kaum wiedererkannte. Wollen doch mal sehen, mein Kleiner, wie du dich diesmal wieder aufgeplustert hast, dachte Konrad ungefähr und beschleunigte seinen Schritt.

Was er dann sah, entlockte ihm einen Laut des Entzückens: Der »Kleine« war fast dreimal so breit wie in der trockenen Jahreszeit. Lehmbraune Wasser tosten heran, warfen Eisstücke und Äste ans Ufer, um diese im nächsten Augenblick erneut mit sich zu reißen. Von der Brücke, die hier gestanden hatte, war lediglich ein Pfahl übriggeblieben. Eine Wasseramsel saß darauf und schaute knicksend und flügelschlagend auf das Brodeln unter ihr. Anscheinend unerschüttert ragte eine alte Weide aus den Fluten; hörte man aber genau hin, konnte man ihr Stöhnen vernehmen, wenn sie von heranwirbelndem Treibgut getroffen wurde. Hinter ihr hatte sich über die ganze Breite des Baches ein entwurzelter Baum festgeklemmt – eine Art Wehr, an dem sich größeres Geröll staute.

Nachdenklich blickte Konrad zum gegenüberliegenden Ufer. Was wollte er eigentlich hier? Ein paar Meilen stromaufwärts gab es einen Steg, der so gebaut war, daß er dem Hochwasser standhielt. Wenn er den benutzte, würde er zwar erst am folgenden Tag heimkehren können, doch das war nicht weiter schlimm. Schließlich verlangte niemand von ihm, daß er sein Leben aufs Spiel setzte ... Es ist völlig unmöglich, entschied er, als sich plötzlich eine Stimme in ihm meldete, die befahl: Du mußt an dieser Stelle hinüber und an keiner anderen sonst!

Sein Herz fing an zu klopfen, so laut, daß es das Brausen des Wassers übertönte, und für einen Moment meinte er, in den Strudeln die verstümmelten Körper der Mutter und Schwestern zu sehen. Warum muß es sein, wollte er fragen, fühlte aber sogleich, daß ihm an der Antwort nichts mehr lag. Er schloß die Augen, bekreuzigte sich, und ohne sich noch länger zu besinnen, kletterte er die Böschung hinab ... In einer winzigen Bucht auf der anderen Seite kam er wieder zu sich. Bis zum Hals steckte er in rötlichem Schaum, unter den Knien spürte er Grund. Wie eine riesige ausgestreckte Hand schwebte die unterspülte Wurzel einer Fichte über ihm, er wollte sie packen, griff jedoch ins Leere.

Schwankend stand er auf und kroch, die zerschundenen Finger in die Erde gekrallt, den glitschigen Abhang hoch. Als er oben war, versuchte er vergebens, sich über das, was er getan hatte, Rechenschaft abzulegen. Er empfand nichts, weder Reue noch Triumph, nicht einmal Verwunderung. Selbst die Schmerzen setzten erst ein, nachdem er sein Ziel erreicht hatte. Und es vergingen Wochen, bis er zu ahnen begann, daß er in den schlammigen Wassern dieses Baches nicht nur Blut, sondern auch die giftigen Ängste seiner mißhandelten Kindheit zurückgelassen hatte.

Benommen lief er jetzt die Treppe hinab, öffnete die Tür und trat auf den Hof. Von der Scheune her ertönte das stetige Klopfen der Flegel. Gelber Staub quoll aus der Tenne, drinnen wurde geniest und geflucht. Vor dem Gesindehaus hatten sich einige Mägde niedergelassen, sie zerschnitten Pilze und fädelten die Scheiben auf Schnüre. Ein mit Kletten gespicktes Schwein scheuerte sich leise grunzend am Stamm der Linde.

Die milde Herbstluft schlürfend, schritt Konrad zum Garten. Der Himmel war von zartestem Blau und die weißen

Wölkchen auf ihm so fein wie Daunen. Im Geäst der Obstbäume leuchteten rotwangige Äpfel. Ein paar Gänse watschelten am Zaun entlang und zupften an den Brennesseln. Es waren bereits stattliche Tiere, die meisten würden den Martinstag nicht überleben.

Hinter den Ställen stieß er auf einen Mann aus dem Gefolge, der sich gerade anschickte, eine Fuchsstute zu striegeln. Otfried war ungefähr doppelt so alt wie er, nicht groß, aber stämmig, und ungewöhnlich stark behaart: an den Händen bis zu den Nägeln, im Gesicht bis zu den Augen; sogar auf den Schultern wuchsen ihm dichte Büschel.

»Hast du die anderen gesehen?« fragte ihn Konrad.

»Nein«, entgegnete Otfried, ohne seine Beschäftigung zu unterbrechen.

»Dann hilf mir, sie zu finden.«

»Hab keine Sehnsucht nach ihnen.«

»Das ist ein Befehl«, sagte Konrad schmunzelnd. »Gehorche gefälligst, sonst mache ich dir Beine.«

Otfried setzte den Striegel ab, seine Miene hellte sich auf. »Du willst dich ein bißchen prügeln, wie?« erkundigte er sich hoffnungsvoll.

Lachend schüttelte Konrad den Kopf. »Schluß jetzt, du borstiges Scheusal! Ich meine es ernst. Der Graf hat euch etwas mitzuteilen.«

»Der Graf?« wiederholte Otfried enttäuscht blinzelnd. »Und worum handelt es sich?«

»Hilf mir, dann erfährst du es als erster.«

Otfried kratzte sich zwischen den Beinen. »Bin nicht neugierig drauf«, äußerte er. »Außerdem habe ich, wie du siehst, zu tun. Ich komme, sobald ich fertig bin. Brauchst dem verdammten Gerippe ja nicht zu verraten, daß du mich so schnell aufgestöbert hast.«

Er fing wieder an, das Pferd mit dem Striegel zu bearbeiten. Konrad runzelte die Stirn. »Sprich nicht so vom Grafen«, bat er. »Das gehört sich nicht.«

Otfried wandte sich um und schaute ihn ungläubig an. »Verflucht«, sagte er schleppend. »Was war das eben?«

»Hast mich schon verstanden.«

»Kein Wort, ich schwör's dir.«

»Du sollst nicht auf diese Weise über den Grafen reden, besonders nicht in Gegenwart der Männer.«

Otfried tippte sich an die Schläfe. »Bei dir stimmt's wohl hier oben nicht mehr, oder wie?«

»Wozu regst du dich auf? Ich weiß, du bist ein Lästermaul, nicht einmal deine eigene Mutter würdest du schonen. Doch künftig wirst du dich zusammennehmen, es muß sein. Ich erkläre dir später, warum.«

»Und wenn ich mich nicht zusammennehme?« fragte Otfried lauernd. »Was geschieht dann?«

Konrad seufzte. »Begreif doch endlich, ich habe keine Lust, mit dir zu streiten. Laß uns gehen, unterwegs –«

»Sag es, oder ich rühre mich nicht vom Fleck«, unterbrach ihn der andere.»Ich muß schließlich wissen, was mir blüht, denn bei meinem losen Mundwerk rutscht mir schnell mal was raus. Also, was ist?«

Konrad zauderte. Tatsächlich, was würde er in einem solchen Fall tun? Das hatte er sich noch nicht überlegt. Wiederum gab es auf Otfrieds dreiste Frage nur eine einzige Antwort. Besser, er erhielt sie jetzt, da sie noch unter sich waren, als in Anwesenheit der Kameraden. »Das wird geschehen«, entgegnete er langsam, wobei er die rechte Faust vorstreckte. »Oder was glaubst du?« fügte er mit einem versöhnlichen Lächeln hinzu.

»Aha«, bemerkte Otfried trocken. Und ohne die Stimme zu heben, so, als sage er ein Gebet auf, fuhr er fort: »Der Graf ist ein verlaustes Gerippe, der Graf –«

Mit einem Satz war Konrad bei ihm. Er stieß dem überraschten Mann das Knie zwischen die Beine, packte ihn am Hals und schleuderte ihn an der scheuenden Stute vorbei gegen die Stallwand. Das Flechtwerk knackte, Lehmbröckchen rieselten herab, im Stall begann es zu rumoren.

Otfried stand sofort wieder auf, duckte sich und bleckte die Zähne. Seine trübe blickenden Augen schienen sich zu wölben. Nach Atem ringend, rieb er sich die Kehle und verlagerte dabei sein Gewicht kaum merklich nach vorn.

Konrad starrte ihn an. »Probier's«, würgte er hervor.

Otfried schnaufte verächtlich und murmelte etwas Unverständliches. Plötzlich glitt ein Ausdruck von Verwirrung über sein Gesicht, und die angewinkelten Arme sanken herab. Schwankend richtete er sich auf, schneuzte sich und wischte sich mit dem Handrücken über die Nase. »Sonderbar bist du heute«, sagte er und betrachtete Konrad, als sähe er ihn zum erstemal. »Was ist nur in dich gefahren? Als ob ich sonstwas angestellt hätte! Weißt doch so gut wie jeder hier, daß ich ein Spaßvogel bin.«

Konrad spürte, wie seine Wut verrauchte. Ihn befiel Verlegenheit, und weil er sich darüber ärgerte, sagte er grimmig: »Was jammerst du! Es hat sich eben ausgespaßt; wirst bald begreifen, wieso. Daß du für deine blöden Späße bekannt bist, tut nichts zur Sache. Wetze deine Zunge an wem du willst, den Grafen aber laß in Frieden. Ansonsten wirst du es bereuen. Und nun vorwärts! Hast mich schon viel zu lange aufgehalten.«

Schweigend sattelte Otfried die Stute. Konrad schaute ihm zu. Erst jetzt wurde ihm bewußt, daß er drauf und dran gewesen war, sich mit dem anderen bis aufs Blut zu prügeln. Dabei mochte er ihn eigentlich und hatte sich bis zu diesem Moment an dessen herausfordernder Art nie gestört ... Wie schlecht ihn der Graf doch kannte: Befürchtete, daß es ihm an Härte gebrach. Ein bißchen hatte ihn das gekränkt. Gewiß, er schlug nicht gern, man gehorchte ihm ja meist aufs Wort, und an den Verhören gefangener Räuber beteiligte er sich ebenfalls nicht. Wozu auch? Leute, die sich zu solch einer Arbeit drängten, gab es wahrlich genug. Nun aber, wo es gegen die heimlichen Freunde der Ungarn ging, würde er beweisen, daß es ihm nicht an Galle mangelte. Bei Otfried jedenfalls, er streifte ihn mit einem dankbaren Blick, schien ihm das soeben gelungen zu sein.

ZWEITES KAPITEL

I.

Mitte Oktober verbreitete sich in den Dörfern links der unteren Saale die Kunde, daß der neue Grenzgraf tüchtige Männer suche, die bereit wären, im Slawenland Kriegsdienst zu tun. Erwünscht seien sowohl geächtete Freie als auch geflüchtete Eigenleute, sofern der Betreffende wenigstens einen Winter im Wald zugebracht hätte. Man werde nicht danach forschen, was er während dieser Zeit verbrochen habe; jedem, der sich bis zum Beginn der Schneeschmelze stelle, würden seine früheren Schandtaten verziehen. Er bekäme Kleidung, Waffen und ein Pferd, müsse unbedingten Gehorsam schwören und, falls er zu fliehen versuche, mit den schrecklichsten Strafen rechnen. Bewähre er sich, werde man ihm nach Ablauf einer bestimmten Frist ein Stück Boden zuteilen, groß genug, um davon sich und eine Familie ernähren zu können. Als freier und unbescholtener Mann, nur dem König untertan, dürfe er sich darauf niederlassen und es an seine Nachfahren vererben. Bevorzugt würden junge und kräftige Leute, hieß es weiter, doch hätten diejenigen, die man abweise, nichts zu befürchten, sondern könnten unbehelligt dorthin zurückkehren, woher sie gekommen wären – und sei es geradewegs aus der Hölle.

Die Nachricht gelangte zu denen, für die sie bestimmt war, wurde allerdings von den meisten zunächst mit Vorbehalten aufgenommen. Dabei war sie so unglaubwürdig eigentlich nicht. Schon König Heinrich hatte des öfteren verurteilte Räuber begnadigt, ihnen Waffen gegeben und sie in der Umgebung von Merseburg angesiedelt. Eine einzige Bedingung hatte er hieran geknüpft, nämlich die, daß sie künftig ihre

Landsleute verschonen und statt dessen die Sorben berauben sollten.

Doch hier handelte es sich nicht darum, dem Galgen zu entgehen, sondern sich freiwillig in die Gewalt eines Mannes zu begeben, der für die Unerbittlichkeit, mit der er selbst den kleinsten Dieb verfolgte, geradezu berüchtigt war. Auch das ruhmlose Ende der Merseburger, die im Jahr zuvor gegen ein böhmisches Heer gesandt und von diesem vollständig aufgerieben worden waren, gab manchem zu denken. Eine Sache war es, nachts über die Saale zu ziehen und schlafende Bauern zu überfallen, eine ganz andere, über einen ungewissen Zeitraum hinweg in der Fremde Krieg zu führen. War es vernünftig, sich darauf einzulassen, lediglich auf das Versprechen hin, dafür einst ein Stück Acker zu erhalten? Nein, entschieden viele und beschlossen, vorerst zu bleiben, wo sie waren.

Ein ungewöhnlich harter Winter bewog sie jedoch bald zu einem Sinneswandel. Ende November setzte auf einmal Frost ein, so heftig, daß binnen kurzem die Bäche vereisten. Hierauf schneite es eine Woche lang, und als es aufhörte, lag der Schnee fast zwei Ellen hoch. Die Kälte wurde von Tag zu Tag grimmiger . . .

Die Wintermonate, sie sind das Gräßlichste in dem an Widrigkeiten ohnehin nicht armen Dasein eines Unbehausten; nur wer gesund ist, darf hoffen, daß er sie übersteht. Hungrig und frierend hockt er in seiner unterirdischen Höhle, stiert aus entzündeten Augen auf sein schimmelndes Schuhwerk und fährt bei jedem Laut draußen hoch. Geräusche, von denen er nicht weiß, was sie bedeuten, erschrecken ihn ebenso wie plötzliche Stille. Er verabscheut den Anblick der Kameraden, aber bereits bei dem Gedanken, allein zu sein, sträuben sich ihm vor Grauen die Haare. Er haßt das ewig qualmende Feuer, dessen Rauch ihn zum Husten reizt, und betet gleichzeitig, daß es niemals verlöschen möge.

Auch sonst lebt er in einem ständigen Zwiespalt. Seine Sorge, entdeckt zu werden, rät ihm, sich in der Erde zu verkriechen und sich ausschließlich von den angehäuften Vorräten zu ernähren. Das Bedürfnis nach frischer Kost, nach Luft und Bewegung, treibt ihn jedoch zuweilen ins Freie, wo er im Schnee Spuren hinterläßt. Die Furcht drängt ihn, sich seine Opfer unter den Schwachen zu suchen, aber genau das darf er nicht. Denn der Räuber braucht die Armen, da er ohne sie für das, was außerhalb des Waldes vor sich geht, blind und taub wäre. Gezwungen, sich an die Wohlhabenden und Mächtigen zu halten, tut sich für ihn ein weiterer Widerspruch auf. Um bei Überfällen auf die Höfe der Grundherren erfolgreich zu sein, bleibt ihm nichts anderes übrig, als sich mit möglichst vielen Männern seines Schlages zu vereinigen. Große Banden indes fordern ihre Vernichtung heraus, weil gerade sie es sind, auf welche die Grafen unablässig Jagd machen. Kleine Banden wiederum stehen im Winter vor der Wahl, entweder zu darben oder ihr angestammtes Gebiet zu verlassen und in Gegenden zu rauben, wo sie auf ihren Ruf keine Rücksicht nehmen müssen. Begegnen sie dort ihresgleichen, heißt es kämpfen.

Wer glaubt, daß er ein solches Leben nicht länger ertragen kann, wird sich irgendwann bemühen, für einige Zeit bei einem Verwandten, Freund oder ehemaligen Nachbarn unterzukommen. Er wird dann bald erfahren, daß er seine Lage nur wenig verbessert hat. Zwar sitzt er jetzt im Warmen, doch der Gedanke, daß ihm sein Aufenthalt zur Falle werden kann, verläßt ihn keinen Augenblick. Lauscht er dem Geschrei der auf dem Hof spielenden Kinder, fragt er sich, ob ihnen nicht ein unbedachtes Wort entschlüpft sein mochte. Stellt ihm die Hausfrau mit mürrischer Miene das Essen hin, verdächtigt er sie, daß sie auf Verrat sinnt. Geht er im Dunkeln hinaus, um seine Notdurft zu verrichten, argwöhnt er, daß ihn jemand gesehen hat. Legt er sich zum Schlafen nieder, bangt er, daß es die Schergen sind, die ihn wecken werden.

Auch seine Wirtsleute, denen er längst eine Bürde ist, verzehrt die Angst, so daß sie ihn schließlich anflehen, sie endlich von seiner Gegenwart zu befreien. Also schleicht er in den eisigen Wald zurück, und trifft er dort noch seine Gefährten an, darf er sich glücklich preisen. Zumeist wird er die Höhle jedoch leer vorfinden; denn da die anderen befürchten, er sei gefangen und unter der Folter zum Verräter geworden, haben sie sich inzwischen ein neues Versteck gesucht. Dann ist sein Schicksal besiegelt.

So, unablässig dazu verurteilt, zwischen Übeln der schlimmsten Art wählen zu müssen, verrinnen für den Räuber die Tage. Trotzdem flüchten immer wieder Menschen in die Wälder, Leibeigene vor allem, die der Bedrückungen überdrüssig sind. Im Mai, wenn die Nächte auf einmal so warm sind, die Lämmer auf den Wiesen herumtollen und es so einfach scheint, sich zu ernähren, kommen sie in Scharen – berauscht vom Duft der Blüten, voller Zuversicht und nicht ahnend, daß für viele von ihnen dieser Frühling der letzte sein wird.

Zuerst meldeten sich die Kranken und Verzagten. Bereits am Tor wurden sie von den Wachen begutachtet. Lahmende, Zahnlose, Aussätzige, Leute mit Erfrierungen oder solche, die mit ihren Kräften deutlich am Ende waren, wies man sofort ab, denen ohne sichtbare Schäden widmete man sich gründlicher. Man prüfte Gehör und Sehtüchtigkeit, hieß sie einen Bogen spannen, eine Axt schleudern, einen Speer werfen, einen Holzklotz stemmen und sich mit einem gräflichen Dienstmann raufen.

Wurde einer für tauglich befunden, tauchte er kurze Zeit später in der Gesellschaft Bewaffneter in jener Gegend auf, aus der er stammte, beritten, ordentlich gekleidet und anscheinend mit sich und der Welt zufrieden. Doch zunächst waren es nur wenige, die den strengen Anforderungen genügten. Den meisten erklärte man, daß sie ungeeignet seien, und schickte sie wieder weg. Anderen sagte man auf den Kopf zu, daß sie allenfalls einige Nächte im Freien verbracht hätten und erst unlängst ihrer Herrschaft entflohen seien. Leugnete der Betreffende, setzte man ihm solange mit Fragen zu, bis er sich verriet. Auch ihn ließ man ungeschoren ziehen.

Dergleichen sprach sich herum, und allmählich festigte sich

bei denen, die es anging, die Überzeugung, daß das Angebot des Grafen aufrichtig gemeint sei. Im Januar, als es so kalt war, daß man zuweilen alle paar Schritte auf einen toten Singvogel trat, kamen sie endlich, die Kühnsten der Kühnen, jene, die schon mehrere Winter im Wald überlebt und soviel auf dem Kerbholz hatten, daß die Bauern ihre Namen nie auszusprechen pflegten, ohne sich vorher umzusehen. Den Anfang machte ein gewisser Hemuzo, dessen für ihre tierische Grausamkeit berüchtigter Bande die Gefolgschaften der Grafen und Grundherren seit Jahren vergeblich nachstellten. Am zweiten Sonntag nach dem Dreikönigsfest klopften er und seine sechs Männer ans Tor und wurden hereingelassen. Die Wachen, die nicht wußten, wen sie vor sich hatten, wollten die Ankömmlinge wie üblich zu einem der Schuppen bugsieren, doch diese schoben sie einfach beiseite.

»Nicht so eilig, Freundchen«, sagte, eher verwundert als zornig, einer der Wächter zu Hemuzo. »Wir möchten euch erst mal beschnuppern. Dort lang geht's! Vorher müssen wir euch aber ins Maul gucken. Na los, sperr deinen Schnabel schon auf!« Er schickte sich an, dem anderen an den Unterkiefer zu greifen.

»Faß mich nicht an, du Wanze!« entgegnete Hemuzo träge.

»Hoho! Was glaubst du denn, wo du hier bist? Sieh mich nicht an wie ein Wolf, sondern tu, was ich dir befehle. Wenn euch das nicht gefällt, könnt ihr gleich wieder verschwinden.«

Hemuzo beachtete ihn nicht. Er legte die Hände um den Mund und brüllte in Richtung des Wohnhauses: »Graf Gero! Hemuzo ist hier!«

Die Wächter wichen zurück.

Kurz darauf stand die Bande vor Gero. Er betrachtete den Mann, den er so oft erfolglos gejagt hatte, und fragte schließlich: »Warum bist du gekommen?«

»Nimm's mir nicht krumm, Herr Graf«, erwiderte Hemuzo ruhig, »aber das geht dich einen Dreck an.«

»Ist wohl ein bißchen kalt im Wald, wie?«

»Nein, warm wie im Backofen ist es.«

Die Gefolgsleute blickten erstaunt, warteten auf ein Zeichen, über den dreisten Burschen herzufallen. Doch Gero schien sich an seinen Frechheiten nicht zu stören.

»Hattest du keine Angst, daß ich dich betrügen könnte? Ein Wort von mir, und ihr seid hinüber. Kein Hahn würde nach euch krähen.«

Hemuzo zuckte die Schultern. »Die meisten deiner Männer würden uns begleiten. Außerdem . . .«

»Ja?«

»Warum solltest du so etwas Dummes tun? Niemand würde dir mehr trauen. Räuber aber wird es immer geben. Nach einiger Zeit finge daher für dich wieder alles von vorn an. Nein, mit solchen Schlichen wird man der Räuber nicht Herr.«

»Du bist nicht auf den Kopf gefallen«, lobte ihn Gero. »Wirst du dich meinen Anordnungen fügen?« erkundigte er sich nach einer Pause.

Auf dem hageren Gesicht Hemuzos erschien die Andeutung eines Lächelns. »Was du nicht alles wissen willst, Herr Graf. Ich habe noch nie einen Mann, der zu mir wollte, solch eine Frage gestellt. Und trotzdem wirst du auf der ganzen Welt keinen finden, der behaupten könnte, er hätte sich mir widersetzt.«

»Also schön, lassen wir es darauf ankommen. Was euch blüht, falls ihr nicht gehorcht, ist dir schließlich bekannt. Ich stehe zu meinem Versprechen, im Guten wie im Bösen . . . Nun noch eins: Du wirst dich für einige Wochen von deinen Leuten trennen müssen. Ihr werdet in verschiedenen Burgen wohnen. Sobald es über die Grenze geht, seht ihr euch wieder. Ich hoffe, du bist einverstanden. Ansonsten . . .« Gero wies zur Tür.

Die Bande beriet sich. Als sie fertig war, sagte Hemuzo spöttisch: »Tut mir leid, Herr Graf, doch diese Schweinehunde weigern sich. Ich würde es ja ein Weilchen ohne sie aushalten, aber sie sind so verflucht anhänglich. Sie meinen, daß es ihnen reinweg das Herz brechen würde, wenn sie auf mich einen Tag verzichten müßten. Was jetzt?«

»Was soll sein? Ihr dürft gehen.«

Bereits am Abend standen sie erneut vor dem Tor. »Wir haben's uns überlegt, Herr Graf. Da du nun einmal drauf beharrst, uns arme Waisen auseinanderzureißen, mag es also in Gottes Namen geschehen. Wie ist es, willst du uns noch?«

Hemuzo folgten Bukko, der Schlächter, Richolf, der Mönch, und Wolfram Pülverchen, welcher deshalb so hieß, weil er angeblich ständig zu sagen pflegte, daß er jeden, der sich mit ihm anlege, zu Staub zermalmen werde. Zu seiner Bande zählte ein dunkelhäutiger Mann, der von seinen Spießgesellen Peppo gerufen wurde. Sein Erscheinen verursachte auf dem Hof beträchtliche Aufregung. Schon seit längerem lief das Gerücht um, daß sich Wolfram bei seinen Überfällen eines schwarzgesichtigen Ungeheuers bediene. Gero hatte dem bisher keinen Glauben geschenkt, mußte aber jetzt einräumen, daß die Berichte der Bauern der Wahrheit entsprachen. Mit seinem pechfarbenen Antlitz, in dem sich die weißen Augäpfel wie unter einer Maske bewegten, der platten Nase und dem krausen Haarschopf, der den Kopf gleich einer riesigen Mütze bedeckte, bot der Fremde in der Tat einen furchteinflößenden Anblick.

Die Gefolgsleute bekreuzigten sich. Einige baten sogar, ihn wieder wegzuschicken, weil er ihnen womöglich Unglück brächte. Auch dem Grafen kamen Bedenken. Zwar erinnerte er sich, gehört zu haben, daß am Rande der Erde dunkelhäutige Menschen lebten, die man Äthiopier nannte; er hatte sie sich jedoch etwas anders vorgestellt.

»Woher bist du?« fragte er den Schwarzen, der zuvor alle Prüfungen glänzend bestanden hatte.

»Komm aus Italie«, antwortete dieser mit einer unerwartet hohen Stimme. »Ist da hinten.«

Er schwenkte den Arm, und Gero vermerkte erstaunt, daß er nach Süden zeigte. Draußen war es trüb, der Mann weilte zum erstemal in seinem Haus, trotzdem hatte er sich sofort orientiert. Seine Verblüffung unterdrückend, sagte der Graf: »Wo Italien liegt, weiß ich wohl. Ich vernahm allerdings noch nie, daß dort Menschen deiner Hautfarbe wohnen. Ich meine, du bist vom Stamme der Äthiopier.«

Entgeistert starrte ihn Peppo an. Plötzlich beugte er sich vor, klatschte sich auf die Oberschenkel und stampfte dabei mehrere Male mit dem rechten Fuß auf. Es sah aus, als vollführe er einen Tanz. »Blöder Quatsch!« stieß er, von Lachen geschüttelt, hervor. »Bin von kein Stamm. Komm aus Italie. Aus Venezia.«

»Nun gut, aus Venedig also«, sagte Gero. »Und deine Eltern? Wie gelangten sie dorthin? Auf dem Schiff eines Sklavenhändlers, vermute ich. Habe ich recht?«

»Weiß nicht. Hab kein Elter. War bei Kaufmann.«

»Bei einem Kaufmann bist du aufgewachsen? Warum hast du ihn denn verlassen?«

Abermals lachte der Schwarze, und zwar derart ansteckend, daß sogar etliche Dienstleute zu schmunzeln begannen. Den meisten freilich stand der Mund offen. So etwas Seltsames war ihnen noch nicht begegnet.

»Hat mich geschlagen, das Aas«, gab er fröhlich tänzelnd Bescheid. »Einmal habe ich ihn geschlagen. Da wollte er mich brennen.«

»Und?«

»Habe ich ihn –« Er verdrehte jäh die Augen, steckte seine himbeerfarbene Zunge heraus und machte »äcks«.

»Du hast deinen Herrn getötet?«

»Ja«, bestätigte Peppo strahlend. »Ist schon paar Jahre bei Teufel.«

Seine Kameraden johlten begeistert, und auch unter den Männern des Grafen wurde beifälliges Gelächter laut. Gero gebot ihm mit einer Handbewegung Einhalt. »Und wie ging es danach weiter?«

»Bin gelaufen. Über Berge.«

»Über die Alpen bist du gekommen?« entfuhr es Gero.

Peppo nickte. »War schrecklich«, sagte er düster, krümmte sich, kreuzte schlotternd die Arme über der Brust und klapperte mit den Zähnen.

»Warst du allein?«

»Erst nein, dann ja.« Seine Miene hellte sich wieder auf. »Später habe ich diese schlechten Menschen getroffen! Jetzt bin ich Räuber.«

»Das bist du zweifellos«, sagte Gero, ihn unschlüssig betrachtend.

»Du kannst ihm getrost trauen, Herr Graf«, meldete sich Wolfram zu Wort. »Wir haben uns anfangs ebenfalls vor ihm gegrault, hielten ihn für einen Waldgeist. Inzwischen haben wir uns an seine häßliche Fresse gewöhnt. Glaub mir, er ist ein Prachtkerl. Im Gefecht kämpft er für drei, sofern man nicht schon vor seinem Anblick ausreißt. Außerdem ist er ein lustiges Huhn, du hast es ja erlebt; freilich auch ein bißchen verrückt. Nimm ihn oder laß es, doch ohne ihn bleiben wir nicht.«

»Was meinst du?« wandte sich der Graf an Konrad. »Einerseits möchte ich ihn, denn einem Mann, der sich von Italien bis hierher durchgeschlagen und unterwegs nicht das Lachen verlernt hat, begegnet man nicht aller Tage. Wie aber, wenn es bei ihm nun nicht mit rechten Dingen zugeht? Der Satan, heißt es, kann in jeder Gestalt daherkommen.«

Konrad dachte nach. »Wenn der Satan jede Gestalt anzunehmen vermag«, erwiderte er schließlich, »warum nicht auch die eines unserer Knechte? Oder meine? Oder, verzeih, deine? Wir dürften dann niemals sicher sein.«

Gero nickte ihm anerkennend zu. »Gut gesprochen! Sag das nachher unseren Leuten – falls sie wegen des Schwarzen zu murren anfangen. Mich laß natürlich aus dem Spiel.« Mit einem Blick auf Peppo fügte er hinzu: »Wohl ist mir trotzdem nicht dabei. Wir wissen ja nicht einmal, ob überhaupt Blut in seinen Adern fließt.«

»Wenn du es wünschst, Herr Graf, frage ich ihn danach.«

»Untersteh dich! Zweimal hat er mich schon ausgelacht, und das vor den Männern ... Nein, nein, wir müssen uns gedulden. Hoffentlich wird er bald verwundet, damit wir wissen, woran wir mit ihm sind.«

II.

Von Oktober bis in den November hinein war der Graf beinahe täglich mit der Gefolgschaft unterwegs gewesen, um auf den Burgen Ordnung zu schaffen; denn deren Besatzungen, seit Siegfrieds Tod ohne Aufsicht, hatten sich in den benachbarten Ortschaften zahlloser Übergriffe schuldig gemacht. Viele stahlen lieber, statt sich in der eigenen Wirtschaft abzuplagen, erpreßten von den Bauern Schutzgebühren, stellten ihren Frauen und Töchtern nach.

Schneller als erwartet ergab sich für den jungen Konrad dadurch die Gelegenheit, beweisen zu können, daß er auch zu hartem Durchgreifen fähig war. Anfangs bedrückte es ihn freilich, den Büttel spielen zu müssen. Befahl er, jemanden zu binden und zu prügeln, hatte er häufig nur einen Wunsch: daß ihm der Graf endlich das zwischen ihnen vereinbarte »Sei gnädig, mein Freund, du siehst ja, er bereut« zurief. Die Heimtükke dieser Menschen, die hämische Art, mit der sie einander auf die schmächtige Gestalt seines Wohltäters aufmerksam machten und nicht zuletzt die Berichte der von ihnen drangsalierten Bauern verbitterten ihn aber bald so, daß er immer öfter selbst zu Stock oder Peitsche griff. Sein finsteres Gesicht, dem man jede Gemütsbewegung sofort ansah, wurde rasch bekannt. Wenn er rot anlief, den Kopf senkte und, die Stirn in Falten gelegt, jemanden verwarnte, galt das als sicheres Zeichen, daß er kurz davor stand, die Gewalt über sich zu verlieren.

Die Gefolgschaft war ihm eine verläßliche Stütze. Nach seiner Ernennung hatten ihn die Männer mehrfach ermahnt, niemals zu vergessen, daß er einer der Ihren war: Sollte er dem Grafen in den Hintern kriechen, würde sie nichts daran hindern, ihn mit einem Ruck wieder hervorzuziehen. Solche Reden verstummten jedoch bald, denn die Aufsässigkeit, die sie überall empfing, ließ selbst den Dümmsten erkennen, daß sie sich nur zu behaupten vermochten, wenn sie einander bedingungslos beistanden.

Als die Räuber eintrafen, rückten die Männer noch enger

zusammen. Es war für den Grafen nicht leicht gewesen, ihnen begreiflich zu machen, weshalb er die zu erobernden slawischen Burgen ausgerechnet mit diesem Gesindel besetzen wollte. Erstaunt vernahmen sie, daß diejenigen, die sie jahrelang bekämpft und, sofern sie ihrer habhaft geworden waren, wie Ungeziefer vernichtet hatten, für eine solche Aufgabe nicht weniger geeignet wären als die königlichen Dienstleute, die zunächst dafür vorgesehen waren. Räuber, so erklärte ihnen der Graf, seien daran gewöhnt, ihre Kräfte vor jeder ihrer Unternehmungen genau abzuschätzen, weswegen ihnen Übermut ebenso fremd sei wie Kopflosigkeit. Zudem träumten sie, des unsteten Daseins gründlich überdrüssig, unaufhörlich davon, sich satt zu essen und in einem Haus zu wohnen. Erfüllte sich ihnen beides, würden sie es gewiß nicht leichtfertig aufs Spiel setzen, sondern, falls erforderlich, mit Zähnen und Klauen verteidigen.

Warum daher nicht den Versuch wagen, sie in ehrbare Krieger zu verwandeln? Glückte er, brauchte man nicht auf die Mannschaften der Grenzburgen zurückzugreifen, so daß diese bei einem ungarischen Angriff in voller Stärke zur Verfügung stehen würden. Schlug er fehl und gingen die Räuber zugrunde, hätte man zumindest das erreicht, worum man sich so oft vergeblich bemüht hatte: sich möglichst viele von ihnen vom Hals zu schaffen.

Doch obwohl der Graf seine ganze Beredsamkeit aufgeboten hatte, vermochte er es nicht, die Männer für seinen Plan zu erwärmen. Einige ließen sogar durchblicken, daß sie bei der kleinsten Unverschämtheit von seiten der Ankömmlinge blankziehen würden. Daß es trotzdem nicht ein einziges Mal zu Handgreiflichkeiten kam, war daher fast ein Wunder zu nennen.

Mehr als hundertzwanzig ehemalige Räuber wurden für tauglich befunden und auf die Burgen verteilt, wo sie bis zum Frühjahr das Erstürmen und Verteidigen von Befestigungen üben mußten. Die Ausbildung war hart; weil die Zeit drängte und weil sie die Bereitschaft der Angeworbenen erproben sollte, sich in das neue Leben zu schicken. Drückebergern drohte die Knute, Aufmüpfigen der Strick; gleichwohl flohen nur vier Männer.

Die Musterungen dauerten bis Mitte Februar, danach entschied der Graf, sie vorläufig einzustellen. Noch vor dem Einsetzen des Tauwetters ritten abermals Boten durch die Dörfer und verkündeten allen, die es hören wollten, daß die Schonzeit abgelaufen sei.

Ende März besuchte der Graf eine östlich der unteren Helme gelegene Burg. Er hatte sein Kommen nicht angemeldet, und um ganz sicher zu gehen, daß die Überraschung gelang, näherten sich er und seine Leute der Festung während der letzten Meilen auf Schleichwegen; Bauern hatten berichtet, daß die Besatzung ihren Dienst vernachlässige. Doch ob diese das gräfliche Gefolge nun rechtzeitig entdeckt hatte oder verleumdet worden war, jedenfalls traf man sie gerade bei einer Übung an.

Geprobt wurde die Abwehr von Lanzenstößen mittels Schild und Axt. Spitzen und Schneiden der Waffen waren aus Holz, dennoch steckten die Männer in Rüstungen. An der verbissenen Art, mit der sie fochten, war unschwer zu erkennen, daß zwischen den eingesessenen Kriegern und den ihnen zugeteilten Räubern starke Spannungen bestehen mußten. Schweigend, ohne die bei Übungen sonst üblichen Scherzworte, drangen sie aufeinander ein, offenbar darauf bedacht, dem Gegner Schmerzen zuzufügen.

Sowie man die Pferde der Gäste weggeführt hatte, ließ der Burghauptmann für Gero und Konrad Stühle heraustragen und im Halbdunkel des Torschattens aufstellen. Er selbst nahm hinter dem Grafen Platz und schaute ihn unverwandt an. Je nachdem, ob Gero die Stirn runzelte oder anerkennend nickte, beschimpfte der Kastellan seine Leute auf das gröbste oder lobte sie mit einem »Gut so!«, wobei er jedesmal aufsprang.

Konrad beobachtete unterdessen einen Mann, der ihm, seines narbenübersäten Gesichtes wegen, bereits im Januar aufgefallen war. Er war groß und mager, hatte angeblich fast zehn Jahre im Wald zugebracht und wurde von seinen Gefährten »der Fink« genannt. Seine Oberlippe war gespalten, die plattgedrückte Nase glich einem Entenschnabel, links fehlte ihm das Ohr. Dies alles wirkte jedoch weder lächerlich noch bemitleidenswert. Etwas Abweisendes und Gelangweiltes lag in seinem Blick, so, als habe er sich über seine Umgebung eine Meinung gebildet, die durch nichts erschüttert werden konnte. Sogar jetzt, da er höllisch aufpassen mußte, daß er von den wuchtigen Stößen seines Gegenübers nicht getroffen wurde, verlor er diesen Ausdruck nicht. Er verteidigte sich überaus geschickt und hätte dem anderen im Ernstfall schon etliche Male den Lanzenschaft durchhauen.

Während Konrad ihm zusah, verspürte er auf einmal ein wehmütiges Ziehen in der Brust. Das dunstige Licht, der laue Wind, der Geruch der gärenden Erde, der knirschende Gesang eines Rotschwänzchens, das auf dem Dach des Wehrganges saß – alles erinnerte ihn an die Kindheit, an jene glücklichen Märztage, an denen er und die Geschwister aus der rußigen Hütte gestürmt waren und den Frühling mit einem Spottlied auf den Winter begrüßt hatten. Er seufzte und schloß für einen Moment die Augen.

»Sie sollen eine Pause machen«, hörte er den Grafen sagen. »Laß sie wissen, daß ich mit dem, was sie bisher gezeigt haben, nicht unzufrieden bin.«

Der Kastellan räusperte sich und rief. »Das war nicht übel, ihr Strolche! Ruht euch nun ein Weilchen aus.«

Die erschöpften Männer hielten mitten in einem Schlag oder Hieb inne und ließen sich taumelnd auf Bänken nieder, die man am hinteren Ende des Hofes zwischen zwei Feuern aufgestellt hatte. Von einer jähen Unruhe gepackt, erhob sich Konrad und lief ein paar Schritte umher. Unversehens geriet er dabei in die Nähe der Feuer. Als er bemerkte, daß einige Krieger aufgestanden waren und ihn verwundert musterten, entfernte er sich wieder. An der Tür eines Speichers blieb er stehen und drehte sich so, daß er den Narbigen von der Seite betrachten konnte.

Dieser beachtete ihn nicht, doch an seiner Haltung erkannte Konrad, daß ihn der andere längst entdeckt hatte. Er hatte die Schultern hochgezogen, stützte die Handballen auf die Knie und schaukelte leicht mit dem Oberkörper. Unter seinen von Schweiß und Schmutz streifigen Wangen spielten die Muskeln. Plötzlich spuckte er aus, rückte mit einer entschlossenen Bewegung den Helm zurecht, erhob sich und stieg über die Bank. Gemächlich kam er auf Konrad zu.

»Was ist, Herrchen?« sagte er abgehackt. »Warum glotzt du mir Löcher ins Fell? Hatten wir mal was miteinander?«

Konrad starrte ihn an. Sein Herz pochte so heftig, daß er es zu hören meinte. Trogen ihn seine Augen? Jetzt, da er den anderen von nahem sah, schien es ihm, als ähnelte der seinem Bruder Erich. Er ähnelte ihm, ähnelte ihm aber zugleich auch nicht. Erich war mit neunzehn in den Wald geflüchtet, mußte also gegenwärtig um die achtundzwanzig sein. Dies abgezehrte und zerfurchte Gesicht indes gehörte jemandem, der gut und gern fünfzig Jahre zählen mochte. Konnte man in so kurzer Zeit derart altern? Erich war ein fröhlicher Bursche gewesen, mit einer hellen, überkippenden Jünglingsstimme. Die Stimme des Narbigen hingegen klang so leblos, als spräche er aus einem hohlen Baum heraus . . .

»Reg dich nicht auf«, beschwichtigte er ihn. »Du hast nichts zu befürchten. Ich möchte dich nur etwas fragen.«

»Dann frag.«

»Deine Leute nennen dich den Finken. Wie lautet eigentlich dein richtiger Name?«

»Hieß schon immer so. Kaum war ich auf der Welt, fing ich an zu zwitschern. Da nannten sie mich eben Fink.«

»Nicht Erich?«

Der Narbige öffnete die Lippen, stellte die Vorderzähne übereinander und sog zischend die Luft in sich hinein. »Ahnte ich's nicht? Du glaubst, daß du mich kennst! Woher? Rück raus damit und schleiche nicht erst um den heißen Brei!«

»Dein Vater hieß Herpo? Deine Mutter Gelsusa?«

»Und wenn? Was wäre dabei?«

»Wenn es so wäre«, erwiderte Konrad, den anderen nicht aus den Augen lassend, »würde es bedeuten, daß ich dein Bruder bin.«

In der Miene des Mannes rührte sich nichts. »Wie ruft man ihn denn, diesen Bruder?«

»Konrad.«

Der Narbige zuckte die Schultern.

»Ihr habt natürlich Kuno zu mir gesagt. Wir hatten drei Schwestern, Wenke, Meta und Heilgard. Außerdem einen Bruder, Hatto, er wurde von Bienen angefallen und starb. Unser Hund –«

»Nicht so eilig!« unterbrach ihn der andere. »Ihr habt! Wir hatten! Wenn du mich reinlegen willst, mußt du es schlauer anstellen.«

»Warum sollte ich dich reinlegen wollen?«

»Was weiß ich . . .«

Es entstand eine Pause.

»Tut mir leid, Herrchen«, sagte der Narbige auf einmal, »aber du hast dich offenbar geirrt. Darf ich gehen? Oder möchtest du noch ein bißchen mit mir plaudern?«

»Wozu fragst du mich um Erlaubnis? Bist von selbst gekommen, also geh auch wieder, wenn dir danach ist.«

Der andere machte einen Schritt, einen zweiten, dann drehte er sich um. »Verflucht!« knurrte er und schüttelte sich dabei. »Und du bist wirklich . . .?« Er ließ den Satz unvollendet, hob den rechten Arm und streckte ihn in Höhe von Konrads Hüfte aus.

»Aber ja«, antwortete dieser lächelnd. »Kommt dir denn gar nichts bekannt an mir vor?«

Erich musterte ihn flüchtig. »Nichts«, entgegnete er bestimmt.

»Einmal hast du mir eingeredet, daß man Forellen fangen könnte, indem man eine Himbeere auf eine Weidengerte spießt und sie ins Wasser hält. Ich habe das natürlich geglaubt. Weißt du noch?«

»Nein«, sagte Erich trocken. Er streifte ihn mit einem befremdeten Blick. »Wann ist dir übrigens klargeworden, wer ich bin?«

»Als du auf mich zukamst. Hast wohl kalte Füße gekriegt, wie?«

»Bilde dir nur nichts ein.«

»Hast du soviel auf dem Kerbholz?«

»Ich? Unschuldig wie ein Säugling bin ich. Aber man kann ja verwechselt werden.«

»Und woher wußtest du, daß ich dich und nicht einen anderen beobachtet habe? Du hast nicht ein einziges Mal aufgesehen.«

»Das lernt man im Wald. Ich merke sogar, wenn eine Ameise nach mir schielt.«

Konrad fühlte, daß er vor Erregung zu zittern begann. Es war wie früher: Er bestürmte den großen Bruder mit Fragen, dieser machte sich über ihn lustig. »Mir ist, als ob ich träume«, entfuhr es ihm. »Geht es dir auch so?«

Erneut schaute ihn Erich an, als habe er etwas gänzlich Unpassendes gesagt. »Nein«, entgegnete er kühl. »Hab nämlich im Traum noch beide Ohren dran.« Er betastete die leere Stelle. »Warum guckst du mich so an?«

»Wie alt du geworden bist, ich kann es kaum fassen! Was mußt du Ärmster durchgemacht haben!«

»Durchgemacht! Gelebt habe ich, und zwar auf meine Weise. Bin dabei nicht schöner geworden, das ist wahr.«

»Und wie hast du gelebt?«

»Wie es sich für einen Geächteten gehört.« Erich blickte ihm herausfordernd in die Augen. »Habe Kühe besprungen, wenn kein Weib zur Hand war, hab Kinder geschunden, damit sie mir die Schätze ihrer Eltern zeigen, hab Menschenfleisch gegessen, Kirchen geplündert und mehr als einem Pfaffen den Schädel gespalten . . . Was ist eigentlich aus der Mutter und den Schwestern geworden?« fügte er unvermittelt hinzu.

»Sie sind tot. Die Ungarn . . .«

»Ach ja«, bemerkte Erich, so gleichgültig, als habe er nichts anderes erwartet. »Und wieso haben sie dich nicht erwischt?«

Konrad senkte den Kopf. »Das ist eine lange Geschichte«, sagte er tonlos.

»Wird es wohl sein . . .«

Wieder trat eine Pause ein. Der Bruder betrachtete ihn.

»Prächtig siehst du aus«, stellte er nach einer Weile zerstreut fest. »Trägst sogar ein Schwert. Wo hast du es her?«

»Von meinem Herrn.«

»Von deinem Herrn . . . Wer ist das? Etwa der da?«

Konrad nickte.

Erich stieß einen Pfiff aus. Seine gelangweilte Miene belebte sich, in seinen aschfarbenen Augen erschien ein Glitzern. »Es geht mich ja nichts an«, äußerte er, die kostbare Waffe anstarrend, »aber da wir nun schon darüber reden, könntest du mir auch verraten, wieso er dir das Ding umgehängt hat.«

Konrad zögerte. »Ich führe die Gefolgschaft des Grafen«, antwortete er schließlich verlegen.

»Was? Sag das noch einmal.«

»Wozu? Hast es doch gehört.«

»Ein Bauernlümmel wie du? Gib zu, du flunkerst!«

»Ich bin es erst seit kurzem«, erklärte Konrad, ein wenig geschmeichelt, daß es ihm gelungen war, den Bruder zu beeindrucken. »Du glaubst nicht, wieviel ich zu tun habe. An manchen Tagen weiß ich nicht, wo mir der Kopf steht.«

Erich verwüstetes Gesicht rötete sich. Er bohrte die Spitze seines Stiefels in den Morast, zog sie wieder heraus. »So«, sagte er gedehnt, »hast also viel zu tun. Ich glaub's dir, aber ja. Warum sollte ich es bezweifeln?« Mit einem ungewissen Lächeln setzte er hinzu: »Da hätte man ja leicht mal aneinandergeraten können, wie?«

Verdutzt blickte ihn Konrad an. In der Tat, an diese Möglichkeit hatte er noch gar nicht gedacht . . . »Es ist verrückt«, sagte er, »doch du hast recht.«

»Nimm an, ihr hättet mich geschnappt. Nimm weiter an, du hättest mich erkannt. Was hättest du gemacht?«

»Laß gut sein«, sagte Konrad befremdet. »Weshalb jetzt darüber sprechen?«

»Weshalb nicht?«

»Weil Gott offenbar nicht wollte, daß es dazu kam.«

»Woher weiß du das?«

»Warum fügte er es wohl, daß wir nun demselben Herrn dienen? Statt uns das Schreckliche auszumalen, das die Vorsehung verhütet hat, sollten wir ihr lieber danken.«

»Amen!« rief Erich, in einem so gehässigen Tonfall, daß Konrad unwillkürlich einen Schritt zurücktrat.

»Wie du redest«, sagte er dumpf.

»Wie denn?«

»Eben so. Bedeutet es dir denn gar nichts, daß wir uns getroffen haben?«

Erich ließ ein abfälliges Krächzen vernehmen. »Weshalb sollte es das? Weil du mein Bruder bist?«

Er lächelte, so wie man über etwas lächelt, über das sich nicht einmal zu lachen lohnt.

»Und wenn schon, mein Herz schlägt deswegen nicht schneller. Gott fügte es – ha!« stieß er plötzlich hervor. »Daß ich in der Hölle schmore, wird er fügen, so steht's! Und du schwafelst was von irgendwelchen Himbeeren. Was bist du bloß für ein Narr!«

»Kann sein, daß ich ein Narr bin«, erwiderte Konrad ärgerlich. »Aber was bist du? Dein Gewissen quält dich, weil du schwer gesündigt hast. Statt daß du versuchst, mit Gott ins reine zu kommen, beschimpfst du mich.«

»Warum auch nicht? Wer hat denn Schuld daran, daß ich wurde, was ich geworden bin? Solche wie du und dein Graf ... Doch ich habe es ihnen heimgezahlt«, sprach er, die Fäuste geballt, schwer atmend weiter. »Ein gutes Dutzend von deiner Sorte habe ich ausgeweidet und an den eigenen Därmen aufgehängt. Und wenn wir diese Ratte erwischt hätten«, er zeigte in Richtung Tor, »wäre es ihr nicht anders ergangen.«

Konrad blickte ihn an. Verwundert nahm er wahr, daß Wut und Verbitterung alles aus dem Gesicht des Bruders getilgt hatten, was ihm eben noch vertraut erschienen war. Und wie von selbst formten seine Lippen jene Worte, die er während der verflossenen Wochen so häufig gebraucht hatte: »Rühme dich deiner Schandtaten, wann immer du willst. Vor zweierlei aber hüte dich: nicht zu gehorchen und den Grafen zu beleidigen. Beides werde ich nicht dulden. Wagst du es trotzdem, lasse ich dich peitschen. Du wärst nicht der erste.«

Erich sah überrascht auf. Seine verzerrten Züge glätteten sich und wichen einem Ausdruck von Neugier. »So einer bist du also«, bemerkte er höhnisch.

»So einer bin ich.«

»Ein ganz Tüchtiger, wie?«

»Geb mir Mühe.«

»Um so besser! Dann wirst du mit meinem Vorschlag sicherlich einverstanden sein.«

»Was für ein Vorschlag?«

»Laß uns keinem auf die Nase binden, daß wir Brüder sind. Meine Leute würden es mir verübeln, und ob dein Graf darüber glücklich wäre, ist zumindest fraglich. Wenn sich jemand erkundigt, woher wir uns kennen, behaupte einfach, wir wären früher Nachbarn gewesen. Ich will nichts von dir und werde dir keine Scherereien machen; komme auch du mir nicht ins Gehege. Sind wir uns einig?«

Konrad zuckte die Schultern. »Warum nicht? Hab wenig Verlangen, mit solcher Verwandtschaft zu prahlen.«

»Da wir gerade dabei sind«, fuhr Erich ungerührt fort, »noch etwas: Am liebsten wär's mir, wir könnten ganz und gar vergessen, daß wir mal aus demselben Loch gekrochen sind. Bruder, Schwester, Mutter, Vater, Hof und Hund«, zählte er mit angeekelter Miene auf, »wozu sich daran erinnern? Tu es, wenn dir so zumute ist, mich aber verschone damit. Es ist mir lästig. Ja, das war es, was ich noch sagen wollte. Was meinst du dazu?«

»Wie du wünschst«, erwiderte Konrad, insgeheim belustigt. Das war Erich, so wie er ihn kannte: Unfähig, auch nur einen Fingerbreit nachzugeben, und dazu neigend, jeden Streit auf die Spitze zu treiben.

»Ich möchte jetzt gehen«, sagte der Bruder schroff. »Das heißt, falls du nichts dagegen hast.« Ohne die Antwort abzuwarten, verneigte er sich knapp, drehte sich um und stapfte davon.

Während Konrad ihm nachsah, entsann er sich plötzlich, daß er in den ersten Jahren auf dem Fronhof unablässig gehofft hatte, Erich werde ihn befreien. Als Anführer einer großen Bande, so hatte er sich ausgemalt, würde der Bruder das Gut überfallen, es niederbrennen und ihn mit in den Wald nehmen. Da lief er nun, und er lief, wie die meisten Räuber liefen, so daß sie von hinten schwer zu unterscheiden waren: steifbeinig und mit hochgezogenen Schultern. Es war der Gang von Männern, die ständig auf dem Sprung sind, ebenso aber der alter Leute, wenn sie Eis oder festgestampften Schnee betraten. Fröstelnd wandte sich Konrad ab.

Als er beim Grafen ankam, war die Pause gerade zu Ende. Eine neue Übung begann. Zwei Knechte hatten eine Strohpuppe auf einem Wagen befestigt und zogen diesen mit Hilfe eines langen Seiles über den Hof. Die Krieger, an die man inzwischen Speere verteilt hatte, mußten sich ungefähr zwanzig Schritt von dem Gefährt entfernt aufstellen und, sobald einer von ihnen aufgerufen wurde, die Puppe zu treffen suchen.

»Das sieht nicht schlecht aus, findest du nicht?« sagte Gero, die Augen vor den Strahlen der sinkenden Sonne abschirmend, nach einer Weile. »Mit wem hast du übrigens gesprochen?«

»Wir wohnten im selben Dorf«, antwortete Konrad.

»Ah, ein alter Bekannter also. Und? Taugt er etwas?«

»Ich weiß nicht. Kämpfen kann er jedenfalls.«

»Hm«, machte Gero, »das ist auch mein Eindruck. Wenn du willst, nimm ihn in die Gefolgschaft auf.«

Konrad runzelte die Stirn. »Nein!« sagte er brüsk.

»Weshalb nicht?«

»Ich möchte keinen von denen im Gefolge. Die Männer würden es nicht verstehen. Wenn du es freilich wünschst . . .«

Gero betrachtete ihn aufmerksam. »Aber nicht doch, mein Freund«, sagte er lebhaft. »Du bist mir für die Leute verantwortlich. Wie dürfte ich dir da hineinreden?« –

Tags darauf, sie wollten gerade aufbrechen, sprengten fünf Reiter in den Hof. Der Kastellan, der den ganzen Morgen auffallend wortkarg gewesen war, fuhr bei ihrem Anblick zusammen und eilte auf sie zu.

»Laß dir Zeit, Herr«, rief ihm einer der Reiter entgegen. »Die Nachricht lohnt nicht, daß du ihretwegen auch nur ein Körnchen Staub aufwirbelst. Das Aas ist längst über alle Berge.«

Der Kastellan stemmte die Hände in die Hüften. »Melde, wie du es gelernt hast, verdammter Mistkerl!« brüllte er.

Der andere saß ab und straffte sich, wobei er seinen Kameraden zulächelte. »Der Flüchtige ist bei Uffo gewesen, daran gibt es keinen Zweifel. Er hat dessen Hund ins Jenseits befördert und zwei seiner Pferde überredet, ihn zu begleiten. Niemand hat etwas gehört, deshalb vermuten sie, daß es um Mitternacht passiert sein muß. Falls das stimmt, holt ihn keiner mehr ein.«

»Habt ihr es denn versucht?«

»Bis zum Eulenholz. Dort hat er offenbar die Gäule getränkt, im Bach war ein Damm. Danach wurde die Spur so schlecht, daß wir für jede Meile einen Tag gebraucht hätten. Glaub mir, Herr, den sehen wir nicht wieder.«

Der Kastellan, ein stumpfnasiger Blondschopf jenseits der Dreißig, winkte ab. Mit verstörtem Gesicht näherte er sich Gero. »Einer der Räuber ist geflohen, Herr Graf«, sagte er, heftig zwinkernd.

»Ich habe es dir verheimlicht, weil ich hoffte, sie kriegen ihn noch. Doch wie du –«

»Wer ist es?«

»Der mit den vielen Narben. Erinnerst du dich? Dein junger Mann unterhielt sich gestern mit ihm. Er muß ihn erschreckt haben, anders kann ich mir's nicht erklären . . . War etwas zwischen euch?« wandte er sich an Konrad. »Hattet ihr Streit?«

Von der Nachricht wie betäubt, schüttelte Konrad stumm den Kopf.

»Eine alte Rechnung vielleicht? Er bekam es mit der Angst, fürchtete, du würdest dich rächen . . .«

»Nein. Nichts von alldem.«

»Sonderbar«, murmelte der andere, ihn argwöhnisch musternd.

»Was ist sonderbar?« erkundigte sich Gero.

»Er wußte, daß ich große Stücke auf ihn hielt. Was er tat und sagte, hatte stets Hand und Fuß; nicht ein einziges Mal mußte ich ihn bestrafen. Ich bin sicher, daß er es bei uns noch weit gebracht hätte. Da kommt dieser Junge, wechselt ein paar Worte mit ihm – und am nächsten Tag ist er weg.«

»Ich begreife nicht, worauf du hinauswillst«, entgegnete der Graf. »Nicht einmal, wenn ihn ›dieser Junge‹ dazu angestiftet hätte, würde das seinen Eidbruch entschuldigen. Im übrigen mache ich dir keinen Vorwurf, du kannst sie ja nicht ständig bewachen. Irgendwann werden wir den Kerl fassen, und dann wird er büßen. Du selbst, das verspreche ich dir, wirst ihn hängen.«

Der Kastellan zuckte verdrossen die Schultern. »Nimm's mir nicht krumm, Herr Graf, aber ich bin gar nicht erpicht drauf. Nicht nur unsertwegen tut's mir nämlich leid, sondern auch um seinetwillen. Wirklich guten Männern begegnet man selten, und er war einer.«

»War!« sagte Konrad. »Du redest, als sei er schon tot.«

Ohne ihn anzusehen, erwiderte der andere: »Glaube mir, junger Mann, es ist, als wäre er es bereits. Denn wenn es ihm nicht gelingt, sich einer Bande anzuschließen, ist er verloren. Doch wo soll er jetzt eine Bande finden? Die besten Männer seines Schlages sind bei uns, das Kroppzeug, das wir zurückgewiesen haben, dürfte den Winter kaum überlebt haben. Neue kommen erst im Mai. Ein Mann auf der Flucht ist aber nicht bloß einer weniger als zwei; auf sich gestellt, ist er so hilflos wie ein Blatt im Sturm. Zwei können sich zumindest beim Schlafen abwechseln, einer allein hingegen hat niemals Ruhe. Selbst der Gerissenste wird vor Müdigkeit immer häufiger Fehler begehen, so lange, bis man ihn endlich erwischt. Dann ist er hinüber.«

III.

Im Herbst neunhundertneunundzwanzig hatte König Heinrich zur Beherrschung der Daleminzer die Burg Meißen anlegen lassen, sie mit einer starken Besatzung versehen und von hier aus drei Jahre darauf die weiter östlich siedelnden Milzener zur Tributzahlung gezwungen. Spätestens zu diesem Zeitpunkt war auch das Schicksal der kleinen sorbischen Stämme zwischen Saale und Mulde besiegelt gewesen: Gleichsam nebenher, ohne daß es eines Feldzuges bedurft hätte, gerieten sie in die Abhängigkeit.

Schon die Franken hatten die Abwehrkraft dieses einst von Thüringern und Sachsen gefürchteten Volkes gebrochen. Kaiser Karl und seine Nachfolger hatten es einige Male bekriegt, Aufstände niedergeworfen und dabei seine inneren Zwistigkeiten sowie die eigensüchtigen Bestrebungen des Adels so geschickt auszunützen gewußt, daß die Sorben seither hoffnungslos zerstritten waren. Sogar innerhalb eines Stammes trauten die Oberen einander nicht über den Weg und rieben sich in Machtkämpfen auf. Der gegenseitige Argwohn war derart unüberwindlich, daß von gemeinsamem Handeln der Fürsten keine Rede sein konnte und der ehemals mächtige Stammesverband nur noch in seinem Namen fortlebte.

Das hatte es Heinrich gestattet, mit den Sorben nicht viele Umstände zu machen. Während die großen, mit straffer Hand regierten Völker – wie etwa Obodriten und Heveller – einen maßvollen, genau festgelegten und von ihnen selbst aufzugliedernden Zins zu entrichten hatten, schröpfte er die sorbischen

Burgbezirke einzeln und, um sie gegeneinander aufzubringen, nicht selten nach Belieben.

Freilich, auch hier galt der Grundsatz, den Bogen nicht zu überspannen. Zwar bildeten die Abgabenrinsel, die aus dem Slawenland ins Reich flossen, zuletzt einen durchaus ansehnlichen Strom, den der König längst nicht mehr missen mochte; doch besaß der Tribut noch einen weiteren Sinn, den allzu harte Forderungen nicht gefährden durften. Er bestand nicht allein im Wert einer Viehherde, einer bestimmten Anzahl von Fellen oder in der Erlaubnis, jenseits der Saale Holz schlagen zu dürfen, sondern ebenso in dem, was sich darin ausdrückte: die Bereitschaft zur Unterwerfung. Die pünktliche Ankunft des Zinses verwandelte, je öfter sie sich wiederholte, allmählich Willkür in Recht, sein Ausbleiben hingegen stellte den erreichten Zustand in Frage. Darum bedeutete jede Erhebung, auch wenn sie scheiterte, einen Rückschritt.

Stockte die Zahlung des Tributes, oblag es dem Legaten, herauszufinden, welches die Ursache dafür war, und danach die notwendigen Maßnahmen einzuleiten. Hatte jemand infolge einer Mißernte, Seuche oder Fehde Verluste erlitten, pflegte Graf Siegfried in der Regel, mit sich reden zu lassen. Kam er jedoch zu der Erkenntnis, daß man ihn täuschen wollte, wagte es einer der Sorben gar, sächsisches Gebiet zu plündern, setzte Siegfried unverzüglich seine Reiter in Marsch. Dabei vermied er es stets, den Betreffenden zugrunde zu richten – denn an wen hätte er sich danach halten sollen? –, sondern beschränkte sich darauf, einige seiner Bauern zu brandschatzen und ein Sühnegeld einzutreiben. Und die sorbischen Häuptlinge, froh, daß sie im Unterschied zu den Daleminzern noch Herr im eigenen Haus waren, hatten sich an Siegfrieds Regime gewöhnt. Mit etlichen von ihnen, denen er gegen räuberische Nachbarn geholfen hatte, verbanden ihn beinahe freundschaftliche Beziehungen. Selbst seine Vergeltungsfeldzüge endeten zuweilen mit einem Gelage, bei dem die Beteiligten, nachdem sie zäh um die Höhe der Buße gefeilscht hatten, Geschenke austauschten.

Dies sollte sich nach dem Willen des neuen Königs nun ändern, und zwar so, daß der Frieden möglichst lange gewahrt blieb. Um diese schwierige Aufgabe zu meistern, hatte Graf Gero bereits im Oktober diesseits der Saale lebende Sorben für Kundschafterdienste gewonnen. Auch Siegfried hatte sich auf solche Leute gestützt, nicht nur, weil sie sich mit den Einheimischen verständigen konnten, sondern ebenso wegen ihres Eifers und ihrer Zuverlässigkeit. Denn da sie Stammesfremde waren, hatten sie alle Ursache, sich mit dem Grafen gutzustellen. Als Händler zogen sie über die Grenze, spähten Wege und Befestigungen aus, sprachen mit Bauern, Fischern und den Handwerkern in den Vorburgen und entlockten ihnen manches, das ein Sachse niemals erfahren hätte. Ihre Berichte bestärkten Geros Entschluß, mit den im Südosten ansässigen Colodici den Anfang zu machen.

Schon einmal, vor hundert Jahren, hatten die Sachsen diesen Stamm bekriegt, zwölf seiner Burgen erobert und dabei den König getötet. Dessen Nachfolger hatte den Kampf unverzüglich abgebrochen und sich unterworfen. Doch das war lange her, und inzwischen kannte das kleine Volk keinen Fürsten mehr. Ein gutes Dutzend Burgherren bestimmte seine Geschicke, darunter ein gewisser Prebor, der anscheinend mit dem Gedanken liebäugelte, sich über die anderen zu erheben. Neunhundertfünfunddreißig, gelegentlich eines Zuges gegen die Siusler, hatte ihn Gero kennengelernt, als er und Siegfried Prebors Gäste gewesen waren. Seine Burg war die größte und am besten befestigte des gesamten Stammes und ihr Besitz daher von unschätzbarem Wert. Außerdem war Prebor wohlhabender als seine Rivalen, keineswegs soviel, um seine Pläne aus eigener Kraft verwirklichen zu können, doch immerhin genug, um den Argwohn seiner Standesgenossen zu erregen. Seine Entmachtung würde von ihnen kaum sonderlich bedauert werden.

Obwohl er sich deswegen als Opfer geradezu anbot, hatte er auch einen Fehler: Er war noch nicht ein einziges Mal in sächsisches Gebiet eingedrungen und seinen Zinsverpflichtungen bisher stets ohne zu säumen nachgekommen. Er galt als ein schlauer Mann, der seine Raubgelüste nur an Schwächeren zu stillen pflegte; das konnte Zweifel daran erzeugen, daß es sich bei seinem Sturz tatsächlich um eine Bestrafung handelte. Gero rechnete indes damit, daß ihm hier Prebors Unbeliebtheit zu Hilfe kam. Würden nicht die meisten glauben, daß er doch einmal über die Stränge geschlagen und sich dabei übernommen hatte, einfach deshalb, weil sie es glauben wollten? Zudem hatte der Graf vor, noch zwei weitere Burgherren an die Kette zu legen, unbedeutende und wenig begüterte Leute zwar, die aber dafür bekannt waren, daß sie des öfteren jenseits der Saale geplündert hatten. Indem sie sein Schicksal teilten, würde, so hoffte Gero, auch auf den untadeligen Prebor ein Schatten fallen.

Damit nicht der Verdacht aufkam, er wolle den gesamten Stamm unterjochen, gedachte der Graf, es hierbei bewenden zu lassen. Über etliche Monate hinweg würde er beobachten, wie sich die Dinge entwickelten, und danach im Herbst mit einem Nachbarvolk der Colodici ähnlich verfahren. Ein halbes Dutzend besetzter Burgen würde noch längst keinen Aufruhr hervorrufen, doch den slawischen Adel gewiß beeindrucken und seinen, Geros, Wünschen gegenüber aufgeschlossener machen. Es würde überdies zeigen, daß er nicht untätig war, und denen, die ihm seine Würde mißgönnten, für eine Weile den Mund stopfen. Im folgenden Jahr würde er dann das tun, was er sich nach seiner Rückkehr aus Magdeburg vorgenommen hatte, und sie dadurch, sofern es ihm glückte, endgültig zum Verstummen bringen.

Anfang April beorderte er die ihm unterstellten Kastellane zu sich, eröffnete ihnen, daß der Einsatz ihrer Schützlinge unmittelbar bevorstand, und legte mit ihrer Hilfe fest, welcher der Männer auf welcher der Burgen verbleiben würde. Bereits zwei Wochen später brach er auf. Seine Streitmacht bestand neben den ehemaligen Räubern aus Dienstleuten der Grafen Christian und Thietmar sowie der Hälfte seiner eigenen Gefolgschaft. Nachdem sie die Bode überquert hatten, ritten sie ein Stück in Richtung Süden, wobei in vorher vereinbarten Orten noch weitere Krieger zu ihnen stießen. So kamen fast zweihundertfünfzig Bewaffnete zusammen, ein für sein Vorhaben gewaltiges Aufgebot.

Einige Meilen unterhalb der Stelle, wo die Saale am weitesten nach Westen buckelt, ließ er rasten. Erst jetzt teilte er den Räubern mit, was sie erwartete und wer von ihnen ihre Anführer sein würden. Am Morgen darauf ging es über die Saale und auf einem Knüppelweg entlang der Fuhnesümpfe hinein in das Land der Colodici.

Naßkalter, unregelmäßig wehender Wind peitschte die Gesichter der Männer mit großflockigem Schnee. Ein vorzeitig von der Winterreise heimgekehrter Kuckuck schrie unverdrossen gegen das Schneegestöber an. Aus den verdorrten Büscheln des vorjährigen Grases sprossen grüne Halme, hier und dort leuchteten die gelben Blüten des Huflattichs. Wie ein riesiger Schleier schimmerte das Weiß zahlloser dünnstämmiger Birken.

Graf Gero nickte Konrad zu, worauf dieser Otfried an der Schulter berührte. Langsamer werdend, aber ohne anzuhalten, ließen sie sich von den anderen überholen. Die Räuber hatten die gestrige Ankündigung mit solch aufreizendem Jubel aufgenommen, daß der Zwist zwischen ihnen und den Kriegern erneut aufgeflammt war. Besorgt, daß es auf dem Marsch zu Streitigkeiten kommen könnte, hatte der Graf daher die Gefolgschaft angewiesen, die ärgsten Hitzköpfe nicht aus den Augen zu lassen.

Paarweise, ihre Oberkörper im Rhythmus des Sturmes beugend und aufrichtend, ritten die Männer an ihnen vorüber. Schmatzend senkten sich die Bohlen unter den Hufen der Pferde, manchmal knackte es. Die Krieger, welche die Vorhut bildeten, schwiegen verbissen, die Räuber hingegen waren so redselig und zutraulich, wie sie Konrad noch nie erlebt hatte. Viele machten ein Gesicht, als harrte ihrer das Paradies.

Er reihte sich irgendwo ein, und sogleich wurde er angesprochen. »Sind wir nicht bald da, Herr? Ich kann es kaum erwarten, endlich was Warmes in den Magen zu kriegen.«

»Hätten uns lieber vorher anmelden sollen«, bemerkte ein zweiter schnüffelnd. »Für so viele Leute haben sie bestimmt nicht gekocht.«

»Und du meinst, sie räumen tatsächlich so einfach ihre Burg?« wandte sich der erste wieder an Konrad. »Schlag mich tot, aber ich kann's nicht glauben.«

»Falls nicht, schicken wir den Schwarzen vor«, warf ein dritter ein. »Dann bekommen sie Angst und reißen aus.«

»Und die Mägde?« rief jemand mit gespielter Empörung. »Untersteht euch, sie zu erschrecken!«

Das Wort Mägde ließ die Männer erstarren. Ihre Mienen wurden ernst, und trotz des Schneetreibens blickten sie einen Moment lang ohne zu blinzeln vor sich hin.

»Teufel noch eins«, sagte der Schnüffelnde, seufzte laut und fragte, fast ängstlich auf Konrads Lippen schauend: »Wie viele mögen es eigentlich sein, Herr?«

»Wann hätte ich sie zählen sollen? Ich werde diese Burgen genau wie ihr heute zum erstenmal sehen.«

»Begreiflich, Herr. Nur, was ich meine, ist: Wird für jeden ein Weib dasein oder nicht?«

»Nein! Ausgeschlossen! Schlagt euch das aus dem Kopf.«

»Vielleicht doch . . .«

»Nein! Wann hört ihr endlich auf, euch etwas vorzumachen? Wir reiten zu einer Burg, nicht zu einem Kloster. Ich weiß, man hat es euch schon oft gesagt, dennoch werde ich es wiederholen: Wenn ihr euch wegen der Frauen in die Haare geratet oder anfangt, die der Bauern zu belästigen, seid ihr verloren. Dient eure Zeit ab, wie ihr es geschworen habt, danach könnt ihr euch Frauen nehmen, so viele ihr wollt.«

»Und bis dahin?«

Konrad zuckte die Schultern. »Wie habt ihr es denn im Wald gehalten?«

»Das kannst du nicht vergleichen, Herr. Die Kälte, der

Hunger, dazu ständig die Angst, daß man erwischt wird. Da vergeht einem –«

»Also eßt nicht soviel, zieht euch nicht zu warm an, und was die Angst betrifft: Denkt immer daran, daß ihr ungebetene Gäste seid«, sagte Konrad schmunzelnd. »Gelingt es ihnen, euch zu überrumpeln, werden sie genauso unsanft mit euch umspringen, wie wir es getan hätten.«

»Wir werden es beherzigen, Herr«, sagte derjenige, der zuerst von den Mägden gesprochen hatte, mit frommer Miene. »Und damit niemand in Versuchung kommt, wird sich jeder von uns einen Knoten in sein Ding machen ... Doch nicht zu fest«, fügte er hinzu, »für den Fall, daß du dich geirrt hast.«

In das ausbrechende Gelächter hinein ertönte ein anderes Lachen, hell und übermutig wie der Ruf eines Grünspechtes. So lachte nur einer – Peppo. Konrad und Otfried verließen die Kolonne und warteten am Rand, bis sie mit ihm auf einer Höhe waren.

Peppo, der in den wenigen Monaten überraschend gut Reiten gelernt hatte, winkte ihnen mit beiden Händen zu. Er hatte den Helm abgesetzt, und da sein Schopf gänzlich zugeschneit war, sah es aus, als trüge er statt einer dunklen zur Abwechslung einmal eine weiße Mütze.

»Was sagst du zu unserem Aprilwetter?« fragte ihn Konrad. »Ich wundere mich alle Jahre wieder darüber.«

»Ich wundere gar nicht«, entgegnete der Schwarze vergnügt glucksend. »Häßliches Land – häßliches Wetter.«

»Fällt es dir so schwer, dich daran zu gewöhnen?«

»Gewöhne mich nie! Venezia –«

»Venezia, Venezia!« stöhnte der Mann neben ihm auf. »Er bringt mich noch um mit seinem Venezia. Der Himmel ist dort blauer, das Obst saftiger, die Fische haben weniger Gräten, und was die Weiber betrifft, so –«

»Ist auch.«

»Warum bist du dann nicht dageblieben ...«

»Du weißt, warum«, erwiderte Peppo friedfertig.

»Hättest deinen Kaufmann eben nicht abmurksen sollen.«

»Schade, daß du mir nicht früher gesagt hast ... Aber vielleicht gehe ich bald wieder zurück. Jetzt, wo ich schnelles Pferd habe ...«

Lächelnd zeigte ihm Konrad die Faust und lenkte hierauf seine Stute erneut an den linken Rand des Weges. »Dreist ist der schwarze Satan«, raunte ihm Otfried zu, während die anderen vorbeizogen.

»Dreist? Ach was! Verstehst du keinen Spaß mehr?«

»Schöne Späße sind das!«

»Was stört dich denn an ihnen?«

Otfried schwieg. »Der Mann ist es, der mich stört«, gestand er schließlich. »Er ist mir zuwider. Nie verhält er sich still, dauernd bewegt sich etwas an ihm. Wenn er nicht herumfuchtelt, die Zähne fletscht oder mit den Augen rollt, wiehert er wie ein Gaul.« Er senkte den Kopf, flüsterte: »Er ist unser Unglück, du wirst es erleben. Das Beste wäre, ihm einen Pfeil ins Kreuz zu pflanzen und ihn dann möglichst tief zu vergraben.«

Verblüfft sah ihn Konrad an. Seit ihrem Zusammenstoß wich ihm Otfried kaum von der Seite, pflichtete ihm in allem bei und gehorchte seinen Anweisungen aufs Wort. Daß er ihm jetzt widersprach, paßte nicht zu diesem Betragen ... Plötzlich fiel sein Blick auf Otfrieds blutleere Lippen, und er mußte an sich halten, um nicht lauthals zu lachen: Die Art, in der dieser dem Schwarzen nachschaute, zeugte von unverhohlener Furcht, ja beinahe Grauen. Das also war es, was hinter seinem Gerede steckte.

Die Krieger der Nachhut, zumeist Leute von den Grenzburgen, blickten ebenso finster drein wie die an der Spitze. Alle Versuche Konrads, mit einigen von ihnen ein Gespräch anzuknüpfen, scheiterten; sie blieben entweder stumm oder wichen aus. Lediglich einer sagte: »Spar dir die Mühe, junger Mann, deine Späße verfangen bei uns nicht. Sind schließlich keine Kinder, die man verprügeln und danach mit einem Scherz wieder zum Lachen bringen kann.«

»Werd's mir merken«, entgegnete Konrad. »Bevor ich euch

mit eurem Kummer allein lasse, sagt mir jedoch wenigstens, wer euch verprügelt hat.«

»Als ob du das nicht wüßtest! Dieses Pack setzt sich ins gemachte Nest, während wir so arm heimkehren, wie wir aufgebrochen sind. Hat man je von einer solchen Ungerechtigkeit gehört? Wenn wir mit Graf Siegfried loszogen, kamen wir niemals ohne Beute zurück.«

Konrad wollte scharf erwidern, bezwang sich jedoch und sagte: »Man hat euch oft genug erklärt, weshalb es vorläufig keine Beute geben darf. Seid unbesorgt, eure Stunde schlägt schon noch. Und was das Nest anlangt, so solltet ihr nicht vergessen, daß es für den, der sich als erster darin einrichten muß, leicht zur Falle werden kann.«

Der andere lächelte spöttisch. »Hab Dank für den Hinweis, doch diese Gefahr würde uns nicht schrecken. Wir wären gern die ersten, und nicht bloß zu unserem Vorteil. Wenn der Graf das begreift, wird es freilich zu spät sein.«

»Was meinst du damit?«

»Glaubst du etwa, daß diese Dreckskerle lange fackeln werden? Da hast du dich aber geschnitten! Sieh nur, wie aufgekratzt sie sind: Können es kaum erwarten, uns endlich los zu sein. Ich wette, daß sie schlimmer hausen werden als alle Teufel der Hölle zusammen ... Was schätzt ihr, wie lange sich die Sorben das gefallen lassen?« rief er nach hinten. »Ein halbes Jahr? Oder nur bis zum nächsten Mondwechsel?«

Aufgebracht über den schadenfrohen Ton, in dem er seine eigenen Befürchtungen zu hören bekam, riß Konrad den Mann an der Schulter herum und hieb ihm die Faust ins Gesicht. »Sei still, du Lump!« fuhr er ihn an. »Wage es ja nicht, die Leute aufzuhetzen, sonst schneide ich dir die Zunge ab.«

Der andere wischte sich einmal über die Nase, dann ließ er das herausquellende Blut in den Bart rinnen. »Wen denn aufhetzen?« sagte er mit belegter Stimme. »Denken doch sowieso alle wie ich.«

Gegen Mittag wurde der Wind schwächer, und statt zu schneien, fing es an zu graupeln. Der Weg krümmte sich, beschrieb eine Art Schlinge und stieg danach sacht an. Fortwährend flogen Stockenten auf, zuweilen schrie ein Kiebitz.

In dem Maße, in dem der Boden fester wurde, verwandelte sich die geduckte Niederungslandschaft in einen stattlichen Auwald. Zwischen die Laubbäume mischten sich Nadelhölzer. Immer häufiger waren Baumstümpfe zu sehen, ein Zeichen, daß man sich einem größeren Ort näherte. Der Weg wurde breiter und mündete in einen schütteren Streifen alter Eichen. Zwischen ihnen blitzten die Wasser mehrerer Teiche, von deren Dämmen Graureiher abstrichen.

»Sie haben uns viel früher entdeckt, als ich vermutet hatte«, sagte der Graf zu Konrad. »Woher ich das weiß? Nun, das ist nicht allzu schwer: Diese Teiche gehören unserem Freund Prebor, und weil ihm der Verlust auch nur eines einzigen Fischleins anscheinend das Herz zerreißt, läßt er sie vom ersten Sonnenstrahl bis zum Einbruch der Dunkelheit durch Knaben bewachen. Sie sind mit Pfeil und Bogen oder Steinschleudern ausgerüstet und bekommen für jeden erlegten Fischräuber eine Belohnung. Solange sie da sind, traut sich kaum einmal ein Eisvogel heran, von Reihern ganz zu schweigen. Bis die Vögel bemerkt haben, daß die Wachen abgezogen sind, dürfte wenigstens ein halber Tag vergehen, weswegen die Anwesenheit der Reiher den Schluß zuläßt, daß man bereits seit dem Morgen mit unserer Ankunft rechnete.«

Sowie sie den Eichenwald passiert hatten, erblickten sie in einer flachen Senke ein Dorf: etwa anderthalb Dutzend Gehöfte mit Gärten, umgeben von Weideland und Äckern. Einigen Häusern entstiegen auffallend dünne Rauchsäulen: offenbar hatte man die Herdfeuer gelöscht, war dabei aber nicht immer sorgfältig genug verfahren. Und auch wohin die Bewohner geflüchtet waren, wurde einem rasch klar, denn über der Burg im Hintergrund schwebte eine ungewöhnlich große Qualmwolke. Es war die Art von Qualm, die entsteht, wenn sehr viele Menschen auf engstem Raum kochen.

Nachdem sie das erste Gehöft durchsucht hatten, ritten sie langsam zum anderen Ende des Dorfes. Ein Hund, den man wohl vergessen hatte, sprang winselnd beiseite, soff aus einer Pfütze, schüttelte sich und verschwand danach hinter einem Speicher. Einmal war es Konrad, als werde er beobachtet. Er drehte sich um und zuckte zusammen: Auf dem untersten Ast einer Linde, zwei Armlängen von seinem Kopf entfernt, saß, einen Buchfink im Fang, eine Katze und starrte ihn wie gebannt an. Die zarten Zehen des kläglich fiependen Vogels umklammerten die eine Hälfte ihrer Schnurrbarthaare und bog sie nach unten, was der Katze ein sonderbar grämliches Aussehen verlieh.

Bis auf zahllose Sperlinge und eine Elster, die auf einer zerbrochenen Egge hockte, schienen das die einzigen lebenden Seelen zu sein. Kein Hahn krähte, kein Schwein grunzte, kein Schaf blökte, kein Ochse brüllte. Keine Tür knarrte, kein Brunnendeckel polterte, keine Handmühle ächzte. Kein Kind lachte. Die einrückenden Krieger blickten gespannt, auf etlichen Mienen lag ein Ausdruck von Unbehagen, und Konrad ahnte, was in ihnen vorging: Auch ihn erinnerte die unnatürliche Stille des verlassenen Ortes an die entvölkerten thüringischen Dörfer während des letzten ungarischen Einfalls.

Als sie den Ostrand der Siedlung erreicht hatten, zeigte Gero zur Burg. Auf dem Wehrgang wimmelte es von Menschen. Vor dem Tor aber, dort, wo die Brücke den Graben überquerte, stand, barhäuptig und mit einem knielangen Pelz angetan, ein Mann. Das linke Auge mit einer Hand vor dem Wind schützend, schaute er ihnen reglos entgegen.

»Prebor«, sagte der Graf.

Er war bisher, wie stets, völlig ruhig gewesen; nun, da er diesen Namen ausgesprochen hatte, änderte sich das jäh. Er leckte sich die Lippen, blinzelte heftig, kratzte sich im Nacken und rutschte im Sattel umher. Schließlich nickte er Konrad einige Male zu, so lange, bis dieser begriff: Der Graf wollte nicht, daß man seiner Stimme die Erregung anmerkte, und wünschte daher, daß er alles Nötige veranlaßte. Sogleich befahl Konrad der Gefolgschaft, ihn und Gero zu begleiten, allen anderen jedoch, zurückzubleiben. Nachdem sich die Männer versammelt hatten, ritten sie im Schritt weiter.

Auch der Mann vor der Burg setzte sich in Bewegung. Auf der Mitte der Brücke verharrte er, spähte zu ihnen hinüber und lief bis zum äußeren Ufer des Grabens, wo er wieder haltmachte und sie erwartete. Er war größer, als Konrad vorhin gemeint hatte; ein wahrer Riese mit einem mächtigen Schädel und einem rindenfarbenen, eigentümlich spitzen Bart. Seine Miene zeigte weder Neugier noch Argwohn oder Furcht, sondern einen fast schläfrigen Gleichmut. Während er ihnen beim Absitzen zuschaute, strich er sich wie abwesend ein Graupelkorn aus den Wimpern. Plötzlich erschien ein Lächeln auf seinem Gesicht, er breitete die Arme aus und trat einen Schritt vor.

»Mein Freund!« rief er mit klangvoller Baßstimme aus, »du bist es wirklich! Ich grüße dich! Verzeih, daß ich dir nicht entgegengeritten bin, aber man hat mir nicht gesagt, daß du es bist.«

Gero verneigte sich knapp und sagte: »Ich grüße dich ebenfalls.«

»Dank, dank, dank«, erwiderte Prebor voller Wärme, wobei er die Hände vor der Brust faltete und sie im Takt seiner Worte auf und nieder bewegte. »Kommst du mich besuchen! Ich kann's gar nicht glauben. Welche Freude und Ehre für mich! Ich bitte dich, sei mein Gast.«

»Recht gern. Doch wie ich sehe«, sagte der Graf und wies zum Wehrgang empor, »hast du bereits Gäste.«

»Gäste?« Prebor lachte schallend und schüttelte einige Male den Kopf. »Ja, ja, ich habe sehr hohe Gäste.«

Er hielt inne und blickte an Geros Schulter vorbei in Richtung Dorf.

»So viele Männer führst du an«, sprach er, die Brauen hebend, weiter.

»Dies ist nur ein kleiner Teil von denen, die meinem Befehl unterstehen«, entgegnete Gero steif. »Graf Siegfried hat, wie dir sicherlich zu Ohren gelangt ist, im verflossenen Jahr das Zeitliche gesegnet. Ich wurde sein Nachfolger.«

»Zeitliche gesegnet? Was ist?«

»Nun, er starb.«

»Oh ja, ich weiß«, sagte Prebor betrübt. »Der arme Graf Siegfried! Er war so ein guter Mann. Es schmerzt mich sehr, daß er tot ist . . . Aber für dich«, seine düstere Miene hellte sich wieder auf, »macht mich glücklich, daß du sein Nachfolger wurdest.«

Konrad betrachtete ihn erstaunt. Selbst wenn Prebor tatsächlich noch keinen Verdacht geschöpft hatte, mußte ihm die Aussicht, eine solch große Zahl Leute zu beköstigen, doch einen gehörigen Schrecken einjagen. Nichts davon war ihm indes anzumerken; der unverhoffte Besuch schien ihn vielmehr aufrichtig zu freuen.

Nach wie vor lächelnd, blickte Prebor dorthin, wo die anderen warteten. »So viele Krieger hast du mit«, sagte er abermals und schnalzte anerkennend mit der Zunge. »Die Bauern haben schon Angst und sind geflohen.«

»Das tut mir leid. Ich versichere dir, es war nicht meine Absicht, sie in Angst zu versetzen.«

»Aber lieber Freund, was glaubst du von mir?« sagte Prebor, in einem Ton, als kränke ihn diese Beteuerung über alle Maßen. Doch da lächelte er bereits wieder und fuhr fort: »Bauer ist dumm, deshalb hat er immer Angst. Scheint die Sonne ein paar Wochen, hat er Angst, daß es nicht mehr regnen könnte, regnet es lange, hat er Angst, daß die Sonne nicht wiederkehrt. Soll er Zaun um meine Burg höher bauen, hat er Angst – ich weiß nicht, warum – und schimpft auf mich. Kommen jedoch Fremde ins Land, fällt er auf die Knie und spricht: Bitte, bitte, mein guter Herr, laß mich in deine Burg hinein, ich fürchte mich so!«

»Ja, du hast recht«, pflichtete ihm Gero mit zerstreuter Miene bei, »so sind sie.«

»Also werde ich ihnen sagen, sie sollen in ihre Häuser gehen.« Prebor schaute den Grafen fragend an und fügte hinzu: »Burg ist zu klein für so viele Männer, Dorf ebenfalls. Wo werden deine Krieger schlafen?«

»Wir führen Zelte mit uns.«

»Gut. Stroh haben wir genug. Ich sage nachher, daß man euch gibt. Jetzt werde ich die Bauern ... Wie heißt bei euch?« unterbrach er sich. »Ah, ich weiß: Ich werde ihnen Beine machen.«

Er drehte sich um und schrie mit scharfklingender, fast wütender Stimme etwas zum Wehrgang hoch; um seinen Mund, der gerade noch gelächelt hatte, legten sich harte Falten. Drinnen erscholl Gebrüll, worauf die Leute, die zu ihnen hinabblickten, verschwanden. Kinderweinen ertönte, in das sich ein Zischen mischte, das rasch anschwoll. Es dauerte nicht lange, da stiegen aus der Burg Dampfwolken in den Himmel.

Wenig später knarrte das Tor, und mehrere Dutzend Menschen samt ihrem Vieh betraten die Brücke. Etliche trugen mit Essen gefüllte Kochkessel, andere zogen oder schoben ihre Wagen, wohingegen die Ochsen nebenher liefen. Offenkundig hatte man den Leuten nicht einmal Zeit zum Anspannen gelassen. Während sie den Graben überquerten, wurden von der Burg Gegenstände heruntergeworfen, die sie dort in der Eile vergessen hatten: Mützen, Löffel, Schöpfkellen, Pelze, Musikinstrumente, sogar Kinderspielzeug. Wer nichts zu schleppen hatte, sammelte die Sachen auf, und nachdem sie damit fertig waren, setzte die Schar ihren Weg fort.

»Jetzt noch ein Weilchen«, sagte Prebor. »Sie haben alles verunreinigt. Meine Leute müssen erst saubermachen.«

Konrad sah den Bauern hinterher. Seine Kameraden hatten Prebor unauffällig umstellt – um ihn an der Flucht zu hindern oder aber, sollten sich auf dem Wehrgang Bogenschützen zeigen, als Geisel zu benutzen. Der Sorbe war, wie er so dastand, ein Gefangener, und nur ein Wunder konnte ihm noch helfen. Doch obwohl alles ohne Blutvergießen abzugehen schien, verspürte Konrad keine Erleichterung, sondern angesichts der sorglos freundlichen Art Prebors eher Beklommenheit.

Er vernahm ein Räuspern. »Wie viele Krieger hast du?« erkundigte sich Gero mit versteinerter Miene.

»Weshalb möchtest du wissen?« fragte Prebor lächelnd zurück.

»Ist es ein Geheimnis? Dann verzeih meine Neugier.«

»Nein, es ist kein Geheimnis.« Prebor streckte zweimal die gespreizten Hände vor. »Ungefähr so.«

»Und genau?«

»Noch zwei.«

»Wie viele waffenfähige Männer sind noch in der Burg? Außer deinen Söhnen natürlich.«

»Das kann man schwer sagen.«

»Nimm an, deine Burg würde von allen Seiten angegriffen. Welche der übrigen Männer würdest du bewaffnen?«

Prebor überlegte. Nach wie vor war ihm kein Argwohn anzumerken. »Neun«, sagte er schließlich. »Wenn ganz schlimm ist, auch elf.«

»Was ist mit den anderen?«

»Zu jung, zu alt oder krank. Nein, nicht krank ...« Er deutete ein Humpeln an.

»Ich verstehe«, sagte Gero. Er straffte sich. »Alle kriegstauglichen Männer, dreiunddreißig an der Zahl, sollen mit je einem ungesattelten Pferd und ohne Waffen vor der Burg antreten. Nur diese dreiunddreißig und kein Mitglied deiner Familie. Hast du begriffen?«

Das Lächeln auf Prebors Gesicht gefror. »Warum?« fragte er ruhig.

»Du wirst es erfahren. Jetzt sag ihnen, was ich befohlen habe. Sie sollen sich beeilen, denn wir haben wenig Zeit.« Der Graf hielt inne und fügte hinzu: »Ihnen wird nichts geschehen. Niemandem wird etwas geschehen, sofern du vernünftig bist.«

Er nickte Konrad zu, worauf dieser seine Stute bestieg und zu den wartenden Kriegern sprengte. Hier winkte er Richolf heran, der am vergangenen Tag zum Anführer der künftigen Besatzung bestimmt worden war, und sagte zu ihm: »Es ist soweit. Nimm deine Leute zusammen, und dann – vorwärts!«

Der ehemalige Mönch riß die Augen auf. »Was denn, Herr«, stammelte er erbleichend, »heißt das etwa –«

»Ja, es sieht ganz danach aus.«

»Und sie lassen uns so einfach rein?«

»Was bleibt ihnen übrig.«

Richolf starrte ihn an. »Habt ihr das gehört, Brüder?« rief er laut, sich mit der Faust auf die Brust schlagend. »Einem gebildeten Mann, wie ich es bin, mutet man zu, solche Esel zu regieren. Doch sei's drum, ich werde die Kränkung verwinden. Und nun«, er riß den rechten Arm empor, »zu mir, die ihr mühselig und beladen seid, ich will euch erquicken! Allerdings nur, wenn ihr euch wie gesittete Menschen benehmt. Sollte einer vergessen, was sich gehört, ersäufe ich ihn im Graben.«

Während sich an die vierzig ehemalige Räuber lärmend um ihren Anführer scharrten, wies Konrad die restlichen Männer an, die Burg zu umstellen. Er wartete, bis sie losritten, dann folgte er ihnen mit Richolfs Leuten.

Als sie bei der Brücke eintrafen, passierten Prebors Krieger gerade das Tor. Jeder hatte ein Pferd bei sich und trug einen Sattel. An der Spitze schritt ein kräftig wirkender bartloser Bursche mit kurzem blondem Haar, der, seinem Mund nach zu urteilen, unentwegt vor sich hinzusprechen schien. Ab und zu lachte er, wurde aber sofort wieder ernst. Schwer atmend ließ er sich auf Waffen durchsuchen, wobei er für einen Moment die Augen schloß. Dies sowie seine gezwungene Miene verrieten deutlich, daß er außer sich war vor Wut und Verbitterung. Und auch die, die hinter ihm liefen, machten alles andere als einen ängstlichen Eindruck.

»Wohin sollen sie?« erkundigte sich Prebor, ohne den Grafen anzuschauen. Er war aschgrau im Gesicht, bewahrte jedoch Haltung.

»Sie sollen sich auf ihre Sättel setzen und warten.«

»Janik!« rief Prebor.

Der Blonde sah unwillig zu ihm hin, übergab aber schließlich jemandem sein Pferd und kam, herausfordernd mit den Armen schlenkernd, auf sie zu. Prebor redete auf ihn ein, erst leise, dann immer lauter werdend, worauf der Bursche einige Male mürrisch nickte. Plötzlich spie er auf den Boden, drehte sich um und ging wieder zu seinen Kameraden.

Gero blickte ihm hinterher. »Wem von uns beiden galt das wohl?« sagte er, mit einem Fuß auf den Speichel zeigend, nach einer Weile. Und da Prebor schwieg: »Meine Männer haben es gesehen, und sie werden mich das gleiche fragen. Was also soll ich ihnen antworten?«

»Junger Mann ist böse auf mich«, erwiderte der Sorbe dumpf.

Der Graf hob die Brauen. »Böse ist er auf dich, so, so. Und weil er böse auf dich ist, spuckt er dir, seinem Herrn, vor die Füße.«

Er lachte kurz. »Das ist ein seltsamer Brauch. Ich meinte bisher, eure Gewohnheiten zu kennen, doch wie es sich erweist, habe ich mich geirrt.«

Nachdem er die Demütigung, die er Prebor zugefügt hatte, ausgekostet hatte, fuhr er fort: »Vielleicht gibt es noch mehr in deiner Burg, die böse auf dich sind. Vielleicht ist sogar einer darunter, der böse ist auf mich. Du solltest ihnen darum vorsichtshalber sagen, daß ich niemanden verschonen werde, wenn auch nur einem einzigen meiner Krieger ein Haar gekrümmt wird.«

»Wer soll krümmen?« erwiderte Prebor heftig. »Frauen? Kinder? Alte? Kranke?«

»Wie du willst. Ich habe dich gewarnt. Und jetzt vorwärts!«

Prebor raffte seinen Pelz zusammen und setzte sich in Bewegung. Konrad und der Graf schlossen sich ihm an, danach kamen Richolf und seine Männer. Die Gefolgschaft blieb zunächst bei den Pferden zurück.

Vor dem Tor stockte Richolf und spähte zum Wall empor, dessen Front so ebenmäßig mit Lehm verputzt war, daß es fast unmöglich schien, ihn zu erklimmen. »Verflucht lange Leitern hätten wir gebraucht«, stellte er, an die Seinen gewandt, mit lauter Stimme fest. »Und selbst dann wäre es kein Spaziergang geworden. Danken wir dem Schwachkopf da vorn, daß er uns das erspart hat.«

Konrad bemerkte, daß Prebor bei diesen Worten langsamer wurde und wie frierend die Schultern hochzog.

Hinter dem Tor begann ein Tunnel, der durch den Wall geradewegs in die Burg führte. Der Hof war weniger geräumig, als es von außen den Anschein hatte. In der Mitte befand sich der Brunnen, daneben ein großes Wohnhaus. Ringsherum, sich an die Wallmauer lehnend, lagen kleinere Gebäude. Von ihren Dächern stoben Dohlen auf, schrieen gellend. Menschen waren nicht zu sehen.

Im Handumdrehen nahmen die Männer die Burg in Besitz. Einige stürmten den Wehrgang hinauf und lieferten sich mit den Kriegern draußen übermütige Wortgefechte. Die meisten durchsuchten jedoch die Häuschen und teilten einander ihre Entdeckungen mit.

Während die Leute stöberten, besichtigte Konrad die Stallungen. Danach kehrte er zum Ausgang zurück. Prebor, noch immer grau im Gesicht, starrte vor sich hin; seine Augen glänzten fiebrig. Der Graf, der drei Schritte hinter ihm stand und nicht minder verbissen blickte, machte Konrad ein Zeichen, zu ihm zu kommen.

»Wo treibst du dich herum?« flüsterte er mit vor Wut zitternder Stimme. »Dieses Pack führt sich auf, als hätte ich mich in Luft aufgelöst, und du unternimmst nichts dagegen. Was soll der da von mir denken? Ich muß ihm erklären, warum wir hier sind, doch wie kann ich das, solange sie wie streunende Köter in jedem Winkel herumschnüffeln! Worauf wartest du noch? Ich will, daß das sofort aufhört. Und schaffe mir diesen Richolf herbei; er soll bei meiner Ansprache zugegen sein.«

Konrad fand den einstigen Mönch in die Betrachtung eines ungewöhnlich großen, auf dem Boden ausgebreiteten Bärenfells vertieft.

»Bist du blind und taub, Kastellan?« herrschte er ihn an. »Es ist eine Schande, wie sich deine Leute betragen. Nimm zehn von ihnen und begebt euch zum Grafen. Den anderen befiehl, die Pferde zu holen. Oder hoffst du, sie kommen von allein in die Burg?«

»Herr, dein Wille geschehe, wie in der Heimat also auch hier«, entgegnete Richolf friedfertig. Er stieß einen Pfiff aus, und nun zeigte sich, daß man ihm durchaus gehorchte, denn von überallher eilten die Männer auf ihn zu. Im Nu hatte er sie in zwei Gruppen geteilt.

Als sie beim Grafen eintrafen, wurde gerade die Tür des Wohnhauses geöffnet, und eine Frau trat heraus. Auf der Schwelle verharrte sie einen Moment und hüllte ihren Kopf in eine Hermelinkapuze. Ihr folgten drei hochgewachsene junge Männer und danach das Gesinde. Ohne nach rechts und links zu blicken, lief die Schar zum Brunnen und stellte sich dort auf.

Gero machte in die Richtung der Frau eine knappe Verbeugung.

»Sind das alle?« fragte er Prebor.

»Ja. Außer ganz kleine Kinder.«

»Gut«, sagte der Graf heiser. Er runzelte die Stirn, tat ein paar Schritte und drehte sich dann so, daß er Prebor ins Gesicht schauen konnte. »Jetzt zu dir«, sprach er weiter. »Wie du natürlich längst begriffen hast, bin ich nicht als Gast gekommen. Es ist deine Treulosigkeit, die mich hierher geführt hat. Die Spatzen pfeifen es schon von den Dächern, daß du einer von denen bist, die das, was sie mit der einen Hand geben, mit der anderen wieder zu nehmen pflegen. Einige Jahre haben wir dem tatenlos zugesehen, nun ist unsere Geduld zu Ende. Um mich kurz zu fassen: Wir werden deine Burg besetzen, und zwar so lange, bis wir die Gewähr haben, daß wir dir fortan trauen dürfen. Das ist es, was ich dir mitzuteilen habe.«

Mit der ihm eigenen ungekünstelten Gelassenheit hatte Prebor dem Grafen zugehört. Er gab sich weder erstaunt noch empört, und lediglich sein Atem verriet, wie erregt er war. »Lüge«, entgegnete er leise, aber bestimmt, »alles Lüge. Ich habe niemals etwas gegen euch gemacht. Jeder weiß das.«

Gero lächelte abschätzig, so, als sei dies ein Einwand, mit dem er sich nur aus Höflichkeit zu beschäftigen gedachte.

»Eine Verleumdung wäre das, meinst du? Ich habe diese Möglichkeit selbstverständlich in Betracht gezogen und sie sogar mit dem König erörtert. Wünschst du zu erfahren, was er mir antwortete? Dieser Prebor, antwortete er, ist ein einflußreicher Mann, der klügste und mächtigste seines Stammes. Kaum etwas geschieht gegen seinen Willen. Verhält es sich aber so, wie soll man dann glauben, daß er nicht hinter all den Überfällen steckt, deren Spuren in dieses Land führen?«

Prebor schüttelte den Kopf. »Nichts geschieht bei uns, ohne daß ich will? Wer so spricht, kennt uns nicht. Wir haben keinen König oder Herzog, auch nicht heimlich. Graf Siegfried wußte das, und du weißt es ebenfalls. Trotzdem sagst du, daß es nicht so ist. Ich verstehe das nicht.«

»Bist du nicht ein bißchen zu bescheiden, alter Freund? Mir wurde berichtet, daß deine Stimme mehr gilt als die manch eines anderen. Das war übrigens auch die Ansicht Graf Siegfrieds.«

»Es ist wahr, man hört auf meinen Rat. Aber nicht in solchen Dingen.« Er lachte kurz auf. »Niemand kommt zu mir und fragt, ob er eure Bauern überfallen soll oder nicht.«

»Mache dich getrost lustig über mich. Mir erlaube dafür, daß ich bei meiner Meinung bleibe. Ohne Feuer kein Rauch, so heißt es ja wohl auch bei euch. Solltest du übrigens wirklich das Opfer einer Verleumdung sein, wird sich dies bald erweisen, dadurch nämlich, daß die Überfälle unvermindert weitergehen.«

Prebor schlug die Hände zusammen. »Du besetzt meine Burg, jene, die rauben, erfahren davon und verhalten sich für einige Zeit ganz still. Dann bin ich schuldig, ja?« Mit brüchiger Stimme fügte er hinzu: »Ich denke, du hast schlechte Kundschafter. Graf Siegfried wußte immer genau, wer getan hat und wer nicht.«

»Graf Siegfried ist tot, du mußt daher schon mit mir vorlieb nehmen«, erwiderte Gero anscheinend ungehalten.

Prebor legte die Stirn in Falten und blickte nach unten. Als er den Kopf wieder hob, war in seinem Gesicht zum erstenmal ein Anflug von Argwohn. »Nehmen wir an, ich war wirklich«, sagte er, den Grafen nicht aus den Augen lassend. »Warum verlangst du nicht einfach einen meiner Söhne als Geisel? Statt dessen sendest du diese Männer in die Fremde. Hast du zu viele Krieger? Kannst du sie nicht alle ernähren?«

»Wäre es dir etwa angenehmer, einen deiner Söhne als Geisel zu stellen?« erkundigte sich Gero mit undurchdringlicher Miene.

»Ja.«

»Auch zwei?«

Prebor zögerte. »Auch«, sagte er schließlich.

»Und alle drei? Wie steht es damit?«

»Ich begreife nicht. Weshalb drei? Ich liebe jeden von ihnen wie mein Leben. Hast du einen, hast du mein Herz.«

»Weich mir nicht aus!«

»Also gut, wenn sein muß – ja.«

Der Graf nickte befriedigt. »Begreifst du, daß du deine Frage soeben selbst beantwortet hast? Es überrascht mich nicht, daß du mir deine Söhne anbietest, denn ihr kennt unsere Großmut Geiseln gegenüber und habt sie oft genug mißbraucht. Ist es etwa die Unwahrheit, daß man bei euch zu sagen pflegt, man könne für die Erziehung seiner Söhne nichts Besseres tun, als sie ein paar Jahre den Sachsen oder Franken zu überlassen? Schicke dich in das, was der König über dich verhängt hat, du kannst es nicht mehr ändern. Es ist zudem nicht für ewig. Schließlich vergesse ich nicht, daß du den Tribut stets pünktlich bezahlt und mir keinen Widerstand geleistet hast; beides soll dir angerechnet werden. Und nun«, er winkte Richolf heran, »stelle ich dir den Mann vor, dem du künftig Gehorsam schuldest.«

Verstohlen grinsend kam der Räuber näher. Gestern erst hatte er erfahren, daß er zum Herrn dieser Burg bestimmt war, doch nichts in seinem Gesicht deutete darauf hin, daß ihn dies beeindruckte.

»Machen wir uns bekannt«, sagte er herablassend. »Ich bin Richolf, der Mönch. Mußt dir nicht den ganzen verfluchten Namen merken; den haben sie mir bloß gegeben, damit ich mit anderen Halsabschneidern nicht verwechselt werde. Du brauchst dir überhaupt keinen Namen zu merken, denn für dich bin ich schlicht und einfach der Kastellan. Kastellan, hast du verstanden? Das bedeutet Burggraf.« Er hielt inne und schaute wie sinnend zum Himmel empor. »Und du heißt Prebor. Soll ich dir etwas verraten? Du gefällst mir. Und weil ich dir sicherlich auch gefalle, müßte es doch mit dem Teufel zugehen, wenn wir zwei uns nicht vertragen«, schloß er und klopfte dem Sorben auf die Schulter.

Mit nahezu geschlossenen Augen hatte Prebor gelauscht; es war, als schläfere ihn Richolfs gönnerhafte Ansprache ein. Sowie ihn jedoch dessen Knöchel berührten, zuckte er zusammen. Ächzend ballte er die Fäuste; aus seinem Mund sprudelten unverständliche Worte.

Richolf prallte zurück. Seine Hand glitt zum Gürtel, und einen Moment lang musterten beide Männer einander wie trunken. Dann lächelte Richolf wieder. »Du bist aber ein Wilder«, hörte ihn Konrad murmeln. »Na, das schadet nichts, wirst dich schon noch an mich gewöhnen.« Und ganz leise, so daß er kaum noch zu verstehen war: »Aus der Hand wirst du mir fressen, mein Falke, das verspreche ich dir ... Gestattest du, daß ich mich entferne?« wandte er sich an den Grafen. Dieser nickte.

Gero wartete, bis er ein Stück weg war. »Du wirst keine Not leiden«, sprach er, als sei nichts vorgefallen, weiter. »Man wird deine Ehre sowie die deiner Familie nicht antasten. Ihr dürft ausreiten, wann immer ihr es wünscht, freilich nicht alle zugleich. Mindestens zwei von euch haben ständig auf der Burg zu sein. Deine Krieger kommen mit uns. Sie werden auf Höfen des Königs wohnen. Die Mägde bleiben hier.«

Prebor schaute ihn zweifelnd an. »Viele von ihnen sind Mann und Frau und haben Kinder. Willst du sie ebenfalls trennen?«

»Was würdest du denn an meiner Stelle tun?«

»Die Männer werden nicht bleiben. Niemals! Sie werden fliehen, immer wieder.«

»Darüber zerbrich dir nicht den Kopf. Sie werden dort, wo wir sie hinschaffen, neue Weiber finden; die meisten sind ja stattliche Burschen. Und was den Nachwuchs betrifft, so darf ich dir versichern, daß unsere Frauen nicht minder fruchtbar sind als eure.«

»Neue Weiber? Nachwuchs?« wiederholte Prebor entgeistert. »Wie lange wird es dauern, bis –«

»Reg dich nicht auf, ich scherze ja nur. Doch ein oder gar zwei Jahre werden schon ins Land gehen, bevor sie zurückkehren dürfen. Der König wird darüber entscheiden ... Noch eins: Sollte jemand versuchen, diese Burg zu erobern, rate ich dir, ihn rechtzeitig davon abzubringen. Ihr Fall wäre auch euer Ende. Und jetzt begib dich zu den Deinen. Befiehl den Mägden, für die da draußen etwas Kleidung und Verpflegung zusammenzupacken, jeweils nicht mehr, als ein Mann tragen kann. Sag ihnen, daß sie ihre Männer bald wiedersehen werden.«

Gero hüstelte.

»Sag es ihnen so, daß sie es glauben. Denn sollte es Aufruhr geben, werden ihn meine Leute erbarmungslos niederschlagen. Hast du verstanden?«

Prebor nickte. Schwerfällig drehte er sich um und lief zum Brunnen. Konrad blickte ihm hinterher. »Könnten wir nicht wenigstens die Frauen mit Kindern mitnehmen?« erkundigte er sich.

»Wozu?«

»Nun, immerhin sind es Familien.«

»Familien? Die Beischläferinnen unfreier Heiden und deren Brut bezeichnest du als Familien?«

Der Graf strich sich gereizt über den Bart. Plötzlich ließ er den Arm sinken. »Was willst du damit eigentlich sagen?« fragte er.

»Sollten von denen da draußen sehr viele fliehen und zurückkehren, überlegte ich gerade, könnten sie unseren Leuten gefährlich werden«, erläuterte Konrad zögernd.

»Und du meinst, sie fliehen nicht, wenn man ihren Frauen erlaubt, sie zu begleiten?« Der Graf schmunzelte. »Das ist keineswegs sicher. Man flieht nicht nur zu einem Weib, sondern öfter noch von einem. Dort, wo wir sie hinbringen, wird man überdies gut auf sie aufpassen. Aussichten für eine erfolgreiche Flucht dürften sich erst nach einem Jahr eröffnen, und ich bezweifle, daß dann noch viele heimwollen. Wie heißt es? Was der Bock von sich weiß, dessen zeiht er die Geiß – in diesem Fall vermutlich mit einigem Grund. Doch wie auch immer: Ich kann die Unseren nicht ohne Weiber lassen, sonst stellen sie denen in den Dörfern nach.«

»Das wirst du nicht verhindern können, schon deshalb nicht, weil über die Hälfte der Männer leer ausgeht.«

»So ist es. Doch es wird um so weniger Übergriffe geben, je mehr Frauen bleiben. Und jetzt ruf mir die Männer zusammen, ich möchte mich von ihnen verabschieden.«

»Was zu sagen ist, wurde gesagt«, begann er, als sie sich um ihn versammelt hatten, »ich will darum nicht viele Worte machen. Einige zu wiederholen sei mir gleichwohl gestattet. Das wichtigste: Behandelt diesen Prebor und seine Sippschaft wie eine Mutter ihren Säugling, denn solange sie in eurer Hand sind, wird es keiner seiner Freunde wagen, diese Burg zu belagern.«

»Sei unbesorgt«, rief einer dazwischen. »Wir haben den Spitzbart schon richtig liebgewonnen.«

Der Graf wartete, bis sich das Gelächter gelegt hatte. »Entzweit euch nicht und gehorcht Richolf«, sprach er weiter. »Uneinigkeit wäre euer sicherer Untergang. Belastet die Bauern nicht über Gebühr, denn bloß ein Narr schlachtet die Kuh, die er melken kann. Wenn ihr das beherzigt, seid ihr unbesiegbar. Im Herbst werde ich wieder nach euch sehen, und sobald es möglich ist, sende ich euch einen Geistlichen. Bis dahin gehabt euch wohl.«

»Damit laß dir nur Zeit, Herr Graf! Oder schicke uns besser ein paar Nonnen.«

Hinter Prebor, der sich ebenfalls von seinen Männern verabschieden wollte, begaben sich Gero und Konrad wieder nach draußen. Während der kurzen Ansprache des Sorben entstand unter den Gefangenen Bewegung. Einige sprangen sogar auf, wurden aber von den sie umringenden Kriegern mit der blanken Waffe wieder zum Sitzen genötigt.

Sowie Prebor verschwunden war, erschienen auf dem Wehrgang die Frauen und warfen nacheinander Gepäckstücke auf die Brücke. Nannten sie den Namen des betreffenden Gefangenen, durfte sich dieser von seinem Sattel erheben, um das für ihn bestimmte Bündel aufzunehmen.

Dies alles geschah fast lautlos. Niemand weinte oder schluchzte, niemand schimpfte oder klagte. Wortlos ließen die Frauen die Taschen oder Säcke fallen, wortlos trugen die Männer sie davon, und sogar die Kinder, die über die Brüstung schauten und winkten, taten dies schweigend. Selbst die sächsischen Krieger, die anfangs spöttische Bemerkungen gemacht hatten, verstummten allmählich.

Zwei Tage später waren die beiden anderen Burgen gleichfalls besetzt. Zwar empfingen ihre Herren den Grafen nicht am Tor, ließen es jedoch angesichts der erdrückenden Übermacht ebensowenig wie Prebor auf eine Belagerung ankommen. Mit versteinerten Mienen lauschten sie Geros Bezichtigungen, bestritten, daß diese der Wahrheit entsprachen, und leisteten dann ohne weiteres Aufbegehren seinen Befehlen Folge. Auch ihre Krieger und deren Angehörige schickten sich nach kurzem Sträuben in die Trennung. Zuweilen hatte

Konrad den Eindruck, als seien die Menschen auf das, was eingetreten war, gefaßt gewesen und insgeheim zufrieden, daß man sie, wie es ihnen scheinen mochte, noch glimpflich behandelte. Oder verhielt es sich so, daß sie Geros Zusicherungen trauten, weil sie an ein Mißverständnis glaubten?

»Es ist weder das eine noch das andere«, meinte der Graf. »Der Slawe versteht es einfach besser als wir, sich mit dem Unvermeidlichen abzufinden; man muß ihm nur deutlich machen, daß das, was man von ihm fordert, wirklich unvermeidlich ist.«

Beim ersten Morgenlicht ging es wieder heimwärts. Der Wind hatte sich gelegt und einen nahezu wolkenlosen Himmel zurückgelassen. In den zarten Duft sich öffnender Knospen mischte sich der Geruch erwärmten Holzes. Drosseln, verdorrte Halme in den Schnäbeln, huschten durch die Sträucher. Manchmal erklang das »päng« einer abstreichenden Trappe, deren massiger Leib bald darauf über den Wiesen zu sehen war. Es knackte, raschelte, zwitscherte, gluckste – Frühling.

Die halbgeöffneten Augen auf die Mähne seines Pferdes geheftet, döste Konrad vor sich hin. Hinter sich hörte er die Krieger murren. Seitdem sie aufgebrochen waren, schimpften sie in einem fort, doch ihnen über den Mund zu fahren, dazu fehlte ihm die Kraft. Der Anblick der Mägde in den Burgen hatte ihrem Neid auf die ehemaligen Räuber neue Nahrung gegeben, und da man befürchten mußte, daß sie, sowie er und der Graf sich niederlegten, die benachbarten Dörfer heimsuchen könnten, hatte er in den letzten Nächten kaum geschlafen. Die Stute, die seinen Zustand spürte, bewegte unruhig die Ohren.

Hob er den Kopf, sah er die Gefangenen, die, ihre Gäule am Zügel führend, schwankend und keuchend vor ihm hertrotteten. Damit sie keine Fluchtversuche unternahmen, hatte man sie gezwungen, mit dem auf den Rücken geschnallten Gepäck einige Meilen zu rennen. Sooft Konrad zu ihnen hinschaute, erinnerte er sich an die stumm winkenden Kinder, und bei der Vorstellung, daß die Räuber noch am selben Abend über deren Mütter hergefallen waren, versetzte es ihm jedesmal einen Stich. Feinde waren für ihn bisher immer Männer gewesen, die verbissen kämpften und Schonung weder gewährten noch erwarteten. Erst in diesen Tagen war ihm so recht bewußt geworden, daß zu dem Feind, mit dem er es fortan zu tun haben würde, auch Kinder gehörten und daß er darauf nicht vorbereitet war.

Als die Straße einen Bach überquerte, ordnete er eine Rast an. Die Sachsen füllten ihre Helme, tranken und säuberten sich. Da sich die Pferde am Morgen vollgesoffen hatten, waren danach die Gefangenen an der Reihe. Durch Gebärden gaben sie zu verstehen, daß sie vorher ihr Gepäck abzulegen wünschten. Schweren Herzens schlug Konrad es ihnen ab. Statt dessen befahl er den Kriegern, ihnen Wasser zu bringen, was jene bereitwillig taten. Schon unterwegs war ihm aufgefallen, daß sie die Sorben mit einem gewissen Wohlwollen behandelten. Vermutlich sahen sie in ihnen nicht nur Gefangene, sondern auch Leidensgefährten, die, ebenso wie sie, von denen betrogen worden waren, die sich inzwischen auf den Burgen mit den Frauen vergnügten.

Ächzend waren die Gefangenen auf die Erde gesunken, wo sie sich, kaum noch einer Regung fähig, tränken und bespritzen ließen. Angesichts ihrer erschöpften und verbitterten Mienen überkam Konrad ein Gefühl von Trostlosigkeit. Jäh und ohne die wirklichen Gründe dafür zu kennen, waren diese Männer von den Ihren getrennt und verschleppt worden. Wie mochte einem da zumute sein? Die Hilfsbereitschaft der Krieger, die unermüdlich hin und her liefen und sie lachend mit Wasser begossen, mußte ihnen das, was geschehen war, noch unbegreiflicher erscheinen lassen . . .

Er hörte Tritte und wandte sich um. Der Graf kam auf ihn zu. Die Anstrengungen der verflossenen Tage hatten ihm offenbar nichts ausgemacht. Seine dunklen Augen glänzten wie die eines jungen Mädchens, er hielt sich aufrecht, seine Bewegungen wirkten ruhig und bestimmt.

»Was ist mit dir, mein Freund?« erkundigte er sich lächelnd. »Wie ein Sieger schaust du nicht gerade drein.«

»Was ist das schon für ein Sieg, Herr Graf«, entfuhr es Konrad. »Wir sind so wenig Sieger, wie jemand ein Jäger ist, der einen toten Hirsch findet und nach Hause trägt.«

Geros Lächeln erlosch. »Dir wäre es also lieber gewesen, sie hätten sich gewehrt?«

Konrad zögerte. Ihm war, als sei dies nicht das, was er gemeint hatte, doch da er nicht wußte, wie er das, was er gemeint hatte, ausdrücken sollte, nickte er schließlich.

»Das ist töricht«, sagte der Graf heftig, »ganz und gar töricht, zumal bei einem wie dir, der den Krieg nicht nur aus den Liedern der fahrenden Sänger kennt. Gott macht dir einen schwachen Feind zum Geschenk, und du, statt dafür dankbar zu sein, hast die Stirn, dich zu beklagen? Ich habe dich wahrhaftig für klüger gehalten, junger Mann.«

Konrad verneigte sich schweigend. Um zu verbergen, wie sehr ihn die unverhoffte Zurechtweisung getroffen hatte, fragte er nach einer Pause in einem unbeteiligten Ton: »Wie viele Burgen gibt es eigentlich bei ihnen?«

»Bei den Sorben? Die genaue Zahl vermag ich noch nicht zu nennen, weil sich die Angaben meiner Gewährsleute bislang widersprechen. Bereits jetzt ist aber sicher, daß es wenigstens fünfzig sein dürften. Nimmt man jene Stämme hinzu, die mir außerdem unterstehen, wird man wohl mit doppelt soviel rechnen müssen.«

»Allmächtiger! Dann kann es ja Jahre dauern, ehe –«

»Jahre? Ein ganzes Leben, sofern wir verfahren wie bisher. Die Burgen wollen ja nicht bloß erobert, sondern auch besetzt, oftmals sogar wiedererobert werden. Es wird, stelle ich mir vor, wie beim Schneeräumen sein: Anfangs spürt man keinerlei Widerstand, doch je mehr man vor sich herschiebt, desto mühsamer kommt man voran, solange, bis es nicht weitergeht. Dann heißt es überlegen.«

Der Graf hielt inne.

»Weißt du, was mir soeben auffällt?« fuhr er lebhaft fort.

»Daß wir immer nur über die Burgen unserer Gegner reden. Ich finde es an der Zeit, auch einmal an uns zu denken. Ist es nicht eine Schande, wie ich hause? Bei Lichte besehen, kaum besser als ein Bauer! Und vor einem solchen Mann sollen sich Fürsten beugen? Man könnte es ihnen schwerlich verübeln, wenn sie dieses Ansinnen als kränkend empfänden. Darum scheint es mir geboten, bevor ich weitere Burgen besetze, zunächst selbst eine zu bauen.«

Er lachte kurz.

»Sei unbesorgt, ich scherze natürlich. Wozu auch eine bauen, da es doch genügt, das, was mein Vater mir hinterließ, zu erneuern und zu vergrößern. Wir werden die alte Palisade herausreißen und eine höhere errichten sowie den Graben verbreitern und vertiefen; dies alles noch in diesem Sommer. Und du wirst die Arbeiten beaufsichtigen. Nun, was meinst du dazu?«

»Das ist wundervoll, Herr Graf«, erwiderte Konrad; und tatsächlich fühlte er, wie die Niedergeschlagenheit von ihm zu weichen begann.

In diesem Moment begegneten seine Augen denen des blonden Gefolgsmannes, der Prebor vor die Füße gespieen hatte. Er saß, an sein Gepäck gelehnt, fünf Schritte von ihnen entfernt und biß in ein Stück Brot. Obwohl er hungrig sein mußte, kaute er so langsam, wie nur jemand kaut, der unsagbar müde ist.

Glücklich über die Wendung, die das Gespräch genommen hatte, lächelte Konrad dem Sorben zu. Dieser erstarrte, spannte die Wangenmuskeln und schob ruckartig den Unterkiefer vor, so daß die dunklen, vom Staub schmutzigen Tropfen, die an seinem Kinn hingen, herabfielen. Und quälend langsam, wie in einem Alptraum, verzog sich das bartlose junge Gesicht, dem die Erschöpfung gerade noch einen fast kindlichen Ausdruck verliehen hatte, zu einer Maske abgrundtiefen Hasses.

IV.

Bernhard, Knecht der Knechte Gottes, durch Christi Gnaden Bischof, dem verehrungswürdigen und liebenswerten Bruder, dem gottesfürchtigen Priester Pilgrim, der zur Erleuchtung des Volkes der Schweden von dieser apostolischen Kirche Gottes ausgesandt worden ist. Ewiges Heil in Christus.

Deinen ersehnten Brief, teurer Gefährte meiner Jugendjahre, habe ich ebenso wie Deine Geschenke dankbar und in Freuden empfangen. Möge Dich der höchste Herrscher in der himmlischen Versammlung der Engel für Deinen Edelsinn belohnen! Um auch Dir meine Liebe zu zeigen, schicke ich Dir durch den Überbringer dieses Schreibens etwas Weihrauch, einen mit weißen Punkten bestickten Leibmantel sowie eine Decke, nicht aus reiner Seide, sondern aus einem mit Ziegenhaaren gemischten Gewebe, mit Zotten versehen zum Abtrocknen deiner Füße.

In Deinem Brief, geliebter Bruder und Mitpriester, begehrst Du zu erfahren, was sich seit meinem letzten Bericht an Dich in unserem Vaterland zugetragen hat, von welchen Gefahren es heimgesucht oder durch die göttliche Gnade bewahrt wurde. Gern komme ich diesem Verlangen nach, denn wie zu lesen ist: Selig der Mann, der einen Freund hat, mit dem er sprechen kann wie mit sich selbst. Und obwohl wir durch einen weiten Zwischenraum von Ländern, durch die Unendlichkeit des Meeres und die Ungleichartigkeit des Himmelsstrichs getrennt sind, dünkt mich doch, daß wir unter ähnlichen Plagen und Widrigkeiten zu leiden haben. Was Wunder: Es ist ja dasselbe Wirken des Satans hier wie dort.

Überblicke ich die verflossenen Monate, so mengen sich Freude und Trauer, Genugtuung und Sorge in mir so innig miteinander, daß ich nicht weiß, ob ich für die Zukunft hoffen oder bangen soll; aber genug, ich will der Reihe nach erzählen.

Der Reihe nach, sage ich, und da stocke ich bereits. Denn

womit anfangen? Was ist die Ursache jener schrecklichen Ereignisse, von denen ich Dir Mitteilung zu machen nun anhebe? Und bin ich armseliger Stammler wirklich berufen, sie zu ergründen und Dir zutreffend zu schildern? Ach, ich fürchte, ich bin es nicht! Und trotzdem will ich es versuchen, dabei immer eingedenk eines Wortes des hl. Hieronymus, daß es besser ist, ungeschickt die Wahrheit zu sagen als beredt Falsches voranzubringen.

Dem Scheine nach (und damit will ich ohne neuerlichen Aufenthalt mit meinem Bericht fortfahren) begann alles mit dem Tod zweier vornehmer Männer sowie der übermütigen Tat eines weiteren. Bei den zwei Männern, welche im Sommer des vergangenen Jahres starben, handelt es sich, ich schrieb es Dir bereits, um den Bayernherzog Arnulf und um unseren Grafen Siegfried. Und auch dies schrieb ich Dir: daß nämlich der König zum Nachfolger Siegfrieds im Amt des Legaten nicht, wie jedermann erwartet hatte, seinen Halbbruder Thankmar bestimmte, sondern den Grafen Gero, wodurch Thankmar in große Betrübnis geriet. Jener Dritte aber ist der Herzog Eberhard von Franken, der einen seiner sächsischen Vasallen unmäßig gezüchtigt hatte und dafür Buße tun mußte. Seither lag der stolze Mann, ob der zweifellos verdienten Strafe schwer gekränkt, mit unserem König im Streit. Doch obzwar Eberhard mancherlei Greuel verübte und sich zudem weigerte, mit seinen Gefährten abermals vor Gericht zu erscheinen, schob der König ein bewaffnetes Einschreiten gegen die Friedensstörer immer wieder hinaus, was diese, wie sich alsbald erweisen sollte, zu noch schlimmerem Aufruhr verleitete.

In sonderbarem Gegensatz zu jener Langmut stand die Entschlossenheit, fast möchte ich sagen: Hast, mit welcher der König die Verhältnisse in Bayern nach seinen Vorstellungen zu ordnen trachtete. Sogleich nach Arnulfs Heimgang forderte er von dessen Sohn und Erben, daß dieser auf die Herrschaft über die Bayrische Kirche verzichten solle, ein Recht, das der selige König Heinrich einst, der Not gehorchend, dem Arnulf zugesichert hatte. Der neue Herzog und seine Brüder lehnten indes solches Verlangen nicht nur ab, sondern verweigerten dem König zudem die Huldigung. Um sie seiner Botmäßigkeit zu unterwerfen, fiel dieser hierauf zu Beginn des Jahres mit einem Heer in Bayern ein, mußte jedoch, da er die Empörer nicht bezwingen konnte, nach einigen Wochen unverrichteterdinge wieder abziehen.

Dieser Mißerfolg ermutigte die Unzufriedenen daheim, und namentlich Thankmar, der in seiner Verbitterung gewiß schon seit einiger Zeit auf Abfall sann, sah seine Stunde nun gekommen. Mit einer aus Franken und Sachsen gemischten Schar stürmte er die Burg Belecke, plünderte sie, führte seinen hier weilenden Halbbruder, den jüngeren Heinrich, fort und lieferte diesen gefesselt an Eberhard von Franken aus, mit dem er, wie man leicht errät, vermutlich längst im geheimen Bündnis war. Durch die rasche Beute keck geworden, besetzte Thankmar danach die Festung Eresburg und unternahm von dort aus bis in den Sommer hinein zahlreiche Raubzüge.

Als der König von diesen Freveln hörte, bot er eine gewaltige Streitmacht auf, zog mit ihr zur Eresburg und umgab diese mit einem Belagerungsring, worauf die Mitverschworenen des Thankmar, hoffend, dadurch des Königs Grimm zu besänftigen, eiligst die Tore der Burg öffneten. Thankmar aber, von seinen Gefährten verlassen und augenscheinlich besorgt, daß ihn der Übereifer der siegestrunkenen Kriegsleute, wie es dann auch geschah, das Leben kosten könne, floh in die dem heiligen Apostel Petrus geweihte Kirche. Dort stellte er sich neben den Altar, legte die Waffen und seinen Goldschmuck auf demselben nieder und harrte so des Bruders, darauf vertrauend, daß ihn dieser beschützen werde. Und sicherlich hätte er sich in dieser Erwartung nicht getäuscht.

Allein, es sollte anders kommen, denn die durch den schnellen Erfolg erhitzten Krieger, vor allem die Leute des jüngeren Heinrich, ließen nicht ab, ihn zu verfolgen. Begierig, die Schmach ihres noch immer gefangenen Herrn zu rächen, schreckten sie nicht davor zurück, die Tür einzuschlagen, gerüstet in die heilige Stätte einzudringen und den Flüchtling anzugreifen, wodurch sie ihn zwangen, sich zur Wehr zu setzen und dabei, so erzählt man, wahre Wunder an Tapferkeit zu vollbringen.

Aber nicht an mir ist es, sie zu rühmen: war es doch ein Tempel Gottes, in dem nun Kampfeslärm erscholl, Schimpfworte fielen und, als wäre es des Gräßlichen noch nicht genug, sogar Blut floß. Dies währte so lange, bis ein gewisser Maincia den unglücklichen Thankmar mit einem Speer durch ein an den Altar stoßendes Fenster meuchlings durchbohrte und so am geweihten Ort tötete.

Erst nachdem das geschehen war, erschien der König, und als er sah, was sich ereignet hatte, zürnte er den Männern wegen der rohen und übereilten Tat. Weil er sie, solange der Krieg tobte, jedoch nicht verstimmen durfte, verschloß er seinen Groll in sich, beklagte lediglich des Bruders Schicksal und gewährte ihm jene Vergebung, auf die der Lebende soeben noch gehofft hatte. Die fränkischen Anführer des Aufruhrs aber ließ er nach dem Gesetz ihres Stammes aburteilen und am Galgen sterben.

Hierauf lenkte er sein Heer gegen eine von Eberhards Vasallen besetzte Burg und bestürmte sie etliche Tage lang, ohne indes den Widerstand der Verteidiger brechen zu können. Da diese aber erkannten, daß sie allein gegen den König auf Dauer nichts auszurichten vermochten, baten sie endlich um Waffenruhe. Sie wurde ihnen zugestanden und von ihnen dazu genutzt, zu ihrem Herzog um Entsatz zu schicken. Es ließ ihnen dieser jedoch antworten, daß er ihnen vorläufig nicht helfen könne, worauf sie ohne ihre Waffen vor die Burg zogen und sich dem König ergaben.

Als nun Eberhard, durch Thankmars Tod seines Verbündeten beraubt, diese Kunde vernahm, schwand ihm aller Mut; er warf sich seinem Gefangenen, dem jungen Heinrich, zu Füßen, erflehte von ihm gnädige Fürsprache beim König, und nachdem ihm diese zugesichert ward, unterstellte er sich samt seiner Habe ohne weitere Bedingung der königlichen Gewalt. Damit aber sein Verbrechen (ich nenne es so, andere ziehen es vor, von einer Verfehlung zu sprechen) nicht gänzlich ungesühnt bliebe, wurde er zur Verbannung in unsere Stadt Hildesheim verurteilt, welcher Aufenthalt, wie es heißt, nicht von Ewigkeit sein solle. Auch hört man nichts davon, daß daran gedacht sei, den Franken einen neuen Herzog zu geben, woraus Du ermessen kannst, was es mit dieser Strafe auf sich hat.

Der junge Heinrich übrigens, obzwar unversehrt zurückgekehrt, streute sofort aus, wie sehr er es dem König verarge, daß dieser ihn nicht unverzüglich befreit habe. Zugleich legte er sich für seinen Entführer auf eine Weise ins Zeug, die den Eindruck hervorrief, er sei nicht Eberhards Gefangener, sondern dessen Gast gewesen, weswegen man sich unwillkürlich fragt, warum er dem Bruder eigentlich grollt. Das alles ist recht seltsam; trotzdem versucht man glauben zu machen, daß die Brüder, deren Verhältnis schon seit längerem kein ungetrübtes ist, nun unwiderruflich versöhnt seien, eine Auffassung, die ich aus mehr als einem Grund nicht zu teilen vermag.

Beiden, dem heißblütigen, auf seine königliche Abkunft unmäßig stolzen Jüngling wie dem gedemütigten, aber nicht seiner Macht beraubten Frankenherzog, traue ich nicht, und viel weniger traue ich einem Dritten, dessen Namen in diesem Brief bislang noch nicht gefallen ist. Ich spreche vom lothringischen Herzog Giselbert, einem überaus verschlagenen und wankelmütigen Mann, der, so wird gemunkelt, neuerdings freundschaftliche Beziehungen zum westfränkischen Ludwig pflegt. Um ihn zu bewegen, klar zu sagen, mit wem er es halte, schickte der König, während er selbst gegen die Empörer zog, mehrmals Gesandte zu ihm. Auch ich wurde dieser Ehre teilhaftig und kann deshalb aus eigener Anschauung bezeugen, daß alle Bemühungen, Giselbert zu einem Bündnis mit dem König zu veranlassen, vergeblich waren. Anfangs schmeichelte er mir, lud mich an seine Tafel und überschüttete mich mit Geschenken; als ich jedoch nicht abließ, ihn an meinen Auftrag zu erinnern, erging er sich bald in Beleidigungen und drohte sogar, mich nicht mehr zu beköstigen. Erst nachdem ich ihm zu bedenken gab, daß man ihn, wenn er sich fernerhin so zweideutig betrage, zum Reichsfeind erklären werde, fand er sich bereit, mir wieder mit der schuldigen Achtung zu begegnen. Doch sosehr ich ihn auch mahnte und ihm ins Gewissen redete, es gelang mir nicht, ihm ein Bekenntnis zu entlocken, das er nicht sofort widerrufen hätte. Mal sprach er zu mir mit Tränen in den Augen von seiner unwandelbaren Treue gegenüber dem König, die über jeden Verdacht erhaben sei und daher keines Beweises bedürfe, dann wieder bezichtigte er diesen, ihn in einen Krieg mit dem Westfranken stürzen zu wollen, für den er nicht gerüstet sei, und so häufte er, erfinderisch und beredt wie ein Händler, Vorwand auf Vorwand. Dieser Mensch ist mir ein Rätsel, und nur Gott weiß, auf wessen Seite er sich geschlagen hätte, wäre es nicht gelungen, die Rebellen rechtzeitig zu bändigen.

Soweit, teurer Freund, mein Bericht, und wenn ich bisher die Tatsachen geschildert habe, will ich nun darangehen, deren Ursachen zu erörtern. Dem Anschein nach, so leitete ich meine Erzählung ein, habe alles mit dem Tod zweier Männer sowie der übermütigen Tat des Eberhard begonnen, womit ich andeuten wollte, daß die wirklichen Ursachen der schrecklichen Ereignisse wohl nicht allein hierin zu suchen seien. Stellt man nämlich die Frage, ob es auch dann Aufruhr gegeben hätte, wenn der verstorbene König noch am Leben gewesen wäre, so wird man darauf von allen Verständigen die Antwort bekommen, daß sie das für ausgeschlossen hielten. Ich bin derselben Meinung, räume freilich ein, daß dieser Überlegung etwas Unbilliges anhaftet. Denn König Heinrich hatte durch herrliche Siege in vielen Kriegen gezeigt, daß er mit der Vorsehung im Bunde war; wer hätte sich daher so schnell unterfangen, gegen einen solchen Mann das Schwert zu ziehen? Otto hingegen muß sich Kriegsruhm erst erwerben und es sich bis dahin gefallen lassen, daß man, so sind nun mal die Menschen, seine Stärke zuweilen prüft.

Es erhellt dieser Vergleich jedoch auch, daß das, was dem Vater gestattet war, der Sohn sich zunächst versagen muß – wie ja überhaupt jemand, den zu fürchten die Welt noch nicht gelernt hat, vorsichtiger und maßvoller zu Werke gehen sollte als einer, dessen Name bereits Schrecken verbreitet. König Heinrich hatte diesem Grundsatz stets gehuldigt und war deshalb zumeist darauf bedacht gewesen, nur soviel zu fordern, wie er mit Waffengewalt erzwingen konnte. Was aber äußere Ehren betraf, so befleißigte er sich allenthalben jener klugen Bescheidenheit, wie er sie schon, Du erinnerst Dich, am Anfang seiner Regierungszeit mit dem Verzicht auf die Salbung an den Tag legte.

Man betrachte nun den Sohn, der, noch bevor er die erste Schlacht geschlagen, bereits gelegentlich seiner Krönung aller Welt zu verstehen gab, wie er sein Königtum begreift: unter Mitwirkung der Herzöge zwar, doch wohl kaum, ohne deren Mißtrauen zu erregen. Mußte nicht das prunkvolle Zeremoniell bei ihnen den Vorsatz erzeugen, solch hohen Anspruch zu dämpfen, solange er lediglich Anspruch ist?

Mich dünkt, daß Otto seine Ziele allzufrüh offenbart hat, und nicht etwa durch Taten, sondern, das harte Wort will heraus, mittels einer eitlen Demonstration. Aber damit nicht genug, beging er auch Handlungen, die der selige König nach meinem Dafürhalten selbst auf dem Gipfel seiner Macht vermieden hätte. Niemals, davon bin ich überzeugt, hätte dieser den Frankenherzog auf solche Weise gedemütigt, sondern ihn zu stillem Ausgleich bewogen; es sei denn, er hätte vorgehabt, den Eberhard zum Aufstand zu reizen, um ihn hierauf desto leichter verderben zu können, was jedoch Ottos Absicht augenscheinlich nicht gewesen ist.

Ob König Heinrich Thankmar die erledigte Legatschaft zugewiesen hätte, vermag ich nicht zu sagen, möchte es freilich bezweifeln. Indes gilt wohl auch in diesem Fall, daß das, was der Vater dem Sohn verweigern durfte, der Bruder dem Bruder hätte vielleicht gewähren müssen. Doch sei es wie es sei: Mit Sicherheit hätte König Heinrich die überkommene Rangordnung respektiert und sich gehütet, einen Mann wie Graf Gero – mit welchem Talenten der immer gesegnet sein mag – so vielen Würdigeren vorzuziehen. Dieser unverständliche Mißgriff, der nicht allein dem armen Thankmar als eine Beleidigung erschienen sein mußte, hat der Einheit der sächsischen Großen, dem Unterpfand unserer Stärke, schweren Schaden zugefügt.

Es liegt etwas Unbedingtes im Charakter des jetzigen Königs, das mich für ihn und das Wohl der Sachsen bangen läßt. Alles, was ihn notwendig und erstrebenswert dünkt, möchte er sofort und ganz, wobei er zu meinen scheint, daß, wenn er bloß beharrlich genug ist, sich die Verhältnisse und Menschen nach seinen Wünschen richten werden. Nicht unbesonnen mag ich ihn deswegen nennen (das ist er keineswegs), doch von allzu großem, mangelnder Erfahrung geschuldetem Vertrauen in die Verführungskraft seiner Pläne.

Diese freilich sind so gewaltig, daß es mir, als er mich zum erstenmal von ihnen unterrichtete, schier den Atem verschlug. Denn nicht bloß, daß er die Befugnisse der Herzöge beschränken will, hat er sich auch noch vorgenommen, die Barbarenstämme jenseits unserer Ostgrenze dem Reich einzuverleiben. Ja, Teuerster, Du liest richtig. Ihre Fürsten will er entmachten, in ihre Burgen Besatzungen legen und, wenn das geschehen ist, diese Völker zum christlichen Glauben bekehren, so, wie es vormals Kaiser Karl mit unseren Vorfahren tat. Deshalb erkor er sich besagten Gero aus, von dem er sich offenbar verspricht, daß dieser die Slawen seiner Legatschaft rasch bezwingen werde. Doch wie Du weißt, lieben diese wilden und aufsässigen Menschen ihre Freiheit über alles. Darum sollten wir es zufrieden sein, wenn sie Ruhe bewahren und pünktlich den uns schuldigen Zins entrichten. Allein, nun ist es anders beschlossen.

Noch aus einem weiteren Grund fällt es mir schwer, diesem Vorhaben Beifall zu spenden. Wie Dir bekannt ist, übertrug mir der frühere König vor Jahren die Aufsicht über einen vornehmen Gefangenen, den Sohn und Erben des hevellischen Fürsten; mit der Bitte, jenen unablässig zu beobachten und so zu lenken, daß er dereinst, sobald sein Vater gestorben, als dessen Nachfolger und unser Bundesgenosse in die Brandenburg einziehen könne. Durchaus selbständig sollte er herrschen, frei in seinen Entschlüssen und durch keine anderen Bande als die des Glaubens und des Wissens um unsere Unbesiegbarkeit an uns gefesselt, und mit seinem Fürstentum gleichsam einen Wall zwischen den Stämmen des Südens und Nordens bilden.

So war es mit König Heinrich verabredet, und da kaum ein Tag vergeht, an dem ich mit meinem Schutzbefohlenen nicht einige Worte wechsele, darf ich behaupten, ihn gründlich studiert zu haben. Deshalb wage ich die Voraussage, daß er die in ihn gesetzten Hoffnungen nicht enttäuschen würde. Es kostete mich viel Mühe, ihn auf den rechten Pfad zu bringen, denn er ist von rauher und trotziger Wesensart und sträubte sich daher hartnäckig, einzugestehen, daß er der Wahrheit des christlichen Glaubens längst erlegen war. Doch ich besiegte seinen Stolz, und weil ich weiß, daß er jeder Verstellung abhold ist, bin ich sicher, daß seine Wandlung von Dauer sein wird. Ich verheimliche nicht, daß ich auf ihn nicht nur als künftigen Verbündeten des Reiches zählte, sondern auch als treuen Gefolgsmann Christi, der, eine Fackel des Glaubens in der Finsternis des Heidentums, die Altäre der Götzen verbrennen und schließlich sein ganzes Volk bekehren würde. Kirchen sah ich im Land der Heveller entstehen, Missionare und Priester das stachlige Dorngestrüpp des Unglaubens herausreißen und den Fürsten mir, seinem Lehrer, mit Schenkungen danken, zum Nutzen und Frommen des Halberstädter Sprengels.

Wie die Dinge indes liegen, muß ich solche Träume vorerst wohl begraben; denn sollte Graf Gero, der bisher lediglich drei sorbische Burgen erobert hat, seine Hand eines Tages tatsächlich auch nach den Hevellern ausstrecken, würden mit Sicherheit viele Jahre verstreichen, ehe man daran denken könnte, auf diesem blutgetränkten Boden Kirchen zu errichten und den verbitterten Menschen Gottes Wort zu verkünden. Das Bistum, dem meine Nichtigkeit ohne Besonderheit der Verdienste die Ehre hat, vorzustehen, hätte überdies davon kaum einen Gewinn, weil nämlich beabsichtigt ist, in den besetzten Ländern eigene Bistümer zu gründen. Meines Schützlings aber, für dessen Bekehrung ich soviel Geduld und Überredungskunst aufgewendet habe, würde man dann nicht mehr bedürfen. Noch ahnt der Ärmste nicht, daß seine Gefangenschaft bis an sein Lebensende währen könnte; er würde, erführe er es, gewiß schwermütig werden. Darum verberge ich vorerst vor ihm, was man über ihn verhängt – vielleicht, daß der König seinen Sinn noch ändert.

Habe ich bis zu dieser Stelle meines Briefes, auf die Verschwiegenheit Deiner Brüderlichkeit bauend, vor allem Betrübliches geschildert, soll nun, da ich mich dem Ende nähere, auch Tröstliches zur Sprache kommen. Mit Gottes Hilfe gelang es uns nämlich, einen Sieg über die Ungarn zu erringen, die, nachdem sie wieder einmal in Sachsen eingefallen waren, ihr Lager an der Bode aufgeschlagen und sich hierauf in zwei Haufen geteilt hatten. Eine Schar wandte sich gen Westen, ward aber von der Besatzung der Steterburg in kühnem Handstreich angegriffen und auf der anschließenden Flucht zerstreut, wobei viele der Eindringlinge in Gefangenschaft gerieten. Nicht glücklicher erging es jenen, die nach Norden gezogen waren. Ein diesseits der Grenze lebender und im Dienste des Königs stehender Slawe, den sie sich in der Annahme, er sei unser Feind, zum ortskundigen Führer erwählt hatten, vermochte es, sie in ein Sumpfgebiet zu lokken, in welchem die meisten von ihnen elendiglich umkamen; sind es doch die Ungarn nicht gewöhnt, auf solchem Gelände zu kämpfen, weswegen die Unsrigen ihrer rasch Herr wurden. Die im Lager Verbliebenen aber gerieten auf diese Nachricht hin in Verwirrung, ließen ihre Habe im Stich und flohen.

Tröstliches, geliebter Mitpriester, versprach ich Dir zum Schluß, und das sind für Männer wie Dich und mich vor allem solche Ereignisse, in denen sich die Vorsehung unmittelbar zu erkennen gibt und uns, indem sie Wunder wirkt, durch die Erfahrung der göttlichen Allmacht im Glauben bestärkt. Nicht selten ist der Sinn mancher Begebenheiten unserem armseligen Verstand freilich unzugänglich, weswegen es stets geboten ist, mit Zurückhaltung von ihnen zu berichten.

So erschienen unlängst mehrere Kometen, wodurch viele Menschen erschraken, weil sie eine Seuche oder sonstige Heimsuchungen befürchteten. Auch erzählte man, daß die Schafe etlicher Leute Lämmer mit fünf Beinen oder drei Augen geworfen hätten. Obwohl beides kurz vor der Empörung Thankmars und Eberhards geschehen sein soll, werde ich mich hüten, derlei zu deuten. Ich erwähne die Gleichzeitigkeit dieser Vorkommnisse nur nebenher, ohne ihrem Zusammentreffen irgendwelche Wichtigkeit beizumessen – heißt es doch: Ihr sollt nicht wahrsagen, noch auf Zeichen achten; und: Es gibt keine Wahrsagerei in Israel, noch Zeichendeutung im Hause Jakobs.

Des weiteren berichtete man mir von einem Mann, dem im Kampf beide Arme bis zum Ellenbogen abgehauen worden waren, worauf dieser, nachdem man ihn verbunden hatte, ausgerufen habe: Himmlischer Vater, womit soll ich mich nun bekreuzigen? Eine Woche lang habe er im Fieber darniedergelegen, sei dann eines Morgens erwacht und wieder im Besitz seiner Gliedmaßen gewesen. Wie um alle zu beschämen, welche an der wundersamen Heilung zweifeln könnten, seien aber an den Stellen der Verbindung blutrote Linien zurückgeblieben.

Über Bauern meines Sprengels hingegen verhängte die göttliche Gerechtigkeit eine Strafe. Obzwar ausdrücklich ermahnt, am Feiertag keine Knechtsarbeit zu verrichten, begaben sich am Sonntag nach der Predigt einige Verstockte wegen des schönen Wetters auf die Wiese, um dort Heu zu häufeln. Schon am selben Abend jedoch verzehrte ein Feuer alle an diesem Tag errichteten Stadel, und lediglich die bereits früher geschichteten Haufen in der Mitte waren unversehrt.

Dies, teuerster Bruder, mag für diesmal zur Stillung Deiner Wißbegierde genügen. Deiner Antwort harrend, ist es mein innigster Wunsch, daß es Dir in Christus wohlergehe und Du mit heiligen Erfolgen vorwärtsschreitest.

Gegeben an den Kalenden des September im Jahre 938 nach der Geburt des Herrn, unter der Regierung des frommen Königs Otto.

V.

Noch im Mai hatte in der königlichen Pfalz Steele ein Reichstag stattgefunden. Ein alter Streit, der zur Ursache mancher Fehde geworden war, sollte endlich beigelegt werden: ob nämlich jemand, dessen Vater zu Lebzeiten des Großvaters gestorben war, denselben Anspruch auf das großväterliche Erbe habe wie seine Oheime. Um Auseinandersetzungen hierüber für immer den Boden zu entziehen, hatte der König angeordnet, die Angelegenheit durch Lohnkämpfer entscheiden zu lassen. Dies geschah, und da jene siegten, welche die Partei der Enkel verfochten, erging der Beschluß, daß diese den Söhnen gleichzustellen seien.

Voller Erwartung hatte sich der junge Konrad auf die Reise an die ferne Ruhr begeben. Zum erstenmal würde er an einem Hoftag teilnehmen und als Anführer der gräflichen Gefolgschaft vor die Besten des Reiches treten. Die Nachricht, daß einige von ihnen nicht gekommen waren, enttäuschte ihn deshalb – obschon ihn Gero auf diese Möglichkeit vorbereitet hatte – über alle Maßen. Ferngeblieben waren dem Hoftag der Bayernherzog, der Frankenherzog,

Thankmar, Wichmann sowie manch anderer, der sich diesen Leuten offenbar mehr verpflichtet fühlte als dem König.

Kaum minder enttäuschten Konrad viele der Anwesenden. In den Geschichten, die man sich während der langen Winterabende zu erzählen pflegte, waren Helden stets bescheidene Menschen, uneitel und darauf versessen, im stillen zu wirken. Die meisten jener berühmten Männer hingegen schienen gerade das zu fürchten. Bemerkten sie, daß man sie beobachtete, reckten sie ihre breiten Schultern, lachten lauthals, sprachen mit dröhnenden Stimmen und ließen dann und wann wie zufällig ihre goldenen Ketten klirren. Jede ihrer Gebärden verriet die Überzeugung, daß alles, was sie äußerten, bewundernd zur Kenntnis genommen wurde. Das traf in der Regel auch zu; lediglich bei Konrad hatten sie kein Glück. An ihren prachtvollen Gewändern hatte er sich bald satt gesehen, ihr prahlerisches Gehabe stieß ihn ab.

Kampfspiele, Jagden, Gelage, das bunte Volk der fahrenden Leute, alles war so, wie man es ihm vorher geschildert hatte. Die Geringschätzung, mit der die Großen seinen Herrn behandelten, verdarb ihm indes jedes Vergnügen daran. Sie war einmütig und von einer Art, die auf Dauer auch das stärkste Selbstgefühl bezwingen mußte. Näherte sich der Graf einer Gruppe, verstummte man, blinzelte sich vielsagend zu und wandte sich ab, wobei sich schändlicherweise gerade die Sachsen hervortaten.

Die Mißachtung, die ihm entgegenschlug, bekam auch sein Gefolge zu spüren, denn wie üblich suchten es die Dienstleute ihren Herren darin nachzutun, ja sie zu übertreffen. Und weil der König Zweikämpfe während des Hoftages strengstens verboten hatte, war Konrad unablässig damit beschäftigt, seine Männer zu zügeln.

Dann aber war gerade er es, der die Gewalt über sich verlor. Als ihm eines Abends der Mann eines westfälischen Grafen, von hämischem Beifall beflügelt, einen Ballen Hühnerkot in den Bierkrug warf, stürzte er sich auf ihn, schlug ihn nieder und begann ihn zu würgen. Seine Kameraden, die ihn gut genug kannten, um zu wissen, daß er in diesem Zustand zum Äußersten fähig war, überwältigten ihn und retteten ihn dadurch möglicherweise vor dem Henker.

Nach diesem Vorkommnis war ihm der Aufenthalt in Steele unwiderruflich verleidet. Die erzwungene Untätigkeit, die feindselige Kälte, mit der er und seine Leute ständig gemustert wurden, und schließlich die Erkenntnis, daß er gegen weitere Unbeherrschtheiten keineswegs gefeit war – all dies bedrückte ihn so, daß er glücklich war, als es endlich wieder nach Hause ging.

Mit Feuereifer machte er sich an die Aufgabe, die Befestigung des Hofes zu erneuern. Drei Dutzend Hörige, unterstützt von Teilen des Gesindes sowie der Gefolgschaft, fällten Eichen, schnitten aus ihren Stämmen Bohlen, rissen die alte Palisade heraus und errichteten eine, die beinahe doppelt so hoch war wie ihre verwitterte Vorgängerin.

Danach wurde der Graben, der derart verschlammt und verkrautet war, daß er kaum noch ein ernst zu nehmendes Hindernis darstellte, gereinigt, vertieft und um mehr als zwei Schritte verbreitert. Außerdem trieb man, um sein Durchqueren zu erschweren, Pfähle in den Grund, deren angespitzte Enden sich ungefähr einen Fuß unter der Wasseroberfläche befanden. Die Erde, die man beim Säubern und Vergrößern des Grabens gewann, wurde innerhalb der Umzäunung zu einem Damm aufgeschüttet. Hierzu ließ der Graf, der sich ansonsten nicht in die Arbeit einzumischen pflegte, in die Außenwand der Palisade eiserne Haken schlagen. Der Schlamm wurde unten in enggeflochtene, mit einer Kiesschicht ausgelegte Körbe geschaufelt, mittels eines um den Haken geschlungenen Seiles emporgezogen und dort so lange hängengelassen, bis das Wasser herausgelaufen war. Damit diese Vorrichtung auch künftig genutzt werden konnte, bestand Gero darauf, daß die Haken nicht entfernt wurden.

Schließlich ordnete er an, auf der Wiese jenseits des Grabens ein einfaches hölzernes Gebäude zu erbauen, in dem man Heu und Stroh aufbewahren, falls erforderlich jedoch ebenso die Mannschaften vornehmer Gäste unterbringen konnte. Der Boden sollte dann als Schlafstätte, der Raum darunter als Speisehalle dienen.

Da Gero seine Pflichten als Graf in den verflossenen Monaten notgedrungen vernachlässigt hatte, war er oft tagelang unterwegs, um das Versäumte nachzuholen. Reiste er durch die Dörfer seines Amtsbezirkes, leitete Otfried die Gefolgschaft, und nach Auskunft des Grafen machte er seine Sache gut. Konrad war dies recht, denn seine Tätigkeit füllte ihn ganz aus. Ein wenig erstaunt vermerkte er, daß er am Bau einer Festung offenbar mehr Gefallen fand als an ihrer Eroberung und daß er statt mit dem Schwert eigentlich lieber mit einer Säge hantierte, mithin wohl nicht der geborene Kriegsmann war, für den er sich bisher gehalten hatte.

In diese Zeit fiel die Nachricht, daß sich Thankmar und der Frankenherzog Eberhard gegen den König empört hätten. Da Konrad wußte, daß dies für den Grafen nicht ganz unerwartet kam, verblüffte ihn die Fassungslosigkeit, mit welcher er die Kunde hiervon aufnahm. Eine Woche lang zog er sich in seine Kammer zurück und war selbst für Konrad nicht mehr zu sprechen. Als er ihn endlich zu sich rief, sah er aus, als sei er in den wenigen Tagen um Jahre gealtert.

Immerhin schien er seine Niedergeschlagenheit überwunden zu haben. Seine Stimme klang fest, und seine Bewegungen strahlten wieder jene entschlossene Ruhe aus, die man von ihm gewöhnt war. Mit keinem Wort ging er auf die Ursachen seines eigentümlichen Verhaltens ein, sondern befahl lediglich, die Arbeiten zu beschleunigen. Die Umritte indes stellte er ein und setzte sie auch dann nicht fort, als im August gemeldet wurde, daß der Aufstand gescheitert sei. Statt herumzureisen, empfing er zahlreiche Leute, hiesige Slawen zumeist, deren er sich als Spione oder Boten bediente. Ebenso wie die Grafen Christian und Thietmar mußten sie unverzüglich bei ihm vorgelassen werden, einerlei, welche Stunde es gerade war. Was es mit diesen Besuchen auf sich hatte, darüber schwieg er sich aus, und Konrad, froh, daß er sich ungestört seiner Aufgabe widmen durfte, verspürte vorerst kein Verlangen, ihn danach zu fragen.

Gut tut es, sich ins hohe Gras zu legen, die von der Arbeit noch immer schweren Glieder zu dehnen und den würzigen Duft der blühenden Schafgarbe einzuatmen! Rauschend duckt sich die Wiese unter dem sanften Druck des Windes, wie eine Katze, der man über den Nacken streicht und die daraufhin vor Behagen zu schnurren anfängt. Ein Marienkäfer klettert einen Halm hoch, macht kehrt, als dieser unter seinem Gewicht sinkt, und kriecht zurück, sobald sich der Halm erneut aufrichtet. Über alldem der Septemberhimmel, wolkenlos, klar, unendlich . . .

Ein Schatten fiel auf ihn, er drehte den Kopf und blickte in das bärtige Gesicht Otfrieds.

»Hier hast du dich also verkrochen! Liegst auf dem Rükken und schmunzelst vor dich hin. Woran hast du denn gerade gedacht?«

»Was willst du!«

»Ich? Nichts. Der Graf sehnt sich nach dir.«

Konrad seufzte. »Jetzt? Sofort?«

»Ja, zur Hölle.«

»Und was soll ich tun.«

»Das hat er mir nicht verraten. Beeile dich; er macht ein Gesicht, als ob er am liebsten die ganze Welt in Stücke schlagen würde.«

Als Konrad die Tür zur Kammer des Grafen öffnete, stockte er. Beide Fenster waren geschlossen. Mit zahllosen Stäubchen gefüllte Sonnenstrahlen drangen durch die Ritzen der Läden und teilten den Raum wie quergelegte Lanzen. Gero saß, die Beine weit von sich gestreckt, an der hinteren Wand und wies auf einen leeren Stuhl, der schräg gegenüber neben der einzigen brennenden Fackel stand.

Während Konrad sich setzte, stellte er betroffen fest, daß der Graf noch scharfzügiger und abgehärmter aussah als vor wenigen Tagen. Die das spärliche Licht spiegelnden Augen waren schwarz umrändert; der Mund wirkte verkrampft, wie bei jemandem, der seit längerem unter starken Schmerzen leidet.

»Was ist mit dir, Herr?« fragte Konrad, da Gero stumm blieb. »Bist du vielleicht krank?«

»Weshalb glaubst du das?«

»Nun ...« Konrad vollführte eine unschlüssige Handbewegung.

Gero nickte. »Nein, ich bin nicht krank«, entgegnete er. »Es sind die Sorgen, die mich nicht mehr schlafen lassen.«

»Aber es ist doch alles wieder gut.«

»Gut?«

»Der König hat gesiegt.«

Gero zuckte die Schultern. »Gesiegt«, wiederholte er. »Ein Mann, dessen Feind lediglich gedemütigt, nicht jedoch entmachtet ist, hat nicht gesiegt. Er ist gefährdeter als jemals zuvor.«

Er lief zum Fenster, spähte durch die Schlitze und drehte sich um. »Versetze dich in seine Lage«, sprach er weiter. »Der Bayer verweigert ihm die Huldigung, der Franke sinnt auf Vergeltung, Ludwig steht am Rhein, der Lothringer schwankt, daß es einem allein vom Zuschauen schwindelt, und unsere Großen grollen dem König, weil er mich ihnen vorzog. Das, mein Freund, ist die rauhe Wahrheit. Für ihn geht es jetzt um die Bewahrung seiner Macht, und bei diesem Kampf bin ich ihm bloß hinderlich ... Deshalb«, schloß er nach einer winzigen Pause, »bleibt mir, so fürchte ich, wohl nur noch eine einzige Möglichkeit, ihm zu dienen.«

»Und welche ist das?«

»Ihn zu bitten, mich von meinem Amt zu entbinden«, erklärte Gero ruhig. »Allein das wird sie wieder mit ihm versöhnen.«

Konrad war aufgesprungen. »So etwas darfst du nicht einmal denken, Herr!« stieß er hervor. »Erinnere dich, wie sie dich in Steele behandelt haben! Vor diesen Leuten willst du zu Kreuze kriechen?«

»Habe ich eine andere Wahl? Ich sehe es doch voraus: Graf Gero ist seinen Pflichten nicht gewachsen, wird es eines Tages heißen, seine Ernennung ist ein Mißgriff gewesen. Ein Vorwand findet sich, zweifle nicht daran ...«

»Aber es muß doch einen Ausweg geben!«

Gero nahm eine frische Fackel, zündete sie an und steckte sie in die Halterung. Den noch brennenden Stumpf der alten Fackel warf er in einen mit Wasser gefüllten Kübel.

»Muß es das?« bemerkte er in das Zischen hinein.

»Ein außergewöhnlicher Erfolg«, sagte er, während er sich wieder setzte, »er wäre vermutlich meine Rettung. Wer Vorfahren besitzt, die durch Taten bewiesen haben, daß ihnen die Vorsehung gewogen ist, hat derlei freilich nicht nötig. Wem es aber an solchen Vätern mangelt, der muß, sofern er sich nicht bescheiden will, sein Glück eben zu zwingen suchen. Allein dadurch vermag er, das Fehlen einer glanzvollen Ahnenreihe wettzumachen.«

»Wenn es uns demnach gelänge, in kürzester Zeit eine größere Anzahl von Burgen – Doch nein«, fiel sich Konrad ins Wort, »dies könnte einen Aufruhr auslösen.«

»So ist es«, pflichtete ihm Gero bei. »Es wäre dies wohl eher eine außergewöhnliche Dummheit zu nennen.«

Er lehnte sich zurück und schlug die Beine übereinander.

»Hast du einmal beobachtet, wie gefaßt die meisten zum Tode Verurteilten den Schwertstreich empfangen?« fuhr er nach einer Pause fort. »Aber nein, wie solltest du; diejenigen, mit denen wir es zu tun hatten, wurden ja gehenkt. Doch ich versichere dir, es ist so. Viele schmiegen sich förmlich an den Richtblock, während sie sich selbst bei geringfügigen Leibesstrafen in der Regel bis zuletzt sträuben. Offenbar trennt sich der Mensch leichter von seinem Kopf als auch nur von einem Arm. Überhaupt«, sprach er weiter, »ist der menschliche Kopf ein seltsames Ding. Er kann nicht morden, nicht stehlen, nicht brandschatzen, und dennoch hat jedes Übel, das einem Menschen zufügen, in ihm seinen Ursprung. Will man sich vor ihnen schützen, hält man sich darum am zweckmäßigsten an ihre Köpfe: Ein Hieb, und die Gefahr ist gebannt . . . Du fragst dich gewiß, worauf ich hinauswill«, fügte er mit einem kleinen Lachen hinzu.

»In der Tat, Herr Graf«, gab Konrad zu.

»Nun, so laß mich zunächst feststellen, daß wir bis zur Stunde gegen diese einfache Wahrheit freveln. Wir gleichen einem Mann, der seinem Feind einen Finger abhackt, ein Ohr abschneidet, einen Zahn ausbricht und was solcher Wohltaten mehr sind. Dabei weiß unser Mann, daß ihm der andere nach dem Leben trachtet – jetzt, da er ihn verstümmelt hat, noch zielstrebiger als vorher. Zudem muß er damit rechnen, daß sein Gegner nicht warten wird, bis er ihn sämtlicher Gliedmaßen beraubt hat. Und trotzdem macht er auf diese Weise weiter.«

Konrad kniff die Augen zusammen. »Der Kopf«, erwiderte er langsam, »wer ist der Kopf?«

»Ich sehe, du fängst an zu begreifen.«

Gero lächelte flüchtig.

»Ja, der Kopf, wer mag das sein? Der Herr der Brandenburg natürlich. Er ist der mächtigste Fürst unseres Gebietes, genaugenommen der einzige, der diese Bezeichnung verdient. Er und seine Sippe regieren zehn Stämme, und solange er nicht unterworfen ist, können wir keiner unserer Eroberungen wirklich sicher sein. Oder anders herum: Gelingt es uns, die Brandenburg in unsere Gewalt zu bringen, ist es nur eine Frage der Zeit, bis sich die übrigen Völker ebenfalls vor uns beugen.«

»Du willst die Brandenburg besetzen?«

»Selbstverständlich will ich das. Ich wollte es immer.«

»Und wann? Noch in diesem Herbst?«

Gero kräuselte den Mund. »Man merkt, daß du dieses Bauwerk noch nie gesehen hast; andernfalls wäre dir das, was du mich soeben gefragt hast, wohl kaum so leicht von den Lippen gegangen. Die Heveller werden sich zudem kein zweites Mal überraschen lassen. Ich bin unterrichtet, daß sie die Besatzung verstärkt und so viele Lebensmittel angehäuft haben, daß sie uns mühelos einen Winter lang trotzen können. Ich will die Burg, belagern werde ich sie indes nicht.« Er strich sich über den Bart. »Geschenkt kriegen werde ich sie freilich auch nicht. Was also bleibt?«

Konrad bewegte hilflos die Schultern. Was ging hier eigentlich vor? Soeben hatte Gero noch mit Grabesstimme verkündet, daß er auf sein Amt verzichten wolle, da stellte sich auf einmal heraus, daß er die Brandenburg in seinen Besitz zu bringen gedachte und, so ließ sein zuversichtlicher Tonfall vermuten, dafür sogar schon einen Plan entwickelt hatte. Oder hatte er ihn mißverstanden?

Unvermittelt sprang der Graf auf, lief zum Fenster, öffnete die Läden und schaute hinunter.

»Wie du sicherlich bemerkt hast, bin ich in den letzten Wochen nicht untätig gewesen«, sprach er, nachdem er sie wieder geschlossen hatte, weiter.

»Ich habe Gesandtschaften losgeschickt – zu den Hevellern, aber auch zu den Citici, Nudzici, Neletici und Siuslern, mit der Aufforderung, den Treueeid, den sie einst Graf Siegfried geleistet haben, auf mich zu übertragen und sich zu diesem Zweck zu mir zu begeben. Im Grunde sollen sie nur bekräftigen, wozu sie Botschaften des Königs bereits im verflossenen Jahr verpflichtet hatten, nämlich, mich als seinen Legaten anzuerkennen. Ich begründete meinen Wunsch damit, daß die häufigen Überfälle eine Erneuerung des Gelöbnisses notwendig machten, und fügte hinzu, daß ich eine Weigerung als aufrührerische Handlung betrachten würde. Um mich kurz zu fassen: Alle, die ich eingeladen hatte, richteten mir aus, daß sie kommen würden. Was den Brandenburger betrifft, so erhielt ich gestern die Meldung, daß er mit sämtlichen Gaufürsten anreisen wird. Es scheint, als ob sich die Art, in der ich mit den Colodici verfahren bin, ausgezahlt hat.«

»Wann werden sie bei uns eintreffen?«

»Am Tag vor dem nächsten Vollmond.«

»Und was geschieht dann?«

»Was soll geschehen? Sie sind meine Gäste, also werde ich sie bewirten.«

»Und danach?«

Der Graf antwortete nicht.

»Was hast du mit ihnen vor, Herr!«

»Wozu fragst du noch? Du hast es doch längst erraten.« Der Graf spannte die Wangenmuskeln. »Setz dich!« befahl er heiser. »Ich mache dich jetzt mit meinem Plan vertraut. Höre mir zu, und du wirst einsehen, daß du dich ganz unnötig erregst. Denn nicht wir werden uns ihrer bemächtigen, sondern aufständische Sorben.«

»Sorben? Was für Sorben?«

»Was für Sorben?« wiederholte Gero mit gespieltem Erstaunen. »Solche, die schon lange auf Empörung sinnen, solche, die zuweilen unsere Dörfer heimsuchen, mit einem Wort: solche, die unseres Jochs überdrüssig sind und deshalb diejenigen, die es weiterhin tragen wollen, als Abtrünnige hassen. Gewiß wünschst du auch zu wissen, welche Stämme es sind, von denen ich dies argwöhne«, fuhr er in demselben zweideutigen Ton fort. »Nun, wie sich jedermann leicht überzeugen kann, ist auf meinem Hof nicht ausreichend Platz, um gleichzeitig alle jene beherbergen zu können, von denen ich diesen Eid fordern muß. Dies ist der Grund, weswegen ich lediglich eine begrenzte Anzahl Häuptlinge zu mir lud und den übrigen übermitteln ließ, daß ich sie später empfangen würde, was sicherlich manchem von ihnen insgeheim willkommen war. Unter ihnen wird man die Schuldigen zweifellos vermuten dürfen.«

»Verstehe ich recht, Herr Graf?« fragte Konrad. »Du nimmst an, daß sie unsere Gäste entführen, uns aber verschonen werden?«

»Ich vermisse deinen gewohnten Scharfsinn, mein Freund!« Der Graf beugte sich vor. »So laß mich dir erklären: Am Tag vor der Ankunft der Häuptlinge werden von den drei eroberten slawischen Burgen jeweils die Hälfte der Besatzungen abziehen und sich nicht weit von uns im Wald verstecken. Gegen Mitternacht werden einige von ihnen ein benachbartes Gehöft angreifen, einen Speicher in Brand stecken und etwas Vieh wegtreiben. Man wird zu mir um Hilfe schicken, worauf ich meine Gäste bitten werde, die Feier ohne mich fortzusetzen. Unser Aufbruch wird für die Männer im Wald das Zeichen sein, in den Hof einzudringen und die Häuptlinge zu überwältigen.«

Er verschränkte die Arme über der Brust und blickte nach oben.

»Sechzig gegen dreißig – denn das ist die genaue Zahl meiner erlauchten Gäste –, dies kann man nicht gerade eine Übermacht nennen. Glücklicherweise haben wir einen unschätzbaren Verbündeten: Es ist die heidnische Sitte, sich bei Festlichkeiten nicht nur zu zügeln, sondern, als gelte es das Seelenheil, möglichst viel zu trinken und zu verspeisen. Man ehrt den Hausherrn auf diese Weise, wie man ihn umgekehrt beleidigt, indem man sich mäßigt. Du wirst mir entgegenhalten, daß uns diese Gewohnheit ebenfalls nicht unbekannt ist. Das ist wahr, doch versichere ich dir, daß uns die Barbaren hierin allemal den Rang ablaufen, weil sie nämlich auch ihr Glaube zur Völlerei nachgerade ermuntert. Ich hatte unter diesem Brauch so manches Mal zu leiden, nun werde ich mich seiner zu meinem Vorteil bedienen. Sowie sie gefesselt und geknebelt sind, werden unsere Männer sie auf Pferde packen und mit ihnen die Saale überqueren. Sie werden tagsüber in Richtung Osten reiten und, sobald sie sich vergewissert haben, daß man sie nicht verfolgt, nachts zu ihren jeweiligen Burgen zurückkehren, wo sie, unbemerkt von den Mägden, die Gefangenen in die Kerker schaffen können.

Vermutlich fragst du dich, wie es sich verhindern läßt, daß unsere List durchschaut wird«, sprach Gero weiter. »Von meinem Plan wissen außer dir die Grafen Thietmar und Christian, und jeder von uns vier hat Gründe genug, sich über das, was wirklich geschah, in Schweigen zu hüllen. Das gleiche gilt für diejenigen, welche die Häuptlinge überwältigen und bewachen werden. Um unsere Gäste beherbergen zu können, sind wir genötigt, die Knechte und den größten Teil der Mägde in den umliegenden Dörfern unterzubringen. Lediglich ein halbes Dutzend Frauen bleibt hier. Sollte eine von ihnen aufwachen, wird sie allenfalls ein paar slawische Worte und Flüche hören und daher guten Gewissens bezeugen können, daß die Täter wahrscheinlich keine Sachsen waren. Ebenso wichtig ist es, die Gefangenen selbst über die Herkunft ihrer Entführer zu täuschen. Hierzu werden wir uns jener Männer bedienen, deren Muttersprache das Slawische ist. Acht sind es, oder irre ich mich?«

»Sieben, Herr Graf«, entgegnete Konrad mit belegter Stimme »Einer von ihnen floh bereits im Januar.«

»Richtig ... Ihre Aufgabe wird es sein, sich während des Rittes um die Gefangenen zu scharen und sich dabei so zu betragen, daß diese zu dem Schluß kommen müssen, ihre Bewacher seien auch Slawen. Den übrigen sollte man ins Gedächtnis rufen, daß uns jene Völker die ›Stummen‹ nennen, und ihnen bei Strafe des Verlustes ihrer Zungen Redeverbot auferlegen. Endlich wird man, bevor sich der Trupp nach Süden wendet, einem der Sorben die Flucht ermöglichen, so daß die Kunde von dem Anschlag rasch Verbreitung findet.

Auch im Kerker wird man die Häuptlinge im Glauben belassen, von Slawen verschleppt worden zu sein. Die Gefangenschaft hat einzig zum Ziel, den Heveller zu bewegen, einer Besetzung seiner Hauptburg zuzustimmen. Zeigt er sich einsichtig, wird man ihm gestatten, unter seinen Gaufürsten einen auszuwählen, von dem er meint, daß man in der Brandenburg auf ihn hören und seine Anweisungen unverzüglich befolgen wird. Wir werden diesen Mann weitab vom Ort seiner Gefangenschaft freilassen und, sobald er mit der Nachricht zurückkehrt, daß der Handel stattfinden kann, alles Notwendige veranlassen. Sollte der Fürst indes hart bleiben oder seinen Landsleuten die Burg wichtiger sein als sein

Wohlergehen, ist für uns noch keineswegs alles verloren; schließlich können sich die Heveller ja nicht so verhalten, als ob sich gar nichts ereignet habe. Sie werden ihre Nachbarn verdächtigen und sich dadurch unvermeidlich mit einigen von ihnen entzweien; vielleicht kommt es sogar zu einem Krieg. Wie auch immer: Wir werden warten, bis sie sich eine Blöße geben, und dann unter dem Vorwand, den Frieden in meinem Amtsbereich wiederherzustellen, die Festung besetzen.«

Er hielt inne.

»Wie du bemerkst, bin ich bestrebt, alles in Betracht zu ziehen, das mein Vorhaben durchkreuzen könnte. Glaubst du jedoch, ich hätte etwas außer acht gelassen, so sage es mir.«

Konrad hatte dem Grafen mit gesenktem Kopf gelauscht, und auch jetzt, da dieser schwieg, schaute er nicht auf.

»Dein Plan ist klug ersonnen«, sagte er nach einer Weile. »Trotzdem bezweifle ich, daß er gelingen kann.«

»Warum?«

»Die Gefolgsleute der Fürsten werden in dem Gebäude auf der Wiese schlafen. Da ich es errichtet habe, weiß ich, daß dort, zumal in der Nacht, beinahe jeder Laut auf dem Hof zu hören ist. Sollte es nur einem einzigen unserer Gäste glücken, um Hilfe zu rufen, hätten wir es mit an die dreihundert Bewaffneten zu tun.«

»Sei unbesorgt: Es würden nicht einmal hundert sein«, entgegnete der Graf. »Ich habe die Häuptlinge gebeten, mich nicht durch ein zu zahlreiches Gefolge in Verlegenheit zu setzen. Hierauf erhielt ich von ihnen die Zusage, daß nach Überschreiten der Grenze jeder von ihnen nur noch zwei Knechte mit sich führen wird. Den Schutz ihrer Sicherheit werden dann wir übernehmen. Während der Nacht wird Graf Christian mit seinen Leuten die Scheune umstellen. Sollte eintreten, was du befürchtest, werden sie beim ersten Anzeichen das Tor mit Pfeilen beschießen. Am folgenden Morgen werden wir die Slawen einladen, sich an der Suche nach den Entführern zu beteiligen.« Er musterte Konrad, und als dieser nichts entgegnete, fügte er hinzu:

»Habe ich deine Bedenken damit zerstreut?«

Konrad blickte starr an ihm vorbei. Ohne auf Geros Frage zu antworten, sagte er barsch: »Übrigens dünkt es mich sträflicher Leichtsinn, die Bewachung der Gefangenen ehemaligen Räubern anzuvertrauen. Schließlich ist dem Gesindel bekannt, was diese Männer wert sind; es könnte deshalb versucht sein, sie gegen eine hohe Belohnung an ihre Landsleute zurückzugeben.«

Diesmal blieb der Graf lange stumm. In seinem Gesicht zuckte es, die glänzenden dunklen Augen waren schmal geworden. »Glaubst du, sie wären dazu fähig?« sagte er nach einer Weile schwer atmend.

»Was könnte sie daran hindern?«

»Die Angst vor uns. Leute wie sie ähneln Tieren: Sie halten es mit dem, der sie füttert, vorausgesetzt, er läßt sie ständig spüren, daß er der Stärkere ist. Und sie wissen, ich bin der Stärkere.«

»Das bist du, Herr Graf. Doch dort, wo sie gegenwärtig sind, könnten sie es leicht vergessen.«

Es entstand eine Pause, während der beide wie auf Verabredung zu der brennenden Fackel schauten.

»Ist das alles, was du vorzubringen hast?« bemerkte Gero schließlich.

»Nein, Herr«, sagte Konrad, sich vom Anblick der Flamme losreißend, rauh, »das ist nicht alles. Denn du hast noch etwas übersehen. Diese Männer sind nämlich nicht deine Gefangenen; sie sind auch keine verirrten Reisenden, die dich um Obdach baten. Sie sind von dir selbst geladene Gäste.«

Der Graf runzelte die Stirn. »Der Gast ist unantastbar«, sagte er, in einem Ton, als erwarte er, jeden Augenblick unterbrochen zu werden. »Sogar an demjenigen, der mir den Vater erschlug, darf ich mich nicht vergreifen, solange er in meinem Haus zu Gast weilt. Ist es das, was du ausdrücken wolltest?«

Konrad nickte.

»Aber gerade darauf beruht doch mein Plan! Oder meinst du, sie begäben sich in meine Gewalt, hegten sie den kleinsten Zweifel, daß dies Band zwischen Menschen unterschiedlichen Glaubens auch für mich unzerreißbar ist? Gewiß, einmal zerschnitten, läßt es sich niemals wieder knüpfen. Wohlan, ich bin mir dessen bewußt!«

»So besinne dich doch, Herr Graf!« rief Konrad aus. »Nichts von dem vielen Guten, das du bewirkt hast, wird danach mehr zählen, und wenn man deinen Namen nennt, so nur im Zusammenhang mit diesem Betrug. All jene aber, welche dir dein Amt neiden, werden frohlocken.«

»Das ist dummes Zeug!«

Gero sprang auf, setzte sich jedoch sofort wieder.

»Wir stehen im Krieg, und im Krieg gibt es keinen Betrug, ebensowenig wie Raub oder Mord. Es gibt allein Sieg oder Niederlage. Kaiser Karl ließ bekanntlich Tausende unserer gefangenen Landsleute hinschlachten. Hat dies seinem Ruhm Abbruch getan? Nicht im geringsten. Ja, hätte er gegen unsere Ahnen den kürzeren gezogen, würden wir ihn heute verfluchen. Doch er blieb Sieger, und dem Sieger wird alles verziehen, zuweilen sogar von seinen Opfern. Was dünkt dich übrigens an meinem Vorhaben so abscheulich, daß du bangst, es könnte meinen Ruf für alle Zeiten schänden? Man erobert eine Burg und nimmt Geiseln; ich nehme zuerst Geiseln und die Burg danach. Am Ende läuft es, wie du siehst, fast aufs selbe hinaus.«

»Und wenn Blut fließt, Herr Graf?«

Gero hob die Hände. »Hast du bedacht, wieviel Blut in dem Krieg fließen würde, den wir ansonsten führen müßten? Zahllose Menschen würde er verschlingen, Menschen, die uns im Kampf gegen die Ungarn fehlen werden. Ihr Leben mit dem eines Barbarenhäuptlings zu erkaufen, dies scheint mir, wenn denn ein solcher Handel nicht zu vermeiden ist, kein zu hoher Preis zu sein. Doch dazu«, schloß er, »muß es ja nicht kommen. Du, dem das Wohl unserer Gäste so wichtig ist, wirst es, dessen bin ich sicher, zu verhindern wissen.«

»Ich, Herr? Wieso ich?«

»Ja, du! Oder was glaubst du, weshalb ich die Einzelheiten meines Planes vor dir ausgebreitet habe? Lediglich, um zu erfahren, ob er vor deinem geschätzten Urteil zu bestehen vermag?«

Gero kräuselte spöttisch die Lippen.

»Graf Christian wird die Räuber abholen und ihnen ihre Aufgabe erläutern. Du aber, ganz allein du, wirst den Überfall befehligen und hierauf sie sowie die Gefangenen bis an das Ziel ihrer Reise begleiten. Wenn du nach zwei Tagen zurückkehrst, wirst du berichten, daß du die Bande weit ins Slawenland hinein verfolgt, jedoch schließlich ihre Spur verloren hättest.«

Ohne ein einziges Mal zu blinzeln, hatte Konrad dem Grafen zugehört. »Bitte«, würgte er hervor, »fordere das nicht von mir.«

»Ich begreife nicht.«

»Herr Graf, ich flehe dich an, beauftrage damit einen anderen.«

»Weshalb?«

»Ich kann es nicht, Herr!« Konrad preßte die geballten Fäuste gegen die Schläfen. »Befiehl mir, unbewaffnet die Brandenburg zu stürmen, und ich werde es tun. Doch dies . . .«, Er schüttelte sich.

Gero öffnete den Mund, als wollte er reden, schloß ihn dann aber wieder. Langsam stand er auf, verschränkte die Arme und begann, im Zimmer hin und her zu laufen, wobei er zuweilen vorwurfsvoll auf seine Füße herabschaute; anscheinend reizte ihn das Knarren der Dielen. Plötzlich blieb er stehen und drehte sich um.

»Erinnerst du dich an das, was ich zu dir sagte, als ich dich in eben diesem Raum zum Anführer meines Gefolges ernannte? Ich sagte, daß ich gezwungen sein könnte, gegen die Slawen auf eine Weise zu kämpfen, zu der ich mich gegenüber Christen selbst in der höchsten Not nicht herbeilassen würde, und ich fragte dich, ob ich unter allen Umständen auf dich zählen dürfe. Entsinnst du dich deiner Antwort?«

Konrad nickte.

»Wiederhole sie!«

»Ich antwortete, daß mein Leben dir gehöre, und schwor, dir immer mit ganzer Kraft zu dienen.«

»Ja, so sprachst du«, bestätigte Gero. »Und trotzdem bist du heute, nur ein Jahr später, im Begriff, das verabscheuungswürdigste Verbrechen zu begehen, das es für einen Mann deines Standes geben kann: das des Ungehorsams. Vollstrecker meines Willens zu sein, so wie es dir zukommt, genügt dir nicht; du hast offenbar deine eigenen Pläne. Ich ziehe nicht in Zweifel, daß sie auch meinen Vorteil berücksichtigen, aber das genügt mir wiederum nicht; kann ich doch niemals sicher sein, daß du ihn richtig deutest. Ein Mensch wie du taugt nicht für die Stellung, in die ich dich berief, und sei er noch so tüchtig. Ich argwöhne das seit längerem und muß mich deshalb nun anklagen, an dem, was sich jetzt offenbart hat, mitschuldig zu sein.«

Sich zu Konrad herabbeugend, fuhr er fort: »Allein aus diesem Grund werde ich dich nicht bestrafen. Ebensowenig werde ich dich zu diesem Auftrag zwingen. Nicht, um dich zu schonen, sondern weil er jemanden erheischt, der von seiner Notwendigkeit überzeugt ist, was ich von dir wohl nicht hoffen darf. Sollte es allerdings dabei bleiben, so wisse, daß auf meinem Hof kein Platz mehr für dich ist. Zieh, wohin du magst, und suche dir einen neuen Herrn; ich kann es für dich nicht weiter sein.«

Konrad verfärbte sich und stand schwankend auf. »Herr Graf –«

»Schweig!« unterbrach ihn Gero. »Du hast Bedenkzeit bis zum Abend. Überlege bis dahin gut, was du mir dann sagen wirst. Und nun geh!«

Nachdem Konrad die Haustür hinter sich geschlossen hatte,

verharrte er. Er gestand sich ein, daß er erwartet hatte, draußen müsse es bereits dunkel sein. Aber es war noch heller Tag. Die Sonne schien, wie sie vorher geschienen hatte, und auch sonst hatte sich kaum etwas verändert.

Vor der Tenne hatte sich eine Schar Hühner versammelt. Ab und zu schnellte aus dem von einer Staubwolke verhüllten Dreschboden ein nackter Arm hervor und warf ihnen eine Handvoll Körner hin. Am Brunnen füllte die Magd Ida zwei Eimer. Schweifwedelnd strich der Hund Rado um ihre Waden, so lange, bis sie endlich mit der Spitze ihres Pantoffels eine Mulde in die Erde scharrte und Wasser hineingoß.

Während Konrad zu dem trinkenden Hund schaute, wurde ihm unsagbar traurig zumute. Wie hing er doch an alldem! Wohin er sah, erblickte er Spuren seiner Hände Arbeit. Die Hundehütte war sein Werk, den Eisenhaken an der Schöpfstange des Brunnens hatte er befestigt, beim Bau des neuen Taubenhauses hatte er geholfen und zuletzt bei dem der Palisade. Und stets war er mit Freude bei der Sache gewesen. Leicht und angenehm war ihm sein Leben hier vorgekommen, er hatte sich daran gewöhnt und gemeint, dies werde bis in alle Ewigkeit so sein. Und dann genügte ein Gespräch, um ihn erkennen zu lassen, wie zerbrechlich dieses Glück doch war.

Dabei zwang ihn eigentlich nichts, es zu gefährden. Und trotzdem – hatte er sich anders verhalten können? Ein Haus, dessen Bewohner ihren Gast getötet hatten, galt als verflucht, einerlei, ob sie es vorsätzlich oder in der Hitze eines Streites getan hatten. Auch, nachdem die Betreffenden Wergeld gezahlt hatten, mied man sie, verweigerte ihnen jegliche Unterstützung, nahm keine von ihnen an, und ohne, daß es dazu einer Absprache bedurft hätte, bildete sich um sie herum ein gleichsam leerer Raum.

Wer das nicht ertrug, zog davon, einer ungewissen Zukunft entgegen. Das Haus verfiel, denn außer Obdachlosen, die zuweilen in ihm vor der Witterung Schutz suchten, fand sich niemand mehr bereit, in ihm zu wohnen. Die Stelle aber, auf der es gestanden hatte, blieb im Gedächtnis der Menschen noch lange als ein Ort des Unheils verzeichnet.

Es war schwer zu begreifen, woher der Graf die Zuversicht nahm, daß man ausgerechnet ihm den Tod eines Gastes verzeihen würde. Oder hoffte er etwa, mit Hilfe der von ihm eingeschüchterten Häuptlinge den Hergang der Tat verschleiern, sie vielleicht als einen Unfall darstellen zu können? Doch da hoffte er vergeblich, denn ein Vorkommnis wie dieses ließ sich nicht verschleiern, nicht einmal dann, wenn es ohne Zeugen geschehen war. Die Wunden des Erschlagenen würden in der Gegenwart derer, die ihn umgebracht hatten, unaufhörlich bluten, und selbst wenn man ihn tiefer als gewöhnlich vergrub und mit Steinen belastete, würde er zurückkehren und nachts stöhnend umhergehen. Das Gesinde würde zuerst davonlaufen, auch die Gefolgschaft würde es nicht halten, und schließlich würden sogar die Hoftiere das Weite suchen.

In sich gekehrt, setzte er seinen Weg fort, überquerte die Brücke und lief mitten hinein in die Wiese. Bei der Stelle angelangt, auf der er vorhin gelegen hatte, stockte er. Verwundert gewahrte er, daß sich das Gras noch nicht wieder erhoben hatte. So wenig Zeit war also seither verflossen!

Etwas Helles geriet in sein Blickfeld: das Gebäude, an dem er bis vor kurzem gearbeitet hatte. Schmuck sah es aus, mit seinem strohgedeckten Dach und den aus glattgehobelten Brettern gefügten Wänden, ein Bild, das ihn sogar jetzt mit Stolz erfüllte.

Plötzlich fiel ihm ein, daß er, falls ihn der Graf morgen fortschickte, an der Scheune vorbei mußte, und während er sich ausmalte, wie der Hof hinter ihm stetig kleiner wurde, spürte er, daß die Zweifel in ihm zu weichen begannen. Nein, er würde von hier nicht weggehen! Alles, was ihm teuer war, befand sich auf diesem Stück Erde, an das seine Seele mit zahllosen winzigen Wurzeln gefesselt war; schnitt er sie durch, konnte er ebensogut sterben. Vielleicht kam alles nicht so schlimm, wie er befürchtete, vielleicht würde er sich aber auch mit einer Schuld beladen, die ihn zerbrach: er würde bleiben und nicht mehr versuchen, sich seinem Schicksal zu widersetzen. Denn ein Leben, das sich lohnte, gab es für ihn nur hier.

Erleichtert seufzend wandte er sich um und lief, mit jedem Schritt ein bißchen schneller werdend, zurück – nach Hause.

DRITTES KAPITEL

I.

Er öffnete die Augen, stieß die Decken weg und stand auf. Hände, Knie und Füße waren wie abgestorben, von den Schulterblättern herab rieselten Kälteschauer. In letzter Zeit brauchte er sich bloß hinzulegen, und schon fühlte er, wie die Kälte in jeden Winkel seines Körpers kroch. Da nützten die Pelze wenig.

Die Zähne zusammenbeißend, lief er zum Fenster und wieder zum Bett. In seinen Beinen war eine Schwere, als habe er gestern von früh bis spät gejagt. Vor ungefähr vier Jahren hatte er diese widerliche Steife in den Gliedern zum erstenmal bemerkt und zunächst geglaubt, daß es sich um ein vorübergehendes Leiden handelte. Ein arabischer Arzt (die einzigen, die einen nicht belogen) hatte ihm erklärt, daß es ihn bis an sein Ende begleiten und sich, obzwar langsam, noch verschlimmern würde. Das schien sich zu bewahrheiten. Kam Nebel auf oder versäumte er es, nach einem Regenguß unverzüglich die durchnäßte Kleidung zu wechseln, wurde der Schmerz zur Qual. Um das Unausweichliche hinauszuzögern, unternahm er täglich einen Spaziergang.

»Kot!« rief der alte Fürst.

Ein Scharren ertönte, die Tür knarrte, dann humpelte eine gekrümmte Gestalt ins Zimmer. Das war sein Diener, wegen seines Buckels Kot – Kater – genannt. Der Buckel war ihm angeboren, das Hinken nicht. Als der Fürst noch jung und kräftig gewesen war, hatte er ihn einmal, halb im Zorn, halb aus Übermut, hochgehoben und auf die Erde geschmettert. Die Brüche waren schlecht verheilt, weitere Prügel hatten neue hinzugefügt, die ebenfalls schlecht verheilt waren. Er schlug ihn längst nicht mehr und fühlte sich diesem schweigsamen Wesen inzwischen fester verbunden als den meisten anderen Menschen seiner Umgebung. Hinfälligkeit und Milde, die beiden Vorboten des Todes . . .

Sie verstanden sich ohne viele Worte, und auch diesmal hatte ihm der Krüppel das Richtige gebracht: eine wollene Weste, gefütterte Stiefel und Handschuhe sowie einen Mantel aus Luchsfell. Eilig schlüpfte er in die Sachen. Er wußte, daß er in ihnen rasch schwitzen und sie dann verwünschen würde. Einerlei, im Moment gierte er nach Wärme.

»Sind Krik und Dudik bereit?«

Kot grunzte bestätigend, und als der Fürst auf den Hof trat, sah er, daß die zwei in der Tat schon auf ihn warteten. Dudik half ihm in den Sattel, Krik reichte ihm das Schwert. Während er es umschnallte, schaute er zu den Posten auf dem Wehrgang empor. Sowie er außer ihrer Sichtweite war, würde er es ablegen und vom Pferd steigen. Weder sein Vater noch er hatten auf der gutbewachten Insel jemals ein Schwert benötigt; trotzdem mußte er sich jetzt mit diesem überflüssigen Ding behängen und das kurze Stück zum Ufer reiten, denn ein Fürst, der seine Burg unbewaffnet und zu Fuß verließ, bot nun einmal einen Anblick, der dem Glauben an seine Herrlichkeit nicht eben förderlich war.

Hinter einer Baumgruppe saß er ab und übergab den Leibwächtern, die gleichfalls abgesessen waren, Pferd und Schwert.

»Zwanzig Schritt Abstand!« sagte er zu ihnen.

Sie kannten seine Gewohnheiten und paßten sich ihnen genau an; doch die Vorstellung, sie könnten seinen Selbstgesprächen lauschen, war ihm so schrecklich, daß er den Befehl stets wiederholte. Er begann zu laufen, zählte dabei seine Schritte, und als er bei zwanzig angelangt war, hörte er, wie sie sich in Bewegung setzten. Er drehte sich um. »Stampft nicht so!« schrie er sie an. Und wirklich mühten sie sich daraufhin, leiser aufzutreten.

Bald fühlte er, wie sein Blut zu kreisen anfing, das Gehen fiel ihm leichter, ihm wurde warm und behaglich. Der Pfad führte nach Süden, an der Havel entlang. Der Wind trieb graue Wolkenberge über den Himmel, kräuselte das Wasser, rüttelte an Büschen und Bäumen. Die Sonne blitzte auf, verschwand, kam erneut zum Vorschein und ließ das Gefieder einer Schar Schwäne aufleuchten, die mit gemächlichem Schwingenschlag über den Fluß glitten. Auf dem Pfahl einer Reuse saß ein Kormoran und lüftete seine Flügel, aus dem Schilf ertönten die scharfen Rufe von Bleßhühnern.

Der Pfad krümmte sich und kreuzte einen befestigten Weg, der sich auf dem gegenüberliegenden Ufer fortsetzte – nach Südwesten, zu jenem Ort hin, dessen Namen der alte Fürst so ungern aussprach, wie er ihn hörte. *Dort,* sagte man in seiner Anwesenheit zumeist, dabei geschwind die Richtung andeutend, und meinte Magdeburg, die Elbe, Sachsen, mit einem Wort: den gefürchteten Nachbarn.

Während er die Bohlen überquerte, streifte er sie mit einem prüfenden Blick und befand, daß sie wie üblich in einem tadellosen Zustand waren. Früher, als die Handelsstraße noch ausschließlich Kaufleuten gedient hatte, war sie sein ganzer Stolz gewesen. Kostbare Pelze, Schmuck, Silbermünzen, verzierte Waffen, seltene Tiere, edle Weine – einen Gutteil seines Reichtums verdankte er ihr, ebenso Nachrichten, die bei anderen, welche abseits von einer solchen Verbindung lebten, mitunter erst Monate später eintrafen. Denn wer in diesem Gebiet von Westen nach Osten oder umgekehrt wollte, mußte an der Brandenburg vorüber, zahlte Wegegeld und geizte auch nicht mit Geschenken und Auskünften.

Stets hatte er deshalb Sorge getragen, daß man auf der Straße bequem und sicher reisen konnte. Seitdem indes vor zehn Jahren auf ihr der Feind in sein Land eingedrungen war und sie zur Beförderung des Tributes nutzte, betrachtete er sie häufig mit zwiespältigen Empfindungen. Zuweilen haßte er sie geradezu wie eine Verräterin und hatte sogar schon erwogen, sie verfallen zu lassen. Aber nein, das würde er natürlich nicht tun; allzusehr hing er von ihr ab. Denn womit sollte er die Männer an sich fesseln, auf denen seine Macht beruhte? Es war auch die Straße, die ihm die Mittel dazu verschaffte. Daß sie ihn zugleich verwundbar machte, lag nun mal in ihrer Natur.

Jener Graf, der ihm vor etlichen Wochen die Botschaft des neuen Legaten überbracht hatte, war ebenfalls auf ihr gekommen. Überraschend höflich war er gewesen, hatte ihm als Geschenk eine goldverzierte Streitaxt überreicht und ihn mehrmals »Herr Herzog« genannt (die sächsischen Gesandten vermieden gewöhnlich eine Anrede oder überließen es ihren Dolmetschern, dann und wann die Bezeichnung »Knes« einzuflechten), kurz, er hatte ihn in keiner Weise wie einen Abhängigen, eher wie einen Bundesgenossen behandelt. Er hatte ihm versichert, daß bezüglich des Tributes alles beim alten bleiben werde, und den Wunsch nach einer Erneuerung des Treueeides folgendermaßen begründet: Einige »dieser Häuptlinge im Süden« (oh, diese Worte hatten gutgetan!) wären offenbar der Ansicht, daß die mit den Sachsen getroffene Vereinbarung durch Graf Siegfrieds Tod ungültig geworden sei, weshalb sich dessen Nachfolger gezwungen sehe, eine Wiederholung des Schwures zu fordern – dies übrigens auch und gerade von einem Herrscher fordern müsse, dessen Ruf über jeden Verdacht erhaben sei, weil nämlich mit seiner Bereitschaft, der Bitte des Legaten stattzugeben, den Aufsässigen jeglicher Vorwand entzogen werde, sich diesem Verlangen zu verweigern. Begreiflich, daß er, Pribislaw, sich zuvor beraten wolle; eine Antwort erwarte man daher nicht sofort, sondern bis zum Ende des Monats.

Obwohl dies alles durchaus glaubhaft klang, hatte er nach der Abreise des Grafen vorsichtshalber Boten zu den Sorben geschickt und so erfahren, daß in der Tat viele ihrer Oberen ebenfalls eingeladen worden waren, und zwar keineswegs so freundschaftlich wie er. Schroff habe man sie vor die Wahl gestellt, sich unzweideutig zu ihren Verpflichtungen zu bekennen oder, wenn ihnen das nicht gefiele, als Aufrührer behandelt zu werden. Das hatte seinen Argwohn beschwichtigt.

Ein bißchen befremdlich war es freilich schon, daß der Graf darauf beharrt hatte, alle Fürsten – also auch jene, die den einzelnen Gauen geboten – sollten dem Legaten aufwarten; bisher hatte man sich stets mit seinen, Pribislaws, Zusagen begnügt. Die Begründung leuchtete jedoch ein: Man strebe einen dauerhaften Frieden an, der von allen Häuptern des Fürstentums gewollt und getragen werde. Eine Anspielung auf sein Alter – nun ja. Selbstverständlich war den Sachsen nicht verborgen geblieben, daß der Vertrag mit ihnen nicht nur Befürworter hatte, weswegen sie Vorsorge trafen, daß er auch im Falle seines Todes oder seiner Entmachtung eingehalten wurde. Kein Wunder, daß sie gerade jetzt darauf pochten; wie man hörte, saß der neue König noch längst nicht fest im Sattel. Begreiflich daher, wenn ihm daran gelegen war, daß wenigstens an seiner Ostgrenze Ruhe herrschte.

Sollte man das übrigens nicht ausnützen und ihnen ein paar Vergünstigungen abhandeln: eine Verringerung des Zinses etwa, die Freilassung von Sohn und Tochter oder gar beides? Ein verführerischer Gedanke, der keineswegs so abwegig war, wie er zunächst anmutete. Der Nachfolger Graf Siegfrieds schien genau zu wissen, was er wollte. Kurz entschlossen hatte er die Burgen einiger widerspenstiger Sorben besetzt, ihn, Pribislaw, aber hofierte er. Das konnte kein Zufall sein. Die Sachsen waren ja nicht stärker geworden; traten sie an einer Stelle härter auf, mußten sie folglich an einer anderen Zugeständnisse machen. So gesehen waren die Artigkeiten des Gesandten zweifellos ein Anzeichen dafür, daß sie eine Verbesserung der Beziehungen wünschten. Ein neuer König, dem innere Wirren die Hände banden, ein neuer Legat, dessen Auftrag es war, ihm den Rücken frei zu halten – es paßte alles zusammen.

Wie recht er gehabt hatte, als er dem Drängen der Heißsporne widerstanden und sich dem Werben einiger nördlicher Stämme, eine zweite Erhebung zu wagen, verweigert hatte! Einmal, vor nahezu zehn Jahren, hatte er ihnen nachgegeben, und lediglich die mißglückte Flucht der Kinder hatte ihn davor bewahrt, das Schicksal der Empörer zu teilen. Ihre Niederlage war ihm eine Lehre gewesen. Nun hatte es den Anschein, als zahle sich seine Besonnenheit aus, als hätten die Sachsen Vertrauen zu ihm gewonnen. Er wiederum würde ihnen zu verstehen geben, daß seine Zurückhaltung ihren Preis hatte – jawohl, daß würde er! Und daß dieser Preis, so wie die Dinge einmal lagen, vermutlich noch steigen würde.

Je länger er darüber nachsann, desto fester wurde seine Überzeugung, daß ihm die Annahme der Einladung lediglich Vorteile bringen konnte. Trotzdem blieb eine gewisse Unruhe: Immerhin waren es die vornehmsten und mächtigsten Männer des Fürstentums, die sich auf die ungewöhnliche Reise begeben sollten; ein Vorgang ohne Beispiel. Dazu bedurfte es der Zustimmung der Volksversammlung, jener Einrichtung aus alter Zeit, die nur noch dann einberufen wurde, wenn es galt, Entscheidungen von größter Tragweite – wie der Wahl eines Nachfolgers, Kriegszügen und Bündnissen oder Heiraten von Angehörigen des Herrscherhauses über die Stammesgrenzen hinweg – den Anschein allgemeiner Billigung zu verleihen. Der gesamte Adel sowie die Dorfältesten waren in ihr vertreten und hatten Entschlüsse, die der Fürst nach Beratung mit den Oberen gefaßt hatte, durch lautstarken Beifall zu unterstützen.

Höhepunkt des Treffens war die Befragung des Stammesgottes Triglav durch den Obersten Priester. Ihr Ergebnis stand gleichfalls fest, einerlei, ob es mittels Loswurf oder Abschmecken von Opferblut erzielt wurde, denn er, Pribislaw, war kein Fürst, der sich von Priestern bevormunden ließ. Bereits sein Großvater hatte ihren Einfluß gebrochen und sie in gefügige Werkzeuge verwandelt; einige, die sich damit nicht hatten abfinden wollen, fand man bald darauf tot in der Havel. Auch der Enkel duldete bei ihnen keinerlei

Zweifel, daß er Triglavs Willen viel rascher und genauer zu deuten vermochte als Leute ihres Schlages. Denn wozu sollte sich der Gott an sie wenden, wenn er sich mit dem reichsten und mächtigsten Mann direkt verständigen konnte?

Den jetzigen Oberpriester kannte er von Kindesbeinen an: Ein gefräßiger Wichtigtuer, dessen Fähigkeiten sich darin erschöpften, bei seinen Prophezeiungen keinen »Fehler« zu begehen und die Augen derart zu verdrehen, daß man geraume Zeit nur noch das Weiße sah; es war schon erstaunlich, wie lange er das ertrug. Natürlich hütete sich der Fürst, in der Öffentlichkeit seine Autorität zu erschüttern. War er aber allein mit ihm, verspottete er ihn erbarmungslos. Von ihm hatte er also keine unliebsamen Überraschungen zu befürchten.

Anders verhielt es sich mit denjenigen, die ihn begleiten sollten, machtgewohnte Männer, die durch priesterliche Künste so wenig zu beeindrucken waren wie er selbst. Mehr als einer von ihnen hegte die Hoffnung, sein Nachfolger zu werden, und dies keineswegs unbegründet. Sein ältester Sohn Niklot war im Kampf gegen die Eindringlinge gefallen, den zweiten hatte ein Fieber dahingerafft, der dritte war mit Schwachsinn geschlagen, der jüngste befand sich in Geiselhaft; die Enkel aber waren noch minderjährig. Sollte er, Pribislaw, während der Gefangenschaft Tugumirs sterben, würde die Herrschergewalt daher auf einen der Gaufürsten übergehen. Eine Verbesserung seiner Beziehungen zu den Sachsen hingegen verringerte ihre Aussichten, ihn zu beerben, denn dies beschwor die Gefahr herauf, daß der Sohn entlassen wurde. Von ihnen waren deshalb Einwände gegen die Reise zu erwarten. Da jedoch gewiß niemand von ihnen bereit sein würde, eine Brüskierung der kriegerischen Nachbarn zu verantworten (hierbei ließen sie einander gern den Vortritt), war er zuversichtlich, daß er sich am Ende durchsetzen würde.

Die Beratung mit ihnen war zunächst so verlaufen, wie er es vorausgesehen hatte. Murrend hatten sie ihm zugehört, ihm danach wie üblich vorgehalten, daß er sich den Wünschen derer *dort* allzu beflissen beuge, verlangt, daß er diesmal die Faust zeigen solle und sich schließlich, als er sie um ihre Vorschläge gebeten hatte, heillos verzankt.

Sicher, daß gegen seine Entscheidung keine Mehrheit zustande kommen würde, hatte er sie reden und streiten lassen. Alle Stämme diesseits der Oder waren ihrer Zinsverpflichtungen überdrüssig, doch keiner wollte als Urheber eines Aufstandes erscheinen, nicht einmal die mächtigen Obodriten. Zu tief saß die Furcht vor den Sachsen, die sich, obschon gegenwartig in innere Kämpfe verstrickt, letztlich stets als die Stärkeren erwiesen hatten und sogar der Ungarn Herr geworden waren. Boten gingen seit Jahren hin und her, aber die Verhandlungen erbrachten nichts. Man hielt einander hin und war sorgsam darauf bedacht, daß es zu keinem Ergebnis kam, das einen bloßstellen konnte. Jeder klagte, stimmte dem anderen darin zu, daß endlich etwas getan werden müsse, und versprach, daß man dabei unbedingt auf seine Teilnahme zählen dürfe. Die kleinen Stämme blickten erwartungsvoll auf die großen, die wiederum hofften, daß jene zuerst die Beherrschung verloren und das für sie noch viel drückendere Joch abzuschütteln suchten. Jeder lauerte darauf, daß der andere den Anfang machte, um sich, falls er erfolgreich war, ihm anzuschließen – oder ihm bei einem Fehlschlag seinem Schicksal zu überlassen. Offener Aufruhr, das lag auf der Hand, schied unter diesen Umständen aus.

Irgendwann waren sie verstummt. Einer jedoch hatte in diesem Moment zu reden begonnen: Ratibor, das Oberhaupt der Ploni, ein noch junger Mann, der sich bisher an der Aussprache nicht beteiligt hatte. Ratibor war ein bemerkenswerter Mensch. Er lachte selten, ereiferte sich nie und schien, selbst wenn er redete, in Gedanken immer weit weg zu sein. Begab er sich auf die Jagd, geschah es häufig, daß er ohne ein Stück Wild zurückkehrte. Er beschäftigte sich mit der Kunst der Sterndeutung und empfing auf seiner Burg Heilkundige, Wahrsager, Priester verschiedener Glaubensrichtungen sowie Fernkaufleute; letztere nicht bloß, um mit ihnen Geschäfte zu machen oder sie auszuhorchen, sondern vor allem, so behauptete er jedenfalls, weil ihm ihre Gesellschaft schlicht Vergnügen bereitete. Er verstand mehrere Sprachen und vermochte, wie es hieß, sogar Schriften zu lesen.

Die anderen Fürsten mieden seine Nähe, so wie er die ihre nicht gerade suchte, und auch Pribislaw war er nicht recht geheuer. Dies verstellte ihm indes nicht den Blick dafür, daß Ratibor für ihn unersetzlich war. Bereits sein verstorbener Vater hatte als geschickter Verhandlungsführer gegolten, der Sohn war es nicht minder, weswegen sich der Fürst seiner oft als Gesandten bediente. Als einziger von ihnen war er schon am sächsischen Hof gewesen.

Er hatte die Vereinbarung mit den Sachsen stets befürwortet und auf die Hitzköpfe unter den Großen mäßigend eingewirkt. Um so mehr hatte es Pribislaw getroffen, daß ausgerechnet Ratibor seine Entscheidung in Zweifel gezogen hatte. Man hatte sich bereits erhoben, als er sich plötzlich räusperte, über den Rücken seiner eigentümlich schmalen Nase strich und in das Scharren der Stühle hinein sagte: »Sie werden uns gefangensetzen, vielleicht sogar töten.«

Einige, die das nicht gehört hatten, strebten weiter dem Ausgang zu. Die anderen erstarrten und nahmen, als drücke sie eine unsichtbare Kraft nieder, wieder Platz. Der Fürst spürte sie ebenfalls, diese Kraft, es kostete ihn Mühe, stehenzubleiben. In der Regel hätte er den Einwurf mit einem bissigen Scherz abgewehrt; bei Ratibor, der den Ruf genoß, daß er niemals nur so daherredete, verbot sich das indes. Er rief die Männer zurück, wartete, bis es völlig still war, und fragte: »Weshalb, meinst du, sollten sie das tun?«

»Was könnte sie daran hindern?« entgegnete Ratibor, seine Worte mit einer hochmütigen Schulterbewegung begleitend.

Der Fürst umfing die anderen mit einem Blick; auf ihren Gesichtern zeigte sich Ratlosigkeit. Zorn stieg in ihm auf, darüber, daß es dieser sonderbare Mensch vermocht hatte, sie mit einer einzigen Bemerkung zu verwirren, und weil er fühlte, daß er kurz davor stand, die Beherrschung zu verlieren, versuchte er doch noch, sich mit Spott zu behelfen: »Hab Nachsicht mit unserer Einfalt und erkläre dich deutlicher. Wir sind nun einmal nicht so gebildet wie du.«

Ratibor nickte zustimmend und entgegnete: Es sei das natürliche Recht eines Gefangenen, zu fliehen, wann immer sich dazu die Möglichkeit böte; niemand erwarte ernstlich von ihm, daß er sie ungenutzt verstreichen lasse. Ebenso sei es das natürliche Recht des Unterworfenen, sich seines Jochs zu entledigen, sobald er sich stark genug wähne. Ihm abgepreßte Eide würde er nicht leisten, um sie zu halten, sondern um Zeit zu gewinnen, sie zu brechen. Die für ihre Verschlagenheit bekannten Sachsen dächten hierüber kaum anders, stellten sich aber auf einmal so, als erhofften sie sich von wertlosen Schwüren dauerhaften Frieden. Sei so viel Treuherzigkeit nicht verdächtig?

»Verdächtig?«

Pribislaw lachte schrill.

»In Anbetracht der Bedrängnis, in der sich ihr König gegenwärtig befindet, bin ich eher geneigt, darin ein Zeichen ihrer Schwäche zu sehen. Doch was immer sich hinter ihrer Forderung verbergen mag: Hat man jemals gehört, daß ein Feind – sei er so heimtückisch, wie man sich nur einen ausmalen kann – sämtliche Fürsten eines Volkes gefangengenommen oder gar umgebracht hätte, nachdem sie zuvor von ihm als seine Gäste empfangen und bewirtet worden sind?«

»Hörte man jemals davon, daß sich sämtliche Fürsten eines Volkes freiwillig in die Gewalt ihres Feindes begeben hätten?« Und ohne eine Miene zu verziehen, fügte Ratibor hinzu: »Woher nimmst du überdies die Gewißheit, daß er uns vorher bewirten wird?«

Gequälte Heiterkeit kam auf.

»Nehmen wir an, deine Befürchtung ist begründet«, äußerte Miloduch, Oberhaupt der Rezanen, widerwillig schmunzelnd. »Doch wer sorgt danach dafür, daß die Sachsen pünktlich ihren Tribut erhalten? Uns machen es die Bauern schon schwer, Fremde müßten an ihrem Starrsinn verzweifeln. Sie wären gezwungen, den Tribut von jedem einzelnen Gefilde, vielleicht sogar von jedem Dorf einzutreiben.«

»Und was sagt dir, daß sie das schreckt? Bei den Sorben gelingt es ihnen schließlich auch.«

»Mag sein, mag sein . . .«, meldete sich erneut Pribislaw zu Wort. »Aber warum sollten sie gerade uns, die wir ihnen Jahr für Jahr ohne Verzug und in vereinbarter Höhe den Zins entrichtet haben, dergleichen antun? Sie haben keinerlei Anlaß, uns stärker zu mißtrauen als jedem anderen. Außerdem –«

»Dein Sohn? Vielleicht genügt ihnen dieses Pfand nicht mehr. Vielleicht wünschen sie eine zusätzliche Bürgschaft. Vielleicht verfolgen sie noch weitere Zwecke; ich kenne sie nicht. Über ihre Absichten weiß ich nicht mehr als jeder von uns. Sicher ist nur, daß wir die einzigen sind, die dem neuen Legaten gefährlich werden könnten, jetzt, da er nicht auf die Hilfe seines Königs rechnen kann, weil dieser mit seinen eigenen Angelegenheiten befaßt ist. Der Fall der Brandenburg würde alle Stämme bis hinauf zu den Gebirgen entmutigen und daher seine Aufgabe, sie zu überwachen, mit einem Schlag ungemein erleichtern.«

Gespannt schauten alle zur Tür, so, als erwarteten sie, daß sie im nächsten Moment aufgehen werde und Sachsen in den Raum stürmen würden.

»Doch das Gastrecht!« rief jemand nach einem Augenblick der Stille aus. »Achten sie es nicht ebenso wie wir? Und auch ihre Oberen müssen schließlich auf ihren Ruf bedacht sein.«

»Sei sicher, daß er seinen Ruf zu schützen wissen wird«, antwortete Ratibor düster lächelnd. »Im übrigen, sie mögen sein, wie sie wollen, in einer Hinsicht unterscheiden sich die meisten von uns. Ich hatte einmal ein längeres Gespräch mit dem derzeitigen König, zwei Jahre, bevor sein Vater starb. Ein kluger, liebenswerter Mann, frei von Dünkel und Niedertracht: das war damals mein Eindruck. Wir unterhielten uns über die Grundsätze des christlichen Glaubens, wobei sich zeigte, daß ich darüber besser Bescheid wußte als er, der er der Schrift unkundig ist. Während ich redete, erstarrte er plötzlich und betrachtete mich so verstört, wie wir wohl ein Tier betrachten würden, das, anstatt zu zwitschern oder zu bellen, unverhofft zu sprechen anfängt. Ich nahm zuerst an, er sei gekränkt, weil er sich bloßgestellt fühlte, begriff aber bald, daß die Ursache seiner Verwirrung eine andere war. Und da verstand ich, was es bedeutet, wenn sie uns Barbaren nennen.«

Er verschränkte die Arme, neigte den Kopf und fuhr fort: »Man kann seinen Falken inniger lieben als seine Kinder und wird in ihm trotzdem niemals ein ebenbürtiges Wesen sehen. Ein Bär, der Kunststückchen vollführt, versetzt uns in Begeisterung; wir sind entzückt von ihm, überhäufen ihn mit Beweisen unserer Zuneigung – und dennoch bleibt er für uns ein Bär. Genauso geht es denjenigen mit uns, die uns ehrlichen Herzens einige Vorzüge zubilligen. Sie rühmen unsere Gastfreundschaft und die Schönheit unserer Frauen, preisen unsere fröhliche Lebensart. Doch was immer ihnen an uns gefällt, es hebt uns nicht zu ihnen empor. In ihrem tiefsten Inneren verachten sie uns; auch die Aufrichtigen und Gutmütigen bilden da keine Ausnahme. Solange wir uns nämlich nicht zu ihrem Glauben bekehren, sind wir in ihren Augen Verlorene, für die es keinen großen Unterschied macht, ob sie dem, was die Christen als die ewige Verdammnis bezeichnen, einige Jahre früher oder später anheimfallen. Und darum dürfen wir ihnen nicht blindlings trauen. Wenn wir herausbekommen wollen, was wir von ihnen zu erwarten haben, dürfen wir niemals vergessen, daß ihre Bräuche und Sitten nur für ihresgleichen gelten. Wir müssen uns fragen, was ihnen nützt, und danach unser Verhalten einrichten. Denn keine andere Rücksicht als die auf ihren Vorteil bestimmt ihr Handeln uns gegenüber.«

»Was also schlägst du vor?« erkundigte sich Pribislaw, worauf das Gemurmel, das nach Ratibors Rede eingesetzt hatte, sofort erstarb.

»Das liegt, meine ich, auf der Hand. Bestellen wir ihnen, daß wir den göttlichen Willen erforscht hätten, und daß uns Triglav die Reise zu ihnen untersagt habe – natürlich nur, sofern du es für möglich hältst, daß er sich uns heute entgegen seiner sonstigen Gewohnheit einmal durch meinen Mund offenbart hat.«

Ratibor verbeugte sich knapp und sprach weiter: »Eine solche Antwort können sie schwerlich als Brüskierung mißdeuten. Ohnehin bin ich davon überzeugt, daß sie uns vorerst nicht überfallen werden; wären sie dazu imstande, hätten sie es längst getan, anstatt mit dieser sonderbaren Einladung unseren Argwohn zu wecken. Wir versichern ihnen, daß wir uns nach wie vor dem König Heinrich geleisteten Eid verpflichtet fühlen und wie bisher zinsen werden – was wir in der Tat ja vorhaben. In der Frist, die wir dadurch gewinnen, sollten wir unsere Anstrengungen verdoppeln, mit den Obodriten ein Bündnis zu schließen. Wächst der Widerstand gegen den König, dürfen wir nicht zögern, eine Erhebung zu wagen. Denn daß die Sachsen uns verderben wollen, daran zweifle ich nun nicht mehr. Kommen wir ihnen also zuvor.«

»Und wenn ihr König siegt?«

»Ob sie uns dann angreifen werden? Irgendwann gewiß, doch wohl kaum sofort. Das hängt von mancherlei Umständen ab, nicht zuletzt davon, *wie* er siegt. Aber was immer geschieht, wir sollten es ihnen nicht zu leicht machen. Oder ist es euch gleichgültig, wenn es einst von uns heißt, wir wären ihnen wie unvernünftiges Vieh in die Falle gegangen?«

Damit hatte er sie auf seine Seite gezogen. Er, Pribislaw, hatte ihm insgeheim ebenfalls beigepflichtet, sich indes, um sein Gesicht zu wahren, den Anschein gegeben, als füge er sich lediglich dem Verlangen der Mehrheit.

Bereits drei Tage später hatte er sich hierzu beglückwünschen können; da nämlich war ein burgundischer Kaufherr mit der Meldung eingetroffen, daß der Aufstand gegen den König gescheitert sei und die Empörer getötet oder verbannt worden wären. Wie war er bei dieser Nachricht zusammengefahren! – freilich nicht, ohne dabei auch eine tiefe Befriedigung zu empfinden: Deutlich genug hatte Triglav kundgetan, daß er keineswegs gesonnen war, sich bei der Übermittlung seiner Empfehlungen des überschlauen Ratibor zu bedienen, sondern daß er nach wie vor der Person des Fürsten den Vorzug einräumte.

Sogleich hatte er wieder die Männer zu sich gerufen, und diesmal hatte es ihn keine Mühe gekostet, sie umzustimmen – so groß war ihre Bestürzung ob der unverhofften Neuigkeit. Ratibor hatte seine Niederlage gelassen hingenommen, auf seiner Meinung jedoch beharrt. Gefragt, ob er etwa daheimbleiben wolle, hatte er einen Moment wie abwesend vor sich hingeblickt und dies dann beinahe erstaunt verneint. Damit war er vollends unglaubwürdig geworden; denn wer begab sich schon so gleichmütig in die Gefangenschaft oder gar den sicheren Tod?

Die Volksversammlung hatte getagt. Das Blut eines geopferten Stieres war verströmt und gebärdenreich verkostet worden, wonach der Priester befunden hatte, daß der Gott dem Vorhaben seinen Segen erteile. Die Versammelten hatten mit ihren Waffen Beifall geklirrt. Ein Bote war abgeschickt worden, der den Legaten unterrichtet hatte, daß man seiner Aufforderung Folge leisten werde.

Alles war nach dem Willen des alten Fürsten verlaufen, doch seitdem feststand, daß die ungewöhnliche Reise stattfinden würde, befielen ihn immer häufiger Zweifel. Betrog er sich nicht selbst, wenn er annahm, daß ihm die Sachsen vertrauten? Zwar war er seinen Verpflichtungen stets zuverlässig nachgekommen, hatte dabei jedoch den Eindruck zu vermeiden gesucht, daß er ihr Verbündeter sei. Ihren Wunsch, er möge sich an der Abwehr der Ungarn mit Hilfstruppen beteiligen (Hatte er auf diese Weise vielleicht geprüft werden sollen?), hatte er nicht direkt abgelehnt, seine Erfüllung aber so lange hinausgezögert, bis es dessen nicht mehr bedurfte. Daß er sogar mit den rebellischen Redariern ausgezeichnete Beziehungen unterhielt, war den Sachsen gewiß als das Bestreben erschienen, sich rückzuversichern. Konnte es daher nicht sein, daß ihnen ein Fürst, der weder Feind noch Freund sein wollte, besonders gefährlich, weil unberechenbar vorkam? Andererseits hatte er ihnen immer wieder zu verstehen gegeben, daß er nichts mehr fürchtete, als sie vor den Kopf zu stoßen – und sie möglicherweise dadurch auf den Gedanken gebracht, ihn in diese (wenn es denn eine war) Falle zu locken.

Tagsüber dünkte es ihn nicht selten, daß es sich bei alldem ebenso um Hirngespinste handeln könnte. Doch sobald es dunkelte, schwand seine Zuversicht. Oft träumte er von sprechenden Vögeln, und auch ein Bär geisterte durch seine Nächte, der auf den Hinterbeinen lief und höhnisch brummend mit der Tatze auf ihn zeigte. Erwachte er, sah er Ratibors abweisende Miene vor sich. Dann erfaßte ihn ein schmerzliches Verlangen, ihm sein Herz auszuschütten. Warum hast du nur so rasch aufgegeben, du rätselhafter Mensch, begann seine stumme Zwiesprache. Du bist so klug wie keiner von uns. Dich allein hat Triglav erwählt, das habe ich nun begriffen. Weshalb bist du also nicht hartnäckiger gewesen? ... Aber Ratibor war wieder auf seine Burg zurückgekehrt, und was immer geschehen würde: Nicht einmal er konnte es noch verhindern.

Von Schwermut gepeinigt, schritt der alte Fürst dahin. Als er die Insel zum zweiten Mal umrundet hatte, sah er am klaren Abendhimmel den Mond. Lediglich ein kleines Stück fehlte ihm noch zur vollen Scheibe. Während er zu ihm hochschaute, entrang sich ihm ein Stöhnen. War es überhaupt vorstellbar, daß *dort* ein Mann, vornehmer Herkunft wie er, seelenruhig ihrer aller Gefangennahme oder Ermordung vorbereitete? Ja, gab er sich sogleich zur Antwort, das ist es wohl.

Er blieb stehen und sprach, ohne sich um die Leibwächter zu kümmern, halblaut vor sich hin: »O Triglav, ich flehe dich an, mache, daß ich mich irre! Töte mich, wenn es dir beliebt, doch laß nicht zu, daß wegen meines törichten Stolzes so viele edle Männer elendiglich zugrunde gehen. Denn dies kann nicht dein Wille sein. Ich werde dir alles opfern, was ich besitze – nur rette uns!«

II.

Die Sonne stand nun im Süden, und mit jeder Meile, die sie zurücklegten, spürte Ratibor, wie die Spannung in ihm einer fast trunkenen Freude wich.

Als sie gestern die Elbe durchquert hatten, wäre er noch um ein Haar umgekehrt, das jenseitige Ufer hatte er so widerstrebend betreten, als sei es das zum Reich der Toten, eingeschlafen war er mit dem Gedanken, daß er vielleicht als Gefangener aufwachen würde. Magdeburg! Sooft er den Namen des verfluchten Ortes hörte, gefror ihm das Blut; jetzt hatte er unter einem seiner Dächer sogar genächtigt. Doch schon kurz, nachdem sie ihn am Morgen verlassen hatten, war ihm leichter ums Herz geworden. Nichts erinnerte mehr daran, daß man sich in Feindesland befand. In den Dörfern hatten ihnen Frauen und Kinder zugewinkt, Bettler hatten sich vor ihnen verneigt, und selbst das Gebell der Hunde hatte freundlich geklungen. Der warme Herbsttag, das Glitzern der Altweibersommerfäden, die zarten Dunstschleier über den abgeernteten Feldern, der kichernde Ruf eines Grünspechtes, alles unterwegs wirkte so vertraut auf ihn, daß es ihm zuweilen schien, als wolle sich die Natur für einen guten Ausgang der Reise verbürgen.

Nicht einmal das zerquälte Gesicht Pribislaws, der während des Rittes wohl noch kein einziges Mal von seiner Seite gewichen war, vermochte seine Stimmung zu trüben. Der Alte war übel dran; bis zuletzt würden ihn Ungewißheit und Schuldgefühle plagen. Zumindest das blieb ihm, Ratibor, erspart. Er hatte nichts zu bereuen. In den vergangen Wochen hatte er eine Zeitlang erwogen zu fliehen – zu den Obodriten, den Pommern oder Polen –, dies aber schließlich verworfen. Was sollte er dort? Trat ein, was er befürchtete, würde man ihn fragen, weshalb es ihm nicht gelungen sei, die anderen von dem Unternehmen abzubringen. Ließ man sie jedoch unbehelligt ziehen, würden ihm die Seinen die Heimkehr verwehren. Ein besitzloser Flüchtling, verachtet und beargwöhnt, das würde sein Schicksal sein. So hingegen bestand wenigstens noch Hoffnung. Sie war winzig und es trotzdem wert, sich mit ganzer Kraft an sie zu klammern.

Graf Thietmar, der ihnen mit einem Dutzend Kriegern das Ehrengeleit gab, ließ sich von der Spitze zurückfallen, lenkte sein Pferd neben das Ratibors und setzte den Helm ab. »Gott ist mein Zeuge«, sagte er, sich die verschwitzten Locken aus der Stirn streichend, »ich sterbe fast vor Durst. Geht es dir nicht ebenso?«

»Nein, nicht sehr«, entgegnete Ratibor.

»Oh, ich dachte nicht an Wasser«, raunte ihm Thietmar im Tonfall eines Verschwörers zu. »Heute abend wird man uns mit lothringischem Wein bewirten; sieben Fässer ließ sich Graf Gero kommen. Ich kann es kaum erwarten.« Er schnalzte mit der Zunge.

»Was ist eigentlich mit euch?« fügte er unvermittelt hinzu. »Du und deine Freunde, ihr seid so schweigsam.«

Ratibor hob die Brauen. »Worüber, wünschst du, sollen wir sprechen?«

»Verzeih meine Neugier, doch es fiel mir auf«, erwiderte Thietmar lachend.

»Nun, ich meine, wir sind wachsam.«

»Wachsam?«

»Wegen der Räuber«, erläuterte Ratibor, den Grafen nicht aus den Augen lassend. »Wir wissen, daß es hier sehr viele gibt.«

»Ja, wahrhaftig«, bestätigte Thietmar. »Daß sie die Hölle verschlinge! Doch sei unbesorgt: Keine dieser Banden ist groß genug, um es mit uns aufnehmen zu können; immerhin sind wir mehr als vierzig Bewaffnete . . . Wie steht es denn bei euch damit?«

»Es gibt, aber nicht so viele.«

»Und nun glaubt ihr wohl, daß es in unseren Wäldern vor Räubern nur so wimmelt? Ich versichere dir, so ist es nicht!«

Thietmar schüttelte belustigt den Kopf.

»Meist sind es ganz andere Räuber, die uns zu schaffen machen«, fuhr er fort und berichtete, daß seine Tauben beinahe täglich von einem Habicht heimgesucht würden. »Meine besten Bogenschützen lauern ihm auf, wir haben es mit Fallen versucht, doch umsonst. Die Vögel wagen sich aus Angst vor ihm schon nicht mehr allein ins Freie. Noch niemals habe ich einen Menschen so gehaßt wie diesen Habicht.«

Während Ratibor verständnisvoll lächelte, überdachte er das gerade Gehörte. Ein Slawe sagte nicht in Gegenwart Fremder, daß er vor Durst stürbe, nicht einmal dann, wenn es sich wirklich so verhielt. Er dürstete, hungerte und fror ohne Aufhebens, und genauso trank, aß und wärmte er sich auch. Er prahlte nicht mit dem, was er zu sich nahm, sondern mit dem, was er gab. Die Sachsen indes pflegten von einem Gelage nicht selten wie von einer gewonnenen Schlacht zu sprechen, bei welcher die Menge der vertilgten Speisen und Getränke nicht nur dem Gastgeber, sondern ebenso den Gästen zum Ruhm gereichte (Lediglich ihre Priester brüsteten sich dessen nicht, stellten dafür aber gern ihre Bescheidenheit zur Schau). Des weiteren gefielen sie sich häufig darin, Fremden sogleich von ihren Angelegenheiten zu erzählen und dabei so zu tun, als sei dies eine Auszeichnung. Der Slawe hingegen fragte zunächst nach denen des anderen und redete nicht früher von den eigenen, als bis man ihn wenigstens zweimal darum gebeten hatte.

Ratibor hatte es längst verlernt, sich über die Sitten der Sachsen zu wundern. Das vertrauliche Gebaren dieses Grafen jedoch erregte seinen Argwohn. Thietmar war kaum älter als er und, wie er freimütig zugegeben hatte, weder sehr vermögend noch einflußreich. Daß er so vielen Männern von Rang das Geleit geben durfte, war selbst dann eine Ehre für ihn, wenn man einräumte, daß es sich bei ihnen bloß um *Häuptlinge* handelte. Befangenheit war ihm jedoch nicht anzumerken – im Gegenteil. Seit ihrer Ankunft hatte er sich mit ihm, Ratibor, unterhalten, als seien sie alte Bekannte. War er so einfältig oder einfach schlecht erzogen? Oder war seine Treuherzigkeit nur eine Maske?

Er streifte ihn mit einem Blick, und auf einmal schien es ihm, als ob er ihn zu Unrecht verdächtigte. Plump sah er aus, doch nicht verschlagen. Die Anspielung auf die Räuber hatte ihn nicht aus der Fassung gebracht (Der Gedanke, daß man sich ihrer mittels eines vorgetäuschten Überfalls entledigen könnte, war Ratibor bereits am Vortag gekommen). Sein Grimm auf den Habicht und die verschmitzte Gier, mit der er über den Wein gesprochen hatte, waren zweifellos nicht geheuchelt gewesen. Konnte ein Mann, der *davon* wußte, sich derart verstellen?

Einige Stunden später, die Sonne hatte sich schon längst hinter den Bäumen verkrochen, streckte Graf Thietmar plötzlich den Arm aus und zeigte auf ein steinernes Kreuz, das am Wegrand zwischen Brombeergestrüpp aus der Erde ragte. »Noch eine reichliche Meile, vielleicht auch zwei«, gab er bekannt. »Dann haben wir es mit Gottes Hilfe geschafft.«

Die Männer hielten an und betrachteten das Kreuz. »Was sagte er?« fragte Pribislaw mit belegter Stimme.

»Daß wir bald am Ziel sind.«

»Und was bedeutet das dort?«

»In dieser Gegend wurde jemand umgebracht. Die Familie des Täters verglich sich mit der des Getöteten, und zum

Zeichen der Einigung stellte man das Kreuz auf. Das ist bei ihnen so Brauch.«

»Umgebracht«, wiederholte Pribislaw. Sein Gesicht wurde fleckig. »Erkundige dich doch bei ihm, ob sie jedem, den sie umbringen, solch ein Ding setzen«, preßte er hervor.

»Der Fürst möchte sicherlich wissen, was es mit dem Kreuz auf sich hat«, äußerte Thietmar. »Nun, ich werde es ihm –«

»Ich habe gesagt«, unterbrach ihn Ratibor.

»Richtig, du bist ja mit unseren Sitten vertraut.« Thietmar hob die Hand. »Was haltet ihr übrigens davon, wenn wir uns ein bißchen beeilten? Es wird bald dämmern. Seid unbesorgt, die Straße ist in einem guten Zustand; es benutzt sie auch der König, wenn er von Magdeburg nach Süden reist. Also, ihr Herren, was meint ihr zu meinem Vorschlag?«

Ratibor schaute zu Pribislaw, der wie gebannt auf das Steinkreuz starrte. »Er bittet uns darum, schneller zu reiten. Es handelt sich nur noch um ein kurzes Stück. Was soll ich ihm antworten?«

Ruckartig hob der Fürst den Kopf. »Antworte ihm, was du willst«, sagte er dumpf.

Die Männer sahen ihn erstaunt an und begannen zu flüstern. Ratibor beugte sich vor. »So beherrsche dich doch!« sagte er leise. Und zu Thietmar: »Wir haben nichts dagegen.«

Der Graf wendete sein Pferd und spornte es an. Ohne Verzug preschte ihm Ratibor hinterher, worauf die anderen folgten. Den Schluß bildeten Thietmars Krieger. Im Galopp ging es durch den Wald. Von der Abendsonne rötlich gefärbte Kiefernstämme huschten an ihnen vorüber; Licht und Schatten wechselten so geschwind, daß die Männer, um nicht geblendet zu werden, ihre Augen mit den Schilden abschirmen mußten.

Die Straße senkte sich, der Wald trat zurück. Ein Hohlweg nahm sie auf, und nachdem hinter einer Biegung die Sicht wieder frei war, erblickten sie ungefähr zweihundert Schritt vor sich einen befestigten Hof. Etwas abseits von ihm befand sich ein langgestrecktes Gebäude, vor dem zahlreiche Menschen standen.

Im Schritt ritten sie weiter. Ein Hund stürmte auf sie zu, umkreiste sie kläffend und lief zurück. Kurz darauf sprengte ein Reiter aus dem Tor. Einen Steinwurf von ihnen blieb er stehen und schaute ihnen, auf den Sattelknauf gestützt, entgegen. Er war jung, noch fast ein Knabe; sein rundes, bartloses Gesicht verriet unverhohlene Neugier.

»Willkommen allerseits!« sagte er, als sie heran waren, errötend. »Ich wollte mich nur davon überzeugen, daß du es bist, Herr Graf.« Er war barfuß, und da ihm offenbar die Abendkühle zusetzte, preßte er seine Sohlen gegen den Leib des Pferdes.

»Wer zum Kuckuck sollte es sonst sein?« erwiderte Thietmar. »Für gewöhnlich«, er tätschelte seinem Rappen den Hals, »erkennst du ihn doch auf eine Meile im Dunkeln ... Wie ist es, sind bereits viele eingetroffen?«

»Alle, Herr. Die ersten kamen gegen Mittag, und von da an ging es Schlag auf Schlag.«

»Nun, dann troll dich wieder ... Halt, warte! Sag, habt ihr schon von diesem Wein gekostet?«

Der Bursche nickte. »Ein Maß zur Begrüßung gab es für jeden«, antwortete er fröhlich.

»Und? Wie schmeckt er?«

»Ein Teufelszeug ist das, Herr! Man könnte darüber glatt seine Seligkeit vergessen.«

Thietmar zwinkerte Ratibor zu. »Lästere nicht, du Lump!« sagte er hierauf mit gespielter Strenge zu dem Reiter. »Und jetzt schere dich fort und melde uns Graf Gero.«

Während sie sich dem Hof näherten, begannen die Fürsten zu murmeln. Auch unter ihren Knechten entstand Unruhe; sie stießen einander an und zeigten nach vorn. »Was ist denn das für eine Burg?« hörte Ratibor jemanden flüstern. »Sie hat ja nicht einmal einen Wall. Viel scheint dieser Gero bei ihnen nicht zu gelten.«

Ratibor drehte sich um und gewahrte Miloduch, der ihn teils spöttisch, teils vorwurfsvoll ansah. Obzwar selbst von der geringen Größe des Anwesens ein wenig verblüfft, sagte er abweisend: »Täusche dich nicht.«

»Wollen wir den Hof nicht lieber stürmen, Brüder?« drang, nun schon etwas lauter, eine andere Stimme an sein Ohr. »Ich schwöre euch, noch bevor es finster ist, haben wir ihn erobert.«

Übermütiges Gelächter erscholl.

Vorsichtig schaute Ratibor zu Thietmar. »Ah, jetzt tauen sie endlich auf«, sagte dieser schmunzelnd. »Du hast ihnen gewiß vom Wein erzählt, wie? Oder«, er blähte seine Nasenflügel, »sind es die Essensdüfte, die ihnen die Zunge lösen?«

»Ja, ich glaube«, erwiderte Ratibor. Er musterte Thietmar scharf, doch dessen Gesicht zeigte lediglich jenen Ausdruck zärtlicher Rührung, den es stets annahm, sobald von Wein die Rede war.

Als sie den Graben erreicht hatten, ertönten im Inneren des Hofes Trittgeräusche. Das Tor wurde geöffnet, und auf der Brücke erschien ein Mann, der Ratibor sogleich bekannt vorkam. Der schmächtige, fast zierliche Körper, der unverhältnismäßig große, sonderbar geformte Schädel, die pechfarbenen glänzenden Augen – einen Menschen mit einem solchen Äußeren vergaß man nicht so rasch. Ja, er hatte ihn bereits einmal gesehen, gesprochen, da war er sicher, hatten sie einander jedoch noch nicht.

»Graf Gero«, sagte Thietmar leise, »der Legat. Er wird zu euch reden. Wünschst du, daß einer unserer Leute übersetzt oder –«

»Nein«, unterbrach ihn Ratibor nach einem Blick auf Pribislaws versteinerte Miene, »ich werde machen.«

Sie stiegen von den Pferden und gingen auf Gero zu. Zwei Schritte vor ihm straffte sich Thietmar und sagte: »Dies, Herr Legat, ist der edle Ratibor, Gaufürst der Ploni.«

»Sei mir gegrüßt und willkommen!« sagte Gero, sich verneigend.

»Ich danke dir, Herr Legat«, entgegnete Ratibor, sich ebenfalls verneigend.

»Weshalb stellst du mich nicht zuerst Herzog Pribislaw vor?« wandte sich Gero hierauf an Thietmar.

»Nun, unser Gast hat sich bereit erklärt, deine Worte in die slawische Sprache zu übersetzen, und da –«

»Ein Fürst als Dolmetscher?« Gero schüttelte langsam den Kopf. »Ich muß dich für Graf Thietmar um Verzeihung bitten, geschätzter Freund. Trage ihm, wenn du es vermagst, seine Unvernunft nicht nach.«

»Aber ich habe Graf Thietmar darum gebeten«, sagte Ratibor. »Deswegen, weil ich eure Sprache üben will.«

»Wirklich? Ja, wenn es sich so verhält . . . Übrigens sind wir zwei uns schon früher begegnet. Das heißt, ich sah dich einige Male auf den Hoftagen des verstorbenen Königs. An mich wirst du dich vermutlich nicht erinnern.«

»Oh, ich erinnere mich sehr gut, Herr Legat«, antwortete Ratibor. »Ich habe dich sofort erkannt.«

Sowie das heraus war, bereute er es, denn er bemerkte, daß Gero die Stirn runzelte und ärgerlich den Mund verzog; offenbar erriet er, wodurch er sich dem anderen eingeprägt hatte. Diese seltsame Anwandlung dauerte jedoch nur einen Augenblick, dann hatte sich der Graf wieder in der Gewalt. Er steckte die Hände hinter den Gürtel, räusperte sich und sagte: »Es wird behauptet, du seist Christ. Trifft das zu?«

Jetzt war es an Ratibor, sich zu ärgern. Noch hatte sich der Graf nicht danach erkundigt, wie die Reise verlaufen war, da behelligte er ihn schon mit einer Frage, die man nur unhöflich nennen konnte. Gerade das war es, was ihn an ihnen so abstieß: dieses blitzschnelle, durch keinerlei Rücksichten gehemmte Greifen nach dem, was ihre Gier erregte, einerlei, worum es sich dabei handelte . . . »Das ist nicht wahr«, sagte er kühl.

»Nein? Demnach hat man mich wohl falsch unterrichtet«, entgegnete Gero, schien jedoch ob dieser Tatsache keineswegs enttäuscht zu sein. »Wenn du erlaubst, werde ich nun von deinem Angebot Gebrauch machen«, fuhr er fort. »Habe also die Güte und stelle mich Herzog Pribislaw vor.«

Ratibor wandte sich um und nickte Pribislaw zu. Während er beobachtete, wie dieser absaß und steifbeinig auf sie zukam, überlegte er, was zu tun sei, falls sich der verstörte Alte, durch das frostige Gebaren des Legaten gereizt, zu Unbeherrschtheiten hinreißen ließ. Seine Befürchtungen wurden aber bald zerstreut. Überrascht gewahrte er, wie ein gänzlich verwandelter Graf Gero den Fürsten mit einer Flut von Liebenswürdigkeiten überschüttete und darin all die kleinen Belanglosigkeiten und Umständlichkeiten einflocht, die der Slawe so schätzte und an welchen die Unterhaltung der nüchternen Sachsen meist kargte. Dies wirkte völlig ungezwungen, so, als sei es Gero überhaupt nicht anders gewöhnt. Pribislaw, der statt eines Menschen offenbar ein Ungeheuer erwartet hatte, wurde lebhaft, begann zu gestikulieren, und schließlich lächelte er sogar.

Ratibor indes befiel eine neue Sorge. Je länger sich das Gespräch hinzog, desto häufiger wurden die Anzeichen dafür, daß der Graf seiner Hilfe eigentlich gar nicht bedurfte. Das ungeduldige Blinzeln, mit dem er den Übersetzungen lauschte, und die Schnelligkeit, mit der er auf die Bemerkungen des Fürsten einging, verrieten, daß er diesen auch ohne Dolmetscher recht gut verstand.

Um sich Gewißheit zu verschaffen, gab Ratibor einmal einen Satz des Alten absichtlich falsch wieder. Gero stutzte. »Hast du nicht eben gefehlt, mein Freund?« sagte er. »Ja, ich bin des Slawischen ein wenig kundig, sprechen kann ich es zu meinem Leidwesen freilich nicht.«

»Verzeih, Herr Legat«, sagte Ratibor. Sein Triumph über die geglückte List war jedoch nur von kurzer Dauer. Warum deckte der Graf sein Geheimnis so rasch auf? Dazu bestand kein Anlaß. Daß er seine Kenntnis der slawischen Sprache bisher verschwiegen hatte, konnte ihm niemand zum Vorwurf machen; denn wer schlug (zumal vor wichtigen Verhandlungen) schon freiwillig eine Möglichkeit aus, Dinge zu erfahren, die nicht für seine Ohren gesprochen worden waren? Auch Mangel an Geistesgegenwart schied bei einem Mann wie ihm zweifellos aus. Nein, wenn er ohne Not auf seinen Vorteil verzichtete, mußte dies bedeuten, daß er um Vertrauen warb. Doch mit welchem Ziel? Was mochte ihm derart wertvoll sein, daß er dafür ungebeten ein solches Zugeständnis machte?

Ratibor fühlte, wie Bitterkeit in ihm hochstieg. Was nützt dir deine ganze Klugheit, dachte er, jetzt, wo es sowieso zu spät ist? Steckst bereits in der Falle und rätselst, ob sie zuschnappen wird oder nicht..

»Nun noch ein Wort zu euch, ihr Herren«, vernahm er die Stimme des Grafen. »Gewiß ist euch bekannt, daß unser König in letzter Zeit von aufrührerischen Menschen bedrängt wurde, weswegen es ihm bislang verwehrt war, den Beziehungen zu unseren Nachbarn die gebührende Aufmerksamkeit zu schenken. Jetzt, da er die Empörer gebändigt hat, ist es sein aufrichtiges Bestreben, dies nachzuholen. Feinden wird er mit Strenge begegnen, jene indes, die ihm die Treue halten, werden bald spüren, was es heißt, sich seine Verbündeten nennen zu dürfen. Doch davon morgen mehr, heute abend sollen die Geschäfte ruhen. Erweist mir die Ehre und seid meine Gäste ... Dieser Hof«, sprach er weiter, »verfügt, wie ihr bemerken werdet, nicht über die Räumlichkeiten einer königlichen Pfalz noch die einer«, er lächelte Pribislaw zu, »fürstlichen Burg. Ich muß deshalb darum bitten, daß sich eure Dienstleute zu jenem eigens für solche Zwecke errichteten Gebäude auf der Wiese begeben, in dem sie auch nächtigen werden. Es sind dort Tafeln gedeckt, für ihr leibliches Wohl ist also gesorgt. Und nun, ihr Herren, geruht, näher zu treten. Möge man von unserem Fest einst sagen, daß wir auf ihm nicht nur gespeist und getrunken, sondern überdies dauerhafte Freundschaften besiegelt haben. Willkommen, teure Gäste, willkommen!«

Nachdem Ratibor das übersetzt hatte, wurde beifälliges Gemurmel laut. Auch er fühlte sich von der kurzen, aber warmherzigen Rede angenehm berührt, und trotz der unerfreulichen Nachricht, daß man die Krieger von ihnen trennen würde, regte sich wieder Hoffnung in ihm. Flüchtig erwog er, ob es angebracht sei, gegen dieses Vorhaben aufzubegehren, und entschied, daß es besser sei, dies zu unterlassen. Denn wenn sich herausstellen sollte, daß der Hof tatsächlich nicht alle beherbergen konnte (und das war sehr wahrscheinlich), würde er ganz unnötigerweise als argwöhnischer Störenfried dastehen.

Soeben ging Pribislaw daran, den Grafen mit seinem Geschenk, einem überaus prachtvollen Schwert, zu behängen, und da Ratibor gewahrte, daß die beiden dabei ohne Dolmetscher auszukommen trachteten, trat er ein paar Schritte zurück. Er winkte Krik, den Anführer der sie begleitenden Gefolgsleute, zu sich heran und schärfte ihm nochmals ein, ständig die Waffen bei der Hand zu haben und nachts einen Wachdienst einzurichten.

»Wenn dir irgend etwas verdächtig vorkommt, schicke unverzüglich einen der Männer zu mir! Nein«, beantwortete er die Frage in Kriks Gesicht, »wir sollten keine voreiligen Schlüsse ziehen. Vermutlich ist es so, wie der Sachse behauptet hat. Dennoch müssen wir vorsichtig sein. Wenn wir wieder daheim sind, werde ich veranlassen, daß ihr euch betrinken dürft, solange ihr dies wünscht. Doch diese eine Nacht haltet Maß! Mache das auch den Sorben begreiflich, sofern es deren Herren nicht schon getan haben. Hast du mich verstanden?«

»Weißt du, was du da von mir forderst, Herr?« Krik seufzte. »Noch niemals betraute man mich mit einem so schwierigen Auftrag. Möge mir Triglav die Kraft verleihen, ihn zu erfüllen.«

Beiderseits des Einganges hatten sich unterdessen Bewaffnete aufgestellt. Festen Schrittes, so, als wolle er einen letzten Rest von Furcht verscheuchen, betrat Pribislaw die Brücke, nickte ihnen zu und passierte auf eine Armbewegung Geros hin das Tor. Die Gaufürsten schlossen sich ihnen an, zurück blieben die Knechte und die Pferde.

Im Inneren der Burg wurden die Ankömmlinge von Mägden umringt, die ihnen Wein und Brot reichten. »Mögen Wein und Brot auf diesem Hof niemals ausgehen!« rief der Alte kauend, worauf die anderen ergänzten: »So soll es sein!«

»Ich werde euch jetzt einen Augenblick allein lassen«, sagte Gero, nachdem sie die Becher leer getrunken hatten. »Ihr solltet diese Frist nutzen, um jene Herren dort zu begrüßen. Ich hörte, daß ihr mehreren von ihnen nicht unbekannt seid.«

Er zeigte in Richtung des Gartens. Im Dämmerlicht erblickte Ratibor an die zwei Dutzend Männer, die sich von ihren Stühlen erhoben hatten und nun auf sie zukamen.

Ja, man kannte einander, und obwohl einige dieser Bekanntschaften durch Raubüberfälle oder Entführungen gestiftet worden waren, schien es doch, als ob sich die meisten über diese Begegnung freuten. Lärmend hieben sie einander auf die Schultern, knufften sich in die Seiten oder umarmten sich sogar und zeigten so bereits durch die überschwengliche Art, in der sie sich begrüßten, mit welchen Empfindungen sie angereist waren.

Es dauerte indes noch einige Zeit, bis sie dies auch eingestanden. »Wir wollten eigentlich zu Hause bleiben«, gab ein gewisser Semil, einer der Sorben, zu. »Aber als wir erfuhren, daß euch euer Triglav unzweideutig zugeraten hatte, faßten wir uns ein Herz. Den Göttern sei Dank, daß sie uns davor bewahrt haben, uns mit diesem Grafen zu entzweien! Denn was kann uns hier schon geschehen! Unsere Knechte nicht mitgezählt, sind wir mehr, als er auf dem Hof Männer hat. Er wird erleichtert sein, wenn er uns wieder los ist. Nein, ich habe keine Angst vor ihnen. Ich verstehe ihre Sprache ein bißchen und habe mich mit etlichen von ihnen unterhalten. Wenn sie vorhätten, uns zu betrügen, müßte man es doch zumindest einem von ihnen anmerken. Aber ich schwöre euch, ich fand nicht einen einzigen, der sich mir gegenüber gezwungen, schmeichlerisch oder sonstwie verdächtig benommen hätte . . . Riecht ihr denn nichts?« fügte er bedeutungsvoll lächelnd hinzu, so, als seien die Küchendüfte, die seine Nase kitzelten, eine weitere Gewähr dafür, daß man ihnen kein Leid antun würde.

Ratibor betrachtete die anderen Sorben, und wohin er schaute, blickte er in Mienen, denen Vorfreude und Zuversicht anzusehen waren. Kein Zweifel, dieser Semil hatte nur ausgedrückt, was alle glaubten, weil es jeder von ihnen glauben wollte. Für einen Moment spürte er die Versuchung, sich von ihrer Einfalt anstecken zu lassen, doch dann sagte er: »Laßt uns trotzdem auf der Hut sein. Insbesondere sollten wir es vermeiden, uns zu betrinken, selbst dann, wenn sie uns dazu nötigen wollen, indem sie die Gekränkten spielen. Wir –« Er brach ab, denn er bemerkte, daß ihn die offenkundig bereits etwas bezechten Männer verständnislos anstarrten.

»Darf ich bitten, ihr Herren?« rief ihnen Graf Gero mit ausgebreiteten Armen vom Eingang seines Wohnhauses aus zu.

»Vorwärts, ihr slawischen Hunde!« sagte Miloduch gedämpft. »Fressen wir sie kahl, auf daß sie bis an ihr Lebensende mit Schaudern an uns denken.« Lachend setzten sich alle in Bewegung . . .

Vor einer Tür gebot ihnen der Graf Einhalt. »Herzog Pribislaw zuerst, falls ihr gestattet«, sagte er und faßte den Fürsten am Ellbogen.

Zögernd betraten die Männer die von Fackeln erhellte Festhalle, die, gemessen an der Größe des Hauses, überraschend geräumig wirkte. In ihrer Mitte befand sich eine lange, von Stühlen gesäumte Tafel, an der Fensterwand standen mehrere wassergefüllte Bottiche. Eine zweite Tür ihr gegenüber führte ins Innere des Hauses. Die Dielen waren mit feinem weißem Sand bestreut.

Nachdem sich jeder gereinigt hatte, geleitete der Graf Pribislaw und Ratibor zu der Stirnseite der Tafel, an der Thietmar sowie ein hochgewachsener junger Mann Aufstellung genommen hatten. Er trug als einziger keinerlei Schmuck und blickte ihnen mit gespannter Aufmerksamkeit entgegen.

Während sie wie auch die Gäste Platz nahmen, blieb Gero stehen, räusperte sich und sagte: »Nun, ihr Herren, möchte ich euch mit jenen beiden Männern bekanntmachen, die uns heute abend Gesellschaft leisten werden. Zu meiner Linken seht ihr Graf Thietmar, einige von euch lernten ihn bereits kennen. Und dieser Jüngling ist Konrad, der Befehlshaber meiner Leibwache. In den kommenden Stunden wird es seine Aufgabe sein, mich, so erforderlich, daran zu erinnern, daß es dem Hausherrn zwar zur Ehre gereicht, wenn der Wein seinen Gästen die Zunge lähmt, nicht jedoch, wenn ihm dieses selbst widerfährt . . . Aber sei nicht allzu besorgt um meinen Ruf«, setzte er mit einem Blick auf den jungen Gefolgsmann hinzu, »sonst könntest du es bereuen.«

Schmunzelnd wartete er, bis Ratibor das verdolmetscht hatte, und fuhr dann fort: »Was Graf Christian betrifft, der euch meine Botschaft überbrachte, so habe ich ihn beauftragt, über den ungestörten Verlauf unserer Feier zu wachen. Während wir es uns hier gutgehen lassen, wird er mit einer Schar ausgewählter Krieger bis zum Morgen in etlichen Meilen Abstand meinen Hof umrunden und uns, sofern etwas seinen Verdacht erregt, unverzüglich alarmieren. Und jetzt bitte ich darum, daß ihr mir die Euren vorstellt.«

Pribislaw erhob sich, glättete seinen Bart und begann. Erstaunt nahm Ratibor wahr, daß es der Alte ziemlich eilig hatte. An sich war es bei solchen Gelegenheiten üblich, ausführlich von den Taten und Verdiensten seiner Gefährten zu berichten; das Essen schmeckte ihnen danach noch einmal so gut. Die Größe ihres Besitzes, siegreich bestandene Fehden samt der dabei gemachten Beute, die Höhe des Lösegeldes, das der Betreffende für namhafte Gefangene bekommen hatte – nichts, das geeignet war, jemanden in ein vorteilhaftes Licht zu rücken, wurde in der Regel unterschlagen. Doch sei es, daß sich der Fürst der sachlichen Art des Grafen anpassen wollte, oder daß ihn einfach der Hunger plagte, jedenfalls faßte er sich kurz.

Auch die Sorben hielten sich zurück. Sonderbarerweise war es Gero, der diesen Teil des Festes in die Länge zog, indem er häufig um zusätzliche Erklärungen bat. Sein junger Gefolgsmann, der bisher noch nicht ein einziges Mal den Mund aufgetan hatte, hörte hierbei aufmerksam zu und schien sich jedes Gesicht und jede Einzelheit genau einprägen zu wollen, wohingegen Graf Thietmar deutlich erkennen ließ, daß ihn dies alles wenig fesselte. Die Gäste, halb geschmeichelt, halb ungeduldig, rutschten vernehmbar atmend auf ihren Stühlen herum, aber Gero ließ sich davon nicht beirren.

»Verzeiht meine Neugier«, sagte er, als man endlich fertig war, »doch ich bin ein Mann, der sich von denjenigen, mit denen er Umgang zu pflegen gedenkt, möglichst rasch ein Bild machen möchte. Aber nun genug geredet; laßt uns sehen, was meine Köchinnen uns zubereitet haben. Konrad!«

Er nickte dem Burschen zu, worauf sich dieser das blonde Haar aus der Stirn strich, zu der hinteren Tür lief und mit der Faust dagegenhieb.

Im Rahmen zeigte sich der gekrümmte Körper eines Knaben, der eine Kanne schleppte und sie an der Wand absetzte. Ein zweiter folgte, ein dritter, und so ging es fort, bis das Dutzend voll war. Während einige Jungen den Inhalt der Kannen in Krüge gossen und diese auf die Tafel stellten, verteilten weitere Becher und Löffel, brachten Körbe mit geschnittenem Brot, Gewürznäpfchen sowie Schalen, auf denen sich Obst und Gemüse türmten: enthäutete Knoblauchzehen und Zwiebeln, Selleriescheiben, Rettiche, Mohrrüben, Äpfel und Birnen.

Nach ihnen erschienen Mägde mit Schüsseln, aus denen es dampfte. »Krammetsvogel in Safranbrühe gekocht!« rief der Blonde, wobei er aus irgendeinem Grund errötete. Als Ratibor ihn fragend anschaute, erläuterte er, daß es sich dabei nicht etwa um die Amsel, sondern um die Wacholderdrossel handelte. Den Männern war das offenbar einerlei: sie hatten schon angefangen zu essen.

Andere Frauen trugen inzwischen Platten herein, auf denen armlange, von gerösteten Rotfedern umkränzte Raubfische ihre spitzzahnigen Mäuler aufsperrten; hierzu wurde eine Tunke gereicht, in der Speckwürfel schwammen. »Sauer gesottener Hecht!« gab Konrad bekannt, aber auch diesmal kamen die meisten der Übersetzung zuvor. Ächzend schoben sie die Schüsseln beiseite, zogen ihre Messer aus den Scheiden, schnitten sich Stücke aus den Hechtleibern und beträufelten sie mit Tunke. Gemurmel wurde laut, das hier und dort in ausgelassenes Gelächter oder ersticktes Stöhnen überging.

Graf Gero, im Begriff, eine kleine Rotfeder zu entgräten, hielt inne. »Was ist mit ihnen?« erkundigte er sich.

»Diese Flüssigkeit ist scharf«, preßte Ratibor hervor. Er hatte ebenfalls von ihr gekostet und danach beschlossen, sie fortan zu meiden. Seither benagte er sorgfältig die Knochen seiner schmächtigen Drossel.

»Das möchte sie wohl sein«, erwiderte Gero. Er spießte eine Hälfte seines Fisches auf, tauchte sie in das Schälchen vor ihm, führte sie zum Mund und zuckte zusammen. »Bei Gott, du hast recht«, flüsterte er, »das Zeug hat es in sich.« Er schüttelte sich, faßte nach seinem Becher und leerte ihn in einem Zug.

Konrad beugte sich vor. »Diese Tunke besteht aus Met, Honig, Pfeffer und Salbei«, sagte er zu Ratibor. »Du solltest sie nicht verschmähen, Herr, denn sie ist gesund. Es heißt bei uns, daß sie die schlechten Säfte vernichtet.«

»Bei uns heißt es auch so«, antwortete Ratibor. »Aber wenn ich sie esse, trinke ich zuviel, und wenn ich zuviel trinke, bin ich wie ein Kind«, sprach er, den anderen nicht aus den Augen lassend, weiter.

»Wie es aussieht, bist du hier der einzige, der sich davor fürchtet.« Der Blonde lächelte. »Bald werden wir alle wie die Kinder sein.«

Er wies in den Raum. Tatsächlich wirkten die Männer auf einmal wie verwandelt, sogar diejenigen, die sich bis jetzt zurückgehalten hatten. Nach Luft schnappend, rissen sie einander die Weinkrüge aus den Händen, füllten ihre Becher, tranken sie aus, füllten sie erneut und machten sich wieder über das Essen her. Auf ihren Gesichtern perlte Schweiß, die Bärte glänzten gelblich von Safran und Fett. Jede ihrer Bewegungen verriet Behagen und Gier sowie den Wunsch, sich diesen Empfindungen gänzlich auszuliefern. Begeistert stießen sie einander an, wenn ihnen der Knoblauch oder die gepfefferte Soße den Rachen versengte, verdrehten dabei die Augen und schütteten wohlig grunzend das löschende Getränk in sich hinein. Atemlos spuckten sie Gräten und Knöchelchen aus, und wenn sie eine Pause einlegten, dann nur, um zu rülpsen oder zu furzen. Wein und Tunke sickerten aus ihren Mündern, rannen ihnen auf die Kleider, tropften zu Boden oder bildeten auf der Tischplatte Lachen. Durch die nur angelehnte Tür zwängten sich Katzen und taten sich an den Speiseresten unter der Tafel gütlich.

Abermals gossen die Mägde Soße in die Schälchen, brachten volle Kannen, und nachdem sie die Schüsseln abgeräumt hatten, trugen sie einen neuen Gang auf: gekochtes Schaffleisch mit eingelegtem Kraut und in Schmalz gebackene Tauben. Seufzend lockerten die Männer ihre Gürtel, nickten sich aufmunternd zu und schlangen weiter.

Ratibor blickte zu den drei Sachsen, konnte indes an ihnen nichts Auffälliges entdecken. Auch sie aßen und tranken so hastig, als gälte es, eine Wette zu gewinnen. Er beschloß, auf den Hof zu gehen, und gab Pribislaw mit dem Fuß ein Zeichen, ihm zu folgen. Der Alte starrte ihn wie abwesend an und wandte sich dann unwirsch knurrend von ihm ab . . .

Draußen verharrte Ratibor. Der Abend war kühl und sternenklar. Am Himmel gleißte, von einem Wolkenfädchen geteilt, die silberne Scheibe des Mondes. Ein Hund schlug an, verstummte. Auf der Überdachung des Brunnens sah Ratibor die Umrisse eines Käuzchens. Plötzlich strich der

Vogel ab, wonach gleich darauf nur wenige Schritte entfernt ein verzweifeltes Fiepen ertönte. Aus der Richtung, in der sich das für die Krieger bestimmte Gebäude befinden mußte, war Gelächter zu hören. Auf der dammartigen Erhöhung an der Innenseite der Palisade spazierten Posten entlang.

Eine Tür klappte, zwei Bewaffnete traten heraus und blieben, als sie Ratibor bemerkten, stehen. »Sei gegrüßt, du vollgefressenes Schwein«, sagte der eine. Lachend liefen sie weiter.

Bemüht, ein wenig zu schwanken, ging Ratibor zum Garten, stellte sich an den Zaun und schlug sein Wasser ab. Er vernahm ein Keuchen, drehte sich um und gewahrte eine Gestalt, die stolpernd auf ihn zueilte.

»Ich bin's, Miloduch«, sagte der Ankömmling schleppend. Er legte ihm die Hand auf die Schulter. »He, was ist, du Strolch von einem Barbaren! Ich habe dich doch nicht etwa erschreckt?«

Gereizt schüttelte Ratibor die Hand ab. »Wir hatten vereinbart, uns zu mäßigen«, sagte er leise.

»Sich mäßigen!« wiederholte Miloduch. »Mäßige dich doch, wenn du das Verlangen danach hast; uns laß besser in Frieden.«

»Praßt nur so weiter, und sie können euch bald mit einem Fußtritt erledigen.«

»Und wenn schon, nach einem solchen Fest stirbt es sich leicht!«

»Sprich nicht so laut, du Esel!«

Ratibor ging ein paar Schritte zur Seite, aber Miloduch kam ihm nach, packte ihn an beiden Schultern und wirbelte ihn herum.

»Abscheulich bist du, Ratibor!« sagte er voller Erbitterung. »Überall witterst du Unheil und Verrat, und ständig möchtest du uns deine Ansichten aufzwingen. Alle sind guter Dinge, du aber gebärdest dich, als ob man uns vergiften wollte. Stocherst in deiner Schüssel herum, beäugst jeden argwöhnisch, vom Wein nippst du wie ein Vögelchen. Dein Anblick ist mir richtig zuwider.«

»Denken noch mehr so wie du?« fragte Ratibor heiser.

»Alle denken so! Ratibor verwindet es nicht, daß er sich getäuscht hat, heißt es, und statt sich damit abzufinden, bereitet er uns lieber Schande, indem er unseren Gastgeber vor den Kopf stößt. Weißt du, was die Bulgaren mit jemandem machen, der sich stets schlauer dünkt als alle anderen? Ein Kaufmann hat es mir erzählt. Sie sagen zu dem Betreffenden: Du bist der Klügste und Würdigste von uns, nur dir kommt es zu, unserem Gott zu dienen. Sorgen wir also dafür, daß du ihm recht nahe bist! Und dann hängen sie ihn an einen Baum, und zwar möglichst hoch. Was meinst du, vielleicht sollten wir auch mit dir so verfahren?« Und ohne die Antwort abzuwarten, stapfte er davon.

Ratibor schaute ihm hinterher, und nachdem Miloduch im Haus verschwunden war, setzte er sich ebenfalls in Bewegung. In diesem Moment öffnete jemand geräuschvoll die Tür, trat heraus, stürzte hin, erhob sich schimpfend und lief torkelnd weiter. Ratibor lief an ihm vorbei, da rief ihm der andere mit schwerer Zunge zu: »Wo kann man sich denn hier erleichtern?«

Wortlos zeigte Ratibor zum Garten.

»Verflucht! Ich sehe nichts! Tu mir den Gefallen und führe mich hin.«

Ratibor faßte ihn unter und ging mit ihm zurück. »Du traust ihnen nicht, wie?« sagte der Mann plötzlich gedämpft, doch mit klarer Stimme.

Verdutzt schaute ihn Ratibor an, dann erkannte er ihn: Es war Liub, einer der Neletici, ein hagerer flachgesichtiger Mann, dessen Sohn mit der Tochter eines der Gaufürsten verheiratet war. Oberhalb der linken Schläfe hatte er eine kahle Stelle, durch die er selbst im Dunkeln kaum zu verwechseln war. Sie rührte von heißem Pech her, das man ihm bei der Belagerung einer Burg auf den Kopf gegossen hatte.

»Weshalb glaubst du das?«

»Ich beobachte dich schon den ganzen Abend. Guckst wie ein Fuchs in der Falle.«

Ratibor zuckte die Schultern. »Das ist so meine Art. Überall wittere ich Verrat und Unheil. Achte nicht darauf.«

»Und ob ich darauf achte! Bist schließlich berühmt für deine gute Nase. Warum bist du eigentlich gekommen, wenn du ihnen nicht über den Weg traust?«

»Traut ihr ihnen denn?«

»Keinem ist wohl in seiner Haut, ich merk's ihnen an. Deshalb versuchen sie, ihre Angst wegzuspülen.«

»Du etwa nicht?«

»Ich tue nur so, kippe immer die Hälfte daneben. Naß wie ein Säugling bin ich bereits.«

Er beugte sich vor und erbrach sich röchelnd.

»So«, sagte er aufatmend, »das war die andere Hälfte.«

»Was willst du von mir?« fragte Ratibor.

Liub schwieg. »Wie, meinst du, werden sie es machen?« erkundigte er sich nach einer Weile unvermittelt.

Ratibor blickte auf Liubs im Mondlicht schimmernde Zähne.

»Nimm an, ich wüßte es. Was würde es dir nützen?«

»Gibt es deiner Ansicht nach keinerlei Hoffnung mehr?« fragte Liub weiter.

»Doch, die gibt es. Noch leben wir.«

»Noch . . .«, sagte Liub dumpf. »Was sind wir nur für Tröpfe!« brach es aus ihm heraus. »Wir hätten uns vorher beraten sollen, an Zeit hatte es nicht gemangelt. Aber nein, jeder befürchtete ja, daß ihn der andere übers Ohr hauen könnte. Und statt einander zu trauen, trauen wir lieber ihnen . . . Sie sind auch mehrere Stämme, doch gegen ihre Feinde halten sie zusammen. Wir hingegen argwöhnen sogar noch auf dem Weg zur Schlachtbank, daß der Nachbar vor uns dort sein will. Warum bloß?«

»Oh, ein Weiser«, sagte Ratibor spöttisch. »Nun, vielleicht sind wir ihn noch nicht oft genug gegangen, diesen Weg.«

Liub berührte ihn am Ärmel. »Wozu sinnlos vor die Hunde gehen?« stieß er hervor. »Laß uns fliehen! Jetzt, auf der Stelle!«

»Wer!«

»Wir beide, wer sonst.«

»Ohne Pferde? Oder glaubst du, daß man sie nicht bewacht?«

»Versuchen wir es. Zu zweit könnten wir es schaffen.«

Ratibor trat einen Schritt zurück. »Nein«, sagte er nach kurzem Besinnen. »Falls sie tatsächlich vorhaben, uns hier auf dem Hof zu überwältigen – und mir schwant, daß es so ist –, dann haben sie auch dafür gesorgt, daß nicht ein einziger von uns entschlüpfen kann. Sie werden uns abfangen.«

»Und wenn schon, dann sterben wir eben draußen! Aber wir hätten es wenigstens probiert.«

Ratibor schüttelte den Kopf.

»Weshalb nicht?«

Ratibor zögerte. »Glaube mir, Bruder«, antwortete er schließlich, »seitdem der Plan zu dieser Reise besteht, denke ich unablässig an Flucht. Und so oft ich daran denke, erkenne ich auch, daß sie aussichtslos ist. Denn wenn so viele Männer, von denen man schwerlich behaupten kann, daß sie leicht hinters Licht zu führen sind, auf einmal übereinkommen, in ihr Verderben zu rennen, so doch wohl nur deswegen, weil dies ein höherer Wille so entschieden hat. Wenn er es aber bisher vermocht hat, ihrer aller Verstand zu trüben, wird er gewiß auch die Mittel haben, sein Werk zu Ende zu bringen.«

»Von wem redest du?« fragte Liub, sich den haarlosen Fleck über der Schläfe reibend. »Etwa von den Göttern? Aber warum sollten sie uns verderben wollen?«

»Das haben sie mir nicht verraten. Vielleicht grollen sie uns dafür, daß wir Edlen zuweilen mit ihnen gespielt und unsere Wünsche als die ihren ausgegeben haben. Du verstehst, was ich meine. Vielleicht soll unser Schicksal diejenigen, die nach uns kommen, aufrütteln.«

Er hielt inne.

»Vielleicht sind sie jedoch gar nicht so mächtig, wie wir annehmen, und die Christen haben recht, wenn sie sagen, daß es nur einen wirklichen Gott gibt, jenen, den sie verehren. Was stierst du mich an? Nein, ich scherze nicht ... Sie sind mir schon lange gleichgültig, unsere Götter«, fuhr er in sich gekehrt fort, »denn sie ähneln allzusehr uns Menschen. Ich habe keinerlei Achtung vor ihnen, nichts an ihnen wärmt mir das Herz. Bestechlich sind sie und unzuverlässig und auch sonst ist es mit ihnen nicht weit her.«

Liub räusperte sich. »Sag, bist du noch bei Troste? Schmähst euren Triglav! Da hast du dir ja die richtige Zeit ausgesucht. Uns alle wirst du mit solchen Reden ins Unglück stürzen.«

»Ach ja? Und ich meinte, wir steckten bereits mittendrin. Sollte ich mich übrigens irren, wird er mir das nicht verargen und uns auch jetzt noch zu retten wissen. Ich habe ihn schon so manches Mal verflucht und dafür hinterher immer reichlich entschädigt. Er ist nicht übermäßig stolz, nein, das ist er nicht ...«

Ratibor lachte kurz.

»Komm nun. Das heißt, es ist besser, du bleibst noch ein bißchen. Vergiß nicht zu taumeln, wenn du mir folgst.«

Als er die Tür öffnete, prallte er zurück. Stickige, nach Fisch, erkaltetem Fett, Knoblauch und menschlichen Ausdünstungen riechende Luft nahm ihm den Atem. Auf den Fleischresten und zwischen den Weinpfützen spazierten dikke Herbstfliegen herum; niemand machte sich die Mühe, sie zu verjagen. Die Gesichter der Männer waren schweißüberströmt, ihre geröteten Augen blickten gläsern, Bärte und Kleider starrten vor Gräten und getrockneter Soße.

Darauf bedacht, keine der zahlreichen Katzen zu treten, die auf den mit Abfällen übersäten Dielen knirschend fraßen, begab sich Ratibor zu seinem Platz. »Wir haben dich vermißt«, sagte Graf Gero zu ihm. »Herzog Pribislaw wünscht nämlich, eine Ansprache zu halten.«

Ratibor nickte dem Alten zu, worauf dieser seinen Bart strähnte und sich ächzend emporstemmte. »Ich möchte dir danken, Herr Legat«, begann er im Tonfall eines Mannes, der weiß, daß er betrunken ist, und deshalb seine Worte so vorsichtig setzt wie ein Blinder seine Füße. »Von Zweifeln geplagt sind wir zu dir gereist, heißt es doch bei uns, daß der Sachse zur List geboren sei wie der Vogel zum Fliegen. Ja, wir haben dir mißtraut und dich dadurch, obzwar nur in Gedanken, schwer gekränkt. Du aber hast uns mit diesem Fest eine Lehre erteilt. Ich bin ein alter Mann, und du könntest fast mein Sohn sein; trotzdem sage ich dir jetzt: Ich schäme mich! Ich bitte dich herzlich, mir zu verzeihen und zu erlauben, mich fortan dein Freund nennen zu dürfen.«

»Daß du mir nichts unterschlägst!« fauchte er, als er wieder Platz genommen hatte, Ratibor an. »Ich will, daß er mich richtig versteht.«

»Wie du befiehlst«, entgegnete Ratibor, von dem unverhofften Geständnis des Fürsten noch ganz benommen. Während er übersetzte, beobachtete er die Gesichter der drei Sachsen. Gero lauschte ihm wie stets mit regloser Miene, und auch Thietmar waren weder Befremden noch Verwirrung anzumerken. Der junge Gefolgsmann hingegen ließ Zeichen von Verstörtheit erkennen. Bereits nach den ersten Sätzen hatte er die Augen gesenkt und rutschte nun, sich die Lippen leckend, auf seinem Stuhl herum ...

Gero erhob sich. »Ich muß dir widersprechen, lieber Freund«, sagte er, »denn du hast nicht den geringsten Anlaß, dich anzuklagen. Immerhin kanntest du von dem Mann, in dessen Haus du dich begeben solltest, bis zum heutigen Tage lediglich den Namen. Frohlocke übrigens nicht zu früh, denn so uneigennutzig, wie du anscheinend vermutest, bin ich natürlich nicht; wäre es anders, müßte mich mein König, darin wirst du mir sicherlich beipflichten, schleunigst meines Amtes entheben. Eine durchzechte Nacht, das ist mir so gut bekannt wie dir, macht die Menschen unseren Plänen zuweilen eher geneigt als geschicktes Verhandeln. Überdies«, fügte er mit einem kleinen Lachen hinzu, »heißt es in unserem heiligen Buch, daß man stets gastfrei sein solle, weil schon mancher, ohne es zu ahnen, Engel beherbergt hätte. Bereits unser Glaube gebietet mir also, worin du die Güte hast, ein Verdienst zu sehen. In einem freilich decken sich unsere Auffassungen: darin, daß wir Freunde sein sollten.«

Er wartete, bis Ratibor das übersetzt hatte, und schloß den Fürsten danach in die Arme.

Beifälliges Gemurmel kam auf, und auch die Sorben, obwohl von der Geste gar nicht betroffen, gaben ihrer Zustimmung Ausdruck. Gero und Pribislaw hatten sich noch nicht voneinander gelöst, da erschien Liub in der Tür. Er stockte und schaute mit geweiteten Augen auf die sich verbrüdernden Männer, bevor er, den Kopf ein wenig eingezogen, gezwungen lächelnd zu seinem Stuhl ging . . .

Nachdem Gero wieder Platz genommen hatte, ordnete er an, die Fensterläden zu öffnen. Frische Nachtluft strömte herein und belebte die müden Geister etwas. Unterdessen trugen die Mägde ein neues Gericht auf: Gebratene Reiherbrüste mit eingelegten Zwetschgen. Der Leckerbissen wurde lautstark begrüßt, dennoch war zu spüren, daß das Fest den Höhepunkt überschritten hatte. Immer häufiger wankten die Männer hinaus, um ihre Notdurft zu verrichten oder sich zu erbrechen. Blaß kehrten sie zurück, manche von oben bis unten beschmutzt. Die Gespräche erstarben, man aß und trank ohne Gier, viele hielten sich nur noch mühsam aufrecht. Ab und zu geschah es, daß jemand, der eingedöst war, mit der Stirn auf die Tischplatte schlug. Dann ertönte träges Gelächter.

Während die Tafelnden lustlos die Bratenstücke verspeisten, trat eine ältere Magd zu Konrad und flüsterte ihm etwas ins Ohr. Er nickte. Kurz darauf kamen die Frauen mit Schalen, auf denen sich Pasteten und Pfannkuchen befanden. Nachdem sie diese abgestellt hatten, füllten sie noch einmal die Weinkannen, wechselten die Fackeln aus und schlossen die Fensterläden. Hierauf entfernten sie sich knicksend.

Ratibor spähte zu Liub und erkannte an dessen Miene, daß sie in diesem Moment beide dasselbe fühlten. Die Kehle wurde ihm eng. Um seine Erregung zu dämpfen, ergriff er seinen Becher und leerte ihn bis zur Neige. Danach biß er in eine Pastete. »Das ist Rebhuhn, Herr«, hörte er Konrad sagen.

Abermals betrachtete er die drei Sachsen. Wie ihre Gäste vermochten auch sie kaum mehr gerade zu sitzen, auch ihre Gebärden waren von Erschöpfung gezeichnet, auch sie preßten zuweilen die Hände gegen die von Blähungen erschütterten Bäuche. In den Augen der zwei Grafen jedoch war keinerlei Überdruß, sondern die unbeirrbare Wachsamkeit von Leuten, die sich durch nichts von ihren Zielen abbringen ließen. Anders hingegen der junge Gefolgsmann. Einmal stierte er teilnahmslos vor sich hin, gähnte verstohlen und schien nur noch den Wunsch zu haben, endlich schlafen zu dürfen. Dann wieder fuhr er jäh zusammen, reckte sich und blickte unruhig blinzelnd in die Runde. Der Bursche hatte Ratibor von Anfang an gefallen. Eine natürliche Hilfsbereitschaft ging von ihm aus, die frei schien von Unterwürfigkeit oder Berechnung. Die Fähigkeit, sich zu verstellen, gehörte vermutlich nicht zu seinen Stärken. Wenn er wußte, daß ein Anschlag gegen sie geplant war, würde er sich während eines Gespräches sicherlich rasch verraten.

»Du bist noch sehr jung«, wandte sich Ratibor an ihn. »Trotzdem bist du schon ein Anführer. Wie ist das möglich?«

Der Blonde richtete sich auf. »Da solltest du dich wohl besser bei meinem Herrn erkundigen«, erwiderte er deutlich verlegen.

»Er wird mir antworten, daß du sehr tapfer bist. Bestimmt hast du bereits viele Feinde getötet.«

»Keineswegs, Herr. Ich könnte sie an den Fingern einer Hand aufzählen. Nein, ich bin kein großer Krieger.«

»Dann bist du gewiß sehr klug.«

»Ich weiß es nicht.« Der Bursche hob die Schultern.

»Nein, Herr, ich glaube, es ist etwas anderes. Wenn ich einsehe, daß eine Arbeit notwendig ist, dann mache ich sie, einerlei, ob sie mir gefällt oder nicht. Ich mache sie so, als ob sie mir gefiele. Man kann sich auf mich verlassen.«

»Aha. Und was ist notwendig?«

»Was? Nun, vieles.« Konrad lachte. »Du stellst aber seltsame Fragen, Herr.«

»Verzeih. Ich werde schweigen.«

»Nein doch, Herr! Ich muß dich um Verzeihung bitten. Meine Bemerkung war ungebührlich. Nun, zum Beispiel war es notwendig, jenes Gebäude auf der Wiese zu bauen, in dem eure Leute untergebracht sind. Ich habe es getan. Das heißt, ich habe die Arbeit beaufsichtigt.«

»Oh! Dann darf man dich also einen Baumeister nennen.«

»Wenn du mir schmeicheln willst«, entgegnete Konrad vergnügt.

»Du nimmst an, ich will dir schmeicheln?«

»Wo denkst du hin, Herr!« wehrte der Blonde erschrokken ab. »Das war natürlich nur ein Scherz. Ich weiß, eigentlich gehört es sich nicht, so zu dir zu reden. Doch es ist ziemlich ungewöhnlich, daß sich jemand wie du mit einem wie mir auf diese Weise unterhält. Da vergißt unsereins leicht, was sich schickt.«

»Warum entschuldigst du dich?« beschwichtigte ihn Ratibor. »Ein Scherz ist nichts Schlimmes. Bei uns sagt man: Spaß ist Dampfbad für die Seele ... Ich werde dir erklären, weshalb ich diese Fragen stelle. Ich habe ebenfalls einen jungen Mann auf meiner Burg, ungefähr so alt wie du. Er ist mutig, stark und gewandt, seine Kameraden gehorchen ihm. Daher meine ich, daß ich ihn ... wie heißt es bei euch? Erhöhen, ja?«

»Ja.«

»Also, ich möchte ihn erhöhen.«

»Und ist er dir ergeben?«

»Siehst du, das ist, was ich nicht weiß. Ich glaube, er ist

anders als du. Gefällt es ihm, was er machen soll, macht er es gut. Gefällt es ihm nicht, muß ich schreien oder ihn schlagen.«

Konrad wiegte den Kopf. »Ich verstehe, Herr. Falls ich dir einen Rat geben darf: Erhöhe ihn nicht, du würdest es sonst bald bereuen. Daß er tüchtig ist, genügt nicht, er muß dich lieben. Nur dann kannst du sicher sein, daß er die Macht, die du ihm überträgst, stets zu deinem Vorteil gebraucht.«

Ratibor tat, als überlege er. »Ja, ich meine auch«, sagte er schließlich. »Ich danke dir, du hast mir sehr geholfen ... Und du liebst deinen Herrn?«

»Ja«, bestätigte Konrad nach einem winzigen Zögern.

»Warum liebst du ihn?«

»Er ist gerecht. Er tut nichts Unrechtes.«

Ratibor lächelte. »Wie du von ihm sprichst! Ich beneide ihn. Wenn du ihn so liebst«, fuhr er fort, »hat es dich gewiß sehr gekränkt, was Fürst Pribislaw vorhin sagte. Ich meine, daß wir schlecht von euch gedacht haben.«

Der Blonde verfärbte sich. »Aber nein«, erwiderte er, nach unten schauend, »warum sollte mich das kränken? Du hast ja gehört, was der Graf sagte; er hätte an eurer Stelle gleichfalls Zweifel gehabt. Wer vermag schon jemandem ins Herz zu sehen.«

»Das ist wahr«, murmelte Ratibor. Er lehnte sich zurück und begegnete den glänzenden Augen Geros, der ihn, das Kinn in die Hand gestützt, offenbar bereits seit längerem musterte. Es war ein versonnener Blick, kühl, aber nicht unfreundlich; sogar eine Spur Bedauern lag darin. Wozu strengst du dich an, schien er auszudrücken, du kriegst es sowieso nicht heraus. Und selbst wenn du es schafftest, würde es dir nichts nützen. Mache es also wie die anderen und warte, bis deine Stunde heran ist.

Von draußen drangen die Stimmen der Mägde herein, die sich aus der Küche in das Gesindehaus begaben. Ein Hahn krähte, ein zweiter antwortete ihm aus der Ferne. Ratibor goß seinen Becher voll, und ihn in kleinen Schlücken leerend, spürte er bald, wie er ruhiger wurde. Jawohl, befahl er sich, nimm dir an ihnen ein Beispiel. Sollte es uns beschieden sein, wieder heimzukehren, werden sie von einem gelungenen Fest berichten können, kommt es, wie du befürchtest, sterben sie im Rausch. Du hingegen quälst dich bis zum Schluß. Hast sie immer ein bißchen verachtet, doch im Grunde bist du dümmer als sie. Und eitel obendrein. Warum hast du dich dazu hinreißen lassen, vor diesem Liub deine geheimsten Gedanken auszusprechen? Weil du es nicht verwinden konntest, was dir Miloduch an den Kopf geworfen hatte. Sogar vor dem Tod mußt du dir beweisen, daß du klüger bist als sie. Ja, ich habe dich durchschaut, Freundchen. Doch nun wirst du vernünftig sein. Trink, solange man dir dazu noch Zeit läßt, das ist nämlich das einzige, was dir geblieben ist.

Wie viele Becher er in sich hineingeschüttet hatte, wußte er nicht mehr. Ein Schleier legte sich vor seine Augen, ihm wurde leicht und fröhlich zumute. Irgendwann vernahm er ein Klopfen, die Tür zum Hof ging auf, und ein untersetzter Mann kam herein. Der dichte schwarze Bart reichte ihm fast bis zu den Lidrändern, so daß es den Anschein hatte, als sei er maskiert.

»Entschuldige die Störung, Herr Graf«, sagte er mürrisch. »Aber dort hinten brennt es.«

»Wo!«

»Ungefähr dort.« Der Bärtige zeigte mit dem Daumen zur Tür. »Es muß bei Hatto sein.«

»Und weshalb behelligst du mich damit? Wenn es Hatto ist, bei dem es brennt, würde ihm jetzt, da das Feuer bis zu uns zu sehen ist, unsere Hilfe nichts mehr nützen. Das weißt du ebensogut wie ich.«

»Es könnte auch ein Überfall sein.«

»Ach was, male nicht gleich den Teufel an die Wand. Sieh du es dir an«, wandte sich Gero an Konrad, »und sag mir dann, wie du darüber denkst.«

Der Blonde regte sich nicht, nur seine Lippen zitterten

kaum merklich. »Jawohl, Herr Graf«, entgegnete er schließlich, erhob sich schwerfällig und verließ mit dem Bärtigen den Raum.

»Seid unbesorgt, ihr Herren«, sagte Gero, abwechselnd zu Ratibor und Pribislaw blickend, »wäre es tatsächlich ein Überfall, hätte uns Graf Christian längst alarmiert.«

Ratibor antwortete ihm nicht. Seine Augen wanderten über die Gesichter der anderen. Befriedigt stellte er fest, daß der Schleier, der sie und ihn trennte, nicht gerissen war. Zugleich fühlte er, wie sich tief in ihm etwas Kaltes ballte. Er füllte Wein nach und trank. Doch der kalte Klumpen wuchs weiter. Erneut spähte er in die Runde. Die meisten hatten den Bärtigen vermutlich gar nicht wahrgenommen. Erschöpft blinzelnd tasteten sie nach ihren Bechern, legten wie Vögel die Köpfe zurück und gossen den Wein in ihre Kehlen. Lediglich Liub war keine Trunkenheit anzumerken. Kerzengerade saß er da und schaute Ratibor an, als wollte er ihn verschlingen.

Wieder knarrte die Tür, und wieder erschien auf der Schwelle die Gestalt des stämmigen Dienstmannes. »Es handelt sich doch um einen Überfall, Herr Graf«, verkündete er. »Einer von Hattos Knechten hatte fliehen können, er traf soeben ein. Er berichtete, daß man die anderen gefesselt habe und demnach beabsichtigt, sie zu verschleppen. Er meint, die Bande bestünde aus etwa zehn Männern. Wenn wir sofort losreiten, könnten wir sie noch erwischen.«

»Verdammt!« Der Graf hieb mit der flachen Hand auf den Tisch. »Was ist mit Christian?«

»Ich weiß es nicht. Vielleicht ist er ihnen schon auf den Fersen. Vielleicht haben sie ihn aber auch abgelenkt.«

»Weshalb zögerst du?« fragte Thietmar Gero. Er raufte sich das Haar. »Willst du Hatto seinem Schicksal überlassen?«

»Selbstverständlich nicht!«

Während Ratibor den Wortwechsel verfolgte, spürte er, wie sich von seinen Achselhöhlen unaufhörlich Schweißtropfen lösten und ihm die Seiten herunterrannen. Plötzlich ertappte er sich dabei, daß er begonnen hatte, sie zu zählen. Er sprang auf. »Wo ist Konrad!« rief er, auf den leeren Stuhl weisend.

Der Mann an der Tür hob verblüfft die Brauen. »Ich habe ihn losgeschickt, um Graf Christian zu suchen. Was willst du denn von ihm?«

»Suchen? Wo! Im Wald? Jetzt, in der Nacht?«

»Was kümmert's dich?« entgegnete der Bärtige grob.

»Was erlaubst du dir, Otfried!« herrschte ihn Gero an. »Kriegst gleich eins auf dein freches Maul. Entschuldige dich bei dem Fürsten, und zwar auf der Stelle! Ansonsten setzt es was.«

Der Mann verneigte sich vor Ratibor. »Ich bitte dich um Verzeihung, Herr«, sagte er mit ausdrucksloser Miene. »Es ist die Aufregung. Ich versichere dir, es wird nicht wieder vorkommen.«

»Das möchte ich dir auch geraten haben!« sagte Gero. Und zu Ratibor gewandt: »Wie ist es, lassen wir es dabei bewenden? ... Du hast gehört, was sich ereignet hat«, fuhr er, ohne die Antwort abzuwarten, fort. »Es bleibt mir nichts weiter übrig, als unverzüglich aufzubrechen.«

Ratibor starrte ihn an. »Wir werden dich begleiten«, sagte er, die Worte dehnend.

Gero runzelte die Stirn. »Uns begleiten? Weshalb?«

»Um euch zu helfen.«

Gero sah kurz zu Thietmar, lächelte dann und berührte Ratibor am Arm. »Ich danke dir, Freund«, sagte er, »aber ich darf dein Angebot nicht annehmen. Blicke dich doch um, die meisten könnten sich ja nicht einmal auf einem Pferd halten. Außerdem: Wenn auch nur einem einzigen von euch etwas zustieße, würde es mich den Kopf kosten. Nein, es ist unmöglich.«

»Und wenn uns hier etwas zustößt?«

»Hier? Ich begreife nicht.«

»Der Überfall kann eine Täuschung sein. Die Räuber locken euch weg und reiten danach zur Burg.«

Gero lachte. »Wann hätte es das jemals gegeben, daß Räuber sich an einen Hof heranwagten, von dem bekannt ist, daß er Tag und Nacht bewacht wird? Außerdem soll die Bande kaum ein Dutzend Häupter zählen. Aber um ganz sicherzugehen, werde ich befehlen, daß man euch Gabeln aushändigt, mit denen man Sturmleitern abwehren kann ... Und nun, ihr Herren, erlaubt, daß wir uns entfernen. Ich bin überzeugt, daß wir vor dem Morgengrauen zurück sind. Gehabt euch unterdessen wohl.«

Er stand auf, nickte ihnen zu und verließ mit Thietmar und dem Bärtigen den Raum.

Während ihre Schritte verhallten, schaute Ratibor zu den anderen. Sein Blick saugte sich an Liub fest, der ihn sofort erwiderte. Liubs Wangenmuskeln spielten, er wirkte hellwach. Ich bin bereit, besagte seine Miene, fang doch endlich an!

Ratibor holte tief Luft, ergriff einen Weinkrug und schmetterte ihn gegen das Gebälk oberhalb der Tür. »Folgt mir, Brüder!« rief er. »Wir sind in höchster Gefahr!«

Die Männer hoben die Köpfe und betrachteten ihn zweifelnd.

»Was hat denn das zu bedeuten?« hörte er die Stimme des alten Fürsten. »Weshalb schreist du herum?«

Verdutzt sah Ratibor zu ihm herab. Pribislaw war immer öfter eingenickt und hatte zuletzt sogar etliche Male laut geschnarcht. Er hatte mit dem Alten nicht mehr gerechnet, doch wie es jetzt schien, war dem der kurze Schlaf gut bekommen. Seine Stimme klang kräftig, in den wäßrigblauen, fast kindlich klaren Augen war keine Spur von Trunkenheit oder Erschöpfung.

»Die Sachsen haben behauptet, daß ein Gehöft in der Umgebung gebrandschatzt worden wäre und daß sie den Bewohnern zu Hilfe eilen müßten«, stieß Ratibor hervor. »Wie –«

»Das tut mir leid für sie«, fiel ihm Pribislaw ins Wort.

»Du solltest dir lieber selbst leid tun«, erwiderte Ratibor, vor Wut erbleichend. »Begreifst du wirklich nicht? Wenn wir sie fortlassen, sind wir verloren.«

»Was willst du damit sagen?«

»Daß man uns während ihrer Abwesenheit überfallen wird.«

»Und woher weißt du das?«

»Ich erkläre es dir später. Jetzt ist dazu keine Zeit. Wir müssen den Grafen unverzüglich als Geisel nehmen, unsere Leute holen und verschwinden.«

Liub sprang auf. »Glaubt ihm, ihr Herren, er hat recht!« Er faßte seinem linken Nachbarn unter die Achsel, riß ihn hoch, zerrte ihn zu einem der hinter ihnen stehenden Bottiche und tauchte den Kopf des überrumpelten Mannes unter Wasser.

Ein Scharren ertönte, dann ein dumpfer Aufschlag. Pribislaw hatte sich erhoben und dabei den Stuhl umgeworfen. Sein Mund klappte auf, der von geronnenem Fett steife Bart zitterte. »Was redet ihr da, ihr Schufte?« brüllte er. »Unseren Gastgeber gefangennehmen, in seinem eigenen Haus? Ja, seid ihr denn von Sinnen?«

Er schnellte herum.

»Du wagst es, mir solch einen Rat zu geben?« fuhr er Ratibor an. »Sei sicher, das werde ich dir nicht vergessen. Als ob du mich noch nicht genug gequält hast, du mit deinem ewigen Argwohn. Ganz krank bin ich durch dich geworden. Bist es nicht wert, dich einen Fürsten zu nennen.«

Für einen Augenblick war es totenstill, dann setzte ein ohrenbetäubendes Getöse ein. Die Männer schwangen ihre Fäuste, hieben auf den Tisch, stampften auf die Dielen, und selbst diejenigen, die schon so bezecht waren, daß sie nicht mehr verstanden, worum es ging, taten mit.

»Ja, laß uns in Frieden!« hörte Ratibor sie schreien. »Eine Schande ist es, was du uns da empfiehlst! . . .« Er fühlte, daß sich jemand in seinen Gürtel krallte. »Gib endlich Ruhe, du Verrückter!« zischte ihm der Mann zu. »Ansonsten wirst du es bereuen.«

Ratibor riß sich los. Er lief zu seinem Stuhl, ließ sich darauf nieder und barg das Gesicht in den Händen. Zwischen den gespreizten Fingern hindurch beobachtete er, wie Liub den Körper seines anscheinend hoffnungslos betrunkenen Opfers zurück zu dessen Platz schleifte.

Auf einmal wurde das Stimmengewirr leiser. Ein Räuspern ertönte, und durch den Raum wehte Zugluft. Am Eingang lehnte, einen Helm auf dem Kopf, der Bärtige. »Wir reiten jetzt los, Herr«, sagte er. »Versäumt nicht, nach unserem Aufbruch das Tor zu verriegeln. Die Gabeln, die euch der Graf versprach, stehen am Brunnen. Frische Fackeln findet ihr in einem Korb dort hinter der Tür. Laßt euch die Zeit nicht lang werden.«

Die Hufschläge entfernten sich. Sowie sie verklungen waren, stand Ratibor auf.

»Wohin willst du?« erkundigte sich Pribislaw finster.

Ratibor beachtete ihn nicht. Er ging zur Tür, öffnete sie und verharrte. Liub und die beiden anderen Neletici, die ihm gefolgt waren, drängten ebenfalls ins Dunkel.

»Und was tun wir nun?« fragte Liub.

»Einer von uns muß sofort die Leute herholen. Alle. Es wird nicht leicht sein, anscheinend schlafen sie bereits. Wer weiß, in welcher Verfassung sich die meisten befinden.«

Liub hustete.

»Ich werde gehen«, sprach Ratibor weiter. »Bringe du inzwischen die Unseren dazu, Wachen aufzustellen. Nimm deine ganze Beredsamkeit zusammen.«

»Nein, es ist wohl besser, ich gehe«, entgegnete Liub. »Von denen da drin gehorcht mir ja doch niemand.«

»Demnach wäre es einerlei, wer von uns beiden hierbliebe.« Ratibor lächelte flüchtig. »Also gut, versuche es. Höre zu: Unser Mann heißt Krik. Berufe dich auf mich; er ist willig und wird sich nicht widersetzen. Was die anderen betrifft, so behaupte, daß eine große Bande in der Nähe sei. Laß sie aber nicht zu groß sein. Über unseren Verdacht vorläufig kein Wort.«

Er begleitete Liub zum Tor, schloß es, und nachdem dessen Schritte verhallt waren, kehrte er zum Haus zurück. Vor der Tür standen acht Männer, fünf Sorben und drei Heveller. Erstaunt gewahrte er, daß sie bewaffnet waren.

»Wo schleichst du denn herum?« rief ihm Miloduch zu. »Hast du etwa vor, den Hof allein zu verteidigen?«

»Sprich nicht so laut!«

»Wo ist Liub?« erkundigte sich Semil.

»Er holt die Leute.« Ratibor zeigte in Richtung Wiese.

»Da steht ihm ja ein hartes Stück Arbeit bevor«, sagte Semil schmunzelnd. »Warum bist du denn nicht selbst gegangen?«

Plötzlich wurde er ernst und streckte den Arm mit der Fackel vor, so daß sie Ratibors Gesicht beleuchtete. »Welche Leute meinst du?«

»Alle.«

»Unsere auch?«

»Ja.«

»Was nimmst du dir heraus!« brauste Semil auf. »Verfügst über meine Männer, ohne mich um Erlaubnis zu fragen?«

Die anderen schickten sich ebenfalls an, ihrer Entrüstung Ausdruck zu verleihen, doch Ratibor ließ ihnen keine Zeit, sich mit der dafür erforderlichen Luft zu versehen. »Denkt von mir, was ihr mögt«, sagte er schneidend, »aber hört mir vorher noch einen Augenblick zu.« Dann teilte er ihnen seine Beobachtungen mit.

»Nehmen wir an, deine Vermutung trifft zu«, meldete sich eine Stimme aus dem Hintergrund. »So erkläre mir doch, warum uns der Sachse ausgerechnet auf seinem eigenen Hof ans Leder will.«

»Weil er darauf baut, daß gerade das kaum jemand für möglich halten wird. Zudem hat er uns hier alle beisammen, wie in einem Sack. Er braucht ihn nur noch zuzubinden.«

»Und die Gabeln?«

Ratibor zögerte. »Nun ja, er wollte mein Mißtrauen beschwichtigen, und da passierte es ihm vielleicht, daß er weiter ging, als er ursprünglich beabsichtigt hatte. Vielleicht meinte er auch, die Mehrzahl von uns sei bereits so betrunken, daß sie nicht mehr fähig ist, die Gabeln zu bedienen.«

»Vielleicht! Vielleicht!« Semil stöhnte auf. »Vielleicht sind das alles aber auch nur Hirngespinste? Oder kommt so etwas bei dir nicht in Betracht? Bald ist er zurück, und was muß er da sehen? Daß sich sein Hof in ein Heerlager verwandelt hat. Wie willst du ihm das *erklären*?«

»Das laß meine Sorge sein.«

Ratibors Worte schienen sich noch nicht von seinen Lippen gelöst zu haben, da gellte von jenseits der Palisade ein langgezogener Schrei zu ihnen herüber. Ungewöhnlich laut am Anfang, verlor er schnell an Kraft, um dann jäh abzubrechen.

Die Männer fuhren zusammen. Wohl keiner von ihnen hätte beschwören können, ob diesen Schrei ein Mensch oder ein Tier hervorgebracht hatte, was er jedoch bedeutete, daran gab es nicht den geringsten Zweifel. So schrie man nicht um Hilfe und nicht, um zu warnen, so schrie man nicht vor Zorn oder Schreck, und sogar der heftigste Schmerz erzeugte nicht diese Art Schrei. So schrie ein Wesen, bevor es starb, noch mit allen Fasern dem Leben verhaftet und schon dabei, es unwiderruflich zu verlassen.

»Liub ...«, murmelte einer der Sorben.

Ratibor straffte sich. »Löscht die Fackeln, nehmt die Gabeln und verteilt euch zu zweit entlang der Palisade. Wer etwas bemerkt, alarmiert die anderen; ansonsten handelt jeder selbständig. Ich hatte unseren Leuten draußen befohlen, Wachen aufzustellen. Sofern sie es getan haben, müßten inzwischen alle auf den Beinen sein. Gelingt es ihnen, sich zu uns durchzuschlagen, werden wir gemeinsam einen Ausbruch wagen.« »Du«, wandte er sich an Miloduch, »holst die dort drin; sag ihnen, daß wir die Nordseite besetzen. Und nun vorwärts!«

Während Miloduch die Tür aufriß, drehte sich Ratibor um, stürmte, von den anderen gefolgt, zum Brunnen und ergriff eine Gabel. Mit langen Sätzen rannte er auf den Garten zu, warf sich gegen den Zaun, trat ihn nieder und rannte weiter. Feuchte Zweige peitschten ihm das Gesicht. Neben ihm prallte jemand gegen ein Hindernis, stürzte und rappelte sich leise fluchend wieder auf.

Als die Palisade vor ihm auftauchte, war nur noch einer der Männer an seiner Seite. »Wie ist es, bleiben wir zusammen?« fragte er keuchend. Es war Semils Stimme.

Ratibor antwortete ihm nicht. Er bohrte seinen Fuß in das weiche Erdreich des Dammes, erklomm ihn und spähte über den Rand der Befestigung. Modergeruch stieg ihm in die Nase. Es war fast nichts zu erkennen, denn der Mond hatte sich hinter einem Wolkenschleier verkrochen. Allein das schwarze Band des Grabens hob sich ein wenig aus der Finsternis hervor.

Er ging ein Stück, kehrte um, stockte, lauschte und stierte ins Dunkel, bis ihm die Augen zu tränen begannen. Die Gabeln, warum die Gabeln! Für alles hatte er im Laufe des Abends eine Erklärung gefunden, dafür noch nicht. Er befühlte seine Gabel. Sie hatte zwei eiserne Zinken, die mit dem Schaft durch eine Manschette verbunden waren. Sogar in den Händen eines Schwächlings konnte sie sehr wirkungsvoll sein, war doch der Streifen zwischen Palisade und Graben so schmal, daß es nur eines kleinen Stoßes bedurfte, um eine dort aufgestellte Leiter umzustoßen. Im Graben, das hatte er bei der Ankunft gesehen, steckten Pfähle; selbst wer aus geringer Höhe herabfiel, würde sich daher verletzen.

Hatte der Graf dies nicht bedacht? Nein, das paßte nicht zu ihm. Oder hatte er so viele Krieger aufgeboten, daß er Verluste nicht zu scheuen brauchte? Doch wenn er ohnehin beabsichtigt hatte, seine eigene Burg förmlich zu stürmen, war der Aufwand, mit dem er seine Gäste in Sicherheit zu wiegen versucht hatte, nicht mehr recht zu verstehen.

Leitern, die auf dem Grund des Grabens oder gar am jenseitigen Ufer aufgestellt wurden, war mit den Gabeln freilich nicht beizukommen. Gegen sie gab es ein anderes Mittel:

Man hieb, sich mit dem Schild vor Pfeilen oder Speeren schützend, die obersten Sprossen durch. Auf diese Weise würden er und seine Gefährten imstande sein, gleichzeitig an die dreißig Leitern unbrauchbar zu machen. Wegen ihrer Länge würden für den Transport und das Aufrichten einer einzigen von ihnen ungefähr vier Männer erforderlich sein, was bedeutete, daß der Graf, falls er den Widerstand der Verteidiger noch vor dem Morgen brechen wollte, mit wenigstens zweihundert Leuten angreifen mußte.

Nein, diese Möglichkeit schied ebenfalls aus, nicht zuletzt deshalb, weil dies zuviel Aufsehen hervorrufen würde. Und daran konnte ihm schwerlich gelegen sein. Wiederum – ohne eine Art Leiter war die Palisade nun einmal nicht zu überwinden.

Eine Art Leiter! durchzuckte es Ratibor. Er reckte sich, langte über die Brüstung, und schon bald ertasteten seine Finger einen metallenen Haken sowie etwas Geflochtenes. Er packte es, spürte Schwere, spießte seine Gabel in den Boden und zog mit beiden Händen weiter. Eine Strickleiter holperte über die Pfosten. Er warf sie auf den Damm und ging, mit einem Arm über die Brüstung greifend, auf Zehenspitzen nach links. Zwei Schritte, drei, vier, fünf – da war es wieder! Diesmal hob er die Schlaufe kurz an, schob sie über den Haken und ließ los. Ein dumpfes Poltern ertönte.

Er drehte sich um und lief zurück. Unterwegs überlegte er. Entdeckte man die Strickleitern früh genug, konnte man, selbst wenn sich die Angreifer bereits anschickten, sie hochzuklettern, noch mindestens drei Stück mit dem Schwert durchhauen. Bemerkte man sie indes nicht, würde beim Erscheinen des Feindes, der ja ohne die erwarteten Leitern kam, zunächst einmal Verwirrung entstehen. Hatten seine Krieger den Graben durchquert, befanden sie sich im toten Winkel der Befestigung, und während man drinnen noch rätselte, wie sie hochgelangen wollten, würden bereits die ersten von ihnen über die Palisade klettern. Ja, so sollte es sich wohl abspielen!

Eine Gestalt taumelte ihm entgegen. »Ratibor?«

»Ja.«

»Ich bin's, Semil.«

»Sie haben ringsherum Strickleitern aufgehängt«, raunte ihm Ratibor zu. »Überzeuge dich selbst!« Er nahm Semils Hand und führte sie über die Brüstung.

»Verdammt!« ächzte Semil. »Was jetzt? Zerschneiden wir sie?«

»Nein, wir hängen sie ab, das geht rascher. Zuvor sagen wir aber den anderen Bescheid.«

Geduckt preschte er davon. »Ich bin es!« stieß er beim Laufen mit unterdrückter Stimme hervor, ging, immer langsamer werdend, weiter und meldete sich ein zweites Mal.

»Du?« fragte es endlich aus dem Dunkel. »Was machst du hier?«

Flüsternd berichtete er den beiden Männern von seiner Wahrnehmung, worauf sich der eine sofort zum nächsten Nachbarn begab.

Darauf bedacht, nicht neben den schmalen Damm zu treten, hastete Ratibor wieder zurück. Er hatte die Stelle, an der er die Gabel gegen die Palisade gelehnt hatte, noch nicht erreicht, als ein Geräusch an sein Ohr drang, das wie ein fernes Jaulen klang und ihn, indem es anschwoll, an die Rufe einer sich nähernden Schar Wildgänse erinnerte. Er blieb stehen, wandte sich um und bemerkte in der Richtung, in der sich die Schlafstätte der Gefolgsleute befinden mußte, ein eigentümliches Glitzern, so, als seien dort zahllose Fackeln entzündet worden. Ah, sie kamen ihnen also zu Hilfe! Ein Stein fiel ihm vom Herzen.

Plötzlich vereinigten sich die zerstreuten Flämmchen zu einem gelbroten Licht, das die Äste mehrerer Bäume und sogar den Giebel eines Hofgebäudes der Finsternis entriß. Eine Feuerzunge bohrte sich in den Nachthimmel und schwankte im Rhythmus des Windes funkensprühend hin und her. Erst jetzt erkannte Ratibor, daß jener Laut, der ihn an die Rufe von Gänsen erinnert hatte, von Menschen herrührte, die verzweifelt schrieen.

Vor Grauen wie betäubt, schaute er zu der brennenden Scheune. Ein Plätschern weckte ihn aus seiner Erstarrung. Er trat an die Brüstung, spähte hinunter, und als sich seine Augen an die Schwärze gewöhnt hatten, sah er, daß jemand über den Graben lief. Für kurze Zeit glaubte er, daß ihn ein Trugbild narrte; dann verstand er: sie hatten Bretter auf die Pfähle gelegt.

Der Mund wurde ihm trocken. Aufs Geratewohl griff er über den Rand der Palisade, berührte ein Stück Seil, zupfte daran und fühlte, daß es straff gespannt war. Er zog sein Schwert, holte aus und schlug schräg von oben dorthin, wo soeben noch seine Hand gewesen war. Er vernahm einen dumpfen Aufprall, dem ein erstickter Fluch folgte. Er rieb den Handrücken mit Erde ein, hängte erneut den Arm über die Brüstung und lief, so geschwind er konnte, weiter. Schiefer spießten sich in seine Fingerkuppen, die Haut beiderseits der Achselhöhle schmerzte, als habe sie etwas versengt.

Auf einmal hörte er ein Schnaufen. Er riß den Arm zurück, und im nächsten Moment erbebten die Pfosten unter einem Hieb. Blitzschnell beugte er sich vor und erblickte einen hellen Fleck, das Gesicht eines Mannes, der keuchend an seiner Axt zerrte, die sich anscheinend in einer Fuge festgeklemmt hatte. Der Mann ließ den Stiel der Axt los und versuchte, mit der Rechten den Schild, den er über den linken Oberarm gesteckt hatte, abzustreifen. Ratibor reckte sich und stach, zwischen die schimmernden Zahnreihen zielend, in den geöffneten Mund. In das Knirschen brechender Zähne und Wirbel mischte sich ein leises Stöhnen, dann stürzte der Körper nach unten. Zwei Gestalten, die einige Schritte weiter gerade im Begriff waren, emporzuklettern, machten hierauf eilig kehrt.

Rasch löste Ratibor die Leiter vom Haken und ließ sie fallen. Dabei gewahrte er einen Mann, der sich hinter ihm anschickte, die Palisade zu übersteigen. Er hatte bereits einen Fuß auf den Rand gestellt, stützte sich mit der linken

Hand ab und holte Schwung; deutlich war sein pfeifender Atem zu vernehmen.

Ratibor stieß einen kurzen Schrei aus, worauf der andere zusammenzuckte und abwehrend die Axt vorstreckte. Mit dem Schwert fuchtelnd, stürmte Ratibor auf ihn zu, blieb jäh stehen und neigte sich zurück. Er spürte den Luftzug der niedersausenden Axt. Der Sachse verlor das Gleichgewicht, und noch während er vornüberkippte, hieb Ratibor auf ihn ein. Der Schlag traf lediglich den Schild, riß jedoch den Körper von der Brüstung auf die Erde hinunter. Erneut schwang Ratibor das Schwert, da ertönte in seinem Rücken ein Poltern. Ohne sich zu besinnen, schnellte er herum und lenkte den Hieb, der für den Liegenden bestimmt war, nach hinten, wobei sich das Geräusch wiederholte. Er stutzte, dann begriff er, daß es von herabrollenden Steinen stammte, die er am Rand der Böschung losgetreten hatte.

Im selben Augenblick fühlte er in seinem rechten Unterschenkel ein Stechen. Eher verblüfft als wütend, drehte er sich um und schlug auf den anderen ein, bis dieser kein Lebenszeichen mehr von sich gab. Nach Atem ringend, betastete er hierauf die Wade. Zwei Handbreit oberhalb des Fußknöchels klaffte eine etwa fingerlange Wunde, die jedoch nur mäßig zu bluten schien. Er richtete sich auf, humpelte vorwärts, und schon bald strauchelte er über die Strickleiter, die er hochgezogen und auf den Damm gelegt hatte. Neben ihr lehnte die Gabel.

Sich mit einer Hand an ihren Schaft klammernd, raffte er mit der anderen die Strickleiter zusammen und nahm auf ihr Platz. Nun erst drang in sein Bewußtsein, daß auch an den übrigen Stellen des Hofes der Kampf längst entbrannt sein mußte. Von überall her erschollen Geschrei und Waffengeklirr, und in das Gebrüll des Viehs mischten sich die Schrekkensrufe von Frauen.

Wo mochte Semil sein? Hatte er die Männer noch warnen können?

Er strich über den Pfosten hinter sich und leckte Tau von

den zerschundenen Fingern. Sein Herz klopfte rasend, vor seinen Augen wirbelten farbige Punkte, Arme und Beine zitterten, als habe er seit dem Morgen pausenlos Steine geschleppt. Erschöpft schloß er die Lider. Ruh dich ein wenig aus, sagte er sich, nur einen Moment, so lange, bis das verdammte Herz aufgehört hat, so wild zu schlagen. Dann stehst du auf und gehst zu den anderen . . .

Elf Männer, die meisten leicht verwundet, hatten sich ins Haus flüchten können, in jenen Raum, in dem sie noch bis vor kurzem gezecht hatten. Sie rückten die Wasserfässer vor die Ausgänge, türmten Tische und Stühle darauf, und obwohl allen klar war, daß sie das nicht mehr retten würde, schufteten sie, als ob es eine Belagerung zu überdauern gälte. Niemand sprach dabei ein Wort. Auch auf dem Hof war es, bis auf das Schleifen von Füßen, still geworden.

Als sie fertig waren, stellten sie sich mit blanker Waffe zu beiden Seiten des Fensters und der äußeren Tür auf. Der alte Fürst hatte sich als einziger gesetzt. Zuweilen fiel sein Blick auf die Reste des Mahles, die man entlang der Wände auf die Dielen geschüttet hatte. Dann verwünschte er, daß er nicht an der Palisade gestorben war, sondern sich hierher verkrochen hatte, hier, wo ihn alles daran erinnerte, daß er sich wie ein Narr betragen hatte. Hier hatte er geschlungen und getrunken, zuversichtlich, daß seine Entscheidung richtig und die Ängste der vergangenen Wochen grundlos gewesen waren. Hier hatte er jenen beleidigt, der als einziger ihr Schicksal vorausgesehen und es dennoch geteilt hatte. Und wie zum Hohn würde hier auch bald sein Leichnam liegen, ein blutbesudeltes Bündel inmitten von Abfällen und Weinlachen.

Während er die bleichen Gesichter der Gefährten betrachtete, dachte er, daß alles, was er in seinem Leben vollbracht hatte, in dieser einen Nacht wertlos geworden war. Die Siege, auf die er so stolz gewesen war, die Freuden und Genüsse, die er gesammelt hatte, als könnte er noch im Jenseits von ihnen zehren, sie hatten sich auf einen Schlag in Asche verwandelt. Er dachte daran, daß man ihn ohne Grabbeigaben bestatten und daß deshalb sein ganzer Besitz in der anderen Welt die Verachtung des Grafen sein würde. Wie Pech würde sie noch an seinem toten Körper kleben.

Mehr als das peinigte ihn aber die Erkenntnis, daß niemand erfahren würde, wie schändlich man sie betrogen hatte. Denn selbst dagegen hatte der schreckliche Mensch Vorsorge getroffen. Etliche der Angreifer hatten slawische Worte gerufen, aus denen hervorging, daß sie sich an den »sächsischen Hunden und der ihnen hörigen Verräterbande« zu rächen beabsichtigten. Das war sicherlich für die Mägde bestimmt, die nun bezeugen konnten, daß die Eindringlinge keine Sachsen gewesen waren ... Sinnlos, wie sein Leben geworden war, würde auch sein Tod sein, und das war es, was ihn gegenwärtig am meisten schmerzte.

»He, ihr da drin!« ertönte in diesem Augenblick dicht am Fenster eine jener Stimmen. »Hört zu: Kommt freiwillig raus, dann werdet ihr sterben, ohne etwas davon zu merken. Mit euch ist es aus, und das wißt ihr. Ihr habt es uns schwer genug gemacht, doch wenn ihr euch jetzt ergebt, ist alles vergessen. Zwingt ihr uns aber noch einmal, mit euch zu kämpfen, ziehen wir jedem, den wir lebend kriegen, die Haut vom Leib.«

»Was sagte er?« fragte ein junger Siusler, dessen eine Gesichtshälfte von getrocknetem Blut überkrustet war. Anscheinend hatte der Hieb, der ihn so zugerichtet hatte, auch sein Gehör beeinträchtigt.

»Falls wir uns ergeben, verspricht er uns einen raschen Tod, ansonsten droht er uns Martern an«, erläuterte jemand.

Gehetzt sahen sich die Männer an. Einige ergriffen Weinkrüge und schmetterten sie unter Flüchen gegen die Fensterläden.

»Wie ihr wollt«, äußerte die Stimme gleichmütig. Schritte entfernten sich.

Auch der alte Fürst hatte sich nun erhoben und wie alle

das Schwert gezogen. Zuvor hatte er sein Messer mit der Schnur, an welcher er sein Amulett trug, am Oberschenkel befestigt. Vielleicht bemerkte man beides in der Dunkelheit nicht und begrub ihn damit ... Es war so still, daß man außer den Atemzügen der Männer nur noch das Schnurren dreier Katzen hörte, die von den Speiseresten fraßen. Jemand holte aus, um ihnen einen Tritt zu versetzen, winkte dann aber ab und spuckte lediglich aus. Ein anderer bückte sich nach einem der herumliegenden Becher, füllte ihn und trank ihn leer. Während er sich über den Mund wischte, schluchzte er plötzlich auf, so, als sei ihm bewußt geworden, daß dies der letzte Wein in seinem Leben gewesen war.

Auf dem Hof wurde es lebendig: Fußgetrappel, Klirren, Räuspern, auch einige Kommandos in slawischer Sprache. Die Männer zuckten zusammen, ihre Körper spannten sich.

»Fackeln aus!« rief Miloduch. Er riß eine aus der Halterung, konnte sich jedoch ebenso wie seine Gefährten nicht sofort entschließen, sie zu löschen. Endlich zertrat er sie. Man tat es ihm nach, und es wurde finster.

Fast gleichzeitig gab es einen Knall. Einer der Läden splitterte, Stühle polterten zu Boden, und durch das Fenster fuhr etwas Längliches, das donnernd gegen die gegenüberliegende Wand prallte. Jäh wurde es nach links geschwenkt und schleuderte jemanden beiseite. Eine Katze schrie gellend. Geistesgegenwärtig nahmen vier der Verteidiger Anlauf, warfen sich gegen den erneut geschwenkten Balken und drückten ihn mit ihrem Gewicht nieder. Draußen erscholl Gebrüll; offenbar waren die Angreifer durch das hochschnellende Holz verletzt worden.

Im selben Moment erbebte die vordere Tür unter einem Stoß. Ein zweiter, noch einer, danach das Geräusch berstender Bretter und stürzender Stühle. Durch die Tür, die, nur noch von den Bottichen gehalten, im Rahmen hing, war ein Stück des Nachthimmels zu sehen.

Abermals ertönte am Fenster das wohlbekannte Knirschen. Es rührte von dem anderen Flügel her, der schon beim ersten Stoß zerbrach und nun herabfiel. Diesmal zogen die Angreifer den Balken sofort zurück, und durch die dadurch entstandene Öffnung zischten Pfeile, die sich dröhnend in die Wand bohrten.

Geduckt hasteten alle zum Ausgang, wo sie zusehen mußten, wie die Fässer mittels niedrig gezielter Stöße allmählich in den Raum hineingeschoben wurden, und zwar so, daß sich eine Gasse bildete. Nur der alte Fürst war im hinteren Teil der Halle geblieben und beobachtete von hier aus, wie sich die zertrümmerte Tür immer mehr neigte. Als ihre Reste auf die Dielen krachten, bückte er sich und lief zum Fenster. Er hatte sich kaum aufgerichtet, da nahm ihm ein wuchtiger Schlag gegen die Kehle die Luft. Es dauerte eine Weile, bis er begriff, daß in seinem Hals ein Pfeil steckte. Unter Aufbietung aller Kräfte tat er ein paar Schritte und beugte sich hinaus. Aus Mund und Nase rieselte es warm, ihm war, als müsse er ersticken. Plötzlich fühlte er, wie ihn jemand an den Haaren packte und ins Freie zu zerren versuchte. Er hieb mit der Faust nach dem unsichtbaren Gegner, traf jedoch ins Leere. Er vernahm ein Lachen, etwas Kühles wehte ihn an, und mit unerträglichem Getöse entflammte ein Blitz vor seinen Augen . . .

Die Rammstöße hatten aufgehört, ebenso der Beschuß. Miloduch kroch ein Stück zurück, um auf den Hof zu spähen. Was er im Schein etlicher Fackeln erblickte, zeigte ihm, daß der Angriff unmittelbar bevorstand. Die Sachsen hatten sich mit mannshohen Schilden gewappnet, in denen Sehschlitze angebracht waren, und formierten sich gerade zu einem Sturmkeil. Sie trugen die Schilde so, daß er von allen Seiten geschützt war.

Ein Pfiff ertönte. Die Schar setzte sich in Marsch und stapfte im Gleichschritt auf das Haus zu. »Achtung, sie kommen!« rief Miloduch. Er sprang auf, warf sich aber sofort wieder zu Boden, denn drinnen wurde es jäh hell. Während er sich zur Wand rollte, bemerkte er, daß an Speeren befestigte Fackeln zum Fenster hereingehalten wurden.

In diesem Augenblick schob sich der gepanzerte Wurm scheppernd über die Schwelle. Schwertschläge prasselten auf ihn ein, glitten aber von ihm ab. Behend schlängelte er sich zwischen zerbrochenen Tischen und Stühlen hindurch auf das hintere Ende des Raumes zu, wobei sich zwischen seinen einzelnen Gliedern nicht die kleinste Lücke auftat.

Abermals ein Pfiff. Die Eindringlinge machten eine halbe Drehung, legten ihre großen Schilde ab und stellten sich in einer Doppelreihe auf. Jeder von ihnen, sie mochten an die dreißig sein, war mit einer langstieligen Streitaxt, einem kleinen Rundschild sowie einem Helm ausgerüstet. Regungslos standen sich die beiden Gruppen gegenüber.

Starker Schweißgeruch breitete sich aus und vermengte sich mit dem Duft der blakenden Fackeln und dem des nahenden Morgens. Es waren die Gerüche des Lebens, und die Menschen neben der Tür sogen sie gierig ein. Sie erinnerten an verflossene Tage, kündigten einen neuen an und verhießen so Hoffnung, eine Hoffnung, die für sie unbegreiflicherweise nicht mehr gelten sollte. Ihre fahlen Gesichter verzerrten sich, die in ihnen gestaute Spannung entlud sich in einem Knurren und dann, ohne daß es dazu eines Zeichens bedurft hätte, stürzten sich alle fast gleichzeitig auf den Feind.

Obwohl sich ihnen die Sachsen mit vorgestreckten Schilden entgegenwarfen, gelang es den ungedeckt fechtenden Slawen, ihre Reihen ins Wanken zu bringen und schließlich zu sprengen. Das Schwert mit beiden Händen umfassend, hieben sie blindlings um sich. Die Klingen pfiffen, Fleischfetzen, Holz- und Lederstücke flogen umher, und in das widerliche Geräusch aufeinanderprallenden Eisens mischte sich das grausige Heulen der Verletzten.

Als die Sachsen den Ansturm abgewehrt hatten, waren noch an die zwei Dutzend von ihnen unversehrt oder nur leicht verwundet. Ihnen standen sechs vereinzelt kämpfende Männer gegenüber. Drei wurden eingekreist und niedergemacht, den übrigen glückte es, mit dem Rücken an die Wand zu kommen.

Einer hatte sich in seinen Widersacher verkrallt und versuchte, ihm die Gurgel durchzubeißen. Von einem Axthieb getroffen, stürzte er mit zerschmetterter Hüfte zu Boden. Ein langmähniger Sachse sprang ihm auf den Leib, stampfte wie besessen auf ihn ein. Der Mund des Verwundeten klappte auf. Kein Laut kam heraus, die Zunge wirbelte.

Dem jungen Siusler wurde der Bauch aufgerissen. Während er die herausquellenden Därme mit der Linken festhielt, focht er mit der Rechten unablässig brüllend weiter, so lange, bis ihm jemand den Schädel spaltete.

Miloduch, über und über mit Hirn bespritzt, verteidigte sich mit weitausholenden Schwertstreichen, schlitzte einem Angreifer den Hals auf und hieb einem anderen oberhalb des Knies das Bein durch. Von einem Blutstrahl geblendet, rieb er sich die Augen, da zermalmte ihm ein Schlag die Kinnlade.

Zersplitterte Zähne hustend, rutschte der betäubte Mann an der Wand herunter. Das Schwert entglitt seiner Hand. Sein Gegner hob es auf, trat neben ihn, setzte ihm die Spitze der Waffe auf die Brust und trieb sie, indem er mit der Rückseite der Axt auf den Knauf schlug, durch den sich aufbäumenden Körper in die Dielen. Eine Weile schaute er zu, wie die Füße des Sterbenden scharrten, dann zertrümmerte er ihm den Kopf.

Der Kampf war vorbei. Der Raum schwamm im Blut. In den Pfützen lagen die Toten. Wo sich noch Leben regte, bereiteten ihm die Sieger rasch ein Ende. Selbst die eigenen Schwerverwundeten verschonten sie nicht; wer nicht allein aufstehen konnte, wurde von ihnen zusammengehauen.

»Was nun, Richolf?« flüsterte jemand.

»Jetzt schaffen wir Ordnung«, kam gedämpft die Antwort. »Du, Hemuzo, sammelst mit deinen Leuten die Strickleitern ein. Daß ihr keine liegenlaßt! Ihr, Bukko, macht unseren Toten die Gesichter unkenntlich. Nehmt dazu die Axt, nicht das Messer. Du, du und du, ihr bleibt hier und paßt auf, daß sich im Gesindehaus niemand muckst. Sollte eine ihre Nase herausstrecken, wißt ihr, was ihr zu tun habt. Alle anderen kommen mit mir. Wir werden die Kadaver dieser Hunde zusammentragen und sie zählen. Beeilen wir uns, es wird bald hell.«

III.

Nachdem sie die Festhalle verlassen hatten, war Konrad mit Otfried auf den Damm an der Innenseite der Palisade gestiegen. »Es muß bei Hatto sein«, sagte Otfried, auf einen Feuerschein im Westen zeigend. »Oder was meinst du?«

»Vielleicht«, entgegnete Konrad. »Vielleicht brennt es aber auch nur im Wald. Das kann man von hier aus kaum feststellen. Ich werde hinreiten und mich davon überzeugen.«

»Allein?«

»Ja.«

»Und was soll ich dem Grafen sagen?«

»Die Wahrheit. Sei sicher, er wird es billigen. Ich gehe jetzt ein Paar Sporen holen, sattle du inzwischen mein Pferd. Und umwickle die Hufe mit Tüchern.«

Er erwartete die Frage, weshalb er das verlange, und hatte sich bereits die Antwort zurechtgelegt: Da er ohne Begleitung reite, wolle er, um kein Gesindel anzulocken, möglichst wenig Lärm verursachen (In Wirklichkeit ging es ihm darum, zu verhindern, daß die slawischen Dienstleute auf ihn aufmerksam wurden.) . . . Das, dachte er, wird dann heute meine letzte Lüge gewesen sein. Doch zu seinem Erstaunen wünschte Otfried keinerlei Erklärung.

Als Konrad aus der Rüstkammer wieder auf den Hof trat, fand er die Stute gesattelt vor. Otfried reichte ihm den Zügel. »Welchen Weg nimmst du?« erkundigte er sich, während sie zum Tor liefen.

»Wieso fragst du? Führen neuerdings mehrere Wege zu Hatto?«

»Nein«, antwortete Otfried unbestimmt. »Paß auf, daß du dir nicht das Genick brichst«, fügte er hinzu.

»Will's versuchen.«

Am Ende der Brücke saß Konrad auf und sprengte, den ungewohnt leisen Aufschlag der gepolsterten Hufe genießend, auf den Wald zu. Irgendwo dort in der Finsternis beobachtete ihn jetzt jener Mann, der wenig später ans Tor klopfen und sich gegenüber Otfried als ein Knecht Hattos ausgeben würde ... In Höhe der Scheune, in welcher die Slawen untergebracht waren, hielt er an. Vom angrenzenden Pferch her war das Schnauben ihrer Pferde zu hören, aus dem Gebäude hingegen drang kein Laut. Offenbar schliefen die Männer schon.

Er atmete auf. Vielleicht würde es gar nicht erforderlich sein, sie mit Gewalt am Verlassen ihrer Unterkunft zu hindern.

Im Schritt ritt er weiter. Der Wald nahm ihn auf, die Finsternis war beinahe vollkommen. Über ihm rauschte es sacht. Noch eine knappe Meile, dann würde er die Stelle erreicht haben, an der ihn die Räuber erwarteten.

Erst jetzt fühlte er, wie sehr ihn die vergangenen Stunden erschöpft hatten. Der Zwang, auf jede Regung der Gäste zu achten, sich dies aber nicht anmerken zu lassen und statt dessen so zu tun, als werde er allein vom Essen und Trinken in Anspruch genommen, die Notwendigkeit, sich im Gespräch unbefangen zu geben, sich dabei jedoch vor Übertreibung zu hüten, und schließlich der Gedanke daran, daß das Schwierigste noch bevorstand, dies alles zusammen hatte an seinen Kräften gezehrt.

Die Art, in der Graf Gero die Häuptlinge umworben hatte, hatte sein Unbehagen noch vermehrt. Um ihr Mißtrauen einzuschläfern, hätte es von allem lediglich der Hälfte bedurft; der Hälfte an Wein und Speisen ebenso wie der Artigkeiten, mit denen er sie überhäuft hatte. Der Gegensatz zwischen seinen Schmeicheleien sowie der überladenen Tafel und seinen Absichten kam Konrad zuweilen so unfaßbar groß vor, daß er nicht wußte, ob er dieses Übermaß an Verstellung bewundern oder verabscheuen sollte ...

Er hörte ein Rascheln, das Pferd stockte und schnappte nach seinem Knie. Er beugte sich vor, langte über den Kopf des Tieres ins Dunkel, griff in Gestrüpp. Er saß ab, tastete sich voran und gewahrte etwas Unförmiges. Dort lag ein Baum. Es handelte sich um eine der Birken, die man beiderseits des Weges angepflanzt hatte, damit man ihn in der Dämmerung nicht so leicht verfehlte.

Als er die Zweige auseinanderbog, entdeckte er hinter diesem Stamm einen zweiten, der sich in die entgegengesetzte Richtung verjüngte. Somit war der gesamte Weg durch emporragende Äste versperrt.

Während er überlegte, ob er links oder rechts ausweichen sollte, fiel ihm ein, daß hier gestern ein Fuhrwerk entlanggefahren war, mit dem Auftrag, bei einem benachbarten Grundbesitzer frischen Fisch zu besorgen. Von entwurzelten Bäumen hatten die Leute nichts verlauten lassen. Einen Sturm aber, der diese Bezeichnung wirklich verdiente, hatte es zuletzt im Mai gegeben.

Hastig trat er neben die Stute, steckte einen Fuß in den Steigbügel und holte Schwung. Im selben Moment fühlte er sich an der Hüfte umschlungen und wuchtig herumgeschleudert. Jemand schlug ihm die Beine weg, und noch bevor er auf die Erde prallte, traf ihn ein fürchterlicher Hieb in den Bauch. Er wollte schreien, doch da hatte er bereits einen Knebel im Mund.

Nach Luft ringend, nahm er wahr, daß es mindestens vier Männer sein mußten, die ihn überwältigt hatten. Einer stülpte ihm einen Sack über den Kopf, zwei knieten auf seinem Rücken und fesselten ihm die Hände, ein vierter schnürte ihm die Füße zusammen.

Sowie sie fertig waren, schleppten sie ihn an den Rand. Es knackte, dann war es eine Weile still, dann knackte es erneut. Durch das Gewebe drang ein Lichtschein. Irgendwer räusperte sich, worauf es wieder finster wurde. Schritte entfernten sich.

Er lauschte ihnen hinterher. Als sie verklungen waren, spürte er auf einmal, daß noch jemand neben ihm stand. Er zuckte zusammen, und sofort legte sich eine Hand auf seine Schulter. »Keine Angst, alles gut«, raunte eine Stimme, die er zu kennen meinte. Doch woher?

Nachdem einige Zeit verstrichen war, löste der andere seine Fußfesseln, half ihm auf und befreite ihn von dem Sack und dem Knebel. Er faßte ihn am Arm, geleitete ihn zu der Stute und führte ihn und das Tier um die gefällten Bäume herum auf den Weg.

Anfangs kostete Konrad jeder Schritt Überwindung, doch schon bald fiel ihm das Gehen zunehmend leichter. Bauchdecke und Kniekehlen schmerzten zwar höllisch, überdies hatte er sich beim Sturz das Kinn aufgeschürft, ernstlich verletzt schien er indes nicht zu sein.

Er schöpfte wieder Hoffnung. Der Mann war ja von einer erstaunlichen Unbekümmertheit. Statt ihn mit einer Schlinge um den Hals hinter sich herzuzerren, behandelte er ihn so zart, als sei er eine Frau oder ein Kind. Wähnte er sich ihm so überlegen? Wie auch immer, es bestanden dadurch gute Aussichten, ihm zu entwischen. Nicht weit von hier, nach der nächsten Krümmung des Weges, hatte es vor etlichen Jahren gebrannt, und um zu verhindern, daß sich das Feuer ausbreitete, hatte man linker Hand eine Schneise in den Wald gehauen. Sie war längst wieder mit Sträuchern bewachsen, bot aber jemandem, der jeden Fleck in dieser Gegend kannte, einen ausgezeichneten Fluchtweg. Auch im Dunkel würde er sie finden, und da er nicht zu befürchten brauchte, gegen einen Stamm zu prallen, würde er ungehemmt drauflosrennen können. Er würde sich losreißen, und noch ehe sein Bewacher entschieden hatte, ob er ihn zu Pferd oder zu Fuß verfolgen sollte, würde ihn die Nacht verschluckt haben. Zuvor mußte er sich allerdings noch der Fesseln entledigen.

Er spannte die Muskeln, lockerte sie, spannte sie abermals. Sogleich verstärkte der Fremde seinen Griff. »Nicht machen!« flüsterte er. »Keine Angst, alles gut.«

Wieder schien es Konrad, als habe er die Stimme schon einmal gehört.

»Wohin gehen wir?« fragte er.

»Geradeaus.«

»Und wer bist du?«

Der Mann lachte lautlos, antwortete aber nicht. Konrad beschloß, nichts zu übereilen, denn was immer das alles bedeuten mochte, sonderlich böse schien es der andere mit ihm nicht zu meinen.

Nachdem sie ein Stück gelaufen waren, wandte sich der Fremde plötzlich nach links, hinein in fast mannshohes Gestrüpp.

Zweige peitschten ihre Gesichter, und als Konrad emporblickte, erkannte er auf einmal, daß sie sich in der Schneise befanden. Verblüfft blieb er stehen.

»Noch bißchen«, sagte der andere und schob ihn vorwärts. Kurz darauf vernahm Konrad ein leises Rascheln und Klirren. Im Mondlicht bewegte sich etwas. Der Geruch von Kot stieg ihm in die Nase, und noch bevor er begriff, woher er rührte, spürte er die Nähe eines zweiten Pferdes. Schnaubend begrüßte es sie.

»Halt!« sagte der Mann und machte sich daran, seine Fesseln aufzuknoten. Sowie er damit fertig war, drehte er Konrad herum, faßte nach seiner rechten Hand, führte sie sich an den Kopf und preßte sie gegen sein Haar.

»Peppo!« entfuhr es Konrad. »Verflucht noch eins, bist du es wirklich?«

»Ich bin«, bestätigte der andere trocken. »Hast du nicht geahnt?«

»Nein!« entgegnete Konrad, sich stöhnend die Gelenke reibend. »Nichts habe ich geahnt, ich schwör's dir! Warum sagst du das erst jetzt? Es fehlte nicht viel, und ich hätte dich dorthin geschickt, wo du früher oder später sowieso landen wirst.«

»Du?« Der Schwarze lachte glucksend. »Hast du noch nicht genug?«

»Wovon? . . . He, was heißt das? Warst du es etwa, der mir –«

»Ich war«, gab Peppo fröhlich zu. »Aber ich hätte lieber Knüppel nehmen sollen. Hand tut mir weh von deinem blöden Gürtel.« Er befühlte sie. »Überall ist Blut. Da!«

»Was schert mich deine Hand, du dreister Strolch«, erwiderte Konrad, halb ärgerlich, halb belustigt. »Eigentlich wollte ich einen Panzer überziehen, hab es mir dann aber im letzten Moment noch anders überlegt. Hast also Glück gehabt . . . Und nun verrate mir endlich, was du hier tust.«

»Ich rede mit dir.«

»Bist wohl ausgerückt, wie?«

»Ausgerückt?«

»Stell dich nicht dumm! Wer waren denn die anderen drei?«

»Von meiner alten Bande.«

»Soso, von deiner alten Bande! Hab ich's mir nicht gedacht? Ihr seid also doch ausgerückt.«

»Wenn du so sagen willst.«

»Wie würdest du es denn ausdrücken?«

Peppo schwieg.

Konrad stemmte die Fäuste in die Hüften. »Was ist, Freundchen, weshalb läßt du mich warten? Raus mit der Sprache, bevor ich die Geduld verliere!«

Der Schwarze seufzte. »Ich werde dir erklären«, antwortete er. »Doch du darfst nicht gleich wütend werden. Versprich mir, daß du mich ausreden läßt, bis zum Schluß.«

»Fang an!«

»Du willst wissen, warum wir dir aufgelauert haben«, begann Peppo ohne weitere Umschweife. »Ich werde dir sagen: Weil es uns Graf Christian befohlen hat.«

»Was hat er euch befohlen?«

»Dich zu überfallen. Wir sollen dich fesseln und so lange festhalten, bis alles vorbei ist.«

»Weshalb?«

»Damit du uns nicht verraten kannst.«

»An wen?«

»An die Slawen.«

Konrad räusperte sich. »Ihr hattet vorhin eine Fackel. Wo ist sie jetzt?«

»Meine Kameraden haben sie mitgenommen. Sei unbesorgt, wir werden keine brauchen. Ich finde Weg auch ohne Licht.«

»Oh doch, ich könnte eine gebrauchen. Ich würde nämlich gern dein Gesicht sehen.«

»Wozu?«

»Du bist betrunken, alter Freund, stimmt's?«

»Betrunken? Ich? Keinen Tropfen habe ich getrunken. Wir dürfen erst wieder trinken, wenn alle tot sind.«

Der Schwarze lachte, daß seine vom Mondlicht umflirrten Schultern bebten. »Du riechst nach Wein, sogar gegen Wind. Aber du sagst: Peppo ist betrunken!«

»Wenn wer tot ist?«

»Wer? Eure Gäste natürlich.«

»Und woran werden sie sterben?«

»Du stellst seltsame Fragen, weißt du?«

»Antworte!«

»Weil die anderen sie totschlagen.«

»Was faselst du da? Hast du den Verstand verloren? Sie sollten sie nicht töten, sondern gefangennehmen und entführen.«

»Das ist nicht wahr. Graf Christian sagt: Verschont keinen, auch nicht, wenn einer auf den Knien um Gnade bittet. Niemand darf mit dem Leben davonkommen.«

Konrad hockte sich nieder, tastete über die Erde, und als er gegen einen Baumstumpf stieß, nahm er darauf Platz.

»So«, sagte er, »nun beginne noch einmal. Ich werde dir aufmerksam zuhören. Doch ich warne dich: Wenn ich dich bei einer einzigen Lüge ertappe, gerbe ich dir das Fell.«

Der Schwarze klatschte in die Hände. »Heilige Jungfrau,

wofür strafst du mich? Erst bin ich betrunken, dann verrückt und jetzt ein Lügner. Ich glaube, es ist besser, ich schweige.«

»Werd nicht frech! Also – warum habt ihr mich überfallen?«

»Weil Graf Christian gesagt hat.«

»Wann!«

»Heute morgen.«

»Wer war außer dir noch zugegen?«

»Meine Kameraden.«

»Wie begründete er seine Forderung?«

»Er sagte, du willst den Slawen berichten, was wir vorhaben. Darum sollen wir dich festhalten, bis alles vorüber ist.«

»Von was für Slawen sprichst du? Ich meine, wo sollen sie sich nach Ansicht des Grafen befinden?«

»Ich weiß nicht. Irgendwo im Wald.«

»Und weshalb glaubt er von mir, ich wolle mit ihnen in Verbindung treten?«

»Ich weiß nicht. Er hat uns nichts gesagt.«

»Wo sind deine drei Kameraden hingegangen?«

»Zurück zu den anderen. Sie sollten mir nur helfen, dich zu fesseln.«

Konrad hob den Kopf. »Du lügst«, sagte er dumpf, »und ich werde es dir beweisen. Zum einen wisse, daß sich im Wald gar keine Slawen aufhalten. Es gibt dort niemanden, dem ich, was immer dies sein mag, etwas verraten könnte. Des weiteren läßt sich der Graben um unseren Hof schwerlich ohne meine Hilfe überwinden. Ich schlug nämlich Pfähle in den Grund, an denen seitlich eiserne Spitzen angebracht sind. Wer ihn durchwatet, wird sich deshalb, zumal im Dunkeln, unvermeidlich verletzen. An vier Stellen stehen die Pfähle so, daß man Bretter auf sie legen und den Graben blitzschnell überqueren kann. Diese Stellen sind aber allein mir bekannt, wovon Graf Christian unterrichtet ist. Er würde mich daher nicht einfach festhalten lassen, sondern nach ihnen befragen.«

»Sind sie wirklich nur dir bekannt?«

»Natürlich auch meinen Männern. Der Zweck dieser Übergänge besteht ja darin, bei einer Belagerung nachts einen Ausfall zu ermöglichen. Keiner meiner Leute weiß jedoch etwas von dem Plan, die Häuptlinge zu verschleppen.«

»Das stimmt nicht. Der mit dem großen Bart weiß.«

»Wen meinst du? Otfried?«

»Ja.«

»Wie kommst du denn darauf?«

»Er war mit Graf Christian im Wald.«

»Wann?«

»Gestern abend. Graf Christian sagte zu uns: Dieser Mann wird euch morgen nacht zum Hof und über den Graben führen. Gehorcht ihm aufs Wort. Glaubst du mir nun?«

Konrad schwieg. Er mühte sich, die Herkunft eines Geräusches zu ergründen, das während Peppos letzter Worte dicht an seinem Ohr eingesetzt hatte. Plötzlich erkannte er, daß es von seinen Zähnen herrührte, die unablässig aufeinanderschlugen. Er bewegte die Finger, sie waren steif vor Kälte. Er stand auf, steckte sie unter die Achseln, lief ein paar Schritte und drehte sich um.

»Ich werde dir darauf später antworten«, entgegnete er. »Schildere mir jetzt, wie euch Graf Christian befahl, die Häuptlinge zu töten.«

»Gut. Als er zu uns kam, sagte er, daß er einen gefährlichen Auftrag hat. Man kann aber auch große Beute machen. Er fragte, ob es Freiwillige gibt. Es meldeten sich fast alle, denn dort, wo wir sind, ist es sehr langweilig. Er wählte welche aus.«

»Wie viele?«

»Mehr als die Hälfte von jeder Burg. Unterwegs ließ er halten und sagte, was wir tun sollen. Er sagte, sie haben sehr viel Schmuck, Gold und Silber, und wir dürfen alles an uns nehmen. Wir müssen aber jeden töten und dürfen niemals darüber reden.«

»Erklärte er euch, warum ihr die Häuptlinge töten solltet?«

»Er sagte, die Häuptlinge wollen den Grafen töten, nachts, wenn alles schläft. Man muß ihnen zuvorkommen.«

»Und was habt ihr darauf erwidert?«

»Es gab Streit.«

»Worüber?«

»Alle wollten bei denen sein, die die Häuptlinge töten, nicht bei denen, die die anderen töten. Wegen des Schmucks. Darum sagte Graf Christian, es wird alles auf einen Haufen gelegt und gerecht geteilt. Da waren sie einverstanden.«

»Wen meinst du mit *andere*?«

»Die Knechte der Häuptlinge.«

»Ach! Die solltet ihr also ebenfalls umbringen? Und auf welche Weise?«

»Graf Christian sagte, das Haus, in dem sie schlafen, ist voller Heu oder Stroh. Es ist ganz neu, und seine Wände sind fest. Unsere Männer müssen nur die Wachen erledigen, den Balken vors Tor schieben und das Dach mit Brandpfeilen beschießen; dann werden die da drin ersticken oder sich tottrampeln.«

Es entstand eine Pause.

»Bist du mit deiner Geschichte fertig?« erkundigte sich Konrad nach einer Weile heiser.

»Nicht ganz«, erwiderte der Schwarze. »Aber vielleicht ist es besser, ich spreche nicht weiter. Du sagst Geschichte, also glaubst du mir nicht.«

»Laß es doch noch auf einen Versuch ankommen.«

Peppo zögerte. »Hör zu«, fuhr er schließlich mit gedämpfter Stimme fort. »Graf Christian sagt zu mir in Gegenwart meiner Kameraden, daß ich bis zum Morgen auf dich aufpassen soll. Als ich aber allein bin, winkt er mich zu sich heran und sagt: Ach, ich habe etwas vergessen. Ich frage: Was hast du vergessen, Herr Graf? Er sagt: Möchtest du dir das Doppelte von dem verdienen, was die anderen erhalten werden? Ich sage: Warum nicht? Was muß ich dafür tun? Er sagt: Töte Konrad. Mache es so, daß es aussieht, als ob er sich von den Fesseln befreit und dich angegriffen hat. Graf

Gero will, daß er stirbt, denn er ist eine Gefahr für ihn. Ich sage: Einverstanden, Herr Graf, aber gib mir vorher ein bißchen Silber, damit ich weiß, daß du es ehrlich mit mir meinst. Er wollte mich erst schlagen für meine Frechheit, doch dann gab er mir Silber. Hier!« schloß er und klopfte sich triumphierend gegen den Gürtel. »Was sagst du jetzt?«

Konrad trat einen Schritt zurück. Er spürte, daß ihm die Knie zitterten. Verstohlen tastete er nach seinem Schwert, aber da fiel ihm ein, daß man es ihm abgenommen hatte. Er holte tief Luft. »Habe ich dich richtig verstanden?« fragte er, sich zur Ruhe zwingend. »Graf Gero befiehlt, die Häuptlinge zu töten, und weil er mich verdächtigt, ich könnte verraten, daß die Tat auf seine Veranlassung hin geschah, ordnete er an, mich aus dem Weg zu räumen.«

»Ja«, bestätigte Peppo mit einem Anflug von Ungeduld.

»Wie wir vorhin festgestellt haben, ist mir von einem solchen Plan jedoch nichts bekannt. Was also hätte Graf Gero von mir zu befürchten?«

Der Schwarze zuckte die Schultern. »Bißchen hast du gewußt. Du kehrst heim und siehst, alle sind tot. Was wirst du denken?«

»Und aus diesem Grund sollte er mich töten lassen? Weshalb nicht einen von euch? Oder alle? Wenn er sichergehen will, daß der Anschlag geheim bleibt, müßte er doch auch euch beseitigen.«

»Und woher weißt du, daß er nicht vorhat? Diesem Mann traue ich zu, daß er sich selbst umbringt, nur, damit auch ganz bestimmt niemand erfährt, wie es wirklich war.«

Peppo lachte.

»Nein, nein, unsere Männer werden nicht verraten. Sie haben es ja getan und müssen wieder über die Grenze. Sie wären dumm, wenn sie reden würden.«

»Nun gut«, entgegnete Konrad. »Eines begreife ich freilich noch nicht: Weshalb willst du mich eigentlich verschonen?«

»Wann habe ich gesagt? Ich kann mich nicht erinnern. Die Nacht ist noch lang.«

Wieder ließ Peppo sein glucksendes Lachen vernehmen.

»Paß auf«, sprach er, jäh ernst werdend, weiter. »Graf Christian sagt, dir darf nichts zustoßen, und die anderen hören es. Dann bist du tot. Wer wird mir glauben, daß es Graf Christian befohlen hat? Der Schwarze ist ja halber Teufel, er wird schon getan haben. So werden sie sagen und mich ebenfalls umbringen.«

»Und wenn du mich verschonst, meinst du, werden sie dich loben?«

»Warum nicht?« antwortete Peppo spöttisch. »Vielleicht hat Graf Christian inzwischen anders überlegt und zum Dank dafür, daß ich das erraten habe, beschenkt er mich. Vielleicht haut er mich auch in Stücke. Leider werde ich niemals erfahren.«

»Was heißt das?«

»Ich gehe zurück nach Italie. Das heißt.«

»Oho! Du gehst also zurück nach Italie. Und das sagst du, als wäre es ganz selbstverständlich. Hast du denn bereits entschieden, welchen Ort du diesmal beehren wirst? Venezia wieder?«

»Ich glaube nicht.«

»Ist es dort, wo du jetzt bist, so unerträglich?«

»Nein, es ist gut. Aber wie lange noch? Ich sage dir: Nach der heutigen Nacht wird hier bald die Hölle lossein. Jeder, der bleibt, wird es bereuen. Man muß weg, so weit wie möglich.«

Der Schwarze faßte Konrad an der Hand.

»Komm mit mir«, fuhr er eindringlich fort. »Zusammen werden wir es schaffen. Ich weiß, wo die Pferde unserer Leute stehen. Wir nehmen jeder zwei, damit wir wechseln können. Für mein Silber kaufen wir Pelze, die brauchen wir in den Bergen. In paar Tagen sind wir in Bayern; dann kriegen sie uns nicht mehr.«

»Ich verstehe«, sagte Konrad und entwand ihm vorsichtig die Hand.

»Ich wußte! Also vorwärts! Wir haben schon genug Zeit verloren.«

»Wahrhaftig ... Was ist übrigens mit meinem Schwert? Oder erhalte ich es erst in Bayern zurück?«

Peppo ging zu der Stute, löste den Wehrgurt vom Sattel und reichte ihn Konrad. Der schnallte ihn um und straffte sich. »So«, sagte er, »und jetzt verschwinde.«

Der andere, im Begriff, sein Pferd loszubinden, drehte sich herum.

»Was ist?« erkundigte er sich überrascht.

»Halt! Bleib, wo du bist!«

Konrad hatte das Schwert gezogen und hieb damit einmal durch die Luft.

»Ich warne dich, alter Freund, komme mir nicht zu nahe! Das ist kein Scherz. Hast es schlau eingefädelt, das muß dir der Neid lassen; verflucht schlau! Fast wäre ich dir auf den Leim gegangen. Doch nun bist du durchschaut.«

»Was redest du? Ich verstehe dich nicht.«

»Dafür verstehe ich dich, und zwar ausgezeichnet. Für mein Silber werden wir Pelze kaufen – ha! Du weißt sehr gut, daß du allein nichts ausrichten kannst, deine schwarze Fratze würde ja überall auffallen. Und da von deinen Leuten wohl keiner mitwollte, hast du mich zu deinem Reisebegleiter auserkoren. Gib zu, daß ich recht habe. Aber daraus wird nichts. Finde dich damit ab und ziehe deiner Wege.«

»Denkst du noch immer, ich lüge?« stieß Peppo hervor.

»Ja.«

»Aber jedes Wort ist wahr, ich schwöre dir bei allen Heiligen! Schade, daß so finster ist. Könntest du mein Gesicht sehen, würdest du wissen, daß ich nicht lüge.«

Er raufte sich das Haar.

»Warum glaubst du mir nicht! Warum!«

»Es ist jetzt kaum die Zeit, dir das zu erklären«, entgegnete Konrad. »Doch um dich zu beruhigen: Der Anblick deines Gesichtes würde an meiner Auffassung nichts ändern.«

Der Schwarze schwieg. Plötzlich schlug er sich gegen die

Stirn. »Dieser Mensch ist verrückt!« rief er aus. »Oh, mein Gott, er ist völlig verrückt. Was soll ich bloß tun?«

»Das sagte ich bereits: Verschwinden, und zwar auf der Stelle. Es sei denn, du entschließt dich, auf dein Vorhaben zu verzichten. Du hast mein Ehrenwort, daß ich dich nicht verraten werde. Überlege es dir, noch ist es nicht zu spät.«

Peppo brach in Gelächter aus, verstummte jedoch sogleich wieder. »Du willst wirklich bleiben?« fragte er leise. »Sagtest du das im Ernst?«

»Ja.«

»Du wirst sterben! Vielleicht nicht heute, aber bald. Ich habe es Graf Christian angesehen: Sie wollen deinen Tod. Sei nicht dumm und komme mit mir.«

»Schluß jetzt! Gehe endlich! Oder muß ich dir erst Beine machen?«

Der Schwarze ergriff den Zügel. »Du bist blind«, sagte er kopfschüttelnd, »so blind! Warum habe ich nur so lange mit dir gesprochen? Ich könnte schon über alle Berge sein.«

Er zögerte.

»Was wirst du sagen, wenn sie fragen, wo ich bin?«

»Ich werde sagen, daß ich die Fesseln abgestreift habe und dir mitsamt dem Gaul entwischt bin. Nehmen wir einmal an, du hättest mich tatsächlich bis zum Morgen festhalten sollen, so werden sie glauben, daß du mich suchst oder dich aus Angst vor einer Strafe nicht sofort zurückwagst. Bis sie Verdacht geschöpft haben, dürfte dein Vorsprung groß genug sein. Bist du damit zufrieden?«

Nachdem Peppo genickt hatte, steckte Konrad das Schwert in die Scheide und fügte hinzu: »Verdient hast du es zwar nicht, dennoch: Ich wünsche dir, daß du dein Italien wiedersiehst. Leb wohl!«

»Danke«, entgegnete der Schwarze gelassen. »Und was wünsche ich dir? Ich meine, am besten leichten Tod.«

Er schnalzte dem Pferd ins Ohr, zupfte am Zügel und drehte sich um. In den Sträuchern raschelte es, Trittgeräusche entfernten sich. Dann war es still.

Nachdem der Schwarze gegangen war, zäumte Konrad die Stute ab. Er setzte sich auf den Sattel, stützte das Kinn auf die Fäuste und sah ins Dunkel.

War Mitternacht schon vorüber? Das Stückchen Himmel, in das er blickte, verriet nichts davon. Der Mond war hinter die Wipfel der Bäume gewandert, vereinzelt blinkten Sterne. Ein träges Rauschen lief durch den Wald, hier unten indes war kein Hauch zu spüren. Mit weichem Schwingenschlag überflog eine Eule die Lichtung.

Er lehnte sich an einen Baumstumpf und schloß die Augen. Als er wieder erwachte, begann der Nachthimmel zu erblassen. Nebelschwaden hingen zwischen den Büschen, von den Ästen tropfte es. Eine Amsel wühlte im vorjährigen Laub, zerrte einen Wurm hervor und verschlang ihn mit rukkenden Kopfbewegungen.

Frierend erhob sich Konrad. Er wischte sich die Nässe aus dem Gesicht, trat zu der Stute und schnallte den Sattel fest. Während er sie losband, stieß sie ihm mit dem Maul gegen die Schulter, ein Zeichen, daß sie hungrig war. Das Gras, das an dieser Stelle wuchs, schmeckte ihr offenkundig nicht, denn vor ihr lagen etliche abgebissene Halme.

Als er aufgesessen war, zauderte er einen Moment, lenkte dann aber das Pferd statt zur Straße weiter in die Lichtung hinein. Rasch wurde es heller. Die Nebelschwaden zerrissen. Am Himmel trieben graue Wölkchen dahin, die sich vom Saum her rosa färbten. Zwitschernd schaukelten Meisen an den tropfenbehangenen Zweigen der Sträucher. In die morgendliche Frische, die dem Waldboden entströmte, mischte sich der tröstliche Duft der Fichten.

Die Schneise endete an einem Weg. Konrad wandte sich nach links, und es dauerte nicht lange, da vernahm er ein Plätschern: der Lärchenbach. Auf der kleinen, erst kürzlich wieder einmal erneuerten Brücke saß eine Elster, der Wind spielte mit ihren Schwanzfedern. Sowie sie ihn bemerkte, flog sie, ohne einen Laut von sich zu geben, zu einem Stein auf der Uferböschung. Konrad saß ab und zerrte das widerstrebende Pferd am Zügel über den federnden Steg. Während er auf das schmale und flach gewordene Flüßchen hinabschaute, spürte er schmerzlich, daß die brüderliche Freude, die er bei seinem Anblick stets empfunden hatte, diesmal ausblieb.

Ein kleines Stück hinter der Brücke verließ der Weg den Wald, schlängelte sich zwischen Feldern und Weiden hindurch, um schließlich abermals in einen Wald zu münden. Er bestand zumeist aus Eichen. Zahllose Pfade durchzogen ihn, die Spuren der Schweinehirten und ihrer Herden. Da und dort schimmerten die Schnittflächen von Baumstümpfen; hier war das Holz für die Palisade geschlagen worden.

Nachdem er ungefähr eine Viertelmeile geritten war, stieg ihm auf einmal Brandgeruch in die Nase. Es war nicht der anheimelnde, Geborgenheit verheißende Duft eines lodernden Feuers, sondern der scharfe, düstere Geruch erkalteter Asche, so daß er sich unwillkürlich an jene Wochen erinnert fühlte, die er allein auf dem von den Ungarn zerstörten Fronhof verbracht hatte. Von Erregung gepackt, ließ er sein Pferd in Galopp fallen. Kurz vor dem Waldrand hielt er an und band die Stute an eine junge Kiefer.

Als er ins Freie trat, stockte er. Linker Hand, zur Hälfte von einer Baumgruppe verdeckt, sah er den von der Morgensonne beleuchteten gräflichen Hof. Die neuerbaute Scheune indes, die sich direkt vor ihm befinden mußte, war verschwunden. Dort, wo sie gestanden hatte, erstreckte sich eine graue, in der Mitte gewölbte Fläche, aus der ein paar schwärzliche Pfosten ragten. Ein knappes Dutzend Gestalten, deren Gesichter verhüllt waren, machten sich auf ihr mit Harken und Schaufeln zu schaffen. Über ihnen erhob sich eine Staubwolke.

Konrad lief weiter. Trockene Wärme wehte ihm entgegen, unter seinen Füßen knisterte versengtes Gras. Es stank nach Horn und verbranntem Fleisch. Einmal bemerkte er im Schutt einen gekrümmten Gegenstand. Er beugte sich zu ihm herab und erkannte einen menschlichen Körper. Die verschmorten Finger umklammerten den Schaft der Axt.

Beim Näherkommen sah er, daß die Hände der Vermummten in ledernen Fäustlingen steckten, deren Stulpen bis zu den Achselhöhlen reichten. Mit schwerfälligen Bewegungen bahnten sie sich Gassen durch die heiße Asche, zerrten verkohlte Leiber hervor und schleppten sie, als seien es schlafende Kinder, auf beiden Armen zu einem Haufen. Manche der Toten hatten noch ihre natürliche Größe, die meisten jedoch waren geschrumpft und anscheinend so leicht, daß man sie wohl auch mit einer Hand hätte tragen können.

Einer der Männer riß sich das Tuch vom Gesicht, und unter der rußigen Stirn kam Otfrieds bärtiges Antlitz zum Vorschein. Die Nasenflügel blähend, starrte er Konrad aus geröteten Augen an. »Da bist du ja endlich«, sagte er heiser. »Wo zum Teufel hast du dich denn die Nacht über herumgetrieben?«

Konrad antwortete nicht. Sein Blick glitt über die ausgeglühten Körper, die, noch vor wenigen Stunden lebendige Menschen, nun wie verdorrte Äste gestapelt wurden.

»Sind alle tot?« brachte er nach einer Weile hervor.

»Alle?« Otfried kniff die Augen zusammen. »Ich weiß nicht, wir sind noch beim Zählen.«

»Wozu zählt ihr sie?«

»Wozu!« wiederholte Otfried. In seiner Miene zuckte es. »Man möchte schließlich –«

»Und die Häuptlinge?« unterbrach ihn Konrad.

»Die sind auch hinüber. Bis auf einen.«

»Was ist mit ihm?«

»Er ist entwischt . . . Es glückte ihm, sich zu retten«, verbesserte sich Otfried und fügte hinzu: »Die Mägde wollen gehört haben, daß es Slawen gewesen waren. Die Spuren führen zur Saale, also scheint etwas dran zu sein.«

»Warst du dort?«

»Wo?«

»An der Saale.«

Otfried preßte die Lippen aufeinander. »Nein«, erwiderte er herausfordernd. »Jedenfalls sind sie nach Osten geritten.«

»Wo ist der Graf?«

»Er verfolgt sie.«

Die Männer waren auf sie aufmerksam geworden. Stumm drängten sie heran, entblößten ihre Gesichter, berührten Konrad am Arm und musterten ihn forschend.

»Macht weiter!« schrie Otfried sie an. »Habt ihr vergessen, was der Graf befohlen hat? Wenn er wieder zurück ist, hat hier Ordnung zu herrschen.«

Niemand rührte sich vom Fleck. Alle schauten fragend zu Konrad, und erst, nachdem er ihnen zugenickt hatte, gingen sie. Für einen Moment wurde ihm warm ums Herz.

»Was soll mit den Leichen geschehen?« erkundigte er sich, nachdem sich die Männer entfernt hatten.

»Die der Häuptlinge überlassen wir ihren Sippen«, erklärte Otfried. »Wir fahren sie an die Saale und übergeben sie sorbischen Fischern. Mögen die herausfinden, wer zu welchem Stamm gehört, man wird sie dafür sicherlich belohnen. Was die dort betrifft«, er zeigte mit dem Daumen über seine Schulter, »so werden wir sie in einem der Sümpfe zwischen Bode und Wipper versenken.«

»Weshalb solche Umstände? Warum sie nicht einfach dort begraben, wo sie gestorben sind?«

Otfried runzelte die schmutzverkrustete Stirn. »Ich war zuerst ebenfalls dieser Ansicht«, äußerte er, »denn wem könnte dieses Gerümpel wohl noch gefährlich werden? Verbrannte kehren nicht wieder, das weiß schließlich jeder.«

Er machte eine Pause und sah Konrad an, als wollte er ihm Gelegenheit geben, ihn zu berichtigen.

»Aber der Graf ist dagegen«, fuhr er fort. »So viele Tote in unserer Nähe, meint er, das könnte zu Gerede führen. Ein Sumpf sei besser. Im Frühjahr spült sie das Hochwasser raus, das heißt das, was dann von ihnen noch übrig ist. Sie schwimmen in die Saale, von der Saale in die Elbe und von dort ins Meer. Dann sind wir sie endgültig los. Bis dahin mögen sie in Frieden ruhen.«

Bei seinen letzten Worten hatte er zu lächeln angefangen. Der Gedanke, so mächtige Komplizen wie die beiden Flüsse und das Meer zu haben, bereitete ihm offenkundig Genugtuung.

»Und jetzt zu dir«, sprach er aufgeräumt weiter. »Wo bist du so lange gewesen? Ist dir etwas zugestoßen? Verflucht seltsam war mir zumute, als ich dich so mutterseelenallein losreiten sah, glaub mir.«

Konrad antwortete ihm nicht. Er schaute zu den Toten und danach über die Brandstelle. »Ich habe noch eine Frage« sagte er endlich. »Welche der Männer waren ebenfalls eingeweiht?« Den Knauf seines Schwertes berührend fügte er hinzu: »Ich rate dir, mich nicht zu belügen.«

Otfried riß entgeistert die Augen auf und preßte, als gelte es, sich vor einem Hieb oder Tritt zu schützen, beide Arme gegen den Leib. »Keiner von ihnen, ich schwör's dir«, krächzte er und schüttelte einige Male heftig den Kopf.

Konrad nickte flüchtig. »Siehst du die große Birke?« Er wies zum Waldrand. »Richte dem Grafen aus, daß ich unter ihr auf ihn warte.« Er drehte sich um und stapfte, die heiße Asche furchend, dorthin zurück, von woher er gekommen war.

Bei der Stute angelangt, band er sie los, und nachdem er ihr einen Klaps verabreicht hatte, trabte sie mit schleifendem Zügel ins Freie. Er ging zu der nur wenige Schritte entfernten Birke, legte sich ins Moos und schloß die Lider. Erst jetzt merkte er, daß seine Hände brannten, als seien sie verbrüht worden. In den Schläfen pochte es, der Mund füllte sich unablässig mit Speichel.

Eine Zeitlang lauschte er den Geräuschen, die vom Hof her zu vernehmen waren. Das Krähen eines Hahnes, die Rufe der Mägde, das Klappern eines leeren Holzeimers, der gegen die Steinfassung des Brunnens stieß, nichts an diesen Lauten deutete darauf hin, daß der Tag, der da angebrochen war, kein gewöhnlicher Tag war.

Einmal stürmte ein Hund durchs Gebüsch, schnüffelte an seinem Fuß und rannte wieder davon. Ein anderes Mal hatte Konrad den Eindruck, daß sich jemand anschlich. Er spannte die Muskeln und erhob sich ruckartig, worauf es im Unterholz lebendig wurde. Irgendwer machte sich aus dem Staub, doch ob es ein Mensch oder ein Tier war, konnte man nicht erkennen ...

Als er die Augen wieder aufschlug, blickte er in einen wolkenverhangenen Himmel, aus dem vereinzelte Regentropfen herabfielen. Für einen winzigen Moment fühlte er sich fast glücklich. Er stutzte, und dann entsann er sich, daß er soeben noch geträumt hatte, das Gelage und alles, was während der Nacht geschehen war, seien lediglich ein Traum gewesen. Er wälzte sich zur Seite und erbrach sich.

Nach Atem ringend, rollte er sich wieder auf den Rücken. Was tat er eigentlich hier? Ach ja, er wartete auf den Grafen. Doch wozu? Was hatte ihn bewogen, dies zu Otfried zu sagen? Sonderbar, er vermochte sich nicht zu erinnern ... Hatte er sich an Gero rächen wollen? Wohl kaum, das hätte sich ihm gewiß eingeprägt. Auch jetzt verspürte er keinerlei Haß auf ihn. Oder hatte er vorgehabt, Rechenschaft von ihm zu fordern? Ihn zu fragen: Warum hast du mich hintergangen und wie einen Verräter behandelt, Herr Graf?

Doch nein, die Antwort darauf kannte er ja bereits. Ich hätte dich hintergangen? würde sie lauten. Aber das ist unmöglich! Du bist ein Werkzeug, nichts als ein Werkzeug, und ein Werkzeug kann man weder verraten, noch betrügen. Man benutzt es, solange man es benötigt, und man wirft es weg, sobald man es nicht mehr benötigt. Nur dies und nichts weiter habe ich mit dir getan. Daß du in dem Wahn lebtest, etwas anderes zu sein, daran bin ich schuldlos. Es war dein verfluchter Hochmut, der dich dies glauben ließ; ich habe damit nichts zu schaffen. Indem ich dir Nahrung gab und einen Platz in meinem Haus, dich schützte und niemals unverdient schlug, verhielt ich mich nur so, wie sich jeder vernünftige Mann zu seinem Eigentum verhalten sollte. Wenn ich mein Roß, das ich wie mein Kind umsorgte, töte, sobald es alt und schwach ist – würdest du dies Verrat nennen? Wenn ich mein Schwert, daß ich stets pflegte und das dennoch in meinem Dienst schartig wurde, gegen ein neues eintausche – wer könnte mir das verargen? ... Du seiest, wendest du ein, weder alt und schwach, noch schartig. Ja, das ist wahr, doch richtet sich diese Wahrheit, wie du gleich erkennen wirst, nicht gegen mich. In der Tat, du bist nicht schlechthin unbrauchbar, du bist etwas, das viel gefährlicher ist. Du bist wie ein Schwert in der Schlacht, das erst nach langem Sträuben einwilligt, die Scheide zu verlassen, wie ein Pferd, das das Ziel des Rittes nach eigenem Ermessen bestimmen möchte. Du bist, wie diese Vergleiche beweisen, etwas ganz und gar Widernatürliches. Und weil es sich so verhält, wäre es töricht von mir, dich einfach wegzuwerfen. Um mich zu schützen, muß ich dich zerbrechen ...

Er fuhr zusammen. Die Schritte, die sich näherten, hätte er aus Dutzenden herausgehört. Sie klangen so laut und schwer, als verursache sie ein großer und beleibter Mann, aber das vermochte ihn nicht zu täuschen. Seltsam nur, daß die Richtung, aus der sie kamen, nicht auszumachen war; es schien, als ob von überall her Fußpaare im Anmarsch seien. Und doch waren es unverkennbar die Schritte des Grafen, der die Angewohnheit hatte, zuerst mit den Hakken aufzutreten und sich offenkundig nicht einmal auf dem weichen Waldboden verleugnen konnte. In wenigen Augenblicken würde er vor ihm stehen und sagen: Da bin ich, Konrad, warum hast du mich gerufen? Dann galt es, ihm zu antworten.

Nur was?

Er richtete sich auf und lehnte sich an den Stamm der Birke. Überleg es dir, befahl er sich, es ist höchste Zeit. Du weißt es ja, hast es bloß vergessen. Denk an alles, was in dieser Nacht geschehen ist, und es wird dir wieder einfallen. Doch beeile dich, denn die Schritte kommen immer näher.

Mit der ausgestreckten Linken das Gezweig zerteilend, die Rechte am Knauf des Schwertes, so zwängten sich Gero und Thietmar durchs Unterholz. Zuweilen, wenn die Sicht frei war, machten sie einander lautlos auf die Birke aufmerksam. An deren einer Seite, etwa zwei Fuß über der Erde, ragte eine Schulter hervor, die sich bisher allerdings nicht ein einziges Mal bewegt hatte. Bestand sie aus Fleisch und Knochen oder lediglich aus ein paar geschickt aufgestellten und mit einem Wams verkleideten Ästen? Nur noch wenige Schritte, dann würde man es wissen.

An Thietmars angespannter Miene erkannte Gero, daß dieser nach wie vor überzeugt war, geradewegs auf eine Falle zuzulaufen. Was ihn, Gero, betraf, so hatte er eine solche Möglichkeit niemals ernstlich in Betracht gezogen, auch nicht, als die Nachricht vom Tod des Schwarzen eingetroffen war. Christians Leute hatten den Mann beim Stehlen eines Pferdes beobachtet, ihn verfolgt, in einer morastigen Senke umzingelt und, da er sich wie ein Besessener gewehrt hatte, schließlich erschlagen. Für Christian und Thietmar gab es keinen Zweifel, daß er Konrad vor seiner Flucht von seinem Auftrag erzählt hatte, woraus sie schlossen, daß der Bursche gekommen sei, um sich zu rächen.

Für Gero hingegen, dem diese Deutung recht einfältig erschien, stand fest, daß Konrad dem Schwarzen entwischt war und daß dieser deshalb den Kopf verloren und zu fliehen versucht hatte. Konrad, der vermutlich befürchtete, man werde ihm den sonderbaren Überfall nicht so ohne weiteres glauben, war hierauf bis zum Morgen im Wald umhergeirrt und wollte sich nun, bevor er heimkehrte, erst einmal vergewissern, was ihm blühte.

Im Grunde seines Herzens war Gero zufrieden, daß der Junge noch lebte, und sogar entschlossen, ihn wieder bei sich aufzunehmen. Denn was er an ihm besaß – diese Nacht hatte es ihm erneut gezeigt. Die unverhofft großen Verluste bei der Erstürmung des Hofes, welche die Räuber so erbost hatten, daß sie, bevor sie losritten, beinahe rebelliert hätten, der Umstand, daß einem der Häuptlinge die Flucht geglückt war (und zwar, wie zum Hohn, mit einer Strickleiter!) – derlei, da war sich der Graf sicher, wäre unter Konrads Führung nicht geschehen. Seine Umsicht und unbedingte Zuverlässigkeit waren Tugenden, die mit seinem aufreizenden Eigensinn gewiß teuer, indes wohl nicht zu teuer bezahlt waren.

Der Entschluß, seiner befremdlichen Aufforderung Folge zu leisten, hatte Gero freilich einige Überwindung gekostet. Doch solange ihm nicht bekannt war, was Konrad wußte oder auch bloß ahnte, konnte es ihm nur recht sein, wenn ihre Begegnung ohne Zeugen stattfand. Für den Fall aber, daß er tatsächlich etwas im Schilde führte und sie allein mit ihm nicht fertig wurden, hielt sich nicht weit von hier Graf Christian mit mehreren Bewaffneten bereit.

Er war noch ungefähr drei Klafter von der Birke entfernt, als ihn ein Geräusch erstarren ließ. Es erinnerte ihn an den Schmerzenslaut eines Tieres, dem man hinterrücks einen Tritt versetzt hatte: ein von fassungslosem Jammer kündender Ton, einem Stöhnen ähnlicher als einem Schrei. Sich bückend, spähte er zwischen Zweigen hindurch zu dem Baum und gewahrte, daß die Schulter verschwunden war. Er tauschte einen Blick mit Thietmar, der, in den Knien federnd, blitzschnell nach allen Seiten sicherte. Dann gingen sie auf die Birke zu.

Sie bemerkten ihn erst, als sie vor ihm standen. Er lag inmitten von Preiselbeerbüschen, die linke Hand um einen Strauch gekrallt, die blutiggebissenen Lippen eigentümlich geschürzt. Sein Wams war vom Kragen bis zum Gürtel aufgeschlitzt. In der nackten Brust steckte ein Messer, dessen Griff sich im Wechsel der schwächer werdenden Atemzüge hob und senkte. Die gespreizten Beine streckten sich langsam, wobei die Füße Erde und welke Blätter vor sich herschoben. Die Augen waren einen Spalt weit geöffnet und schauten, ohne zu blinzeln, ins Leere. Das tränenüberströmte, von haftendem Laub gefleckte

Gesicht wirkte völlig ruhig; lediglich ein leichtes Zittern des Unterkiefers verriet noch etwas von den erlittenen Qualen.

Als er sich nicht mehr regte, wälzte Thietmar den Körper mit Hilfe seines Schwertes herum. »Sieh mal!« rief er plötzlich aus, hockte sich nieder und wies auf eine Ausbuchtung neben dem Rückgrat.

Gero beugte sich vor und betrachtete die Stelle. Dann befühlte er sie. Kein Zweifel, was da durch das Leder spießte, war die Spitze des Messers.

»Allmächtiger!« murmelte er, sich wieder aufrichtend.

Thietmar schüttelte entgeistert den Kopf. »Ich habe dergleichen schon gehört«, äußerte er nach einer Weile, »aber es niemals für möglich gehalten. Und wenn ich es nicht mit eigenen Augen gesehen hätte, würde ich es auch jetzt nicht glauben.« Sich im Nacken kratzend fügte er hinzu: »Sei ehrlich, hättest du ihm so etwas zugetraut?«

Gero war bleich geworden. Er räusperte sich und holte Luft. Doch er sagte nichts.

VIERTES KAPITEL

I.

Still und bunt beschloß der Herbst ein Jahr, das dem Bauern bislang gewogen war wie selten eines zuvor. Auf drei naßkalte Wochen im Mai war ein strahlender Sommer gefolgt, von Regengüssen unterbrochen, die so behutsam niedergegangen waren, als ob sie eigens des Getreides wegen fielen. An den wenigen Flecken, an denen sich die Halme gelegt hatten, richtete sie der Wind bald wieder auf. Roggen und Gerste waren prächtig gediehen, der Hafer nicht minder; die Ähren schütteten, daß das Dreschen eine Lust war. Die zweite Grasmahd erbrachte wie schon die im Juni Erträge, die zu der Hoffnung berechtigten, daß man selbst einen außergewöhnlich harten Winter ohne größere Verluste unter den Pferden und Rindern überstehen würde.

Auch nach der Ernte zeigte sich das Wetter von seiner besten Seite. Die gefürchteten Dauerregen blieben aus, so daß die Herbstaussaat pünktlich vorgenommen werden konnte. Und während man das letzte Feld für die Frühjahrsbestellung pflügte, waren auf dem Acker nebenan bereits die grünen Spitzen des Wintergetreides zu sehen. Über alldem wölbte sich bis spät in den Oktober hinein ein Himmel, der so leuchtend blau war, als ob er mit den Blüten der Wegwarte wetteifern wollte.

Doch obwohl es allen Grund gab, gelassen in die Zukunft zu blicken, griffen in den sächsischen Dörfern entlang der Elbe und Saale Angst und Sorge um sich. Bedrückt fragten sich die Menschen, was wohl in die slawischen Fischer gefahren sein mochte. Begegnete man einander auf dem Fluß, wich man sich nicht aus, sondern grüßte, wünschte Gesundheit, und nicht selten schloß sich daran ein Schwatz. Man unterrichtete einander über Geburten und Todesfälle, zeigte sich die erbeuteten Fische, kam darin überein, daß sie von Jahr zu Jahr kleiner wurden, schimpfte, in der Sprache des jeweils anderen fluchend, gemeinsam auf die räuberischen Reiher – und trennte sich hierauf in bestem Einvernehmen.

Bis vor wenigen Wochen war es so gewesen. Neuerdings hingegen gönnten einem die Nachbarn nicht einmal einen Gruß, sondern ruderten, sowie sie einen Sachsen erspähten, wie vom Teufel gehetzt davon. Und wo blieben die slawischen Händler und ihre mit Honig, Wachs und Pelzen beladenen Boote? Weshalb hörte man kaum noch Musik von drüben? Hatten diese lebenslustigen Leute dem Feiern plötzlich abgeschworen? Und wenn es so war – warum?

Diejenigen sächsischen Bauern, die sich von alldem nicht abschrecken ließen und trotzdem hinüberfuhren – sei es, um sich ein Heilmittel zu beschaffen oder auch nur, um herauszubekommen, was es mit diesem absonderlichen Verhalten auf sich hatte –, kehrten unverrichteterdinge wieder zurück. Von der gewohnten Gastlichkeit der Slawen, erzählten sie, sei nichts zu spüren gewesen. Man habe sie nicht ins Haus gebeten, nicht bewirtet, nicht mit ihnen gehandelt, ja nicht einmal mit ihnen gesprochen. Statt dessen seien sie einige Male von Kindern mit Steinen beworfen worden, ohne daß die Erwachsenen dagegen eingeschritten wären. Selbst gute alte Bekannte, mit denen man schon so manchen Krug geleert hatte, hätten sie gemieden und ihnen bedeutet, daß sie mit ihnen nichts mehr zu tun haben wollten. Weshalb, das habe man nicht in Erfahrung bringen können.

Die Bewohner des Grenzlandes hatten seit jeher besondere Beziehungen zueinander unterhalten und sie zumeist auch über kriegerische Zeiten hinweg zu bewahren gewußt. Elend und Leid vieler Geschlechter hatten ihre Nachkommen gelehrt, daß es für sie nützlich war, sich nicht an den Zwistigkeiten zwischen ihren beiden Stämmen zu beteiligen. Zwar redete man in verschiedenen Sprachen, verehrte verschiedene Götter, feierte an verschiedenen Tagen, kleidete sich verschieden, trennte sich auf verschiedene Weise von seinen Toten, und diese Unterschiede waren zweifellos erheblich. Doch zuallererst war man einander Nachbar. Und für Nachbarn war es nun einmal von Vorteil, sich zu vertragen, gleichviel, wie lächerlich, abstoßend oder gar empörend man die Sitten des anderen fand.

Mochten die im Hinterland, die in diesem wie die in jenem, einander Schaden zufügen, wann immer ihnen danach zumute war; an der Grenze achtete man darauf, daß nichts die gegenseitige Freundschaft trübte. Sogar wenn ein Krieg ausbrach, tat man, als ginge er einen nichts an, trieb weiterhin Handel, half sich mit Saatgut oder Vieh aus. Drohte dem einen Gefahr, warnte ihn der andere, was indes selten notwendig war. Denn hier wie da lag den Großen nicht daran, daß die eigenen Bauern oder Fischer aus Furcht vor Vergeltung aus dem Grenzgebiet flohen, weswegen sie die Verhältnisse dort stillschweigend respektierten. Ein schmaler Streifen, kaum breiter als ein halbes Dutzend Meilen, wurde von ihnen bei Überfällen zumeist geschont.

Diese Übereinkunft, das gegenüberliegende Flußufer nicht als Feindesland zu betrachten, schien nun, nachdem sie so vielen Wirren widerstanden hatte, bedroht zu sein. Aber warum? Was mochte die Slawen bewogen haben, einen Pakt zu lösen, der auch für sie bisher nur von Nutzen gewesen war?

Während man noch rätselte, brannten in einigen sächsischen Dörfern Speicher und Heuschober nieder, wurden Herden zersprengt, Vieh getötet und Reusen zerstört. Gelang es, der Täter habhaft zu werden, stellte man verwundert fest, daß es durchweg junge Slawen, fast noch Knaben waren, die man ebenso wie ihre Familien bestens kannte. Durch sie erfuhr man etwas, von dem man inzwischen schon gehört hatte, ohne es freilich für mehr als ein Gerücht zu halten: daß nämlich eine große Zahl slawischer Häuptlinge, die der Grenzgraf Gero auf seine Burg geladen hatte, bei ihm zu Tode gekommen sei. Er habe sie ermordet, behaupteten die Burschen, und nicht bloß er müsse dafür büßen, jeder seines Stammes. Tod den Sachsen werde allerorten gefordert, Tod und Verderben über dies heimtückische und blutgierige Volk! Da die Erwachsenen bislang zögerten, dem Aufruf Folge zu leisten, hätten sie sich entschlossen, auf eigene Faust loszuziehen.

Man bleute sie durch und ließ sie laufen. Die Bewohner eines Dorfes nahe der Stelle, an der die Bode in die Saale fließt, wollten indes Genaueres wissen. Sie benachrichtigten die Eltern, daß sie ihre Söhne abholen sollten, und als jene eintrafen, fragte man sie, wie sie und die Ihren es künftig mit den sächsischen Nachbarn zu halten gedächten. Habe man einander nicht stets bewiesen, daß man zuerst Grenzländer und danach Sachse oder Slawe sei? Habe man nicht auch in den schlimmsten Zeiten allen Verlockungen und Drohungen zum Trotz immer einen kühlen Kopf bewahrt? Und habe man das jemals bereuen müssen? Einerlei, was geschehen sei, es könne doch wohl nicht Grund genug sein, Beziehungen aufs Spiel zu setzen, die für beide Seiten ersprießlich seien und aus denen schon so viele Menschen vor ihnen Gewinn gezogen hätten. Man verlange kein Lösegeld für die Gefangenen und sei bereit, ihrer jugendlichen Unvernunft zu verzeihen, hoffe allerdings, daß dieses Entgegenkommen eine angemessene Antwort erfahren werde.

Die Slawen hoben seufzend die Schultern. Nein, natürlich wünsche man keinen Streit, die Burschen hätten in der Tat ohne ihr Wissen gehandelt, und soweit es von den hier Anwesenden abhänge, könne man versprechen, daß sich solche Anschläge nicht wieder ereignen würden. Mit der guten Nachbarschaft aber sei es vorbei, und niemand vermöge vorherzusagen, wann sich dieser Zustand ändern werde. Beauftragte jener, die fernab der Grenze lebten, hätten sie bereits vor Wochen bedrängt, allen Handel und Wandel mit den Sachsen unverzüglich einzustellen. Gehorchten sie nicht, so habe man ihnen gedroht, werde man ihre Häuser einäschern, und überhaupt sei jeder, der künftig mit einem Sachsen auch nur ein Wort wechsele, als Verräter zu betrachten. Seit jeher wären sie wegen der Vergünstigungen, die sie als Grenzbewohner genossen, von den Ihren scheel angesehen worden; nun habe deren Neid einen fürchterlichen Vorwand gefunden.

Allein daß sie hierhergekommen seien, um ihre Söhne auszulösen, könne sie das Leben kosten, denn überall, so sei zu hören, wären die Menschen auf das höchste erregt und schrieen nach Rache. Wie die Dinge lägen, bliebe ihnen daher lediglich, einander zu geloben, sich niemals Schaden zuzufügen und, während man im Herzen die alte Freundschaft pflegte, abzuwarten, bis sich die Leidenschaften wieder beruhigt hätten.

Bedrückt pflichteten ihnen die Sachsen bei, und nachdem der Schwur getan war, trennte man sich. Der Ausgang des Treffens sprach sich mit Windeseile herum und rief in den sächsischen Grenzdörfern größte Besorgnis hervor. Ein Krieg sei im Anzug, hieß es, so verheerend wie mutmaßlich lange keiner zuvor, weswegen es gelte, sich ohne weiteres Säumen darauf vorzubereiten. Allerorten machten sich die Bauern daran, einen Teil der Vorräte zu vergraben, stellten nachts Wachen auf und führten bei der Arbeit ständig Waffen mit sich. Blickten sie über die gemächlich dahinströmenden Wasser der Elbe oder Saale zum anderen Ufer, schien es vielen von ihnen, als hielte das Slawenland den Atem an.

II.

Zäher noch als ihre westlichen Nachbarn hingen die slawischen Völker der Überzeugung an, daß es zweckmäßig sei, ihre Herrscher stets aus ein und demselben Geschlecht zu wählen. Nicht allein der Fürst, sondern auch die Gaufürsten entstammten in der Regel einer Sippe. Erwies sich der Betreffende als Mißgriff, starb er oder fiel er im Kampf, bestimmte man seinen nächsten Verwandten zum Nachfolger, und nur selten wich der

Adel von diesem Grundsatz ab. Der einzelne mochte Fehler begehen oder glücklos sein: dann setzte man ihn ab. Die Rechte seiner Sippe wurden davon jedoch nicht berührt.

Geros Rechnung war einfach gewesen. Gelang es ihm, jene Männer, die an der Spitze des hevellischen Fürstentums standen, auf einen Schlag aus dem Weg zu räumen, mußte dies das Vertrauen in die herrschende Sippe schwer erschüttern. Denn wie war es möglich, würde man zweifellos fragen, daß Menschen, die so arglos in den Tod gingen, noch den Beistand der Götter besaßen? Lastete nicht auf all diesen Familien ein Fluch, der das gesamte Volk ins Verderben zu stürzen drohte und vor dem es sich daher unverzüglich zu schützen galt? Und wie sollte dies geschehen, wenn nicht dadurch, daß man die Herrschergewalt in die Hände eines neuen Geschlechtes legte, anstatt sie, dem bisherigen Brauch folgend, den Angehörigen des Fürsten oder der Gaufürsten zu übertragen? – Ja, so würde man fragen, und nach dem, was sich ereignet hatte, konnte es darauf nur eine Antwort geben.

Indes, jemandem die Macht zu entreißen, war das eine, sie danach gleichsam zu verschenken, etwas anderes. Und weil der Adel darin nicht geübt war, würde er sich zunächst in Eifersüchteleien, vielleicht sogar in Kämpfe verstricken. Das ganze althergebrachte Herrschaftsgefüge, in einer einzigen Nacht seiner Häupter beraubt, würde ins Wanken geraten, und noch ehe man es wieder geordnet hatte, würde er, Gero, ihm den Todesstoß versetzen. Den Vorwand hierzu würden ihm die Heveller selbst liefern; denn solange bei ihnen niemand regierte, würde sich auch die Entrichtung des Tributes verzögern. Wer konnte es ihm daher verübeln, wenn er sich holte, was ihm zustand? Und wen wundern, wenn er bei dieser Gelegenheit Maßnahmen traf, die künftigen Versäumnissen einen Riegel vorschoben?

Bereits kurze Zeit nach dem blutigen Fest beschlich ihn jedoch der Verdacht, daß sich sein Einzug in die Brandenburg schwieriger gestalten könnte, als er bisher geglaubt hatte. Die Mehrzahl der Slawen, meldeten seine Spione, wären weder verstört noch entmutigt, sondern forderten über die Stammesgrenzen hinweg haßerfüllt Vergeltung. Burgherren, die bekanntermaßen in Fehde lägen, hätten ihre Streitigkeiten begraben und sich verbrüdert, und die Bauern, die für gewöhnlich kaum zu bewegen wären, jenseits der Grenze zu kämpfen, bedrängten den Adel, sie unverzüglich in den Krieg zu führen. Auch die Sorben, bei denen er jeglichen Widerstandswillen längst erloschen wähnte, schienen von der Empörung angesteckt zu sein. Selbst bei Stämmen, die von dem Anschlag verschont geblieben waren, gärte es. Nahezu überall, so wurde ihm berichtet, verstärke der Adel seine Gefolgschaften durch kampfbegierige Bauernsöhne, bessere die Burgen aus, bringe Waffen und Rüstungen in Ordnung. Die Sachsen hätten das Gastrecht geschändet, hieße es, und wären deshalb fortan wie wilde Tiere zu behandeln.

Häufig besuchten ihn Abordnungen sächsischer Grenzbauern, die von ihm wissen wollten, was es denn mit jenem schrecklichen Gerücht auf sich habe und wie sie sich verhalten sollten. Besorgt, ein voreiliges Eingeständnis der Gefahr könne ihn verraten und überdies in den Dörfern zu einer Panik führen, beschwichtigte der Graf sie und empfahl ihnen, Ruhe zu bewahren und wie immer ihrer Arbeit nachzugehen. Die slawischen Fürsten, beteuerte er, seien das Opfer von Nachbarstämmen geworden, die mit ihrer und vor allem seiner Ermordung das Signal zu einem Aufruhr hätten geben wollen. Da er aber dank des Eingreifens der Vorsehung gerettet worden und der Plan damit gescheitert sei, würde man nun gewiß auch von der Erhebung Abstand nehmen.

Tatsächlich glaubte er anfangs, daß die Berichte übertrieben und sich die Wogen bald glätten würden. Denn daß der geflüchtete Gaufürst seine List durchschaut hatte und daraufhin versuchen würde, die Slawen aufzuwiegeln, kam für ihn nicht unerwartet. Daß das diesem Mann, der für seine Behauptungen keinerlei Beweise hatte, jedoch gelingen würde – zumal binnen weniger Wochen, und nicht nur bei seinen Landsleuten, sondern sogar bei Stämmen, die als verfeindet galten –, dies versetzte den Grafen in die größte Bestürzung. Seine Tat hatte die Barbaren verwirren und entzweien sollen; jetzt schien es, als habe sie das Gegenteil bewirkt.

Als sich die Anzeichen dafür mehrten, begann er deshalb, ohne weiteren Verzug alle notwendigen Vorkehrungen gegen einen Angriff zu treffen. Den Besatzungen der Burgen befahl er erhöhte Bereitschaft, den Dorfältesten, die Bauern zur Wachsamkeit zu ermuntern und vom Greis bis zum Kind möglichst viele Menschen damit zu betrauen, unablässig das feindliche Ufer zu beobachten.

Er verdoppelte die Anzahl seiner Männer, indem er von einigen Befestigungen des Hinterlandes Bewaffnete abzog und sie vorübergehend seiner Gefolgschaft zuteilte. Ebenso verfuhr er bei anderen grenznahen Grundherren. Zwischen ihnen sowie allen Burgen entlang der unteren Saale und mittleren Elbe wurde über Gewährsleute in den Dörfern ein Kurierdienst eingerichtet, der zu jeder Tageszeit einsatzbereit war. Auch der Burg Meißen schickte er Krieger zu Hilfe, denn Meißen, als der östlichste Vorposten des Reiches, durfte um keinen Preis fallen.

Eine knappe Woche vor Simon und Judas meldeten die Grafen Thietmar und Christian, daß die Verteidigungsmaßnahmen in ihren Amtsbezirken gleichfalls abgeschlossen seien. Was man tun konnte, war getan, jetzt blieb ihm nur noch die Hoffnung auf einen zeitigen und harten Winter. Verhielten sich die Slawen bis dahin ruhig, würde er beim ersten Frost in Eilmärschen und mit jedem Mann, der imstande war, eine Waffe zu tragen, gegen die Brandenburg ziehen. Bis dahin freilich galt es, täglich mit dem Schlimmsten zu rechnen . . .

Dieser zermürbende Zustand fiel in jene wundervollen Wochen vor der großen Starre, in denen der Bauer endlich etwas Muße hat, sich des Geschaffenen zu erfreuen. Zwar werden die Abende immer länger, doch haben die Strahlen der Sonne noch nicht alle Kraft verloren. Noch läßt einen kein eisiger Hauch erschauern, sobald man vor die Tür tritt, noch darf man, beißt einem der Qualm des Herdfeuers in die Augen, für kurze Zeit die Fensterläden öffnen. Das satte Braun der umgebrochenen Äcker, die bis zur Decke gefüllten Speicher, der Anblick des stetig rundlicher werdenden Viehs, alles ist dazu angetan, einem das Herz zu wärmen.

Dem Grafen hingegen schien es, als wolle ihn der Herbst verhöhnen. Laß sie weiterhin zaudern, o Herr, flehte er, bevor er einschlief; wachte er aber morgens auf, eilte er sofort hinunter, um nachzusehen, ob ein Bote eingetroffen war oder sich irgendwo über dem Wald Rauch ballte. Während er zuweilen das Empfinden hatte, allmählich zwischen Hoffen und Bangen zermahlen zu werden, verstrich kaum merklich ein Tag nach dem anderen.

... Martini kam, jenes für die Hausgänse so betrübliche Fest, an dem sie alljährlich dafür büßen müssen, daß einstmals eine ihrer Vorfahren durch ihr Geschnatter das Versteck des hl. Martin verraten hatte, in welches der übermäßig bescheidene Mann vor der ihm angetragenen Bischofswürde geflüchtet war. Am Vorabend hatte man den meisten von ihnen den Garaus gemacht, jetzt bereiteten die Frauen sie zu. Verstört zischend watschelte Abo, der Zuchtganter, über den Hof und mußte sich bei seiner aussichtslosen Suche nach den plötzlich verschwundenen Gefährtinnen von den Mägden verspotten lassen. »Gräm dich nicht, du geiler Satan«, riefen sie ihm zu, »es sind ja genug übrig ... Tritt die Spatzen, wenn dir danach ist, aber höre endlich auf zu schimpfen. Oder möchtest du auch in die Pfanne wandern?«

Bis der Braten aufgetischt werden konnte, hatte man noch alle Hände voll zu tun. Seit dem frühen Morgen rollten Karren, beladen mit Kisten, Körben, Krügen, Fässern und Säcken, durchs Tor, wurde Vieh hineingetrieben, denn heute hatten die Bauern den restlichen Zins zu entrichten.

Auch sonst war Martini ein besonderer Tag, nicht zuletzt deshalb, weil das Wetter an ihm seine künftigen Absichten zu offenbaren pflegte. ›Ist's um Martini nicht trocken und kalt, im Winter die Kälte nie lang anhalt‹, heißt es bekanntlich.

Während Geros Leute die Abgaben in Empfang nahmen

und begutachteten, blickten sie daher des öfteren zum Himmel empor, vermochten sich aber nicht zu einigen, wie der Spruch richtig auszulegen sei. Trocken war es, schon seit Wochen, an der dazu passenden Wärme haperte es jedoch. Vor drei Tagen war Reif gefallen und an schattigen Stellen sogar bis über Mittag liegengeblieben.

Noch eine Bedeutung besaß Martini, nämlich die eines Unglückstages, an dem man besser nichts Wichtiges unternahm, und eben die war es, die Graf Gero beschäftigte. Gegenüber dem Gesinde, das sich gern auf sie berief, um sich vor lästigen Arbeiten zu drücken, tat er den Glauben daran als heidnischen Unfug ab; ging es aber um eigene Angelegenheiten, schien ihm Vorsicht geraten. Selbst beim Essen sah er sich vor, nachdem er gehört hatte, daß sich jemand beim Verspeisen der Martinigans verschluckt habe und erstickt sei. Wenn mir morgen kein Mißgeschick widerfährt, hatte er sich gestern gesagt, wird alles gut, einerlei, was danach geschehen mag.

Und nun war er da, dieser vermaledeite Tag, und er wollte und wollte nicht enden. Seit Stunden überwachte Gero, am Fenster stehend, das Entladen der Wagen. Mit seinen Lesekünsten war es nicht weit her, deshalb bediente er sich der Hilfe eines Kanzlisten, den er sich alljährlich vom Halberstädter Bischof auslieh. Fiel der Name des Bauern, der gerade an der Reihe war, trug der Mann, der hinter ihm saß, leise die entsprechende Stelle aus dem Zinsregister vor, worauf Gero seinen Leuten mitteilte, was ihm der Betreffende schuldete. Es entstand so der willkommene Eindruck, daß der Graf das gesamte Verzeichnis im Kopf hatte.

Während sie die Abgaben prüften, beobachtete er, ob sie dabei nicht etwa zu großzügig waren. Doch nein, das waren sie nicht. Unerbittlich glätteten sie die Wölbungen des in die Maße geschütteten Getreides, wogen und zählten nach und wurden grob, wenn sie jemand übers Ohr zu hauen suchte.

»Ein Schock soll das sein, du Esel?« scholl es hin und wieder zu ihm herauf. »Warte, gleich lehre ich dich mit dem

Knüppel zählen ... Weißt wohl nicht, was ein Scheffel ist, wie? ...«

Als sich die Sonne zu neigen begann, waren die Fuhrwerke abgefertigt. Die Bauern, die jetzt noch kamen, waren so arm, daß lediglich deshalb Zins von ihnen erhoben wurde, um sie von Zeit zu Zeit an ihre Abhängigkeit zu erinnern. Einer schleppte ein mageres Huhn heran, ein anderer brachte einen Topf mit Schmalz, ein Dritter eine abgerichtete Dohle. Ein gewisser Buto beschloß den Reigen dieser Jammergestalten. Bei ihm war gar nichts zu holen, weswegen sich seine Verpflichtungen darauf beschränkten, ein zotiges Lied zu singen und dazu ein paar komische Sprünge zu vollführen, eine Aufgabe, der er sich mit großem Eifer unterzog. Er war indes längst nicht mehr so gewandt wie früher, und da es ihm auch an neuen Einfällen gebrach, fand sein Vortrag kaum noch Zuschauer. Mühsam lächelnd sah ihm Gero zu und bedeutete ihm schließlich, daß er sich entfernen solle.

Nach dem Festmahl versammelte der Graf die Gefolgschaft zu dem allabendlichen Erkundungsritt. Das verstieß zwar gegen den Brauch, das Schicksal zu Martini nicht unnütz herauszufordern, doch graute ihm davor, untätig die Nacht abzuwarten.

Als sie auf den Hof zurückkehrten, war es bereits dunkel. Das Gesinde und ein Teil der Krieger feierten noch. Er gesellte sich zu ihnen, befahl aber bald, mit dem Trinken Schluß zu machen. Hierauf kontrollierte er die Posten und legte sich dann nieder, hoffend, daß er erst wieder erwachte, wenn der verwünschte Tag vorüber war. –

Stimmengewirr weckte ihn. Die Kammer war voller Männer. Im Schein qualmender Fackeln erblickte er die Torwache und einen Fremden. Bestrebt, mit seinen sporenbewehrten Füßen möglichst leise aufzutreten, kam dieser näher, verbeugte sich und berichtete, daß bei Calbe eine Abteilung Slawen die Saale überschritten, zwei Dörfer verwüstet und sich, ohne daß sie die Besatzung der Burg daran habe hindern können, danach mit Beute beladen wieder zurückgezogen hätte.

Am folgenden Morgen erreichte ihn die Kunde, daß auch bei Holleben ein Überfall stattgefunden habe. Hier hätte die eine Hälfte der Angreifer die Burg belagert und mit Brandpfeilen beschossen, während ihre Gefährten inzwischen die umliegenden Ortschaften verheerten. Von da an rissen die Schreckensmeldungen nicht mehr ab: Fast täglich trafen Nachrichten ein, in denen von verbrannten Häusern, getöteten Bauern und erschlagenem Vieh die Rede war.

Da Gero jeden Augenblick gewärtig sein mußte, selbst das Ziel eines Überfalls zu werden, überließ er zunächst Thietmar und Christian die Abwehr der Eindringlinge. Außerdem wollte er, bevor er etwas unternahm, sich erst einmal Aufschluß über deren Taktik verschaffen. Zwei Wochen lang empfing er von früh bis spät Kuriere, lauschte ihren Schilderungen und verglich sie miteinander. Dabei gewann er die Überzeugung, daß der Aufstand, obwohl es ihm offenbar an einer einheitlichen Führung mangelte, noch gefährlicher war als befürchtet.

Nahezu alle Angriffe wurden in dem Gebiet zwischen Merseburg und der Ohremündung verübt, wobei man die Gegend um Magdeburg zu meiden schien. Die slawischen Haufen waren selten stärker als ein halbes Hundert Krieger, machten aber ihre geringe Zahl durch ihre Beweglichkeit wett sowie dadurch, daß stets mehrere gleichzeitig vorstießen. Sie setzten nicht an den Furten über, sondern schwammen mit ihren Pferden nachts an beliebigen Stellen über den Fluß, wobei sie der niedrige Wasserstand begünstigte. Am Ufer angelangt, ritten sie ein Stück ins Hinterland, zündeten ein oder zwei Dörfer an und eilten hierauf im Schutz der Wälder unverzüglich nach Süden oder Norden. In der folgenden Nacht überquerten sie wieder die Grenze, fernab von jener Stelle, an der sie diese zuvor überschritten hatten. Befestigte Plätze ließen sie unbehelligt oder belagerten sie lediglich zum Schein. Beute wurde meist nur soviel mitgeschleppt, daß sie ihnen auf der Flucht nicht hinderlich war.

Was die Einfälle bezweckten, lag auf der Hand: die Bauern des Grenzgebietes zum Wegzug zu bewegen und dadurch die

Burgen ihrer Ernährer zu berauben. Ein weiteres Merkmal dieser Kampfesweise bestand darin, daß sie niemanden erforderte, bei dem die Fäden zusammenliefen. Abgesprochen waren gewiß der Beginn des Losschlagens und mit Sicherheit die Art der Kriegführung, schwerlich jedoch der Zeitpunkt der einzelnen Vorstöße; sich darüber zu einigen, blieb wohl in das Ermessen des örtlichen Adels gestellt. Daß trotzdem regelmäßig angegriffen wurde, zeugte davon, wie stark der Wunsch nach Vergeltung war.

Dabei waren noch längst nicht alle Stämme und innerhalb eines Stammes auch nicht alle Burgbezirke an der Empörung beteiligt. Aus den Berichten der Späher ging hervor, daß es sich bei den Eindringlingen überwiegend um Heveller und westlich der Mulde lebende Sorben handelte, ausgenommen jene, die nahe der Grenze siedelten und sich gegenwärtig noch darauf beschränkten, den anderen Unterschlupf zu gewähren und sie zu versorgen. Obodriten und Wilzen verhielten sich bisher anscheinend abwartend, ebenso Daleminzer und Milzener. Das konnte sich freilich rasch ändern – falls nicht überhaupt beabsichtigt war, den Aufruhr wie einen Flächenbrand anwachsen zu lassen.

Dieses Vorgehen der Slawen unterschied sich wesentlich von dem während des Aufstandes im Jahre neunhundertneunundzwanzig, und Gero verhehlte sich nicht, daß er selbst sie durch die Beseitigung der Häuptlinge dazu genötigt hatte. Er hatte nicht allein die Erhebung verursacht, sondern auch die Form bestimmt, in der sich diese vollzog, und mußte sich nun darauf einstellen. Sich lediglich zu verteidigen, kam genausowenig in Betracht wie ein Belagern der Brandenburg, das über Wochen hinweg seine Kräfte binden würde. Nein, der Aufstand war nur einzudämmen, wenn er Gleiches mit Gleichem vergalt und, Dorf um Dorf zerstörend, den Feind allmählich in die Knie zu zwingen suchte. Er zweifelte nicht daran, daß er den längeren Atem hatte. Doch würde ihm der König die Zeit lassen, das zu beweisen?

Eine Antwort auf diese ihn quälende Frage wurde ihm

schneller zuteil, als er erwartet hatte. An einem Mittag drei Tage vor St. Andreas, er beriet sich gerade mit Otfried, hörte er, daß draußen jemand nach ihm rief. Die Stimme war ihm fremd, klang jedoch so fordernd, daß er unverzüglich zur Tür eilte. Von Otfried gefolgt, trat er auf den Hof und erblickte eine Schar Berittener, die er als Männer des Königs erkannte.

Sich gegen den Wind stemmend, ging er auf sie zu. Ihr Anführer, ein schmalnasiger Jüngling mit einem scheckigen Bart, erwiderte seinen Gruß mit einem knappen Nicken und eröffnete ihm vom Pferd herunter, daß ihn der König, der gegenwärtig in Quedlinburg weile, unverzüglich zu sprechen wünsche.

»Wann werde ich wieder zurück sein?« erkundigte sich der Graf und bereute diese Bemerkung sofort.

Der Jüngling musterte ihn kalt. »Woher soll ich das wissen, Herr?« entgegnete er. »Es hängt davon ab, was du ausgefressen hast. Bringt ihn her, hat man uns gesagt, tot oder lebendig, und das werden wir tun.«

Gero wollte sich entfernen. »Halt!« schrie der andere, sich im Steigbügel aufrichtend. »Wohin gehst du?«

»Mein Gefolge zusammenrufen.«

»Das brauchst du nicht. Heute sind wir dein Gefolge. Und sollte es dir beschieden sein, deinen Hof wiederzusehen, werden wir dich auch dann begleiten. Falls nicht . . .« Er zuckte die Schultern.

Der Graf war stehengeblieben. Von Otto hieß es, daß er die Art, in welcher er jemanden zu sich lud, seinen Abgesandten bis in alle Einzelheiten vorschrieb und sich nachher schildern ließ, wie sie der Betreffende aufgenommen hatte; vermutlich erhoffte er sich dadurch Aufschlüsse über dessen Gemütszustand. Traf das zu, war es jetzt höchste Zeit, den Mann in die Schranken zu weisen, denn wenn er dessen Unverschämtheiten weiterhin ertrug, kam dies einem Schuldgeständnis gleich.

Während er sich die Worte zurechtlegte, schaute er durch das offenstehende Tor zur Wiese hinüber, dorthin, wo die niedergebrannte Scheune gestanden hatte. Er hatte den schwärzlichen Fleck zuschütten und Gras darauf aussähen lassen; längst bedeckte ihn ein grüner Flaum. Plötzlich bemerkte er, daß am Eingang Bewaffnete Aufstellung genommen hatten; auf beiden Seiten jeweils ungefähr ein halbes Dutzend. Knechte führten gerade ihre Pferde in den Stall.

»Sie werden einige Tage hierbleiben, um sich mit deinen Leuten zu unterhalten«, hörte er den Schmalnasigen sagen.

Er wechselte einen Blick mit Otfried, der ein paar Schritte von ihm abgerückt war und durch Miene und Haltung zu erkennen gab, daß er ihn bereits für verurteilt hielt. Sogleich spürte er, daß er viel zu mutlos war, um glaubhaft den Empörten hervorkehren zu können. Er winkte Otfried heran und befahl ihm, die Stute und einen Pelz zu bringen.

Jaulend und knatternd umsprang der Sturm die Gebäude, riß Stroh von den Dächern, trieb welkes Laub zusammen und zerstreute es wieder. Das Geflügel preßte sich an den Boden, die Mägde, ihre Gesichter mit den Händen schützend, tasteten sich an den Häuserwänden entlang. In den mit einer Eishaut bespannten Pfützen blitzte die Sonne. Über den hohen blaßblauen Himmel jagten Wolkenfetzen, so geschwind, als liefen sie mit ihren Schatten drunten um die Wette.

III.

Als sie vor dem Wirtschaftshof am Fuße des Burgberges anhielten, war es später Abend. Der eisige Novembersturm hatte den Himmel blankgefegt; überall blinkten Sterne, und der Mond glänzte wie geputztes Silber.

Der junge Anführer, der unterwegs nicht ein einziges Wort zu Gero gesprochen hatte, wandte sich um. »Steig vom Pferd, Herr«, sagte er, »die Reise ist zu Ende. Hier wirst du nächtigen.«

»Soll dies heißen, daß mich der König heute nicht mehr empfängt?« erkundigte sich der Graf.

»So ist es.«

»Und morgen? Wann werde ich morgen mit ihm reden können?«

»Das wirst du rechtzeitig erfahren.«

Sowie Gero abgesessen war, schwang sich auch der andere aus dem Sattel und lief zum Tor. Er hieb dreimal mit dem Knauf seines Schwertes dagegen und brüllte einen Namen, den Gero nicht verstand. Ein Hund begann zu kläffen, eine Tür klappte, jemand fluchte, und vom Heulen des Windes untermalt, näherten sich Schritte.

»Wer ist dort?« fragte ein heiserer Baß.

»Wir sind's, bringen euch euren Gast.«

Der eine Flügel des Tores wurde geöffnet. »Welcher ist es?«

»Da hast du ihn«, erwiderte der Schmalnasige und schob den Grafen hinein.

Im spärlichen Mondlicht erkannte Gero die Umrisse zweier Gestalten. Während die eine das Tor schloß, kam die kleinere auf ihn zu und sagte, den Zügel ergreifend, mit kindlicher Stimme: »Überlaß mir dein Pferd, Herr. Sei unbesorgt, es wird es gut bei mir haben.«

Der andere, ein riesiger Kerl, schien zu warten. Als sich der Knabe mit der Stute ein Stück entfernt hatte, berührte er Gero an der Schulter und sagte: »Na, dann komm, du Gast.«

Den Grafen am Arm fassend, lenkte er ihn zu einem Gebäude in der Mitte des Hofes. Drinnen brannte eine Fackel, deren von der Zugluft gebeugte Flamme ein grobes, schmutzstarrendes Gesicht beleuchtete; die struppigen Brauen über den rundlichen Augen waren mit den in die Stirn hängenden Haaren wie verflochten.

Der Heisere nahm die Fackel aus der Halterung und ging voran. Sie traten durch eine Tür, liefen einen Gang entlang. Plötzlich, nach einer Biegung, blieb der Mann stehen und zeigte auf eine Nische. Gero neigte sich vor und erblickte im Boden eine Öffnung sowie die ersten Sprossen einer Leiter.

Er prallte zurück. »In den Keller? Weshalb?«

»Das hat schon seine Richtigkeit, Herr«, beschwichtigte ihn

der andere. »Daß du ihm ja eine eigene Kammer gibst und nicht mit irgendwelchem Gesindel zusammenlegst, hat man mir eingeschärft, er ist nämlich ein großer Herr. Aber das Haus ist voll, wie immer, wenn der König die Pfalz besucht. Nirgendwo ist mehr ein freies Plätzchen, nicht einmal in der Scheune. Nur hier bist du ungestört. Steig getrost hinunter, du wirst zufrieden sein.«

Er kletterte hinab, und Gero folgte ihm. Ein niedriges Gewölbe nahm sie auf, es roch nach Zwiebeln und Moder. Abermals ein Gang, der vor einer Tür endete; hinter ihr ein winziger Raum, eher ein Loch als eine Kammer, mit einer Pritsche, einem Schemel und einem hölzernen Kübel.

»Hier soll ich schlafen?« entfuhr es Gero.

»Warum nicht?« sagte der Heisere gelassen. »Wenn du müde bist, dann schlafe, wenn nicht, wache. Ganz wie es dir beliebt.«

»Was erlaubst du dir?« stieß Gero wutzitternd hervor. »Du weißt wohl nicht, wen du vor dir hast? Mein Name ist Gero, Graf Gero.«

Der andere maß ihn mit einem schwer zu deutenden Blick. »Grafen gibt es hier unten nicht«, belehrte er ihn. »Und damit sich keiner von denen, die man oben so anredet, gekränkt fühlt, haben wir die Namen ebenfalls abgeschafft. Hier ist man einfach – du. Wozu ereiferst du dich also? Bei mir haben schon vornehmere Leute als du gewohnt, und die hatten es meist nicht so gemütlich.«

Er wies auf zwei eiserne Ringe, die in das Gemäuer eingelassen waren.

»Dein Schwert«, fügte er trocken hinzu.

Gero wich zurück. »Bin ich ein Gefangener?«

»Nenn dich, wie du willst. Und jetzt her damit!«

»Den Teufel werde ich! Verrate mir zuerst, wer das angeordnet hat und wann ich den König sprechen kann.«

Der andere kratzte sich am Kopf. »Du widersetzt dich?« erkundigte er sich, in einem Ton, als habe er Mühe, sich an diesen Gedanken zu gewöhnen. Und Gero, obwohl soeben noch entschlossen, sich zu wehren, reichte ihm nach kurzem Zögern wortlos die Waffe.

Der Wärter klemmte sich das Schwert unter die Achsel, befestigte die Fackel an der Wand und bugsierte Gero in das Verließ. Als er ging, verriegelte er hinter sich die Tür. Es dauerte nicht lange, da kehrte er zurück, mit einem Krug und einem Korb, in dem sich Brot und kalter Braten befanden. Beides stellte er auf den Schemel.

»Iß! Aber laß kein Krümchen fallen, sonst hast du bald die Ratten auf dem Hals.«

»Hab keinen Hunger.«

»Du widersetzt dich?« fragte der Heisere erneut. »Schön, dann werde ich dich füttern.« Seine schmutzigen Finger griffen nach dem Brot, doch Gero war schneller. Er begann zu kauen.

Zwei Tage vergingen, während der er außer dem Wärter keine Seele sah. Er erkannte rasch, daß es der Mann nicht böse mit ihm meinte. Zwar schwieg er beharrlich, wenn ihn Gero um Auskünfte bat, wurde jedoch niemals grob. Auch jener versteckten Drohungen, mit denen Leute seines Berufes die ihnen Ausgelieferten gern peinigten, enthielt er sich. Statt dessen schien er zuweilen bestrebt, ihm das Leben hier unten zu erleichtern; als er bemerkte, daß sein Gefangener fror, brachte er ihm unaufgefordert einige Decken.

Das Essen war gut und reichlich, der Raum nicht übermäßig feucht. Oben hatte er eine Luke, durch die kaum Licht, dafür aber angenehm nach Kräutern riechende Luft drang – offenbar grenzte er an einen Speicher. All das trug dazu bei, daß der Graf seine anfängliche Verzweiflung überwand und wieder Mut schöpfte.

Am Morgen des dritten Tages weckte ihn ein kratzendes Geräusch. Um ihn herum war es stockdunkel. Kurz darauf kam der Wärter, stellte einen Stuhl ab und legte ein Bündel auf den Boden, aus dem Fackelschäfte ragten.

»Jemand hat die Luke geschlossen«, teilte ihm Gero aufgeregt mit. »Öffne sie sofort wieder. Oder willst du, daß ich ersticke?«

»Es ist nicht für lange.«

»Und warum, zur Hölle?«

Der andere verschwand, ohne zu antworten. Seine Schritte verhallten, dumpf schlug die Falltür zu. Plötzlich hörte der Graf, daß irgendwer die Leiter herunterstieg und sich dem Verließ näherte. Der Riegel wurde zurückgeschoben; eine hagere Gestalt trat herein, die Hand mit der brennenden Fackel weit von sich gestreckt. Es war Werner, der Vertraute des Königs.

Gero wickelte sich aus seinen Decken und sprang auf. »Endlich!« stieß er hervor.

Werner, er zog gerade die Tür heran, drehte sich flüchtig zu ihm um. Danach steckte er die Fackel in die Halterung, rückte sich den Stuhl zurecht und ließ sich darauf nieder. »Setz dich«, sagte er, auf den Schemel deutend.

»Wozu?«

»Setz dich!«

Der Graf runzelte die Stirn. »Höre, alter Freund«, sagte er, »wie du vielleicht bemerkst, ist es hier verflucht kalt. Treibe also nicht deinen Scherz mit mir. Wenn du mir etwas auszurichten hast, dann heraus damit!«

Doch Werner hüllte sich in Schweigen, und so nahm Gero schließlich widerstrebend Platz. »Da sitze ich. Und nun verrate mit gefälligst, weshalb man mich gefangenhält.«

Der andere hob wie fröstelnd die Schultern. »Damit wir uns recht verstehen, Graf Gero«, erwiderte er mit seiner knarrenden Stimme leise, »ich bin von uns beiden derjenige, welcher die Fragen stellt. An dir ist es lediglich, mir zu antworten.«

Gero stand auf. »Sprich nicht so mit mir«, sagte er dumpf. »Das steht dir nicht zu, selbst hier unten nicht.«

In Werners Miene rührte sich nichts. »Du irrst, Graf Gero«, entgegnete er, »wie sehr, wirst du bald begreifen. Aber sei's drum, ich werde deine Neugier ausnahmsweise stillen.«

Er raffte seinen Pelz zusammen und schlug die Beine übereinander. »Der König ist, wie du weißt, kürzlich wieder mit einem Heer gegen Bayern gezogen. Diesmal, das weißt du vermutlich noch nicht, war er erfolgreich. Eberhard floh, neuer Herzog ist sein Oheim Berthold, der den Forderungen des Königs in allen Punkten stattgab.«

Er machte eine Pause und schaute Gero an, als wolle er die Wirkung seiner Worte auf ihn studieren.

»Glücklich ob des errungenen Sieges kehrt der König zurück. Und was muß er erfahren? Die Grenze, deren Schutz er in guten Händen wähnte, wird von aufrührerischen Horden berannt. Damit nicht genug, munkelt man sogar, daß derjenige, dem sie anvertraut ist, die Empörung verursacht hat. – Und jetzt erzähle, Graf Gero!« schloß er brüsk. »Erzähle mir alles, ohne etwas auszulassen.«

Gero stieß die Luft durch die Nase. »Dir? Oh nein! Ich bin, so war es vereinbart, allein dem König rechenschaftspflichtig. Ihm werde ich berichten, sonst niemandem.«

»Du irrst schon wieder. Mir wirst du berichten.«

»So nimm zur Kenntnis, daß ich mich weigere.«

»Du weigerst dich?«

»Ja. Denn was ich mitzuteilen habe, ist nur für die Ohren des Königs bestimmt.«

»Wie du willst«, sagte Werner gleichmütig. »So nimm du zur Kenntnis, daß man dich noch heute foltern wird.«

»Foltern?« wiederholte der Graf ungläubig lächelnd.

»Jawohl, foltern. Solltest du dich weiterhin sträuben, sollte ich dich bei einer einzigen Lüge ertappen und solltest du die geringste Einzelheit verschweigen, wirst du diese Unterkunft, die dir so mißhagt, gegen eine andere vertauschen und dort auf Männer treffen, welche die Wahrheit ausschließlich unter Anwendung von Gewalt zu erforschen pflegen. Besinne dich also, ehe es zu spät ist.«

»Das wirst du nicht wagen«, sagte Gero tonlos.

»Ich versichere dir«, entgegnete Werner, ihn starr anblikkend, »daß für mich keinerlei Wagnis dabei ist.«

Er ließ die Bemerkung verklingen und fuhr fort: »Du wirst beschuldigt, dem König Schaden zugefügt zu haben. In welchem Umfang, ob es mit Absicht, aus Torheit oder infolge von

Umständen geschah, die zu beeinflussen nicht in deiner Macht lag, dies in Erfahrung zu bringen, bin ich hier. Und nun ermahne ich dich ein letztes Mal, mir Rede und Antwort zu stehen.«

Der Graf tat einen Schritt in Richtung Luke, drehte sich jäh um und breitete die Arme aus. »Dies ist also ein Verhör? Vom König selbst befohlen?«

Er hielt sich die Finger vor den Mund und hauchte sie an.

»Weshalb hast du das nicht früher gesagt?« fuhr er fort. »Also frag schon, was zögerst du noch! Ich habe nichts zu verheimlichen.«

»Das wird sich zeigen. Setze dich jetzt, und zwar so, daß ich dein Gesicht sehen kann. Dann schildere, was der Erhebung vorausging.«

Gero nahm neben der Fackel Platz und fing an zu erzählen, stockend zunächst, bald jedoch immer geschwinder. Und je länger er sprach, desto wohler wurde ihm zumute, trotz der Kälte, die in ihm hochstieg und bewirkte, daß seine Stimme zu zittern begann. Er mußte nicht überlegen, die Worte flogen ihm zu, als habe er sie auswendig gelernt. Noch einmal erlebte er die Monate des Bangens und der Zweifel, die Qualen des Wartens und schließlich das Gefühl des Triumphes am Morgen nach der Tat. Stolz auf seinen klug ersonnenen Plan erfüllte ihn und auch ein bißchen Bedauern darüber, daß es nicht der König war, dem er als erstem berichten durfte, sondern nur dieser Bote, den man aus unbegreiflichen Gründen mit der Untersuchung beauftragt hatte . . .

»Damit mag es zunächst genug sein«, schloß er. »Sollte ich etwas vergessen haben, werde ich es, sowie es mir wieder einfällt, unverzüglich nachtragen.«

Reglos, als könne ihm die Kälte nichts anhaben, hatte Werner zugehört. Sein Kopf befand sich im Schatten, so daß nicht zu erkennen war, welchen Eindruck Geros Schilderung auf ihn machte. Nur einmal trat er aus dem Dunkel heraus, um die heruntergebrannte Fackel auszuwechseln.

»Nenne mir all diejenigen, die in dein Vorhaben eingeweiht

waren oder davon Kenntnis erhalten haben können«, sagte er, nachdem Gero geendet hatte.

»Christian und Thietmar sowie einer meiner Leute.«

»Nicht mehr?«

»Nein.«

»Was ist mit demjenigen deiner Männer, der tot aufgefunden wurde?«

»Du weißt davon?« entschlüpfte es dem Grafen.

Werner antwortete nicht.

»Nun, es darf als erwiesen gelten, daß er selbst Hand an sich legte.«

»Wie das?«

»Vor ungefähr einem halben Jahr beobachtete ich, wie er mit einem der Räuber, welcher tags darauf floh, ein längeres Gespräch führte. Hinterher gestand er mir, daß sie einst Nachbarn gewesen waren. Seither mißtraute ich ihm. Unter einem Vorwand schickte ich ihn in der Nacht weg und ließ ihn nach einem vorgetäuschten Überfall bis zum Morgen im Wald festhalten, so daß er seinen Auftrag nicht erfüllen konnte. Vermutlich bewog ihn die Furcht vor der Schande zu seiner Tat.« Er räusperte sich und fügte hinzu: »Ich tat ihm wohl Unrecht. Möge Gott sich seiner Seele erbarmen.«

Werner kniff die Augen zusammen. »Ein Mann, der sich lieber tötet, statt sich seiner Strafe durch Flucht zu entziehen: Wer darf sich heutzutage noch solcher Gefolgsleute rühmen? Du bist zu beneiden, Graf Gero, freilich nicht gerade um deine Menschenkenntnis. War er übrigens von deinem Plan unterrichtet?«

»Nein. Natürlich nicht! Wie ich bereits sagte, traute ich ihm nicht mehr.«

»Wie hätte er etwas verraten können, von dem er nichts wußte?«

»Konnte ich sicher sein, daß sich nichts Unvorhergesehenes ereignen würde? Aus diesem Grund wollte ich keinen Mann an meiner Seite haben, an dessen Treue ich zweifelte. Sollte er mich, wie ich argwöhnte, eines Tages verlassen, bestand ja die Möglichkeit, daß er sein Wissen gegen mich verwendete.«

»In der Tat«, sagte Werner. Er lehnte sich zurück. »Wer stellte eigentlich die vielen Strickleitern für dich her?« fragte er weiter.

»Du willst mich aufs Glatteis locken, wie?« Gero schmunzelte. »Es tut mir leid, aber daraus wird nichts; ich habe nämlich jede Einzelheit bedacht. Bevor ich meine Räuber über die Grenze schickte, ließ ich sie neben anderem auch einen nächtlichen Ausbruch üben. Zu diesem Zweck befahl ich, eine große Zahl Strickleitern anzufertigen. Alle, die auf den Burgen nicht benötigt wurden, verblieben bei mir.«

»Wer hängte sie an die Haken?«

»Derjenige meiner Leute, den ich eingeweiht hatte.«

»Allein?«

»Ja.«

»Wurden die Wachen nicht stutzig?«

»Es geschah, als sie das Abendbrot zu sich nahmen, und betraf überdies nur jenen Teil der Palisade, an dem sich die Gärten befinden. Außerdem war es bereits finster.«

»Hm«, machte Werner. »Sind übrigens alle deine Gäste dem Anschlag zum Opfer gefallen?« erkundigte er sich nach einer Pause. »Nein. Einer entkam.«

»Was ist das für ein Mann?«

»Einer der hevellischen Gaufürsten.«

»Und wie entkam er? Ich meine – auf welche Weise?«

Gero zuckte die Schultern. »Nun, es war Nacht . . .« Er verstummte.

»Ja, es war Nacht. Sollte da nicht noch anderen die Flucht geglückt sein? Wenn nicht einem der Fürsten, so zumindest einem ihrer Krieger?«

»Keinem einzigen, ich schwör's dir.«

»Worauf gründet sich deine Zuversicht?«

»Wir haben die Leichen gezählt. Keine von ihnen war völlig verbrannt. Erst habe ich sie gezählt, danach Thietmar. Wir kamen zum selben Ergebnis.«

Werner hüstelte.

»Warum mußtest du sie eigentlich töten?« fragte er dann. »Hätte es nicht genügt, sie als Geiseln zu benutzen? Dein Ziel hättest du vermutlich auch so erreichen können, doch ohne daß ein Aufruhr ausgebrochen wäre.«

»Ich hatte es anfangs vor. Als ich aber überlegte, wer wohl so standhaft sei, dreißig Männer, die für ihre Freiheit jeden Preis zu zahlen bereit sind, über Wochen oder gar Monate hinweg zu verwahren, da fand ich bis auf den Gevatter Tod niemanden, den ich einer solchen Versuchung aussetzen mochte.«

»Schlecht denkst du von deinen Mitmenschen, Graf Gero«, erwiderte Werner flüchtig lächelnd. »Doch es ist nicht meine Aufgabe, mit dir darüber zu rechten. Laß uns jetzt von denen reden, welche die Tat ausgeführt haben. Über sie hast du bisher seltsamerweise kein Wort verloren. Gehe ich fehl in der Annahme, daß du dich auch ihnen anvertraut hast? Schließlich müssen sie sich doch gefragt haben, wozu in drei Teufels Namen du ihnen befiehlst, deine eigene Burg anzugreifen.«

»Ich habe es ihnen selbstverständlich erklärt: Um die Männer, die sie dort antreffen werden, zu töten, bevor diese mich töten. Weitere Auskünfte haben sie nicht verlangt.«

»Ist ihnen bekannt, wer diese Männer waren?«

»Ja.«

»Und du befürchtest nicht, daß sie ihr Wissen mißbrauchen könnten?«

»Nein.«

»Weshalb nicht?«

»Weil sie dort, wo sie gegenwärtig sind und noch einige Zeit bleiben werden, alle Ursache haben, über das, was sie getan haben, zu schweigen.«

»Meinst du?« Werner richtete sich auf. »Dann will ich dir mitteilen, daß diese Ursache für einige von ihnen hinfällig geworden sein dürfte. Gestern erreichte uns die Meldung, daß die Burgen, auf denen du sie untergebracht hast, gestürmt und erobert wurden. Gewiß gab es Gefangene. Man wird ihnen die

Zungen lösen. Oder hoffst du, daß sie dir zuliebe den Martern widerstehen?«

»So rasch ...«, murmelte Gero. »Nun ja, darauf mußte man gefaßt sein.«

Als er sich wieder in der Gewalt hatte, fuhr er fort: »Und wenn auch! Wer wird wohl auf den Gedanken kommen, daß ausgerechnet sie die Häuptlinge getötet haben? Sie selbst werden sich hüten, davon anzufangen. Sollte aber tatsächlich einer so töricht sein und reden, stünde die durch Folter erpreßte Aussage eines ehemaligen Geächteten gegen das Wort eines Grafen. Wem würde man wohl Glauben schenken?«

Werner wiegte den Kopf, als habe er Mühe, sich zu entscheiden. »Wahrscheinlich dem geflüchteten Fürsten«, sagte er schließlich, Gero nicht aus den Augen lassend.

»Ich begreife nicht.«

»Wie entkam er? Durchs Tor? Wohl kaum, denn wie du vorhin versichert hast, wurde es unablässig beobachtet. Doch vielleicht sprang er von der Palisade?«

»Nein, das ist unmöglich. Er –«

»Es ist also unmöglich! Wenn er aber weder durch das Tor gegangen noch von der Palisade gesprungen ist, muß er eine der Strickleitern benutzt haben. Und wer anders könnte die aufgehängt haben als jemand, der sich innerhalb der Burg befand und in ihr frei bewegen konnte – mithin einer deiner Leute? Gesetzt den Fall, dieser Jemand hätte ohne dein Wissen gehandelt, so hätte er sich nicht allein heimlich zwei Dutzend Strickleitern beschaffen, sie in die Burg schmuggeln, dort verstecken und, auf die Gefahr hin, bei dieser Beschäftigung entdeckt zu werden, in kürzester Zeit anbringen müssen. Er hätte zuvor, von dir und seinen Gefährten nicht bemerkt, einige Wochen lang mit seinen Auftraggebern in Verbindung stehen und sie über jede deiner Absichten genau unterrichten müssen. Zudem hätte er dafür sorgen müssen, daß Graf Christian und seine Männer während des Überfalls nicht in der Nähe des Hofes weilten. Endlich –«

»Was bezweckst du eigentlich mit diesen Spitzfindigkeiten?« unterbrach ihn Gero.

»Ich versuche, dir zu erklären, daß es für den Fürsten eine einzige Schlußfolgerung geben kann: Daß nämlich der Anschlag dein Werk gewesen war.«

»Soll er Schlußfolgern, soviel er will! Was kratzt es mich? Wichtig ist, daß mir nichts zu beweisen ist.«

»Wichtig, Graf Gero, ist in diesem Zusammenhang ausschließlich das Ansehen des Königs«, entgegnete Werner mit kaltem Nachdruck. »Und das ist wegen des Übereifers seines Legaten auf das schwerste bedroht.«

»Bedroht?« Der Graf erhob sich. »In den Vermutungen eines Barbarenhäuptlings erblickst du allen Ernstes eine Bedrohung für den Ruf des Königs?«

»So ist es«, bestätigte Werner trocken. »Denn wenn irgendwer, und sei es nur ein Barbar, glaubhaft zu schildern vermag, auf welche Weise die Fürsten zu Tode kamen, fällt der Verdacht unvermeidlich auf dich. Wie sich soeben zeigte, ist dieser Mann dazu imstande. Seine Erzählung wird sich mit Windeseile in alle Himmelsrichtungen verbreiten und, sofern das nicht schon geschehen ist, eines Tages auch zu uns gelangen und in den Köpfen der Menschen Wurzeln schlagen. Wie das Volk über das, was du getan hast, urteilen wird, dürfte nicht zweifelhaft sein. Es verzeiht nahezu jedes Verbrechen, zumal eines, das sich gegen die Slawen richtet – dieses jedoch nicht. Denn es flößt ihm Grauen ein. Der Adel, aus welchen Gründen immer, wird sich gleichfalls von dir abwenden. Vom König aber, und das ist das Schlimmste, wird es nicht bloß bei uns, sondern auch in anderen Ländern heißen, daß er sich auf Männer ohne Ehre stützt.«

Er verschränkte die Hände über dem linken Knie und legte den Kopf in den Nacken.

»Dein Plan ist gescheitert, Graf Gero«, sagte er hart. »Obwohl du dich gebrüstet hast, jede Einzelheit bedacht zu haben, ist es dir nicht geglückt, die Spuren deiner Tat zu verwischen. Und es fragt sich nun, ob du diese Möglichkeit nicht in Betracht gezogen oder aber aus Leichtsinn in Kauf genommen hast. Oder«, fügte er nach einer winzigen Pause hinzu, »ist es vielleicht so, daß dich jemand dazu angestiftet hat?«

»Angestiftet?« wiederholte Gero verdutzt. Er setzte sich wieder. »Wen meinst du damit?«

»Jemand, der dem König schaden wollte und sich deshalb, ohne daß es dir bewußt war, deinen Ehrgeiz zunutze machte.«

»Habe die Güte und drücke dich deutlicher aus.«

»Der Befehl des Königs war unmißverständlich. Er lautete, in die Burgen vertragsbrüchiger oder des Vertragsbruches verdächtiger sorbischer Edelinge Besatzungen zu legen. Von dem, was du getan hast, war niemals die Rede gewesen. Vielmehr solltest du alles vermeiden, das einen Aufstand hätte hervorrufen können. Diesem Befehl hast du zuwidergehandelt, und für die Folgen, aber dies nur nebenbei, wirst du geradezustehen haben. Ich möchte jetzt von dir wissen, wer dich zu dieser Eigenmächtigkeit verleitet hat?«

»Niemand. Ich allein trage dafür die Verantwortung.«

»Das klingt nicht, als ob du bereust.«

»So ist es. Ich bereue nichts.«

»Du räumst ein, ungehorsam gewesen zu sein, und rühmst dich dessen noch?«

»Dreh mir nicht das Wort im Mund herum, alter Freund! Mein Auftrag bestand schließlich nicht bloß darin, eine Empörung zu verhindern, sondern vor allem, dieses Gebiet für den König zu erobern. Mit einer Rebellion mußte ich immer rechnen. Als ich vom Verrat Thankmars und des Frankenherzogs hörte, hielt ich es für geboten, meine Anstrengungen zu verdoppeln; nicht zuletzt deshalb, um all jene zu widerlegen, die dem König vorwerfen, in mir eine falsche Wahl getroffen zu haben. Das mir gesteckte Ziel verlor ich also nie aus den Augen. In Anbetracht der veränderten Umstände war ich aber bestrebt, mich ihm schneller und auf neuen Wegen zu nähern. Der Aufstand scheint gegen mich zu sprechen, doch wenn ich ihn niedergeschlagen habe, wird sich erweisen –«

»Wer ihn niederschlägt, bestimmst nicht du«, schnitt ihm

Werner das Wort ab. »Du beharrst also darauf, daß du aus eigenem Antrieb gehandelt hast?«

»Ja, denn es ist die reine Wahrheit.«

Werner neigte den Kopf. Dann erhob er sich.

»Unsere Unterredung ist für heute zu Ende«, sagte er, während er nach der Fackel griff. »Du hast einen Tag Zeit, dich zu besinnen. Morgen besuche ich dich wieder, und dann will ich von dir die Namen derjenigen, die du jetzt noch schützt. Überlege inzwischen, ob es nicht besser wäre, dein Schweigen zu brechen.«

Er ging, und kurz darauf wurde die Luke geöffnet. Wenig später erschien der Wärter und ergriff die unverbrauchten Fakkeln. Den Stuhl aber rührte er nicht an. »Nimm auch ihn mit«, bat Gero. »Oder ist es hier noch nicht eng genug?«

»Der bleibt hier! Er«, der Heisere wies mit dem Daumen nach oben, »hat es befohlen.«

»Warum?«

»Was weiß ich? Vielleicht, damit du ihn nicht vergißt.«

Sowie der Graf allein war, stellte er den Stuhl auf die Pritsche. Nun erst spürte er die Kälte in seinem Körper. Sich die erstarrten Finger reibend, lief er umher und rief sich dabei das Gespräch ins Gedächtnis zurück. Alles hatte er erwartet, nur nicht einen solchen Verdacht. War der König wirklich so argwöhnisch geworden? Dann mußte es, trotz seines Sieges in Bayern, schlecht um ihn stehen. Und wenn es schlecht um ihn stand, war zu befürchten, daß er diesem Mann, dem er offenbar grenzenlos vertraute, bei dessen Nachforschungen freie Hand ließ. Was das bedeuten konnte, hatte Werner nicht verheimlicht. Im übrigen zeigte schon die Art seines Fragens, daß er weitreichende Befugnisse besaß. – Wiederum, mußte jemand, der so gründlich und scharfsinnig verfuhr wie er, nicht bald erkennen, daß diese Vermutungen abwegig waren? Doch wie, wenn es sich bei ihnen nur um einen Vorwand handelte, um sich seiner, Geros, zu entledigen, weil er in den Augen des Königs versagt hatte?

Bis tief in die Nacht fand er keine Ruhe. Erst gegen Morgen

schlief er ein. Er erwachte durch das Dröhnen der Falltür. Ein Blick zur Luke – sie war verschlossen. Also würde das Verhör in diesem Raum stattfinden. Voller Angst und Abscheu lauschte er dem Geräusch der sich nähernden Schritte ...

Werner trat ein, zog die Tür heran, legte jedoch die brennende Fackel nicht ab. »Nun?« sagte er, die Augen fest auf Gero gerichtet. Der Graf stand auf, antwortete aber nicht.«

»Was hast du mir mitzuteilen?« fuhr Werner fort.

»Nichts, das ich dir nicht schon mitgeteilt hätte«, erwiderte Gero, gegen das Beben seiner Stimme ankämpfend.

»Ist das dein letztes Wort?«

»Ja.«

Werner zuckte kaum merklich die Schultern. »Störrisch bist du, Graf Gero«, sagte er. »Nun, Gott weiß, ich habe das Meine getan; mögen sich jetzt andere mit dir befassen. Vielleicht haben sie mehr Glück.«

Er wandte sich um und ging. Nach einer Weile kam der Wärter und trug den Stuhl hinaus. Noch immer wie betäubt, starrte ihm Gero hinterher.

Es verstrich eine Nacht, in der er, ständig gewärtig, daß man ihn holte, kein Auge zutat. Und auch als es schon lange hell war draußen, verspürte er keine Müdigkeit. Obwohl er weder Hunger noch Durst hatte, entging ihm doch nicht, daß das Essen diesmal ausblieb. Für gewöhnlich war das eine Vorsichtsmaßnahme gegenüber Gefangenen, die man besonders schwer zu foltern gedachte.

Als der Wärter endlich erschien, war es bereits Abend. »Ich soll dich fragen, ob du noch etwas sagen möchtest«, äußerte er, ohne Gero anzusehen. Und da dieser nur stumm den Kopf schüttelte: »Nicht einmal Lebewohl? Wie du willst! Dann folge mir.« Er faßte den Grafen am Ellbogen.

Gero riß sich los. »Bleib mir vom Leib!« stieß er keuchend hervor.

»Was ist mit dir? Die ganze Zeit über warst du friedlich wie ein Lamm, und jetzt, wo wir uns trennen müssen, machst du plötzlich Scherereien? Bist mir schon ein sonderbarer Kauz.«

»Wohin bringst du mich?«

»Nach oben, wohin sonst. Tiefer geht es nämlich nicht. Was zitterst du? So glaube mir doch. Meinst du, wenn man dir an den Kragen wollte, wäre ich allein gekommen?«

Gero setzte sich in Bewegung. Mühsam erklomm er die Leiter, lief einen Gang entlang und fand sich, noch ehe er zur Besinnung gekommen war, in einem offenbar geheizten Raum wieder. In seiner Mitte stand ein hölzerner Zuber, dem Dampfschwaden entstiegen.

»Zieh dich aus«, sagte der Wärter.

Der Graf versteinerte. »Was habt ihr mit mir vor?« flüsterte er, auf das heiße Wasser deutend.

»Was wohl! Stinkt wie ein Wiedehopf und stellt solche Fragen! Willst du etwa so vor den König treten?«

Nachdem Gero gebadet hatte, führte ihn der Wärter ein Stockwerk höher, in eine Kammer direkt unter dem Dach. Im weichen Licht zahlreicher Kerzen gewahrte Gero ein Bett, einen mit Silbergeschirr gedeckten Tisch und zwei irdene Becken mit glühenden Holzkloben.

»Weiß Gott, hier läßt sich's aushalten«, sagte der Wärter. Dann entfernte er sich.

Ein Hüsteln ertönte. Gero fuhr herum und erblickte Werner. Er lehnte neben der Tür, die Arme über der Brust gekreuzt, auf den schmalen Lippen den Anflug eines Lächelns.

»Willkommen, Herr Graf«, sagte er, sich verneigend. »Ich darf dir mitteilen, daß die Untersuchung abgeschlossen ist. Sie ergab, woran nicht zu zweifeln war, deine Unschuld. Erlaube mir, daß ich dich dazu beglückwünsche.«

Er verbeugte sich abermals.

»Das endgültige Urteil zu fällen, obliegt natürlich allein dem König«, sprach er weiter. »Morgen nachmittag wird er dich empfangen und anhören, doch bin ich ermächtigt, dich als Zeichen seiner Huld bereits heute von ihm zu grüßen. Sei also guter Hoffnung. Da seine Zeit knapp bemessen ist, empfiehlt es sich, daß du deinen Vortrag nicht über Gebühr ausdehnst. Um dich zu befähigen, das Wesentliche vom Unwesentlichen zu scheiden, werde ich dich, sobald du erwacht bist, noch einmal aufsuchen und alles Notwendige mit dir bereden. Für heute mag es genug sein. Iß und trink, und danach schlafe dich aus. Der Herr schenke dir eine gesegnete Nacht.«

Im Schritt ging es den Burgberg hinauf. Die Hufe der Pferde versanken in einer dicken Laubschicht, die der Wind zwischen den Mauern beiderseits des Weges angehäuft hatte.

Mit vollen Zügen, so, als atme er zum erstenmal in seinem Leben, sog der Graf die klare, kalte Luft in sich ein. Alles um ihn herum erschien ihm ungewöhnlich: die Stille, die kahlen Äste der tagelang vom Sturm gezausten Bäume, die rötliche Abendsonne, die er seit einer Ewigkeit nicht mehr gesehen zu haben meinte. Sogar seine Begleiter dünkten ihn bemerkenswert: vier gepanzerte Männer, die jeweils zu zweit vor und hinter ihm ritten. Schweigend und ohne nach rechts oder links zu sehen, saßen sie im Sattel, erkundigten sich indes sofort nach seinen Wünschen, sowie er sich bloß räusperte oder einen von ihnen betrachtete.

Fast lautlos öffnete sich das Tor; keinerlei Knarren oder Kratzen war zu vernehmen. Gero entsann sich an das, was ihm Werner erzählt hatte: daß der König neuerdings – wie sein Vater – eine Abneigung gegen überflüssige Geräusche entwickelt habe; es sei deswegen geraten, sich ihm ohne Sporen zu nähern.

Im Hof war es blitzsauber. Nirgendwo lagen ein Blatt oder ein Zweig. Daß dies kein Zufall war, zeigte sich sogleich: Nachdem sie von den Pferden gestiegen waren, hob eines der Tiere den Schweif, und noch ehe es sein Geschäft beendet hatte, eilten schon Leute herbei, die den Kot in Eimer schaufelten.

»Hier entlang, Herr Graf«, sagte einer der Gepanzerten gedämpft.

»Ich weiß, mein Freund«, erwiderte Gero. Er winkte einen Roßknecht heran und befahl diesem, ihm die Sporen abzuschnallen. Während sich der Mann an ihm zu schaffen machte, fiel Geros Blick auf die Pfalzkirche, unter deren Hauptaltar die sterbliche Hülle König Heinrichs ruhte. Als der Knecht fertig war, lief der Graf auf sie zu und verharrte vor ihr in andächtiger Stellung. Danach ließ er sich von seinen Begleitern zu dem steinernen Gebäude führen, in welchem Otto während seines Aufenthaltes in Quedlinburg zu wohnen pflegte . . .

Der Raum, in den man ihn eintreten hieß, lag auf der anderen Seite des Hauses. Er war von nur mittlerer Größe, wirkte jedoch, da er fast leer war, beinahe wie ein kleiner Saal. Die Wände wiesen noch keinerlei Rußspuren auf, und auch den Dielen sah man an, daß er bisher selten benutzt worden war. Unter jeder der wohl an die drei Dutzend Fackeln befand sich ein längliches Gefäß, das das herabtropfende Wachs auffangen sollte.

König Otto, angetan mit einem ledernen Jagdgewand, saß an der Stirnseite auf einem mit geschnitzten Tierköpfen verzierten Stuhl. Bei Geros Erscheinen lehnte er sich zurück und schlug die Beine übereinander. Zu seiner Rechten stand Bischof Bernhard. Über einer langen blütenweißen Tunika trug er eine Stola sowie ein violettes Pluviale. Der untersetzte, rotgesichtige Mann neben ihm war Poppo, der bereits Ottos Vater als Kanzler gedient hatte. Links vom König schließlich, ebenfalls ganz in Leder gekleidet und wie dieser ohne jeden Schmuck, eine hochgewachsene Gestalt mit Habichtsnase: Wichmann, der Bruder des zweiten Legaten, seit etlichen Wochen wieder mit Otto versöhnt. Ein Stück entfernt von der Gruppe standen Werner und, hinter einem Schreibpult, der königliche Notar Adalmann.

Der Graf verneigte sich. Als er sich wieder aufgerichtet hatte, nickte ihm Otto zu, und Gero trat näher. Otto umfaßte die Tierköpfe an den Armstützen seines Stuhles, beugte sich vor und schaute ihn durchdringend an.

»Graf Gero, auf dir lastet ein Vorwurf, der uns alle tief betrübt«, sagte er. »In deinem Haus, so wird behauptet, hätten Gäste den Tod gefunden, und zwar von der Hand deiner Männer. Werner, den ich mit der Untersuchung dieses Vorfalls betraute, berichtete mir, daß du dies nicht bestrittest, jedoch der Ansicht wärst, daran ohne Schuld zu sein. Die Wahrheit deiner Darstellung zu erhärten, bist du hier. Um zu einem gerechten Urteil zu gelangen, habe ich diese edlen und erfahrenen Männer gebeten, unserer Unterhaltung beizuwohnen. Schildere nun, was sich an jenem Tag ereignete. Wir werden dich anhören und danach befragen.«

»Jawohl, Herr König«, entgegnete Gero. Er verneigte sich erneut und begann: »Vernehmt also, ihr Herren! Graf Thietmar, welcher ausgezeichnet die slawische Sprache beherrscht und deshalb von mir beauftragt worden war, die hevellischen Fürsten von Magdeburg zu meinem Hof zu geleiten, meldete mir nach der Heimkehr, diese hätten Äußerungen getan, aus denen hervorgegangen sei, daß sie einen Anschlag auf mich planten. Während ich noch erwog, ob er nicht Opfer eines übermütigen Scherzes geworden sein könnte, unterrichtete mich einer der Sorben von der Absicht, sich in der Nacht meiner zu bemächtigen, um mich später, nach geglückter Entführung, gegen unsere Geisel Tugumir auszutauschen oder aber, falls der Handel von den Unseren abgelehnt werde, zu töten und sich hierauf gemeinschaftlich gegen uns zu erheben. An der Verschwörung wären, von den Hevellern verführt, die meisten der sorbischen Häuptlinge beteiligt. Wie viele genau es seien, wisse er allerdings nicht.

Wie, ihr Herren, sollte ich mich verhalten? Die Zeit drängte, ich mußte schnell entscheiden. Bestrebt, Blutvergießen zu vermeiden und, indem ich vollendete Tatsachen schuf, trotzdem den Plan meiner Gäste zu vereiteln, faßte ich einen Entschluß, den ihr heute, da wir seine Folgen kennen, tadeln mögt; mich dünkte er damals der einzig mögliche. Unter einem Vorwand entfernte ich mich während des nächtlichen Gelages von der Burg, wobei ich darauf baute, daß es den Fürsten noch verfrüht erscheinen mußte, ihr Vorhaben zu verwirklichen. Zuvor hatte ich einem meiner Leute befohlen, heimlich Strickleitern auszuhängen. Draußen gebot ich einem Teil jener Männer, die ich vorsichtshalber zusammengezogen hatte, die Scheune, in welcher die slawischen Krieger nächtigten, zu umstellen und diese, falls erforderlich, am Verlassen des Gebäudes zu hindern. Ihre Gefährten wies ich an, über die Leitern in die Burg einzudringen und sich bis zu meiner Rückkehr in den Gärten zu verstecken. Angesichts einer solchen Übermacht, glaubte ich, würden die Fürsten stillschweigend auf den Anschlag verzichten, und da mir allein an ihrem Eid gelegen war, hatte ich vor, sie am nächsten Morgen ungekränkt ziehen zu lassen. So war es gedacht – doch leider kam es anders, denn als meine Männer die Palisade erklommen, stießen sie zu ihrer Verblüffung auf heftigste Gegenwehr. Der Lärm des sich entspinnenden Gefechtes drang bis zur Scheune, weckte die schlafenden Krieger, und dabei – nur so kann ich mir das, was hierauf geschah, erklären – fiel wohl eine Fackel zu Boden und entzündete das Stroh. Eingedenk des Befehls, die Slawen in dem Gebäude festzuhalten, hatten meine Leute unterdessen von außen das Tor verschlossen. Als sie begriffen, was drinnen vorging, war es bereits zu spät.«

Gero verstummte.

»Welcher Teufel, so werdet ihr sicherlich fragen, mag die Fürsten geritten haben, den aussichtslosen Kampf aufzunehmen?« sprach er nach einer Pause weiter. »Nun, ich weiß es nicht. Vielleicht war es ihr schlechtes Gewissen, welches sie befürchten ließ, ich hätte sie durchschaut und wollte jetzt Gleiches mit Gleichem vergelten; vielleicht verloren sie auch einfach den Kopf. Das Ergebnis, ihr Herren, ist euch bekannt. Selbst jener Mann, der mich warnte und dem ich meine Freiheit oder sogar mein Leben zu verdanken habe, fand bei dem Handgemenge den Tod. Einem einzigen glückte die Flucht.«

»Bist du fertig?« erkundigte sich Otto.

»Ja, Herr König.«

»Dann, ihr Herren, beginnt. Wir haben uns hier versammelt, um gemeinsam die Wahrheit zu erforschen. Wer also glaubt, daß er zu diesem Anliegen beitragen kann, der stelle seine Fragen.«

Bischof Bernhard räusperte sich und blickte erlaubnisheischend zum König. Als dieser nickte, befeuchtete Bernhard seine Lippen und sagte: »Du erwähntest einen Eid, Graf Gero. Was für ein Eid ist das und wozu verlangtest du ihn?«

»Bei meinen Vergeltungsfeldzügen wurde mir etliche Male entgegengehalten, daß ich keinerlei Ursache hätte, von einem Treuebruch zu sprechen; denn der Graf Siegfried geleistete Eid sei mit dessen Tod ungültig geworden und die von mir verhängte Strafe – die Besetzung der betreffenden Burg – folglich übermäßig hart. Nicht bloß Säumigkeit beim Entrichten des Zinses, selbst Überfälle wurden zuweilen so entschuldigt. Ich hielt solche Reden zuerst für Ausflüchte, gewann aber schließlich den Eindruck, daß sie durchaus aufrichtig gemeint waren. Offenbar fällt es diesem Menschenschlag schwer zu verstehen, daß, wem immer sie Treue geloben, es stets und allein der König ist, dem sie sich auf diese Weise unterwerfen. Dies berücksichtigend, schien es mir notwendig, sie den Eid erneuern zu lassen.«

Stirnrunzelnd hatte ihm Bernhard gelauscht. »Mir ist, als hörte ich jemanden über unsere Vorfahren reden«, sagte er. »Oder von jenen Slawen, mit denen es die Franken vor hundert oder mehr Jahren zu tun hatten. Doch die heutigen? Verzeih, Graf Gero, aber ich habe große Mühe, dir zu glauben.«

Gero blickte nach unten. Alle in diesem Raum wußten, worin seine Aufgabe wirklich bestand, doch war es üblich, dies in Gegenwart des Königs nur dann auszusprechen, wenn man mit ihm im kleinen Kreis an der Tafel beisammen saß. Ansonsten war es Brauch, die Besetzung der Burgen nach wie vor als eine Maßnahme zu bezeichnen, die lediglich dem Schutz vor weiteren Überfällen dienen sollte. Und sosehr Otto ein offenes Wort zur rechten Zeit schätzte, so sehr konnte er es einem auch verübeln, wenn man von jenem Grundsatz ohne Not abwich. Was galt in diesem Fall? Die geringe Zahl der Anwesenden hätte es zweifellos gestattet, kein Blatt vor den Mund zu nehmen; andererseits waren sie nicht zu einem Gelage zusammengekommen, sondern um über ihn zu richten. Nach kurzem Besinnen entschied der Graf daher, sich Zurückhaltung aufzuerlegen.

»Ich begreife dich gut, Herr Bischof«, erwiderte er. »Versuche indes, mich ebenfalls zu begreifen. Wie kann ich wissen, ob jemand den Einfältigen bloß spielt oder tatsächlich einfältig ist? Bedenke zudem meinen Auftrag: Vergeltung so zu üben, daß ich damit nicht einen Aufruhr hervorrufe. Zwar ist bei den Slawen an Männern, die sich in unseren Augen schuldig oder verdächtig gemacht haben, wahrlich kein Mangel. Doch was hilft das, wenn sie es nicht auch in denen ihrer Landsleute sind? Dann nämlich erscheint die Besetzung einer Burg nicht mehr als harte, aber gerechte Strafe, sondern als mutwilliger Übergriff. Darum beschloß ich: Laß sie, da sie es nicht anders wollen, also noch einmal schwören; so nimmst du ihnen jeden Vorwand, sich dir zu widersetzen.«

Er hielt inne und fuhr fort: »Deine hohe Meinung über sie in allen Ehren, doch nicht ein einziger von ihnen äußerte zu meinen Boten, daß er meinen Wunsch sonderbar oder unsinnig fände. Außerdem hoffte ich, auf diese Weise wenn nicht unsere Freunde, so zumindest unsere entschiedensten Feinde kennenzulernen. Wer sich mit unserer Vorherschaft abgefunden hat, sagte ich mir, dem wird es nichts ausmachen, den Eid zu wiederholen; wer sich sträubt, sinnt vermutlich auf Empörung. In diesem Punkt, das gebe ich zu, habe ich mich freilich geirrt.«

»Du stehst vor Gericht, Graf Gero«, bemerkte der König. »Über deine Handlung zu urteilen, obliegt daher nicht dir . . . Bist du mit der Antwort des Grafen zufrieden?« wandte er sich an Bernhard.

»Ich bin es, Herr König«, entgegnete der Bischof. »Erlaubst du, daß ich ihm zwei weitere Fragen stelle?«

»Bitte.«

»Wie man hört, Graf Gero, sollen noch einige Fürsten der dir anvertrauten Landschaft unter den Lebenden weilen. Was hinderte dich eigentlich daran, auch sie in den Genuß deiner Gastfreundschaft gelangen zu lassen?«

»Die geringe Größe meines Hofes.«

»Ich verstehe. Dann zu der zweiten Frage: Wie lauteten jene Äußerungen, die Graf Thietmar und dich befürchten ließen, daß die Slawen einen Anschlag planten?«

Abermals senkte Gero den Kopf. »Ich vermag mich nicht mehr genau zu erinnern«, sagte er nach einer Pause mürrisch.

»Nicht Wort für Wort, lieber Freund. Versuche lediglich, uns eine ungefähre Vorstellung von ihrem Inhalt zu vermitteln.«

Gero blieb stumm.

»Was ist! Hast du mich nicht verstanden?«

»Es handelte sich um Beleidigungen. Fordere nicht von mir, sie zu wiederholen.«

Nachdem Gero das gesagt hatte, sandte er einen raschen Blick zu den Männern vor ihm. Ihre Mienen hatten sich belebt, und sogar auf das Gesicht von Wichmann, der bisher den Anschein erweckte, als ob ihn die Befragung tödlich langweilte, trat ein Ausdruck von Erstaunen.

Der Graf frohlockte innerlich. Wichmann vor allem war es, um dessentwillen das Verhör stattfand, denn ihm würden alle jene glauben, die mit dem König haderten. Glückte es, Wichmann in die Irre zu führen, war das Spiel so gut wie gewonnen ...

»Du weigerst dich, dem Bischof zu antworten?« sagte Otto finster. »So nimm an, ich hätte dich gefragt. Nun?«

Der Graf tat, als litte er Höllenqualen. Er öffnete den Mund, schloß ihn wieder, trat schweratmend von einem Fuß auf den anderen. Und da die Lage, in der er sich befand, tatsächlich heikel war, geriet ihm dies alles, wie er fühlte, ganz natürlich.

»Deine Weigerung nützt dir nichts!« rief in diesem Moment Werner aus. »Ich habe auch Graf Thietmar verhört, und weil mir das, was er hierzu sagte, besonders wichtig dünkte, habe ich es Adalmann aufschreiben lassen.« Er hielt ein Pergament hoch. »Befiehlst du, daß er es vorliest, Herr König?«

»Lies!« entgegnete Otto, und Adalmann begann: »Nachdem die Heveller angekommen waren, sagte einer der Häuptlinge zu seinen Gefährten: So haust also der Mann, den uns ihr König vor die Nase gesetzt hat! Verflucht sei jede Stunde, in der wir ihn über uns duldeten. Allein für diese Schmach soll er mir büßen! Und ein zweiter: Wozu überhaupt so viele Umstände? Laßt uns diese Hütte doch lieber stürmen.«

Adalmann hob den Kopf, legte das Pergament jedoch nicht aus der Hand. Fragend schaute er zum König.

»Was hast du?«

»Hier steht noch mehr, Herr König. Ich bin mir allerdings nicht sicher, ob es angebracht ist, dies –«

»Lies schon!« unterbrach ihn Otto gereizt.

»Ja«, erwiderte Adalmann, seufzte leise und fuhr fort: »Ein dritter sagte: Schön dumm wären sie, wenn sie uns diesen Hänfling gegen einen ausgewachsenen Fürsten eintauschten. Werden ihm wohl den Hals umdrehen oder ihn bis an das Ende seiner Tage füttern müssen.«

Stille breitete sich aus. Gero spürte, daß er errötete. Der *Hänfling*, obzwar von ihm selbst ersonnen, hatte ihn stärker getroffen, als er erwartet hatte. Erneut musterte er die Mienen der anderen, wobei er sich den Anschein gab, als zwinge er sich, ihnen trotzig in die Augen zu schauen. Was er dabei wahrnahm, ließ ihn hoffen, daß er sich nicht umsonst erniedrigt hatte. Auf Bernhards wachsfarbenem Gesicht rangen Genugtuung und Hohn mit dem vergeblichen Versuch, diese Gefühle zu verbergen. Poppo blickte so angespannt ausdruckslos drein, wie nur ein Mensch blicken konnte, der seine Umgebung unter Aufbietung aller Kräfte glauben machen will, er habe nichts gehört. Auf Wichmanns Miene malten sich Ekel und Zorn; vermutlich hielt er es für unter seiner Würde, Zeuge einer solchen Demütigung zu sein. Und selbst Otto, der ja die Wahrheit kannte, betrachtete Gero, als sähe er ihn heute zum erstenmal.

Zuerst faßte sich Bernhard. Sich zuvor räuspernd, sagte er: »Es ist nur allzu begreiflich, Graf Gero, daß du gegenüber denen, die auf diese Weise von dir sprachen, keine sonderliche

Zuneigung empfandest. Sollte dies dein Verlangen, ihr Leben zu schonen, nicht vermindert haben?«

Gero zuckte die Schultern. »Ich weine ihnen keine Träne nach«, sagte er ruhig, »weder denen, die mich schmähten, noch denen, die mir schmeichelten. Beide waren schließlich unsere Feinde. An jenem Abend aber waren sie meine Gäste, weswegen der Schaden, der mir durch ihren Tod entstand, unermeßlich groß ist. Und da ich als jemand bekannt bin, der die Folgen seiner Handlungen vorher zu bedenken pflegt, solltest du mir –«

»Genug!« unterbrach ihn Otto. »Das führt uns nicht weiter. Statt über Gefühle sollten wir besser von Tatsachen reden. Und eine Tatsache, Graf Gero, ist es, daß die Krieger, die deine Gäste töteten, von den besetzten slawischen Burgen kamen. Warum zogst du gerade diese Männer zu deinem Schutz heran und nicht unsere Leute von den Burgen diesseits der Grenze?«

Wichmann, Poppo und der Bischof, denen dieser Sachverhalt bislang nicht bekannt war, schauten den König verwundert an, und Gero ließ ihnen die Zeit, sich über die Bedeutung des soeben Gesagten klarzuwerden. Dann entgegnete er: »Ich durfte nicht ausschließen, daß Verrat im Spiel war oder aber ganz zufällig am gleichen Tag ein böhmischer oder sogar ungarischer Angriff erfolgte. Daher schien es mir notwendig, den Burgen ihre volle Kampfkraft zu belassen.«

»Die Burgen im Lande der Colodici erschienen dir nicht schutzbedürftig?«

»Nicht im gleichen Maße. Zum einen nicht, weil sicherlich kaum jemand damit gerechnet hätte, daß ich ausgerechnet sie schwächen würde. Zum anderen standen ja mit dem Burgherrn und seiner Familie Geiseln zur Verfügung.«

»Das leuchtet ein«, sagte der König. »Aber da ist noch etwas. Es wird behauptet, daß sich deine Männer während des Überfalls der slawischen Sprache bedient hätten.«

»Einige von ihnen, ja. Ich hatte es ihnen befohlen, in der Hoffnung, daß es auf diese Weise gelingen könnte, die Häuptlinge kampflos zu überwältigen.«

»Es ist dir jedoch nicht gelungen! Trotzdem ließest du hinterher verbreiten, die Eindringlinge seien Slawen gewesen. Weshalb?«

Der Graf nickte bekümmert. »Ich begreife es ja selbst kaum mehr. Ich sah natürlich voraus, daß man mich verleumden würde und daß ich mich nur schlecht dagegen würde wehren können. Erbittert darüber, daß ich, nachdem ich dem Anschlag mit knapper Not entronnen war, nun womöglich meiner Ehre verlustig gehen sollte, beschloß ich, jede Beteiligung an dem Geschehen abzustreiten. Ich räume ein, dies war ein verhängnisvoller Fehler. Ich hätte mich zu dem, was ich getan hatte, bekennen müssen. Aber bedenke, Herr König, wie rasch ich mich entscheiden mußte und in welcher Verfassung ich mich nach jener schrecklichen Nacht befand. Ich war noch Tage danach wie von Sinnen.«

»Ich bedenke es«, erwiderte Otto. »Und dennoch ...«

Er erhob sich, trat hinter seinen Stuhl und drehte sich um.

»So, wie du uns das Vorgefallene geschildert hast, könnte es gewesen sein«, sprach er, sich auf die Lehne stützend, weiter. »Es könnte sich aber auch alles ganz anders zugetragen haben. Nicht dich wollte man töten, sondern du hattest es auf das Leben der Fürsten abgesehen, und um von dir abzulenken, kamst du auf den Gedanken, alles so einzurichten, daß der Verdacht auf Slawen fiel. Deshalb ließest du die Männer von den sorbischen Burgen abziehen und wieder dorthin zurückkehren, so daß die Spuren der Angreifer unvermeidlich zur Saale führten. Deshalb befahlest du ihnen, auf dem Hof slawische Worte zu rufen, denn jetzt konnte das Gesinde bezeugen, daß sie keine Sachsen gewesen waren. Nein, schweig, spare dir deine Beteuerungen, denn ob du nun schuldig bist oder nicht, um diese wirst du in beiden Fällen mit Sicherheit nicht verlegen sein! Doch mit Schwüren ist weder dir noch uns gedient. Was wir brauchen, ist Gewißheit oder zumindest etwas, das ihr sehr nahe kommt.«

Er nahm wieder Platz, kniff die Augen zusammen, und als spräche er zu sich selbst, fuhr er mit leiser Stimme fort: »Aber wie sie gewinnen? Diejenigen, welche die Fürsten töteten, sind inzwischen gleichfalls tot oder gefangen. Jeder Gefolgsmann des Grafen wurde gründlich befragt, ebenso alle anderen, die sich während jener Nacht in der Nähe des Hofes befanden. Ihre Aussagen weichen in keinem einzigen Punkt von denen Graf Geros ab. Doch – die Fürsten wurden auf seinem Anwesen umgebracht, von seinen Leuten, und er kann nicht beweisen, daß dies lediglich aus Notwehr geschah. Schlimmer noch: Das Gerücht hält ihn für schuldig. Ein Urteil läßt sich darauf nicht gründen, es einfach zu mißachten, ist indes genausowenig möglich. Schließlich stehen mein Ansehen und das des Reiches auf dem Spiel. Wie also soll ich mich verhalten? Glaube ich Graf Gero, dulde ich vielleicht einen ehrlosen Mörder an meiner Seite. Verstoße ich ihn, versündige ich mich vielleicht an einem braven Mann, der schuldlos in Verdacht geriet. Wiederum darf ich auch nicht warten, bis die Wahrheit – abermals vielleicht! – eines Tages ans Licht gelangt. Die Gerüchte müssen verstummen, bevor sie sich in den Köpfen festsetzen. Überlegen wir daher gemeinsam, wie wir zu einem Urteil kommen können, daß niemand in Zweifel zu ziehen vermag. Bleiben wir allerdings erfolglos«, fügte er nach einer winzigen Pause hinzu, »wäre ich gezwungen, mich von dir zu trennen. Dein Besitz bliebe dir in diesem Fall selbstverständlich erhalten.«

Auf den Mienen der drei Männer neben ihm spiegelte sich Erstaunen. Keiner von ihnen hatte offenbar erwartet, daß er mit jemandem, um dessentwillen er so viele Scherereien in Kauf genommen hatte, ausgerechnet wegen einiger Barbarenhäuptlinge derart hart ins Gericht gehen würde. Sichtlich beeindruckt, machten sie sich daran, Ottos Aufforderung Folge zu leisten oder doch zumindest so zu tun. Poppo rang die Hände vor der Brust und schaute heftig zwinkernd zur Decke empor. Mit gefurchter Stirn starrte Bischof Bernhard vor sich hin. Von Wichmanns Gesicht waren aller Spott und alle Herablassung gewichen; er legte den Kopf in den Nacken und strich sich mehrmals mit einer schwerfälligen Gebärde über den Bart. Kein Zweifel, auch er dachte nach.

Werner hatte unterdessen den Raum verlassen. Mit einem Bündel frischer Fackeln kehrte er zurück, tauschte sie gegen die niedergebrannten aus und tauchte diese nacheinander in die Eimer. Für geraume Zeit war nichts als das Zischen der erlöschenden Fackeln zu hören.

»Bei allen Teufeln!« stieß plötzlich Wichmann hervor. »Wie lange sollen wir hier wohl noch so stehen und Löcher in die Luft stieren? Kannst du mir das verraten, Gero? Einmal möchte ich dich am liebsten erwürgen, dann wieder dauerst du mich, und so geht das unablässig hin und her. Du aber tust, als beträfe dich das alles nicht. Sag endlich etwas! Hilf uns! Wie sollen wir sonst eine Entscheidung fällen können?«

Er ballte die Fäuste und sprach, sie an die Brust pressend, weiter: »Wenn du dir aber zu fein dazu bist oder wenn dir dein Schicksal gleichgültig ist, so habe wenigstens Erbarmen mit uns. Du siehst, wie es uns peinigt, daß wir dich weder freisprechen noch verurteilen können. Erspare uns diese Qualen und gehe außer Landes, so lange, bis Gras über diese Angelegenheit gewachsen ist oder sich jemand gefunden hat, der deine Unschuld zu bezeugen vermag. Das sage ich dir als ein Mann, der an deiner Stelle keinen Augenblick zögern würde, so zu handeln.«

Als Wichmann geendet hatte, begann Poppo eifrig zu nikken. Auf einmal hielt er inne, sah erschrocken zum König und hierauf, als wollte er seine voreilige Geste ungeschehen machen, wie versteinert geradeaus. Auch Bernhard hatte, obzwar längst nicht so heftig, Zustimmung bekundet; nach einem Blick zu Otto verwandelte er sein Nicken unmerklich in ein zweifelndes Wiegen des Kopfes.

»Glaube mir, Wichmann«, erwiderte Gero schmerzlich lächelnd, »seitdem ich begriffen habe, daß meine Lage hoffnungslos ist, erwäge ich unaufhörlich, dem König eben dies vorzuschlagen. Und indem ich es erwäge, wird mir zugleich bewußt, daß dies der einzige Dienst ist, den ich ihm *nicht leisten darf.* Ein Unschuldiger, würde man nämlich folgern, hätte für seinen Ruf gekämpft; wenn er weicht, muß er also schuldig sein. Und so würde ich mich durch das Opfer, das ich bringe, in den Augen der Welt verurteilen. Dies aber kann niemand von mir fordern. Wir opfern für den König unser Leben, nicht jedoch unsere Ehre. Denn sie ist unveräußerlich.«

Er verstummte.

»Im übrigen hast du natürlich recht, Wichmann«, sprach er nach einer kurzen Pause weiter. »Auf diese Weise kommen wir nicht voran, selbst, wenn wir hier noch Tage ausharren und uns die Köpfe zermartern. Ich sehe daher nur einen Ausweg: so zu tun, als ob diese Verhandlung niemals stattgefunden hätte, und mich unverzüglich gegen den Feind zu schicken. Solltest du, Herr König, dich dazu entschließen, versichere ich dir, daß sich bald niemand mehr über den Grafen Gero den Mund zerreißen wird.«

Schweigen breitete sich aus. Wichmann schaute zu Boden, Poppo, von einem Fuß auf den anderen tretend, zur Decke empor. Der Bischof hüstelte mißbilligend.

»Anscheinend glaubst du, daß ich um meine Ehre minder besorgt bin als du um die deine, Graf Gero«, sagte Otto in die Stille hinein. »Er schafft sich den Mann vom Hals, um desto ungestörter aus dessen Verbrechen Vorteile ziehen zu können, würde es danach heißen. Oder zweifelt jemand daran? Nein, dies ist keine Lösung, die eines christlichen Herrschers würdig wäre.«

»Keine Beweise?« ließ sich auf einmal Werner vernehmen. »Gewiß, die gibt es nicht; doch vielleicht etwas, das ebensogut ist . . . Oh, verzeih, Herr König«, unterbrach er sich. »Ich vergaß, daß meine Arbeit mit der Befragung des Grafen beendet ist, und ich gar nicht befugt bin, in diesem Kreis meine Meinung kundzutun.«

»Ach was! Du siehst ja, wie wir uns plagen. Ich bin sicher, daß es dir keiner von uns verargt, wenn es dir gelingen sollte, das Gestrüpp, in dem wir uns verfangen haben, ein wenig zu lichten. Sprich also, mein Freund!«

Werner verneigte sich ehrerbietig und sagte: »Nun, ich denke so: Der Mann, der sich retten konnte, Fürst Ratibor also, war mit unseren Bräuchen bestens vertraut. Nicht allein, weil er des öfteren als Gesandter bei uns weilte, sondern auch, weil er, wie ich meine, über einen außergewöhnlichen Scharfsinn verfügt. Oder irre ich mich darin?« fragte er, wobei das längliche gelbe Gesicht in ein Geflecht zahlloser Fältchen zerfiel.

»Nein«, entgegnete Otto zögernd. »Dies kommt der Wahrheit recht nahe. In der Tat, er entspricht so gar nicht dem Bild, das sich unser Hochmut von einem Barbaren zu machen pflegt. Er ist ein kluger Kopf und hat sich, obschon noch jung an Jahren, bereits in vielen Wissenschaften umgetan. Mancher Christ könnte von ihm lernen.«

»Es ist, wie ihr, edle Herren, wißt, keinerlei Übertreibung oder Schmeichelei dabei«, fuhr Werner, sich abermals verbeugend, fort, »wenn ich behaupte, daß die Redlichkeit unseres Gebieters nirgendwo umstritten ist. Sogar seine verbissensten Feinde bezichtigen ihn bislang nicht der Heimtücke oder Falschheit, was bei den Feinden, die er hat, einiges besagen will. Zudem wurde in Sachsen noch niemals einem Gesandten ein Haar gekrümmt, selbst denen der Ungarn nicht, als der Krieg gegen diese längst beschlossen war und uns daran lag, sie herauszufordern. Unterstellen wir einmal, die Slawen seien auf Befehl Geros ermordet worden, so kann Fürst Ratibor doch schwerlich annehmen, der Graf habe dies im Auftrag oder auch nur mit stillschweigender Billigung des Königs getan. Er hätte sich demzufolge nach seiner Flucht an den König wenden und den Grafen verklagen können; an der Zeit dazu hätte es nicht gefehlt. Das Mindeste, das er erreicht hätte, wäre ein Zweikampf gewesen. Ist es nicht so, Herr König?«

»Zweifellos«, antwortete Otto schulterzuckend. »Da Aussage gegen Aussage gestanden hätte, wäre uns nur geblieben, die Wahrheit mittels eines Zweikampfes zu erforschen. Aber sag, was haben die Fragen zu bedeuten? Weshalb bin ich es plötzlich, der verhört wird?«

Werner hob die Hände. »So hab doch noch ein wenig Geduld, Herr König«, sagte er mit einem kleinen Lachen. »Du hast mich zu diesen Ausführungen ermutigt; jetzt erlaube mir auch, sie auf meine Art zu Ende zu bringen.«

Nachdem er sich, zu Otto schauend, vergewissert hatte, daß ihm dieser die scherzhafte Zurechtweisung nicht verübelte, sprach er weiter: »Halten wir also fest: Fürst Ratibor, ein, wie wir soeben vernahmen, kenntnisreicher Mann, traf des öfteren mit unserem Gebieter zusammen, wobei er sich, das dürfte ihm kaum entgangen sein, dessen Wertschätzung erwarb. Außerdem müßte er bei seinen Aufenthalten in unserem Land bemerkt haben, was alle Welt weiß: daß uns Sachsen das Gastrecht nicht minder heilig ist als den Slawen oder Dänen. Dennoch, trotz dieser unstreitig günstigen Voraussetzungen, versuchten er und die betroffenen Sippen nicht ein einziges Mal, für das ihnen angetane Unrecht Genugtuung zu erhalten. Warum nicht? Weshalb klagten sie Graf Gero vor dem König nicht des Mordes an – und sei es lediglich, um den Schein zu wahren –, sondern schlossen sich unverzüglich zum Aufruhr zusammen, eine Möglichkeit, die ihnen, wäre ihre Klage abgewiesen worden, immer noch geblieben wäre?«

Er hielt inne, und nachdem er jedem der Anwesenden fest in die Augen geblickt hatte, fuhr er fort: »Ich habe dafür keine andere Erklärung als diese: Sie scheuten sich, die Wahrheit einer solchen Behauptung im Kampf zu erhärten, weil diese Behauptung falsch ist und sie deswegen darauf gefaßt sein mußten, zu unterliegen. Wäre aber der Zweikampf von ihnen verloren worden, hätten sich mit Sicherheit kaum so viele der Ihren an dem geplanten Aufstand beteiligt. Um dieser Gefahr vorzubeugen, verzichteten sie auf eine Klage, weswegen wir hier einen Mann vor uns haben, den ausgerechnet jene, die er geschädigt haben soll, nicht anzuklagen wagen. Noch seltsamer ist vielleicht«, schloß er mit gesenkter Stimme, »daß statt dessen wir die Geschäfte der Aufrührer besorgen.«

Völlige Stille trat ein. Die Gesichter der drei Männer neben dem König wirkten wie versteinert. Nicht einmal ihre Atemzüge waren zu hören.

»Wir besorgten die Geschäfte von Aufrührern?« sagte Otto stirnrunzelnd. »Das geht gegen mich, wie? Reichlich keck bist du, Freundchen! Aber dein Vorwurf trifft mich nicht. Ich besorge nur die Geschäfte des Reiches und keine anderen, schon gar nicht die von Aufrührern. Behaupte derlei nicht noch ein zweites Mal, sonst könnte es sein, daß ich dir die Zunge stutzen lasse. Der Schild des Königs muß unter allen Umständen rein bleiben, was ihn dazu nötigt, an jene, die ihm dienen, besondere Ansprüche zu stellen. Wem das lästig ist, der sollte die Nähe des Thrones meiden.«

Er räusperte sich.

»Was deine sonstigen Schlußfolgerungen betrifft, so muß ich freilich zugeben . . . Doch nein! Sprecht ihr zuerst, ihr Herren. Wer von euch möchte anfangen?«

Niemand meldete sich, und so zeigte Otto nach einer Weile auf Wichmann. »Brich du das Eis, mein Freund. Du bist von uns allen der Erfahrenste. Was meinst du zu Werners Worten?«

Wichmann, er rieb sich gerade den Rücken seiner Nase, hob die Schultern. »Man muß ihnen wohl beipflichten«, entgegnete er widerstrebend. »Wie heißt es gleich? Wo kein Kläger, da auch kein Richter. Allein aus diesem Grund werden wir nicht umhinkönnen, zu Geros Gunsten zu entscheiden.« Sich am Hals kratzend, setzte er hinzu: »Selbst auf die Gefahr hin, daß er es doch war und sich insgeheim über uns lustig macht.«

Der König schüttelte heftig den Kopf. »Nein, so geht das nicht. Da es uns an Beweisen mangelt, steht schon jetzt fest, daß Graf Gero diesen Raum als freier Mann verlassen wird. Wir entscheiden lediglich, ob dann noch jener Verdacht an ihm haftet oder nicht. Es ist dies die Entscheidung, die jeder von uns mit seinem Gewissen abmachen, danach allerdings immer und überall ohne den kleinsten Vorbehalt vertreten muß. Äußere also ohne Ausflüchte, ob du den Grafen für schuldig oder für unschuldig hältst.«

Wichmann nickte. Hierauf bekreuzigte er sich flüchtig und sagte: »Unschuldig.«

Der König schaute zu Adalmann, worauf man sogleich dessen Feder kratzen hörte. »Und nun du, Bischof.«

Bernhard faltete die Hände vor dem Unterleib, sah schräg nach unten und hub an: »Eingedenk all dessen, was wir heute vernahmen, dabei nicht außer acht lassend, daß das Furchtbare jenes Geschehnisses bei den Landsleuten der zu Tode gekommenen Fürsten eine Trübung des Urteilsvermögens bewirkt haben könnte, dergestalt, daß ihr Vertrauen in die Gerechtigkeit des Königs erschüttert wurde – eine Möglichkeit, die übrigens auch bei der Erklärung des ansonsten selbstverständlich unverzeihlichen Aufruhrs beiläufig in Betracht gezogen werden sollte, bin ich, dies alles berücksichtigend und mit gebührender Sorgfalt wägend, nach reif –«

»Schweig!«

Otto war aufgesprungen, setzte sich aber sofort wieder. Seine Brauen zuckten. »Schuldig oder unschuldig!« rief er, mit der flachen Rechten zu jeder Silbe auf der Armstütze seines Stuhles den Takt schlagend.

»Nach meinem Dafürhalten ist Graf Gero unschuldig«, erwiderte Bernhard hastig, »ohne jede Einschränkung.«

»Poppo«, wandte sich Otto an den Kanzler.

»Ich bin derselben Ansicht, Herr König. Graf Gero ist zweifelsfrei unschuldig.«

»Nun ist es an mir«, sagte Otto in einem unschlüssigen Ton und erhob sich erneut. Es verging einige Zeit, während der er wie abwesend ins Leere sah. Endlich straffte er sich, blickte Gero in die Augen und sagte mit klarer Stimme: »Nicht schuldig.«

Er ließ den Satz verklingen und fuhr fort: »Graf Gero, du hast unser Urteil gehört. Deine Ehre ist wiederhergestellt, und wer dich nach dem heutigen Tag noch einen Mörder nennt, riskiert den Verlust seiner Zunge. Vergiß, was du gelitten hast, und empfange dein Schwert zurück, um mir, wie bisher, in Treue zu dienen. Euch, ihr Herren, danke ich für eure Hilfe. Ihr habt euch nach bestem Wissen und Gewissen bemüht, die Wahrheit zu erforschen. Dort, wo wir geirrt haben, müssen wir es dem künftigen Gericht anheimstellen, unser Urteil zu berichtigen. Ruht euch jetzt ein wenig aus und vergeßt dabei all die Widerwärtigkeiten, von denen so lange die Rede war. Danach laßt uns gemeinsam speisen ... Dies gilt selbstverständlich auch für dich, mein Freund«, fügte er nach kurzem Zögern an Gero gewandt hinzu.

Für einen Moment war der Graf versucht, die Einladung anzunehmen, aber da traf ihn ein mahnender Blick Werners. Und so bezwang er sich und sagte: »Ich danke dir, Herr König. Mit deiner Erlaubnis möchte ich jedoch unverzüglich aufbrechen.«

Otto hob die Brauen. »Heute noch? Hast du die Glocke nicht gehört? Du wärst erst gegen Morgen auf deinem Hof.«

»Ich weiß. Aber die Bekämpfung des Aufruhrs duldet keinen weiteren Aufschub. Nicht eine einzige Stunde möchte ich mehr verlieren.«

»Oho! Hört ihn euch an! Kann es kaum erwarten, es ihnen heimzuzahlen. Nun, einen Mann, den es zu seiner Pflicht zieht, sollte man nicht aufhalten. Gehabe dich also wohl, Graf Gero, unser aller guten Wünsche reisen mit dir ... Werner, du sorgst dafür, daß den Grafen genügend Bewaffnete begleiten.«

Gero verneigte sich, ging zum Ausgang und verließ mit den anderen den Raum. Er war schon jenseits der Schwelle, als die Stimme des Königs an sein Ohr drang: »Ach Gero, ich vergaß ... Auf ein Wort noch ...«

Die Hände auf dem Rücken verschränkt, lief Otto zwischen der Tür und dem einzigen Fenster auf und ab.

Gero ging in die Mitte des Saales und verharrte. Plötzlich bemerkte er, daß er auf der Stelle stand, auf der er während der Verhandlung gestanden hatte. Hastig trat er ein Stück beiseite und schaute dabei zum König, der, ihm den Rücken zukehrend, vor dem geschlossenen Fensterladen stehengeblieben war.

»Entsinnst du dich des verkrüppelten Säuglings?« fragte Otto, ohne sich umzudrehen.

»Eines Säuglings?« wiederholte Gero in der Annahme, er habe sich verhört.

»Ja.«

»Verzeih, Herr König, doch ich begreife nicht.«

»Nein? Es war fast auf den Tag vor zehn Jahren. Wir waren am Morgen von dieser Pfalz losgeritten und wollten nach Magdeburg, wo sich das Heer sammelte. Des Kindes wegen gab es eine Verzögerung, so daß wir im Wald nächtigen mußten. Mein Vater erlegte einen Ur. Erinnerst du dich jetzt?«

»Ich stieß erst in Magdeburg zu euch, Herr König.«

»Wirklich? Sonderbar. Ich hätte geschworen, du seist dabeigewesen.«

Otto wandte sich um und musterte ihn eingehend.

»Unterwegs begegneten uns Bauern mit einem neugeborenen Kind«, sprach er danach weiter. »Einer Mißgeburt! Bernhard behauptete, daß dies von schlimmer Vorbedeutung für uns sei, worauf ihn mein Vater verspottete und ihm solche Reden untersagte. Bernhard hielt sich daran, mein Vater hingegen«, er lächelte, »kam, war er mit mir allein, häufig auf dieses Erlebnis zurück. Er ließ sogar Erkundigungen einziehen, was aus dem Kind geworden wäre. Nun, es starb kurz darauf; glücklicherweise hatte es der Bischof zuvor noch getauft.«

Er krauste die Stirn.

»In letzter Zeit frage ich mich öfter, ob unser guter Bernhard nicht doch im Recht gewesen sein könnte. Zwar sollte der Feldzug gegen die Heveller mit einem Sieg enden – indes, was heißt das schon! Schließlich beliebt es der Vorsehung zuweilen, uns über ihre tatsächlichen Absichten zu täuschen, indem sie ihren Warnungen zunächst einen Erfolg hinterhersendet. Es wäre daher durchaus möglich, daß das, was damals so hoffnungsvoll begann, von Anfang an unter einem ungünstigen Vorzeichen stand. Oder welcher Auffassung bist du?«

»Aber Herr König! Wie kannst du nur so reden?« entgegnete der Graf bestürzt.

»Wie könnte ich anders reden! Es verstreicht kaum eine Woche, in welcher mir meine Gewährsleute nicht gegen mich gerichtete Ränke melden. Statt auf mein Wohl pflegen gewisse Herren auf meinen vorzeitigen Tod zu trinken. Im Mai wird sich zum zwanzigsten Mal die Thronbesteigung meines Vaters jähren. Ich hatte vor, diesen Tag festlich zu begehen, nun muß ich ihn fürchten. Man wird mich mit ihm vergleichen, und was wird sich da zeigen? Das Reich ist entzweit, seine Grenzen sind bedroht . . . Dir mißfällt, was ich sage?« unterbrach er sich unvermittelt. »So laß uns von etwas anderem sprechen. Wie ist es, bist du mit unserem Urteil zufrieden?«

»Ich bin es, Herr König. Und ich danke dir von ganzem Herzen.«

»Wofür?«

»Dafür, daß du mich vor dem Elend bewahrt hast. Du bist ein wahrhaft gnädiger König.«

»Ein wahrhaft gnädiger König!«

Otto verzog den Mund.

»Weshalb glaubt ihr eigentlich alle, daß mir ein Lob wie dieses schmeichelt? Daß ihr euch nur nicht verrechnet. Ich bin ein Herrscher, so gut wie jeder andere, und will deshalb zuerst an Herrschertugenden gemessen werden. Rede also besser nicht so zu mir; es könnte mich sonst reizen, dir zu beweisen, wie wenig mir an deiner guten Meinung über mich liegt.«

Er ließ ein kurzes, spöttisches Lachen hören und fuhr fort: »Im übrigen wollte ich nicht dich vor dem Elend bewahren, sondern meinen Namen vor der Schande. Es darf nicht sein, daß unter meiner Regierung eine solche Tat begangen wurde, zumal durch einen Mann, den ich gegen den Widerstand der Großen erhoben hatte. Mit einem Wort: Die Umstände sind dir gnädig, nicht das weiche Gemüt deines Königs. Und da wir gerade davon sprechen, noch dies: Was du getan hast, trage ich dir nicht nach. Wer einen Mann wie dich erhöht, muß wissen, daß er mit dem Feuer spielt; er will es sogar. Auch ich wußte es, wenngleich ich nicht voraussah, was dieses Feuer anrichten würde. Mit Gott werde ich mich auf meine Weise zu versöhnen suchen; ich bin zuversichtlich, daß er mir den Betrug verzeihen wird. Sollte freilich doch noch jemand auftauchen, der glaubwürdig deine Schuld bezeugen könnte, wäre ich gezwungen, dich mit aller Härte zu bestrafen. Und deshalb wisse, Graf Gero: Retten kann dich auf Dauer nur der Erfolg. Erst wenn dein Ruhm so hell erstrahlt, daß sein Glanz auch die irdische Gerichtsbarkeit blendet, erst dann darfst du dich sicher fühlen. Bis dahin wird der Lohn deines Wirkens lediglich das nackte Leben sein. Rasch und leicht wolltest du zu Ehren kommen, nun wirst du dich auf Jahre hinaus wie ein Sklave mühen müssen. Bist du dir dessen bewußt?«

»Ja, Herr König«, erwiderte Gero, von der unerwarteten Wendung, die das Gespräch genommen hatte, wie betäubt.

Otto betrachtete ihn sinnend. »Ich sollte dich verabscheuen«, äußerte er nach einer Weile, »allein, ich vermag es nicht. Vielleicht –« Er verstummte jäh.

»Doch nicht bloß, um dir dies zu sagen, rief ich dich zurück«, redete er nach einer Pause weiter. »Werner berichtete mir, auf welche Weise du der Slawen Herr zu werden gedachtest. Das schlage dir jedoch aus dem Kopf, denn ein Krieg, wie du ihn führen willst, würde sich allzulange hinziehen. Hinzu kommt, daß du, da ich auf eine Empörung meiner inneren Feinde gefaßt sein muß, von mir keinerlei Unterstützung zu erwarten hast. Kämpfte ich jenseits der Grenzen, würde ich sie geradezu ermutigen, einen Aufstand zu wagen. Du wirst also ganz auf dich gestellt sein. Darum befehle ich dir, dich vorläufig auf die Abwehr der Angriffe zu beschränken; ohnehin werden diese, sobald der erste Schnee gefallen ist, beträchtlich nachlassen. In der Zeit, die du dadurch gewinnst, sammle deine Kräfte. Wirb so viele Leute an, wie du nur kannst, und belagere mit ihnen noch vor dem Einsetzen der Schneeschmelze die Brandenburg. Denn was immer sich alles geändert haben mag, eines gilt nach wie vor: Diese Festung ist für uns der Schlüssel zum Slawenland. Ich will sie bis zum Mai. Hast du mich verstanden?«

»Jawohl, Herr König.«

»So gehe jetzt.«

Auf dem Hof erwarteten den Grafen, von Knechten mit

Fackeln umringt, an die zwei Dutzend Berittene. Nicht ohne Genugtuung vermerkte er, daß seine Begleitung diesmal doppelt so umfangreich war wie am Tag seiner Festnahme. In ihrer Mitte sah er den schmalnasigen Jüngling, der ihn nach Quedlinburg gebracht hatte und der sich nun, sowie er ihn erblickte, vor ihm im Sattel verneigte.

Einige Schritte abseits von dieser Gruppe stand Werner, in seiner Linken den Zügel der Stute, in der Rechten den eines zweiten Pferdes, auf dessen Rücken sich ein längliches Bündel befand. Gero ging auf ihn zu. Er hatte schon den Mund geöffnet, um sich von Werner zu verabschieden, als ihm dieser mit einer Handbewegung bedeutete, daß er als erster sprechen wolle. Auf das Packpferd zeigend, sagte er: »Das, was ich dir nun übergeben werde, erheischt eine Erklärung. Der Verdacht, der auf dir ruhte, war so schwerwiegend, daß wir uns nicht mit freiwilligen Geständnissen begnügen durften, sondern etliche deiner Leute gründlicher befragen mußten. Jener Mann dort hatte die Hauptlast der Untersuchung zu tragen. Unglücklicherweise überlebte er sie nicht.«

»Was für ein Mann? Wovon sprichst du?«

»Es ist der Wunsch des Königs, daß ihm ein würdiges Begräbnis zuteil wird«, fuhr Werner fort. »Ferner entschied unser Gebieter, dir den erlittenen Verlust zu ersetzen. Der Mann starb gleichsam im Dienst des Königs; entsprechend hoch ist die Entschädigung, die du bekommst. Du findest sie in der Satteltasche.«

Er winkte einen Knecht heran und befahl ihm, dem Grafen seine Fackel zu überlassen.

Gero ergriff sie, trat an das Pferd heran und löste die Riemen, die das Bündel zusammenhielten. Als er das Tuch auseinanderschlug, erblickte er die Leiche eines alten Mannes. Bart und Kopfhaar waren fast weiß, die Stirn und die eingefallenen Wangen durchschnitten tiefe Falten. Betroffen starrte er in das von maßlosen Entbehrungen gezeichnete Antlitz. Wer mochte das sein? Ein Greis, der nach langem Siechtum gestorben war? Oder ein Eremit, der sich zu Tode gehungert hatte? Er zuckte die Schultern und wandte sich um.

»Du mußt dich irren. Das ist keiner meiner Leute.«

Wortlos nahm ihm Werner die Fackel aus der Hand und hielt sie an das Gesicht des Alten, so dicht, daß einige seiner Barthaare knisternd verbrannten. Eine spöttische Bemerkung auf den Lippen, beugte sich Gero vor. Im selben Moment prallte er zurück. Der Tote, daran bestand kein Zweifel, war einmal sein Gefolgsmann Otfried gewesen.

IV.

Sogleich nach seiner Rückkehr begann Graf Gero, Freiwillige für den vom König befohlenen Feldzug anzuwerben. Mit Signalhörnern ausgerüstete Boten brachten seinen Aufruf in ganz Sachsen lautstark unter das Volk; denn anders als im Vorjahr bestand für ihn diesmal keine Notwendigkeit, sich bedeckt zu halten.

Obschon das Unternehmen den Segen des Königs hatte und diese Männer beauftragt waren, mit Hinweisen auf die in den feindlichen Burgen angehäuften Schätze nicht zu geizen, erhoffte sich Gero von ihren Bemühungen nur einen bescheidenen Erfolg. Die Gerüchte über seinen Anteil am Tod der slawischen Fürsten und das Schicksal derer, die, nachdem sie seinen Versprechungen Glauben geschenkt hatten, elend zugrunde gegangen waren, dies alles mußte das Vertrauen in sein Kriegsglück zweifellos auf das Schwerste erschüttert haben. Zwar hatten die sächsischen Priester, einer bischöflichen Anordnung gehorchend, in den Kirchen verkündet, daß er für unschuldig befunden worden sei; doch argwöhnisch, wie die Menschen hierzulande nun einmal waren, würde das ihre Meinung über ihn wohl nicht von heute auf morgen verändern.

Um so größer war sein Erstaunen, als sich – der Winter hatte noch nicht seine Krallen gezeigt – bereits zwei Wochen später herausstellte, daß die als Sammelorte dienenden Burgen die vielen Bewerber kaum zu fassen vermochten. Es kamen nicht nur geflüchtete Leibeigene und Geächtete, sondern auch überzählige Bauernsöhne, denen es auf dem väterlichen Hof zu eng war, und Grenzlandbewohner, die durch die Erhebung der Slawen ihr Heim eingebüßt hatten, und es wurden von Tag zu Tag mehr. Bald sah er sich daher gezwungen, die Bekämpfung der Aufständischen Christian und Thietmar zu überlassen, um sich fortan ausschließlich mit der Musterung der Ankömmlinge befassen zu können. Ihre große Zahl erlaubte es ihm nicht nur, unter ihnen eine strenge Auswahl zu treffen, sondern auch, einen Mißgriff jederzeit zu berichtigen; schickte er jemanden fort, war kurz darauf ein anderer zur Stelle.

Vom einundzwanzigsten Dezember bis zum Stephanstag schneite es, und wie der König vorhergesagt hatte, gingen die Überfälle daraufhin merklich zurück. Die Angreifer hinterließen nun Spuren, und da der Schnee außerdem ihre Beweglichkeit verminderte, wuchs für sie die Gefahr, entdeckt und vernichtet zu werden.

Im gleichen Maße, in dem ihre bisherige Taktik an Wirksamkeit zu verlieren begann, schien der Abwehrwillen der Grenzlandbewohner zuzunehmen. Die von den Grafen erlassenen Befehle wurden mit Eifer und Umsicht befolgt. Fast jeder Abschnitt des feindlichen Ufers stand unter Beobachtung; drohte ein Angriff, wurden die umliegenden Festungen und Ortschaften unverzüglich benachrichtigt. Viele Bauern beherbergten ihre obdachlos gewordenen Verwandten, so daß die kampffähigen Männer eines Dorfes den Eindringlingen zuweilen durchaus ebenbürtig waren. Gelang es, diese hinzuhalten, bis Hilfe eintraf, waren nicht selten die Slawen die Gejagten.

Immer deutlicher zeigte sich, daß die Erhebung ihr Ziel nicht erreicht hatte. Das Grenzgebiet hatte dem Ansturm widerstanden, die Zukunft der Burgen war damit vorerst gesichert. Hinzu kam, daß die Front der Aufrührer offenbar nicht so fugenlos war, wie man zunächst befürchtet hatte. Meißen war von den Daleminzern nicht nur nicht belagert, sondern, wie Graf Gero Anfang Januar erfuhr, sogar vor Angriffen beschützt worden. Und einige sorbische Kleinstämme ließen ihm übermitteln, daß sie, sowie erst wieder Frieden sei, den rückständigen Zins unverzüglich nachzahlen würden.

Unter den Meldungen, die den Grafen täglich erreichten, befanden sich immer häufiger auch Hinweise darauf, daß sich die Einbildungskraft des Volkes seiner bemächtigt hatte und ihn als einen Helden zu verehren begann. Anfangs traute er ihnen nicht, doch in den Gesprächen, die er mit den Angeworbenen führte, gewann er schon bald den Eindruck, daß es sich bei ihnen keineswegs um Übertreibungen handelte.

Freilich waren die Bauern nicht geneigt, jenen zu glauben, die ihnen einzureden versuchten, daß der Graf, nachdem er den Plan seiner Gäste durchschaut hatte, diese lediglich habe gefangennehmen wollen. Sie glaubten nicht daran, weil sie für soviel Edelmut nur Verachtung übrig hatten und sich einen solchen Toren weder vorstellen konnten, noch, zumal als Grenzgrafen, vorstellen mochten.

Ebensowenig glaubten sie, daß er die Fürsten mit dem Ziel eingeladen hatte, sie zu ermorden, denn das hätte sie ja genötigt, für die Empörung der Slawen Verständnis aufzubringen. Menschen aber, denen die Vorsehung ohnehin Lasten genug aufgebürdet hat, können sich keine Empfindungen leisten, die sie zusätzlich beschweren. Daher glaubten sie, wie stets so auch hier, das, was sie glauben mußten, um sich ihre Hoffnung zu bewahren; daß nämlich der Graf die Fürsten zur Strafe für ihre heimtückischen Absichten getötet hatte. Nicht versehentlich also, sondern mit Vorsatz, nicht widerstrebend, sondern mit Genuß an der Rache: Ein Mann, in dem sich Tatkraft mit List paarte und der seinen Vorteil so zu nutzen wußte, daß man ihm hinterher nicht am Zeug flicken konnte. Und weil er so gar nicht dem Bild entsprach, daß die fahrenden Sänger von einem Helden zu zeichnen pflegten, wurde es den Bauern rasch zur Gewißheit, daß er nur deshalb in einer solch unscheinbaren Gestalt auf die Welt gekommen war, um seine Feinde leichter täuschen und verderben zu können. Die Überzeugung, daß alles an ihm außergewöhnlich war und selbst seine vermeintlichen Schwächen einem besonderen Zweck dienten, eben dies war es, was die Leute bewog, in Scharen zu ihm zu strömen. Die Nachbarn wollten ihn übers Ohr hauen, sagten sie schmunzelnd zueinander, aber er, dürr und schmächtig, wie ihn Gott erschaffen hat, ist schlauer als wir und sie zusammen!

Als Graf Gero erkannte, auf welch mächtigen Verbündeten er zählen durfte, wuchs seine Zuversicht, und seine Gedanken eilten in die Zukunft, zu jenem Tag im Mai, an dem er neben dem König durch das Tor der Brandenburg schreiten würde. Doch noch war es Winter und so kalt, daß kleinere Gewässer bis auf den Grund gefroren. Fast lautlos strich der Ostwind über das Land, duckte verdorrte Halme und trieb Schneestaub vor sich her, der das Eis auf den Seen und Flüssen schliff, bis es spiegelblank war. Unbarmherzig funkelnd, so, als sei sie es, die all die Kälte ausströmte, stand die Sonne am Himmel. In den Wäldern war es totenstill. Geschah es einmal, daß sich ein Baum seiner weißen Last entledigte, gab es ein Geräusch, das Mensch und Tier zusammenzucken ließ.

Obgleich es schien, daß nichts dieser gleißenden Starre etwas anhaben könne, fühlten die Bauern diesseits und jenseits der Grenze, daß der Winter seinen Höhepunkt überschritten hatte. Und wie in jedem Jahr um diese Zeit beobachteten sie hier wie dort aufmerksam das Anschwellen der Blattknospen, jenes erste Anzeichen seines nahenden Endes. Hier wie dort sehnten sie den Frühling herbei, um ihn jedoch zugleich auch zu fürchten: wohl wissend, daß diesmal nicht nur die Natur, sondern ebenso der Krieg zu neuem Leben erwachen würde.

Band 12206

Josef Nyáry

Das Haupt des Täufers

Ein packender Roman über die Epoche der Kreuzzüge

Am 17. Juli 1203 erstürmen die Kreuzritter Konstantinopel. Zu ihren zahllosen Freveln gehört die Plünderung der Hagia Sophia, deren kostbarste Reliquie, das Haupt des Täufers, von ihnen in dreizehn Teile zerstückelt wird. Die Teile können gerettet und auf dreizehn Kirchen und Klöster der Christenheit verteilt werden.
Doch die Mächte des Bösen ruhen nicht, bis sie alle Teile in ihre Gewalt gebracht haben, damit das Böse die Herrschaft über die Welt antreten kann. Um dies zu verhindern, entsendet der Vatikan eine Streitmacht, die das Haupt zurückholen soll. Auf ihrer abenteuerlichen Jagd trifft sie auf Magier, Dämonen und Drachen, Leichenschänder und den Schrecklichsten von allen – Assiduus, den Boten des Todes.

Band 12225

Werner von der Schulenburg

Der König von Korfu

Ein spannender historischer Roman um einen wenig bekannten Retter des Abendlandes

Anno 1719: Vierzigtausend Türken rennen gegen die schwach befestigte venezianische Insel Korfu an, den äußersten Vorposten Europas. In dieser Stunde höchster Gefahr steht der Reichsgraf Johann Matthias von der Schulenburg auf den Bastionen und wehrt in schwerem Ringen mit nur dreitausend Mann den Angriff auf die europäische Südostflanke ab.
Die Höfe von Dresden und Wien, der Zauber der Dogenstadt im Rausch des Karnevals, der Lebensstil des Barock und die Machtentfaltung des türkischen Reiches werden mit großer Detailkenntnis und Anschaulichkeit geschildert.

BASTEI LÜBBE